Homer

Ilias

Übersetzt von Hans Rupé
Mit einer Einführung von Ludwig Voit

Bibliothek der Antike
Deutscher Taschenbuch Verlag
Artemis Verlag

Vollständige Ausgabe.
Das Register wurde von Gerhard Fink erstellt.

Oktober 1990
Deutscher Taschenbuch Verlag GmbH & Co. KG,
München

Umschlaggestaltung: Celestino Piatti
Gesamtherstellung: C. H. Beck'sche Buchdruckerei,
Nördlingen
Printed in Germany · ISBN 3-423-02241-8

EINFÜHRUNG

Am Anfang der europäischen Literatur stehen zwei große epische Werke: Homers ›Ilias‹ und Homers ›Odyssee‹. In ihnen ist Europa in griechischer Sprache mündig und selbständig geworden. »Homers Werke« bilden seitdem das Fundament unserer Literatur.

Nun ist es eine alte, bereits in der Antike diskutierte Streitfrage, ob beide Epen dem gleichen Autor zuzuschreiben sind oder ob Homer – wer immer das gewesen sein mag – zwar die ›Ilias‹ geschrieben hat, ein anderer aber etwas später die ›Odyssee‹. Denn immerhin sind die sachlichen und stilistischen Unterschiede zwischen beiden Werken nicht zu übersehen. Das hat bereits die antike Philologie festgestellt und deshalb, wollte sie schon an dem *einen* Verfasser festhalten, die Abfassung der ›Ilias‹ dem Mannesalter Homers zugeschrieben, die der ›Odyssee‹ aber seinem Greisenalter. So hat z.B. der unbekannte feinsinnige Ästhet des 1. Jh. n. Chr., der die Schrift ›Vom Erhabenen‹ verfaßt hat, beide Epen voneinander abgehoben, wenn er schreibt:

> Seine Ilias hat Homer in voller Kraft des Geistes geschrieben. So ist diese voll kämpferischer Handlung. Die Odyssee aber ist mehr fabulöser Natur, wie dies dem Alter eigentümlich ist. So kann man den Homer der Odyssee der untergehenden Sonne vergleichen, die ohne ungestüme Hitze doch noch Größe besitzt. Denn hier wahrt er nicht mehr die den Gesängen der Ilias ebenbürtige Spannkraft, nicht jene gleichmäßige, niemals nachlassende Erhabenheit, auch nicht die gleiche Flut sich überstürzender Leidenschaften, noch auch jenen plötzlichen Wechsel, jene Lebendigkeit der Rede, jene Fülle von Vorstellungen, die der Wirklichkeit abgelauscht sind. Vielmehr wie der Ozean sich in sich selbst zurückzieht und sich innerhalb seiner eigenen Grenzen entleert, so haben wir hier in der Odyssee gleichsam nur mehr die Ebbe der Großartigkeit und ein Umherschweifen im Fabulösen und Märchenhaften ...

Heute ist man überwiegend geneigt, zwei Verfasser anzunehmen: den *einen*, Homer, der im letzten Viertel des 8. Jh. v. Chr. die ›Ilias‹ geschrieben hat, den *anderen*, um einige Jahrzehnte späteren, den man als »Odysseedichter« davon absetzt.

Dieses 8. Jahrhundert könnte man geradezu als die Geburtszeit der im eigentlichen Sinne griechischen Antike bezeichnen. Denn nach der Zerstörung der mykenischen Burgen und der Vertreibung der »Achaier« – so hatten die Griechen der mykenischen Kultur sich selber bezeichnet – durch neu eindringende Stämme hatte sich eine Art Winterruhe über Griechenland gelegt. Das begann im zwölften, endete in den letzten Jahrzehnten des achten Jahrhunderts. Jetzt aber ist es, als ob ein neuer Frühling angebrochen wäre, wo sich alle Keime, die bis dahin geruht hatten, mit unglaublicher Schnelligkeit lebendig entfalteten. Die griechische Kolonisation, die zunächst die Westküste Kleinasiens erfaßte, bald aber auch in die weitere Welt, besonders nach Westen, ausstrahlte, ließ gerade dort, wo die Griechen von den angrenzenden fremden Kulturen befruchtet wurden, ein Neues erwachsen, das nicht nur die griechische Kunst aus der Gebundenheit des »geometrischen« Stils löste, sondern auch politisch das allmähliche Ende der alten Adelskultur ahnen ließ, wo sich neue Formen des politischen Lebens gestalteten, in denen sich mehr »demokratische«, aber auch tyrannische Systeme zu entwickeln begannen. Vielfach bestand natürlich das Alte noch neben dem Neuen weiter – und so werden wir auch in der ›Ilias‹ uralte Vorstellungen und Realien neben neuen voraussetzen dürfen. In dieser Zeit hat also Homer gelebt; aber hat dieser Dichter Homer – ob das nun ein echter Name oder ein Deckname gewesen ist – *wirklich* gelebt?

Hier neigt die moderne Forschung zu einer positiven Antwort: Der Dichter Homer hat sein Werk, nicht sehr viel abweichend von der Fassung, die wir heute noch lesen, im griechischen Kolonialland an der Westküste Kleinasiens, dort, wo ionische Siedlung an die aiolische grenzt, etwa in oder um Smyrna oder auf einer der vorgelagerten Inseln, geschrieben, zu einer Zeit also, wo das griechische Mutterland seine Sprache noch nicht gefunden hatte.

Konnte aber dieser Homer damals, Ende des 8. Jh., wirklich bereits *schreiben*? Denn so große Werke setzen ja als Literatur (von *litterae* = Buchstaben!) die Schriftlichkeit voraus. Weil man eine schriftliche Fixierung in jener Zeit lange bezweifelte, hat man auf Grund wenig zuverlässiger antiker Nachrichten angenommen, daß die ›Ilias‹ erst im 6. Jh. im Athen der Peisistratiden schriftlich festgehalten wurde. Zweifellos hat bei der Konstituierung des Textes Athen, wo gesetzlich vorgeschrieben war, daß die homerischen Epen an den alle vier Jahre gefeierten Panathenäen von Rhapsoden vorgetragen werden sollten, eine Rolle gespielt, aber wohl nur in dem Sinne, daß, um der Verwilderung des Textes Einhalt zu gebieten, eine Neuordnung der Texte vorgenommen, sozusagen eine »amtliche kritische Neuauflage« erstellt wurde. Das legt auch Ciceros Zeugnis (›Vom Redner‹ III 137) nahe, Peisistratos habe zuerst die »ungeordneten Bücher Homers« (»libros confusos«) so geordnet, wie wir sie jetzt haben. Geschrieben lag der Text jedenfalls damals schon vor. Aber hat Homer selbst, Ende des 8. Jh., schon eine Schriftweise gekannt, um die umfänglichen Texte schriftlich festlegen zu können?

Heute nimmt man an, daß die griechische Schrift in eben jenem 8. Jh. sich bereits so weit ausgebildet hatte, daß eine »Literatur« entstehen, daß der Dichter also schreiben, daß bereits ein umfängliches Werk schriftlich fixiert werden konnte. Denn bei der ›Ilias‹ handelt es sich jedenfalls um ein wohlüberlegtes dichterisches Ganzes.

Aber ist unsere ›Ilias‹ wirklich aus *einem* Geist konzipiert, mit anderen Worten ein Werk, das wir dem Genius eines einzigen großen Dichters zu verdanken haben? Darf also der Nachgeborene, den fast 3000 Jahre von der Zeit Homers trennen, es wagen, sich unmittelbar der »Schönheit Homers« hinzugeben? Darf er in diese Wunderwelt eindringen, ohne sich zuvor mit der wissenschaftlichen »Homerkritik« weidlich herumgeschlagen zu haben – oder bedarf es schließlich nur des Zauberstabes des Hermes, um – wie Priamos im 24. Gesang – ungehindert das Tor passieren zu können?

Kritik der Homerkritik

Es gibt zwei Wege, die zum Verständnis eines literarischen (wie jedes) Kunstwerks führen, den der *ästhetischen* Interpretation und den der *historischen* Erklärung.

Die primäre Bemühung wird dem ästhetischen Verständnis gelten müssen. Man befragt das Ganze, überprüft, ob es in sich sinnvoll ist, einen Anfang und ein Ende hat, ob angeschlagene Motive durchgeführt werden, ob ein einheitliches Weltbild sichtbar wird, ob man ästhetische Befriedigung beim Genusse verspürt; und ebenso wird man die dichterischen Schönheiten der Einzelheiten und die Mittel, deren sich der Dichter dabei bedient, studieren und aufweisen. Da aber auch das dichterische Genie ein Kind seiner Zeit ist, das als solches seine Geschichte hat, das seinen Vorgängern verpflichtet ist und im Wettstreit mit Gleichstrebenden steht, wird auch das fertige, auch das »ewige« Kunstwerk ganz nur aus diesen geschichtlichen Bedingungen heraus verstanden werden können.

So wird das historische Verständnis das ästhetische ergänzen und vertiefen müssen und wird vor allem dann den Primat verdienen, wenn sich im Werk Störungen, Risse, Sprünge, Inkonsequenzen zeigen, die nur aus der Genesis des Werkes verstanden werden können, kurz, wenn das Problem sich ästhetisch nicht mehr lösen läßt, wenn das Werk ästhetisch nicht voll befriedigt.

So ist es nicht verwunderlich, daß im Frankreich des 17. Jh., als eine am Vorbild Vergils geschulte normative Ästhetik Homer gegen die *modernes* und deren Verunglimpfungen glaubte verteidigen zu sollen, der Abbé d'Aubignac die Anstöße, die man am Ganzen der ›Ilias‹ nahm, durch den Hinweis auf die Vollendung einzelner Teile von größerer oder geringerer Selbständigkeit zu entkräften bemüht war – und dadurch die Homerkritik der Neuzeit einleitete, freilich noch ohne eigentliches historisches Verständnis (1664).

Eben diese historische Betrachtung Homers nahm ihren Ausgang in der sog. englischen »Präromantik« Blackwells (1735) und Woods (1769) und in Gedanken, die schon vorher in Italien Giambattista Vico zu Homer geäußert hatte. Von beiden Seiten her wurden die Deutschen Möser und Herder zu ihrer Auffassung Homers angeregt. Diesen war es dabei nicht mehr darum zu tun, Homer zu verteidigen, um ihn einer normativen Ästhetik annehmbar zu machen, vielmehr suchten sie zuerst den Dichter aus seiner Zeit heraus zu verstehen, als »poetisch erhabenes Spiegelbild einer großartigen Barbarei« und darüber hinaus als Beispiel »einer der Natur selbst immanenten Kunst«. Ganz ähnlich bekennt auch Goethe: »Wir sahen nun nicht mehr in jenen Gedichten ein angespanntes und aufgedunsenes Heldenwesen, sondern die abgespiegelte Wahrheit einer uralten Gegenwart und suchten uns dieselbe möglichst heranzuziehen« (›Dichtung und Wahrheit‹ III 12). Damit ist nun nicht nur die Epoche des europäischen Historismus eingeleitet, sondern auch die Grundlage für das besondere Homerproblem der Folgezeit gegeben, für das Bemühen, wirkliche oder vermeintliche Anstöße im Aufbau des Ganzen, seien diese ästhetischer, logischer oder philologischer Art, durch die Entstehungsgeschichte des Epos unter gleichzeitiger Erhellung der historischen Bedingungen, unter denen der Dichter der griechischen Frühzeit stand, deutend zu erklären. Das Ergebnis dieser intensiven 150jährigen Bemühung ist – um das gleich vorwegzunehmen –, daß mehr und mehr die Einheit der Dichtung zutage trat, daß aber freilich ihr Dichter, den wir Homer nennen, am Ende einer langen Entwicklung des Singens und Sagens steht, von der er selber vielfach abhängig ist.

Die eigentlich philologische Beschäftigung mit Homer nahm in Deutschland ihren Anfang mit F. A. Wolfs im Jahre 1795 als Einleitung seiner Homerausgabe erschienenen ›Prolegomena ad Homerum‹. Der epochemachende Erfolg dieser Schrift liegt nicht in der Originalität oder Tiefe der Gedanken, sondern darin, daß die Zeit reif war, von seiten der Historie an die Lösung des Homerproblems zu gehen. Denn es sind vornehmlich äußere Gründe, die Wolf veranlaßten, an der Person des *einen* Dichters zu zweifeln und seine Dichtung zu zergliedern: die Annahme vor allem, daß erst verhältnismäßig spät, etwa im 6. Jh., ein »Redaktor« (kein Dichter!) verschiedene bis dahin mündlich überlieferte kleinere Einheiten zu einem schriftlich fixierten Ganzen, unserer ›Ilias‹, zusammengefügt habe. Den Nachweis aus einer Analyse der ›Ilias‹ ist Wolf freilich schuldig geblieben. Sonst wäre er vielleicht zu einer ähnlichen Auffassung gelangt, wie sie 1802 Wolfs Göttinger Lehrer Heyne nur mit halbem Mute und darum auch nur geringem Erfolg geäußert hat, daß nämlich der Vereiniger einzelner älterer Gedichte über den Troischen Krieg kein bloßer »Redaktor« gewesen sein könne, wenn es ihm gelungen sei, durch das Leitmotiv vom Zorn des Achilleus das Einzelne zum Ganzen zu binden.

Aber eben dieser Blick auf das Ganze hat in der Folge weithin gefehlt; es wurde geradezu *communis opinio* für über ein Jahrhundert, daß die ›Ilias‹ nicht einheitlich konzipiert sein könne, wenn auch die Verfechter der Einheit nie ganz gefehlt haben. Es haben sich dabei im 19. und beginnenden 20. Jahrhundert im wesentlichen drei Theorien über die Entstehung der ›Ilias‹ ausgebildet: Für die einen stand der große Wurf am Anfang, ein Kerngedicht, an das sich im Laufe der Zeit Anschiebungen oder Einschaltungen angeschlossen haben (so besonders G. Hermann 1832, G. Grote 1846, B. Niese 1853); den anderen erschien nach C. Lachmanns Theorie (1837/1841) die ›Ilias‹ als eine mehr oder minder planmäßige Zusammenführung uralter großartiger Einzellieder, die man aus dem Ganzen noch glaubte herauslösen zu können; die dritten schließlich sahen in dem uns vorliegenden Epos zwar keine bloße Anreihung von Liedern, wohl aber eine Zusammenarbeitung ursprünglich selbständiger Quellgedichte, kleinerer Epen, zu einem gewollten Ganzen, an das sich dann – nach der Ausgestaltung, die diese Theorie besonders durch E. Bethe (1914) und U. von Wilamowitz-Moellendorff (1916) gefunden hat – in späterer Zeit weitere Zudichtungen unter teilweiser Veränderung der vorliegenden »Ur-Ilias« angeschoben haben, so daß die eigentlich künstlerische Leistung des Iliasdichters in der Mitte liegt. – Der Person Homers, die sich einer Anschauung gegenüber, nach der der »Volksgeist« das Epos »von selber« dichte, ganz verflüchtigen mußte, widerfuhr bei diesen neueren Theorien wieder mehr Gerechtigkeit, insofern man in ihm den Dichter jener aus älteren Bestandteilen geformten, später dann durch Zudichtungen erweiterten Kerngedichte erblickte.

Der Homerphilologe geht bei seiner Analyse also nicht viel anders zu Werk als der moderne Archäologe, der durch methodische Abgrabung der jüngsten Schichten ältere freilegt. Die ionische homerische Ur-Ilias des 8. Jh., wie sie Wilamowitz rekonstruierte, umfaßte schon das Wesentliche unserer ›Ilias‹, doch schloß sie mit dem Tode des Achilleus, und noch fehlte das ältere kostbare Gedicht der Gesandtschaft (IX), das erst ein Späterer einrückte, indem er das achte Buch zur Vorbereitung *de suo* dazugab. In diese homerische Ur-Ilias sind jedoch ältere »Werkstücke« eingebaut, unter denen der Gesang III–V mit der Aristie des Diomedes einer der ältesten Bestandteile ist; aber auch VI, der erste Teil von XI, die Kämpfe um die Mauer und der Kern der Patroklie lassen alte Einzelgedichte erkennen.

Längst ist uns dank dieser unermüdlichen und subtilen Arbeit der Homerkritik, dank auch der Tätigkeit des Spatens, seit Schliemann auf dem Burghügel von Hissarlik das homerische Troja ans Licht gebracht zu haben glaubte, die Welt, in der die ›Ilias‹ entstand, keine sagenhafte Vorzeit mehr. Wir kennen heute ziemlich genau die äußeren Bedingungen, unter denen der homerische Dichter geschaffen hat. Man hat auch die ›Ilias‹ auf ihre sprachlichen Bestandteile hin ebenso genau untersucht wie die »Realien«, die weltanschaulichen, stimmungsmäßigen, künstlerischen Gehalte und die Formen, deren sich der Dichter bedient. Und doch will der Zweifel an der Richtigkeit der modernen Lösungen nicht verstummen. Denn die »Schichten«, die man auf Grund von Einzelbeobachtungen glaubte feststellen zu können, lassen sich nicht mehr mit hinreichender Schärfe trennen; überall tritt viel eher ein Ineinander, kein Nebeneinander der Schichten entgegen. So läßt die notwendigerweise individuell verschiedene Auswertung der Tatbestände kaum ein objektiv gesichertes Ergebnis zu, weil von vornherein der Tatbestand verschiedene Deutungsmöglichkeiten eröffnet. Dies mag an einem Beispiel erläutert werden.

Wir greifen dabei als Problem die *Stellung der Bittgesandtschaft* (IX) im Rahmen der ›Ilias‹ heraus, nicht nur weil sich damit drei gewichtige Arbeiten befaßt haben: W. Schadewaldt, ›Iliasstudien‹, Leipzig 1938 (Darmstadt 1966[4]), Margarete Noë, ›Phoinix, Ilias und Homer‹, Leipzig 1940, und W. Theiler, ›Die Dichter der Ilias‹, Bern 1947, sondern auch, weil es sich hier um ein Kernproblem der ›Ilias‹ handelt. Denn Theiler rechnet (S. 155) die von ihm angenommene Ausscheidung und Wiedereinfügung der Bittgesandtschaft zu den »folgenschwersten Veränderungen, die von der Urschöpfung zu der uns vorliegenden Ilias führten«. Zugleich handelt es sich hier um eines der dichterisch schönsten Stücke der ›Ilias‹.

Der neunte Gesang bildet in sich keine Einheit, da von vornherein die Gestalt des Phoinix im Rahmen der Gesandtschaft keine klare Stelle einnimmt. Warum ist Phoinix, den man als alten Lehrer des Achilleus kennenlernt, nicht von Anfang an bei Achilleus? Warum hören wir außerhalb dieses Gesangs kaum von ihm, warum wird er da nur so beiläufig erwähnt, daß man seine Erwähnung an diesen Stellen unschwer ausscheiden könnte? Ist *er* Führer der Gesandtschaft oder Odysseus (168 : 192)? Wie die Gesandten sich zur Verhandlung schicken, »winkte Ajas dem Phoinix« – aber es spricht dann zunächst Odysseus (224); als dann Phoinix später seine Rede geendet, wendet sich Ajas wiederum nicht an ihn, sondern an Odysseus: »Laßt uns gehn; auf diesem Wege versäumen wir doch nur unser Ziel ...« (625). Die Duale 182ff. weisen darauf, daß ursprünglich nur von *zwei* Gesandten die Rede gewesen sein kann. Zudem weise die Phoinixrede einen anderen geistigen Gehalt im Vergleich zur »Weltanschauung« der übrigen Ilias auf, der die Phoinixrede als jünger, hesiodeisch beeinflußt erweise, worauf vor allem M. Noë hingedeutet hat: Phoinix kenne persönliche, selbstverantwortliche Verschuldung; der Schuldbegriff, der hier vorliege, sei ein anderer als etwa der im neunzehnten Gesang (34ff., bes. 86ff.). So müsse man also die Gestalt des Phoinix als nachträglich eingearbeitet betrachten; man habe zwei Redaktionen der Gesandtschaft vorliegen, eine ohne und eine mit Phoinix.

Der neunte Gesang als Ganzes sei aber auch in den Gesamtverlauf erst später eingearbeitet worden. Der sechzehnte Gesang vor allem müsse älter sein als der neunte; denn XVI 69, wo Achilleus etwa sagt: Die Troer würden nicht so frohlocken, wenn ich im Kampfe wäre; es würde ihnen wahrhaftig schlecht gehen, wenn Agamemnon »mir freundlich sich zeigte«, sei unvereinbar mit IX, wo Agamemnon ja tatsächlich zum Einlenken bereit gewesen sei. – XVI 83ff. ermuntert Achilleus den ausziehenden Patroklos: Verhalte dich so, daß du mir Ehre und Ansehen erwirbst bei allen Danaern und sie mir die Briseis und die Geschenke zurückgeben! Auch das sei unvereinbar mit IX. – Aber auch XIX, die Versöhnung zwischen Achilleus und Agamemnon, passe nicht zu IX; die trokkene pedantische Art, in der die Versöhnung des neunzehnten Gesangs geschildert werde, zeige, daß hier ein anderer Dichter am

Werk gewesen sei, wenn auch ein jüngerer als der des neunten. E. Bethe bemerkt dazu (›Homer I‹, 1914, S. 72): »T (XIX) konnte nur entstehen, wenn I (IX) existierte«, und beklagt dort »eine gewisse Trockenheit und Öde« des XIX. Gesanges.

Auf Grund solcher und ähnlicher Anstöße glaubte man die »Presbeia« als ursprünglich freischwebendes Einzelgedicht auffassen zu sollen, das erst später eingearbeitet wurde. Theiler wiederum, der die Anstöße zwischen IX und XVI für teils nicht wesentlich, teils erst später entstanden hält, kommt zu folgender Konstruktion: »Die Gesandtschaft gehörte in ihrer älteren, nicht durch die Phoinixepisode unmäßig gedehnten Form zur Ur-Ilias« [zu der auch XVI gehört]. – »Aber ebenso deutlich scheint es zu sein, daß es eine Stufe (oder Stufen) der Ilias gab, wo die Gesandtschaft fehlte, und daß sie erst wieder von dem bewahrenden Geiste des Zeusdekretsdichters [des Dichters von VIII und weiteren eine gleiche Gesinnung wie VIII atmenden Partien der ›Ilias‹] zugefügt wurde« (S. 152), noch ohne die Phoinixerweiterung, die sich erst später, wie wir an anderem Orte belehrt werden (S. 155), anschloß. – Umgekehrt gehört der neunte Gesang für Schadewaldt, dem es gelingt, die Anstöße in ihrer vermeintlichen Gültigkeit zu erschüttern, zwar zu den »morphologisch jungen Teilen des Gedichts (I, VI, IX, XI, XVIII, XXIV)« (S. 134), aber gerade diese »jungen« Teile mit ihren dichterischen Schönheiten und ihrer psychologischen Vertiefung stellten eben die Gesamtkonzeption unserer ›Ilias‹, wie sie sich in Homers Geist geformt habe, dar, in die Älteres eingefügt worden sei.

In der Tat sind die oben aufgezeigten Widersprüche nicht so gewichtig, als daß sie sich nicht bei genauer Interpretation und liebevollem Einfühlen in die Absichten des Iliasdichters verflüchtigen, sogar verstehen ließen. Gewiß, aus Phoinix spricht ein anderer Geist, vielleicht *ist* seine Gestalt auch nachträglich – von Homer selber – bei einer »Neuauflage« eingearbeitet worden. Aber hat nicht der Dichter das Recht, das Ethos seiner Dichtung nach den Personen zu formen? Ein persönliches Schuldbewußtsein paßt nicht zu Agamemnon, wie umgekehrt der Hinweis auf die eigene Verantwortung der väterlich mahnenden Gestalt des greisen Phoinix wohl anstehen würde – und wer wollte leugnen, daß beide

Einstellungen zur »Schuld« im Frühgriechentum in Homers Zeit nebeneinander existieren konnten? Warum soll nicht Achilleus immer wieder auf die Ursache seines Grolls auch nach dem neunten Gesang zurückkommen dürfen, wo er, befangen im Zorn, nicht an die Aufrichtigkeit des königlichen Angebots hatte glauben mögen? Wenn die Versöhnungsszene im neunzehnten Gesang »trocken« wirkt – mit Recht! Denn nach Patroklos' Tod ist Achilleus die ursprüngliche Ursache des Grolls unwesentlich geworden.

So muß in jedem Fall der Kritiker behutsam und ehrfürchtig sein, wenn er Fugen und Widersprüche festgestellt hat und sich nun anschickt, diese auszudeuten, um sein kritisches Gebäude darauf zu errichten. Er wird sich über die Bedingungen klarwerden müssen, unter denen ein literarisches Kunstwerk vom Ausmaß der ›Ilias‹ zustande kommt. Es ist unmöglich, daß ein derartig umfangreiches Werk in allen Teilen und Einzelzügen so durchdacht werden kann, daß nicht da und dort Widersprüche in Einzelheiten stehen blieben. Jedes Kunstwerk ist eben zugleich eine künstliche Welt. Zudem, je mehr es sich um objektive Dichtung handelt, um so mehr spiegelt das Werk auch die ganze Fülle seiner Zeit, in der gleichzeitig Altes ausklingt, Neues sich andeutet, alte festgefügte Normen wanken, neue Bestrebungen revolutionär in Erscheinung treten – zumal in einer Zeit des Übergangs, wie es die Homers war, die sich aus feudaler Gebundenheit zu menschlicher Freiheit entwickelte. Und endlich ist künstlerische Einheit und künstlerische Logik nicht gleichbedeutend mit Einheitlichkeit und strenger Kausalität. Dichtung ist Schöpfung *sui iuris*.

Erfordert aber wirklich ein Widerspruch die Annahme verschiedener Dichter, eine Erklärung aus der Genesis des Werkes, so sieht sich der Kritiker alsbald vor die noch schwierigere Frage gestellt, zu entscheiden, was alt, was jung sei – und die Unsicherheit wächst. Die Sprache der ›Ilias‹, die – als Kunstsprache – über die ganze ›Ilias‹ hin im wesentlichen einheitliches Gepräge zeigt, gibt nur in den seltensten Fällen eindeutig sichere Hinweise. »Gut« und »schlecht« weiterhin ist noch nicht gleich »alt« und »jung«. Der Glaube, daß die selbständigeren, »originaleren« Teile alt, Stellen aber mehr handwerklicher Prägung, die mit überkommenem Versgut arbeiten, jüngeren Ursprungs sein müßten, hat sich mehr und mehr als Irrglauben erwiesen, in dem Maße, wie sich unser Wissen um die Technik des epischen Vortrages, der sog. Rhapsodik, und des Sängerstandes vertieft hat.

Soll man sich also damit begnügen, als letztes Ergebnis der modernen Homerkritik einzugestehen, daß das Problem mit den uns zur Verfügung stehenden Mitteln unlösbar sei? Es scheint doch nicht so; denn gerade Schadewaldt hat in seinen ›Iliasstudien‹ und den folgenden Aufsätzen, auf der Homeranalyse Wilamowitz' fußend, nachgewiesen, daß Form und Gehalt in dem »alten« elften Gesang und dem »jungen« – nach Wilamowitz sogar »jüngsten« – achten letzten Endes die gleichen sind, daß sich überall der gleiche künstlerische Wille des *einen* Dichters Homer zeige, freilich unter Berücksichtigung alles dessen, was die Forschung des 19. und 20. Jahrhunderts an Kenntnis von den formalen Voraussetzungen des rhapsodischen Sanges erarbeitet hat. Und ähnlich hat dann E. Howald (›Der Dichter der Ilias‹, Erlenbach – Zürich 1946) gezeigt, daß der gleiche Kunstverstand im vierundzwanzigsten Gesang wie im ersten, im sechsten, in der Patroklie wirksam ist und das Ganze von Anfang an auf den Schluß hin komponiert sei.

Sicher sind in das Werk Homers (um ein Bild zu gebrauchen, das V. Ridgeway schon 1910 geprägt hat) – so wie beim Mauerbau des Themistokles uralte Grabsteine mit eingebaut wurden –, auch viele Fragmente von alten Erzählungen hineingearbeitet worden. Z.B. hat H. Pestalozzi 1945 in einer vortrefflichen Untersuchung eine »Achilleis« (d.h. den als »Memnonis« bekannten Teil des durch einen Prosaauszug vom Inhalt uns noch faßbaren kyklischen Epos der ›Aithiopis‹) als eine Quelle der ›Ilias‹ erwiesen. Homer habe Motive dieses »Liedes« in neuem Zusammenhang in seine Dichtung eingearbeitet. Schadewaldt hat dann von der so erschlossenen »Quelle« der ›Ilias‹ aus zu zeigen versucht, in welcher Weise Homer diese benutzt und umgeformt habe; insbesondere habe Homers Patroklosgestalt Züge erhalten, die in der »Vorlage« dem Achilleus eigneten (›Einblick in die Erfindung der Ilias‹, in: ›Varia Variorum‹, Festgabe für K. Reinhardt, Köln 1952, S. 13ff. = ›Von Homers Welt und Werk‹, Stuttgart 1965[4], S. 155ff.).

Wenn wir so von »Quellen« und »Vorlagen« Homers reden, so ist ein Blick auf das, was *vor* Homer war, unumgänglich. Was ihm vorlag, muß mündlich überliefertes Sagengut gewesen sein, wenn anders Homer der erste war, der sein Werk schriftlich fixiert hat. Es galt also, um Homers Leistung richtig würdigen zu können, die mündlich tradierte Kunst des Singens und Sagens, die rhapsodische Technik, zu erforschen. Unser Blick für die Charakteristika mündlichen Rhapsodenvortrags ist jetzt unendlich geschärft worden durch die systematische Erforschung dieser mündlichen Dichtung *(Oral Poetry)*, wobei die anglo-amerikanische Forschung seit den dreißiger Jahren wegweisend vorangegangen ist, vor allem Milman Parry mit seinen Schülern (A. B. Lord u. a.):

Mündlicher Heldengesang, in vorliterarischer Zeit einst weltweit verbreitet, ist heute – oder war noch vor kurzem – nur noch bei den serbischen »Guslaren« faßbar, den Sängern zur »Gusle«, dem begleitenden Saiteninstrument. Diese erzählten in rein mündlicher, vom Vater auf den Sohn ererbter Tradition von den ruhmvollen Taten der Vorfahren mit einem Hauch von Nostalgie, die ja auch Homer nicht fremd ist. Dabei konnten durch Reihung einzelner Episoden auch umfängliche »Epen« entstehen, so das gerade noch im letzten Augenblick von M. Parry schriftlich und phonographisch aufgezeichnete Heldenlied des Albaners Salih Ugljanin, in dem die Ereignisse des Türkenkriegs von 1912 besungen wurden.

Aber sehen wir zu, ob wir nicht aus Homer selbst einiges über die Kunst mündlichen Heldengesanges erfahren können. Phemios, der Sänger zur Phorminx (einem viersaitigen Vorgänger der Lyra) am Hofe des Odysseus, vor allem aber Demodokos, hochgeachtet als Sänger bei den Phaiaken, sind in der ›Odyssee‹ noch greifbare Zeugen mündlicher Tradition: Phemios singt (Od. I 326) von der »leidvollen Heimfahrt der Achaier«, Demodokos (Od. VIII 75 ff.) – wie übrigens auch Achilleus selber im neunten Gesang der ›Ilias‹ (186) – von den »Ruhmestaten der Helden«, hier vom »Streit zwischen Odysseus und Achilleus«, und anschließend vom hölzernen Pferd, aufgefordert durch Odysseus und bestätigt durch sein Lob:

> Du singst wirklich vollendet das Leid der Achaier; man meint fast
> Selber warst du dabei oder hörtest schon einen, der dort war,
> Was sie taten und litten und wie sich gemüht die Achaier.
> Auf zu was anderem! Sing vom Gefüge des Pferdes aus Balken!
> (...)

Kannst du mir wirklich erzählen davon und in richtiger Weise,
Dann soll gleich alle Welt durch mich die Kunde erfahren,
Wie ein dir gütiger Gott mit göttlichem Sang dich begabte.
(Od. VIII 489ff., übers. v. Weiher)

An diesen Worten des Odysseus ist bemerkenswert:
1. Der Sänger singt das, was ihn ein waltender Gott gelehrt hat – also »objektive Dichtung«. Der Dichter tritt hinter seinem Werk zurück. So gehört sein Anruf an die Gottheit am Beginn der Erzählung, wie dieser uns aus ›Ilias‹ und ›Odyssee‹ vertraut ist, zum Stil des Gesanges.
2. Der Sänger singt von den »Taten der Männer«. Sein Stoff ist also das Geschehen, die »Geschichte« der Vergangenheit, die er den Nachgeborenen weitergibt. Auch in der ›Ilias‹ finden wir Hinweise darauf, daß dies oder jenes rühmlich oder eine Schande wäre, wenn es im Gesang für künftige Zeiten festgehalten würde.
3. Der Stoff, das Geschehen in großen Zügen und sein Ausgang, werden als bekannt, nicht nur für den Sänger, sondern auch für den Hörer vorausgesetzt. Odysseus kann den Bericht im einzelnen auf seine Wahrheit nachprüfen, und sein höchstes Lob ist, daß der Sänger »nach der Ordnung« erzählt habe.
4. und letztens: Diese Sänger sind in der Lage, auf Aufforderung hin über ein beliebiges Heldenthema improvisierend zu singen. Auch das »von irgendwo an« der ›Odyssee‹ weist auf eine solche Fähigkeit hin (Od. I 10; vgl. VIII 500). Diese Fähigkeit der homerischen Sänger ist auch den späteren Rhapsoden geblieben. Sie waren in der Lage, aus dem unendlichen Stoff, besonders der Geschichten um Troja, einzelne Szenen auszuwählen, konnten aber auch das ganze Geschehen bis zum Ende der Priamosstadt anreihend zum Vortrag bringen.

Bei solcher Improvisation halfen ihnen – abgesehen von einem staunenswerten Gedächtnis – verschiedene in tradierter Technik vorgegebene »Formeln«, wie sie die Oral-Poetry-Forschung herausgearbeitet hat: der Einbau »typischer Szenen« wie Kampfszenen und Beschreibungen von Verwundungen, athletische Leistungen, Essens- und Opfergebräuche oder Vertragsschlüsse, das Werden von Morgen und Abend der Kampftage u. dgl.; ferner Markierungen durch »wiederholte Verse«, *versus iterati* (noch in ›Ilias‹ und

›Odyssee‹ sind von rd. 28000 Versen der beiden Epen nicht weniger als 9000, also rund ein Drittel, solche *versus iterati!*), und feste, sog. »schmückende Beiwörter«, die meist stereotyp, d.h. ohne Rücksicht auf das jeweilige Geschehen gebraucht werden, und endlich ein Langvers als Vorgänger des homerischen Hexameters. Im Besitz solcher Technik waren Sänger und Rhapsoden in der Tat in der Lage, beim Vortag beliebig zu improvisieren – ähnlich wie auch noch die frühe griechische Rhetorik sich fertig vorgeformter Musterstücke, etwa zur Einführung einer Rede oder zum Zwecke von Anklage oder Verteidigung vor Gericht, bediente.

Relikte solcher Technik der mündlichen Tradition lassen sich auch in der ›Ilias‹ noch auf Schritt und Tritt nachweisen, und manche Unstimmigkeit, manche schlecht passende Versgruppe, mancher Widerspruch mag von hier aus seine Erklärung finden. Freilich: die Fähigkeit zur Improvisation ging bei der schriftlichen Fixierung des Textes durch Homer verloren. Dafür entstand ein Neues: das literarische Kunstwerk, dem wir uns jetzt zuwenden.

Weltbild der Ilias

Homers Gedicht vom Zorn des Achilleus, das jedoch schon die Alten ›Ilias‹ nannten, weil im vordergründigen persönlichen Geschehen das allgemeine Schicksal der Stadt Ilion sichtbar wird, umfaßt wie der Schild des Achilleus die ganze Fülle seiner Welt, »die Erde, das Meer und den Himmel, den gerundeten Mond und die unermüdliche Sonne« (XVIII 483f.), und unter den Gestirnen das ganze Menschenwesen im Ernst der Ratsversammlung und des männermordenden Krieges, in der Fröhlichkeit der Feste, im Jahreslauf der bäuerlichen Arbeit, im Tagewerk der Hirten, Fischer, Holzfäller, verklärt durch die Pracht des Reigentanzes und das Lied des gottbegnadeten Sängers, alles umschlossen und eingefaßt ringsum von »des Okeanos reißender Strömung«. Doch zu Homers Welt gehört ebenso die Wirklichkeit der seligen Götter, der Adel gottnaher Helden und die Tiefe des Totenreiches; ebenso die gewaltigen Mächte, die das Schicksal des Menschen bestimmen, Krieg, Zorn, Verblendung, über allem die Schickung der Moiren; ebenso die Empfindungen, die die Brust des Menschen umschließt, von unerbittlicher Härte bis zu den weichen Regungen des Mitleids, der Freundes- und Gattenliebe, der Versöhnlichkeit; Trauer und Freude.

Gerade wegen dieses klaren Blickes Homers über seine ganze Welt hat das spätere Griechentum in barocker Wendung des an sich richtigen Gedankens, daß jeder wahre Dichter, besonders aber Homer, zugleich ein Weiser und Erzieher seines Volkes sei, das homerische Epos geradezu zu einer Enzyklopädie aller Künste und Wissenschaften zu machen gewagt.

Diese homerische Welt ist in ihrer Fülle jedoch zugleich eine gegliederte Welt, ein Kosmos, in dem jedwedem Ding sein Platz zugewiesen ist.

Hoch über dem Wirrsal des Menschengeschlechts thront auf dem schneebedeckten Gipfel des Olympos das Geschlecht der seligen Götter, Zeus an ihrer Spitze als Vater der Götter und Menschen. Ihnen eignet Unsterblichkeit und der frohe Genuß der Macht »in freudigem Stolze«, wie Zeus sich auf dem waldigen Ida niederläßt (VIII 51). Erscheinen die Götter dadurch weit über die Sterblichen hinausgehoben, so sind sie andererseits aber nicht unbedingt allmächtig. Auch die Götter unterstehen der namenlosen Macht der *Moira* oder *Aisa*, dem Gesetz, nach dem auch sie einstens vor undenklichen Zeiten einmal angetreten sind, als sie ihre neugewonnene Herrschaft gegen die erdgeborenen Mächte erst hatten verteidigen müssen. Gleichzeitig freilich ist es die Aufgabe der Götter, über den Vollzug des Schicksals zu wachen, daß nichts »gegen das Schicksal« geschehe. Wenn Zeus am Vortage jener Schlacht, die den Griechen die äußerste Not bringen wird (VIII 68 ff.), oder auch vor Hektors letztem Kampf mit Achilleus (XXII 209 ff.) erst noch die Schicksalswaage befragt, so bringt deren Ausschlag die schicksalsmäßige Bestätigung des von Zeus schon längst vorher gewußten Geschehens, so daß dieser nicht so sehr als Lenker, sondern nur als Vollstrecker des Schicksals erscheint; trotzdem – dem stolzen Bewußtsein seiner göttlichen Macht vermag solche Abhängigkeit keinen Abbruch zu tun.

Man sagt, Homer habe den Griechen ihre Götter geschenkt. Man meint auch, die homerischen Götter seien vermenschlichte Götter.

Denn Abild und Wunschbild irdischer Dinge sind den Griechen ihre Götter immer geblieben. Den homerischen Göttern eignet alles, was sich der Mensch erträumen mag, auch ungehindertes und reueloses Hingegebensein an Wünsche und Leidenschaften. Was dem frivol erscheinen wird, der unsere Vorstellung eines allmächtigen, allweisen und allgütigen Gottes bei Homer sucht, wird zum mindesten verständlich, erblickt man in den homerischen Göttern nichts als gesteigerte Menschen mit ihren Tugenden und Schwächen.

Man hat nicht ganz zu Unrecht die homerische Götterwelt mit der Hofgesellschaft des absoluten Fürsten verglichen. Wie diese hat auch jene ein Doppelgesicht: Der Kavalier, der menschlich-allzumenschliche Intrigen gegen seinesgleichen spinnt, mit dem er sich doch zugleich durch die Regel höfischer Sitte und Konvention verbunden weiß, der sein Leben in leichtfertigem Genuß alles Schönen und Angenehmen mit seinesgleichen hinbringt, wird unnahbar, ganz Würde und Majestät, sobald er dem Untertan gegenübertritt. Ganz so der homerische Gott:

Zu Beginn des viertes Gesanges der ›Ilias‹ ratschlagen die Götter, was jetzt zu tun sei, nachdem der Zweikampf zwischen Menelaos und Paris, der den Krieg entscheiden sollte, durch die Entrückung des besiegten Paris unentschieden ausgegangen war. Zeus und Hera handeln nun den Untergang Trojas untereinander aus »wie in einem modernen Salon, als sei von Hasen und Rebhühnern die Rede« (Herman Grimm). Wie aber Athene in Ausführung des auf Grund dieses Handels erhaltenen Befehls zur Menschenwelt hinabeilt, da wechselt der Ton:

> Gleichwie ein Stern, den der Sohn des verschlagenen Kronos gesendet,
> Schiffern oder dem weiten Lager der Völker zum Zeichen
> Hell erglänzt und im Flug unzählige Funken umhersprüht:
> Also schwang sich zur Erde hinab nun Pallas Athene
> Mitten zwischen die Völker, und Staunen ergriff, die es ansahn,
> Alle, die reisigen Troer und hellumschienten Achaier.
>
> (IV 75 ff.)

Nun ist die Gottheit – im Bilde des strahlenden Meteors – ganz Majestät.

Solchen Göttern in ihrer launenhaften Majestät untertan aber lebt weithin auf der Erde das Geschlecht der sterblichen Menschen. Mit ihrem Schicksal spielen die Götter, wie es ihnen beliebt. Sie gehen dabei ihren irdischen Lieblingen hilfreich zur Hand und schlagen den Gegner mit Blindheit, daß er unversehens in sein Verhängnis eilt. Oft scheint es, als ob die Menschen sich schon vertragen wollten, gefiele es den Göttern nicht, den Zwist zu erneuern.

Das irdische Schicksal, die Teilnahme an Leid und Freud, erscheint so als eine Widerspiegelung göttlicher Feindschaften und Freundschaften. Was aber den Göttern nur halber Ernst ist, den sie schnell wieder vergessen, wenn Spiel und Tanz die aufbrausenden Gemüter versöhnt, wird den Menschen heller Triumph und bitterstes Leid. So sind die Menschen nicht nur vergänglich, eines Schattens Schatten –

> Gleichwie Blätter im Walde, so sind die Geschlechter der Menschen;
> Siehe, die einen verweht der Wind, und andere wieder
> Treibt das knospende Holz hervor zur Stunde des Frühlings –
> (VI 146ff.)

sondern zudem auch göttlicher Willkür heillos ausgeliefert:

> So bestimmten die Götter das Los für die kläglichen Menschen,
> Immer in Sorgen zu leben; allein sie selber sind sorglos.
> Zwei Gefäße sind aufgestellt im Saale Kronions,
> Voll mit Gaben: mit bösen das eine, das andre mit guten.
> Wem sie zusammengemischt nun Zeus, der blitzende, sendet,
> Dem wird einmal das Böse zuteil und ein andermal Gutes.
> Wem er aber nur Schlimmes beschert, den stürzt er in Schande,
> Und es treibt ihn die bittere Not auf der heiligen Erde
> Hin und her; so irrt er, mißachtet bei Göttern und Menschen.
> (XXIV 525ff.)

Freilich, über göttlicher Willkür steht auch hier das Walten der Moira, die Zuteilung des Maßes, das einem jeden gesetzt ist. Achilleus muß früh sterben. So will es das Schicksal, das kein göttliches Bemühen wenden kann. Aber der Gang dieses kurzen Lebens, sein Inhalt an Leid und Freud, ist weithin göttlicher Einwirkung unterworfen. Denn die Götter haben Achilleus den Zorn ins Herz gesenkt, daß er da wächst und heert und wie ein Rauch die Klarheit der Einsicht und Entschließung trübt.

Was immer das Schicksal des Menschen ausmacht, nicht nur äußeres Schicksal, Glück, Reichtum, Ruhm, Krieg, Mühe, Leid, Schande, sondern auch die Mächte, die des Menschen Seele beherrschen, Wahnsinn, Leidenschaft, Zorn, Verblendung, oder auch Klugheit, Einsicht, Liebenswürdigkeit, sind gute und schlimme Gaben der Götter, die in ihren Auswirkungen getragen werden müssen. »Wo immer ein Mensch mehr leistet, oder auch mehr sagt, als man nach seinem bisherigen Verhalten erwarten konnte, da wird diese Tatsache, wenn eine Erklärung dafür gesucht wird, auf das Eingreifen eines Gottes zurückgeführt« (Br. Snell). Auch *Ate*, die Schuld, ist Auswirkung gottgesandter Verblendung und so »unschuldige Schuld«. Die homerischen Menschen kennen darum kein individuelles Schuld- und Sündenbewußtsein; sie stehen auch dem, was in oder mit ihrem Innern geschieht, merkwürdig objektiv gegenüber: der Blitz, den Zeus schleudert, und der Zorn, den die Gottheit ins Herz senkt, sind gleichgeordnete Erscheinungen göttlicher Einwirkung. Diese merkwürdige Fähigkeit, sich selber und die Vorgänge im eigenen Innern zu objektivieren, ist den Griechen eigentümlich geblieben. Noch der hellenistische Weise, der die Leidenschaften (»affectus animi«) als der wahren Glückseligkeit (»tranquillitas animi«) abträglich auszuschalten sucht, sieht in diesen nur eine Krankheit, aber keine Verschuldung.

So scheint es also, daß der Mensch den blinden, übergöttlichen Schicksalsmächten und den willkürlichen Schickungen unverantwortlicher Götter hoffnungslos ausgeliefert sei, und man möchte meinen, den solcherweise Bedrückten sollte tatenlose Resignation als des Daseins letzter Schluß erscheinen. Aber Resignation ist kein reiner Klang; hart, aber rein klingt das Tragische. So stößt Homers Weltansicht durch die Resignation zur heroischen Tragik hindurch und rettet so den Menschen und den Wert des Menschen.

Manchmal sieht es so aus, als könnte durch die Kraft menschlicher Entschließung in den Gang des Schicksals eingegriffen und den Dingen ein Verlauf »gegen das Schicksal« gegeben werden, wenn eben nicht im letzten Augenblick die Götter als Hüter des Schicksals durch persönliches Eingreifen das, was eben darum, weil es nicht sein darf, auch nicht sein kann, verhinderten, so etwa II 155, VIII 130, XX 30 und öfter. Auch wenn in solchen Fällen das menschliche Löcken wider das Schicksal nicht zum Erfolge führt, so zeigt sich doch darin, daß der Mensch sich dem Schicksal gegenüber durchaus nicht nur passiv verhält und daß auch der menschlichen Entschließung virtuell eine schicksalbestimmende Kraft innewohnt.

In jedem Falle aber bleibt für den Menschen dem Schicksal gegenüber das tapfere Ertragen und die willige Hinnahme dessen, was ihm verhängt ist, daß er »die Gottheit in seinen Willen aufnimmt«, wie Achilleus, der wissend, daß er frühem Tod verfallen ist, dennoch das tut, was ihm Sitte und Pflicht, das Gesetz seines Lebens, nach dem er angetreten ist, gebieten. Diese »stolze Männlichkeit« findet ihren Ausdruck in unvergänglichen Worten, wie etwa dem, das Achilleus (XIX 420ff.) seinem Falben zuruft, als der ihm vor seiner Ausfahrt gegen Hektor frühen Tod weissagt:

> Falbe, was willst du den Tod mir verkünden? Das brauchst du mitnichten.
> Selbst schon weiß ich es wohl, mein Los ist, hier zu verderben,
> Fern von Vater und Mutter. Und dennoch bin ich entschlossen,
> Nicht zu rasten, bevor ich die Troer noch müde gerungen.

Erst in dieser fruchtbaren Auseinandersetzung und Spannung zwischen göttlicher Schickung und menschlicher Entscheidung, die aller Willkür gegenüber die Würde des Menschen rettet und wahrt, liegt das eigentlich Hellenische, zugleich auch der letzte Grund für das dramatische Geschehen der ›Ilias‹ und den tragischen Geist, der sie erfüllt. Aus dieser Spannung heraus handeln Achilleus und Hektor, die beiden Hauptträger des Geschehens; besonders aber verdankt es die ›Ilias‹ der tragischen Gestalt des Achilleus, »daß sie uns nicht nur eine ehrwürdige Inkunabel urwelthaften Kriegergeistes ist, sondern ein unsterbliches Denkmal ewig menschlicher Lebenserkenntnis und Leidensgröße« (W. Jaeger). So hat man in Homer mit einem gewissen Recht auch zugleich den ersten Tragiker der Griechen gesehen.

Hier also rührt Homers Weltbild an die ewigen Fragen, vor die uns heute wie vor dreitausend Jahren die Fragwürdigkeit des Menschendaseins stellt.

In anderer Hinsicht ist es zeitlich bedingt und sozial begrenzt.

Denn innerhalb der Menschenwelt sind Rang und Würde wiederum verschieden verteilt. An ihrer Spitze, gleichsam als feinste Blüte am menschlichen Stamm, stehen die Helden, die einer Ehe zwischen Gottheit und Mensch entsprossen sind wie Achilleus, der Sohn des sterblichen Peleus und der göttlichen Meerfrau Thetis, deren Hochzeit die Götter selbst als Gäste einst Glanz verliehen haben. Alle gottentsprossenen und zeusgeliebten Könige, deren Stammbaum auf einen göttlichen Ahnen zurückgeht, sind dadurch als Uradel über ihre bloß ritterliche Umgebung hinausgehoben. Ihr Vorrecht wird als gegeben respektiert: »Einer sei König, dem Zepter verliehn hat der Sproß des verschlagenen Kronos!« (II 205). – Den Königen zur Seite tritt die Schar ihrer ritterlichen Gefolgsleute. – Königen und Rittern aber steht in weitem Abstand die Schar der gewöhnlichen Menschen gegenüber, mögen diese nun als Krieger und Teilnehmer am Feldzug – wie Thersites – das Tagewerk des Ritters teilen, oder als Bauern, Hirten, Winzer, Imker, Fischer, Holzarbeiter ihre Tage hinbringen. In sich geschlossen steht die Adelsschicht den übrigen Menschen mit ähnlicher Autorität gegenüber wie die Götterschar den Menschen schlechthin.

Homers Weltbild nun ist das jener Adelsschicht, oder besser: Es entspricht einer ins Ideale gesteigerten adelig-heroischen Lebensform, nicht viel anders wie auch unsere großen deutschen Epen, ›Nibelungenlied‹ oder ›Parzival‹, das Bild einer ritterlichen Kultur widerspiegeln. Sind jene adligen Herren durch ihr Geblüt schon über das gewöhnliche Volk hinausgehoben, so gelten für sie auch besondere Gesetze und Konventionen, wie sie jede ritterliche Gesellschaft ausgebildet hat.

Handwerk und standesgemäßer Lebensinhalt ist für sie Krieg und Kampf, der höchste Bewährung verlangt. So ist der Kampf um Troja »ein gewaltiger Agon der höchsten Arete so vieler unsterblicher Helden« (W. Jaeger).

Immer der erste zu sein und ausgezeichnet vor andern (VI 208)

ist hier Pflicht, Ehre und Ruhm. Nach Recht und Unrecht des Krieges wird im allgemeinen wenig gefragt. Wohl sind letztlich um Helenas willen die Achaier vor Troja gezogen, man macht sogar gelegentlich den Versuch, auf »diplomatischem Wege« die Rückgabe Helenas zu erreichen. Dennoch gilt: »Was an den Achaiern die Sympathie des Dichters findet, ist nicht die Gerechtigkeit ihrer Sache, sondern ihr unvergänglich leuchtendes Heldentum« (W. Jaeger). Nur auf Troerseite erklingt das (im Hinblick auf den Zweifel an der Superstition fast frevlerisch kühne) Wort:

> Nur ein einziges Zeichen gilt: das Vaterland schützen!
>
> (XII 243)

und gerade von dieser Seite her fällt auf Hektor, den Stadtschirmer, ein besonders warmes Licht.

Diese kriegerische Tätigkeit also bestimmt in erster Linie die Charakterwerte, die den vollkommenen Ritter ausmachen. Er ist tapfer und eifersüchtig auf seine Ehre bedacht, die er von seiner Umgebung zu erwarten hat, und auf den Ruhm, den ihm die Nachwelt spenden soll. Er ist dem Höhergestellten gegenüber, dessen Vorrang er anerkennt, freimütig, ohne es darum jemals an dem schuldigen Respekt fehlen zu lassen. Im Rat tritt er, ist er der Jüngere, bescheiden zurück; doch gilt als Forderung an den rechten Mann, daß er auch im Rat das rechte Wort finde. Von den Frauen oder gar von Frauendienst ist nicht viel die Rede, obgleich der Trojanische Krieg um die schönste Frau entbrannt ist; im allgemeinen ist das Haus der Bereich der Frau. Aber den Gaben der Musen gegenüber ist der adlige Grieche aufgeschlossen und in den Mußestunden, soweit sie nicht dem Sport und dem Kampfspiel gewidmet sind, erklingen zur Phorminx die »rühmlichen Taten der Männer«.

Freilich, das Tagewerk des Krieges ist grausam; und so kann der Ritter im Kampf auch unerbittlich hart sein wie Agamemnon, als er dem Menelaos seine Milde verweist, die dieser dem besiegten Adrastos zu gewähren bereit war. Selten nur waltet dem Gegner gegenüber uneigennützige Milde; denn der Gewinn der Rüstung und das zu erwartende Lösegeld stehen in verlockender Aussicht. Um die Beute wird heftig gestritten; die Hoffnung auf sie hält in erster Linie das Heer so lange vor Troja fest. Aus dem Nachschub für das Heer schlagen die Atriden – sie müßten keine Griechen sein – erheblichen Gewinn für die eigene Tasche.

Im ganzen überwiegen jedoch die glanzvollen Eigenschaften, und so mag Homer in der jugendlich strahlenden, unbekümmerten Gestalt des Diomedes das Bild des Ritters, wie er sein soll, gezeichnet haben. Zu seiner wuchtigen Aristie im fünften Gesang, in der er selbst vor Göttern nicht haltgemacht, gibt die wunderschöne Glaukosepisode im sechsten die Ergänzung, wo Diomedes in seinem Gegner einen alten Gastfreund vom Vater her erkennt, dem er freudig die Hand bietet; man tauscht die Rüstung (nicht ohne ein gewisses Bedauern des Dichters, daß Glaukos »so dumm war«, seine goldene Rüstung gegen eine eherne dranzugeben) und verspricht einander, sich künftig im Kampfe zu meiden. – Mag Diomedes im Rat, rasch und entschieden, wie es seine Art ist, gelegentlich seine Jugend vergessen und voreilig seine Meinung äußern, so trifft bei aller Reverenz dem König gegenüber seine freimütige Kritik den Kern der Sache; sein Optimismus verscheucht im Nu die trübe Stimmung. So wird ihm auch bei den Leichenspielen zu Ehren des Patroklos im Zweikampf mit Ajas der verdiente Kampfpreis aus der Hand des Achilleus zuteil.

Nur in *einer* Gestalt – abgesehen von den Menschen der Gleichnisse – ragt in diese Sphäre adliger Schönheit das Zerrbild einer gemeineren Welt herein: Thersites, der gegen die hochmögenden Herren seinen ganzen Geifer verspritzt, denen er die gleichen gemeinen Motive des Handelns zuschreibt, die ihm selber einzig denkbar sind, der nur aus Schmähsucht gegen die Atriden für deren armes Opfer Achilleus Partei ergreift, dem er doch im gleichen Atemzug Lässigkeit vorwirft, daß er Agamemnon nicht gleich erschlagen habe.

Solcher Art ist die Welt, die Homer in seiner ›Ilias‹ gestaltet hat.

Formprinzipien der Ilias

Objektivität und Bildhaftigkeit. Homers vielgerühmte Objektivität, mit der er die ganze Fülle seiner Welt schaut und dieser Welt gegenübersteht, ergibt sich aus der Distanz zu den Dingen, die er schildert. Wer zu nah dem Gegenstande rückt, der erblickt nur einen Teil der Wirklichkeit; wer mit getrübten, von Parteinahme befangenen Augen die Dinge betrachtet, sieht die Dinge nicht, wie sie sind, sondern wie sie ihm erscheinen. Objektivität und Distanz gehören zum epischen Stil.

Hier tritt das wertende Subjekt, das Ich des Dichters, dem Gegenstand und seinem Werk gegenüber völlig in den Hintergrund. Wo Homer in der ersten Person von sich spricht, da tut er das nur in der Anrede an die Muse, die er bittet, ihm genaue Kunde zu geben; denn

> Unser Wissen ist nichts, wir horchen allein dem Gerüchte.
> (II 486)

Ähnlich selten ist die Anrede an den Zuhörer, die ja doch die Situation des rezitierenden Dichters voraussetzen würde. Natürlich enthält sich der Dichter auch des wertenden Urteils über die Dinge, die er kündet, der Äußerung des Mitgefühls oder des Abscheus so gut wie ganz. Kaum daß das Mitgefühl des Dichters mitschwingt, wenn er Hektors geschändetes Haupt »so lieblich zuvor« (XXII 402) und das Tun des Achilleus als »schändliche Tat« (XXII 395), den Wunsch der Thetis als »unbarmherzig« (XV 598) bezeichnet, oder eine Bemerkung macht wie XIII 343:

> ... Der hätte ein Herz wohl von Eisen,
> Der mit Freuden erblickte die Not und ohne zu zagen.

So ist auch die *Apostrophé*, die Anrede des Dichters an eine Gestalt des Geschehens, in der ein Ton besonderer Zuneigung empfunden wird, durchaus nicht häufig. Menelaos wird so in formelhaftem Vers angeredet, auch Patroklos oder der heilende und verderbende Phoibos Apollon (XV 365, XX 152).

Natürlich ist sich der Dichter trotzdem bewußt, daß er eine gewaltige Leistung vollbracht hat; aber es ist nicht seine Person, die weiterleben wird, sondern sein Werk; seine Kunst des Gesanges wird noch der fernsten Nachwelt von dem Geschehen künden, das der Inhalt seines Werkes ist. Und natürlich weiß der Dichter auch Mitgefühl mit den Helden, Bewunderung, Abscheu zu erregen, aber nur durch das geschilderte Schicksal, durch die Worte der Helden, die wir vernehmen, so gut wie nie durch die Reflexion des Dichters.

Distanz zu den Dingen gewinnt Homer auch durch den zeitlichen Abstand, den er zwischen sich und die geschilderten Ereignisse legt. Das geschieht nicht einmal in erster Linie dadurch, daß er bewußt archaisiert, daß er etwa primitivere Zustände im Verhältnis zu denen seiner eigenen Zeit schildert. Man hat darauf hingewiesen, daß die ›Ilias‹ noch keinen Reiterkampf kennt, keine Schrift, keinen Sängerstand, daß sich die Kämpfer neben dem moderneren Rundschild des alten Turmschilds noch bedienen, und dergleichen mehr. Wichtiger ist, daß die Sympathie des Dichters der guten alten Zeit gilt, die Nestor noch in seiner Jugend sah, Nestor, der auch allein noch den wuchtigen Taubenbecher zu heben vermag (XI 636), der noch mit den Kentauren gestritten hat, die »niemand jetzt zu bekämpfen von den heutigen Erdenbewohnern« (I 272) vermöchte. Oder wenn Ajas XII 378 einen Stein schleudert, den nicht leicht hätte »selbst ein blühender Mann mit beiden Händen gehalten unter den Sterblichen heute« (und ähnlich Diomedes V 302, Hektor XII 447, Aineias XX 285), so schaffen solche Bemerkungen ein Gefühl der Distanz, wie dieses Zeiten des Übergangs eignet, die das stürzende Alte durch den Schimmer einer besseren Vergangenheit verklären.

So also geleitet uns der Dichter als objektiver Berichterstatter wie Athene den unsichtbaren Zeugen des Kampfgeschehens (IV 539ff.) durch seine Welt, die er vor unseren Augen in großartigen Bildern vorüberziehen läßt. Nichts ist ihm fremd, nichts unwichtig. Homer zeichnet ohne Beschönigung, er schreckt vor dem Grausigen, ja Gemeinen so wenig zurück, wie er liebevoll das Schöne, Idyllische darstellt. Die Schändung Hektors ist in ihrer ganzen grausen Wirklichkeit mit beinahe technischer Genauigkeit geschildert (XXII 395ff.).

Die Kampfszenen, trotz aller Ähnlichkeit stets variiert, glauben wir mitzuerleben. Die Verwundungen werden bis in anatomische Einzelheiten genau angegeben. Homer weiß da Bescheid, er kennt den Brauch des ritterlichen Kampfes. Mit welcher Liebe verweilt er bei Einzelheiten der Bewaffnung und der Geräte, auch wenn es sich nicht gerade um das Meisterwerk des Hephaistos handelt!

Auch das umsichtige Walten der Frauen im häuslichen Kreise, die Arbeit am Webstuhl, die Verrichtungen der Mägde werden mit gleich liebevoller Treue vorgeführt. Und wie das Grausige und

Kriegerische ist auch das Rührende im kindlichen Verhalten des kleinen Astyanax der Wirklichkeit nachempfunden (VI 466ff.).

Immer hat man auch bewundert, mit welcher Sachkenntnis Homer in seinen Gleichnissen die bäuerlichen und handwerklichen Verrichtungen wiedergibt, mit welcher Naturwahrheit die Erscheinungen des aufziehenden Sturmes, des brandenden Meeres, des Schneegestöbers, des Waldbrandes, mit welch scharfer Beobachtung das Verhalten des Löwen, des Habichts, der jagdbaren Tiere, der ganzen Kreatur.

Keinem Volke wurde so sehr die Gabe des Auges verliehen wie dem Volke der Griechen, und kaum einer unter den Griechen war so sehr Augenmensch wie der Vater aller Dichter. Beweis seiner Bildhaftigkeit ist, daß sich unschwer Szenen bei Homer in Werke der gleichzeitigen bildenden Kunst umdenken lassen, nicht nur dort, wo er wie in der Schildbeschreibung ein Werk der Kunst schildern will: Thetis und die Meermädchen, wie deren klingende Namen in vollen zehn Versen angeführt werden, verlassen XVIII 65 die Höhle des Meeres, um den jammernden Achilleus am Meeresstrand zu trösten:

... und alle
Gingen weinend mit ihr; da brach sich die Woge des Meeres
Ihnen zur Bahn. Sobald sie zur scholligen Troja gelangten,
Stiegen sie auf zum Gestade der Reihe nach, dort wo die Flotte
Myrmidonischer Schiffe umringte den schnellen Achilleus.
Dicht zu dem bitterlich Stöhnenden trat die göttliche Mutter ...

Meint man hier nicht den Zug der schöngegürteten Gottheiten zu sehen, wie ihn ein Künstler des geometrischen Stils um den Bauch einer großen Amphora gezeichnet haben mochte?

So ist auch das an sich Unschaubare in großartigen Bildern sinnfällig gestaltet. Niemand wird das Bild der furchtbaren *Eris,* der Göttin des Streites, vergessen, die vom Heck des Schiffes mit lauter Stimme die Achaier zum Kampf ruft (XI 3 ff.), niemand das Bild der »Bitten«, der hinkenden, verrunzelten und lahmen Töchter des Zeus, denen man mit Ehrfurcht Gehör schenken soll, wenn der Betörte nicht selber die Schuld büßen will (IX 502 ff.), oder wie Athena und Apollon gleich gewaltigen Geiern vom Baumwipfel aus dem Kampf der Menschen zuschauen (VII 58 f.), oder wie *Hypnos,* der Schlaf, der Zeus in seligen Schlummer lullen soll, in den Zweigen der gewaltigen Bergfichte auf dem Ida niederhockt:

> Gleich dem pfeifenden Vogel der Nacht im Gebirge, von Göttern
> Schmiedevogel genannt und Habicht der Nacht von den Menschen.
> (XIV 290f.)

Aber auch das an sich Schaubare wird sinnfälliger und eindrucksvoller durch Bilder. Denn – mit Schadewaldts Worten – »die homerischen Gleichnisse sind Durchblicke aus der verworrenen, vielfältigeren, unbeständigen, sich selbst so wenig gleichen Menschenwelt in die Bereiche der einfachen Vorgänge und des wahren und völlig offenbaren Seins, wie vor allem bei den handwerklichen Vorgängen, beim Tier und den elementaren Naturgewalten, die stets das ganz sind, was sie sind, und sich in den immer gleichen Grundverhältnissen bewegen«. Das Gleichnis verallgemeinert also und vereinfacht dadurch den einmaligen Vorgang des Geschehens und macht ihn zugleich sinnfällig.

Achilleus eilt vor Troja, um den letzten Strauß mit Hektor zu bestehen, »gleich einem sieggewohnten Pferd, das in gestrecktem Lauf leicht mit dem Wagen übers Feld dahinfliegt« – und dann:

> ... hell wie der Stern ...
> Der in herbstlicher Zeit sich erhebt und in strahlender Klarheit
> Jeden Stern überglänzt von den vielen im nächtlichen Dunkel,
> Welchen die Menschen Hund des Orion mit Namen benennen.
> Hell wie er strahlt, bedeutet er doch ein verderbliches Zeichen,
> Denn er bringt viel fiebrige Glut den elenden Menschen:
> So erglänzte das Erz um die Brust des laufenden Mannes.
> (XXII 26ff.)

Nicht nur den Glanz versinnlicht das Bild, der von der Rüstung des Achilleus ausgeht, sondern zugleich läßt es das Unheilschwangere der Erscheinung fühlbar werden, daß sich auch uns wie Priamos das Herz in der Brust vor Bangen zusammenzieht. – Den Todeslauf Hektors versinnlichen gar vier Gleichnisse: Falke und Taube (XXII 139ff.), Pferde in der Rennbahn (162ff.), Hund und Hirschkalb (189ff.) und schließlich – ein seltsam erregendes Gleichnis – der Traumlauf (199f.):

Wie man im Traume vergeblich den Fliehenden sucht zu verfolgen;
Weder vermag der eine zu fliehn, noch der andre zu folgen.

Der Beispiele solcher Bildhaftigkeit wäre kein Ende, selbst wenn man nur die schönsten auswählen wollte.

Polarität und Architektonik. Man ermüdet nicht bei der Lektüre Homers, obwohl doch das gewaltige Geschehen, das man durch vierundzwanzig Gesänge hindurch verfolgt, dem heutigen Leser wie auch einst schon dem zeitgenössischen Hörer Homers in seinen Grundzügen und seinem Ausgang bekannt ist. Wie hat Homer das erreicht? Auch hier liegen Formprinzipien zugrunde; denn nicht das »Was« erweckt das Interesse, sondern das »Wie«.

Zunächst geschieht das durch einen häufigen Wechsel des Gegensätzlichen nach dem Prinzip der *Polarität.*

Ständig wechselt der Schauplatz. Bald befinden wir uns im Griechenheer, dann in der Stadt Troja, bald auf dem hitzeflimmernden Schlachtfeld, bei der alten Eiche, am Ufer des Skamandros, am skaiischen Tor, dann wieder in der umhegten Stille des königlichen Palastes von Ilion oder im Zelt des Achilleus; es wechseln Tag und Nacht; die Morgenröte tut das Tor des Tages zu neuem Geschehen auf, die Nacht deckt mit blinkenden Sternen das weite Blachfeld und schenkt den müden Streitern erquicklichen Schlummer. Dazwischen aber erhebt sich die Phantasie aus dem Drang der irdischen Handlung in die heitere Höhe des Olympos, von wo wir mit Götteraugen in weiter Ferne das vergebliche Mühen des leidgewohnten Menschengewimmels erblicken. Bei diesem Wechsel der Szenerie wird ein überlegener künstlerischer Verstand erkennbar. Im dritten Gesang wechselt allein fünfmal der Schauplatz, so daß wir im Wechsel dreimal auf das Schlachtfeld, zweimal nach Troja geführt werden, bis wir zu Beginn von IV den irdischen Schauplatz verlassen und zu einer für den ganzen Ablauf der Handlung entscheidenden Götterszene auf den Olymp versetzt werden.

Man erinnert sich, wie bei einer modernen Tonfilmwiedergabe einer Symphonie der gleitende Scheinwerfer die Instrumente des Orchesters ins Licht rückt, die jeweils im Gesamtgewebe des Tonwerks besonders markant hervortreten, und wie auf diese Weise das

Erleben des Ganzen eine erstaunliche Vertiefung erfährt. In ähnlicher Weise treten bei Homer wechselweise die einzelnen Gestalten der Handlung aus ihrem bloßen Dabeisein zeitweilig in den Vordergrund unserer Aufmerksamkeit und so in ihr besonderes Leben; sie erfahren ihre Aristie, so besonders Diomedes im fünften Gesang, Agamemnon im elften, aber auch Nebenfiguren wie etwa der Bogenschütze Teukros im achten. In solchen Fällen wird ihr Auftreten mit besonderer Sorgfalt vorbereitet und motiviert. So erlebt der Leser im elften Gesang die Bewaffnung des Agamemnon mit und bekommt einen sinnfälligen Eindruck vom Aussehen des Panzers, des Wehrgehenks usw. Ist die Aufgabe erfüllt, so treten die Helden oft unvermittelt ins Dunkel des bloßen Dabeiseins zurück, die Szene wechselt. Dennoch sind sie nicht vergessen. Es ist die große Kunst Homers, oft in einer ganz beiläufigen Bemerkung im weiteren Verlauf wieder auf die Personen hinzuweisen und so an ihr Dasein zu erinnern.

Wie dies mit den Personen geschieht, so auch mit den *Motiven,* die hier voll angeschlagen werden, um dann wieder zurückzutreten, dort nur beiläufig wieder in Erinnerung gebracht werden, so der Zorn des Achilleus, Hektors schicksalverhängter Tod, Trojas Ende. Aber daß diese Motive das ganze Geschehen durchziehen und nie vergessen werden, um zum Schluß wieder zum Ganzen geschürzt zu werden, macht die ›Ilias‹ trotz allem, wie wir sie heute lesen, zu einem letzthinnigen Ganzen. Nicht einmal so kleine Motive wie das an sich natürlich folgenschwere Briseismotiv läßt der Dichter völlig fallen. Es ist nicht von ungefähr, daß es die zurückgewonnene Briseis ist, die im letzten Gesang das Lager des Achilleus teilt, nachdem versöhnender Schlaf sich über die beiden Männer gesenkt hat, den Alten und den Jungen, Priamos und Achilleus, die eben den schönsten Sieg über sich selber errungen haben.

Von Szene zu Szene wechselt auch die *Stimmung.* Homer weiß, daß Ruhepunkte und erholende Pausen eingelegt werden müssen, damit der Hörer wieder für neue Steigerungen empfänglich wird. So findet das bewegte grause Geschehen des Schlachtfeldes seinen Ausgleich in ruhenden, idyllischen Szenen, wie die erregende Diomedeshandlung im fünften Gesang in der Zwiesprache zwischen Hektor und Andromache im sechsten. Ähnliche Pausen bedeuten der Schiffskatalog im zweiten, die Schildbeschreibung im achtzehnten Gesang, diese bedeutungsvoll eingelegt, ehe das Kampfgeschehen seinem letzten Höhepunkt entgegengeht; aber auch im kleinen darf ein an sich nebensächliches Geschehen wie die nach den starken Akzenten des Eingangs in breiter Ruhe geschilderte Fahrt nach Chryse im ersten Gesang in der Ökonomie des Ganzen einen Platz im Sinne der Pause, der Besinnung beanspruchen. Hierher gehört ebenso das häufige Abklingen einer erregenden Handlung in den ruhigen Bildern der sinkenden Nacht (am schönsten VIII 553ff.), oder manches ruhig ausgeführte Gleichnis, das nicht nur einen kurzen Wechsel der Szene, sondern oft auch der Stimmung bringt. In diesem Sinne ist das »stille Bild«, wie Achilleus im Zelt zur Leier von den Taten der Männer singt, während draußen die Not der kämpfenden Achaier steigt (IX 185ff.), eine »unvergleichlich homerische Situation« (Schadewaldt).

So wechseln auch – ungeachtet des gleichbleibenden Flusses des epischen Maßes – im Einklang mit dem Geschehen *Tempo* und *Bewegung*. Man spricht von »epischer Breite«, unsere schnellebige Zeit ist hierfür besonders empfindlich geworden. Aber die alten Rhetoriker schon haben gerade auch an Homer seine Kürze gerühmt – und wirklich nicht zu Unrecht. Wohl gibt es epische Breite, aber doch nur dort, wo der Dichter etwa durch Verweilen bei einem Gegenstand oder Motiv dieses herauszuheben, seine Wichtigkeit zu betonen wünscht. Umgekehrt aber, wenn eine Handlung zu Ende gespielt ist, kann er auch kurz und mit wenigen Versen abbrechen; der Gegenstand interessiert nicht mehr (so etwa I 531–535, XVIII 614–617). Die Götter durchmessen bald in Gedankenschnelle die Strecke zwischen Olymp und Erde, bald geht ihre Auffahrt in eindringlicher Breite vor sich. Besonders aber zeigen die berühmten Verse, da zu Beginn des achtzehnten Gesanges Antilochos, Nestors Sohn, dem grollenden Achilleus in knappsten Worten den Tod des Patroklos meldet – die entscheidende Botschaft für das Ganze der Handlung –, daß Homer auch die ästhetische, packende Wirkung der Kürze kein Geheimnis war. Gerade im Gegensatz zur gewöhnlichen Breite klingt die Knappheit hier um so schneidender.

Auch die kunstvolle *Steigerung* der Szenen und Motive innerhalb einer größeren Einheit wie auch im ganzen Verlauf der ›Ilias‹ dient dazu, das Interesse des Hörers nicht abschweifen zu lassen und ihn mit Spannung zu erfüllen. Es ist in der Regel so, daß ein bestimmtes Motiv dort, wo es zum zweitenmal erscheint, reicher ausgestaltet und so gesteigert wird. Helena wird in der sog. Teichoskopie, der Mauerschau des dritten Gesanges, wo sie zum erstenmal auftritt, nur indirekt durch die Wirkung ihrer Person auf die Greise charakterisiert; aber etwas später, noch im gleichen Gesang im Gespräch mit Aphrodite und im Zusammensein mit Paris, erfährt Helenas Bild durch den edlen Stolz, den sie der Göttin entgegensetzt, und in dem Ausdruck der Empörung dem in ihren Augen weichlichen Feigling Paris gegenüber, eine Bereicherung und Steigerung. Und noch einmal wächst sie im sechsten durch die Anerkennung, die Hektor ihr durch sein Verhalten zollt. Helena wird im letzten Gesang ihrem Schwager die Totenklage sprechen.

Homer zerlegt also das umfassende Geschehen der ›Ilias‹, das als Ganzes nur schwer zu überblicken wäre, in lauter überschaubare Einzelszenen. Eine solche *Zergliederung* gibt den Einzelszenen einen gewissen Grad von Selbständigkeit. So stehen manche dieser Szenen als Episoden nur in lockerem Zusammenhang mit der Haupthandlung, z.B. die Fahrt nach Chryse (I), die Glaukos-Diomedes-Episode (VI), die Meleagererzählung (IX), die Sarpedonszene (XVI), die Schildbeschreibung (XVIII), vor allem auch die Dolonie (X); diese freilich wohl eine spätere Einfügung. Gewiß ist durchaus denkbar, sogar wahrscheinlich, daß diese und ähnliche Episoden auf ursprünglich selbständige künstlerische Gebilde zurückweisen. Dennoch wird sich zeigen, daß solche Episoden im Rahmen des Ganzen eben an dem Platze, an dem wir sie lesen, durchaus ihren Sinn haben. Ihre Herauslösung würde oft geradezu das künstlerische Gleichgewicht stören – und wenn sie nur die Funktion der Pause hätten.

Die meisten Einzelszenen sind jedoch, wie sich bald erweist, nur tragende Bauglieder des Ganzen, die sich inhaltlich zu größeren Einheiten zusammenfügen. In der Art aber, wie sich die Einzelglieder zum größeren und letzten Ganzen zusammenfügen, wie sie wechselseitig durch ständige Beziehungen nach rückwärts und vorwärts verzahnt und durch die großen Leitmotive des Zornes und von Trojas Untergang umklammert sind, in dieser vollendeten Architektonik des Aufbaus, die im einzelnen zu verfolgen man nicht müde wird (denn immer lassen sich neue Feinheiten entdecken), erkennen wir voll Bewunderung das dichterische Genie, das letzten Endes die ganze ›Ilias‹, wie diese heute vor uns liegt, einmal geschaffen hat.

Wir wollen hier einen Augenblick innehalten und auf verwandte Formprinzipien der gleichzeitigen bildenden Kunst hinweisen. Die geometrische Kunst ist im Gegensatz zum mykenischen, besonders aber im Gegensatz zum kretisch-minoischen Dekorationsstil nicht nur als Ganzes organisch empfunden, so daß sie in ihren Dekorationsmotiven der plastischen Form der Amphora mit ihren strukturell wichtigen Abschnitten und Teilen – oberer Rand, Hals, Halsansatz, Schulterteil, Bauch, Fuß – sich anpaßt, sondern zeigt auch ein bewußtes Aufeinanderabstimmen, eine Steigerung der Schmuckmotive etwa zur Mitte hin, eine relative Selbständigkeit der einzelnen Motive, auch Bevorzugung der Dreigliederung, wie diese Formmotive auch bei Homer kenntlich sind. In seiner Analyse des zweiundzwanzigsten Gesanges schreibt Schadewaldt: »Das Hauptstück ist die Begegnung des Achill mit Hektor; es ist von je drei Troerreden wie von zwei Flügelstücken beiderseits umgeben. – Das Ganze ist ein großes, vielfach durchgestaffeltes Triptychon.« Damit vergleiche man etwa die Ornamentik einer Dipylonamphora aus Athen (in Boston; bei G. Hafner, ›Geschichte der griechischen Kunst‹, Zürich 1961, S. 68, Abb. 64). Beherrschend liegt um den Bauch der Vase unmittelbar über der dicksten Stelle ein breites Mäanderband. Dieses Band ist beiderseits umrahmt durch je einen figürlichen Fries (oben grasende Pferde, unten Wasservögel), jedoch von diesen Friesen abgesetzt durch je ein schmales Band mit gleichem geometrischen Muster (Carées), das seinerseits wieder beiderseits von je drei einfachen Linien zusammengehalten wird, also etwa b d c d a d c d b. Somit ist im Formalen eine weitgehende Ähnlichkeit unverkennbar; doch läßt in einem, allerdings entscheidenden Punkt Homer die gleichzeitige bildende Kunst schon weit hinter sich: in der Plastik, Rundung und Fülle seiner Gestalten, die, den geometrischen »Gliederpuppen« vorauseilend, schon auf die große Einzelfigur hintendieren.

Durch so wohlüberlegten Aufbau also im gegensätzlichen Wechsel und durch das Zusammenspiel von Szenen, Episoden und Motiven, die in zunehmender Intensität und Wucht der Schürzung des Knotens zueilen, erreicht Homer die dramatische Wirkung, die Spannung seiner Darstellung und so die immer gleichbleibende Anteilnahme des Hörers. Denn die der dramatischen Technik entlehnten Begriffe: Exposition, erregendes Moment, steigende Handlung, Schürzung des Knotens, Retardierung, Moment der letzten Spannung, Katastrophe oder Höhepunkt usw. sind bei der ästhetischen Beurteilung der ›Ilias‹ durchaus nicht fehl am Platze. Aber dies am Gesamtaufbau der ›Ilias‹ zu erweisen, ist hier noch nicht der Ort, wo nur auf Formprinzipien der Dichtung hingewiesen werden soll.

Rhapsodische Technik. Auch die künstlerische Form Homers hat – ähnlich wie sein Weltbild – einen zeitbedingten Aspekt. Dazu gehört alles, was als poetische Technik der Rhapsodik bezeichnet werden kann, wie sie die Oral-Poetry-Forschung deutlich gemacht hat.

Anders als der Sänger, der improvisierend eigene Lieder vortrug, war der Rhapsode – das antike Wort heißt möglicherweise etwas wie »Sänger zum Stabe« – Rezitator fremder Dichtung, die er auswendig seinem Publikum darbot. Sofern auch hier, wie bei jedem ausgedehnten Vortrag, noch ein Quentchen Improvisation im Spiel war, knüpften die Rhapsoden an die alte Praxis der homerischen Sänger an. Doch sind die Rhapsoden, als sie gegen 500 v. Chr. erstmals in Griechenland auftreten, bereits Verwalter und Pfleger eines genau umrissenen literarischen Kanons, den sie von Generation zu Generation weitergeben und der in den homerischen und den sog. »kyklischen« Epen sowie in hexametrischen Götterhymnen bestand.

Zeichen der Veränderung ist auch, daß die Rhapsoden von keinem Instrument mehr begleitet werden. Möglich, daß der Klang der Saiten, wie er in den Hallen der Fürsten ertönte, jetzt, wo der Rhapsode vor den großen Festversammlungen, wie der Verfasser des homerischen Hymnos auf den Delischen Apollon vor der Festversammlung in Delos, sein Lied vorzutragen hatte, sich als zu schwach erwies, so daß er auf seine Phorminx oder Lyra zur Begleitung verzichtete.

Aber alles andere blieb: die Anrufung der Muse zu Beginn, die

Objektivität der Darstellung, der bekannte Stoff. Geblieben sind auch in der ›Ilias‹ noch alle jene Mittel der Darbietung, wie sie die *Oral Poetry* für den Gebrauch des improvisierenden Sängers herausgearbeitet hat: der Langvers im Hexameter, die schmückenden Beiwörter, die typischen Szenen, die *versus iterati.* Ob auch die homerischen Gleichnisse (an die 200 allein in der ›Ilias‹) zur Tradition gehören oder ob sie eher als eine Neuschöpfung des Ilias-Dichters zu betrachten sind, bleibe dahingestellt. Übernommen hat Homer auch größere, in der mündlichen Dichtung vorgeformte Partien wie etwa die Aristie des Diomedes oder Pestalozzis Achilleis.

Aber Homer hat all dies für seine Zwecke umgeformt, zu einander in Beziehung gesetzt und so Traditionelles und Rudimente mündlicher Überlieferung mit Modernem, das seinem Genius zu verdanken ist, unlösbar verquickt, so daß die Technik des »Schichtabtragens« zu keiner klaren Trennung der Schichten führen kann. Wir ahnen eher, was den Klang der Frühzeit hat, als daß wir es auslösen könnten. So sind diese Relikte alle in das Gefüge des Ganzen eingearbeitet – nicht wie Edelsteine in schlechter Fassung, sondern als Schmuckstücke einer wunderbaren Krone, die Homers Werk ist. So wird die Frage, ob etwas alt oder neu ist, mehr und mehr unwesentlich vor der Leistung Homers. Diese in Kürze zu charakterisieren sei jetzt abschließend gewagt, bevor wir uns dem Aufbau des Gedichtes im einzelnen zuwenden.

Homer hat es erstlich verstanden, dadurch, daß er das Zornmotiv, die *Menis,* vom Beginn des Zerwürfnisses bis zu seiner Aufgabe und zu seiner endgültigen Lösung im letzten Gesang geführt hat, ein Ganzes mit Anfang und Ende zu schaffen, wie das griechischem Kunstverstand entspricht. Zugleich aber hat er in einer episodischen Erzählung von insgesamt 52 Kampftagen durch Vor- und Rückverweise das gesamte Geschehen um die Priamosstadt, vom Paris-Urteil (XXIV 28–30) bis zur *Iliupersis,* dem Untergang der Stadt, der mit dem Ende Hektors, des Volksführers, des »Hirten der Mannen« (XXII 277), besiegelt ist, erlebbar gemacht. Nicht von ungefähr gibt der Dichter der Helena, von der alles Geschehen seinen Ausgang nahm, in seinem Werk die letzte Rede im XXIV. Gesang (762 ff.), so daß unsere Bezeichnung des Titels als ›Ilias‹ = »Lied vom Kampf um Ilion« dennoch zu Recht bestehen kann.

Dazu kommt ein Zweites: Homers Gestalten sind keine Marionetten sizilianischer Puppenspieler, die sich mit Türken und Sarazenen weidlich als tüchtige Haudegen herumschlagen, sondern erfahren eine menschliche Vertiefung, die sie zum Prototyp einer neuen Menschlichkeit werden läßt, in dem wir keimhaft schon die große griechische Tragödie angelegt finden. Die großen Helden wie Achilleus und Hektor, aber auch ein Diomedes wachsen über die üblichen Vorstellungen eines kriegerischen Ehrenkodexes weit hinaus. H. Erbse hat das in seinem Aufsatz *Hektor in der Ilias*, in ›Kyhlos‹ (Festschrift für R. Keydell, Berlin 1978, S. 1 ff.), schön gezeigt: »Der Dichter wollte nicht nur (in der Gestalt Hektors) den einseitigen Ehrenkodex des alternden Rittertums kritisieren, sondern auch ein in die Zukunft wirkendes Vorbild, gewissermaßen ein ernsteres Heldenideal errichten.«

Beides aber, die Raffung des Geschehens in eine Episode und die menschliche Vertiefung der Helden-Charaktere, lassen etwas ahnen vom dichterischen Genius Homers.

Wenige Jahre vor seinem Tode hat Goethe seine Einstellung zur Homerkritik seiner Tage und zu Homer in einigen Versen niedergelegt:

Scharfsinnig habt ihr, wie ihr seid,
Von aller Verehrung uns befreit,
Und wir bekannten überfrei,
Daß Ilias nur ein Flickwerk sei.

Mög' unser Abfall niemand kränken;
Denn Jugend weiß uns zu entzünden,
Daß wir Ihn lieber als Ganzes denken,
Als Ganzes freudig ihn empfinden.

So können auch wir uns in der Tat der Schönheit Homers unbedenklich öffnen.

Aufbau des Ganzen

> Schiller am 27. 4. 1798 an Goethe:
> ... Übrigens muß einem, wenn man sich in einige Gesänge hineingelesen hat, der Gedanke an eine rhapsodische Aneinanderreihung und an einen verschiedenen Ursprung notwendig barbarisch vorkommen; denn die herrliche Kontinuität und Reziprozität des Ganzen und seiner Teile ist eine seiner wirksamsten Schönheiten ...

Diese von Schiller gerühmte »herrliche Kontinuität und Reziprozität« im Gesamtaufbau der ›Ilias‹ nachzuweisen, würde eine Gesamtanalyse der Dichtung bedingen, wie sie hier nicht erwartet werden kann. Dennoch muß im Folgenden in aller gebotenen Kürze versucht werden, mit Hilfe der den Inhalt der ›Ilias‹ bestimmenden Motive die Einheit des Ganzen wahrscheinlich zu machen.

I. Die ›Ilias‹, wie sie heute vor uns liegt, wie sie der Dichter, dem wir diese ›Ilias‹ verdanken, geformt hat, ist das Lied »vom Zorn des Achilleus«. Die ›Ilias‹ ist damit nicht ohne weiteres eine »Achilleis«; denn der Zorn, die *Menis,* ist – worauf schon hingewiesen wurde – bei Homer, wenn nicht geradezu eine Gottheit, so doch eine gottgesandte verderbliche Macht, die sich in des Achilleus' Seele gesenkt hat und nun nicht nur von ihm, sondern von allen, deren Schicksal unter ihrem Einfluß steht, getragen werden muß, »die zum Verhängnis unendliche Leiden schuf den Achaiern«. Ursprung, Wirken und Lösung dieser *Menis* bilden das Thema der ›Ilias‹ – *nicht* in erster Linie das Schicksal des Achilleus! – und schließen das Gedicht zu einem Ganzen zusammen.

Wie die *Menis* ihren letzten Ursprung aus Apollons Zorn herleitet und ihre irdische Ursache und Veranlassung im Zank des Achilleus mit Agamemnon findet, wird gleich im Eingang des Gedichtes in knappen, sicheren Strichen geschildert. Das Ende des Zornes, die Lösung, wird das Ende der ›Ilias‹ sein. Wie aber kommt es dahin?

Wenn der in seiner Ehre gekränkte Achilleus von Thetis Böses für die Achaier wünscht, so denkt er zunächst nur an seine Rache, die seine Ehre wiederherstellen soll; aber eben der Höhepunkt der Not bei den Griechen wird zugleich für Achilleus auch das Ende seines Grolles sein: So ist es der Wille und Ratschluß des Zeus, der Thetis' Bitten Gewährung schenkt und sich zu Beginn des zweiten Gesanges gleich selbst ans Werk macht, dem Willen die Tat folgen zu lassen, indem er zunächst durch den Trugtraum des Agamemnon den Kampf um Troja neu entfacht. Zeus als Vollstrecker des Schicksals sieht weiter als der Mensch, und des Gottes Wege und Planungen sind nicht die der Menschen.

Das Zornmotiv tritt erst in den Gesängen VIII und IX wieder beherrschend in den Vordergrund, nachdem bis dahin Zeus die Dinge mehr oder minder hat treiben lassen, so daß den Griechen sogar Erfolge beschieden sind, aber doch nur, damit offenbar werde, daß ihnen trotz aller Heldentaten ohne Achilleus der entscheidende Erfolg versagt bleibt, daß alle ihre Anstrengungen nur in einem müden Remis enden (VII). Nun aber, im achten Gesang, beschließt Zeus, die Lenkung der Ereignisse selbst kräftig in die Hand zu nehmen – und die Folge ist die erste deutliche Niederlage der Achaier, die aus dieser Erschütterung heraus den Versuch unternehmen, Achilleus' Zorn durch eine Bittgesandtschaft zu beschwichtigen und diesen zu versöhnen (IX).

Diesem Schritt der Griechen ist nur ein halber Erfolg beschieden: Achilleus ist seine Untätigkeit allgemach leid geworden; freilich ist die Not der Griechen noch nicht so groß, daß dem verletzten Stolz Genüge getan wäre; so stellt Achilleus immerhin schließlich sein Wiedereingreifen in den Kampf in Aussicht für den Fall, daß es Hektor gelingen sollte, die Zelte und Schiffe der Myrmidonen zu erreichen und Feuer an die Schiffe zu legen. Zeus freilich hat noch eine weitere, härtere Bedingung gestellt, von der Achilleus selbst noch nichts ahnt: den Tod des Patroklos (VIII 476); denn »also will's das Geschick«.

Demgemäß beginnt Achilleus in dem Augenblick wieder Anteil am Kampfgeschehen zu nehmen, als im Verlauf der großen Schlacht des elften Gesanges, die durch die Aristie des Agamemnon ausgezeichnet ist, die Troer unter Hektors Führung nach dem Ausscheiden der vornehmsten Achaier in siegreichem Vordringen zum Schiffslager sind, – und im gleichen Augenblick setzt auch mit der

Entsendung des Patroklos zu Nestor in ursächlichem Zusammenhang mit dem wachsenden Interesse des Achilleus die schicksalverhängte Patrokloshandlung ein.

Das Kampfgeschehen aber eilt nunmehr nach der kurzen zur Erhöhung der Spannung eingelegten Retardierung durch die Täuschung des Zeus (XIV) zügig dem Augenblick entgegen, da Hektor wirklich Feuer an das erste Griechenschiff legt, der Punkt also erreicht ist, den Achilleus als Bedingung gesetzt hatte, da durch den Gang der Ereignisse seine Ehre wiederhergestellt ist. (Die Stelle XVI 112 ist durch einen erneuten Musenanruf markiert.) Schon kurz vorher (XVI 60) hat zudem Achilleus selbst unter dem Eindruck der Not bei den Griechen die ursprüngliche Ursache seines Grolls als nicht mehr wesentlich bezeichnet. Man erwartet also, daß sich Achilleus jetzt erhebt, daß somit hier das Ende des Grolles und damit des Gedichts erreicht sei – aber tatsächlich schickt Achilleus nur seine Myrmidonen unter des Patroklos' Führung in den Kampf, und das Gedicht erstreckt sich noch volle acht Gesänge, ein Drittel seines Umfangs, weiter. Warum das?

Man könnte darauf hinweisen, daß ja die Bedingung des Zeus, die XV 65 noch einmal eingeschärft wurde, noch nicht erfüllt, Patroklos noch nicht gefallen ist. Aber das heißt ja nur die Frage verschieben: Warum diese Bedingung? Liegt hier ein Bruch vor? Wollte sich Homer nur die Möglichkeit schaffen, seine ›Ilias‹ durch eine Anklitterung der Patroklie zu erweitern, – oder ist die Patroklie doch irgendwie notwendiges Glied des Ganzen? Das ist sie wirklich!

Denn nicht zum wenigsten durch das Eingreifen des Zeus hat das Wirken der Menis solche Wucht und Weite angenommen, daß die bloße Not der Achaier nicht mehr genügt, um eine Lösung vom Zorn glaubhaft erscheinen zu lassen. Es bedarf einer tieferen Erschütterung, einer gewaltigeren Katharsis zu diesem Ende: das Wirken der Menis muß sich gegen Achilleus selber kehren. Es bedarf des Opfers, damit der Groll seine *Metamorphose in Rache für den Freund* erfahren kann, der gegenüber sein ursprünglicher Anlaß völlig wesenlos wird.

Darum also ist das Menismotiv erst dann wirklich zu Ende gespielt, wenn Achilleus seine Rache an Hektor gekühlt hat und schließlich durch die außerordentliche Situation, daß der Vater des toten Hektor und König von Ilion selbst den Mörder seines Sohnes um dessen Leiche bittet, die Achilleus im Grunde eigentümliche Milde, die durch die Menis bis dahin überdeckt und beschattet war, wieder in seinem Herzen Raum gewinnt. Erst der letzte Gesang bringt diese wirkliche Lösung. Es ist ein Symbol, daß erst diese Nacht Achilleus wieder mit Briseis, der schuldlosen Ursache des Zornes, vereint.

Wenn so das Lied »vom Zorn des Achilleus« nicht mit dem Tode des Helden endet und auch die Schändung Hektors nicht, wie man gemeint hat, das letzte Wort bleibt, so eben darum, weil nicht Achilleus, sondern der *Zorn* das Thema ist, das Homer sich gestellt hat. Die Weiterführung bis zum Tode des Achilleus würde so den Bogen zu weit spannen, wie umgekehrt die Schändung Hektors noch nicht Ende und Stillung des Zorns bedeuten würde. Das Ende des Zornes ist die Lösung vom Zorn, das Freiwerden, die Versöhnung. Überdies sei auf Werner Jaegers schöne Worte hingewiesen: »Wer den letzen Gesang fortwünscht oder die Handlung fortgeführt sehen möchte bis zum Tod des Achilleus, also aus der Ilias eine Achilleis machen möchte oder sie für das ursprünglich Beabsichtigte hält, denkt historisch, vom Stoffe aus, nicht künstlerisch, von der Form, vom Problem aus. Die Ilias feiert den Ruhm der größten Aristie des trojanischen Krieges, Achills Sieg über den gewaltigen Hektor, in den sich die Tragik der todgeweihten Heldengröße mit ihrer nur zu menschlichen Verkettung von Schicksal und eigenem Zutun mischt. Zur echten Aristie gehört der Sieg des Helden, nicht sein Untergang.«

II. Im Hintergrund dieser Geschichte vom Zorn des Achilleus vollzieht sich das weitgespannte *Schicksal von Ilion,* von Laomedons Überhebung und Paris' Frevel bis zum Untergang.

Wie ist es dem Dichter Homer gelungen, diese große Handlung mit dem Teilgeschehen vom Zorn des Achilleus so zu verknüpfen, daß auch das Trojamotiv Anfang und Ende hat?

Zunächst so, daß das episodische Geschehen um Ilion – so müssen wir unter diesem Aspekt die Achilleushandlung bezeichnen – durch vielfache Verweise nach rückwärts und in die Zukunft ergänzt wird. Zwar vom Groll des Poseidon und dem Urteil des Paris als den letzten Ursachen des troischen Schicksals erfahren wir erst sehr spät und beiläufig (XXI 441 ff. bzw. XXIV 28 ff.). Aber Helena wird bereits II 161 als Urheberin des Krieges bezeichnet. Vor allem bleibt kein Zweifel darüber, daß der Stadt nach dem Willen der Götter im zehnten Jahr des Krieges der Untergang bestimmt ist. II 284 erwähnt Odysseus die günstigen Vorzeichen und die Prophezeiung des Kalchas in Aulis bei der Abfahrt der Achaier. Immer wieder wird auf dieses künftige Schicksal hingewiesen, sei es in klaren Worten oder in ergreifender düsterer Ahnung. Besonders mehren sich solche Vorausdeutungen im zweiten Teil der ›Ilias‹. Daß unter den Göttern Here die sicherste Stütze der Achaier ist, wird bereits in der Götterszene des ersten Gesanges klar; bald treten ihr Athene und Poseidon zur Seite, während Aphrodite und Apollon das Schicksal der Stadt hinauszuzögern bemüht sind.

Vor allem aber sind es zwei Kunstgriffe, durch die es Homer gelingt, beide Handlungen zu verklammern und das große Geschehen im episodischen Handlungsverlauf zu begreifen und zur Erfüllung zu bringen:

1. Homer läßt durch das Eingreifen des Zeus im zweiten Gesang *den Krieg um Troja neu beginnen* und bald darauf durch den Eidbruch des Pandaros (IV) die Troer sich in neue Schuld entsprechend ihrer Selbstverfluchung (III 299 ff.) verstricken. Gleichzeitig scheitern die beiden Versuche in III und VII, den Kampf um Troja durch Verhandlungen beizulegen.

2. Homer steigert die Gestalt Hektors so sehr, daß sein Untergang zugleich den Trojas besiegelt.

Daß Hektor auf seiten der Troer das Geschehen trägt, weiß man bedeutungsvoll schon I 242 aus Achilleus' Munde. Wie zunächst die Not für Troja wächst, schiebt sich seine Gestalt mehr und mehr in den Vordergrund; er wird zum Hort der Troer, neben dem alle anderen verblassen. So tritt er erstmals im sechsten Gesang ins volle Licht, an Andromaches Seite im Bunde mit den mütterlichen Mächten der Heimat, unermüdlich im Kampf, bewundert von Helena – und schon umschattet von der Ahnung künftigen Unheils, Hektor, der sich mitten im Kampf Andromaches erinnern wird (VIII 187) und das stolze Wort geprägt hat, nur ein Vogelzeichen zu kennen, den Kampf um die Heimat (XII 243).

Es ist darum von symbolhafter Bedeutung, daß Hektor seinen

Gegner allein und verlassen vor dem Tor von Troja erwartet, daß dreimal sein Todeslauf die Stadt umkreist, deren Schicksal in seine Hand gegeben war, und daß es im letzten Gesang gerade Kassandra ist, die als erste beobachtet, wie Priamos mit seiner teuren Last nach der Stadt zurückkehrt (XXIV 699). Immer wieder klingt es in den abschließenden Klagen, die sich um den Toten erheben, ergreifend an, daß mit ihm die letzte Hoffnung für die Stadt dahingesunken ist, am erschütterndsten wiederum in Andromaches Worten, wenn sie sich nunmehr ihr und ihres Söhnleins Astyanax, des »Stadtherren«, künftiges Los nach dem Tode des Gatten und Vaters und Trojas Ende vor Augen führt (XXIV 726ff.). So wird mit Hektors Tod der Untergang der Stadt vorweggenommen.

Hektors Gestalt erhält bei alledem ihre besondere Farbe durch die Verblendung, in der dieser – ein Opfer der *Ate*, der Göttin des durch Verblendung bewirkten Unheils – sich befindet; denn die Fabel will es ja, daß das Gefühl des über Hektor und Troja schwebenden Verhängnisses sich beim Hörer paradoxerweise in dem Maße verstärkt, als Zeus den Troern Sieg verleiht und diese so selbst den Augenblick heraufbeschwören, da sich Achilleus wieder zu seiner furchtbaren Rache erheben wird, zumal ja Hektor sich auf eine trügerische Siegverheißung des Zeus berufen kann, die seine Ahnungen übertönt.

Hektor steht somit als tragische Figur vor uns – aus Unwissenheit und Blindheit; denn sosehr ihn die Ahnung eines grausen Geschicks zeitweilig erfüllt, so schlägt er doch nicht nur die Warnungen des Polydamas in den Wind, sondern täuscht sich sogar noch im letzten Augenblick, als ihm unmittelbar vor dem Tode Athene in Deiphobos' Gestalt Hilfe vorgaukelt, die es nicht mehr gibt, einen Ausweg zeigt, der ihm nicht bestimmt ist, als er noch Achilleus' unbarmherzigen Zorn verkennt, eine menschliche Regung erwartet von einem »eisernen Herzen«. Seine Gestalt ist umspielt von *tragischer Ironie.*

Auch Achilleus ist ein tragischer Held, aber aus tieferem Wissen. So verkörpert er die *heroische Tragik* dessen, der weiß, daß ihm früher Tod bestimmt ist, aber den Ruhm des kurzen Heldentums, wie es das Gesetz seines Lebens will, einem ruhmlosen Alter vorzieht, darum die Heimat verläßt, nicht seine Drohung wahrmacht, abzusegeln, »ob er auch zürnte«, nicht Hektor verschont, weil er den eigenen Tod mit Hektors Lebensende verknüpft weiß. Achilleus sieht die Hinfälligkeit und Abhängigkeit des Menschendaseins, die Mühen und Nöte, die dem gesetzt sind, der sein Leben »erfüllen« möchte. Aber er nimmt gleichwohl willig sein Los auf sich, um sich nicht selbst zu verlieren.

Oft will uns scheinen, als rührte uns Hektor mehr – aber nur, weil er uns näher steht, weil er ist wie wir alle – mehr oder minder –, liebender Vater und Gatte, tüchtig und zuverlässig, vertrauend. Achilleus, Thetis' Sohn, steht uns ferner; er ist größer, heldenhafter als wir alle, den Göttern verwandt, furchtbar, aber im Grunde doch gerade milde und gütig wie ein Gott. Er vertritt eine tiefere, bewußtere Form des Menschentums mit tieferen Schatten, aber auch hellerem Glanz. Hektor ist, wie wir sind, Achilleus, wie wir – vielleicht – sein möchten.

Soviel darf man wohl sagen. Wir wollen der Versuchung nicht nachgeben, eine psychologische Entwicklung der beiden Hauptgestalten zu zeichnen; denn »psychologische Entwicklung« ist ein moderner Begriff. Der homerische Mensch aber ist geprägte Form, die Leidenschaften und Schicksalsmächte zeitweilig verdunkeln mögen, bis sie wieder in Reinheit zutage tritt.

III. So liegt in Achilleus und Hektor als den Verkörperungen der beiden Motivreihen Zorn und Troja, die den Inhalt der Ilias ausmachen, in der Spannung zwischen diesen beiden Menschen das eigentliche Thema der ›Ilias‹; in der Lösung dieser Spannung durch Hektors Tod und die Aufhebung der Menis findet die ›Ilias‹ nach vorbedachtem Plan ihr naturgemäßes Ende. Der letzte Gesang bringt nicht nur diese Aufhebung der Menis zur Darstellung, sondern symbolisiert auch – ganz abgesehen von den Klagen – Trojas Ende durch die Tatsache, daß sich Trojas König in seiner ganzen Hilflosigkeit der freien Entschließung des Siegers unterwirft, – mag auch die tatsächliche Eroberung der Stadt, an der, wie es die Sage will, Achilleus nicht mehr leibhaft teilhaben darf, noch der Zukunft vorbehalten bleiben.

Dadurch nun, daß dieses Ende des Gedichtes vorbedacht war (dies hat sich wohl aus der Analyse der beiden Motivreihen hinlänglich ergeben), daß der Dichter der ›Ilias‹ also nicht nur »aneinanderreihen, sondern in einer bisher nicht bekannten oder zum mindesten noch nicht ausgenutzten Art komponieren will«, erweist sich die Ilias als ein Großepos neuer Art; denn der Ausdruck »Großepos« besagt dabei nicht nur, daß dieses quantitativ länger ist, mehr und größere Schicksale zusammenfaßt, sondern daß »neben das quantitative Motiv ein dynamisches tritt«, d.h., daß im Verlauf des Epos, auf dem Weg des Gesanges, eine bewußte »Steigerung der Gefühlsintensität« in Verbindung mit einer Differenzierung der Gefühlswelt festzustellen ist, wie sie vor Homer wohl noch nicht da war. Darüber noch ein Wort.

Zwei Zäsuren gliedern das Gesamtgeschehen der ›Ilias‹ in drei etwa gleichgroße Teile: die Bittgesandtschaft (IX) und der Tod des Patroklos (XVI). Howald bezeichnet diese drei Teile als »drei Stufen von ganz verschiedener dynamischer Kraft«. »Die Gefühlsdichte der ersten Stufe bis zur Gesandtschaft ist sichtlich geringer als die der zweiten, die mit Patroklos' Tod abschließt, und diese wiederum steht an erregender Spannung hinter der dritten zurück mit der furchtbaren Rache an Hektor.« Diese Steigerung der Gefühle bedeutet nicht nur eine Steigerung – um die geläufige antike Terminologie zu gebrauchen – ins Pathetische, sondern auch – und vielleicht weisen wir damit auf das besondere Ingenium des Dichters Homer hin – gleichberechtigt neben dem Pathetischen ins Ethische. So tritt neben die pathetische Übersteigerung vor allem des dritten Teiles in der Götterschlacht (XX) und der Schlacht am Flusse, wo Achilleus mit den Elementen in Streit gerät (XXI), der gegenüber die Taten und der Kampf des Diomedes mit Ares (V) verblassen, neben die grandiose Vereinzelung der beiden Kämpfer in »Hektors Tod« (XXII) ebenbürtig die Gefühlstiefe, die Intimität des nächtlichen Geschehens im letzen Gesang; so löst sich die heillose Spannung des äußeren Kampfgeschehens schließlich in den lyrischen Erguß der Klagen, von dem man sachlich richtig, wenn auch zu grob formuliert, gesagt hat, daß »dieser Ausklang in geradezu aufdringlicher Weise an einen Tragödienausgang erinnert«. Man vergleiche auch die »Klage« als Fortsetzung unseres ›Nibelungenlieds‹.

Dieses Aufbrechen einer Gefühlswelt, die schon über das Epische hinausweist, geht übrigens Hand in Hand mit der wachsenden Bedeutung, die der Person Hektors beigelegt wird, der im ersten Teil nur gerade als Oberbefehlshaber der Troer fungiert, im zweiten Teil als kraftvoller und unüberwindlicher Held hervortritt, aber erst im dritten Teil eindeutig zu seiner menschlichen Tragik emporwächst neben dem tragischen Helden Achilleus. Das zeigt aber gerade, wie sehr die ›Ilias‹ auf den Schluß hin komponiert ist; denn diese Tragik ist vorbereitet: im sechsten Gesang, hier noch überraschend und neu, aber notwendig als Vorklang des Kommenden. Homer empfindet das künstlerische Bedürfnis, Hektor hier schon von dieser Seite zu zeigen, so dringend, daß er, um »Hektors Abschied« an dieser Stelle zu ermöglichen, auch vor oft schon bemerkten Gewaltsamkeiten der Motivierung nicht zurückschreckt. Denn niemand wird glauben, daß der Gang Hektors in die Stadt in einem Augenblick, da die Griechen so offensichtlich im Vorteil sind und die Troer ihres obersten Feldherrn kaum entraten können, mit dem Auftrag des Helenos hinreichend begründet sei. Aber höher als äußere Wahrscheinlichkeit steht dem Dichter die innere Notwendigkeit des einheitlich geplanten Kunstwerks, die Ökonomie der Dichtung – ein Gesichtspunkt, den man in der Homerkritik allzuleicht zu übersehen geneigt war.

Homer in der Geschichte

Hat der zehnjährige Krieg um Troja, wie ihn Homer schildert, wirklich stattgefunden? Nun, die ›Ilias‹ darf nur mit sehr großen Vorbehalten als Geschichtsquelle herangezogen werden. So hat J. Th. Kakridis 1972 in einem Vortrag ›Geschichte und zeitgenössischer Mythos‹, in: Hellenika, 9. Heft 26/27, S. 11 ff., das bereits genannte Guslarenepos vom türkischen Krieg des Jahres 1912 mit den tatsächlichen Ereignissen dieses Jahres konfrontiert und festgestellt, daß selbst in dieser kurzen Zeitspanne zwischen Realität und Dichtung Phantasie und Parteinahme die Ereignisse »deformiert« haben, so daß er warnend betont, »daß Dichtung und Geschichtsschreibung zwei verschiedenen Herren dienen«. Dazu kommt im Falle Homers, daß die Träger des Geschehens, der Ereignisse, die sich 500 Jahre vor seiner Zeit angeblich ereignet haben, die zu Heroen gesteigerten achäischen Herren, inzwischen durch den Sturm der nicht weiter definierbaren »Seevölker« und der anschließenden

Südwanderung der Dorier um 1200 v. Chr. von ihren Sitzen in Argos und Mykene und andernorts verjagt und ihre Paläste niedergebrannt worden waren, daß also ihre historische Zeit versunken und vergessen war. Auch Troja selbst dürfte damals überrannt worden sein – gerade in jener Zeit, in die die antike Tradition den zehnjährigen Krieg um Troja mit seinem angeblichen Ende im Jahre 1184 v. Chr. gesetzt hat. Aber diese Festung Troja an der Nahtstelle zwischen Europa und Asien, am Eingang der Dardanellen war damals bereits seit vielen Jahrhunderten ein strategisch und handelspolitisch wichtiger Platz, der sich immer wieder wehren mußte gegen begehrliche Nachbarn aus Ost und West. Die Dardanellen waren ja der Korridor für alle Unternehmungen am Schwarzen Meer und in Südrußland: Schon die Argonauten mußten sie durchfahren, die milesischen Kolonisten, die Athener, die sie für ihr »Reich« usurpierten, von Byzanz ganz zu schweigen. So hat auch die Archäologie viele Eroberungen und Zerstörungen der Stadt, nicht nur eine, festgestellt. Es hat also mehrere »Trojanische Kriege« gegeben. Erst in neuester Zeit ist man bemüht, das Schicksal von Hissarlik-Ilion in einen größeren Zusammenhang vorderasiatischer Kulturentwicklung zu stellen, seit Anfang der 80er Jahre der Prähistoriker M. Korfmann seine Grabungen am Hafen von Troja, der nicht, wie man bisher annahm, im Norden der Stadt, sondern im Südwesten lag, aufgenommen hat. Deren Ergebnisse wird man abwarten müssen, ehe man Fundierteres zum Thema sagen kann. – Auch ein gemeingriechisches oder besser gemeinachäisches Unternehmen gegen Troja, wie es Homer schildert, ist nicht mehr als eine bloße, nicht einmal sehr wahrscheinliche Möglichkeit: Die entzifferten Linear-B-Tafeln geben keinen Hinweis auf ein Großfürstentum der Herren von Argos oder Mykene, die eine derartige Unternehmung hätten planen können.

Aber nicht alle Träger jener früheren achäischen Adelskultur, wie sie Homer schildert, sind dem Sturm der Seevölker um 1200 v. Chr. zum Opfer gefallen: Athen blieb unversehrt, und auch auf Euboia gab es im 10./9. Jahrhundert einen reichen Fürstensitz, den Ausgrabungen von 1980 ans Licht gebracht haben. Die weniger glücklichen Herren, soweit sie nicht umkamen, wichen ins Kolonialland nach Kleinasien aus, wo vor allem in den ionischen Städten und in kleinerem Maßstab die achäische Adelskultur wieder aufleben konnte. Man wußte sicher in diesen Adelskreisen noch einiges von der glanzvollen Vergangenheit und lebte in einer halb sagenhaften Tradition. So konnte gewiß auch Homer noch einige Kunde von der Glanzzeit des »goldreichen, weitgebauten Mykene«, vom »pferdenährenden Argos« besitzen, von den Königen, die dort wohnten, von ihren Unternehmungen, von der Taktik des Wagenkampfes und der Art der Bewaffnung, aber kaum historisch begründetes Wissen. Geblieben ist nur die Verklärung, das nostalgische Gefühl einer »guten alten Zeit«, wo alles besser und schöner war als in der Gegenwart – so wie der ritterliche Sänger unseres ›Nibelungenliedes‹ im 12. Jahrhundert noch einige Kenntnis vom burgundischen Worms – 600 Jahre zuvor – besaß und in sein Werk einbaute.

Der Adel von einst war mithin nicht ausgelöscht und hatte im Mutterland, vor allem aber im Kolonialland wieder einiges zu sagen. Für ihn also dichtete auch noch Homer, wie er sich auch dessen Ehrenkodex – freilich mit Einschränkungen – weithin zu eigen machte, wenn er nicht selber wie (vielleicht) der Sänger als Vertrauter seines adeligen Herren am Hofe Agamemnons (Od. III 267 f.) dem Adel angehörte. Freilich war das die letzte Blütezeit des Adels, der im 8. Jahrhundert noch einmal eine Art Renaissance erlebte, bevor neue Schichten des besitzenden und Handel treibenden Bürgertums sich zu Wort meldeten, bevor vor allem die neue Taktik des Kampfes in der Phalanx, wo die »Gleichen« im engen Schulterschluß antraten, in den aufsteigenden Schichten das Gefühl erwachsen ließ, in Kampf und Politik nicht mehr von der schmalen Führungsschicht des Adels abhängig zu sein. Hier begann der Weg zur Demokratie. Wenn wir also geschichtlich aus der ›Ilias‹ etwas lernen wollen, so gilt das nicht mehr jener längst vergangenen Zeit, sondern Homers eigener Gegenwart, dem 8. Jahrhundert.

Allgemein gilt, was A. Heubeck in seinem Forschungsbericht ›Zur neueren Homerforschung VII‹, Gymnasium 89, 1982, S. 436 f., zu solcher Bemühung gesagt hat: »Die Welt der Heroen ist eine dichterische, eine fiktive Welt, die nun allerdings – da sie um der Plausibilität willen nicht frei in einer beziehungslosen Irrealität schweben darf – die meisten ihrer Elemente doch aus der Wirklichkeit bezieht, wobei Gegenwärtiges teils in idealisierter Überhöhung verlebendigt, teils gewaltsam ausgeklammert wird und Vergangenes auf Grund der nur teilweisen Verlässigkeit der mündlichen Überlieferung bald richtig, bald aber auch unvollständig, verzerrt, ja unrichtig rekonstruiert wird.«

›Ilias‹ und ›Odyssee‹ als Werke Homers haben sich mit erstaunlicher Schnelligkeit über die ganze griechische Ökumene verbreitet, nicht nur im Osten und im Mutterland, sondern sogar bis hin nach Pithekussai = Ischia, wo der 1953 gefundene »Nestorbecher« durch seine im Alphabet von Chalkis (auf Euboia) geschriebene teilweise hexametrische Inschrift bereits für die Jahre 730/20 v. Chr. die Kenntnis der ›Ilias‹ im Wortlaut im fernen Westen bezeugt. Wenn also Homer schon damals ein gefeierter Name und gelesener Schriftsteller gewesen ist, so können wir auch daraus schließen, daß Homers ›Ilias‹ spätestens in der zweiten Hälfte des 8. Jahrhunderts verfaßt worden sein muß.

Es erübrigt sich, im Falle Homers viel von seinem Nachruhm zu reden. Schon bald wurde er »Bestseller« und »Klassiker«, der vielleicht schon im Athen der Peisistratiden Gegenstand philologischer Arbeit war, damit sein Wort rein und unverfälscht erhalten werde, wie solches später die Bemühung der alexandrinischen Wissenschaft wurde. Homer wurde auch bald (schreckliches Schicksal) Schulbuch. Er wurde der Dichter schlechthin, Vorbild für Dichter und Rhetoren. Platon setzt sich mit ihm auseinander, Alexander hat auf den Ruinen Trojas in Erinnerung an Achilleus und den Herold seines Ruhmes geweint. Besonders aber haben die Dichter Griechenlands Homer nie vergessen. Von Hesiod um 700 v. Chr. bis hin zu Nonnos von Panopolis um 400 n. Chr., also über mehr als ein Jahrtausend, spannt sich der Bogen dichterischer Nachahmung; noch im 12. Jahrhundert schreibt der Bischof Eustathios von Thessalonike einen gelehrten Kommentar zu Homers ›Ilias‹.

In des Livius Andronicus ›Odusia‹ hält Homer Einzug im Rom des 3. vorchristlichen Jahrhunderts und findet in Vergil einen kongenialen Nacheiferer, der ihn für kommende Zeiten in den lateinischen Jahrhunderten des Mittelalters zeitweilig zu verdrängen bestimmt war, bis Homer in der Renaissance zu neuem Leben erweckt wurde, zunächst freilich in der Form lateinischer Übersetzungen, denen in Deutschland bald eine erste deutsche Übersetzung an die Seite trat, – die ›Ilias‹ in gereimten Knittelversen des Augsburgers Johann Spreng. In Italien besaß Petrarca einen griechischen Homer, den er freilich nicht lesen konnte. Demetrios Chalkondylas veranstaltete 1488 die erste neue griechische Ausgabe.

Die tiefere Erfassung Homers aber nahm ihren Anfang erst in England, wo Chapman und nach ihm Pope Homer übersetzten. Im ausgehenden 18. und beginnenden 19. Jahrhundert ist dann in der Bemühung um Homer Deutschland führend geworden, wo 1793 in Altona die Übersetzung der ›Ilias‹ von Johann Heinrich Voß erschien. Die deutsche Homerkritik des 19. Jahrhunderts ist trotz mancher Verzerrungen des Homerbildes ein Ruhmesblatt deutscher Wissenschaft. Schliemann folgte als Schatzgräber den Spuren Homers.

»Homers lebendiges Wort, das die Zeit auf ihren Flügeln umhergetragen, war zu Athen, im Tempel der Pallas, festliche, ewige Schrift worden, und tönt vom kekropischen Felsen noch fort in die Seelen der Menschen. Von ihm kann man sagen: er habe den Flug der Zeit durch die Kunst der Rede gefesselt; willig nahm sie die Blumenfessel an und hat ihn dafür mit ewigem Ruhm gekränzet« (Herder).

Homer war einstmals Wirklichkeit, sein Werk ist mehr als das: eine Wirklichkeit, die ein Dichter geschaffen hat, – und somit immer ein wenig Imagination, ein wenig Traum.

Ludwig Voit

Der Übersetzung von Hans Rupé liegt eine Bearbeitung des Textes zugrunde, die Viktor Stegemann vorgenommen hat.

ILIAS

ERSTER GESANG

Die Pest im Lager und der Zorn des Achilleus

Singe, Göttin, den Zorn des Peleiaden Achilleus,
Der zum Verhängnis unendliche Leiden schuf den Achaiern
Und die Seelen so vieler gewaltiger Helden zum Hades
Sandte, aber sie selbst zum Raub den Hunden gewährte
Und den Vögeln zum Fraß – so wurde der Wille Kronions
Endlich erfüllt –, nachdem sich einmal im Zwiste geschieden
Atreus' Sohn, der Herrscher des Volks, und der edle Achilleus.
Wer von den Göttern reizte sie auf zu feindlichem Hader?
Zeus' und Letos Sohn. Denn dieser zürnte dem König,
Sandte verderbliche Seuche durchs Heer, und es sanken die Völker,
Weil der Atride den Priester des Gottes hatte beleidigt,
Chryses; er war zu den schnellen Schiffen Achaias gekommen,
Freizukaufen die Tochter, und bot unendliche Buße,
Hielt in den Händen die Binde des treffenden Phoibos Apollon
Oben am goldenen Stab und beschwor die Danaer alle,
Doch die Atriden zumeist, die beiden Lenker der Völker:
Atreus' Söhne und all' ihr hellumschienten Achaier,
Euch verleihe die Macht der Unsterblichen auf dem Olympos,
Priamos' Stadt zu vernichten und wohl nach Hause zu kehren;
Aber die Tochter gebt mir frei und nehmet die Buße,
Heget Furcht vor dem Sohne des Zeus, dem Schützen Apollon!
Alle stimmten ihm zu die andern Achaier und rieten,
Ehrend den Priester zu scheun und die reiche Buße zu nehmen.
Nur Agamemnon gefiel es nicht, dem Sohne des Atreus,
Sondern mit Schimpf entließ er den Alten und schmähte ihn drohend:
Daß ich nimmer, o Greis, bei den räumigen Schiffen dich treffe,
Weder jetzt verweilend, noch wiederkehrend in Zukunft!
Kaum sonst möchte dir helfen der Stab und die Binde des Gottes!
Jene lös' ich dir nicht, und eher noch naht ihr das Alter,

Wann sie in unserem Haus in Argos, fern von der Heimat,
Mir als Weberin dient und meines Lagers Genossin!
Gehe denn, reize mich nicht, auf daß du heil mir davonkommst!
Also sprach er; der Greis erschrak und gehorchte der Rede.
Schweigend ging er am Ufer des lauterbrausenden Meeres;
Doch als er weiter entfernt nun wandelte, flehte der Alte
Eifrig zum Herrscher Apollon, dem Sohne der lockigen Leto:
Höre mich, Gott, der du Chrysa mit silbernem Bogen umwandelst,
Samt der heiligen Killa, und Tenedos mächtig beherrschest,
Smintheus! Hab' ich dir je überdacht den prangenden Tempel,
Oder hab' ich dir je von erlesenen Farren und Ziegen
Fette Schenkel verbrannt, so gewähre mir dieses Verlangen:
Räche mit deinem Geschoß meine Tränen an Danaos' Söhnen!
Also rief er betend; ihn hörte Phoibos Apollon;
Schnell von den Höhn des Olympos enteilte er, zürnenden Herzens,
Über der Schulter den Bogen und ringsverschlossenen Köcher.
Hell umklirrten die Pfeile dem zürnenden Gotte die Schultern,
Wie er selbst sich bewegte, der düsteren Nacht zu vergleichen.
Fern von den Schiffen setzt' er sich nun und schnellte den Pfeil ab,
Und ein schrecklicher Klang entscholl dem silbernen Bogen.
Maultiere nun erlegt' er zuerst und hurtige Hunde,
Dann aber gegen sie selbst die bitteren Pfeile gerichtet,
Schoß er: rastlos brannten die Totenfeuer in Menge.
Schon neun Tage durchflogen das Heer die Geschosse des Gottes,
Aber am zehnten berief des Volkes Versammlung Achilleus;
Also bewegte sein Herz die lilienarmige Here,
Denn sie litt um der Danaer Volk, die Sterbenden schauend.
Als sie nun sich versammelt in dichtgeschlossenen Reihen,
Trat hervor und begann vor den Männern der schnelle Achilleus:
Atreus' Sohn, nun denk' ich, wir ziehen, geschlagen von Irrsal,
Wieder nach Hause zurück, wofern wir entrinnen dem Tode,
Weil ja der Krieg und die Seuche zugleich die Achaier bezwingen.
Auf denn! fragen wir einen der Opferer oder der Seher
Oder den Traumverkünder – von Zeus auch kommen die Träume –,

Der uns melde, warum sich also erzürnte Apollon,
Sei's daß versäumte Gelübde, daß Sühnhekatomben ihn kränken,
Ob er vielleicht der Lämmer Gedüft und erlesener Ziegen
Erst zum Opfer begehrt, bevor er uns hilft vom Verderben!
Also sprach er und setzte sich; unter den Männern erhob sich
Kalchas, der Thestoride, der weiseste Vogeldeuter,
Der erkannte, was ist, was sein wird oder zuvor war,
Der gen Ilion auch der Danaer Schiffe geleitet
Kraft seiner Wahrsagerkunst, der Gabe Phoibos Apollons.
Dieser begann mit Bedacht und redete vor der Versammlung:
O Achilleus, du heißt mich, du Zeusgesegneter, deuten
Phoibos Apollons Zorn, des immer treffenden Herrschers.
Wohl will ich Rede dir stehen, doch du vernimm es und schwöre,
Daß du gewiß willfährig mit Wort und Händen mir helfest.
Denn ich fürchte zu kränken den Mann, der mächtigen Ansehns
Argos' Völker beherrscht, und dem die Achaier gehorchen.
Stärker ist ja der König, der zürnt dem geringeren Manne.
Wenn er den bitteren Groll auch verbeißt am nämlichen Tage,
Heimlich trägt er ihn doch beständig im Busen verborgen,
Bis er ihn endlich gekühlt. Erwäg's drum, willst du mich schützen?
Ihm erwiderte drauf und sprach der schnelle Achilleus:
Sei getrost und erkläre den Götterwink, den du erfuhrest.
Denn bei Apollon, dem Liebling des Zeus, zu welchem du, Kalchas,
Betest, wann du die Winke der Götter den Danaern kündest:
Keiner, solang ich leb' und das Licht auf Erden noch schaue,
Soll bei den räumigen Schiffen mit frevelnder Hand dich berühren
Unter den Danaern allen! und nenntest du selbst Agamemnon,
Der sich erhaben rühmt vor allem Volk der Achaier!
Drauf ermutigte sich und begann der untadlige Seher:
Nicht versäumte Gelübde und Opfer kränken Apollon,
Sondern er zürnt um den Priester, den ihm Agamemnon entehrte,
Weil er die Tochter behielt und die reiche Buße verschmähte:
Darum gab uns der Treffende Leiden und wird sie noch geben.
Eher gewährt er den Danaern nicht vom Verderben Erlösung,
Bis man dem liebenden Vater die freudigblickende Jungfrau
Hingibt ohne Entgelt und mit heiliger Sühnhekatombe
Heim gen Chrysa geleitet. So könnten wir Gnade gewinnen.

Also sprach er und setzte sich; unter den Männern erhob sich
Atreus' Sohn, der Held und Völkerfürst Agamemnon,
Trauernd; es schwoll sein Herz, umdunkelt von heftigem Grimme,
Und wie loderndes Feuer erglänzten zornig die Augen.
Gegen Kalchas zuerst mit drohendem Blicke begann er:
Unglücksseher, du hast mir noch nie zur Freude gesprochen!
Immerfort nur lockt dich dein Herz, das Böse zu künden!
Gutes hast du noch nimmer gesprochen oder vollendet!
Jetzt auch meldest du hier und weissagst vor den Achaiern,
Darum habe dem Volke der Treffende Leiden bereitet,
Weil ich für Chryses' Tochter die köstliche Gabe der Buße
Anzunehmen verwarf. Und freilich, lieber behielt' ich
Mir zu Hause das Kind, denn höher als Klytaimnestra,
Meiner Jugend Vermählte, selbst schätz' ich sie; weder geringer
Ist sie an Wuchs und Gestalt, noch an Geist und künstlichen Werken.
Dennoch geb' ich sie willig zurück, erscheint es euch besser.
Lieber will ich die Rettung des Volkes als sein Verderben.
Aber schafft mir sogleich ein Geschenk, auf daß ich allein nicht
Ohne Geschenk sei unter dem Volk; nie wäre das schicklich!
Seht ihr doch alle, mir geht die Ehrengabe verloren.
Ihm erwiderte drauf der edle schnelle Achilleus:
Ruhmvoller Atreussohn, in Habgier unübertroffen!
Wie wohl sollten ein Ehrengeschenk die Achaier dir geben?
Nirgend wissen wir wo von reichen gemeinsamen Schätzen,
Sondern soviel wir aus Städten erbeuteten, kam zur Verteilung,
Und nicht ziemt es den Völkern, das einzelne wieder zu sammeln.
Gib sie denn frei zur Ehre des Gotts; wir Achaier geloben,
Dreifach und vierfach sie dir zu ersetzen, wenn Zeus uns begnadet,
Troja, die festgemauerte Stadt, von der Erde zu tilgen.
Ihm entgegnete drauf der gewaltige Fürst Agamemnon:
Hege nicht Trug, wie tapfer du seist, gottgleicher Achilleus!
Nimmer wirst du mit List mich bestricken oder bereden!
Wie? du verlangst ein Ehrengeschenk, indessen ich selber
Sitze, des meinen beraubt, und gebietest mir, frei sie zu geben?
Wohl! wenn ein Ehrengeschenk die hochgesinnten Achaier
Meinem Willen erlesen, zum angemess'nen Ersatze!

Aber geben sie nichts, dann geh' ich selber und hol' es,
Deines alsdann oder Ajas' Geschenk oder das des Odysseus
Hol' ich hinweg; der wird wohl zürnen, welchem ich nahe!
Aber ein anderes Mal laßt uns darüber beraten.
Auf nun, zieht ein schwärzliches Schiff in die heiligen Fluten
Und bemannt es genügend mit Ruderern, aber die Ladung
Sei die Sühnhekatombe, und Chryses' rosige Tochter
Führet hinein, und Gebieter des Schiffs sei der Könige einer:
Ajas oder Idomeneus oder der edle Odysseus,
Oder Pelide, du selbst, du schrecklichster unter den Männern,
Daß du den Treffenden uns durch heilige Opfer besänftigst!
Finster blickend entgegnete ihm der schnelle Achilleus:
Wehe, du tückischer Mann, von Unverschämtheit besessen!
Ist zu Willen dir wohl noch einer im Heer der Achaier,
Gilt's, einen Gang dir zu tun oder kühn mit Männern zu kämpfen?
Nicht um der Troer willen, der lanzenschwingenden, kam ich
Mit hierher in den Streit; sie haben ja nichts mir verschuldet.
Niemals haben sie mir die Rosse geraubt noch die Rinder,
Nie in Phthias scholligen, männernährenden Fluren
Mir die Früchte verletzt, indem uns waldige Berge
Trennen in weitem Raum und des Meeres tönende Brandung.
Dir nur, Unverschämtester, folgten wir, dir zu Gefallen;
Nur Menelaos zu rächen und dich, du hündischer Frechling,
An den Troern! Das kümmert dich nicht, noch achtest du dessen!
Ja, du drohst mir sogar das Ehrengeschenk zu entreißen,
Das ich mir mühsam erwarb; ich dank' es den Söhnen Achaias!
Wird mir doch nie ein Geschenk wie das deine, sooft die Achaier
Eine bevölkerte Stadt des troischen Volkes verheerten,
Sondern die schwerste Last des tobenden Schlachtengetümmels
Trag' ich mit meinem Arme, doch kommt zur Teilung es endlich,
Dein ist das größte Geschenk, und ich, mit wenigem fröhlich,
Kehre zurück zu den Schiffen, ermattet vom heftigen Kampfe.
Jetzt enteil' ich gen Phthia, denn weitaus lohnender ist es,
Heim mit den Schiffen zu ziehn, den geschweiften; nicht bin ich gesonnen,
Hier im Lager beschimpft, dir Güter und Schätze zu häufen!
Ihm erwiderte drauf der Völkerfürst Agamemnon:

Fliehe nur, wenn's dein Herz dir gebeut! Ich mag dich nicht bitten,
Mir zuliebe zu bleiben. Es warten noch andere viele,
Mich zu ehren, vor allem Zeus mit waltender Vorsicht!
Wahrlich, du bist mir verhaßt vor allen erleuchteten Herrschern!
Immer hast du den Zank nur geliebt und Krieg und Getümmel!
Bist du gewaltig, so hat ein Gott wohl die Kraft dir gegeben!
Kehre nur heim mitsamt den Schiffen und deinen Gefährten,
Myrmidonen beherrsche! mich kümmert wenig dein Schicksal.
Auch dein Grollen veracht' ich; vielmehr noch droh' ich dir also:
Weil mir Chryses' Tochter von Phoibos Apollon geraubt wird,
Werde ich diese mit meinem Schiff und meinen Genossen
Senden; doch hole ich dann die rosige Tochter des Briseus
Selbst mir aus deinem Zelte, dein Ehrengeschenk: daß du lernest,
Wie viel höher ich sei als du, und ein anderer zage,
Gleich sich mir zu dünken und offen zu trotzen ins Antlitz!
  Also sprach er; da faßte Grimm den Peliden, und schwankend
Unter der zottigen Brust, erwog er im sorgenden Herzen,
Ob er, das schneidende Schwert alsbald von der Hüfte sich reißend,
Alle verjagen sollte und niederhaun den Atriden,
Oder stillen den Groll und die mutige Seele beherrschen.
Während er solches bei sich beriet in der Tiefe des Herzens
Und das gewaltige Schwert schon zückte, da nahte Athene
Fern vom Himmel, gesandt von der lilienarmigen Here,
Die um beide zugleich in liebender Seele besorgt war.
Hinter ihn trat sie und faßte am blonden Haar den Peliden,
Ihm allein sich enthüllend und keinem anderen sichtbar.
Und Achilleus erschrak und wandte sich: plötzlich erkannt' er
Pallas Athenes Gestalt; so furchtbar strahlte ihr Auge.
Da erhob er die Stimme und sprach die geflügelten Worte:
  Tochter des wetterleuchtenden Zeus, was bist du gekommen?
Etwa den Frevel zu schauen des Atreussohns Agamemnon?
Wahrlich, ich sage dir jetzt, und sicherlich wird es vollendet:
Sein unbändiger Stolz wird einst noch das Leben ihm kosten!
  Ihm erwiderte drauf die eulenäugige Göttin:
Deinen Zorn zu besänftigen, kam ich, ob du wohl hörtest,
Fern vom Himmel, gesandt von der lilienarmigen Here,
Die um beide zugleich in liebender Seele sich kümmert.

Aber wohlan, laß ruhen den Streit und das Schwert in der Scheide!
Aber mit Worten magst du ihn kränken, wie es dir einfällt!
Denn ich sage dir an, und das wird wahrlich vollendet:
Dreimal so herrliche Gaben empfängst du in künftigen Tagen
Wegen der heutigen Schmach. Drum faß dich und sei uns gehorsam!

Ihr entgegnete drauf und sprach der schnelle Achilleus:
Euer Wort, o Göttin, geziemt es wohl zu bewahren,
Welche Wut auch im Herzen sich hebt; denn solches ist besser.
Wer dem Gebote der Götter gehorcht, den hören sie wieder.

Sprach's und hemmte die nervige Hand am silbernen Hefte,
Stieß in die Scheide zurück das große Schwert und befolgte
Willig Athenes Geheiß, indessen sie selbst zum Olympos
Kam, an die Stätte des donnernden Zeus, zu den anderen Göttern.
Doch der Pelide begann mit erbitterten Worten von neuem
Wider des Atreus Sohn; noch konnt' er nicht rasten vom Zorne:

Trunkenbold, mit dem Blicke des Hunds und dem Mute des Hirsches!
Niemals weder zur Schlacht mit dem Volke zugleich dich zu rüsten
Noch zum Hinterhalte zu gehn mit den Edlen Achaias,
Hast du im Herzen gewagt! Das scheinen dir Schrecken des Todes!
Zwar behaglicher ist es, im weiten Heer der Achaier
Dem das Geschenk zu entwenden, der dir zuwider gesprochen!
Volkverschlingender König! nur nichtige Menschen beherrschst du!
Ja, sonst hättest du wohl zum letztenmal heute gefrevelt!
Aber ich kündige jetzt und schwöre mit mächtigem Eide:
Wahrlich, bei diesem Zepter, das niemals Blätter und Zweige
Wieder zeugt, sobald es den Stumpf im Gebirge verlassen;
Nimmer sprießt es empor, denn ringsum schälte das Erz ihm
Blätter und Rinde hinweg; nun tragen es Söhne Achaias
Hoch in der Hand, zum Zeichen des richtenden Amtes, das ihnen
Zeus bestimmte: So lautet, vernimm es, mein mächtiger Eidschwur!
Alle Söhne Achaias umher soll Sehnsucht verzehren
Nach Achilleus. Dann kannst du nicht helfen, wie sehr du dich härmest,
Wenn sie in Scharen dir sinken, vom männerwürgenden Hektor

Niedergestreckt, und tief in der reuigen Seele zernagt dich
Gram, daß du also mißachtet den herrlichsten aller Achaier!
Also sprach der Pelide; zur Erde warf er das Zepter,
Welches mit goldenen Nägeln geschmückt war, und setzte sich nieder.
Gegen ihn stand in Wut der Atride, doch eilend erhob sich
Nestor, hold im Gespräch, der tönende Redner von Pylos;
Süßer als Honig floß ihm das klingende Wort von der Zunge.
Dieser hatte schon zwei Geschlechter von sterblichen Menschen
Schwinden sehen, die einstens mit ihm erwuchsen und lebten,
Fern in der heiligen Pylos, und jetzt beherrscht' er das dritte.
Dieser begann mit Bedacht und redete vor der Versammlung:
Wehe, wie großes Leid bedroht das Land der Achaier!
Da wird Priamos Freude empfinden und Priamos' Söhne,
Auch das Volk der Troer wird hoch frohlocken im Herzen,
Wenn sie das alles gehört, wie ihr im Zank euch ereifert,
Ihr, die ersten Achaier im Rat und die ersten im Kampfe.
So gehorchet mir doch; ihr beide seid jünger, als ich bin!
Früher schon pflog ich Verkehr mit stärkeren Helden, als ihr seid.
Dennoch säumten sie nie, mir die schuldige Ehre zu bieten!
Solche Männer sah ich nicht mehr und erblicke sie schwerlich,
Wie Peirithoos war und Dryas, der Hirte der Völker,
Kaineus, Exadios oder der göttliche Held Polyphemos
Oder des Aigeus Sohn, der götterähnliche Theseus.
Ja, das waren die stärksten der lebenden Erdebewohner,
Waren selber die stärksten und kämpften nun wider die stärksten,
Wider Kentauren der Berge, und übten grimmig Vernichtung.
Seht, zu diesen gesellte ich mich, da ich ferne von Pylos
Herkam, aus entlegenem Land, denn sie riefen mich selber,
Und ich kämpfte das Meinige mit. Doch jene vermöchte
Niemand jetzt zu bekämpfen von heutigen Erdebewohnern.
Trotzdem hörten sie Rat von mir und gehorchten dem Worte.
So gehorchet auch ihr; denn Rat zu hören ist besser.
Weder du, wie mächtig du seist, nimm jenem die Jungfrau,
Sondern laß, was ihm einst zum Danke verliehn die Achaier;
Noch auch du, Pelide, erhebe dich wider den König
So voll Trotz, da nimmer ein zeptertragender Herrscher

Ähnliche Ehren erwarb, den Zeus mit Ruhme verherrlicht.
Bist du gewaltiger auch und entstammst einer göttlichen Mutter,
So hat jener die Macht, weil er größerem Volke gebietet.
Atreus' Sohn, bezähme den Zorn, und ich selbst will Achilleus
Flehen, daß er sein Herz besänftige; ist er doch allen
Helden Achaias ein mächtiger Schutz im verderblichen Kriege!
Ihm entgegnete drauf der gewaltige Fürst Agamemnon:
Wahrlich, alles, was du da sagst, o Greis, ist verständig!
Der da will aber stets den andern allen voran sein;
Allen will er gebieten im Heer und alle beherrschen,
Allen Gesetze erteilen, die niemand freilich beherzigt!
Gaben die ewigen Götter ihm Kraft, die Lanze zu schwingen,
Stellen sie darum ihm frei, auch Schmähungen auszurufen?
Da unterbrach ihm die Rede der göttergleiche Achilleus:
Wirklich, ein Feigling und Wicht verdient' ich geheißen zu werden,
Gäbe ich fügsam in allem dir nach, soviel du gebietest!
Anderen magst du solches befehlen, ich aber dulde
Keinerlei Weisung von dir, und schwerlich würd' ich gehorchen!
Eines verkünd' ich dir noch, und du beweg es im Herzen:
Niemals heb' ich die Hand, um wegen des Mädchens zu kämpfen,
Weder mit dir, noch mit andern; ihr schenktet und raubtet sie wieder!
Aber was sonst ich besitze beim schnellen, schwärzlichen Schiffe,
Davon nimmst du mir schwerlich das mindeste wider mein Wollen.
Oder wohlan, versuch es, damit hier alle mit ansehn,
Wie alsbald an der Lanze dein schwarzes Blut mir herabtrieft!
Also haderten beide mit widerstrebenden Worten,
Standen dann auf und trennten den Rat bei den Schiffen Achaias.
Und der Pelide schritt hin zu den Zelten und schwebenden Schiffen,
Mit ihm gingen Menoitios' Sohn und seine Genossen.
Atreus' Sohn aber ließ ein schnelles Schiff in die Fluten,
Wählte der Ruderer zwanzig hinein und brachte das Opfer
Her für den Gott und führte des Chryses rosige Tochter
Selber hinein; Gebieter des Schiffs war der weise Odysseus.
Also bemannt, durchfuhr das Schiff die flutenden Pfade.
Weiter hieß der Atride die Völker sich reinigen alle,

Und sie wuschen sich rein und warfen ins Meer die Befleckung,
Opferten dann für Apollon vollkommene Sühnhekatomben,
Spenden von Stieren und Ziegen, am Strande des einsamen Meeres,
Und es wallte der Duft in wirbelndem Rauche gen Himmel.
So war alles im Lager beschäftigt; allein Agamemnon
Ließ nicht ruhn, was er zürnend zuvor gedroht dem Achilleus,
Sondern er sprach Talthybios an und Eurybates, welche
Beide zu Heroldsgängen ihm dienten als rührige Knappen:
Gehet beide zum Zelte des Peleiaden Achilleus,
Nehmt an der Hand und bringt des Briseus rosige Tochter.
Gäb' er sie gutwillig nicht, so käme ich selbst, sie zu holen,
Nahend mit größerer Macht, das wird ihn noch schrecklicher treffen!
Also sprechend entließ er sie rasch mit heftiger Rede.
Ungern gingen die beiden am Strande des einsamen Meeres,
Bis sie die Zelte und Schiffe der Myrmidonen erreichten.
Jenen fanden sie nun am Zelte und schwärzlichen Schiffe
Sitzend; Achilleus freute sich nicht, die beiden zu sehen.
Sie aber standen bestürzt, voll Scheu und Furcht vor dem König
Wagten ihn nicht zu begrüßen, noch anzureden mit Fragen.
Gleich erriet er es aber im Herzen und hob seine Stimme:
Heil euch, Herolde, ihr Gesandte des Zeus und der Menschen!
Kommet näher! nicht ihr seid schuldig, nein, Agamemnon,
Der euch beide gesandt um Briseus' rosige Tochter.
Göttlicher Patroklos, führe das Mädchen schnell aus dem Zelte,
Gib sie ihnen dahin. Doch beide seien sie Zeugen
Vor den seligen Göttern und vor den sterblichen Menschen,
Auch vor dem Könige dort, dem Wüterich: Wenn man in Zukunft
Abermals meiner bedarf, den schimpflichen Tod von den andern
Abzuwehren! Denn wahrlich, er tobt in verderblichem Wahnsinn,
Blind im Geiste, zugleich nach vorn zu schauen und rückwärts,
Wie er das kämpfende Heer bei den Schiffen zu retten vermöchte!
Also sprach er, und Patroklos folgte dem lieben Gefährten,

Führte heraus aus dem Zelte des Briseus rosige Tochter,
Gab sie dahin, und sie kehrten zurück zu den Schiffen Achaias.
Ungern ging mit ihnen die Jungfrau. Aber Achilleus
Brach in Tränen aus, setzte sich schnell, von den Freunden gesondert,
Hin ans schäumende Meer und sah aufs weite Gewässer,
Flehte dann laut zur Mutter mit ausgebreiteten Armen:
Mutter, weil du mich nur zu kurzem Leben gebarest,
Schuldete mir der Olmpier wohl besondere Ehre,
Zeus mit donnernder Macht! Doch jetzt gewährt er mir gar nichts!
Siehe, des Atreus Sohn, der gewaltige Fürst Agamemnon,
Hat mich entehrt und behält mein Geschenk, das er selbst mir entrissen!
Also sprach er mit Tränen; ihn hörte die herrliche Mutter,
Welche beim greisen Vater saß in der Tiefe des Meeres.
Eilend tauchte sie auf aus den schäumenden Fluten wie Nebel,
Setzte sich dann dem bitterlich weinenden Sohn gegenüber,
Streichelte ihn mit der Hand und sprach ihm zu mit den Worten:
Liebes Kind, was weinst du, und was betrübt dir die Seele?
Sprich, verhehle mir nichts, damit wir beide es wissen!
Seufzend aus tiefer Brust versetzte der schnelle Achilleus:
Mutter, du weißt doch alles; was soll ich es dir noch erzählen?
Thebe belagerten wir, Eëtions heilige Feste,
Und zerstörten die Burg und führten alles von dannen.
Redlich teilten den Raub miteinander die Söhne Achaias,
Und man erkor dem Atriden des Chryses rosige Tochter.
Chryses darauf, der Priester des treffenden Schützen Apollon,
Kam zu den schnellen Schiffen der erzumschirmten Achaier,
Freizukaufen die Tochter, und bot unendliche Buße,
Hielt in den Händen die Binde des treffenden Phoibos Apollon
Oben am goldenen Stab und beschwor die Danaer alle,
Doch die Atriden zumeist, die beiden Lenker der Völker.
Alle stimmten ihm zu die andern Achaier, und rieten,
Ehrend den Priester zu scheun und die reiche Buße zu nehmen.
Nur Agamemnon gefiel es nicht, dem Sohne des Atreus,
Sondern mit Schimpf entließ er den Alten und schmähte ihn drohend.

Zürnend vernahm er den Greis und wandte sich; aber Apollon
Hörte des Flehenden Ruf, denn er liebte ihn zärtlich im Herzen,
Traf die Argeier mit tödlichem Pfeil, und die Völker Achaias
Starben in Scharen dahin, und überall flogen die Pfeile
Rings im weiten Heer der Achaier. Uns deutete endlich
Kundig ein Seher den Rat des immertreffenden Gottes.
Eilend riet ich selber zuerst, den Gott zu versöhnen,
Aber da packte Groll den Atriden, und jäh sich erhebend,
Zürnte er drohende Worte, die nun der Vollendung genaht sind.
Jenes Mädchen geleiten Achaier mit glänzenden Augen
Heim gen Chrysa zu Schiff und bringen dem Herrscher Geschenke.
Aber die andere schleppten die Boten mir jetzt aus dem Zelte,
Briseus' Tochter, die mir als Gabe verliehn die Achaier.
Ach, wenn du es vermagst, so hilf dem tapferen Sohne!
Steig empor zum Olympos und flehe zu Zeus, wenn du jemals
Ihm das Herz mit Worten erfreutest oder mit Taten.
Oftmals hörte ich dich im Palaste des Vaters erzählen,
Rühmend, wie du vor Zeiten den finsterumwölkten Kronion
Unter den Göttern allein vor schmählicher Kränkung bewahrtest,
Als die andern olympischen Götter zu fesseln ihn drohten:
Here, Poseidon zugleich und die Göttin Pallas Athene.
Aber da kamst du, Göttin, herbei und löstest die Bande,
Riefst den Hundertarmigen rasch zum hohen Olympos,
Der Briareos heißt bei den Himmlischen, aber Aigaion
Unter den Menschen, dem leiblichen Vater an Kraft überlegen.
Dieser setzte sich neben Kronion, froh seiner Stärke.
Drob erschraken die Götter und scheuten sich, jenen zu fesseln.
Setze nun, daran erinnernd, zu ihm dich und rühr' ihm die Kniee,
Ob es vielleicht ihm gefalle, den Troern Schutz zu gewähren,
Aber zurückzudrängen zum Lager und Meer die Achaier,
Hin ins Verderben, daß alle sich sättigen ihres Gebieters,
Und Agamemnon, der Herrscher, erkenne seine Verblendung,
Daß er also mißachtet den herrlichsten aller Achaier!
Ihm erwiderte Thetis darauf mit bitteren Tränen:
Wehe, mein Kind, was zog ich dich auf, ich elende Mutter!
Möchtest du hier bei den Schiffen doch frei von Tränen und Kränkung

Sitzen, dieweil dein Schicksal kurz dir bemessen, so kurz nur!
Jetzt aber stirbst du so bald und mußt noch leiden wie niemand!
Wahrlich, zu düsterem Lose gebar ich dich doch im Palaste!
Dies dem Donnerer Zeus zu verkündigen, ob er mich höre,
Geh' ich selber hinauf zum schneebedeckten Olympos.
Du aber magst indes, bei den schnellen Seglern gelagert,
Zürnen dem Danaervolk, doch des Kriegs enthalte dich gänzlich.
Zeus ist nämlich hinab zum Okeanos zu den Aithiopen
Gestern speisen gegangen, von allen Göttern begleitet.
Aber er kommt am zwölften Tage zurück zum Olympos.
Gleich dann steig' ich empor zum ehernen Hause Kronions,
Will ihm die Knie umfassen und hoffe, ihn gnädig zu stimmen.
Also sprach sie und ging und ließ ihn einsam am Orte,
Grollenden Sinns um den Raub der schöngegürteten Jungfrau,
Die man mit Trotz und Gewalt ihm entrissen. Aber Odysseus
Kam und brachte gen Chrysa die heilige Sühnhekatombe.
Und sobald sie des Hafens dunkele Tiefen erreichten,
Zogen sie ein die Segel und legten sie nieder im Schiffe,
Ließen herab an den Tauen den Mast in den Mastenbehälter
Emsig und ruderten vor das Schiff zum Landungsgestade.
Aus nun warf man die Anker und band die Seile ans Ufer,
Aus auch stiegen sie selber jetzt an der Brandung des Meeres,
Aus nun lud man das Opfer dem treffenden Phoibos Apollon,
Aus nun stieg Chryseïs vom meerdurcheilenden Schiffe.
Zum Altare geleitete gleich sie der weise Odysseus,
Gab in des Vaters Hände sie hin und redete also:
Chryses, mich sandte daher der Völkerfürst Agamemnon,
Dir die Tochter zu bringen und Phoibos die Sühnhekatombe
Für die Achaier zu weihen, auf daß wir den Herrscher versöhnen,
Der den Argeiern jetzt so schmerzliches Wehe bereitet.
Also sprach er und gab sie dem Vater; mit Freuden empfing er
Seinen Liebling, die Tochter. Doch jene stellten behende
Reihweis' um den Altar dem Gotte die Sühnhekatombe,
Wuschen die Hände sodann und nahmen sich heilige Gerste.
Chryses aber betete laut mit erhobenen Händen:
Höre mich, Gott, der du Chrysa mit silbernem Bogen umwandelst

Samt der heiligen Killa, und Tenedos mächtig beherrschest!
So wie schon du zuvor mich hörtest, als ich dich anrief,
Wie du Ehre mir gabst und furchtbar schlugst die Achaier.
Also gewähre mir wiederum jetzt auch dieses Verlangen:
Gleich erlöse die Danaer jetzt von der schmählichen Plage!
  Also rief er betend; ihn hörte Phoibos Apollon.
Und nachdem sie gefleht und heilige Gerste geschüttet,
Beugten zuerst sie die Nacken und schlachteten, zogen das Fell ab,
Schnitten die Lenden heraus, umhüllten sie dann mit des Fettes
Doppelter Schicht und legten darauf noch Stücke der Glieder.
Das verbrannte der Greis auf Scheitern und sprengte darüber
Funkelnden Wein, und Jünglinge neben ihm hielten die Gabeln.
Als sie die Lenden verbrannt und die Eingeweide gekostet,
Schnitten sie auch das übrige klein und steckten's an Spieße,
Brieten es vorsichtig dann und zogen alles herunter.
Aber nachdem sie das Werk vollbracht und das Mahl sich gerüstet,
Schmausten sie; jeder labte das Herz am gebührenden Mahle.
Aber nachdem die Begierde nach Trank und Speise gestillt war,
Füllten die Jünglinge Mischgefäße zum Rand mit Getränke,
Spendeten erst und verteilten darauf an alle die Becher.
Jene versöhnten tagüber den Gott mit Spiel und Gesängen,
Sangen den schönen Paian, die blühenden Söhne Achaias,
Rühmten des Treffenden Macht, und er hörte sie freudigen Herzens.
Aber sobald die Sonne versank und das Dunkel heraufzog,
Legten sich alle zum Schlaf bei den Haltetauen des Schiffes.
Als aber Eos erschien, die rosige Göttin der Frühe,
Fuhren sie wieder zurück zum weiten Lager Achaias.
Günstigen Fahrwind sandte der treffende Schütze Apollon,
Und sie erhoben den Mast und spannten die schimmernden Segel.
Voll erfaßte die Segel der Wind, und die purpurne Woge
Brandete brausend gegen den Kiel des gleitenden Schiffes;
Also flog es dahin durch die Fluten, den Weg zu vollenden.
Als sie nun angelangt waren beim weiten Lager Achaias,
Zogen sie gleich das schwärzliche Schiff ans feste Gestade
Hoch auf den Sand und stemmten es unten mit kräftigen Stützen:
Alle zerstreuten sich dann im Lager zu Zelten und Schiffen.

Er aber saß indes bei den schnellen Schiffen und grollte,
Peleus' göttlicher Sohn, der hurtige Läufer Achilleus;
Nicht mehr schritt er wie sonst zum männerehrenden Rate,
Nicht zum Kampf; er härmte sich tief im wackeren Herzen;
Immer blieb er am Platz und ersehnte Lärm und Getümmel.
Als sich Eos nun zum zwölften Male emporhob,
Kehrten heim zum Olympos die ewigwaltenden Götter
Alle, geleitet von Zeus. Da gedachte Thetis des Auftrags
Ihres Sohnes; sie tauchte empor zur Woge des Meeres,
Hob sich in dämmernder Frühe zum Himmelsgefild und Olympos,
Fand den donnergewaltigen Zeus, getrennt von den andern,
Thronend zuhöchst auf der Spitze des gipfelreichen Olympos,
Und sie setzte sich ihm gegenüber, berührte die Kniee
Jetzt mit der Linken ihm, faßte ihn unter dem Kinn mit der Rechten
Und begann mit Bitten zu Zeus Kronion, dem Herrscher:
Vater Zeus, wenn ich je mit Worten oder mit Taten
Unter den Himmlischen frommte, gewähre mir dieses Verlangen:
Ehre mir meinen Sohn, dem früher als allen bestimmt ist,
Hinzuwelken. Ach siehe, der Völkerfürst Agamemnon
Hat ihn entehrt und behält sein Geschenk, das er selbst ihm entrissen!
Ehre doch du ihn dafür, o Zeus, olympischer Herrscher!
Rüste die Troer mit siegender Kraft, bis daß die Achaier
Meinen Sohn mir geehrt und mit schuldiger Ehre verherrlicht!
Nichts erwiderte Zeus drauf, der Wolkenversammler;
Lange saß er und schwieg. Doch immer noch schmiegte sich Thetis
An die umschlungenen Knie und flehte wieder von neuem:
Ohne Falsch versprich es mir jetzt und winke Gewährung,
Oder versag's – nichts hast du zu fürchten! – damit ich erkenne,
Wie ich verachtet nun bin vor allen unsterblichen Göttern!
Voller Zorn erwiderte Zeus, der Wolkenversammler:
Wahrlich, heillos dünkt mich dein Rat, im Zwiste mit Here
Mich zu verfeinden, sobald sie mich reizt mit kränkenden Worten.
Streitet sie doch schon so im Kreis der unsterblichen Götter
Immer mit mir und sagt, ich helf' im Kampfe den Troern.
Eile nur wieder davon, daß Here es nimmer gewahr wird.
Mir aber bleibe die Sorge, das alles zum Ende zu führen.

Siehe, ich will mit dem Haupte dir winken, damit du vertrauest.
Dies ist nämlich unter den Göttern meiner Bejahung
Heiligstes Pfand; es gilt untrüglich, unwiderruflich,
Immer führt es zum Ziel, was ich winkenden Hauptes gewähre!
Sprach es und nickte ihr zu mit den dunkeln Brauen, Kronion.
Und die ambrosischen Locken des Herrschers wallten ihm nieder
Vom unsterblichen Haupt; es erbebten die Höhn des Olympos.
Also berieten sich beide und trennten sich. Siehe, die Göttin
Fuhr in die Tiefe des Meers vom glanzerhellten Olympos,
Zeus aber ging in sein Haus; da erhoben die Götter sich alle
Von ihren Sitzen zugleich, dem Vater entgegen, und niemand
Harrte des Kommenden dort; entgegen traten ihm alle.
Zeus nun setzte sich hin auf den Thron, doch Here, die Gattin,
Sah ihn und wußte recht gut, wie heimlich mit ihm sich beraten
Thetis, die silberfüßige Tochter des Greises im Meere.
Schnell begann sie mit kränkender Rede zu Zeus, dem Kroniden:
Welcher Gott hielt wieder mit dir, du Schlauer, Beratung?
Immer ist es dir lieb, recht fern von mir und gesondert,
Heimlich ersonnene Pläne zu schmieden! Wagst du doch niemals,
Offenen Sinnes ein Wort mir zu kündigen, was du beschlossen!
Ihr entgegnete drauf der Vater der Menschen und Götter:
Here, hoffe nur nicht, mir in alle Pläne zu dringen;
Lastend wären sie dir, und bist du auch meine Gemahlin!
Freilich, was dir zu hören gebührt, soll keiner vernehmen
Früher als du, von allen Unsterblichen oder von Menschen.
Doch was ich von den Göttern getrennt zu erwägen beschließe,
Davon versuche mir nichts zu erkundigen noch zu erforschen!
Ihm erwiderte drauf die farrenäugige Here:
Welch ein Wort, Kronion, du Schrecklicher, hast du geredet!
Nie doch war es mein Brauch, dich zu fragen noch zu erforschen,
Sondern ganz in Ruhe beschließest du, was dir genehm ist.
Jetzt aber fürcht' ich, im Herzen gepeinigt, daß dich beschwatze
Thetis, die silberfüßige Tochter des Greises im Meere.
Denn sie saß in der Frühe bei dir und umschlang dir die Kniee.
Ja, ich glaube, du hast ihr winkend gelobt, dem Achilleus
Ehre zu geben und viele Achaier zu töten im Lager.
Ihr erwiderte Zeus und sprach, der Wolkenversammler:

Listige, immer vermutest du; nie entgeh' ich dir heimlich!
Dennoch vermagst du nichts zu erreichen: immer nur ferner
Wirst meinem Herzen du sein. Das wird dich noch schrecklicher treffen!
Wenn es also geschieht, so wird mir's eben belieben!
Sitze doch ruhig und schweig, beherzige meine Gebote!
Kaum wohl schützte dich sonst der Unsterblichen Schar im Olympos,
Trät' ich herzu und legte an dich die unnahbaren Hände!
Also Zeus; da erschrak die farrenäugige Here,
Saß in Schweigen gehüllt und bezwang des Herzens Erregung.
Aber es murrten im Hause des Zeus die Uranoskinder.
Jetzt begann Hephaistos, der kunstberühmte, zu reden,
Seiner Mutter zuliebe, der lilienarmigen Here:
Wahrlich, heillos wird's noch zuletzt und nicht zu ertragen,
Wenn ihr beiden euch gar um Sterblicher willen so streitet
Und im Kreise der Götter ein Lärmen erhebet! Ach nimmer
Schwelgt man beim köstlichen Mahle, nachdem das Niedrige siegte!
Ich nun rate der Mutter, wiewohl sie selber Verstand hat,
Unserm Vater mit Liebe zu nahen, damit er nicht wieder
Schelte, der Vater Zeus, und uns verwirre die Mahlzeit.
Denn sobald er es wollte, der blitzesgewaltige Herrscher,
Schmettert' er uns von den Thronen; denn er ist mächtig vor allen.
Auf denn, rede ihm zu mit sanft beruhigenden Worten!
Gleich wird dann der Olympier uns mit Gnade begegnen.
Sprach's, erhob sich und gab den Becher mit doppeltem Henkel
Seiner Mutter zu Händen und sprach ihr zu mit den Worten:
Dulde, Mutter, und gib ihm nach, wie sehr es auch schmerzet,
Daß ich nicht, du Geliebte, mit eigenen Augen es sehe,
Wie er dich schlägt; sonst könnte ich nicht, soviel ich auch zürnte,
Helfen; denn schwierig ist's, dem Olympier feindlich zu trotzen.
Denn ein andermal schon, als ich ihm zu wehren begehrte,
Schwang er mich hoch, an der Ferse gefaßt, von der heiligen Schwelle.
Und ich flog einen ganzen Tag; mit der sinkenden Sonne
Fiel ich in Lemnos hinab und atmete kaum noch Leben;
Aber die Sintier hoben mich auf und pflegten mich freundlich.

Also sprach er; da lächelte Here, die glänzende Göttin.
Lächelnd nahm sie vom Sohn mit der Hand entgegen den Becher.
Er aber schenkte rechtsherum den Unsterblichen allen
Duftenden Nektartrank, den er schöpfte aus mächtigem Kruge.
Unermeßliches Lachen erscholl bei den seligen Göttern,
Wie sie Hephaistos schnaufend sich tummeln sahen im Saale.
Also den ganzen Tag bis spät zur sinkenden Sonne
Schmausten sie; nicht entbehrte das Herz des gebührenden Mahles,
Nicht des Saitengetöns von der herrlichen Leier Apollons,
Noch der Musen, die wechselnd erhoben die lieblichen Stimmen.
Aber nachdem die strahlende Leuchte des Tages gesunken,
Gingen sie auszuruhen, zur eigenen Wohnung ein jeder,
Dort wo jedem sein Haus der herrliche, gliedergewandte
Künstler Hephaistos gebaut mit erfindungsreichem Verstande.
Zeus auch schritt zum Lager, der blitzesgewaltige Herrscher,
Wo er sonst schon geruht, wenn der liebliche Schlaf ihm genaht war:
Das bestieg er und schlief bei der goldenthronenden Here.

ZWEITER GESANG

Der Traum Agamemnons   Boiotia, der Schiffskatalog

Alle die anderen Götter und roßgerüsteten Männer
Schliefen die ganze Nacht, nur Zeus umhüllte kein Schlummer,
Sondern er sann im Geist und bedachte sich, wie er Achilleus
Ehren und viele Achaier verderben möchte im Lager.
Dieser Entschluß erschien dem Sinnenden endlich der beste:
Schnell einen täuschenden Traum zu Atreus' Sohne zu senden.
Jetzt erhob er die Stimme und sprach die geflügelten Worte:
  Eile mir, täuschender Traum, zu den rüstigen Schiffen Achaias!
Gehe dort ins Gezelt zu Atreus' Sohn Agamemnon,
Ihm das alles genau zu verkündigen, was ich gebiete.
Heiß ihn rüsten mit aller Macht die gelockten Achaier
Schleunig; denn leicht geläng' es ihm jetzt, zu bezwingen der Troer
Weitdurchwanderte Stadt; denn nicht mehr zwiefachen Sinnes
Sind des Olympos unsterbliche Götter; es lenkte sie alle
Here mit Bitten, den Troern jedoch sind Leiden bereitet.
  Also sprach er; der Traum, sobald er die Rede vernommen,
Eilte hinweg und kam zu den rüstigen Schiffen Achaias,
Ging zu des Atreus Sohn Agamemnon, fand den Gebieter
Schlafend im Zelte, die Glieder von seligem Schlummer umfangen,
Trat ihm zu Häupten und glich an Gestalt dem Sohne des Neleus,
Nestor, der dem Atriden am höchsten stand von den Alten.
Diesem gleichend, erhob der göttliche Traum seine Stimme:
  Schlummerst du, Atreus' Sohn, des kundigen Rossebezähmers?
Nicht gebührt es dem richtenden Manne, die Nacht zu durchschlummern,
Dem zum Schutze die Völker vertraut und vielerlei obliegt.
Jetzt vernimm du mich rasch; ich komme von Zeus mit der Botschaft,
Der in der Ferne sich kümmert um dich und Sorgen empfindet.

Rüsten sollst du mit aller Macht die gelockten Achaier
Schleunig, denn leicht geläng' es dir jetzt, zu bezwingen der Troer
Weitdurchwanderte Stadt; denn nicht mehr zwiefachen Sinnes
Sind des Olympos unsterbliche Götter; es lenkte sie alle
Here mit Bitten, den Troern jedoch sind Leiden bereitet;
Zeus bestimmte sie. Merk es dir wohl, auf daß nicht Vergessen
Dich übermanne, sobald du vom lieblichen Schlummer erwacht bist.
Also sprach er, wandte sich fort und ließ ihn am Platze,
Das bedenkend im Geiste, was nie zur Vollendung bestimmt war.
Denn er hoffte noch heute des Priamos Stadt zu erobern,
Ach, der Tor! nicht wußt' er, was Zeus für Taten geordnet.
Dieser gedachte noch Leiden und Seufzer in Fülle zu bringen
Über Achaier und Troer zugleich in gewaltigen Treffen.
Jetzt erwacht' er vom Schlaf, noch umtönt von der göttlichen Stimme,
Setzte sich aufrecht hin und legte das weiche Gewand an,
Sauber und neu gewirkt, und warf den Mantel darüber,
Band sich unter die glänzenden Füße die schönen Sandalen,
Hängte das Schwert um die Schulter, geschmückt mit silbernen Buckeln,
Nahm das Zepter, vom Vater ererbt und ewiger Dauer,
Hielt es und ging zu den Schiffen der erzumschirmten Achaier.
Eos aber, die Göttin, erstieg den hohen Olympos,
Zeus und den anderen Göttern das Tageslicht zu verkünden.
Jener indessen befahl den Boten mit klingenden Stimmen,
Her zur Versammlung zu rufen die hauptumlockten Achaier.
Tönend riefen sie aus, und flugs war die Menge versammelt.
Erst aber lud er die hochgesinnten Greise zum Rate,
Nahe dem Schiffe des Nestor, des herrschenden Königs von Pylos.
Vor den Versammelten dann entwarf er den Plan von Bedeutung:
Freunde, vernehmt! ein göttlicher Traum erschien mir im Schlummer
Durch die ambrosische Nacht; der glich dem erhabenen Nestor
Sehr, an Gestalt und Größe und Wuchs ihm wunderbar ähnlich,
Stellte zu Häupten sich mir und sprach mich an mit den Worten:

Schlummerst du, Atreus' Sohn, des kundigen Rossebezähmers?
Nicht gebührt es dem richtenden Manne, die Nacht zu durchschlummern,
Welchem zum Schutze die Völker vertraut und vielerlei obliegt.
Jetzt vernimm du mich rasch; ich komme von Zeus mit der Botschaft,
Der in der Ferne sich kümmert um dich und Sorgen empfindet.
Rüsten sollst du mit aller Macht die gelockten Achaier
Schleunig, denn leicht geläng' es dir jetzt, zu bezwingen der Troer
Weitdurchwanderte Stadt; denn nicht mehr zwiefachen Sinnes
Sind des Olympos unsterbliche Götter; es lenkte sie alle
Here mit Bitten, den Troern jedoch sind Leiden bereitet;
Zeus bestimmte sie. Merk es dir wohl! und so mich ermahnend,
Schwand er im Fluge hinweg, und der liebliche Schlummer verließ mich.
Auf, und sehen wir zu, die Achaier zum Kampfe zu rüsten!
Erst versuche ich selbst sie mit Worten, wie es Gebrauch ist,
Und ermahne zur Flucht mit den rudergerüsteten Schiffen;
Ihr dann sucht sie zu halten, ein jeder an anderem Orte.
Also sprach er beredt und setzte sich; doch, nun erhob sich
Nestor, welcher die sandigen Fluren von Pylos beherrschte;
Dieser begann mit Bedacht und redete vor der Versammlung:
Freunde, des Volkes von Argos erhabene Fürsten und Pfleger,
Hätte von solchem Traum ein anderer Mann uns berichtet,
Hielten wir alles für Trug und wendeten uns mit Verachtung.
Doch ihn gewahrte der mächtigste Fürst im Volk der Achaier.
Auf, und sehen wir zu, die Achaier zum Kampfe zu rüsten!
Also sprach er und schied zuerst aus des Rates Versammlung.
Willig dem Hirten der Völker, erhoben darauf sich die Fürsten.
Alle mit Zeptern geschmückt. Heran jetzt brausten die Völker.
Gleichwie Schwärme von Bienen in dichtem Gewimmel sich nahen;
Immer neue strömen hervor aus der Höhlung des Felsens;
Dann in Trauben gedrängt, umfliegen sie Blumen des Lenzes;
Hier jetzt schwärmet ein Volk, und andere schwärmen da drüben:
Also zogen die Massen der Völker von Schiffen und Zelten,
Schar an Schar, zur Versammlung, entlang am tiefen Gestade,
Denn ein Gerücht, von Zeus gesendet, war unter den Männern

Plötzlich entbrannt und trieb sie zur Eile, bis alle versammelt.
Und es hallte der Kreis, es stöhnte drunten der Boden,
Wie die Völker sich setzten, Getümmel herrschte; mit Rufen
Mahnten der Herolde neun die Menge, ob sie nicht endlich
Ließe vom Lärm und hören möchte die göttlichen Herrscher.
Endlich saß nun das Volk und hielt sich still auf den Sitzen
Ohne Geräusch, da erhob sich der mächtige Fürst Agamemnon
Samt dem Zepter, das hatte Hephaistos kunstvoll gebildet;
Und Hephaistos schenkte es Zeus, dem Herrscher Kronion,
Zeus aber schenkte es fort seinem Boten, dem Argoserwürger,
Hermes, der Fürst, wieder gab es dem rossetummelnden Pelops,
Pelops gab es Atreus weiter, dem Hirten der Völker,
Atreus ließ es verscheidend dem herdenreichen Thyestes,
Aber Thyest' hinterließ es zu tragen dem Herrn Agamemnon,
Viele Inseln und Argos ganz damit zu beherrschen.
Darauf stützte sich dieser und sprach zum Volke von Argos:
  Freunde und Helden des Danaerstamms, Genossen des Ares,
Zeus, der Kronide, verstrickte mich hart in schwere Verblendung!
Ach, der Grausame! welcher mir einst versprach und gelobte,
Erst nach Hause zu kehren, wenn Ilios' Feste vernichtet!
Jetzt aber sann er verderblichen Trug und heißet mich ruhmlos
Wieder gen Argos kehren, nachdem viel Volks mir verloren.
Also muß es gefallen dem übermächtigen Gotte,
Der schon vielen Städten das Haupt zu Boden gebeugt hat
Und auch beugen noch wird; denn er ist mächtig vor allen.
Schimpflich erscheint es ja fernen Geschlechtern noch, müssen sie hören,
Daß so umsonst ein solches, so mächtiges Volk der Achaier
Hoffnungslose Kämpfe nur kämpft und immer nur streitet
Gegen weniger Feinde, und doch kein Ende sich bietet.
Denn wenn alle gewillt wir wären, Achaier und Troer,
Feierlich einen Vertrag zu beschwören, um beide zu schätzen,
Erst die Troer zu sammeln, soviele dort eigenen Herdes;
Wenn wir Achaier uns selbst drauf sonderten, je zu Dekaden,
Und die Troer dann einzeln bestimmten zu Schenken des Weines,
Möchten gar viele Dekaden den Schenken des Weines entbehren.
Soviel größer erscheint mir die Zahl der Söhne Achaias,

Als da wohnen der Troer in Ilios. Aber Genossen,
Lanzenschwingende, stehen aus vielen Städten versammelt,
Welche das Ziel mir verwehren und nicht, wie ich wollte, gestatten,
Ilios' volksgesegnete Stadt von der Erde zu tilgen.
Sind doch bereits neun Jahre des großen Zeus uns verstrichen,
Und schon modern die Balken der Schiffe, zermürbt sind die Taue;
Unsere Weiber indes und unerfahrenen Kinder
Sitzen daheim und schmachten nach uns; doch gänzlich erfolglos,
Enden wir nimmer das Werk, um dessentwillen wir kamen.
Auf denn, so wie ich rede, so laßt uns alle gehorchen:
Fliehen wir samt den Schiffen zum teuren Lande der Väter;
Nie erobern wir doch das weitdurchwanderte Troja!
Also sprach er und rührte das Herz in der Brust eines jeden
Ringsumher in der Menge, die nichts vom Rate vernommen.
Unruhig ward die Versammlung wie schwellende Wogen des Meeres
Auf der ikarischen Flut, von den Winden des Ostens und Südens
Aufgerührt, die den Wolken des Vaters Zeus sich entstürzen.
Wie wenn der nahende West im tiefen Gefilde der Saaten
Wühlt, und im brausenden Sturme herab die Ähren sich neigen:
So ward ganz die Versammlung durchwühlt. Mit wildem Getöse
Stürzte das Volk zu den Schiffen, und unter den Füßen erhob sich
Wirbelnder Staub in die Luft; sie ermunterten einer den andern,
Hand an die Schiffe zu legen und hin ins Meer sie zu ziehen.
Und sie räumten die Gräben; es scholl zum Himmel das Rufen
Aller, die heimwärts strebten; den Schiffen entzog man die Balken.
Jetzt erfüllte sich wohl auch gegen das Schicksal die Heimkehr,
Hätte Here sich nicht zu Athene gewandt mit den Worten:
Wehe mir, Tochter des Aigiserschütterers, Unbesiegte!
Also wollen denn heim zum teuren Lande der Väter
Über den weiten Rücken des Meers die Argeier entfliehen?
Läßt man zum Ruhme zurück für Priamos nun und die Troer
Helena, Argos' Kind, um welche so viele Achaier
Umgekommen vor Troja, so weit vom Lande der Väter?
Mache dich auf zum Heer der erzumschirmten Achaier!
Halte da jeglichen Mann zurück mit freundlichen Worten,
Daß sie die doppelgeschweiften Schiffe nicht ziehn in die Fluten!

Also sprach sie, und gern gehorchte die Göttin Athene;
Eilend fuhr sie hinab vom Gipfel des hohen Olympos
Und war bald zu den schnellen achaiischen Schiffen gekommen.
Jetzt ersah sie Odysseus, dem Zeus zu vergleichen an Einsicht,
Stehend; doch rührte er nicht ans schöngebordete, schwarze
Schiff, dieweil ihm die Gram in Herz und Seele gedrungen.
Neben ihn trat sie und sprach, die strahlende Göttin Athene:
Göttlicher Sohn des Laërtes, erfindungsreicher Odysseus,
Also wollt ihr denn heim zum teuren Lande der Väter
Fliehen und werft euch rasch in die rudergerüsteten Schiffe?
Läßt man zum Ruhme zurück für Priamos nun und die Troer
Helena, Argos' Kind, um welche so viele Achaier
Umgekommen vor Troja, so weit vom Lande der Väter?
Mache dich auf zum Heer der Achaier und säume nicht länger!
Halte da jeglichen Mann zurück mit freundlichen Worten,
Daß sie die doppelgeschweiften Schiffe nicht ziehn in die Fluten!
Also sprach sie, und er vernahm die Stimme der Göttin,
Eilte davon und warf den Mantel zu Boden, doch diesen
Hob Eurybates auf, sein Herold, der ihm gefolgt war.
Selber trat er dem Atreussohn Agamemnon entgegen,
Nahm ihm das Zepter, vom Vater ererbt und von ewiger Dauer,
Hielt es und ging zu den Schiffen der erzumschirmten Achaier.
Wen er nun jetzt von den Königen traf und vornehmen Männern,
Diesen hielt er zurück, mit freundlichen Worten ihm nahend:
Bist du von Sinnen! nicht ziemt sich's für dich, wie ein Feigling zu zagen!
Sitz in Ruhe du selbst und heiß auch ruhen die andern!
Denn noch kennst du nicht ganz des Atreussohnes Gesinnung.
Jetzt versucht er, doch bald wohl schlägt er die Söhne Achaias.
Denn nicht alle im Rate vernahmen wir, was er geredet.
Daß nicht entbrenne sein Zorn und wüte durchs Heer der Achaier!
Mächtig ist ja der Eifer des gottbegnadeten Königs;
Zeus entstammt seiner Würde, und Zeus, der waltende, liebt ihn.
Wiederum, wen er vom Volk erblickte und schreiend ertappte,
Den traf hart sein Stab und er fuhr ihn an mit den Worten:
Bist du von Sinnen! sitz still und höre, was andere reden,
Dir überlegene Männer, denn du bist feige und kraftlos;

Weder zählte man je im Kampfe dich voll, noch im Rate!
Nicht wir alle zugleich sind Könige hier, wir Achaier!
Nie bringt Segen die Herrschaft vieler, einer sei Herrscher,
Einer König allein, dem der Sohn des verschlagenen Kronos
Zepter verlieh und Gesetze, daß er der Menge gebiete.
Also durchherrschte er ordnend das Heer, und zurück zur Versammlung
Stürzten von neuem die Völker, hinweg von den Schiffen und Zelten,
Tosend: gleichwie die Woge des stürmisch brandenden Meeres
Gegen das Felsengestade brüllt, und es dröhnen die Fluten.
Alle setzten sich nun und hielten sich still auf den Sitzen;
Nur Thersites erhob sein zügelloses Geschrei noch;
Viele ungebührliche Worte barg er im Herzen,
Immer verkehrt, ohne Maß und Ziel, mit den Fürsten zu hadern,
Wo ihm nur etwas erschien, das lächerlich vor den Argeiern,
Wirkte; der häßlichste Mann, der gegen Troja gekommen:
Säbelbeinig und hinkend auf einem Fuße, die Schultern
Höckrig, gegen die Brust zusammengebogen; darüber
Spitzte sich zu sein Kopf, besät mit spärlicher Wolle.
Widerlich war er zumal den Herrschern Achill und Odysseus;
Beide schmähte er stets. Doch jetzt mit schrillem Gekreische
Schalt er den edlen Herrn Agamemnon, doch rings die Achaier
Zürnten ihm heftig empört und grollten darob in der Seele.
Aber der Lästerer schalt mit lautem Geschrei Agamemnon:
Atreus' Sohn, was klagst du denn wieder und wessen bedarfst du?
Reich mit Erz sind die Zelte gefüllt, und Weiber in Menge
Sitzen in deinen Gezelten, erlesene, die wir Achaier
Immer zuerst dir schenken vom Raub eroberter Städte.
Fehlt es vielleicht dir an Gold, das ein rossebezähmender Troer
Her aus Ilios bringe, den schmachtenden Sohn zu erlösen,
Welchen ich selbst in Banden geführt oder sonst ein Achaier?
Oder ein jugendlich Weib, ihr beizuwohnen in Wollust,
Wenn du allein sie besitzt im Verborgenen? Ziemt es dir etwa,
Führer zu sein, auf daß du ins Unglück bringst die Achaier?
Elende Feiglinge ihr, und Weiber, nicht Männer Achaias!

Laßt uns heim in den Schiffen doch ziehen und diesen vor Troja
Hier an Ehrengeschenken sich sättigen, daß er gewahre,
Ob auch wir ihm zu helfen vermögen, oder so gar nicht!
Hat er doch jetzt Achilleus, den weit erhabneren Helden,
Schmählich entehrt und behält das Geschenk, das er selbst ihm entrissen!
Aber er hat nicht Galle im Leibe, der träge Achilleus!
Oder du hättest, Atride, das letzte Mal heute gefrevelt!
Also beschimpfte Thersites den Hirten des Volks Agamemnon,
Lästernd; da nahte sich eilend der heldenhafte Odysseus,
Maß ihn finsteren Blicks und fuhr ihn an mit den Worten:
Törichter Schwätzer Thersites, obgleich ein tönender Redner,
Schweig und enthalte dich, immer allein mit den Fürsten zu hadern!
Denn so erbärmlich wie du ist schwerlich einer zu treffen
Unter den Menschen, die mit den Atriden vor Ilion zogen!
Nie drum nenne dein Mund die Könige vor der Versammlung!
Wage sie nicht zu beschimpfen und laure nimmer auf Heimfahrt!
Denn noch wissen wir nicht, wohin die Sache sich wende:
Ob wir Achaier gut oder schlecht nach Hause gelangen.
Sitzest du hier, den Atriden, den Hirten des Volks, Agamemnon,
Immer zu schmähen bereit, nur weil ihm die Helden Achaias
Vielerlei Gaben verliehen, und lästerst ihn vor der Versammlung?
Wahrlich ich sage dir jetzt, und das wird wahrlich vollendet!
Find' ich noch einmal dich vor Wahnsinn toben, wie eben,
Dann soll Odysseus' Haupt nicht länger mehr stehn auf den Schultern,
Dann soll keiner hinfort mich Vater des Telemach nennen:
Wenn ich nicht Hand an dich lege und gleich dir die Kleider vom Leibe
Reiße, den Mantel und Rock, und was die Scham dir umhüllet,
Und dich selbst mit Geheul zu den rüstigen Schiffen verscheuche,
Aus der Versammlung gestäupt mit schmählichen Geißelhieben!
Also sprach er und schlug mit dem Zepter ihm Rücken und Schultern,
Daß er sich krümmte vor Schmerz, und reichlich entflossen ihm Tränen.
Blutig erhob sich sofort eine schwellende Strieme am Rücken

Unter dem goldenen Stab; er setzte sich hin, voller Schrecken,
Leidend, verstörten Gesichts, und wischte sich ab seine Tränen.
Aber wie alle auch zürnten, sie lachten doch herzlich darüber,
Und zum Nachbar gewandt, sprach mancher die folgenden Worte:
Meiner Treu, unzählige Taten vollbrachte Odysseus,
Glänzte voran mit trefflichem Rat und erweckte die Kriegslust;
Jetzt aber tat er das Meisterstück vor allen Argeiern,
Daß er den lästernden Frechling so rasch zum Schweigen gebracht hat!
Schwerlich wird ihn sein trotziger Sinn wohl stacheln, von neuem
Wider die Fürsten sich aufzulehnen mit kränkenden Worten!
Also das Volk. Da erhob sich der Städteverwüster Odysseus,
Hielt das Zepter, und neben ihm stand die Göttin Athene;
Einem Herolde gleichend, gebot sie dem Volke zu schweigen,
Daß die nächsten sowohl als die fernsten Söhne Achaias
Alle vernehmen könnten das Wort und den Rat überlegen.
Jener begann mit Bedacht und redete vor der Versammlung:
Atreus' Sohn, nun bereiten die Danaer dir, o Gebieter,
Hohn und Schmach wie keinem sonst vor den sterblichen Menschen
Und vollenden dir nicht die Verheißungen, die sie gelobten,
Als sie dir folgten hierher von der rossenährenden Argos:
Erst nach Hause zu kehren, wenn Ilios' Feste vernichtet.
Denn wie zarte Kindlein tun und verwitwete Weiber,
Jammern einander sie vor, doch endlich nach Hause zu kehren.
Freilich drängt wohl jeder, der Leiden erduldet, zur Heimkehr.
Packt doch manchen, der einen Mond von der Gattin getrennt ist,
Zorn beim rudergerüsteten Schiff, wenn die Wirbel des Winters
Hemmend zurück ihn halten und Fluten in wilder Empörung.
Uns aber schwand das neunte der rollenden Jahre vorüber,
Seit wir hier nun verweilen; drum tadle ich nicht die Achaier
Ob ihres Zorns bei den schnellen gebogenen Schiffen, und dennoch
Wäre es schimpflich, so lang zu verweilen zu fruchtloser Heimkehr!
Duldet, ihr Freunde, und harrt noch ein wenig, auf daß wir erkennen,
Ob uns Kalchas die Wahrheit kündete oder sich irrte.
Denn wir behielten es wohl im Gedächtnis; ihr könnt es bezeugen

Alle, welche die raffenden Keren des Todes verschonten:
Gestern war's, wie mir deucht, da sich unsere Schiffe bei Aulis
Sammelten, um den Troern und Priamos Böses zu bringen,
Und wir selbst auf geweihten Altären den himmlischen Göttern
Opferten rings um den Born vollkommene Festhekatomben
Unter der schönen Platane, wo blinkendes Wasser entsprudelt.
Sieh, und ein Zeichen geschah. Ein purpurschuppiger Drache,
Gräßlich zu schauen, den selber ans Licht der Olympier sandte,
Schoß vom Altare hervor und stürzte sich auf die Platane.
Dort aber ruhten im Nest eines Sperlings nackende Junge
Oben auf schwankendem Ast und schmiegten sich unter die Blätter,
Acht, und als neunte dazu die Mutter, die sie gebrütet.
Dort verschlang er sie gleich, die kläglich zwitschernden Jungen;
Nur die Mutter umflog die teure Brut mit Gejammer,
Bis er, empor sich schnellend, die Klagende packte am Flügel.
Aber nachdem er die Jungen des Sperlings verzehrt und die Alte,
Machte zum Wunderzeichen der Gott ihn, der ihn gesendet;
Denn zu Stein verwandelte ihn der Herrscher Kronion.
Wir aber standen umher und staunten ob der Erscheinung.
Als nun das furchtbare Wunder so zwischen die Opfer gedrungen,
Legte Kalchas gleich das Orakel aus mit den Worten:
Warum seid ihr verstummt, ihr hauptumlockten Achaier?
Uns erschuf der waltende Zeus dies mächtige Wunder,
Spät erscheinend und spät erfüllt, zu ewigem Ruhme!
Gleichwie jener die Jungen verschlang und das Weibchen des Sperlings,
Acht, und als neunte dazu die Mutter, die sie gebrütet:
Also werden wir ebensoviele Jahre da kämpfen,
Aber im zehnten die weitgebaute Feste bezwingen.
So verkündete jener, und jetzt wird alles vollendet.
Höret also und bleibt, ihr hellumschienten Achaier,
Alle hier, bis daß wir des Priamos Feste bezwungen!

Also sprach er; da schrien die Argeier mit Macht, und die Schiffe
Dröhnten fürchterlich wider vom Jubelgeschrei der Achaier;
Alle priesen die Rede des göttergleichen Odysseus.
Unter ihnen begann der gerenische reisige Nestor:
Ach, ihr gebärdet euch wahrlich wie törichte Knaben im Rate,

Welche sich nicht einen Deut um die Werke des Krieges bekümmern!
Wohin kommen uns nun die Verträge und heiligen Eide?
Soll denn in Rauch vergehen der Rat und die Sorge der Männer,
Gleich den Spenden des Weins und dem Handschlag, dem wir vertrauten!
Ganz umsonst ja streiten wir nur mit Worten und finden
Niemals Mittel und Rat, wie lange wir hier auch verweilen!
Atreus' Sohn, beharre mir unentwegt im Entschlusse,
Schreite als Führer voran den Argeiern in tobenden Schlachten.
Laß sie zugrunde nur gehen, die ein oder zwei der Achaier,
Die da gesondert beschließen – sie kommen ja nie zur Vollendung! –
Heim gen Argos zu kehren, noch eh' sie vom donnernden Gotte
Wissen, ob Lug sein Versprechen gewesen oder die Wahrheit.
Denn ich sage, uns winkte der hocherhabne Kronion
Damals, als die Argeier die eilenden Schiffe bestiegen,
Trojas Volk mit Todesgeschick und Verderben bedrohend:
Rechtshin zuckte sein Blitz, ein heilverkündendes Zeichen!
Darum trachte nur keiner, zuvor nach Hause zu kehren,
Ehe er hier mit einer der troischen Frauen geruht hat,
Eh' er gerächt der Helena Angst und einsame Seufzer!
Sehnt sich einer jedoch so unaussprechlich nach Heimkehr,
Wohl, so mag er sein dunkles gedecktes Schiff nur berühren,
Daß ihn zuerst vor allen der Tod und das Schicksal ereile!
Sinne denn, Herrscher, selbst nun auf Rat und höre den andern.
Nicht verwerflich soll dir das Wort sein, welches ich rede.
Sondre die Mannen alle nach Stamm und Geschlecht, Agamemnon,
Daß die Geschlechter einander helfen, die Stämme den Stämmen.
Tust du das, und gehorchen die Danaer dir, so erkennst du,
Wer von den Führern des Heeres ein Feigling und wer von den Mannen,
Oder von tapferem Sinn; denn einzeln werden sie kämpfen.
Auch erkennst du, ob Göttergewalt die Eroberung hindert
Oder die Feigheit der Männer und mangelnde Kampfeserfahrung.
Ihm entgegnete drauf der mächtige Fürst Agamemnon:
Wahrlich, im Rate besiegst du, Greis, die Söhne Achaias.
Wenn doch, o Vater Zeus, Apollon und Pallas Athene,

Andere zehn wie du mit Rat mir dienten im Volke!
Bald wohl neigte sich dann des Königs Priamos Feste
Unter den Händen uns, gänzlich besiegt und zu Boden getrümmert!
Aber Zeus Kronion, der Donnerer, sandte mir Unheil,
Der in ein eitles Gewirr von Hader und Zank mich verwickelt.
Denn ich selbst und Achilleus entzweiten uns wegen der Jungfrau
Heftig und stritten mit Worten, doch ich begann mit dem Grolle.
Wenn wir im Rate je wieder uns einen, dann säumt das Verderben
Länger nicht mehr für die Troer, und wäre es nur für ein Weilchen!
Jetzt aber gehet zum Mahle, damit wir rüsten den Angriff.
Wohl bereite sich jeder den Schild und schärfe die Lanze,
Wohl dann streue mir jeder den flinken Rennern das Futter,
Wohl besichtige jeder den Wagen und denke des Kampfes,
Daß wir den ganzen Tag in tobender Schlacht uns versuchen.
Denn wir werden nicht ruhen, und wäre es nur für ein Weilchen,
Bis die nahende Nacht den Mut der Männer gebrochen.
Triefen wird manchem das Wehrgehenk des beschützenden Schildes
Über der Brust von Schweiß und starren die Hand an der Lanze;
Triefen wird manchem das Roß vor dem glänzend geglätteten Wagen.
Aber gewahrte ich einen, der fern vom Kampfe sich anschickt,
Bei den geschnäbelten Schiffen zurückzubleiben, der sollte
Sicher vergebens die Flucht vor den Hunden und Vögeln versuchen!
Also sprach er; da schrien die Argeier laut: wie die Fluten
Brausen am felsigen Strand, gepeitscht vom nahenden Föhne
Gegen das ragende Riff; beständig umspülen es Wellen
Mannigfaltiger Winde, die hier und dort sich erheben.
Eilig sprangen sie auf und liefen zerstreut zu den Schiffen,
Zündeten Feuer überall an in den Zelten und speisten,
Opferten, einer diesem, der andere jenem der Götter,
Flehend, dem Tode der Schlacht zu entgehn und dem Toben des Ares.
Doch Agamemnon selbst, der Heerfürst, weihte zum Opfer
Einen feisten fünfjährigen Stier dem starken Kronion

Und berief die ältesten, edelsten aller Achaier:
Nestor allen voran und Idomeneus ferner, den Herrscher,
Dann die Ajas beide und Tydeus' Sohn Diomedes,
Und als sechsten Odysseus, dem Zeus zu vergleichen an Einsicht.
Doch freiwillig erschien der Rufer im Streit Menelaos;
Denn er wußte im Herzen, wie sehr der Bruder sich plagte.
Alle umstanden den Stier und nahmen sich heilige Gerste;
Unter ihnen begann der Fürst Agamemnon zu beten:
Zeus, erhabenster, schwarzumwölkter Herrscher des Äthers!
Laß die Sonne nicht sinken und nächtliches Dunkel sich nahen,
Bis ich hinab von der Höhe des Priamos' Wohnung geschmettert,
Dunkel von Rauch, und die Tore mit lodernder Flamme verwüstet,
Bis ich Hektors Kleid um die Brust mit dem Erze zerrissen,
Ganz in Fetzen; dann sollen gar viele von seinen Genossen
Um ihn her vornüber gestreckt in den Boden mir beißen.
Als der Fürst; nicht gewährte Kronion gleich sein Verlangen,
Sondern er nahm das Opfer und ließ noch wachsen die Drangsal.
Aber nachdem sie gefleht und heilige Gerste geschüttet,
Beugten zuerst sie die Nacken und schlachteten, zogen das Fell ab,
Schnitten die Lenden heraus, umhüllten sie dann mit des Fettes
Doppelter Haut und legten darüber Stücke der Glieder;
Das verbrannten sie alles, auf dürres Reisig geschichtet,
Spießten die Eingeweide und hielten sie über die Flamme.
Als sie die Lenden verbrannt und die Eingeweide gekostet,
Schnitten sie auch das übrige klein und steckten's an Spieße,
Brieten es vorsichtig dann und zogen alles herunter.
Aber nachdem sie das Werk vollbracht und das Mahl sich gerüstet,
Schmausten sie; jeder labte sein Herz am gebührenden Mahle.
Aber nachdem die Begierde nach Trank und Speise gestillt war,
Da begann der gerenische reisige Nestor zu sprechen:
Ruhmvoller Atreussohn, du Völkerfürst Agamemnon,
Laß uns hier nicht redend die Zeit verlieren und länger
Nicht verschieben das Werk, das uns der Gott in die Hand gibt.
Auf, die Herolde mögen die erzumschirmten Achaier
Jetzt berufen und alle hinab zu den Schiffen versammeln.
Wir aber wollen vereint das weite Lager Achaias
Alle durchstreifen, um schneller den hitzigen Kampf zu entfachen.

Also sprach er; der Herrscher des Volks Agamemnon gehorchte.
Gleich befahl er den Boten, mit hellerklingenden Stimmen
Auf zum Kampfe zu rufen die hauptumlockten Achaier.
Tönend riefen sie aus, und flugs war die Menge versammelt.
Aber die gottbegnadeten Könige um den Atriden
Stürmten ordnend umher, begleitet von Pallas Athene,
Welche die prächtige Aigis, die unvergängliche, führte.
Hundert Quasten hingen daran, aus lauterem Golde
Zierlich geflochten, und jede vom Wert einer Festhekatombe.
Blendend im Glanze durchflog sie damit das Heer der Achaier,
Trieb zur Eile sie an und goß in die Brust einem jeden
Kraft, im Kampfe zu stehn und unermüdlich zu fechten.
Allen sofort schien süßer der Kampf, als wiederzukehren
In den gebuchteten Schiffen zum teuren Lande der Väter.
Wie ein verzehrender Brand sich erhebt in unendlicher Waldung
Hoch auf dem Kamm des Gebirges, daß fern die Flamme gesehn wird:
Also erhob sich dem Heere voran, von dem göttlichen Erze
Fernhin leuchtend ein Glanz empor durch den Äther zum Himmel.
Gleich unzähligen Scharen gefiederter Vögel: wie Gänse,
Kraniche oder die Schwäne mit langen Hälsen im Schwarme
Über Asiens Feld, um die Wasser des Flusses Kaystros
Hier und dort in stolzem Fluge die Schwingen entfalten
Und mit Gekreische sich lagern; vom Lärme dröhnen die Auen:
Also fluteten jetzt die Völker von Schiffen und Zelten
In die skamandrische Flur, und rings erdröhnte die Erde
Furchtbar unter den Tritten des schreitenden Heers und der Rosse.
Plötzlich machten sie halt in der blumigen Au des Skamandros,
Tausende, gleichwie Blätter und knospende Blumen im Frühling.
Gleich unzähligen Scharen von Fliegen in dichtem Gewimmel,
Welche rastlos schwärmen im Stalle der ländlichen Herde,
Wann die Milch die Butten erfüllt, im blühenden Lenze:
So unzählbar standen die hauptumlockten Achaier
Gegen die Troer im Felde, voll Eifer, sie ganz zu vernichten.
Aber wie Ziegenhirten die schweifenden Herden der Ziegen
Mühelos wieder zerstreuen, sobald sie sich weidend vermischten:
Also verteilten die Führer die Mannen hierhin und dorthin,

Jetzt ins Treffen zu ziehen; voran der Held Agamemnon,
Gleich an Augen und Haupt dem donnerfrohen Kronion,
Gleich dem Ares an Gurt, an mächtiger Brust dem Poseidon.
So wie der Stier in der Herde vor allem gewaltig hervorragt,
Kraftvoll, denn er zeichnet sich aus vor den weidenden Rindern:
Also verherrlichte Zeus an jenem Tag den Atriden
Unter der Menge und hob ihn hervor inmitten der Helden.
  Kündet, ihr Musen, mir jetzt, die ihr hauset im hohen Olympos;
Göttinnen seid ihr, allgegenwärtig und alles erkennend;
Unser Wissen ist nichts, wir horchen allein dem Gerüchte:
Welches waren die Fürsten der Danaer und die Gebieter?
Nie vermöcht' ich die Schar zu verkündigen oder zu nennen,
Hätt' ich auch zehn Kehlen zugleich, zehn redende Zungen,
Wär' unverwüstlich die Stimme und ehern das Herz mir geschaffen,
Wenn die olympischen Musen mir nicht, des Aigiserschüttrers
Töchter, verkündigen wollten, wie viele vor Ilion kamen.
Nennen will ich die Führer der Schiffe und sämtliche Schiffe:
  Peneleos und Leïtos führten das Volk der Boioter,
Arkesilaos ferner und Klonios, samt Prothoënor:
Alle, welche Hyrie bewohnten, die felsige Aulis,
Schoinos, Skolos, dazu die zerklüftete Stadt Eteonos,
Dann Thespeia und Graia, die räumige Stadt Mykalessos,
Auch die Harma umwohnten, Eilesion, ferner Erythrai,
Die Eleon besaßen, die Städte Peteon und Hyle,
Auch Okalia dann und Medeons prangende Gassen,
Kopai, Eutresis sodann, und die taubenumflatterte Thisbe;
Die Koroneia bewohnten, die grünende Flur Haliartos',
Welche Plataia besaßen und welche hausten in Glisas,
Die Hypothebai bewohnten, die Stadt mit herrlichen Gassen,
Auch Onchestos' prangenden Hain um den Tempel Poseidons;
Welche Arne bestellten, die traubenberühmte, Mideia,
Nisas Heiligtum und fern Anthedon, die Grenzstadt:
Diese zogen heran in fünfzig Schiffen, und jedes
Trug der boiotischen Jugend Erlesene hundertundzwanzig.
  Die in Orchomenos wohnten, der Minyer Stadt, und Aspledon,
Führte Askalaphos an und Ialmenos, Söhne des Ares,
Aus der Astyoche Schoß: in der Burg des azidischen Aktor

Stieg sie einst zum Söller empor, die züchtige Jungfrau,
Wo sie heimlich der Liebe genoß beim rüstigen Ares.
Diese trug ein Geschwader von dreißig gebogenen Schiffen.
Führer der Phoker sodann war Epistrophos, Schedios mit ihm,
Beide des mutigen Iphitos Söhne von Naubolos' Stamme,
Die Kyparissos besaßen und Pythons felsige Feste,
Krisas Heiligtum, Panopeus ferner und Daulis,
Die Anemoreia hielten und rings um Hyampolis lebten,
Alle, die längs dem Kephisos hausten, dem heiligen Strome,
Und die Lilaia bewohnten, die Stadt am Quell des Kephisos:
Diese zogen heran in vierzig dunkelen Schiffen.
Beide stellten in Ordnung auf die Scharen der Phoker,
Schlachtbereit zur Linken und dicht beim Heer der Boioter.
Ajas führte die Lokrer, der schnelle Sohn des Oïleus,
Schmächtiger, nicht so groß, wie der Telamonier Ajas,
Sondern geringer an Wuchs; doch klein und in Linnen gepanzert,
Tat er es allen Hellenen zuvor im Kampf mit dem Speere.
Alle, die Kynos bewohnten, Kalliaros' Auen und Opus,
Bessa, Skarphe und ferner die liebliche Flur von Augeiai,
Thronion, Tarphe und rings das Land am Boagriosflusse:
Alle folgten dem Helden in vierzig dunkelen Schiffen,
Lokrer, die jenseits wohnen der heiligen Insel Euboia.
Dann, die Euboia besaßen, die mutbeseelten Abanter,
Chalkis, Eiretria, ferner die Rebenflur Histiaias
Und Kerinthos am Meere, die steile Feste von Dion,
Welche Karystos besaßen und sonst in Styra zu Hause:
Diese führte der Sprosse des Ares zum Kampf, Elephenor,
Welchen Chalkodon gezeugt, der Herrscher der kühnen Abanter.
Und ihm folgten die schnellen Abanter, die Schöpfe im Nacken,
Lanzenschwingend, voll Gier, mit gestreckten eschenen Speeren
Krachend des Panzers Erz an der feindlichen Brust zu zerschmettern.
Alle folgten dem Helden in vierzig dunkelen Schiffen.
Dann die Athen bewohnten, die Feste mit herrlichen Straßen,
Einst das Gebiet des hohen Erechtheus, welchen Athene
Pflegte, die Tochter des Zeus, (ihn gebar die fruchtbare Erde)
Und in Athen behielt, im eigenen prangenden Tempel:

Gnädig stimmen ihn dort mit Spenden von Farren und Lämmern
Jünglinge edler Athener im kreisenden Laufe der Jahre.
Diese wiederum führte der Sohn des Peteos, Menestheus.
Ihm war niemand gleich von den sterblichen Erdebewohnern,
Galt es, Rosse zu ordnen und schildgewappnete Männer,
Außer Nestor allein, denn der war älter an Jahren.
Jenem folgt' ein Geschwader von fünfzig dunkelen Schiffen.
  Ajas führte von Salamis zwölf gebogene Schiffe,
Brachte sie an und stellte sie neben die Schar der Athener.
  Alle, die Argos besaßen, die festgemauerte Tiryns,
Asine dann, und Hermiones Bucht, die tief in das Land greift,
Und Troizen, Eïónes, die Rebenflur Epidauros,
Auch die Aigina und Mases bewohnten, die Blüte Achaias:
Diese wiederum führte der Rufer im Streit Diomedes,
Sthenelos auch, der wackere Sohn des berühmten Kapaneus,
Und als dritter gebot Euryalos, ähnlich den Göttern,
Er, des Mekisteus Sohn, des Herrschers von Talaos stammend.
Aber der Rufer im Streit Diomedes führte sie alle.
Ihnen folgt' ein Geschwader von achtzig dunkelen Schiffen.
  Dann die Mykene bewohnten, die Stadt mit prangenden Straßen,
Und Korinth, die üppige Stadt, die schöne Kleonai,
Auch Orneia und Araithyreas liebliche Gegend,
Sikyon auch, wo einstens Adrastos als König gewaltet,
Und Hyperesia, ferner die Felsenstadt Gonoëssa;
Die Pellene bewohnten und hausten in Aigions Mauern,
Über das ganze Aigialos hin und das Feld von Helike:
Diese führte in hundert Schiffen der Held Agamemnon,
Atreus' Sohn. Ihm folgten die meisten zugleich und die besten
Völker zum Kampf; er selber, in blendendem Erze gerüstet,
Schritt voll Stolz und ragte hervor inmitten der Helden,
Weil er der Edelste war und die meisten Völker beherrschte.
  Die Lakedaimon bewohnten, so reich an Tälern und Schluchten,
Pharis, Sparta und ferner die taubenumflatterte Messe,
Und die Bryseiai bestellten, die liebliche Flur von Augeiai,
Die Amyklai besaßen und Helos, die Feste des Meeres,
Welche Laas bewohnten und Oitylos' Auen bestellten:
Diese führte sein Bruder, der Rufer im Streit Menelaos,

Alle in sechzig Schiffen; doch hielt gesondert die Heerschar.
Selber schritt er hindurch, dem eigenen Mute vertrauend,
Und ermahnte zur Schlacht; denn er strebte von allen am meisten,
Bald der Helena Angst und einsame Seufzer zu rächen.
Alle, die Pylos bewohnten, die anmutsvolle Arene,
Thryon, die Furt des Alpheios, das sicher befestigte Aipy,
Dann, die Kyparisséeis und Amphigeneia bewohnten,
Pteleos auch und Helos und Dorion: dort wo die Musen
Thamyris trafen, den Thraker, und ihn des Gesanges beraubten,
Der aus Oichalia kam, des Oichaliers Eurytos Stätte.
Denn er brüstete sich zu siegen, und sängen die Musen
Selber, die Töchter des Zeus, des wetterleuchtenden Herrrschers.
Aber diese blendeten ihn im Zorne und nahmen
Ihm den holden Gesang und die Kunst der tönenden Zither.
Diesen wieder gebot der gerenische reisige Nestor,
Und ihm folgt' ein Geschwader von neunzig gebuchteten Schiffen.
Die in Arkadien wohnten, am Hang des kyllenischen Berges,
Bei des Aipytos' Grab, wo Männer pflegen den Faustkampf,
Pheneos' Fluren bestellten, Orchomenos, mächtig an Herden,
Rhipe, Stratie auch, Enispe, die Wohnung der Winde,
Die Tegea und Mantinea mit lieblicher Gegend,
Stymphalos ferner bewohnten, Parrhasias Fluren bestellten:
Diesen gebot Ankaios' Sohn, der Fürst Agapenor:
Sechzig Schiffen; es traten in jedes der Schiffe gar viele
Männer Arkadiens ein, erfahren im Kriege zu kämpfen.
Denn Agamemnon, der Männergebieter, gab ihnen selber
Schöngebordete Schiffe, das dunkle Meer zu durchsteuern,
Atreus' Sohn; sie wußten ja nichts von Meeresgeschäften.
Die Buprasion dann und die heilige Elis bewohnten,
Alles, was Hyrmine, Myrsinos ferner, die äußere Grenzstadt,
Was der olenische Fels und Aleision innen beherbergt:
Diese leiteten vier Beherrscher, und jeglichem folgten
Zehn geschmeidige Schiffe, bemannt mit vielen Epeiern.
Thalpios, Eurytos' Sohn, gebot den einen, die andern
Führte des Kteatos' Sohn Amphimachos, Enkel des Aktor;
Dort war Führer Diores, der tapfere Sohn Amarynkeus',
Über die vierte gebot der göttliche Held Polyxeinos,

Den Agasthenes zeugte, der herrschende Sohn des Augeias.
Die von Dulichion stammten und aus den geweihten Echinen,
Inseln, jenseits des Meeres, im Angesichte von Elis:
Diese ordnete Meges zur Schlacht, dem Ares vergleichbar,
Welchen Phyleus zeugte, der reisige Liebling der Götter,
Der nach Dulichion fortgezogen, im Zorn auf den Vater.
Diesem folgt' ein Geschwader von vierzig dunkelen Schiffen.
Aber Odysseus führte die mutige Schar Kephallener,
Welche in Ithaka hausten und Neritons rauschenden Wäldern,
Die Krokyleia bestellten und Aigilips' rauhe Gefilde,
Die Zakynthos besaßen und Samos, die Insel, bewohnten;
Die das Festland besaßen und gegenüber die Küste:
Diesen gebot Odysseus, dem Zeus zu vergleichen an Einsicht;
Zwölf von Mennig leuchtende Schiffe folgten dem Führer.
Thoas führte Aitoliens Volk, der Sohn des Andraimon,
Welche Pleuron bewohnten und Olenos, ferner Pylene,
Chalkis' Meeresgestade und Kalydons felsige Gegend.
Nicht mehr waren am Leben die Söhne des mutigen Oineus,
Noch er selber; auch starb der blonde Held Meleagros.
Drum ward jenem beschieden, Aitoliens Scharen zu führen,
Und ihm folgt' ein Geschwader von vierzig dunkelen Schiffen.
Aber der speerberühmte Idomeneus führte die Kreter,
Welche Knosos bewohnten und Gortyns wehrbare Festung,
Lyktos, Milet und Lykastos auf kreidig schimmerndem Felsen,
Phaistos, Rhytion auch, die reichbevölkerten Städte,
Andre ferner, die hausten im hundertburgigen Kreta:
Diese führte Idomeneus an, der lanzenberühmte,
Und Meriones, gleich dem männermordenden Ares.
Ihnen folgt' ein Geschwader von achtzig dunkelen Schiffen.
Aber der Heraklide Tlepolemos, groß und gewaltig,
Führte in neun gebuchteten Schiffen die mutigen Rhoder,
Welche Rhodos bewohnten, getrennt in dreierlei Teile:
Lindos, Ialysos, ferner Kameiros auf kreidigem Felsen.
Diese führte der lanzenberühmte Tlepolemos, welchen
Astyocheia der Kraft des Herakles schenkte zum Sohne.
Der gewann sie in Ephyre einst, am Flusse Selleeis,
Als er vielerlei Städte von herrlichen Helden zerstörte.

Aber Tlepolemos wuchs im festen Hause der Eltern
Kaum heran, da erschlug er Likymnios plötzlich, den Oheim
Seines Vaters, den alternden Mann, den Sprossen des Ares.
Eilig zimmert' er Schiffe und floh mit reichlichem Volke
Über das Meer von dannen; es drohten nämlich die andern
Kinder und Kindeskinder der Kraft des Herakles Rache.
Endlich kam er nach Rhodos, umhergetrieben und duldend.
Und sie bauten sich an, geteilt in dreierlei Stämme,
Wurden von Zeus geliebt, dem Herrscher der Götter und Menschen,
Und mit des Reichtums Fülle beschüttet vom Sohne des Kronos.
Nireus kam aus Syma mit drei gleichschwebenden Schiffen,
Nireus, des Fürsten Charopos Sohn und der Herrin Aglaia,
Nireus, der schönste von allen, die zogen vor Ilios' Mauern,
Unter dem Danaervolk nach dem herrlichen Sohne des Peleus;
Aber kraftlos war er, von wenig Mannen begleitet.
Die in Nisyros wohnten, in Krapathos ferner und Kasos,
Kos, des Eurypylos Stadt, und die Inseln Kalydnai bestellten:
Diese hatten zu Führern Pheidippos und Antiphos, beide
König Thessalos' Söhne, des heraklidischen Herrschers.
Ihnen folgt' ein Geschwader von dreißig gebuchteten Schiffen,
Sieh, jetzt nahten sich auch des pelasgischen Argos Bewohner:
Alle, die Alos, Alope besiedelten, ferner nach Trachis,
Auch, die Phthia besaßen und Hellas mit blühenden Frauen,
Myrmidonen genannt, Hellenen zugleich und Achaier:
Diese wiederum führte in fünfzig Schiffen Achilleus.
Doch sie gedachten mitnichten des schrecklichen Waffengetöses;
Niemand war, der jetzt den Scharen zum Kampfe voranschritt.
Lag doch still bei den Schiffen der edle schnelle Achilleus,
Zürnend der Jungfrau wegen, der reichgelockten Briseïs,
Die er einst nach hartem Kampf aus Lyrnessos erbeutet,
Als er mit Macht Lyrnessos und Thebens Mauern zerstörte,
Mynes niederwarf und Epistrophos, Söhne Euenos',
Der von Selepios stammte, die lanzenkundigen Helden.
Grollend lag er darum, doch sollte er bald sich erheben.
Dann die Phylake hielten und Pyrasos' Blumengefilde,
Demeters heilige Statt, und Iton, die Mutter der Herden,

Antrons Meeresgestade und Pteleos' üppigen Rasen:
Diese führte der aresähnliche Protesilaos,
Während er lebte; doch jetzt umfing ihn die finstere Erde.
Einsam in Phylake blieb mit zerfleischten Wangen die Gattin
Und sein verödetes Haus; ihn fällte ein Dardanerkrieger,
Als er dem Schiff entsprang, zuerst von allen Achaiern.
Zwar sie blieben nicht ungeführt, den Führer vermissend,
Sondern es ordnete sie des Ares Sprößling Podarkes,
Iphiklos' Sohn, des herdenreichen, von Phylakos stammend,
Selbst ein leiblicher Bruder des mutigen Protesilaos,
Jünger nur von Geburt; der ältere war und der stärkre
Protesilaos, wie Ares kühn. Obwohl es den Mannen
Nicht am Führer gebrach, so vermißten sie dennoch den Helden.
Jenem folgt' ein Geschwader von vierzig dunkelen Schiffen.
  Dann die Pherai bewohnten am boiboïdischen Landsee,
Boibe, Glaphyrai auch und die prangende Stadt Iaolkos:
Diese führte in elf geschnäbelten Schiffen Eumelos,
Den dem Admetos geboren Alkestis, die herrliche Zierde
Aller Frauen, die schönste an Wuchs von Pelias' Töchtern.
  Welche Methone ferner und Thaumakia bewohnten,
Die Meliboia gebaut und Olizon, die steinige Feste:
Diese führte in sieben Schiffen der Held Philoktetes,
Kundig des Bogens, und fünfzig Ruderer waren in jedes
Eingestiegen, der Bogenkunst erfahrene Streiter.
Jetzt aber lag er, von Qualen verzehrt, auf der heiligen Insel
Lemnos, wo ihn das Volk der Achaier hatte verlassen,
Siech vom tödlichen Biß der unheilspeienden Hydra.
Jammernd lag er daselbst; allein die Männer von Argos
Sollten sich bald bei den Schiffen des Herrn Philoktetes erinnern.
Zwar sie blieben nicht ungeführt, den Führer vermissend,
Sondern Medon herrschte, ein Nebensohn des Oïleus,
Welchen Rhene gebar dem Städteverwüster Oïleus.
  Dann die Trikka bewohnten, die Felsenhöhen Ithomes,
Und Oichalia auch, des Oichaliers Eurytos Feste:
Diese wiederum führten die beiden Asklepiossöhne,
Kundig der heilenden Kunst: Podaleirios neben Machaon.
Ihnen folgt' ein Geschwader von dreißig gebuchteten Schiffen.

Die in Ormenion wohnten, und die am Quell Hypereia,
Die Asterion hielten und Titanos' schimmernde Gipfel,
Führte Eurypylos an, der glänzende Sohn des Euaimon.
Diesem folgt' ein Geschwader von vierzig dunkelen Schiffen.
Die Argissa besaßen und die Gyrtone bestellten,
Orthe, ferner Elone, die schimmernde Burg Oloosson:
Diesen herrschte voran der mutige Held Polypoites,
König Peirithoos' Sohn, den Zeus, der unsterbliche, zeugte;
Ihn gebar die gepriesene Hippodameia dem Herrscher
Jenes Tags, da er strafte die zottigen, wilden Kentauren
Und vom Pelion drängte hinab zum Aithikervolke:
Nicht allein, samt ihm des Ares Sprößling Leonteus,
Den Koronos erzeugte, der hochgemute Kainide.
Diesen folgt' ein Geschwader von vierzig dunkelen Schiffen.
Guneus nahte mit zweiundzwanzig Schiffen aus Kyphos;
Er gebot Enienern und kriegesfrohen Peraibern,
Welche die kalten Gefilde Dodonas einstens besiedelt
Und die Fluren am lieblichen Fluß Titaresios hegten,
Der sein strömendes Wasser ergießt in die Flut des Peneios,
Aber sich nie vermischt mit dem silbernen Strudel des Stromes,
Sondern gleichwie Öl auf der oberen Fläche hinabrinnt,
Denn er entfließt dem furchtbaren Styx, dem Eidesgewässer.
Prothoos führte das Volk der Magneter, der Sohn des Tenthredon,
Die am Peneiosstrom und den waldigen Peliongipfeln
Wohnten: diese leitete Prothoos, hurtig im Kampfe,
Und ihm folgt' ein Geschwader von vierzig dunkelen Schiffen.
Dieses waren die Fürsten der Danaer und die Gebieter.
Wer nun der Allerherrlichste war, das künde mir, Muse,
Unter den Helden und Rossen, die folgten den Söhnen des Atreus!
Sicher die trefflichsten Stuten gehörten dem Enkel des Pheres;
Rasch wie die Vögel flogen sie hin, gelenkt von Eumelos,
Gleichen Haares und Alters und schnurgleich über den Rücken;
In Pereia erzog sie Apoll mit dem silbernen Bogen,
Beides Stuten; sie trugen zum Kampf den Schrecken des Ares.
Sicher der trefflichste Held war der Telamonier Ajas,
Während Achilleus grollte; denn der war herrlich vor allen,

Auch das Gespann, das ihn zog, den gewaltigen Sprossen des Peleus.
Er jedoch lag bei den schnellen gebogenen Schiffen des Meeres,
Immer noch heftig ergrimmt auf den Hirten des Volks Agamemnon,
Atreus' Sohn, indessen die Männer am brandenden Meere
Dort sich ergötzten, den Diskos und Jägerspieße zu schleudern,
Und mit dem Bogen sich übten; die Rosse standen, ein jedes
Neben dem Wagen und rupften Lotos und sumpfigen Eppich,
Während die Wagen, mit Decken verhüllt, in den Zelten der Herren
Lehnten, doch diese vermißten den Führer, den Liebling des Ares,
Schweiften im Lager hin und her und mieden das Schlachtfeld.
Jene schritten dahin, als würde der Boden vom Feuer
Rings verzehrt; es erdröhnte der Grund, wie unter dem Grolle
Zeus des Donnerers, wann er die Erde peitscht' um Typhoeus,
Der im Lande der Arimer liegt, wie die Sage berichtet.
Also dröhnte gewaltig der Grund vom Tritte der Völker,
Welche sich nahten; in Eile durchmaß der Zug das Gefilde.
Doch zu den Troern kam die windschnell eilende Iris
Her vom wetterleuchtenden Zeus mit der schmerzlichen Botschaft.
Diese berieten sich eben am Hause des Priamos, alle
Dort zur Versammlung geschart, die Jungen sowohl wie die Alten.
Nahetretend begann sie vor ihnen, die hurtige Iris,
Gleich an tönender Stimme des Priamos Sohne Polites,
Der als Wächter der Troer, den hurtigen Fersen vertrauend,
Oben saß auf dem Grabe von Aisyetes, dem Greise,
Spähend, wenn die Achaier entstürmten dem Lager der Schiffe.
Also gestaltet, sprach sie zu ihm, die hurtige Iris:
Greiser Herrscher, noch immer gefällt dir eitles Gerede,
So wie im Frieden zuvor, doch der Krieg erhob sich unbeugsam!
Wahrlich, oftmals bin ich in Schlachten der Männer gezogen,
Nie aber hab' ich ein solches gewaltiges Volk noch gesehen.
Ohne Zahl, wie der Sand am Meer und die Blätter am Baume,
Ziehen sie über das Feld zum Kampfe gegen die Feste.
Hektor, dir besonders gebiete ich, also zu handeln.
Habt ihr in Priamos' Burg doch viele verbündete Völker,
Alle mit andrer Sprache begabt der verbreiteten Menschen.

Jeder einzelne rufe die Männer nun, welchen er vorherrscht;
Diese führ' er hinaus, nachdem er die Bürger geordnet.
Also sprach sie, und Hektor, die Worte der Göttin verstehend,
Trennte sogleich die Versammlung; sie stürzten fort zu den Waffen.
Alle Tore wurden geöffnet, die Völker entströmten,
Streiter zu Fuß und zu Wagen; ein großes Getümmel erhob sich.
Draußen liegt vor den Toren der Stadt ein ragender Hügel
Abgesondert im Felde, von allen Seiten umgehbar.
Dieser wird Batieia genannt von den sterblichen Menschen,
Und von den Göttern das Mal der sprunggeübten Myrine.
Dort nun reihten die Troer zum Kampfe sich samt den Genossen.
Über die Troer gebot der helmumflatterte Hektor,
Priamos' Sohn; ihm folgten die meisten bei weitem und besten
Völker, gewappnet zur Schlacht, voll Mutes mit drohenden Lanzen.
Und die Dardaner führte der wackere Streiter Aineias,
Den Aphrodite, die Herrin, empfing vom Helden Anchises,
Als im Idagebirge die Göttin dem Menschen sich paarte:
Nicht allein, mit ihm die beiden Söhne Antenors,
Akamas und Archelochos, kundig in jeglichem Kampfe.
Dann die Zeleia bewohnten, am äußersten Hange des Ida,
Reich begütert; sie tranken die schwarze Flut des Aisepos,
Troischen Stamms: die führte der glänzende Sohn des Lykaon,
Pandaros, welchem Apollon selber den Bogen gegeben.
Die Adrasteia bewohnten und ferner den Gau von Apaisos,
Die Pityeia bestellten, die felsigen Höhen Tereias:
Diese führte Adrastos und Amphios, linnengepanzert,
Beide von Merops erzeugt, dem Perkosier, welcher vor allen
Wußte das Schicksal zu künden, und nie den Söhnen erlaubte,
Fort in den männermordenden Krieg zu ziehen; doch diese
Folgten ihm nicht; sie wurden entführt von den Keren des Todes.
Welche die Fluren Perkotes und Praktios ringsum bestellten,
Sestos, Abydos und ferner Arisbe, die altersberühmte:
Leitete Asios, Hyrtakos' Sohn, der Männergebieter,
Asios, Hyrtakos' Sohn, den feurige, mächtige Rosse
Her von Arisbe gebracht, vom Ufer des Stromes Selleeis.
Und Hippothoos führte die speergewohnten Pelasger,

Deren Stämme die scholligen Fluren Larisas bestellten;
Neben Hippothoos herrschte Pylaios, der Sprosse des Ares,
Beide von Lethos gezeugt, dem Pelasger, Teutamos' Sohne.
Akamas ferner, der Held, und Peiroos führten die Thraker,
Welche der Hellespont umschließt mit reißendem Strome.
Über den mutigen Stamm der Kikonen herrschte Euphemos,
Den Troizenos gezeugt, vom Stamme des göttlichen Keas.
Aber Pyraichmes führte paionische Schützen des Bogens
Fern aus Amydon her, vom breiten Axiosstrome,
Axios, der mit lieblichster Flut die Erde berieselt.
Und Pylaimenes führte, der zottige Held, Paphlagonen
Aus der Eneter Land, wo wild die Mäuler gedeihen:
Die Kytoros bewohnten und Sesamos' Fluren bestellten
Und am Partheniosfluß in gepriesenen Wohnungen hausten,
Kromna, Aigialos, und die felsigen Höhn Erythinoi.
Odios führt' halizonisches Volk und Epistrophos mit ihm
Fern aus Alybe her, dem Heimatlande des Silbers.
Chromis führte die Myser und Ennomos, kundig der Vögel;
Aber die Vögel bewahrten ihn nicht vor dem schwarzen Verhängnis,
Sondern er sank von der Hand des hurtigen Aiakosenkels
Dort in den Strom, wo noch andere Troer dem Helden erlagen.
Phorkys dann und der Held Askanios führten die Phryger
Fern von Askania her; sie dürsteten sehr nach der Feldschlacht.
Mesthles und Antiphos wiederum führten Maionen zum Kampfe,
Beide Talaimenes' Söhn' und der Nymphe des Sees Gygaia;
Diese beherrschten Maeonen, am Fuße des Tmolos geboren.
Nastes führte die Karer, ein Volk barbarischer Mundart,
Die Miletos besaßen, das waldige Phthirergebirge,
Auch des Maiandros Flut und Mykales luftige Scheitel:
Diesen waren zugleich Amphimachos Führer und Nastes,
Nastes, Amphimachos, beide die herrlichen Kinder Nomions,
Welcher mit glänzendem Golde zum Kampf schritt, gleich einer Jungfrau;
Ach der Tor! nicht wehrt' es von ihm das grause Verderben,

Sondern er sank von der Hand des hurtigen Aiakosenkels
Dort in den Strom, und das Gold entraffte der tapfre Achilleus.
Aber die Lykier führte Sarpedon mit Glaukos, dem Helden,
Fern aus Lykien her, von des Xanthos wirbelnden Fluten.

DRITTER GESANG

Die Begegnung der Heere Der Eidesbund Die Mauerschau Der Zweikampf des Paris und Menelaos

Aber nachdem sich ein jegliches Volk mit den Führern geordnet,
Zogen die Troer mit Lärm und Geschrei heran wie die Vögel:
So wie Geschrei sich erhebt von Kranichen unter dem Himmel,
Welche der Winter und endlos strömender Regen vertrieben;
Lärmenden Fluges ziehen sie hin zum Okeanosstrome,
Mord und Verderben dem Zwergenstamm der Pygmäen zu bringen;
Früh bei der Dämmerung nahn sie bereits zum schrecklichen Kampfe.
Schweigend kamen jedoch die mutbeseelten Achaier,
Alle im Herzen gefaßt, zu verteidigen einer den andern.
Gleichwie der Süd die Gipfel der Berge verhüllt mit dem Nebel,
Unwillkommen den Hirten, doch lieber als Nacht noch dem Räuber,
Daß man weiter nicht blickt als über den Wurf eines Steines:
Also wirbelte Staub vom Tritte der nahenden Völker
Dicht empor; in Eile durchmaß der Zug das Gefilde.
Als die Gegeneinandereilenden jetzt sich genähert,
Trat hervor aus den Reihen der Troer der Held Alexandros,
Welcher ein Pardelvließ um die Schultern trug und den Bogen,
Samt dem Schwert; zwei Lanzen, gespitzt mit der Schärfe des Erzes,
Schwang er und rief hervor die tapfersten aller Achaier,
Gegen ihn anzudringen im wütenden Kampf der Entscheidung.
Aber sobald ihn der streitbare Held Menelaos erblickte,
Wie er, der Menge voran, sich nahte mit mächtigen Schritten,
Freut' er sich, gleich einem Löwen, dem große Beute begegnet,
Sei's ein Hirsch mit Geweih oder sei's ein flüchtiger Steinbock;
Schnell, in hungriger Gier, verschlingt er ihn, mögen die flinken

Hunde ihn selber verfolgen und jugendlich rüstige Jäger:
Also freute sich dort Menelaos, den göttlichen Paris
Jetzt mit Augen zu schaun; denn er wollte ihn strafen, den Frevler.
Eilend sprang er vom Wagen herab mit den Waffen zur Erde.
Aber sobald ihn der göttliche Held Alexandros erblickte,
Allen Kämpfern voran, erschrak er im innersten Herzen;
Eilend mied er den Tod und barg sich im Schwarm der Genossen.
Wie wenn ein Mann eine Natter gewahrt und erschrocken zurückfährt,
Tief im waldigen Grund, und die Glieder aus Furcht ihm erbeben;
Eilig flieht er davon, und Blässe bedeckt seine Wangen:
Also tauchte zurück ins Gewühl der mutige Troer,
Zagend vor Atreus' Sohn, der göttliche Held Alexandros.
Hektor sah ihn jedoch und rief die beschämenden Worte:
Unglücksparis, du Held von Gestalt und Mädchenverführer!
Wärest du nie geboren und unvermählt doch gestorben!
Das ist wahrlich mein Wunsch! Viel heilsamer wäre dir solches,
Als nun so zum Gespött zu stehn und von allen verachtet!
Ja, ein Gelächter erheben die hauptumlockten Achaier,
Die für den besten Führer dich achteten, weil du so schönen
Wuchses erscheinst; doch wohnt nicht Kraft dir im Herzen noch Stärke!
Wagtest denn du, wie du bist, in meerdurchsegelnden Schiffen
Über die Wogen zu fahren, von treuen Gefährten begleitet,
Und, zu Fremden gesellt, ein schönes Weib zu entführen,
Fern aus entlegenem Lande, die Schwägerin tapferer Männer,
Deinem Vater zum Gram und der Stadt und dem sämtlichen Volke,
Feindlichen Männern zum Hohne, zur Schande aber dir selber?
Möchtest du jetzt Menelaos nicht stehen, dem streitbaren Helden?
Bald verstündest du, wem du die blühende Gattin genommen!
Gar nichts nutzte die Zither dir dann und die Gaben der Kypris,
Weder das Haar noch der Wuchs, sobald du im Staube dich wälztest!
Ach, gar feig sind die Troer; denn wahrlich, längst schon umhüllte
Sonst dich ein steinerner Rock für das Unheil, das du gehäuft hast!
Ihm entgegnete drauf der göttliche Held Alexandros:
Hektor, da du gebührend, nicht ungebührend mich tadelst; –

Hart ist immer dein Herz und frisch wie die Schärfe des Beiles,
Welche das Holz durchdringt, wenn der Zimmermann künstlich des Schiffes
Balken behaut, und ihr Schwung ihm des Armes Kräfte verdoppelt:
Also lebt unerschrockener Mut dir im innersten Herzen; –
Nur Aphrodites liebliche Gaben sollst du nicht schmähen;
Niemand darf sie verachten, die ehrenden Gaben der Götter,
Welche sie selber verleihn, doch keiner empfing sie nach Willkür.
Jetzt aber, so du mich fordern willst zum Kampf und zur Fehde,
Heiße die anderen sitzen, die Troer und die Achaier,
Daß Menelaos, der streitbare Held, und ich in der Mitte
Gegeneinander um Helena kämpfen und sämtliche Schätze.
Wer von beiden dann stärker sich zeigt und Sieger geblieben,
Nehme die Schätze gesamt und das Weib und führe sie heimwärts.
Doch ihr andern beschwört ein heiliges Bündnis und Freundschaft,
Wohnt in der scholligen Troja, und jene segeln zu Argos'
Rossenährender Flur und der frauenberühmten Achaia.

Also sprach er, und Hektor hörte mit Freude die Rede,
Trat in die Mitte und drängte zurück die Scharen der Troer,
Hielt in der Mitte den Speer, und alle ließen sich nieder.
Gegen ihn spannten den Bogen die hauptumlockten Achaier,
Zielten mit Wurfgeschossen nach ihm und schleuderten Steine.
Aber da schrie mit gewaltiger Stimme der Fürst Agamemnon:

Haltet ein, Argeier, und werft nicht, Männer Achaias!
Denn da stehet, zu reden, der helmumflatterte Hektor!

Also sprach er; sie ließen vom Kampfe nun ab und verstummten
Eilend, und Hektor begann in der Mitte der Völker zu reden:

Merket mir auf, ihr Troer und hellumschienten Achaier,
Was Alexandros gesagt, um welchen der Streit sich erhoben.
Allen anderen rät er, den Troern und allen Achaiern,
Niederzulegen die Waffen zur nahrungspendenden Erde,
Daß der streitbare Held Menelaos und er in der Mitte
Jetzt allein um Helena kämpfen und sämtliche Schätze.
Wer von beiden dann stärker sich zeigt und Sieger geblieben,
Nehme die Schätze gesamt und das Weib und führe sie heimwärts.
Doch wir andern beschwören ein heiliges Bündnis und Freundschaft.

Also sprach er, und alle umher verstummten und schwiegen.
Endlich begann vor den Männern der Rufer im Streit Menelaos:
Höret auch mich jetzt an; am meisten drückt ja der Kummer
Mein Gemüt; doch hoff' ich, ihr trennt euch bald nun in Frieden,
Völker von Argos und Troja, nachdem ihr so Schlimmes erduldet
Wegen unseres Streites, den Paris frevelnd verursacht.
Wem nunmehr von uns beiden der Tod und das Schicksal bestimmt ist,
Dieser sterbe; ihr anderen aber versöhnt euch in Eile.
Bringt zwei Lämmer: ein Böcklein mit weißem Fell und ein schwarzes
Weibchen für Ge und Helios; Zeus empfange ein drittes.
Ruft alsdann auch Priamos' Macht, auf daß er das Bündnis
Schwöre, er selbst! denn die Söhne sind übermütig und treulos;
Daß mir keiner die Eide des Zeus durch Frevel verletze.
Flatterhaft sind von Gemüt die Jünglinge, aber ein Alter,
Welcher sich ihnen gesellt, der blickt nach vorn und nach rückwärts
Und erwägt, wie am besten die Wohlfahrt beider gedeihe.
Also sprach er; da freuten sich sehr die Achaier und Troer,
Hoffend in Kürze zu lassen vom unglückseligen Kriege.
Und sie brachten in Reihen die Rosse, sprangen vom Wagen,
Zogen die Rüstungen aus und legten sie nieder zur Erde,
Nahe nur voneinander; denn wenig Feld war dazwischen.
Hektor aber schickte sogleich zwei Boten zur Feste,
Schnell die Lämmer zu bringen und Priamos herzuberufen,
Während der Fürst Agamemnon Talthybios sandte, den Herold,
Und ihm das Lamm zu bringen befahl von den räumigen Schiffen;
Willig folgte der Bote dem edlen Herrn Agamemnon.
Iris brachte indessen der schimmernden Helena Botschaft,
Deren Schwägerin gleich, des Antenoriden Gemahlin,
Welche der herrschende Sohn des Antenor besaß, Helikaon,
Laodike, die allerschönste von Priamos' Töchtern.
Diese fand sie zu Hause; sie wob ein purpurnes, großes
Doppelgewand und wirkte hinein die zahllosen Kämpfe
Rossebezähmender Troer und erzumschirmter Achaier,
Welche sie ihretwegen von Ares' Händen erduldet.
Nahe trat sie heran und sprach, die hurtige Iris:

Komm doch, Weibchen, geliebtes, damit du erstaunliche Taten
Schaust von den reisigen Troern und erzumschirmten Achaiern;
Sie, die bisher im jammervollen Kampf miteinander
Stürmten durchs Feld und immer verderblichen Krieg nur begehrten,
Alle sitzen sie schweigend jetzt und ruhen vom Kampfe,
Gegen die Schilde gelehnt; im Boden stecken die Speere.
Nur Alexandros allein und der streitbare Held Menelaos
Werden um deinen Besitz mit dem ragenden Speer sich bekämpfen,
Und wer den Gegner besiegt, dem sollst du als Gattin gehören.
Also sprach die Göttin und schuf ihr süßes Verlangen
Nach dem ersten Gemahl, der Vaterstadt und den Eltern.
Schnell in den Schleier gehüllt von silberglänzendem Linnen,
Eilte sie fort aus der Kammer und weinte perlende Tränen:
Nicht allein; ihr folgten zugleich zwei dienende Frauen,
Aithre, des Pittheus Tochter, und Klymene, ruhenden Blickes.
Bald gelangten sie nun zum Platze des skaiischen Tores.
Dort aber saßen um Priamos Panthoos neben Thymoites,
Lampos, Klytios, ferner des Ares Sproß Hiketaon,
Auch Antenor, der Held, und Ukalegon, beide voll Weisheit,
Alle die ältesten Fürsten des Volks auf dem skaiischen Tore;
Diese kämpften nicht mehr, vom Alter gebeugt, doch im Rate
Sprachen sie trefflich, den Grillen vergleichbar, welche im Haine
Hoch aus der Bäume Geäst die zarten Stimmen ergießen:
Also saßen die Fürsten der Troer dort auf dem Turme.
Wie sie Helena sahen, die eben dem Turme sich nahte,
Sprachen sie sacht, zu einander gewandt, die geflügelten Worte:
Tadelt mitnichten die Troer und hellumschienten Achaier,
Daß sie um solch ein Weib so lang schon Leiden erdulden!
Unaussprechlich gleicht sie fürwahr einer Göttin von Ansehn!
Dennoch segle sie fort, wie schön sie immer gestaltet,
Ehe sie ferner noch uns und den Söhnen Jammer bereitet!
Also sprachen die Alten, und Priamos hob seine Stimme:
Komm doch näher, mein liebes Kind, und setze dich zu mir,
Daß du den früheren Gatten und Schwäger und Freunde gewahrest!
Schuldlos bist du gewiß; die Götter sind es gewesen,
Die mir den Jammer des Kriegs mit dem Volk der Achaier gesendet!

Komm und nenne mir doch den riesigen Mann da mit Namen,
Wer der Achaier da drüben wohl ist, so stattlich und edel!
Wohl sind andere Männer von höherem Wuchs noch als dieser,
Doch so schön ist keiner mir je vor den Augen erschienen,
Noch so edler Gestalt; denn königlich scheint er von Ansehn!
Helena sagte darauf, die göttliche unter den Weibern:
Schwiegervater, du bist mir verehrungswert und erhaben.
Hätte der Tod mir doch lieber gefallen, ehe ich hieher
Deinem Sohne gefolgt, das Gemach und die Brüder verlassend
Und mein Töchterlein zart und die holde Schar der Gespielen!
Aber es sollte nicht sein, und nun zerschmelz' *ich* in Tränen!
Was du zu wissen begehrst, das will ich gerne dir sagen.
Dieser ist Atreus' Sohn, der Völkerfürst Agamemnon,
Beides, ein trefflicher König und kampfesgewaltiger Streiter.
Schwager nannt' ich ihn auch, ich Hündin! war er es wirklich!
Also sprach sie, und voller Bewundrung rief nun der Alte:
Seliger Atreussohn, du Glückskind, Liebling der Götter!
Wahrlich, dir stehen unzählbar zu Diensten die Mannen Achaias!
Einstens kam ich sogar in Phrygiens Rebengefilde,
Wo ich rossetummelnde Phryger in Massen erblickte,
Otreus' Volk und das Heer der götterähnlichen Mygdon,
Die sich am Ufer des Flusses Sangarios damals gelagert;
Wurde doch ich als Bundesgenoß zu ihnen gerechnet
Jenes Tags, da mit männlicher Kraft Amazonen sich nahten.
Doch so zahlreich waren sie nicht wie die stolzen Achaier!
Jetzt erblickte der Greis den Odysseus und fragte von neuem:
Nenne mir nun auch jenen, mein Töchterchen; siehe, wie heißt er?
Niedriger trägt er das Haupt als Atreus' Sohn Agamemnon,
Breiter erscheint er jedoch in der Brust und den kräftigen Schultern.
Dort zwar liegt sein Waffengerät auf der fruchtbaren Erde,
Aber er selber durchstreift wie ein Widder die Scharen der Männer;
Denn wahrhaftig, er gleicht einem Bocke mit wallendem Vließe,
Welcher das Herdengewühl der schimmernden Schafe durchwandelt.
Ihm erwiderte Helena gleich, die Tochter Kronions:
Das ist Laërtes' Sohn, der listenreiche Odysseus,
Aufgewachsen in Ithakas Bann, der felsigen Insel,

Wohl in mancherlei Ränken erprobt und von klugem Verstande.
Und der verständige Greis Antenor sagte dagegen:
Weib, da hast du gewiß nur wahre Worte gesprochen.
Denn schon einmal kam er hierher, der edle Odysseus,
Deinetwegen gesandt, mit ihm der Held Menelaos,
Und ich bewirtete beide daheim und pflegte sie gastlich,
Wurde vertraut mit ihrer Gestalt und klugem Verstande.
Als sie nun in den Kreis der versammelten Troer getreten,
Ragte im Stehn Menelaos hervor mit mächtigen Schultern,
Doch im Sitzen erschien mir würdevoller Odysseus.
Aber sobald sie Gedanken und Pläne vor allen enthüllten,
Siehe, da sprach Menelaos nur kurz, in fliegenden Worten,
Wenig nur, doch deutlich und hell; denn er war nicht geschwätzig;
Niemals irrt' er im Wort, obwohl er jünger an Jahren.
Aber sobald sich der listenreiche Odysseus erhoben,
Stand er und schaute zur Erde hinab mit gehefteten Augen;
Weder rückwärts schwang er den Stab, noch hob er ihn vorwärts,
Sondern er hielt ihn steif in der Hand und glich einem Toren,
Daß du leicht für tückisch ihn achtetest oder für sinnlos.
Aber sobald seiner Brust die Stimme gewaltig entströmte
Und die Worte so dicht wie Schneegestöber des Winters,
Dann wohl hätte kein Mensch es gleichgetan dem Odysseus;
Nicht so befremdlich war uns jetzt des Odysseus Erscheinung.
Und zum drittenmal fragte der Greis, den Ajas erblickend:
Wer ist jener Achaier, der Mann, so stattlich und edel,
Höher denn alles Volk an Haupt und mächtigen Schultern?
Helena sagte darauf, die Edle im wallenden Kleide:
Das ist Ajas, der Held, der gewaltige Hort der Achaier.
Dort aber steht, wie ein Gott, Idomeneus unter den Kretern
Drüben, und um ihn versammeln sich grade die kretischen Fürsten.
Oft bewirtete ihn der streitbare Held Menelaos,
Wann er aus Kreta kam, daheim in unserem Hause.
Alle seh' ich sie jetzt, die stolzen Krieger Achaias,
Die ich wohl noch erkenne und nennen könnte mit Namen;
Zwei von den Völkergebietern jedoch gewahre ich nirgends:
Kastor, den reisigen Mann, und den Kämpfer der Faust Polydeukes,

Beide mir leibliche Brüder, von *einer* Mutter geboren.
Folgten sie nicht hierher aus der lieblichen Flur Lakedaimon?
Oder sie kamen vielleicht in meerdurchsegelnden Schiffen,
Jetzt aber mögen sie nicht in die Schlacht der Männer sich stürzen,
Weil die Schande sie schreckt und die große Schmach, die mich zeichnet!
Also sprach sie; doch längst bedeckte die zeugende Erde
Beide Brüder bereits im Vaterland Lakedaimon.
Herolde trugen heran durch die Stadt die heiligen Opfer,
Beide Lämmer und feurigen Wein, die Ernte des Feldes,
Drin im ledernen Schlauch, es brachte Idaios, der Herold,
Einen blinkenen Krug, dazu die goldenen Becher,
Nahte dem Greis und trieb ihn an mit ermunternden Worten:
Mache dich auf, Laomedons Sohn; dich rufen die Fürsten
Rossebezähmender Troer und erzumschirmter Achaier
Dort hinab in das Feld, um den heiligen Bund zu beschwören.
Nur Alexandros allein und der streitbare Held Menelaos
Werden jetzt um das Weib mit dem ragenden Speer sich bekämpfen,
Und dem Siegenden sollen das Weib und die Schätze verfallen.
Doch wir andern beschwören ein heiliges Bündnis und Freundschaft,
Wohnen in Trojas Fluren, und jene segeln zu Argos'
Rossenährendem Land und der frauenberühmten Achaia.
Also sprach er; der Greis erschrak und befahl den Gefährten,
Schnell die Rosse zu schirren, und hurtig folgten die Diener.
Priamos trat in den Wagen und zog nach hinten die Zügel,
Ihm zur Seite bestieg Antenor den prächtigen Sessel,
Und durch das skaiische Tor entflogen die Renner ins Blachfeld.
Aber sobald sie die Troer und Völker Achaias getroffen,
Stiegen sie nieder vom Wagen zur nahrungspendenden Erde;
Mitten zwischen Achaier und Troer traten die beiden.
Eilend erhob sich darauf der Völkerfürst Agamemnon,
Auch der kluge Odysseus, die stattlichen Herolde aber
Führten die Bundesopfer herbei und mischten im Kessel
Wein und begossen den Fürsten alsdann mit Wasser die Hände.
Atreus' Sohn aber zückte mit hurtigen Händen das Messer,

Das an der großen Scheide des Schwerts ihm immer herabhing,
Schnitt von den Köpfen der Lämmer das Haar, und die Herolde teilten
Jetzt den Edelsten zu der Troer und Völker Achaias.
Flehentlich rief des Atreus Sohn mit erhobenen Händen:
Vater Zeus, erhabenster Gott, du Herrscher vom Ida!
Helios auch, der du alles vernimmst und alles gewahrest!
Auch ihr Ströme, du Erde, und die ihr drunten die Schatten
Büßen laßt von den Menschen, die falsche Eide geschworen!
Ihr sollt Zeugen uns sein und wachen über dem Bunde:
Fällt Menelaos, und streckt Alexandros jetzt ihn zu Boden,
Dann behalte er Helena selbst und die sämtlichen Schätze,
Wir aber kehren zurück in den meerdurchsegelnden Schiffen.
Fällt Alexandros jedoch vom Schwert Menelaos', des blonden,
Dann behalten die Troer nicht länger das Weib und die Schätze,
Sondern entrichten dem Danaervolk die gebührende Buße,
Die in Erinnerung bleibe den kommenden Menschengeschlechtern.
Doch wenn Priamos dann und Priamos' Söhne sich weigern,
Mir die Buße zu leisten, nachdem Alexandros gefallen,
Wohl, so bleibe ich hier und kämpfe wegen der Sühne
Weiter, bis ich das Ziel des Krieges endlich erreiche.
Sprach's und zerschnitt die Kehlen der Lämmer mit grausamem Erze;
Beide warf er sie dann auf den Boden, während sie krampfhaft
Zuckten, des Atems beraubt und der Kraft vom tödlichen Erze.
Hierauf schöpften die Männer den Wein aus dem Krug in die Becher,
Gossen sie aus und flehten den ewigwaltenden Göttern.
Also betete mancher der Troer und Männer Achaias:
Zeus, erhabenster Herr, und ihr andern unsterblichen Götter!
Welche zuerst von uns Gegnern das heilige Bündnis verletzen,
Denen fließe das Hirn zu Boden, so wie der Wein hier,
Ihnen selbst und den Kindern, und Fremden gehören die Weiber!
So das Gebet; doch mitnichten erfüllte es ihnen Kronion.
Priamos, Dardanos' Enkel, ergriff das Wort nun und sagte:
Höret mich an, ihr Troer und hellumschienten Achaier.
Seht, ich kehre zurück zu Ilios' luftiger Feste;

Nie ertrüg' ich es doch, den Sohn mit eigenen Augen
Wider den streitbaren Mann Menelaos kämpfen zu sehen!
Zeus nur weiß es vielleicht und die andern unsterblichen Götter,
Wem von beiden das Todeslos vom Schicksal bestimmt ist.
  Also der göttliche Greis und legt' in den Wagen die Lämmer,
Stieg dann selber hinein und zog die Zügel nach hinten;
Ihm zur Seite bestieg Antenor den prächtigen Sessel,
Und sie wandten sich um und kehrten gen Ilion wieder.
  Hektor aber, des Priamos Sohn, und der edle Odysseus,
Maßen die Weite des Raumes zuerst und nahmen die Lose,
Schwenkten sie dann im ehernen Helm, damit sie erführen,
Wem von beiden zuerst die Lanze zu schleudern bestimmt sei.
Flehend erhoben die Mannen indes zu den Göttern die Hände.
Also betete mancher der Troer und Männer Achaias:
  Vater Zeus, erhabenster Gott, du Herrscher vom Ida!
Wer von beiden den Grund zum Zwiste der Völker gegeben,
Den verdirb und laß ihn versinken im Hause des Hades;
Uns aber werde zuteil der Freundschaft heiliges Bündnis!
  Also das Volk; es schüttelte nun der mächtige Hektor,
Abseits blickend, und Paris' Zeichen flog aus dem Helme.
Alle setzten sich dann in Reihen, ein jeder am Platze,
Wo seine Renner ihm standen, daneben die schillernden Waffen,
Während er selbst mit der schönen Rüstung die Schultern umhüllte,
Alexandros, der Held, der lockigen Helena Gatte.
Eilend legt' er zuerst um die Beine sich bergende, blanke
Schienen, zusammengefügt mit Knöchelspangen aus Silber;
Zweitens dann bedeckt' er die Brust mit dem ehernen Harnisch
Seines leiblichen Bruders Lykaon, der eben ihm paßte.
Über die Schultern warf er darauf das silberbeschlag'ne,
Eherne Schwert und weiter die Last des mächtigen Schildes,
Und bedeckte das ragende Haupt mit dem roßhaarumwallten
Kunstvollen Helm, und dräuend hernieder nickte der Helmbusch;
Endlich ergriff er den wuchtigen Speer, der handlich ihm paßte.
Ebenso rüstete sich der streitbare Held Menelaos.
  Aber sobald sie zu beiden Seiten des Volks sich gewappnet,
Traten sie jetzt in die Mitte der Troer und Männer Achaias,
Furchtbar drohenden Blicks, und Schrecken ergriff, die es ansahn,

Alle, die reisigen Troer und hellumschienten Achaier.
Nahe standen sie schon im abgemessenen Raume,
Voller Wut aufeinander, und schüttelten grimmig die Speere.
Erst entsandte nun Paris die schattenwerfende Lanze,
Und er traf den Atriden am gleichgerundeten Schilde;
Der aber trotzte dem Stoße des Erzes; am kräftigen Leder
Bog sich die Spitze zurück. Nun hob als zweiter die Lanze
Atreus' Sohn Menelaos, und flehte zum Vater Kronion:
Waltender Zeus, laß strafen mich ihn, der zuerst mich beleidigt,
Paris, den göttlichen, dort, und meinen Arm ihn bezwingen,
Daß auch unter den Nachgeborenen jeder sich bange,
Böses dem Wirte zu tun, der gastliche Freundschaft geboten!
Sprach's und holte schon aus und warf die schattende Lanze,
Und er traf des Priamos Sohn am gerundeten Schilde.
Siehe, den strahlenden Schild durchfuhr die wuchtige Lanze,
Auch durch den künstlich gefertigten Harnisch war sie gedrungen;
Grad' hindurch an der Weiche des Bauchs durchschnitt sie den Leibrock,
Er aber bog sich zurück und entging dem schwarzen Verhängnis.
Hurtig zog der Atride das Schwert voll silberner Buckeln,
Schwang es und hieb auf den Bügel des Helms, doch dreifach und vierfach
Barst die Klinge daran ihm entzwei und entsank seinen Händen.
Jammernd rief der Atride, den Blick zum Himmel erhebend:
Grausam bist du doch, Zeus, wie niemand unter den Göttern!
Ach, ich hoffte, den Frevel des Paris nun zu bestrafen,
Aber es barst mir in Trümmer das Schwert in der Hand, und die Lanze
Flog mir ganz umsonst aus der Faust, ich fehlte den Gegner!
Sprach's und stürmte heran und ergriff ihn am buschigen Helme.
Wandt' ihn und zog ihn zurück zu den hellumschienten Achaiern.
Diesen würgte der buntbestickte Riemen am weichen
Halse, des Helmes Band, das unter dem Kinne befestigt.
Und er hätt' ihn geschleift und ewigen Ruhm sich erworben,
Hätte nicht scharf es bemerkt die Tochter des Zeus, Aphrodite,
Und ihm den Riemen zersprengt des gewaltsam getöteten Stieres.
Leer nur folgte der Helm der nervigen Hand des Atriden,

Welcher im Bogen ihn schwang und unter das Volk der Achaier
Schleuderte; schnell dann hoben ihn auf die treuen Genossen.
Jetzt aber stürmte der Held von neuem, den Gegner zu töten,
An mit dem ehernen Speer. Doch mühelos barg Aphrodite
Diesen als Göttin; sie hüllte ihn dicht in wallende Nebel
Und versetzte ihn gleich in den duftenden Raum des Gemaches.
Selber ging sie dann Helena rufen, fand sie noch oben,
Dort, auf der Höhe des Turms, umringt von troischen Weibern,
Zupfte sie sacht mit der Hand am nektarduftenden Kleide,
Redete dann, in Gesalt der wollespinnenden Greisin,
Welche ihr, hochbetagt, im heimischen Land Lakedaimon
Feine Wolle gewirkt, besonders geliebt von der Herrin;
Dieser gleich an Gestalt, begann Aphrodite, die Göttin:
Komm! dich ruft Alexandros, du wollest nach Hause doch kehren.
Denn er liegt im Gemach auf schöngedrechseltem Lager,
Schimmernd in Reizen und Feiergewand. Kaum würdest du glauben,
Daß er vom Kampfe gekommen, vielmehr, er gehe zum Reigen,
Oder er habe sich eben gesetzt, vom Reigen zu ruhen.
Also sprach sie und traf das Weib in der Tiefe des Herzens.
Wie nun diese den lieblichen Nacken der Göttin erkannte,
Ihre reizende Brust und die anmutstrahlenden Augen,
Da erstaunte sie sehr und redete, also beginnend:
Graumsame du, was trachtest du nur mich so zu verführen?
Soll ich vielleicht noch weiter die wohlbevölkerten Städte
Phrygiens oder der holden Maionien Plätze durchwandern,
Wenn auch dort ein Liebling dir wohnt von den sterblichen Menschen?
Weil Menelaos jetzt Alexandros, den Helden, besiegt hat
Und nun begehrt, mich unseliges Weib nach Hause zu bringen,
Darum schleichst du dich also zu mir voll trüglicher Arglist?
Setze zu ihm dich hin und weiche vom Pfade der Götter;
Niemals kehre dein Fuß zurück zum hohen Olympos,
Sondern leide nur immer um ihn und hüte ihn sorglich,
Bis er vielleicht zum Weibe dich annimmt oder zur Sklavin!
Ich aber gehe nicht hin – es würde zum Schimpf mir gereichen –,

Dort sein Lager zu teilen; denn jegliche Troerin künftig
Möchte darob mich verspotten; ich dulde schon maßlosen Kummer!
Voller Wut versetzte darauf Aphrodite, die Göttin:
Reize mich nicht, Verwegne! ich könnte im Zorne mich wenden
Und so furchtbar dich hassen, als innig mein Herz dich geliebt hat!
Beide Völker entflammte ich dann zu verderblicher Feindschaft,
Troer und Danaer, du aber stürbest des bittersten Todes!
Also sprach sie, und Helena zagte, die Tochter Kronions.
Eilend ging sie, bedeckt vom silberglänzenden Schleier,
Still, verborgen den troischen Frauen, geführt von der Göttin.
Als sie nun zum prächtigen Hause des Paris gekommen,
Wandten die dienenden Mägde sich schnell zur befohlenen Arbeit.
Sie aber trat in das hohe Gemach, die edle der Weiber.
Hier ergriff Aphrodite, die lächelnde, gleich einen Sessel,
Trug ihn heran und stellte ihn dicht vor Paris, die Göttin.
Helena setzte sich dort, des Aigiserschütterers Tochter,
Wandte zur Seite den Blick und schalt den Gemahl mit den Worten:
Kommst du vom Kampfe zurück? O wärest du lieber gefallen,
Niedergestreckt von dem Helden, der früher mein Gatte gewesen!
Immer hast du geprahlt, der streitbare Held Menelaos
Sei dir mitnichten gewachsen an Kraft und Fäusten und Lanze!
Auf denn, so fordere jetzt Menelaos, den streitbaren Helden,
Wieder zum Kampfe heraus! Allein ich rate dir eher,
Zähme den Mut und wage mir nicht, Menelaos, den blonden,
Anzugreifen im feindlichen Kampf und ihn zu befehden
Ohne Bedacht; sonst möchte dich bald seine Lanze bezwingen!
Ihr erwiderte Paris darauf und redete also:
Weib, laß ab, mir das Herz mit schmähenden Worten zu kränken.
Wohl hat jetzt Menelaos gesiegt, mit Athene verbündet,
Aber ein andermal ich; auch uns beschirmen die Götter.
Komm, wir wollen uns wieder versöhnen, in Liebe gelagert.
Denn noch nie hat also die Lust mir die Sinne verdunkelt,
Auch nicht damals, als ich dich fand und heimlich entführte,
Fort aus der lieblichen Flur Lakedaimon im segelnden Schiffe,
Und auf der Kranaë-Insel mich dir in Liebe gesellte,
Wie ich jetzt dich begehre, von süßem Verlangen getrieben.

Sprach's und nahte dem Lager zuerst; ihm folgte die Gattin.
Beide ruheten dann im feindurchbrochenen Bette.
Doch der Atride durchstürmte das Heer indes wie ein Raubtier,
Ob er den götterähnlichen Paris irgends erspähte.
Aber kein Mensch von den Troern und ruhmvollen Bundesgenossen
Konnte den Paris jetzt Menelaos, dem streitbaren, zeigen.
Niemand hätte ihn dort aus Freundschaft wahrlich verborgen;
Denn verhaßt war er allen gesamt, wie das schwarze Verhängnis.
Jetzt erhob seine Stimme der Völkerfürst Agamemnon:
Hört mein Wort, ihr Troer und Dardaner, hört, ihr Genossen!
Offenkundig ist Sieger der streitbare Held Menelaos.
Also gebt die Argeierin Helena jetzt und die Schätze
Wieder zurück und entrichtet uns auch die gebührende Buße,
Die in Erinnerung bleibe den kommenden Menschengeschlechtern.
Also sprach der Atride; da priesen ihn alle Achaier.

VIERTER GESANG

Der Bruch der Eide

Agamemnon mustert das Heer   Beginn der Schlacht

Aber die Götter saßen um Zeus zum Rate versammelt,
Alle auf goldener Flur, und unter ihnen verteilte
Hebe den Nektarwein; sie hoben die goldenen Becher
Gegeneinander zum Gruß und schauten nieder auf Troja.
Gleich versuchte nun Zeus, der Kronide, mit kränkenden Worten
Here zum Zorne zu reizen, und stichelnd begann er zu reden:
Zwei der Göttinnen helfen doch stets Menelaos, dem Helden,
Here von Argos und auch Alalkomenes Göttin, Athene.
Aber da sitzen sie nun und vergnügen sich, hier aus der Ferne
Zuzuschauen, wie jenem dort Aphrodite, die holde,
Beistand immer gewährt und und ihn schützt vor den Keren des Todes.
Jetzt auch ward er gerettet und schien doch dem Tode verfallen.
Sieger jedoch ist der streitbare Held Menelaos geblieben.
Wir nun wollen erwägen, was ferner alles geschehe,
Ob wir wieder den schrecklichen Krieg und das Toben des Kampfes
Wecken oder in Frieden die beiden Völker versöhnen.
Falls es allen vielleicht erwünscht und angenehm wäre,
Wahrlich, so bleibe bestehen des herrschenden Priamos Feste,
Und Menelaos führe dann Helena wieder zur Heimat.
Also Zeus; da murrten geheim Athene und Here,
Saßen zusammen und schmiedeten finstere Pläne den Troern.
Freilich, Athene schwieg nun still und redete gar nichts,
Denn sie zürnte dem Vater, im tiefsten Herzen erbittert.
Here nur konnte den Groll nicht bändigen, sondern versetzte:
Welch ein Wort, o Kronide, du Schrecklicher, hast du geredet!
Willst du, daß ganz umsonst ich wirkte, daß ich erfolglos
Schweiß vor Mühe vergoß, und die Rosse umsonst mir erlahmten,

Als ich die Völker berief, zu Priamos' Fluch und der Söhne?
Tu's! Doch niemals wird es uns anderen Göttern gefallen!
  Voller Zorn erwiderte Zeus, der Wolkenversammler:
Grausame, was hat Priamos nur und Priamos' Söhne
Dir so Böses getan, daß du rastlos immer nur trachtest,
Ilions wohlbefestigte Stadt zu Grunde zu richten?
Kämest du doch hinein zu den Toren und ragenden Mauern,
Daß du Priamos roh verschlängest und Priamos' Söhne,
Alle Troer dazu, so würde dein Zorn doch gesättigt!
Tue, was dir gefällt; nur daß der Hader uns beiden,
Dir und mir, nicht künftig zu größerem Zwist noch erwachse.
Eines verkünd' ich dir noch, und du bewahr' es im Herzen:
Sollt' es ferner einmal auch mich im Eifer gelüsten,
Jene Stadt zu zertrümmern, wo deine Günstlinge hausen,
Laß mich dann und wage mich nicht im Zorne zu stören!
Habe doch ich es dir willig gewährt, auch wider mein Wollen.
Soviel Städte da liegen, bewohnt von sterblichen Menschen,
Unter der Sonne und unter dem Sternenzelte des Himmels,
Keine stand meinem Herzen so nah wie die heilige Troja,
Priamos selbst und das Volk des lanzenkundigen Königs;
Nie ermangelte dort mein Altar des gebührenden Mahles,
Trankes und Opferduftes, die uns zur Ehre bestimmt sind.
  Ihm erwiderte gleich die farrenäugige Here:
Unter den Städten, fürwahr, sind drei mir bei weitem die liebsten
Argos und Sparta, dazu die weitgebaute Mykene:
Diese magst du verderben, sobald sie das Herz dir erbittern;
Keine davon will ich schützen noch deinem Eifer verweigern.
Wollt' ich aus Neid auch am Werk der Zerstörung zu hindern dich suchen,
Nimmer käm ich zum Ziel, denn weit gewaltiger bist du.
Aber auch meine Mühe geziemt es nicht zu vereiteln.
Denn auch *ich* bin Göttin, vom gleichen Geschlecht wie du selber,
Ich, die erhabenste Tochter des ränkesüchtigen Kronos,
Zwiefach erhöht, an Geburt und weil ich deine Gemahlin
Werde genannt, der du mächtig im Reich der Unsterblichen waltest.
Geben wir also doch nach und fügen uns einer dem andern,
Dir ich selbst und du mir, und die andern unsterblichen Götter

Folgen uns dann. Doch schnell gebiete, daß Pallas Athene
Gleich in das wilde Gewühl der Troer und Danaer dringe,
Daß sie die Troer versuche, ob diese zuerst wohl das Bündnis
Brechen und wider den Eid die stolzen Achaier verletzen.
Also sprach sie; der Vater der Menschen und Götter gehorchte,
Wandte sich gleich zu Athene und sprach die geflügelten Worte:
Eile hinunter sogleich zu den Troern und Völkern Achaias,
Daß du die Troer versuchst, ob diese zuerst wohl das Bündnis
Brechen und wider den Eid die stolzen Achaier verletzen.
Also trieb er Athene, die längst von Eifer entflammt war.
Eilend stieg sie hinab vom Gipfel des hohen Olympos.
Gleichwie ein Stern, den der Sohn des verschlagenen Kronos gesendet,
Schiffern oder dem weiten Lager der Völker zum Zeichen
Hell erglänzt und im Flug unzählige Funken umhersprüht:
Also schwang sich zur Erde hinab nun Pallas Athene
Mitten zwischen die Völker, und Staunen ergriff, die es ansahn,
Alle, die reisigen Troer und hellumschienten Achaier.
Mancher sprach, zum Nachbar gewandt, die folgenden Worte:
Soll nun wieder verderblicher Krieg und wildes Getümmel
Herrschen, oder versöhnt nun beide feindlichen Völker
Zeus, der dem Menschengeschlechte zum Ordner des Krieges bestellt ist?
Also redete mancher der Troer und Männer Achaias.
Sie aber mischte sich unter die Troer und war einem Manne
Ähnlich, Laodokos, Sohn des Antenor, dem mächtigen Krieger.
Wie sie nun Pandaros suchte, den göttlichen, ob sie ihn fände,
Fand sie ihn schon, den starken untadligen Sohn des Lykaon,
Stehend, und um ihn geschart die Haufen gewappneter Mannen,
Die ihm alle gefolgt vom flutenden Strome Aisepos.
Nahe trat sie heran und sprach die geflügelten Worte:
Sicherlich folgst du mir doch, du tapferer Sohn des Lykaon,
Und getraust dich, mit schnellem Pfeil Menelaos zu treffen?
Preis gewännst du und Dank von allem Volke der Troer,
Doch vor allen andern zumeist vom fürstlichen Paris,
Der dich sicher zuerst mit glänzenden Gaben belohnte,
Sähe er jetzt den streitbaren Atreussohn Menealos,

Stumm von deinem Geschosse, der traurigen Flamme verfallen.
Auf denn, schnelle den Pfeil und triff Menelaos, den Recken.
Aber gelobe Apollon, dem lichtgeborenen Schützen,
Später ein festliches Opfer von Erstlingslämmern zu weihen,
Wann du nach Hause gelangst, an die heilige Stätte Zeleia.
Also gewann Athene das Herz des törichten Mannes.
Gleich enthüllt' er den glatten Bogen vom Horne des wilden
Steinbocks, welchen er unter der Brust einst selber getroffen;
Denn er lag auf der Lauer, als dieser vom Felsen herabstieg,
Traf ihn gegen die Brust, und rücklings fiel er zum Felsen. –
Sechzehn Handbreit ragten empor am Kopfe die Hörner.
Diese schnitzte der drechselnde Künstler und bog sie zusammen,
Glättete alles und fügte daran einen goldenen Haken. –
Diesen spannte er jetzt und stellte ihn fest auf den Boden;
Vor ihn hielten indessen die tapferen Freunde die Schilde,
Daß sich zum Sturm nicht erhöben die streitbaren Männer Achaias,
Eh' er den streitbaren Atreussohn Menelaos getroffen.
Und er lüpfte den Deckel und nahm einen Pfeil aus dem Köcher,
Ungeschnellt und gefiedert, den Bringer finsterer Qualen.
Eilend legt' er den spitzigen Pfeil zurecht auf der Sehne
Und gelobte Apollon, dem lichtgeborenen Schützen,
Später ein festliches Opfer von Erstlingslämmern zu weihen,
Wann er nach Hause gekehrt, an die heilige Stätte Zeleia.
Dann ergriff er zugleich mit der Kerbe die rinderne Sehne,
Zog, und es nahte die Sehne der Brust wie das Eisen dem Bogen.
Aber sobald er den mächtigen Bogen zum Kreise geründet,
Klirrte das Horn und dröhnte die Sehne und sprang der geschärfte
Pfeil schon dahin, voller Gier, in die feindliche Menge zu fliegen.
Doch es vergaßen dich nicht, Menelaos, die seligen Götter,
Allen voran die beutespendende Tochter Kronions,
Welche sich vor dich stellte, dem schneidenden Pfeile zu wehren.
Und sie hielt ihn vom Leibe dir ab, gleichwie eine Mutter
Fliegen vom Kinde verscheucht, das ruht im friedlichen Schlummer.
Dorthin lenkte sie selber den Pfeil, wo die goldenen Spangen
Hielten zusammen den Gurt und verdoppelt der Panzer sich anschloß.

Gleich aber traf der spitzige Pfeil den geschlossenen Gürtel,
Hatte sich eingebohrt in den Gurt von zierlicher Arbeit
Und war selbst in den kunstvoll gefertigten Panzer gedrungen,
Auch in den Schurz, den er trug, den Leib vor Geschossen zu sichern,
Welcher am meisten ihn schirmte; allein er durchdrang ihm auch diesen;
Dann aber ritzte der Pfeil dem Helden die Haut an der Fläche;
Dunkelfarben strömte das Blut sogleich aus der Wunde.
Wie ein maionisches oder ein karisches Mädchen mit Purpur
Elfenbein färbt, um Rossen die Backenstücke zu zieren;
Viele Reisige hätten es gerne davon schon getragen,
Aber es ruht in der Kammer und bleibt für den König als Prunkstück
Liegen, zum Schmucke dem Rosse so gut wie dem Lenker zum Ruhme:
Also färbten sich dir, Menealos, die stattlichen Schenkel
Rot von Blut und die Beine und zierlichen Knöchel darunter.
Schauder erfaßte sogleich den Herrscher des Volks Agamemnon,
Als er sah, wie das dunkle Blut aus der Wunde nun strömte.
Schauder ergriff Menelaos selbst, den streitbaren Helden.
Aber sobald er die Schnur und die Haken noch außen erblickte,
Strömte der Mut in die Brust ihm zurück, und er kam zur Besinnung.
Schmerzlich seufzte der Fürst Agamemnon, indem er des Bruders
Hand erfaßte, und sprach – es seufzten dazu die Gefährten –:
Teurer Bruder, ich schloß den Bund wohl *dir* zum Verderben,
Als ich allein dich entbot, für uns mit den Troern zu kämpfen!
Denn dich trafen die Troer und haben das Bündnis zertreten!
Unverbrüchlich doch gilt der Eid wie der Lämmer versprengtes
Blut und der lautere Wein und der Handschlag, dem wir vertrauten.
Wenn der Olympier auch nicht gleich Erfüllung gewährte,
Später erfüllt er es doch! und furchtbar büßten sie solches
Dann mit eigenem Haupt, mitsamt den Weibern und Kindern.
Denn das weiß ich gewiß in meinem Geist und Gemüte:
Einst wird kommen der Tag, da die heilige Ilios hinsinkt,
Priamos selbst und das Volk des lanzenkundigen Königs!

Dann wird Zeus, der Kronide, der thronende Herrscher im Äther,
Gegen sie alle die finstere Aigis schwingen, voll Zornes
Über solchen Betrug! Unfehlbar wird es geschehen!
Aber du selbst bereitest mir bitteren Schmerz, Menelaos,
Wenn du stirbst und so bald das Maß des Lebens erfüllest!
Siehe, voll Schmach dann käm' ich ins wasserdurstige Argos!
Denn die Achaier würden sich gleich der Heimat erinnern.
Und wir ließen zum Ruhme dem Priamos hier und den Troern
Helena, Argos' Kind; es moderten deine Gebeine
Hier, im Felde der Troer, beim unvollendeten Werke!
Ja, dann ruft wohl ein übermütiger troischer Bursche,
Welcher zum Hohn auf dem Grab Menelaos', des Helden, herumspringt:
Wie er vergeblich hierhergeführt das Volk der Achaier!
Mußt' er mit leeren Schiffen doch wieder zum Lande der Väter
Ziehen und ließ Menelaos zurück, den wackeren Bruder.
Also spräche man wohl! Dann mag mich die Erde verschlingen!
Doch ihn tröstete gleich der blonde Held Menelaos:
Faß doch Mut und schrecke mir nicht das Volk der Achaier.
Nicht an tödlicher Stelle steckt ja der Pfeil, denn es schirmte
Vorn mich der Gürtel von schillernder Pracht und die Schürze darunter,
Ferner die eherne Binde, von Schmiedemeistern gefertigt.
Ihm erwiderte drauf der Herrscher des Volks Agamemnon:
Möcht' es doch also sein, geliebter Freund Menelaos!
Aber es prüfe der Arzt die blutende Wunde und lege
Lindernde Kräuter darauf, die dunklen Qualen zu stillen.
Sprach's und rief Talthybios gleich, den göttlichen Herold:
Lauf', Talthybios, schnellstens Machaon herzubestellen,
Ihn, Asklepios' Sohn, des unvergleichbaren Arztes,
Daß er die Wunde des Atreussohns Menelaos betrachte;
Diesen traf mit dem Pfeil ein bogenkundiger Troer
Oder ein Lykier, ihm zum Ruhme, doch uns zur Betrübnis.
Also sprach er, und schnell gehorchte der Bote dem Worte.
Machte sich auf und eilte durchs Volk der Krieger Achaias,
Schauete forschend umher und fand den Helden Machaon
Stehend, und um ihn geschart die Haufen gewappneter Mannen,

Die ihm alle gefolgt aus der rossenährenden Trikka.
Nahe trat er hinan und sprach die geflügelten Worte:
Auf, Asklepios' Sohn, dich ruft der Fürst Agamemnon,
Daß du die Wunde des Fürsten im Heer, Menealos', betrachtest;
Diesen traf mit dem Pfeil ein bogenkundiger Troer
Oder ein Lykier, ihm zum Ruhme, doch uns zur Betrübnis.
Sprach's und erregte dem Manne das Herz in der Tiefe des Busens;
Eilend gingen sie durch das Gewühl im Lager Achaias.
Als sie zur Stelle nun kamen, wo Atreus' Sohn Menelaos
Blutend stand und um diesen die Edelsten alle versammelt
Rund im Kreise, doch er in der Mitte, der göttliche Streiter,
Zog er sofort den Pfeil aus dem festgeschlossenen Gurte;
Aber beim Ausziehn bogen die spitzigen Haken sich rückwärts.
Hierauf löst' er den schillernden Gurt und die Schürze darunter,
Auch die eherne Binde, von Schmiedemeistern gefertigt.
Als er die Stelle besehn, wo der spitzige Pfeil ihn verwundet,
Sog er das Blut und legte mit kundiger Hand ihm die milden
Kräuter darauf, die Cheiron als Freund seinem Vater gegeben.
Während sie also den Rufer im Streit Menelaos besorgten,
Zogen bereits die Troer heran in gewappneten Reihen.
Nun ergriffen auch sie die Waffen wieder in Streitlust.
Jetzt aber fandest du ihn nicht schläfrig, den Herrn Agamemnon,
Weder furchtsam sich duckend noch unentschlossen zu kämpfen,
Sondern voll eifrigen Mutes zum männerehrenden Kampfe.
Aber die Rosse ließ er am Platz und den schimmernden Wagen,
Und Ptolemaios' Sohn Eurymedon, Peiraios' Enkel,
Welcher sie lenkte, hielt sie zur Seite, die schnaubenden Renner.
Diesem schärfte der Fürst nun ein, bereit sich zu halten,
Falls ihn Ermattung befiele beim ordnenden Gang durch die Menge.
Dann aber schritt er zu Fuß dahin durch die Reihen der Männer.
Wo er nun Eifrige fand bei den reisigen Danaerkriegern,
Trat er herzu und spornte sie an mit ermunternden Worten:
Männer von Argos, laßt mir nicht nach im stürmischen Mute!
Nimmer wird Vater Zeus Betrügern Schutz doch gewähren,
Sondern sie, die zuerst das heilige Bündnis verletzten,

Deren Leiber werden gewiß die Geier zerfleischen;
Wir aber führen die Frauen und unerzogenen Kinder
Fort in den Schiffen mit uns, nachdem wir die Feste genommen!
Fand er nun welche, die zag vor dem schrecklichen Kampfe sich bargen,
Diese schalt er mit Macht und rief die zürnenden Worte:
Pfeilberühmte Argeier, ihr Memmen, schämt ihr euch gar nicht?
Sagt, was stehet ihr dort so betäubt, wie die Kälber der Hindin,
Wann sie plötzlich, ermattet vom Lauf durchs weite Gefilde,
Stehen bleiben und keine Kraft mehr fühlen im Herzen?
Also stehet ihr jetzt betäubt und möget nicht kämpfen!
Wartet ihr denn, bis die Troer dem Lager der Schiffe sich nahen,
Dort, wo sie liegen mit prangendem Heck am Strande des Meeres,
Daß ihr seht, ob schirmend Kronions Hand euch bedecke?
So durchschritt Agamemnon gebietend die Reihen der Männer
Und erreichte die Kreter beim Gang durch der Männer Getümmel.
Eben wappneten dort sich des tapfren Idomeneus Krieger,
Unter den ersten Idomeneus selbst, so stark wie ein Eber,
Während Meriones hinten zum Kampfe die Scharen ihm spornte.
Als er sie sah, begrüßte sie freudig der Fürst Agamemnon;
Eilend sprach er Idomeneus an mit schmeichelnden Worten:
Dich, Idomeneus, schätze ich hoch vor den Danaern allen,
Nicht im Kriege allein, auch sonst bei jedem Geschäfte,
Auch beim Mahle, wann festlich den edelsten Helden von Argos
Funkelnder Ehrenwein in vollen Krügen gemischt wird.
Denn genießen die andern der lockigen Fürsten Achaias
Nur beschiedenes Maß, so steht dein Becher beständig
Angefüllt wie der meine, nach Herzenswunsche zu trinken.
Stürme zum Kampfe so kühn, wie du rühmest, daß einst du gewesen!
Ihm erwiderte gleich Idomeneus, Führer der Kreter:
Atreus' Sohn, dir bleib' ich ein treugesinnter Genosse,
Immer, wie ich es einstens dir zugesagt und beteuert.
Treibe nur aber die anderen lockigen Helden Achaias,
Schnellstens den Kampf zu beginnen, weil eben die Troer das Bündnis
Brachen! Es möge dafür sie Tod und Jammer in Zukunft

Treffen, dieweil sie zuerst das heilige Bündnis verletzten!
  Also sprach er, und Atreus' Sohn ging freudig vorüber.
Jetzt erreicht er die Ajas beim Gang durch der Männer Getümmel.
Beide schritten gewappnet voran einer Wolke von Fußvolk.
Also sieht von der Warte ein Ziegenhirte die Wolke
Nahen über das Meer, vom brausenden Weste getragen;
Schwärzer denn Pech erscheint sie dem fernestehenden Manne,
Wie sie über das Meer ein Hagelwetter heraufführt;
Schaudernd sieht er sie nahn und treibt in die Höhle die Ziegen:
Also zog mit den Ajas die zeusgesegnete Jugend
Dort zur blutigen Schlacht in dichtgeordneten Haufen,
Dunkel die Schar und starrend von Schilden und spitzigen Lanzen.
Als er sie sah, begrüßte sie freudig der Fürst Agamemnon,
Redete laut zu den Männern und sprach die geflügelten Worte:
  Ajas beide, Gebieter der erzumschirmten Argeier,
Euch befehle ich nichts; – euch ziemt sich's nicht zu ermahnen –
Denn ihr treibt ja schon selber die Eurigen, tapfer zu kämpfen.
Wenn doch, o Vater Zeus, Apollon und Pallas Athene,
Solch ein Mut hier allen das Herz im Busen beseelte!
Bald wohl neigte sich dann des herrschenden Priamos Feste,
Unter unseren Händen besiegt und zu Boden getrümmert!
  Also sprach er, ließ sie zurück und eilte zu andern.
Nestor fand er daselbst, den tönenden Redner von Pylos;
Eben stellt' er die Seinen in Reihen und trieb sie zum Kampfe,
Alle die Mannen um Pelagon, Chromios, ferner Alastor,
Haimon, den mächtigen Helden, und Bias, den Hirten der Völker.
Vorne stellt' er die Reisigen auf mit Rossen und Wagen,
Hinten die Männer zu Fuß, erprobte Scharen; sie sollten
Stütze des Kampfes ihm sein; in die Mitte trieb er die Feigen,
Daß der Lässige selbst gezwungen würde zu kämpfen.
Doch den Lenkern gebot er zuerst, die eigenen Rosse
Festzuhalten und nicht im Gewirr durcheinander zu tummeln:
  Daß mir keiner, der Lenkerkunst und dem Mute vertrauend,
Vor den andern allein mit den Troern zu kämpfen verlange;
Keiner auch weiche zurück; sonst würdet ihr schwächer nur werden.
Wer nun den Wagen des Gegners erreicht vom eigenen Stande,

Dieser fälle den Speer; denn also ist es am besten.
So zerstörten die Ahnen auch immer Städte und Mauern,
Weil sie solche Gesinnung und Mut im Herzen doch hegten.
Also trieb sie der Greis, der alterfahrene Krieger.
Freudigen Herzens erblickte auch ihn der Fürst Agamemnon,
Hob die Stimme und sagte zu ihm die geflügelten Worte:
Greis, ach folgten dir doch, wie der Mut im wackeren Herzen,
Ebenso willig die Knie', und wärest du frisch noch von Kräften!
Aber dich plagt das verderbliche Alter. O wär' es doch möglich,
Daß ein andrer es trüge und du zu den Jüngeren zähltest!
Ihm erwiderte drauf der gerenische reisige Nestor:
Atreus' Sohn, von Herzen verlangte ich selber, so rüstig
Heute zu sein wie einst, als ich Ereuthalion fällte!
Doch nicht alles zugleich gewähren die Götter den Menschen.
War ich ein Jüngling vordem, so drückt mich heute das Alter.
Aber auch so begleit' ich die Reisigen noch und ermahne
Andre mit Worten und Rat, dem Ehrenrechte des Alters.
Speere sollen die Jünglinge schwingen, welche der Jahre
Weniger zählen denn ich und der eigenen Stärke noch trauen!
Also sprach er, und Atreus' Sohn ging freudig vorüber;
Jetzt aber sah er Menestheus stehen, den Tummler der Rosse,
Peteos' Sohn, und um ihn athenische Rufer im Streite,
Dicht in der Nähe sodann den listenreichen Odysseus
Den Kephallener umstanden in ungebrochenen Reihen;
Denn noch hatten sie nichts vom Schlachtenlärme vernommen,
Sondern es rührten sich, eben erregt, zum Kampfe die Scharen
Rossebezähmender Troer und Danaer. Sie aber harrten,
Wann zuerst ein anderer Zug der Achaier zum Angriff
Gegen die Troer sich nahte und sie zu kämpfen begännen.
Als er sie sah, da schalt der Herrscher des Volks Agamemnon,
Redete laut zu den Männern und sprach die geflügelten Worte:
Höre, Peteos' Sohn, des zeusgesegneten Herrschers!
Und auch du, durchtriebener Mann, du Meister in Ränken!
Sagt, was verkriecht ihr euch abseits hier und harret der andern?
Euch geziemte es doch, in der vordersten Reihe der Kämpfer
Immer zu stehn und der flammenden Schlacht entgegenzustürzen!
Denn ihr werdet von mir als erste zum Schmause gerufen,

Wann wir Achaier ein festliches Mahl für die Ältesten rüsten!
Ja, dann ist es euch lieb, vom Braten zu schmausen und Becher
Honigsüßen Weines zu leeren, solang euch gelüstet!
Jetzt aber sähet ihr gern, wie zehn achaiische Haufen
Euch voran zu kämpfen begännen mit grausamem Erze!
Finsteren Blicks entgegnete ihm der kluge Odysseus:
Welch ein Wort, Atride, entfloh dem Zaun deiner Zähne?
Wie? du nennst mich säumig zum Kampfe? Sobald wir Achaier
Gegen die reisigen Troer die Wut des Ares erregen,
Wirst du sehn, wenn du willst und solcherlei Dinge dich kümmern,
Wie des Telemachos Vater sich gegen die vordersten Kämpfer
Troischer Reisiger stürzt! Du schwatzest da nichtige Worte!
Lächelnd versetzte darauf der Herrscher des Volks Agamemnon,
Als er so zornig ihn sah, und begütigte, was er gesprochen:
Edler Sohn des Laërtes, erfindungsreicher Odysseus,
Weder verdienest du Tadel von mir, noch blinde Befehle;
Weiß ich doch, wie das Herz in deinem Busen beständig
Milde Gedanken nur hegt; du gleichst an Gesinnung mir selber.
Komm doch! wir machen es später ja gut, wenn jetzt ein gehässig
Wort mir entfiel; das mögen die Himmlischen alles zerstreuen!
Also sprach er, ließ sie zurück und eilte zu andern,
Wo er des Tydeus mutigen Sohn Diomedes erblickte,
Stehend auf rossebespanntem und festgerüstetem Wagen,
Neben ihm Sthenelos auch, den Sohn des Helden Kapaneus.
Als er jenen gewahrte, da schalt der Fürst Agamemnon,
Hob die Stimme und sagte zu ihm die geflügelten Worte:
Wehe, du Sohn des kriegserfahrenen reisigen Tydeus,
Was verkriechst du dich hier und spähst nach den Gassen im Kampfe?
Niemals hatte es Tydeus beliebt, sich feig zu verkriechen,
Sondern weit den Genossen voraus in die Feinde zu sprengen;
Also erzählt', wer beim Werk ihn gesehen; denn ja ich selber
Sah ihn nimmer; doch war er berühmt vor den anderen allen.
Einstmals kam er sogar als friedlicher Gast nach Mykene
Nebst Polyneikes, dem göttlichen Helden, um Streiter zu sammeln,
Weil sie gelagert waren vor Thebes heiligen Mauern,
Und sie fleheten sehr um rühmliche Bundesgenossen.

Jene nun wollten sie geben und billigten, was sie gefordert;
Zeus aber schreckte sie ab durch unheilverkündende Zeichen.
Als sie nun wieder gegangen und fort des Weges gezogen
Und den Asopos erreichten, den Gras und Binsen umufern,
Sandten dort die Achaier den Tydeus weiter als Boten.
Er aber machte sich auf und fand die Kadmeier versammelt,
Wie sie eben im Hause des starken Eteokles speisten;
Doch er verzagte mitnichten, der Rossebändiger Tydeus,
War er auch fremd und allein, inmitten so vieler Kadmeier,
Sondern er rief sie zu Kämpfen heraus und siegte bei allen
Spielend, weil ihm Athene solch mächtige Hilfe gewährte.
Jetzt entbrannten in Zorn die kadmeiischen Sporner der Rosse,
Legten in Hinterhalt, auf dem Heimweg seiner zu harren,
Fünfzig rüstige Streiter, und zwei befehligten diese:
Maion der Haimonide, unsterblichen Göttern vergleichbar,
Und Autophonos' Sohn, der mannhafte Held Polyphontes.
Doch auch ihnen bereitete Tydeus ein klägliches Ende;
Alle streckte er nieder und sandte nur *einen* zur Heimat;
Maion allein entließ er, den Zeichen der Götter gehorchend.
Sehet, von solcher Art war einst der Aitolier Tydeus!
Aber sein Sohn ist schlechter im Kampf, doch ein besserer Redner.
Nichts versetzte darauf der mächtige Held Diomedes;
Ehrfurchtsvoll vernahm er den Tadel des ehrbaren Königs.
Aber der Sohn des edlen Kapaneus gab ihm die Antwort:
Lüge mir nicht, Atride, so wohl bekannt mit der Wahrheit!
Denn wir rühmen uns, tapferer noch zu sein als die Väter!
Wir bezwangen ja Thebe, die siebentorige Feste,
Und wir führten ein kleineres Heer vor die trotzende Mauer,
Doch uns stärkte die Hilfe des Zeus und die Winke der Götter.
Jene schufen sich aber durch eigene Schuld ihr Verderben.
Drum erhebe mir nicht zu gleicher Ehre die Väter!
Finsteren Blicks entgegnete ihm der Held Diomedes:
Bester, halte dich still und folge doch meiner Ermahnung.
Denn ich verüble es nicht dem Hirten des Volks Agamemnon,
Daß er zum Kampfe nun spornt die hellumschienten Achaier.
Ihm gehört ja der Ruhm, wenn erst die Achaier die Troer
Niederstrecken und Ilios' heilige Feste bezwingen,

Ihm auch bitteres Leid, sobald die Achaier erliegen.
Auf, so wollen auch wir des stürmenden Mutes gedenken!
Sprach's und sprang vom Wagen herab mit den Waffen zur Erde.
Furchtbar klirrte das Erz um die Brust des Völkergebieters,
Als er sich schwang; jetzt hätt' auch den Mutigen Schrecken ergriffen.
Wie wenn die Meeresflut zum hallenden Felsengestade,
Wog' an Woge, sich stürzt, vom Zephyroswinde getrieben;
Fern auf der See zuerst erhebt sie sich, aber am Strande
Platzt sie tosend alsbald und bäumt sich über die Klippen,
Hoch im Bogen gekrümmt, und speit den Schaum des Gewässers:
Also zogen gedrängt die Danaer, Haufen an Haufen,
Rastlos jetzt in die Schlacht. Es gebot den eigenen Mannen
Jeder Führer; sie folgten ihm schweigend – da konnte man wahrlich
Glauben, sie wären stumm, das ganze Heeresgefolge –
Ohne Laut, in Scheu vor den Herrschern; es glänzten die bunten,
Schillernden Rüstungen alle am Leibe der schreitenden Männer.
Aber die Troer! wie Schafe im Hofe des reichen Besitzers
Zahlreich stehen, die Euter von Milch zum Melken geschwollen,
Rastlos blökend, solang sie die Stimmen der Lämmer vernehmen:
So erscholl das Geschrei im weiten Heere der Troer;
Denn nicht gleich war aller Getön, noch einerlei Ausruf;
Vielfach gemischt war die Sprache und mancherlei Stammes die Völker,
Ares spornte die einen, die anderen Pallas Athene,
Auch die Dämonen des Schreckens, der Furcht und die lechzende Zwietracht,
Sie, des mordenden Ares verbündete Freundin und Schwester;
Anfangs ist sie noch klein und erhebt sich kaum, doch in Bälde
Stemmt sie gegen den Himmel das Haupt und geht auf die Erde.
Jetzt auch säte sie leidigen Streit inmitten der Scharen,
Schritt durchs Schlachtengewühl und mehrte das Ächzen der Männer.
Als die Nahenden nun auf *einem* Raum sich begegnet,
Stießen zusammen die Häute der Stiere, die Lanzen und Kräfte
Erzgerüsteter Männer, die starken, gebuckelten Schilde
Drängten einander im Kampf; es erhob sich wildes Getöse.

Wehegestöhn erscholl und Siegesgeschrei miteinander
Würgender dort und Erwürgter; es strömte vom Blute die Erde.
Wie zwei Ströme vom Winter geschwellt, den Gebirgen entwallend,
Tief in den Kessel des Tals ihr strudelndes Wasser ergießen
Beide aus mächtigen Quellen hinab im schrundigen Bette;
Schon von ferne vernimmt ihr Rauschen der Hirt auf den Bergen:
Also erhub sich Not und Geschrei der Kampfesvermischten.
Erst erschlug Antilochos jetzt einen troischen wackren
Kämpen im vordersten Kampf, Thalysios' Sohn Echepolos.
Diesen traf er als erster am Bügel des buschigen Helmes.
Daß er die Stirn ihm durchbohrte; hinein dann tief in den Schädel
Drang die eherne Spitze, und Nacht umfing seine Augen;
Und er stürzte, gleich einem Turme, im tobenden Kampfe.
Schnell ergriff des Gefallenen Fuß der Held Elephenor,
Welcher die kühnen Abanter beherrschte, der Sohn des Chalkodon.
Gierig zog er ihn fort aus dem Bann der Geschosse, damit er
Schnellstens die Waffen ihm raubte; doch kurz nur währte sein Streben.
Denn wie er schleifte den Toten, da sah der beherzte Agenor,
Daß dem Gebückten die Seite am Schilde sich eben entblößte,
Traf ihn mit erzbeschlagenem Schafte und löst' ihm die Glieder.
Also verließ ihn das Leben; doch über ihm tobte die heiße
Schlacht der Achaier und Troer; sie sprangen, ähnlich den Wölfen,
Wild aufeinander und schlugen sich, Mann an Mann, im Getümmel.
Ajas, Telamons Sohn, erschlug Anthemions jungen
Blühenden Sohn; Simoeisios hieß er, weil ihn die Mutter
Niedersteigend vom Ida, gebar am Flusse Simoeis;
Dorthin war sie den Eltern gefolgt, die Herden zu schauen.
Darum nannten sie ihn Simoeisios. Aber den Eltern
Lohnte er nicht die Pflege; denn kurz nur währte sein Leben,
Garzubald von der Lanze des mutigen Ajas bezwungen.
Eben schritt er voran, da fuhr in die Brust an der Warze
Rechts ihm der eherne Speer und geradeswegs aus der Schulter
Wieder heraus; da fiel er zu Boden und glich der Pappel,
Die in dem sumpfigen, weiten Wiesengelände gewachsen,
Glatten Stamms, nur oben entsprießen ihr grünende Äste;
Jetzt aber hat sie der Wagner gefällt mit blinkendem Eisen,

Um sie zum Speichenkranz für den prächtigen Wagen zu biegen;
Welkend liegt sie nun dort am Ufer des rinnenden Baches:
So Anthemions Sohn Simoeisios, als ihn der hehre
Ajas gefällt. Doch Priamos' Sohn im schillernden Panzer,
Antiphos, warf nach *ihm* nun den scharfen Speer im Getümmel,
Ohne zu treffen, doch Leukos, Odysseus' edlem Genossen,
Flog das Geschoß in die Scham, als bergen er wollte den Toten,
Und er stürzte auf ihn, und die Leiche entsank seinen Händen.
Um den Erschlagenen aber entbrannte im Herzen Odysseus,
Ging durchs vorderste Treffen, mit strahlendem Erze gerüstet,
Stellte sich ganz in die Nähe und schoß den blinkenden Wurfspieß,
Um sich spähend zuvor; und rückwärts wichen die Troer
Gleich vor dem zielenden Manne; doch warf er den Speer nicht vergebens,
Sondern Priamos' Sohn Demokoon traf er, den Bastard,
Der vom Gestüte der flinken Rosse Abydos gekommen.
Diesen traf Odysseus, im Groll um den Freund, mit der Lanze
Gegen den Schlaf, und gleich hervor aus der anderen Schläfe
Fuhr die eherne Spitze, und Nacht umfing seine Augen;
Dröhnend kam er zu Fall, und es rasselten um ihn die Waffen.
Rückwärts wichen die ersten im Kampf und der strahlende Hektor.
Doch die Argeier jubelten auf und bargen die Toten;
Dann aber stürmten sie weiter noch vor; Apollon ergrimmte,
Nieder von Pergamos blickend, und rief, die Troer ermunternd:
  Tummelt euch, reisige Troer, und räumt den Argeiern mitnichten
Hier das Feld; denn ihr Leib ist weder von Stein noch von Eisen,
Daß sie den Wurf des leibdurchbohrenden Erzes ertrügen!
Nicht einmal Achilleus, der Sohn der lockigen Thetis,
Kämpft; er liegt bei den Schiffen, das Herz voll nagenden Zornes!
  Also rief er hinunter, der Schreckliche. Doch die Achaier
Spornte die Tochter des Zeus, die herrliche Tritogeneia,
Welche die Scharen durchschritt, nach säumigen Kämpfern zu forschen.
  Jetzt umstrickte der Tod Amarynkeus' Sohn, den Diores;
Denn ihn traf am Knöchel des rechten Fußes ein scharfer,
Zackiger Stein; den hatte der Führer der Thraker geworfen,
Peiroos, Imbrasos' Sohn, der hergekommen von Ainos.

Beide Sehnen zugleich und die Knochen zerschmetterte völlig
Jenem der tückische Stein, daß er rücklings nieder zu Boden
Taumelte, beide Hände den Freunden entgegengebreitet,
Und sein Leben verhauchte. Da nahte, der ihn getroffen,
Peiroos, stieß ihm den Speer in den Nabel, und alle Gedärme
Stürzten heraus auf die Erde, und Nacht umfing seine Augen.
Ihn aber traf, als er forteilen wollte, der Aitoler Thoas
Über der Warze; schon stak der eherne Speer in der Lunge.
Eilend sprang nun Thoas heran und riß ihm den starken
Schaft aus der Brust; dann zog er das schneidende Schwert aus der Scheide,
Hieb ihn mitten über den Bauch und nahm ihm das Leben.
Aber die Rüstung raubt' er ihm nicht, denn thrakische Freunde
Standen um ihn mit wehenden Schöpfen und ragenden Speeren,
Welche, wie groß der Held, wie gewaltig er war und wie herrlich,
Dennoch zurück ihn drängten; er wich voll jäher Bestürzung.
Also lagen sie hingestreckt im Staub miteinander,
Beide, der Thrakier Fürst und der erzumschirmten Epeier
Führer; und viele andre ringsum noch sanken zur Erde.
Niemand hätte wohl jetzt das Werk der Krieger getadelt,
Wandelt' er, unversehrt und ungetroffen vom Erze,
Mitten durchs Waffengewühl, und führte ihn Pallas Athene
Selbst an der Hand, ihn gegen den Sturm der Geschosse beschirmend.
Denn es sanken gar viele Achaier und Troer kopfüber
Jenes Tages und lagen im Staube nebeneinander.

FÜNFTER GESANG

Die Heldentaten des Diomedes

Jetzt verlieh Athene dem Tydeussohn Diomedes
Männliche Kraft und Mut, auf daß er strahlend vor allen
Helden von Argos erschiene und herrlichen Ruhm sich gewänne;
Ließ aus Helm und Schild ihm rastlos Flammen emporsprühn,
Ähnlich dem herbstlichen Sterne des Hundes, welcher am klarsten
Glänzt, sobald er dem Bad' entsteigt aus Okeanos' Fluten.
Solchen Glanz entfachte sie jenem an Haupt und an Schultern,
Trieb ihn dann mitten hinein, wo die meisten Kämpfer sich drängten.
Unter den Troern befand sich ein Priester des Gottes Hephaistos,
Dares, trefflich und reich; ihm lebten zwei wackere Söhne,
Phegeus und Idaios, geübt in jeglichem Kampfe.
Diese sprengten ihm jetzt, getrennt von den andern, entgegen,
Beide im Rossegeschirr; er strebte zu Fuß von der Erde.
Als die Gegeneinandereilenden nun sich genähert,
Sandte Phegeus zuerst die schattenwerfende Lanze.
Aber es flog dem Tydiden die Waffe, ohne zu treffen,
Über die linke Schulter. Nun schwang auch jener den Wurfspieß,
Tydeus' Sohn, und ihm flog nicht umsonst das Geschoß aus der Rechten,
Sondern er traf in die Mitte der Brust und stürzt' ihn vom Wagen.
Aber Idaios entsprang, den zierlichen Sessel verlassend;
Denn er getraute sich nicht, den getöteten Bruder zu schützen.
Kaum, ach kaum er selber entrann dem schwarzen Verhängnis;
Doch ihn entrückte Hephaistos, in schirmende Nacht ihn verhüllend,
Daß ihm der Greis nicht ganz in Herzensjammer versänke.
Seitwärts trieb das Gespann der Sohn des erhabenen Tydeus,
Gab es den Seinigen drauf, zu den räumigen Schiffen zu führen.
Doch wie die mutigen Troer die Söhne des Dares erblickten,

Diesen in ängstlicher Flucht und jenen entseelt bei dem Wagen,
Regte sich allen das Herz. Allein die Göttin Athene
Griff an der Hand und ermahnte den ungebärdigen Ares:
Ares, mordender Ares, du blutiger Mauernzertrümmrer!
Lassen wir jetzt nicht allein die Troer und Männer Achaias
Kämpfen, und schauen, wem Vater Zeus zu siegen bestimmte?
Wir aber weichen zurück und meiden den Zorn des Gebieters!
Also sprach sie und führte den tobenden Gott aus dem Kampfe,
Hieß ihn sich setzen darauf am hügligen Strand des Skamandros.
Doch die Danaer warfen die Troer, und jeglicher Führer
Schlug einen Mann. Es stürzte zuerst der Fürst Agamemnon
Odios aus dem Geschirr, den Halizonengebieter:
Grade wandt' er sich um, da flog ihm der Speer in den Rücken
Zwischen den Schultern hinein, daß er vorn aus der Brust ihm hervordrang.
Dröhnend kam er zu Fall, und es rasselten um ihn die Waffen.
Aber Idomeneus warf den Sohn des Maioniers Boros,
Phaistos, welcher aus Tarne, dem fruchtbaren Lande, gekommen.
Dieser strebt' auf den Wagen empor, doch die ragende Lanze
Stieß ihm der speerberühmte Idomeneus rechts in die Schulter,
Daß er dem Wagen entsank, und Todesgrauen umfing ihn;
Aber Idomeneus' Diener entrafften dem Toten die Rüstung.
Und Skamandrios, Strophios' Sohn, den kundigen Weidmann,
Traf Menelaos, des Atreus Sohn, mit der Schärfe der Lanze,
Jenen wackeren Jäger, den Artemis selbst unterwiesen,
Jegliches Wild zu treffen, soviel die Waldungen hegen.
Nichts aber frommte ihm Artemis nun, die Schützin der Pfeile,
Nichts die Künste des Bogens, darin er sonst so erprobt war,
Sondern der Held Menelaos, der lanzenberühmte Atride,
Stieß dem vor ihm Flüchtenden jetzt den Speer in den Rücken
Zwischen die Schultern hinein, daß er vorn aus der Brust ihm hervordrang.
Jener fiel kopfüber, und um ihn klirrten die Waffen.
Und Meriones traf den Phereklos, stammend von Tekton,
Harmons Sohn, dessen Hände erfindsam allerlei Kunstwerk
Bildeten; denn ihn erkor sich zum Liebling Pallas Athene.
Er auch hatte dem Paris die schwebenden Schiffe gezimmert,

Jene Stifter des Wehs, die Unheil brachten den Troern
Und ihm selbst, da er nichts vom Spruche der Götter vernommen.
Diesen traf, wie er jetzt im verfolgenden Lauf ihn ereilte,
Rechts hindurch ins Gesäß Meriones, daß ihm die Spitze,
Vorn die Blase durchbohrend, am Schambein wieder hervordrang.
Heulend sank er aufs Knie, und Todesschatten umfing ihn.
Meges tötete jetzt Pedaios, den Sohn des Antenor,
Welcher ein Bastard war; doch erzog ihn die edle Theano
Gleich den eigenen Kindern, gefällig zu sein dem Gemahle.
Diesem nahte sich Phyleus' Sohn, der lanzenberühmte,
Warf ihm die spitzige Lanze gerad' in die Höhle des Nackens;
Zwischen den Zähnen zerschnitt ihm das Erz von unten die Zunge,
Nieder sank er und hielt noch das kalte Erz mit den Zähnen.
Doch der Euaimonide Eurypylos traf den Hypsenor,
Ihn, Dolopions Sohn, des erhabenen, der dem Skamandros
War zum Priester geweiht, wie ein Gott im Volke geachtet.
Diesen verfolgte Eurypylos nun, der Sohn des Euaimon,
Als er vor ihm sich flüchtet', und schwang ihm das Schwert in die Schulter.
Wild mit stürmender Kraft und hieb den nervigen Arm ab:
Blutig entsank ihm der Arm ins Feld hin; aber die Augen
Übermannte der purpurne Tod und das mächtige Schicksal.
Also mühten sich jene im Ungestüme der Feldschlacht.
Schwerlich wüßtest du jetzt, zu welcherlei Volk der Tydide
Rechnete, ob er sich hielt zu Troern oder Achaiern.
Denn er durchtobte das Feld, dem geschwollenen Strome vergleichbar,
Welcher mit herbstlicher Flut sich ergießt und die Dämme zertrümmert;
Nicht vermag ihn zu hemmen der Dämme verbundenes Bollwerk
Noch die Gehege der üppig sprießenden Saatengefilde,
Naht er plötzlich, zur Zeit der strömenden Wetter Kronions:
Unter ihm sanken der Jünglinge fröhliche Werke gar viele.
Also drängten vor Tydeus' Sohn sich dichte Geschwader
Troischen Volks und standen ihm nicht, wieviel sie auch waren.
Aber sobald ihn erblickte der glänzende Sohn des Lykaon,
Wie er tobte durchs Feld und vor sich jagte die Scharen,

Spannte er gleich auf Tydeus' Sohn den geschmeidigen Bogen,
Schnellte dem Stürmenden zu und traf die Wölbung des Panzers
Rechts an der Schulter; es fuhr hindurch die Schneide des Pfeiles,
Drang aus der Schulter hervor, und Blut bespritzte den Panzer.
Jauchzend erhob die Stimme der glänzende Sohn des Lykaon:
Auf, ermannt euch, mutige Troer, Sporner der Rosse!
Denn ich traf den besten der Danaer! Nimmer, vermut' ich,
Hält er es lange noch aus, das starke Geschoß, so in Wahrheit
Mich der herrschende Sohn des Zeus aus Lykien hertrieb!
Also prahlt' er; doch nicht erlag Diomedes dem Pfeile,
Sondern er wich zurück, und vor die Rosse und Wagen
Tretend, sprach er Sthenelos an, den Sohn des Kapaneus:
Auf, mein trauter Sohn des Kapaneus, steige vom Wagen,
Daß du das herbe Geschoß hervor aus der Schulter mir ziehest!
Also der Held und Sthenelos sprang vom Wagen zur Erde,
Nahte und zog den schnellen durchdringenden Pfeil aus der Schulter;
Hell durchspritzte das Blut die geflochtenen Ringe des Panzers.
Dann aber betete laut der Rufer im Streit Diomedes:
Höre mich, Tochter des Aigiserschütterers, Unbesiegte!
Wenn du mir je schon den Vater mit liebender Sorge beschirmt hast,
Einst im hitzigen Streit, so hilf auch mir nun, Athene!
Gib, daß ich treffe den Mann und daß mein Speer ihn erreiche,
Welcher zuvor mir kam und, weil er getroffen, sich brüstet,
Nicht mehr lange schaut' ich das Licht der strahlenden Sonne!
Also rief er flehend; ihn hörte Pallas Athene,
Schuf ihm behende die Glieder, die Füße und Arme darüber,
Stellte sich nahe zu ihm und sprach die geflügelten Worte:
Auf, Diomedes, ermanne dich jetzt zum Kampf mit den Troern;
Denn ich goß dir ins Herz den Mut und die Stärke des Vaters,
Wie sie furchtlos hegte der schildgewappnete Tydeus.
Auch das Dunkel entfernt' ich den Augen dir, welches sie deckte,
Daß du sowohl den Gott wie den sterblichen Menschen erkennest.
Drum, so etwa ein Gott sich nahte, dich zu versuchen,
Hüte dich, seligen Göttern im Kampf entgegenzutreten,
Allen sonst; doch käme die Tochter des Zeus Aphrodite

Her in den Streit, die magst du mit spitzigem Erze verwunden.
Als sie dieses gesagt, enteilte die Göttin Athene.
Aber des Tydeus Sohn sprang wieder ins Vordergetümmel.
Hatt' er zuvor im Herzen geglüht, mit den Troern zu kämpfen,
Jetzt ergriff ihn dreimal so mächtiger Mut, wie den Löwen,
Welchen der Hirt bei den wolligen Schafen im Felde nur streifte,
Als er den Zaun übersprang, doch nicht zu töten vermochte;
Bloß noch spornt er die Kraft und kann ihm ferner nicht wehren,
Sondern verbirgt sich im Stall; da fliehn die verlassenen Tiere.
Übereinandergestreckt nun liegen die Schafe zu Haufen,
Aber der Leu, voll Wut, entspringt dem tiefen Gehege:
Also drang in die Troer vor Wut der Held Diomedes,
Traf Astynoos drauf und den Hirten der Völker Hypeiron,
Diesen über der Warze der Brust mit der Lanze durchbohrend,
Jenem schlug er ins Schlüsselbein des gewaltigen Schwertes
Hieb, daß vom Halse und Rücken zugleich die Schulter sich trennte.
Diese verließ er und drang auf Abas nebst Polyidos,
Des Eurydamas Söhne, des träumekündenden Greises.
Doch den Scheidenden hatte der Greis nicht Träume gedeutet,
Sondern es raubte ihr Leben der starke Held Diomedes.
Jetzt verfolgte er Xanthos und Thoon, die Söhne des Phainops,
Beide zärtlich geliebt; denn dieser, vom Alter entkräftet,
Zeugte kein anderes Kind, sein Eigentum zu ererben.
Jener tötete nun, ihr teures Leben vertilgend,
Beide und ließ den Vater in Gram und finsterer Schwermut,
Da die Söhne nicht lebend zurück aus dem Treffen ihm kehrten,
Freudig begrüßt; nun teilten sich fremde Erben die Habe.
Drauf zwei Söhne des Priamos faßt' er, des Dardanossprossen,
Beide auf einem Geschirr, den Chromios wie den Echemmon.
Gleichwie der Leu in die Rinder sich stürzt und den Nacken der Färse
Oder des Ochsen zerbricht, die weiden im dichten Gehölze:
Also warf Diomedes die beiden zugleich aus dem Wagen,
Trotz der verzweifelten Gegenwehr, und raubte die Rüstung.
Doch das Gespann entführten die Seinigen ihm zu den Schiffen.
Ihn gewahrte Aineias die Reihen der Männer zerrütten;

Eilend macht' er sich auf durch Kampf und Lanzengetümmel,
Rings nach Pandaros forschend, dem göttlichen, ob er ihn fände;
Fand Lykaons Sohn, den starken, untadligen Helden,
Stellte sich vor ihn hin und redete, also beginnend:
Pandaros, wo dein Bogen, und wo die gefiederten Pfeile,
Und dein Ruhm, den weder allhier ein Mann dir bestreitet,
Noch in Lykien einer dir abzugewinnen sich brüstet?
Auf nun, flehe zu Zeus und spann' auf jenen den Bogen,
Wer es auch sei, der da schaltet und schon viel Böses den Troern
Schuf, indem er so vielen Helden die Kniee gelöst hat!
Wenn er ein Gott nicht ist, der zornig wegen der Opfer
Trojas Männer verfolgt; denn hart ist die Rache der Gottheit.
Ihm entgegnete drauf der glänzende Sohn des Lykaon:
Fürst Aineias, Berater der erzgepanzerten Troer,
Gleich dem feurigen Tydeussohne acht' ich ihn völlig;
Denn ich erkenne den Schild und die Röhre des mächtigen Helmes,
Auch sein Rossegeschirr; doch weiß ich nicht, ob er ein Gott ist.
Ist es der Mann, den ich meine, der feurige Sprosse des Tydeus,
Wohl, so wütet er nur mit Hilfe der Götter; ihm nahe
Steht ein Unsterblicher dort, ein Gewölk um die Schulter sich hüllend,
Der auch das schnelle Geschoß von ihm wendete, welches ihm zuflog.
Denn ich sandt' ihm bereits ein Gechoß und traf ihm die rechte
Schulter, geradeswegs die Wölbung des Panzers durchbohrend.
Und schon hofft' ich, ihn gleich hinab zum Hades zu senden;
Dennoch bezwang ich ihn nicht. Ein Gott muß wahrlich erzürnt sein.
Rosse und Wagen hab' ich nicht hier, bereit zum Besteigen,
Sondern ich ließ in Lykaons Palast elf zierliche Wagen,
Stark und neu vom Künstler gefügt, mit Teppichen ringsum
Überhängt, und bei jeglichem stehn zwei Rosse zusammen
Eines Geschirrs und rupfen Spelt und glänzende Gerste.
Dringend ermahnte mich zwar der greise Krieger Lykaon,
Als ich Abschied nahm im schöngebauten Palaste,
Und gebot mir, erhöht im Korbe des Rossegespannes,
Trojas Männer zu führen zum Ungestüme der Feldschlacht.

Aber ich folgte ihm nicht – wie heilsam wär' es gewesen! –,
Schonend des edlen Gespanns, daß mir's nicht darbte der Nahrung
Unter umzingeltem Volk, weil es reichliches Futter gewohnt war.
Also kam ich zu Fuß gen Ilion, ohne die Rosse,
Nur dem Bogen vertrauend; doch gar nichts wollt' er mir frommen!
Denn ich habe schon zwei der edelsten Feinde getroffen:
Tydeus' Sohn und des Atreus Sohn und sicherlich spritzte
Ihnen das Blut aus der Wunde, doch reizte ich beide nur stärker.
Wohl zu traurigem Los enthob ich Bogen und Köcher
Jenes Tages dem Pflock, da ich her zur lieblichen Troja
Zog, die Völker zu führen, dem göttlichen Hektor zuliebe.
Sollt' ich zurück aber kehren und wiedersehn mit den Augen
Vatergefilde und Weib und die hochgedeckte Behausung,
Gleich dann möge das Haupt vom Nacken mir trennen ein Fremdling,
Wenn ich den Bogen hier ins lodernde Feuer nicht werfe,
Kurz in den Händen geknickt, der als nichtiger Tand mich begleitet!
Aber Aineias sprach, der Troer Fürst, ihm erwidernd:
Freund, nicht also geredet! Zuvor wird dieses nicht anders,
Ehe wir beide dem Manne mit unseren Rossen und Wagen
Uns entgegengestellt und ihn versucht in den Waffen.
Auf denn, schwing dich in meinen Wagen, damit du erkennest,
Wie doch die Rosse des Tros gewandt sind, durch die Gefilde
Stürmisch hier und dort zu verfolgen oder zu fliehen.
Uns auch retteten diese gen Ilion, sollte von neuem
Zeus ihm Ehre verleihn, dem Tydeussohn Diomedes.
Auf, ergreife die Geißel jetzt und die schimmernden Zügel;
Aber ich selbst besteige den Wagen und warte des Kampfes.
Oder begegne ihm du, und mir sei die Sorge der Rosse.
Ihm erwiderte drauf der glänzende Sohn des Lykaon:
Halte du selbst, Aineias, die Zügel und lenke die Rosse.
Hurtiger unter den Händen des Lenkers, den sie gewohnt sind,
Ziehn sie den Wagen, wenn wieder zur Flucht uns treibt Diomedes.
Scheuen könnten sie dann aus Angst und unwillig zaudern,
Uns dem Kampf zu entziehn, wenn sie deine Stimme vermissen;
Auf uns stürzte sich dann der Sohn des erhabenen Tydeus,

Tötete uns und jagte davon die stampfenden Rosse.
Darum lenke du selbst dein Wagengeschirr und die Rosse;
Ihm will ich, so er naht, mit der Schärfe des Speeres begegnen.
Also redeten beide, bestiegen den schimmernden Wagen,
Lenkten dann voller Begier die Rosse zum Sohne des Tydeus.
Sthenelos aber gewahrte die beiden, der Sohn des Kapaneus;
Eilend sprach er zu Tydeus' Sohn die geflügelten Worte:
Tydeus' Sohn, Diomedes, du meines Herzens Geliebter,
Schau, zwei Helden erblick' ich, die kühn zum Kampfe dir nahen,
Beide von unermeßlicher Kraft: ein kundiger Schütze,
Rühmt sich der eine, Pandaros dort, als Sohn des Lykaon;
Doch Aineias rühmt sich, als Sohn dem Helden Anchises
Einst geboren zu sein von der Tochter des Zeus, Aphrodite.
Auf denn, laß uns im Wagen entfliehn, und wüte nicht also
Unter dem Vordergewühl, daß nicht dein Leben dir schwinde.
Finsteren Blicks entgegnete ihm der Held Diomedes:
Nichts von Flucht mir gesagt; ich möchte dir schwerlich gehorchen!
Niemals war es mein Brauch, zurückzubeben im Kampfe
Oder feig mich zu ducken; noch wankt mir die Kraft nicht im Busen!
Nein, auf den Wagen zu steigen, verschmähe ich; wie du mich siehest,
Trete ich ihnen entgegen; nicht läßt mich verzagen Athene.
Nie soll beide wieder zurück aus unseren Händen
Tragen ihr flinkes Gespann, und mag auch einer entrinnen.
Eines verkünd' ich dir noch, und du bewahr' es im Herzen:
Sollte die vielerfahr'ne Athene den Ruhm mir gewähren,
Beide zu töten, so halte mir unsere hurtigen Rosse
Hier zurück, das Gezäum am Wagenrande befestigt;
Dann aber spring zu Aineias' Rossen, dich ihrer erinnernd,
Führ' sie den Troern hinweg, zu den hellumschienten Achaiern.
Stammen sie doch vom Geschlecht, das der waltende Zeus zum Entgelte
Gab an Tros für den Sohn Ganymedes, weil sie die besten
Unter den Rossen, so viele von Morgen und Sonne bestrahlt sind.
Dieses Geschlecht bestahl Anchises, der Männergebieter;

Ohne Laomedons Wissen, geheim, schob Stuten er unter,
Welche darauf sechs Füllen in seinem Palast ihm gebaren.
Vier von ihnen behielt und ernährte er selbst an der Krippe;
Aber zwei andere gab er dem Fluchterreger Aineias.
Griffen wir diese, so würden wir herrlichen Ruhm uns gewinnen!
  Also redeten beide im Wechselgespräch miteinander.
Aber jene nahten sich eilig, die Rosse beflügelnd.
Gegen ihn rief als erster der glänzende Sohn des Lykaon:
  Feuriger, Hochbeherzter, du Sohn des erhabenen Tydeus,
Wohl hat nicht das Geschoß des bitteren Pfeils dich bezwungen;
Aber jetzt mit dem Speere versuch' ich es, ob er mir treffe.
  Sprach's, und im Schwung entsandt' er die schattenwerfende Lanze,
Und sie traf auf den Schild des Tydiden; die eherne Spitze
Drang im Fluge hindurch und schmetterte gegen den Panzer.
Jauchzend erhob die Stimme der glänzende Sohn des Lykaon:
  Ja! das traf doch hindurch in die Weiche dir! Nimmermehr lange
Wirst du es, glaub' ich, ertragen; doch mir verliehest du Ehre!
  Ihm erwiderte unverzagt der Held Diomedes:
Nicht getroffen, gefehlt! Doch schwerlich werdet ihr früher
Ruhen, glaub' ich, vom Werk, bis wenigstens einer gefallen
Und mit Blut den schildgewappneten Ares gesättigt!
  Also sprach er und warf: Athene lenkte die Lanze
Dicht am Aug' in die Nase hinein, durch die schimmernden Zähne;
Auch die Wurzel der Zunge zerschnitt die Härte des Erzes;
Unten am Kinn heraus nun fuhr die schneidende Spitze,
Und er stürzte vom Wagen; es rasselten um ihn die Waffen,
Schillernd in blinkendem Glanz; da sprangen die hurtigen Rosse
Scheu zur Seite; doch ihn verließen Odem und Stärke.
  Aber Aineias schwang sich mit Schild und Lanze vom Wagen,
Fürchtend, es möchten ihm sonst die Achaier den Toden entreißen.
Rings umschritt er ihn dann wie ein Löwe in trotzender Kühnheit;
Vor ihn hielt er den Speer und den Schild von gerundeter Wölbung,
Den zu erschlagen bereit, der nur zu nahen sich wagte;
Furchtbar schrie er dabei. Da ergriff einen mächtigen Feldstein
Tydeus' Sohn, so schwer, daß nicht zwei Männer ihn trügen
Unter den Sterblichen heute; doch er schwang leicht ihn alleine.

Damit traf er Aineias am Hüftgelenk, dort wo des Schenkels
Bein in der Hüfte sich dreht, das auch die Pfanne genannt wird,
Und zermalmt' ihm die Pfanne, dazu zerriß er die beiden
Sehnen, der zackige Stein zerfetzte die Haut; doch der Recke
Hielt noch, sank in das Knie und stemmte die nervige Rechte
Gegen die Erde, und finstere Nacht umzog ihm die Augen.

Dort nun wär' er gestorben, der Männergebieter Aineias,
Hätte nicht jäh es bemerkt die Tochter des Zeus, Aphrodite,
Seine Mutter, die einst ihn dem Hirten Anchises geboren.
Diese umschlag den geliebten Sohn mit den glänzenden Armen,
Breitete über ihn dann die Falten des Strahlengewandes
Gegen den Wurf, daß keiner der rossetummelnden Feinde
Jetzt in die Brust ihm bohrte das Erz und das Leben entrisse.
Heimlich entführte sie nun den geliebten Sohn dem Gefechte.

Nicht aber hatte Kapaneus' Sohn des Geheißes vergessen,
Welches ihm anbefohlen der Rufer im Streit Diomedes;
Sondern er hemmte das eigne Gespann der stampfenden Rosse
Außer dem Sturm, das Gezäum am Wagenrande befestigt,
Sprang zu Aeneas' Rossen, den glänzend behaarten hinüber,
Trieb von den Troern sie fort zu den hellumschienten Achaiern,
Gab sie darauf dem Genossen Deïpylos, den er am höchsten
Schätzte von allen Gefährten, weil dieser im Herzen ihm treu war,
Daß er hinab zu den Schiffen sie führte, aber er selber
Stieg in das eigne Geschirr und ergriff die schimmernden Zügel,
Lenkte dann schnell zum Tydiden die kräftig stampfenden Rosse,
Voller Begier. Der folgte mit grausamem Erze der Kypris,
Wohl erkennend, wie schwach sie war, nicht eine von jenen
Göttinnen, welche der Männer Gefecht gebietend beherrschen,
Nicht Athene oder Enyo, die Städte verwüstet.
Als er nun Kypris erreichte, im dichten Gewühl sie bedrängend,
Streckte sich aus mit der Lanze der Sohn des erhabenen Tydeus,
Traf im Nachsprung dann mit der Schärfe des Speeres die zarte
Hand an der Spitze; sogleich in die Haut fuhr schneidend die Lanze
Durch die ambrosische Hülle, gewebt von den Chariten selber,
Nah' am Gelenk in der Fläche; da rann des unsterblichen Blutes
Saft, wie er lauter fließt in den Adern der seligen Götter;
Denn sie essen kein Brot, noch trinken sie funkelnden Weines;

Blutlos sind sie daher und heißen unsterbliche Götter.
Sie aber jammerte laut, und der Sohn entsank ihren Armen.
Doch ihn faßte sofort und barg in bläulicher Wolke
Phoibos Apollon, daß keiner der rossetummelnden Feinde
Jetzt in die Brust ihm bohrte das Erz und das Leben entrisse.
Mächtig erhob seine Stimme der Rufer im Streit Diomedes:
Weiche, Tochter des Zeus, aus Kampf und feindlichem Toben!
Nicht genug, daß du Weiber von schwachem Sinne verleitest?
Nahst du aber noch einmal dem Kampfe, so bebst du gewißlich
Scheu vor dem Kampfe zurück, wenn du nur von ferne ihn hörest!
Also sprach er; verwirrt enteilte sie, Qualen erduldend.
Iris, schnell wie der Wind, entführte sie gleich dem Getümmel,
Ach, vom Schmerze betäubt, und die liebliche Haut so gerötet!
Jetzt erblickte sie links von der Schlacht den stürmischen Ares
Sitzend, in Nebel die Lanze gehüllt und die hurtigen Rosse.
Niedersinkend ins Knie, beschwor sie den teuersten Bruder,
Flehte und bat um die Rosse, geschmückt mit goldenem Stirnband:
Teuerster Bruder, leite mich fort und gib mir die Rosse,
Daß ich bald zum Olympos, dem Sitze der Götter, gelange.
Zu sehr schmerzt mich die Wunde; ein Sterblicher hat mich getroffen,
Tydeus' Sohn; der möchte mit Zeus, dem Vater, wohl kämpfen!
Ares gab ihr darauf die Rosse mit goldenem Stirnband,
Und sie stieg in den Sessel, das Herz voll großer Betrübnis.
Neben sie stellte sich Iris und faßt' in den Händen die Zügel;
Treibend schwang sie die Geißel, und rasch entflogen die Rosse.
Bald erreichten sie dann den ragenden Sitz des Olympos.
Dort nun hemmte die Rosse die windschnell eilende Iris,
Schirrte sie ab vom Wagen und streute ambrosisches Futter.
Doch Aphrodite, die göttliche, sank in den Schoß der Dione,
Ihrer Mutter, und diese umfing mit den Armen die Tochter,
Streichelte sie mit der Hand und redete, also beginnend:
Wer mißhandelte dich, mein Töchterchen, unter den Göttern,
Ohne Sinn und Verstand, als hättest du offen gefrevelt?
Ihr entgegnete drauf die lieblich lächelnde Kypris:
Tydeus' trotziger Sohn Diomedes hat mich verwundet,
Weil ich den teuren Sohn aus dem Schlachtgetümmel hinwegtrug,

Welchen ich liebe wie niemand anderen, meinen Aineias.
Nicht mehr zwischen Achaiern und Troern wütet die Feldschlacht,
Sondern es kämpfen die Danaer schon mit unsterblichen Göttern.
Ihr erwiderte drauf die herrliche Göttin Dione:
Dulde, du liebes Kind, und fasse dich, wie du auch leidest!
Viele von uns, des Olympos Bewohnern, litten von Menschen
Schmerzen bereits, indem wir einander Leiden verhängten.
Ares ertrug es, als Otos und, mächtig an Kraft, Ephialtes,
Beide Aloeus' Söhne, mit mächtiger Fessel ihn banden.
Dreizehn Monde lag er, umschränkt vom ehernen Kerker;
Sicherlich wär' er verschmachtet, der unersättliche Krieger,
Hätte die Stiefmutter nicht, die reizende Eëriboia,
Jetzt es dem Hermes gesagt; der erlöste heimlich den Ares,
Als ihn die Kraft schon verließ; die grausame Fessel bezwang ihn.
Here ertrug es, als einst Amphitryons mächtiger Sprosse
Rechts in die Brust mit dem dreigezackten Pfeil sie getroffen.
Damals ward auch sie von unsäglichem Schmerze bewältigt.
Selbst der gewaltige Hades ertrug den Pfeil, den beschwingten,
Als ihn der nämliche Mann, der Sohn des Aigiserschüttrers,
Unter den Toten in Pylos traf und den Qualen dahingab.
Eilend stieg er zum Hause des Zeus und dem hohen Olympos,
Trauernd im Herzen, von Qualen gepeinigt; war doch der Pfeil ihm
Tief in die mächtige Schulter gedrungen und ließ ihn verzagen.
Doch Paieon legte ein linderndes Kraut auf die Wunde,
Daß er genas; denn es war kein sterbliches Los ihm beschieden.
Kühner, entsetzlicher Mann, der frech, nicht achtend des Frevels,
Seinen Bogen auf Götter gespannt, des Olympos Bewohner!
Aber auf dich hat jenen die Göttin Athene getrieben.
Ach, der Tor! das bedachte er nicht, der Sprosse des Tydeus,
Daß nicht lange besteht, wer wider Unsterbliche streitet,
Daß nicht Kinder ihm einst an den Knien: mein Väterchen! stammeln,
Kehrt er zurück aus dem Krieg und dem grausigen Kampfesgetümmel.
Darum hüte sich jetzt, wie tapfer er sei, Diomedes,
Daß nicht, stärker denn du, ein anderer gegen ihn kämpfe,
Daß nicht Aigialeia, die sinnige Tochter Adrastos',

Einst aus dem Schlafe mit Klagen die Hausgenossen erwecke,
Weil sie den Ehegemahl vermißt, den besten Achaier,
Sie, das herrliche Weib Diomedes', des Rossebezähmers!
Sprach's und trocknete jener mit beiden Händen die Wunde;
Siehe, da heilte die Hand, und besänftigt ruhten die Schmerzen.
Aber die Göttinnen blickten herüber, Athene und Here,
Und mit stichelnden Worten erregten sie Zeus, den Kroniden.
Also begann die Göttin mit funkelnden Augen, Athene:
Vater Zeus, ob du wohl mir verargen wirst, was ich sage?
Sicherlich wollte nun Kypris ein Weib der Achaier verleiten,
Auch mit den Troern zu gehn, die sie gar so lieb hat gewonnen,
Streichelte eine vielleicht der geschmückten achaiischen Weiber
Und verletzte die zierliche Hand an der goldenen Spange.
Lächelnd vernahm es der Vater des Menschengeschlechts und der Götter,
Rief sie heran und sprach zur goldenen Aphrodite:
Töchterchen, dein Geschäft sind nicht die Werke des Krieges.
Ordne du lieber hinfort die lieblichen Werke der Hochzeit.
Jene besorgt Athene schon und der rüstige Ares.
Also sprachen die Götter im Wechselgespräch miteinander.
Gegen Aineias stürmte der Rufer im Streit Diomedes;
Wohl erkennend, daß selber Apollons Hand ihn bedeckte,
Scheute er doch mitnichten den mächtigen Gott und begehrte
Immer Aineias' Tod und den Raub der gepriesenen Waffen.
Dreimals stürzt' er heran, voll heißer Begier, ihn zu töten;
Dreimal schlug zur Seite den leuchtenden Schild ihm Apollon.
Als er nun aber das viertemal stürmte, so stark wie ein Dämon,
Drohte mit schrecklichem Ruf der treffende Phoibos Apollon:
Hüte dich, Tydeus' Sohn, und weiche mir! Wage mitnichten,
Gleich dich den Göttern zu dünken; denn nie sind gleichen Geschlechtes
Selige Götter und Menschen, die wandeln über die Erde!
Also der Gott; da entwich mit zauderndem Schritt Diomedes,
Weil er scheute den Zorn des treffenden Phoibos Apollon.
Doch den Aineias brachte der Gott, entfernt vom Getümmel,
Hin, wo der Tempel ihm stand, auf Pergamos' heilige Höhe.
Siehe, Artemis selbst, die Schützin des Bogens, und Leto

Heilten und ehrten ihn dort, im großen Tempelgemache.
Aber ein Trugbild schuf der Gott des silbernen Bogens,
Ganz dem Aineias gleich an Gestalt und jeglicher Rüstung;
Um das Gebilde zerschlugen die Troer und edlen Achaier
Über der Brust einander die fest mit Reifen umspannten,
Kräftigen, ledernen Schilde und leichtgeschwungenen Tartschen.
Jetzt aber sprach zum tobenden Ares Phoibos Apollon:
Ares, mordender Ares, du blutiger Mauernzertrümmrer!
Könntest du nicht den Mann da verfolgen und scheuchen vom Felde,
Tydeus' Sohn, der Zeus, den Vater, selbst würde bekämpfen?
Kypris hat er zuerst an der Hand beim Knöchel verwundet;
Dann bestürmte er mich, von Ansehn gleich einem Dämon!
Also sprach er und setzte sich hin auf Pergamos' Höhe.
Aber die Troer spornte zum Kampf der verderbliche Ares,
Akamas gleich an Gestalt, dem rüstigen Führer der Thraker;
Also trieb er des Priamos Söhne von göttlichem Stamme:
O ihr Priamossöhne, des zeusentsprossenen Herrschers,
Sagt, wie lange noch laßt ihr das Volk von den Danaern töten?
Etwa bis um die festgefügten Tore gekämpft wird?
Liegt doch der Mann, den wir Hektor, dem göttlichen, ähnlich geachtet,
Niedergestreckt, Aineias, der Sohn des stolzen Anchises!
Auf, und laßt uns den wackeren Freund dem Getümmel entreißen!
Also rief er und weckte den Mut und die Kraft eines jeden.
Aber Sarpedon schmähete sehr den göttlichen Hektor:
Hektor, wohin entschwand dir der Mut, den du früher besaßest?
Schirmen, auch ohne Volk und Verbündete, wolltest du Troja,
Du allein mit den Schwägern und deinen leiblichen Brüdern!
Keinen von diesen vermag ich jetzt zu erspähn und bemerken,
Sondern sie ducken sich nieder, wie rings um den Löwen die Hunde;
Wir nur tragen die Schlacht, die versammelten Bundesgenossen.
Denn auch ich bin als Bundesgenosse von ferne gekommen;
Ferne liegt ja der Lykier Land am strudelnden Xanthos,
Wo ein geliebtes Weib und ein zarter Sohn mir zurückblieb,
Auch der Schätze genug, die begehrt, wer ihrer ermangelt.

Dennoch aber sporn' ich die Lykier, selber voll Eifers,
Gegen den Feind nun zu kämpfen, wiewohl ich nichts hier besitze,
Was die Achaier davon mir trügen oder entführten.
Selber stehest du da und ermahnst nicht einmal die Mannen,
Auszuharren im Kampf und Schutz zu bieten den Weibern.
Daß ihr nur nicht, wie gefangen im allumgarnenden Netze,
Feindlich trachtenden Männern zu Raub und Beute dann werdet,
Die euch bald die reichbevölkerte Feste zerstörten!
Dir aber ziemte, das alles bei Tag und Nacht zu bedenken,
Daß du die Fürsten flehst der gepriesenen Bundesgenossen,
Auszuhalten im Kampfe, doch Drohungen solltest du sparen!
Also sprach Sarpedon; die Rede verwundete Hektor;
Hurtig sprang er vom Wagen herab mit den Waffen zur Erde
Und durcheilte das ganze Heer mit geschwungenen Lanzen;
Überall trieb er zum Kampf und erweckte das wilde Getümmel.
Jene nun wandten sich rasch und begegneten kühn den Achaiern.
Doch die Argeier harrten, zu Haufen gesammelt und furchtlos.
Gleichwie der Wind die Spreu die heiligen Tennen entlang fegt,
Unter der Worfeler Schwung, wann die blondgelockte Demeter
Sondert die Frucht von der Spreu im Hauche der drängenden Winde,
Und wie die Haufen weiß davon werden: also bedeckte
Weiß von oben der Staub die Danaer, welchen die Rosse
Zwischen den Männern emporgestampft zum ehernen Himmel,
Da sie sich wieder vermischten; zurück jetzt wandten die Lenker.
Vorwärts drangen jene mit kräftigen Armen; in Dunkel
Hüllte der tobende Ares die Schlacht, zum Schirme den Troern,
Trat zu allen heran und richtete aus die Ermahnung
Phoibos', des Gotts mit dem goldenen Schwerte, der ihm geboten,
Trojas Volke den Mut zu erhöhn, als er Pallas Athene
Weichen sah; denn sie pflegte dem Danaervolke zu helfen.
Selbst entließ er Aineias jetzt aus des prangenden Tempels
Heiligem Bau und erfüllte mit Kraft den Hirten der Völker.
Unter die Seinigen trat Aineias; da freuten sich alle,
Wie sie sahn, daß er lebend und unverwundet sich nahte,
Voll der herrlichsten Kraft; allein sie fragten ihn gar nicht;
Solches verbot das andere Werk, das Apollon erweckte,

Ares, der würgende Gott, und die maßlos gierige Eris.
Aber die beiden Ajas, Odysseus samt Diomedes
Trieben zum Kampfe wieder die Danaer, welche von selbst schon
Weder die Kräfte der Troer fürchteten, noch ihr Getobe;
Sondern sie harrten fest, wie die Wolken, welche Kronion
Stehen ließ bei ruhender Luft auf ragenden Bergen,
Unbewegt, solange des Boreas Wut und die andern
Brausenden Winde noch schlummern, die bald die schattenden Wolken
Wild mit pfeifendem Hauche verjagen und alle zerstreuen:
Also harrten des Feindes die Danaer ruhig und furchtlos.
Atreus' Sohn durcheilte das Heer mit mahnenden Worten:
Seid nun Männer, ihr Freunde, und zeigt euch tapferen Herzens!
Achtet einander auch im Ungestüme der Feldschlacht!
Denn wo die Männer sich achten, sind mehr gerettet als fallen;
Doch den Fliehenden winkt nicht Ruhm noch rettender Beistand!
Rief's und schleuderte hurtig den Speer, und im vorderen Treffen
Streckt' er Deïkoon hin, den Freund des edlen Aineias,
Pergasos' Sohn, den hoch wie Priamos' Söhne die Troer
Ehrten; denn flink war er stets, im Vordertreffen zu kämpfen.
Diesen traf mit dem Speer am Schilde der Fürst Agamemnon;
Der aber hielt dem Erze nicht stand; es stürmte die Lanze
Durch, hinein in die Weiche des Bauches, den Gürtel durchbohrend.
Dröhnend kam er zu Fall, und es rasselten um ihn die Waffen.
Jetzt erschlug Aineias der Danaer tapferste Männer,
Krethon samt dem Bruder Orsilochos, Diokles' Söhne,
Deren Vater die wohlbestellte Pherai bewohnte,
Reich an Gut; er stammte vom Gotte des Flusses Alpheios,
Welcher in breitem Strom sich ergießt durch Pylos' Gefilde:
Der den Ortilochos zeugte, ein großes Volk zu beherrschen;
Aber Ortilochos zeugte den Diokles dann, den erlauchten,
Und dem Diokles wurden die Zwillingssöhne geboren,
Krethon, Orsilochos auch, die kundig in jeglicher Streitart.
Beide waren in Jünglingskraft auf dunkelen Schiffen
Argos' Männern gefolgt zur fohlengesegneten Troja,
Um den Atriden daselbst, Agamemnon und Menelaos,

Sühne zu schaffen; doch hier umfing sie des Todes Verhängnis.
Wie zwei Löwen zusammen erwuchsen auf hohem Gebirge,
Unter der Mutter genährt, in der Tiefe des dichten Gehölzes;
Bald aber rauben sie Rinder und fettgemästete Schafe
Und verwüsten der Menschen Gehege, bis sie nun selber
Unter den Händen der Männer getötet werden vom Erze:
So voll Kraft, von Aineias' gewaltigen Händen bewältigt,
Sanken die zwei, gleich Tannen mit hochgewachsenen Wipfeln.
Um die Gefallenen klagte der streitbare Held Menelaos.
Rasch durchs Vordergewühl, mit strahlendem Erze gewappnet,
Schritt er, die Lanze geschwungen, das Herz von Ares ermutigt,
Welcher ihn unter Aineias' Händen zu töten gedachte.
Als ihn Antilochos sah, der Sohn des erhabenen Nestor,
Eilt' er durchs Vordergetümmel, in Angst um den Hirten der Völker,
Daß er nicht Schaden erlitte und all ihre Mühen zerschlüge.
Beide hielten sie schon die Arme und spitzigen Lanzen
Gegeneinander gewandt, in heftiger Kampfesbegierde,
Und Antilochos trat dem Völkerhirten zur Seite:
Doch Aineias hielt nicht stand, obwohl er so rührig,
Als er die beiden zusammen des Kampfes harrend erblickte.
Diese nun schleiften die Toten hinweg zum Volk der Achaier,
Legten die beiden Ärmsten alsdann in die Hände der Freunde,
Wandten sich wieder zurück und kämpften unter den ersten.
Dort erlegten sie jetzt Pylaimenes, welcher dem Ares
Glich; er führte zum Streit Paphlagonen, mit Schilden gewappnet.
Diesen stach der Atride, der Lanzenheld Menelaos,
Wie er stand, mit dem Speer, am Schlüsselbein ihn verwundend.
Aber Antilochos traf den zügellenkenden Diener,
Mydon, Atymnios' Sohn, als er wandte die stampfenden Rosse,
Grad' an des Armes Gelenk mit dem Stein, so daß ihm die Zügel,
Schimmernd von Elfenbein, in den Staub des Feldes entsanken.
Stürmend hieb ihm Antilochos jetzt das Schwert in die Schläfe,
Und er stürzte mit Röcheln vom schöngebildeten Sessel
Häuptlings hinab in den Staub und fiel auf Schädel und Schultern.
Also stand er lange, vom tiefen Sande gehalten,
Bis ihn der Pferde Gestampf in den Staub zu Boden geworfen;

Denn Antilochos peitschte sie fort zum Heer der Achaier.
Hektor erblickte sie nun durch die Reihen und stürmte mit Kriegsruf
Gegen sie zu; ihm folgten zugleich die gewaltigen Scharen
Troischen Volks. Voran schritt Ares, der Gott, und Enyo:
Sie mit dem tückischen Geiste des wilden Schlachtengetöses,
Ares, mit Macht in den Händen die riesige Lanze bewegend,
Wandelte bald vor Hektor einher, bald hinter dem Helden.
Als er ihn sah, erbebte der Rufer im Streit Diomedes.
So wie hilflos ein Mann, wenn er weite Gefilde durchwandert,
Stehen bleibt am reißenden Strom, der ins Meer sich ergießet,
Sieht den brausenden Schaum und wendet sich wieder in Eile:
Also wich der Tydide zurück und sprach zu dem Volke:
Ach, ihr Freunde, was staunen wir so, daß der göttliche Hektor
Kühn beim Lanzenschwingen und unerschrocken im Kampf ist?
Steht bei ihm doch immer ein Gott und wehrt dem Verderben!
Jetzt auch nahte ihm Ares, der ganz einem Sterblichen ähnelt!
Weicht nun, gegen die Troer das Antlitz immer gewendet,
Lieber zurück und begehret mir nicht, mit Göttern zu kämpfen!
Also rief er, und nahe heran jetzt rückten die Troer.
Hektor tötete gleich zwei kampfeserfahrene Männer,
Beide auf einem Geschirr, Anchialos neben Menesthes.
Um die Gefallenen klagte der Telamonier Ajas,
Stellte sich ganz in die Nähe und schwang die blinkende Lanze;
Und den Amphios traf er, des Selagos Sohn, der in Paisos
Wohnte, begütert und reich an Feldern; aber das Schicksal
Führt' ihn zum Bundesgenossen dem Priamos her und den Söhnen.
Diesen traf am Gurte der Telamonier Ajas,
Daß ihm tief in den Bauch die schattende Lanze hineinfuhr,
Dröhnend kam er zu Fall. Jetzt eilte der leuchtende Ajas,
Rasch ihm die Waffen zu rauben, da hagelten troische Speere,
Blinkend und scharfgespitzt; im Schilde hafteten viele.
Er aber trat auf den Toten und zog die eherne Lanze
Eilend heraus, doch konnt' er die anderen prangenden Waffen
Nicht von der Schulter ihm reißen; er wurde bedrängt von Geschossen,
Und ihn erschreckte die starke Umzinglung der mutigen Troer,

Welche, so tapfer, in Scharen, die Lanzen im Arm, ihn bedrohten,
Welche, wie groß der Held, wie gewaltig er war und wie herrlich,
Dennoch zurück ihn drängten; er wich voll jäher Bestürzung.
Also mühten sich jene im Ungestüme der Feldschlacht.
Aber den Herakliden Tlepolemos, groß und gewaltig,
Trieb auf den göttergleichen Sarpedon das mächtige Schicksal.
Als die Gegeneinandereilenden jetzt sich genähert,
Sohn und Enkel zugleich des Wolkenversammlers Kronion,
Hub Tlepolemos an und rief zu jenem die Worte:
Herrscher des Lykiervolks, Sarpedon, sage, was zwang dich,
Hier in Angst zu vergehn, so unerfahren im Kampfe?
Lüge ist's, nennen sie dich einen Sohn des Aigiserschüttrers;
Weit ja stehest du nach an Heldentugend den Männern,
Welche dem Zeus entstammten in früheren Menschengeschlechtern!
Wohl von anderer Art, wie sie sagen, war der gewalt'ge
Herakles, mein Vater, der trotzende, löwenbeherzte,
Der hieher einst kam, Laomedons Rosse zu fordern,
Nur mit sechs gebogenen Schiffen und wenigem Volke,
Aber Troja zerstört, mit verwaisten Gassen zurückließ!
Du bist feige im Herzen, es sterben hinweg dir die Völker;
Niemals wirst du den Troern, so scheint es mir, Hilfe gewähren,
Kommst du von Lykien auch, selbst wenn du noch tapferer wärest,
Sondern, von mir besiegt, durcheilst du die Tore des Hades!
Ihm entgegnete drauf Sarpedon, der Lykier Führer:
Ja, Tlepolemos, wohl hat jener Troja verwüstet,
Durch des erlauchten Helden Laomedon frevelnde Torheit,
Der für die Wohltat jenen mit heftigen Worten bedrohte
Und ihm die Rosse versagte, darum er von ferne gekommen.
Dir aber, meld' ich, wird hier der Tod und das schwarze Verhängnis
Durch mich selber zuteil; von meiner Lanze gebändigt,
Gibst du mir Ruhm und die Seele dem rossegewaltigen Hades.
Also sprach Sarpedon, und hoch mit eschenem Spieße
Drohte Tlepolemos her, und beider gewaltige Lanzen
Flogen zugleich aus den Händen. Es traf Sarpedon den Gegner
Grad' in den Hals, daß hinten die schreckliche Spitze hervordrang;
Finstere Nacht umfing ihm sogleich mit Dunkel die Augen.
Auch Tlepolemos hatte den Feind mit dem wuchtigen Speere

Links in den Schenkel getroffen; es drang die gierige Spitze
Dicht an den Knochen heran; doch hemmte den Tod noch der Vater.
Edle Genossen entführten den göttlichen Helden Sarpedon
Gleich dem Gewühl; jedoch ihn beschwerte die ragende Lanze,
Hinter ihm schleifend, und keiner bemerkte sie oder besann sich,
Ihm, daß er gehen könnte, den Speer aus dem Schenkel zu ziehen;
Also mußten sie hasten, geschäftig in schwerer Bedrängnis.
Auch den Tlepolemos trugen die hellumschienten Achaier
Dort aus dem Kampfe zurück. Das gewahrte der edle Odysseus,
Nieverzagten Gemüts, es schwoll ihm das Herz von Begierde,
Und er bedachte sich gleich in seinem Sinn und Gemüte,
Ob er zuvor den Sohn des Donnerers sollte verfolgen
Oder noch mehreren Lykiern dort das Leben entreißen.
Doch nicht ihm, dem stolzen Odysseus, gönnte das Schicksal,
Zeus' gewaltigen Sohn mit scharfem Erze zu töten;
Darum erregt' ihn Athene zum Stoß in der Lykier Haufen.
Koiranos tötet' er dort, Alastor, Chromios ferner,
Halios samt Alkandros und Prytanis, auch den Noëmon.
Und es wären der Lykier mehr noch dem Helden erlegen,
Hätte nicht scharf es bemerkt der helmumflatterte Hektor.
Rasch durchs Vordergewühl, mit strahlendem Erze gewappnet,
Schritt er, dem Feinde zum Schreck; doch der Sohn des Kroniden, Sarpedon,
Grüßte den nahenden Freund und sprach die klagenden Worte:
Priamos' Sohn, ach laß mich nicht zum Raub den Achaiern
Liegen; gewähre mir Schutz! Dann mag auch fliehen mein Leben
Dort in euerer Stadt, nachdem es mir einmal verwehrt ist,
Wieder nach Hause zu kommen, zum lieben Lande der Väter,
Freudig begrüßt vom zarten Sohn und der liebenden Gattin!
Nichts erwiderte drauf der helmumflatterte Hektor,
Sondern er stürmte vorbei, voll wilder Begier, die Argeier
Alsobald zu verjagen und vielen das Leben zu rauben.
Aber den göttlichen Helden Sarpedon legten die Freunde
Unter die prangende Eiche des wetterleuchtenden Gottes.
Aus dem Schenkel heraus dann zog ihm die eschene Lanze
Pelagon, welcher sein treuer Genoß, gewaltig an Kräften.

Jetzt verließ ihn der Geist, und Nacht umhüllte die Augen.
Bald aber atmet' er wieder auf; die Hauche des Nordwinds
Wehten heran und erfrischten das tief ermattete Leben.
Nun vor Ares' Gewalt und dem erzgepanzerten Hektor
Drängten die Danaer weder zum Lager der dunkelen Schiffe,
Noch versuchten sie weiter den Gegner, sondern allmählich
Wichen sie, als sie vernahmen, daß Ares inmitten der Troer.
Wen beraubten zuerst und wen als letzten der Waffen
Hektor, Priamos' Sohn, und der erzumgürtete Ares?
Teuthras, den göttlichen Helden, den Rossetummler Orestes,
Dann Oinomaos, Trechos darauf, den aitolischen Krieger,
Helenos, Oinops' Sohn, und Oresbios, schillernd im Leibgurt,
Der in Hyle zu Hause, des Reichtums sorgsamer Hüter,
Fern am kephisischen See; und neben ihm hausten die andern
Männer Boiotiens, welche gesegnete Fluren bestellten.
Als die lilienarmige Here jene gewahrte,
Wie sie der Danaer Volk zerschlugen in tobender Feldschlacht,
Sprach sie gleich, zu Athene gewandt, die geflügelten Worte:
Wehe mir, Tochter des Aigiserschütterers, Unbesiegte!
Wahrlich, mit eitelem Worte verhießen wir einst Menelaos,
Heimzukehren, nachdem er Ilios' Feste zertrümmert,
Wenn wir also zu wüten dem tobenden Ares vergönnen!
Aber wohlan, gedenken auch wir der stürmenden Abwehr!
Also sprach sie, und willig folgte die Göttin Athene.
Jene nun ging und schirrte die Rosse mit goldenem Bande,
Here, die würdige Göttin, die Tochter des mächtigen Kronos.
Hebe fügt' an den Wagen alsbald die gerundeten Räder,
Ehern, mit acht getriebenen Speichen, zu seiten der Achse.
Golden jedoch ist ihr Kranz und unvergänglich; darüber
Liegen die ehernen Reifen geschmiegt, ein Wunder zu schauen.
Silbern erglänzen auf beiden Seiten die kreisenden Naben.
Aber der Sessel schwebt in goldnen und silbernen Riemen
Eingeflochten, umfaßt von zwei gerundeten Rändern.
Silbern ragt die Deichsel hervor aus dem Wagen; ans Ende
Band sie das goldende prächtige Joch und hängte die schönen
Goldenen Gurte daran, und Here führte die Renner
Unter das Joch; sie lechzte nach Streit und lautem Getümmel.

Aber Pallas Athene, des Aigiserschütterers Tochter,
Ließ das weiche bunte Gewand auf die Schwelle des Vaters
Sinken, welches sie selber mit emsigen Händen gefertigt.
Hüllte sich drauf in den Panzer des Wolkenversammlers Kronion,
Rüstete sich mit den Waffen zur tränenbringenden Feldschlacht,
Warf um die Schulter sodann die reich mit Quasten geschmückte
Grausige Aigis, rund umkränzt von drohendem Schrecken:
Drauf ist Streit und kräftige Wehr und grimme Verfolgung,
Drauf auch der Gorgo Haupt, des entsetzlichen Ungeheuers,
Furchterregend und gräßlich, das Zeichen des Aigiserschüttrers.
Schließlich setzte sie auf den Helm mit doppeltem Bügel,
Lauter aus Gold, verziert mit Kämpfern von hundert Gemeinden.
Jetzt bestieg sie den flammenden Wagen und faßte die Lanze,
Wuchtig und groß und gediegen, womit sie die Scharen der Helden
Bändigt, welchen sie zürnt, die Tochter des mächtigen Vaters.
Here beflügelte nun mit geschwungener Geißel die Rosse;
Krachend erschloß sich von selbst des Himmels Tor, das die Horen
Hüteten, welchen der Himmel vertraut ward und der Olympos,
Bald die hüllende Wolke zu öffnen, bald zu verschließen.
Dort nun lenkten sie durch die leichtgestachelten Rosse.
Jetzo fanden sie Zeus, der entfernt von den anderen Göttern
Oben saß auf dem Gipfel des vielgezackten Olympos.
Allda hemmte die Rosse die lilienarmige Here,
Suchte Zeus zu erforschen und sprach zum Höchsten der Götter:
Zürnst du nicht, Vater Zeus, dem Ares ob der Gewalttat,
Wie er verderbt ein so großes und herrliches Volk der Achaier,
Frevlerisch, wider Gebühr? Mich kränkt es! Aber in Ruhe
Freuen sich dessen Apoll mit dem silbernen Bogen und Kypris,
Welche den Wüterich reizten, der keine Gerechtigkeit achtet!
Vater Zeus, ob du wohl dich ereifertest, wenn ich den Ares
Träfe mit schmählichem Schlag und aus dem Getümmel verscheuchte?
Ihr entgegnete Zeus, der Wolkenversammler, und sagte:
Frisch nur, treib' ihm Athene zu, die beutegewohnte;
Ist sie doch stets vor allem bestrebt, ihm Qualen zu schaffen!
Also sprach er; ihm folgte die lilienarmige Here.
Treibend schwang sie die Geißel, und willig flogen die Rosse

Zwischen der Erde dahin und dem sternbesäeten Himmel.
Weit wie ein Mann die neblige Ferne durchspäht mit den Augen,
Welcher von hoher Warte hinab aufs finstere Meer blickt:
So weit heben im Sprung sich der Göttinnen wiehernde Rosse.
Aber nachdem sie Troja erreicht und die doppelte Strömung,
Wo des Simóeis Flut sich vereint mit dem Strome Skamandros,
Hemmte sogleich ihr Gespann die lilienarmige Here,
Schirrte die Rosse vom Wagen und breitete Nebel darüber;
Doch der Simóeis ließ Ambrosia sprossen zur Weide.
Jene nun schritten, den schüchternen Tauben ähnlich im Gange,
Beide voller Begier, den Männern von Argos zu helfen.
Als sie zur Stelle nun kamen, allwo die meisten und stärksten
Standen um Tydeus' Sohn, den gewaltigen Rossebezähmer,
Alle sich drängten, voll Gier, wie fleischverschlingende Löwen,
Oder den Ebern gleich an unverwüstlicher Stärke
Machte sie halt und schrie, die lilienarmige Here,
Stentor ähnlich, dem kräftigen Mann mit der ehernen Stimme,
Der so laut wie fünfzig andre zu schreien vermochte:
Schmach, Argeier, so schön von Gestalt, und elende Memmen!
Nie, solange der hehre Achilleus noch in die Schlacht kam,
Wagten die troischen Männer aus Dardanos' schirmendem Tore
Vorzugehn; denn sie scheuten Achilleus' mächtige Lanze!
Nun ist ferne der Stadt bei den räumigen Schiffen ihr Schlachtfeld!
Also rief sie und weckte den Mut und die Kraft eines jeden.
Jetzt enteilte zu Tydeus' Sohn die Göttin Athene
Und erspähte den Herrscher beim rossebespannten Geschirre,
Wie er die Wunde kühlte, die Pandaros' Pfeil ihm geschaffen.
Denn ihn quälte der Schweiß und der Druck des breiten Gehenkes
An dem gerundeten Schild, und matt erlahmte die Hand ihm.
Nun erhob er den Riemen und wischte das dunkle Blut ab.
Aber die Göttin berührte das Joch und redete also:
Wenig ähnelt dem Vater der Sohn des mutigen Tydeus!
Tydeus, traun, war klein von Gestalt nur, aber ein Krieger!
Damals selbst, als *ich* ihm verboten hatte zu kämpfen,
Noch hervor sich zu tun, da er fern von den andern Achaiern,
Kam als Bote gesandt, nach Theben zu vielen Kadmeiern;
Ruhig hieß ich ihn sitzen am festlichen Mahl im Palaste;

Doch auch hier, wie sonst, voll unersättlichen Mutes,
Rief er die Helden von Theben zum Kampf und siegte bei allen
Spielend, weil ich ihm selbst so mächtig Beistand gewährte.
Dir nun helf' ich gewiß und stehe dir schützend zur Seite
Und ermahne dich gern zum Kampfe wider die Troer;
Deine Glieder jedoch sind matt vom stürmischen Treffen,
Oder dich lähmt gar Furcht, die entseelende! Also mitnichten
Scheinst du von Tydeus erzeugt, dem feurigen Sohne des Oineus!
Ihr entgegnete drauf der starke Held Diomedes:
Wohl erkenn' ich dich, Göttin, des Aigiserschütterers Tochter;
Darum meld' ich dir frei und unverhohlen die Wahrheit.
Weder lähmt mich entseelende Furcht noch hemmt mich die Trägheit,
Sondern noch immer gedenk' ich der Weisung, die du mir gabest:
Niemals seligen Göttern im Kampf entgegenzutreten,
Allen sonst; doch käme die Tochter des Zeus, Aphrodite,
Her in den Streit, die könnt' ich mit spitzigem Erze verwunden.
Darum weiche ich selbst nun zurück und gebot auch den andern
Männern von Argos' Volk, sich hieher alle zu sammeln;
Denn ich erkenne den Ares, der dort das Treffen durchwaltet.
Ihm erwiderte drauf die strahlende Göttin Athene:
Tydeus' Sohn, Diomedes, du meines Herzens Geliebter,
Fürchte du weder den Ares hinfort, noch einen der andern
Ewigen sonst; so mächtig als Helferin nah' ich dir selber!
Auf nun, lenke zuerst auf Ares die stampfenden Rosse!
Triff ihn ganz aus der Näh' und scheue nicht Ares, den wilden
Rasenden Störenfried, der wechselt von einem zum andern!
Ihn, der neulich mir selbst und der Here prahlend gelobt hat,
Trojas Volk zu bekämpfen und beizustehn den Argeiern,
Jetzt jedoch mit den Troern es hält, der Achaier vergessend!
Also sprach sie und trieb den Sthenelos nieder vom Wagen,
Fort mit der Hand ihn drängend, und gleich sprang dieser zu Boden.
Selber trat in den Sessel zum edlen Sohne des Tydeus
Kampfesbegierig die Göttin; es knarrte die eichene Achse
Unter der Last des tapfersten Manns und der schrecklichen Göttin.
Geißel sofort und Zügel ergriff nun Pallas Athene;

Eilend hielt sie auf Ares zuerst die stampfenden Rosse.
Der entwaffnete grade den ungeheuren Periphas,
Wohl den besten Aitoler, Ochesios' glänzenden Sprossen:
Diesen erlegte der blutige Ares. Aber Athene
Barg sich in Hades' Helm vor dem Blick des gewaltigen Ares.
Als nun der mordende Ares den edlen Tydiden gewahrte,
Ließ er den ungeheuren Periphas gleich an der Stelle
Liegen, wo er zuerst ihm gewaltsam das Leben entrissen,
Eilte dann auf Diomedes zu, den reisigen Helden.
Als die Gegeneinandereilenden jetzt sich genähert,
Streckte sich Ares über das Joch hinweg und die Zügel
Mit der Lanze von Erz, in Begier, ihm das Leben zu rauben.
Doch es ergiff sie Athene, die strahlenäugige Göttin,
Stieß sie vom Sessel hinweg, daß ganz umsonst sie vorbeifuhr.
Jetzt erhob sich als zweiter der Rufer im Streit Diomedes
Mit der Lanze von Erz, und es drängte sie Pallas Athene
Gegen die Weiche des Bauchs, wo die eherne Binde sich anschloß:
Dorthin traf er den Gott und zerfleischte die blühende Haut ihm,
Zog dann die Lanze zurück. Da brüllte der eherne Ares
Laut, als schrieen zugleich neuntausend oder zehntausend
Männer im Kriege, sobald sie das Toben des Ares erregten.
Und es erzitterten alle die Troer umher und Achaier,
Voller Entsetzen: so brüllte der unersättliche Ares.
Wie aus Wolken geballt, ein finsterer Nebel sich bildet,
Wenn nach drückender Schwüle der Wind mit Brausen emporfährt:
Also erschien dem Tydeussohne der eherne Ares,
Als er, in Wolken gehüllt, zum weiten Himmel hinanstieg.
Rasch erreicht' er den ragenden Göttersitz des Olympos,
Setzte sich, Trauer im Herzen, zu Zeus, dem Sohne des Kronos,
Zeigte das göttliche Blut, das niedertroff aus der Wunde,
Und mit Klagen begann er und sprach die geflügelten Worte:
Zürnst du nicht, Vater Zeus, beim Anblick solcher Gewalttat?
Stets doch haben wir Götter die bitterste Qual zu erdulden,
Einer vom Willen des andern, den Menschen allein zu Gefallen!
Dir sind alle wir feind, denn du erzeugtest die Törin,
Welche verderblich immer nur trachtet und frevelen Taten!
Alle die anderen Götter, so viel den Olympos bewohnen,

Folgen dir untertänig, wir fügen uns, jeder, gehorsam.
Dieser allein begegnest du weder mit Worten noch Taten,
Sondern lässest sie tun, da du selbst die Verhaßte gezeugt hast.
Sie hat jetzt Diomedes, den trotzigen Sprossen des Tydeus,
Angespornt zu wütendem Kampf mit unsterblichen Göttern!
Kypris hat er zuerst an der Hand beim Knöchel verwundet;
Drauf bestürmt' er mich selbst, von Ansehn gleich einem Dämon!
Aber mit eilenden Füßen entrann ich ihm! Lange vielleicht noch
Ränge ich dort mit Qualen im gräßlichen Haufen der Leichen;
Oder ich lebte, ein Krüppel, gelähmt vom Schlage des Erzes!
Finsteren Blicks entgegnete ihm der Wolkenversammler:
Hüte dich, Unbeständ'ger, mir hier zur Seite zu winseln!
Wahrlich, du bist mir verhaßt vor allen olympischen Göttern!
Immer hast du den Zank doch geliebt und Kampf und Befehdung!
Gleich der Mutter an Trotz und unerträglichem Starrsinn,
Heren, welche ich, mühsam nur, durch Worte bezwinge!
Auch ihr Rat, wie ich meine, hat dieses Weh dir bereitet!
Aber ich kann nicht länger es ansehn, daß du dich quälest.
Bist du doch meines Geschlechts, und mir gebar dich die Mutter.
Hätte ein anderer Gott dich erzeugt zu solchem Verderben,
Sicherlich lägest du längst schon tiefer als Uranos' Kinder.
Also Zeus. Er gebot dem Paieon, jenen zu heilen.
Und Paieon tat auf die Wunde lindernde Kräuter,
Daß er genas! denn nicht war sterbliches Los ihm beschieden.
Schnell wie die weiße Milch von Feigenlabe sich eindickt,
Flüssig zuvor, doch bald gerinnt sie unter dem Rühren:
Also schloß sich die Wunde sofort dem tobenden Ares.
Hebe wusch ihn darauf und hüllt' ihn in liebliche Kleider;
Neben den Donnerer Zeus dann setzt' er sich, freudigen Trotzes.
Sie aber kehrten zurück zu Zeus', des gewaltigen, Wohnung,
Here von Argos und auch Alalkomenes Göttin, Athene,
Als sie den blutigen Ares gehemmt im Morden der Männer.

SECHSTER GESANG

Die Begegnung Hektors und Andromaches

Einsam blieb der Troer und Danaer schreckliche Feldschlacht.
Oftmals hier und dort durchwogte der Kampf das Gefilde,
Da sie gegeneinander die ehernen Lanzen bewegten,
Zwischen des flutenden Xanthos Strom und dem Flusse Simóeis.
Ajas, der Telamonide, zuerst, der Danaer Schutzwehr,
Brach die Scharen der Troer und schaffte Licht den Genossen,
Denn er tötete gleich den tapfersten unter den Thrakern,
Ihn, Eussoros' Sohn, den Akamas, groß und gewaltig.
Diesem traf er zuerst den umflatterten Kegel des Helmes,
Daß er die Stirn durchbohrte; hinein dann tief in den Schädel
Drang die eherne Spitze, und Nacht umfing ihm die Augen.
Axylos drauf erschlug der Rufer im Streit Diomedes,
Teuthras' Sohn: er wohnt' in der wohlbestellten Arisbe,
Reich an Lebensgut; auch war er geliebt von den Menschen:
Alle bewirtet' er freundlich in seiner Behausung am Wege.
Doch nicht einer davon hielt ab das grause Verderben,
Vor ihn tretend zum Schutz, nein, beide verloren das Leben,
Er und sein Waffengenosse Kalesios, der ihm die Rosse
Damals lenkte; sie sanken zugleich jetzt unter die Erde.
Doch Euryalos tötete Dresos, Opheltios ferner;
Dann ereilt' er Aisepos und Pedasos, die mit der Nymphe
Abarbarea einst der edle Bukolion zeugte. –
Und Bukolion war der älteste Sohn des erhabnen
Helden Laomedon, heimlich nur von der Mutter geboren.
Einst beim Hüten der Schafe gewann er Liebesumarmung,
Und befruchtet, gebar ihm Zwillingssöhne die Nymphe. –
Beiden löste nunmehr die Kraft und die glänzenden Glieder
Er, Mekisteus' Sohn, und zog von den Schultern die Rüstung.
Doch den Astyalos schlug der streitbare Held Polypoites,
Und den Pidytes bezwang, den Perkosier, stürmend Odysseus

Mit dem ehernen Speer, und Teukros erschlug Aretaon.
Auch den Ableros traf Antilochos jetzt mit der Lanze,
Nestors Sohn, und den Elatos warf der Fürst Agamemnon:
Dieser bewohnt' an den Ufern des lieblichen Stroms Satnioeis
Pedasos' ragende Stadt. Den Phylakos traf im Entfliehen
Lëitos, aber Eurypylos schlug den Melanthios nieder.
Doch den Adrastos erhaschte der Rufer im Streit Menelaos
Lebend alsbald, denn die Rosse durchjagten ihm scheu das Gefilde:
Aufgehalten vom Zweige der Tamariske, zerbrachen
Diese die Deichsel vorn des geschweiften Wagens und strebten
Eilend zur Stadt, wo noch andere scheuende Rosse hinanflohn.
Selber stürzt' er vom Sessel und taumelte neben dem Rade
Vorwärts hin in den Staub auf das Antlitz. Siehe, da eilte
Atreus' Sohn Menelaos herzu mit der schattenden Lanze.
Aber Adrastos umschlang ihm die Knie' und jammerte flehend:
Schone mein Leben, Atride, und nimm die gebührende Buße.
Viel Kleinodien hegt der begüterte Vater im Hause,
Erz und Goldes genug und festgeschmiedetes Eisen.
Hievon reicht mein Vater dir gern unermeßliche Buße,
Hört er, daß ich am Leben noch bin bei den Schiffen Achaias.
Also sprach er und rührte das Herz in der Brust dem Atriden.
Schon war dieser bereit, ihn dem Waffengenossen zu geben,
Daß er hinab zu den Schiffen ihn führte. Allein Agamemnon
Nahte sich eilenden Laufs und rief die drohenden Worte:
O Menelaos, du Weichling, warum nur sorgst du für jene
Also? Herrliches freilich geschah dir daheim von den Männern
Trojas! Keiner davon entfliehe dem jähen Verderben,
Keiner nun unserem Arm, auch nicht im Schoße das Knäblein,
Welches die Schwangere trägt, auch das nicht! Alles zugleich nun
Sterbe, was Ilios nährt, hinweggerafft und vernichtet!
Also sprechend bekehrte der Held den Willen des Bruders,
Da er Gebührendes riet, und jener stieß den Adrastos
Weg mit der Hand. Ihn traf der mächtige Fürst Agamemnon
Tief in den Bauch, daß er rücklings fiel. Dann setzte der Herrscher
Ihm den Fuß auf die Brust und zog den Speer aus der Wunde.
Nestor aber gebot mit lautem Ruf den Argeiern:
Freunde, ihr Helden des Danaerstamms, Genossen des Ares!

Daß mir niemand jetzt, auf die Beute stürzend, zurückbleibt,
Um das meiste für sich hinab zu den Schiffen zu tragen!
Laßt uns töten die Männer! Danach ja könnt ihr in Ruhe
Weit im Gefilde umher die Leichen der Waffen berauben.
Also rief er und weckte den Mut und die Kräfte der Männer.
Jetzt nun wären die Troer vor Argos' tapferen Kriegern
Ilios zugeflohen, ergriffen von feiger Verzweiflung,
Hätte sich eilend nicht zu Aineias und Hektor gewendet
Helenos, Priamos' Sohn, der kundigste Vogeldeuter:
Ach, Aineias und Hektor, dieweil euch beide die meiste
Mühe bedrängt von den Troern und Lykiern, da ihr die besten
Seid zu jeglichem Zweck, mit Kraft gerüstet und Weisheit,
Bleibt hier stehn und haltet das Volk zurück vor den Toren.
Überall tretet hinzu, bevor in die Arme der Weiber
Jene sich fliehend gestürzt, dem höhnenden Feinde zum Jubel!
Aber nachdem ihr die sämtlichen Scharen wieder ermutigt,
Wollen wir selber hier die Danaer weiter bekämpfen,
Schwer erschöpft wie wir sind: die Not gebietet uns dieses.
Hektor, geh' indessen zur Stadt und sag' es in Eile
Deiner und meiner Mutter: sie sammle die würdigsten Frauen
Hoch auf die Burg, zum Tempel der strahlenden Pallas Athene,
Öffne drauf mit dem Schlüssel die Pforte des heiligen Hauses,
Und das Gewand, das ihr dann das köstlichste dünkt und das größte
Dort im Palast, zugleich von allen das liebste ihr selber,
Lege sie hin auf die Kniee der schöngelockten Athene
Und gelob' in dem Tempel ihr zwölf untadlige Rinder,
Jährig und ausgewachsen, zu opfern, wenn sie der Stadt sich
Und der troischen Frauen und zarten Kinder erbarmte;
Daß sie des Tydeus Sohn von der heiligen Ilios wehrte,
Jenen stürmischen Krieger, der Flucht gewalt'gen Erreger,
Den ich gewiß für den Stärksten im Volke der Danaer halte!
Nicht einmal vor dem Herrscher Achilleus zagten wir also,
Der doch Sohn einer Göttin genannt wird! Jener ja wütet
Allzusehr, und keiner vermag ihn an Kraft zu erreichen!
Also sprach er, und gern gehorchte Hektor dem Bruder;
Hurtig sprang er vom Wagen herab mit den Waffen zur Erde

Und durcheilte das ganze Heer mit geschwungenen Lanzen;
Überall trieb er zum Kampf und erweckte das grause Getümmel.
Jene wandten sich rasch und begegneten kühn den Achaiern.
Doch die Argeier wichen zurück und ruhten vom Morden,
Wähnend, es sei vom gestirnten Himmel, den Troern zu helfen,
Niedergestiegen ein Gott: so plötzlich wandten sich diese.
Hektor aber gebot mit lautem Rufe den Troern:
Tapfere Troer und weitberühmte Bundesgenossen!
Seid nun Männer, ihr Freunde, gedenkt des stürmenden Mutes,
Während ich selbst gen Ilion eile und die erhabnen
Greise des Rates ermahne, zugleich auch unsere Weiber,
Daß sie empor zu den Himmlischen flehn und Opfer verheißen.
Als er dieses gerufen, enteilte der mächtige Hektor.
Gegen die Knöchel und gegen den Nacken schlug ihn das dunkle
Fell, das als äußerster Rand entlang am gebuckelten Schild lief.
Glaukos nun, des Hippolochos Sohn, und der Held Diomedes
Trafen in Kampfesbegier zusammen inmitten der Heere.
Als die Gegeneinandereilenden jetzt sich genähert,
Nahm als erster das Wort der Rufer im Streit Diomedes:
Wer nur bist du, Edler, vom Stamme der sterblichen Menschen?
Nie gewahrt' ich dich doch in der männerehrenden Feldschlacht
Vormals; jetzt indessen erhebst du dich weit vor den andern
Allen durch Mut, da du meiner gewaltigen Lanze dich darstellst.
Unglückseliger Eltern Söhne begegnen mir sonst nur!
Bist du aber ein Gott, vom Himmel herniedergekommen,
Nicht fürwahr begehrt' ich mit himmlischen Göttern zu kämpfen.
Nein, auch nicht des Dryas Sohn, der starke Lykurgos,
Lebte lang, dieweil er mit himmlischen Göttern gestritten:
Dieser verscheuchte die Ammen des schwärmenden Gotts Dionysos
Einst auf Nysas heiligem Berge; sie alle zusammen
Warfen die Thyrsosstäbe hinweg, da der Mörder Lykurgos
Wild mit dem Ochsenstachel sie schlug; Dionysos, entweichend,
Taucht' in die Woge des Meers, und Thetis nahm den Verzagten
Auf im Schoß; denn gewaltig erschreckt' ihn des Drohenden Stimme.
Jenem zürnten darauf die selig lebenden Götter,

Und ihn blendete Zeus, der Kronide, daß er nicht lange
Lebte hinfort, denn verhaßt war er allen unsterblichen Göttern.
Nein, mich gelüstet es nicht, mit seligen Göttern zu kämpfen!
Stammst du von Menschen jedoch, die Früchte des Feldes verzehren,
Komm heran, daß du rascher dann vom Verderben umstrickt wirst!
Ihm entgegnete drauf des Hippolochos stattlicher Sprosse:
Tydeus' mutiger Sohn, was fragst du nach meinem Geschlechte?
Gleichwie Blätter im Walde, so sind die Geschlechter der Menschen;
Siehe, die einen verweht der Wind, und andere wieder
Treibt das knospende Holz hervor zur Stunde des Frühlings:
So der Menschen Geschlecht, dies wächst, und jenes verschwindet.
Soll ich dir aber auch dieses verkündigen, daß du erkennest
Unserer Väter Geschlecht, wiewohl es vielen bekannt ist:
Ephyre heißt die Stadt in der rossenährenden Argos,
Wo einst Sisyphos lebte, der schlaueste unter den Männern,
Sisyphos, Aiolos' Sohn; der zeugte sich Glaukos zum Sohne;
Glaukos wiederum zeugte den herrlichen Bellerophontes,
Welchem die Götter Schönheit schenkten und blühende Mannheit.
Proitos hingegen ersann ihm verderbliche Pläne im Herzen,
Der ihn aus Argos vertrieb, denn viel gewaltiger war er;
Hatte doch Zeus in seine Macht die Argeier gegeben.
Glühend verlangte Anteia, des Proitos edle Gemahlin,
Jenem in heimlicher Liebe zu nahen, aber mitnichten
Folgt' ihr der wackergesinnte, verständliche Bellerophontes.
Jetzt nun log sie und redete so zum Könige Proitos:
Stirb, o Proitos, oder erschlage den Bellerophontes,
Welcher mich heimlich zu lieben begehrte, wider mein Wollen!
Als er solches vernahm, da packte Zorn den Gebieter.
Zwar vermied er den Mord, denn diesen scheut' er im Herzen,
Aber er sandt' ihn gen Lykien hin, und verderbliche Zeichen
Gab er ihm, Todeswinke, geritzt auf gefaltetem Täflein:
Daß er dem Schwäher den Brief überbrächte, sich selbst zum Verderben.
Dieser wandelte hin, von Unsterblichen sicher geleitet.
Aber als er nach Lykien kam, zum strömenden Xanthos,

Ehrte ihn gütig der Herrscher des weiten Lykierlandes
Gastlicher Tage neun mit neun geopferten Rindern.
Als nun aber zum zehnten die rosige Eos emporstieg,
Da befragt' er den Gast und verlangte die Zeichen zu sehen,
Welche der Held ihm brächte vom Eidame Proitos, dem König.
Und nachdem er die Todeswinke des Eidams empfangen,
Hieß er jenen zuerst die ungeheure Chimaira
Töten, die, göttlicher Art, nicht sterblichen Menschen entstammte.
Vorne ein Leu und hinten ein Drache und Geiß in der Mitte,
Hauchte sie aus die schreckliche Glut des lodernden Feuers.
Doch er tötete sie, den Winken der Götter vertrauend.
Dann zum zweiten bekämpft' er der Solymer ruchbaren Volksstamm;
Diesen nannt' er den härtesten Kampf, den er kämpfte mit Männern.
Drittens erschlug er die männerähnliche Schar Amazonen.
Noch dem Heimwärtskehrenden naht' er mit listigem Anschlag:
Aus dem weiten Lykierlande die Tapfersten wählend,
Legt' er ihm Hinterhalt; doch zogen sie nimmer nach Hause;
Alle vernichtete dort der herrliche Bellerophontes.
Als er nun endlich den Helden aus göttlichem Samen erkannte,
Hielt er daselbst ihn zurück und gab ihm die Tochter zum Weibe,
Gab ihm auch die Hälfte der Königswürde zum Anteil.
Auch die Lykier grenzten ein auserlesenes Land ab,
Prächtiges Ackergefild' und Pflanzungen, daß er sie baute.
Jene gebar drei Kinder dem feurigen Bellerophontes,
Erst Isandros, Hippolochos dann und Laodameia.
Siehe, zu Laodameia gesellte sich Zeus, der Berater,
Und sie gebar Sarpedon, den erzgerüsteten Helden.
Als nun aber auch jener den Himmlischen allen verhaßt ward,
Irrte er einsam umher, das Herz in Kummer verzehrend,
Durch die aleïsche Flur und mied die Pfade der Menschen.
Seinen Sohn Isandros erschlug der wütende Ares,
Als er das Volk der berüchtigten Solymer eben bekämpfte.
Artemis raubt' ihm die Tochter, die Göttin mit goldenen Zügeln.
Aber Hippolochos zeugete mich, ihn rühm' ich als Vater.
Dieser sandte nach Troja mich her und mahnte mich sorgsam,

Immer der erste zu sein und ausgezeichnet vor andern,
Daß ich der Väter Geschlecht nicht schändete, welches die besten
Helden in Ephyre zeugt' und im weiten Lykierlande.
Wahrlich, solchen Geschlechts und Blutes rühm' ich mich heute.
Sprach's, und freudig vernahm es der Rufer im Streit Diomedes.
Fest in die nahrungspendende Erde stieß er die Lanze
Und begann mit freundlichen Worten zum Hirten der Völker:
Siehe, da bist du mein Gastfreund schon von den Zeiten der Väter!
Oineus, der Held, hat einst den herrlichen Bellerophontes
Gastlich im Hause geehrt und zwanzig Tage geherbergt,
Und sie reichten einander die schönsten Ehrengeschenke:
Oineus gab einen Gürtel von dunkelglänzendem Purpur,
Bellerophontes den goldenen, doppelhenkligen Becher;
Scheidend ließ ich diesen zurück in meiner Behausung. –
Nichts aber weiß ich von Tydeus mehr, denn er ließ mich als Säugling
Noch daheim, wie das Danaervolk vor Thebe dahinsank. –
Also bin ich nunmehr dein Gastfreund mitten in Argos,
Aber in Lykien du der meinige, komme ich dorthin.
Meiden wir unsere Lanzen auch jetzt im dichten Getümmel.
Hab' ich doch Troer genug und rühmliche Bundesgenossen,
Daß ich erschlage, wen Zeus mir gewährt und die Schenkel erreichen;
Du der Achaier genug, soviele du kannst, zu erlegen.
Aber tauschen wir beide die Rüstung, damit auch die andern
Sehn, wie wir gastliche Freunde uns rühmen aus Zeiten der Väter.
Also ihr Wort. Sie schwangen sich gleich hinab von den Wagen,
Reichten einander die Hände und schwuren sich treue Freundschaft.
Doch den Glaukos verwirrte Zeus, daß er ohne Besinnung
Mit Diomedes die goldene Rüstung gegen die eh'rne
Wechselte, hundert Stiere mit neun im Werte vertauschend.
Als nun Hektor zum skaiischen Tor und zur Eiche gelangt war,
Da umringten ihn gleich die troischen Weiber und Töchter,
Welche nach Söhnen ihn fragten und Anverwandten und Brüdern
Und den Gemahlen. Er mahnte sie drauf, zu den Göttern zu flehn,

Alle der Reihe nach; doch vielen war Jammer beschieden.
Aber sobald er zu Priamos' prächtigem Hause gekommen,
Das mit geglätteten Hallen geschmückt war, – aber im Innern
Waren fünfzig Gemächer aus schöngeglättetem Steine
Dicht aneinander gebaut; es ruhten drinnen des Königs
Priamos Söhne, und jedem zur Seite die Ehegemahlin;
Aber den Töchtern waren zur anderen Seite des Hofes
Zwölf gedeckte Gemächer aus schöngeglättetem Steine
Dicht aneinander gebaut; es ruhten drinnen des Königs
Priamos Eidame, jedem zur Seite die züchtige Gattin –
Dort nun trat ihm entgegen die gütig spendende Mutter,
Welche Laodike führte, die holdeste unter den Töchtern,
Nahm ihn gleich bei der Hand und redete, also beginnend:
Warum kommst du, mein Kind, und verließest das wilde Getümmel?
Hart wohl drängen sie uns, die verwünschten Söhne Achaias,
Dort im Kampf um die Stadt, daß nun dein Herz dich hierhertrieb,
Deine Hände zu Zeus empor von der Burg zu erheben?
Warte nur, bis ich den Wein, den honigsüßen, dir bringe,
Daß du Zeus, dem Vater, zuerst und den anderen Göttern
Sprengest und dann auch selber des Labetrunks dich erfreuest.
Denn dem ermatteten Mann ist der Wein ja kräftige Stärkung,
So wie du dich ermattet hast, die Deinigen schirmend.
Ihr entgegnete drauf der helmumflatterte Hektor:
Hole mir nicht den süßen Wein, ehrwürdige Mutter,
Daß ich entkräftet nicht des tapferen Mutes vergesse.
Ungewaschener Hand des funkelnden Weines zu sprengen
Scheu' ich mich; nimmer geziemt es, den schwarzumwölkten Kronion
Anzuflehen, mit Blut und Kampfesstaube besudelt.
Du aber steige zum Tempel der beutegewohnten Athene
Jetzt mit Opfern empor, die würdigsten Weiber versammelt,
Und das Gewand, so dir das köstlichste scheint und das größte
Dort im Palaste, zugleich von allen das liebste dir selber,
Dieses leg' auf die Kniee der schöngelockten Athene,
Und gelob' in dem Tempel ihr zwölf untadlige Rinder,
Jährig und ausgewachsen, zu opfern, wenn sie der Stadt sich

Und der troischen Frauen und zarten Kinder erbarmet;
Wenn sie des Tydeus Sohn von der heiligen Ilios abwehrt,
Jenen stürmischen Krieger, der Flucht gewalt'gen Erreger.
Auf denn, steige zum Tempel der beutegewohnten Athene,
Während ich selbst zu Paris eile, diesen zu rufen,
Ob er vielleicht noch achte des Redenden. O daß die Erde
Gleich ihn verschläng'! Ihn erzog zum Verderben der Gott des Olympos
Trojas Volke, dem Priamos selbst und den Söhnen des Herrschers.
Säh' ich jenen hinab ins Reich des Aïdes steigen,
Dann vergäß' ich im Herzen der unerfreulichen Drangsal!
Also sprach er; die Mutter enteilte zum Hause und sandte
Mägde, die gleich in der Stadt die würdigsten Frauen beriefen.
Selbst dann stieg sie hinab in die lieblich duftende Kammer,
Wo sie die schönen reichbestickten Gewande verwahrte,
Werke sidonischer Fraun, die der göttliche Held Alexandros
Selbst aus Sidon gebracht und über die Wogen geleitet,
Als er Helena eben entführte, die edelgeborne.
Deren entnahm jetzt Hekabe eins zum Geschenk für Athene,
Welches das größte war und das am schönsten gestickte;
Hell wie ein Stern, so strahlt' es und lag zu unterst von allen.
Eilend ging sie, begleitet von vielen würdigen Frauen.
Als sie nun, hoch auf der Burg, den Tempel Athenes erreichten,
Öffnete ihnen die Pforte die anmutsvolle Theano,
Kisses' Tochter, die Gattin des Rossebezähmers Antenor,
Welche die Troer geweiht zur Priesterin Pallas Athenes.
Klagend erhoben sie alle die Hände zur Göttin Athene.
Aber es nahm das Gewand die anmutsvolle Theano,
Legte es dar auf die Kniee der schöngelockten Athene.
Betend flehte sie drauf zu Zeus', des gewaltigen, Tochter:
Stadtbeschirmerin Pallas Athene, herrlichste Göttin!
Ach, zerbrich doch den Speer Diomedes', aber ihn selber
Laß vor dem skaiischen Tore dort niederstürzen aufs Antlitz!
Daß wir im Tempel sogleich nun zwölf untadlige Rinder,
Jährig und ausgewachsen, dir opfern, wenn du der Stadt dich
Und der troischen Frauen und zarten Kinder erbarmest.
Also flehte sie; aber Athene versagte die Bitte.

Während sie also flehten zu Zeus', des gewaltigen, Tochter,
War der herriche Hektor zum Hause des Paris gekommen,
Das er selbst sich erbaut mit Männern, welche die besten
Zimmerer damals waren in Trojas Schollengefilde.
Diese hatten ihm nahe bei Hektors und Priamos' Wohnung,
Hoch auf der Burg die Halle, den Hof und die Kammer bereitet.
Hier ging Hektor hinein, der göttliche; fest in der Rechten
Hielt er den Speer, elf Ellen an Länge, und vorn an dem Schafte
Blinkte die eherne Spitze, umlegt mit goldenem Ringe.
Jener war im Gemache bemüht um die stattlichen Waffen,
Panzer und Schild, und prüfte die Krümmung des mächtigen Bogens.
Aber Helena saß inmitten der dienenden Weiber
Und ermahnte die Mägde zu schaffen am künstlichen Werke.
Als ihn Hektor erblickte, da schalt er mit schmähenden Worten:
O du Verblendeter, wenig ziemt es dir, also zu grollen!
Siehe, die Völker verschwinden im Kampf um die Stadt und die Mauer;
Deinetwegen jedoch ist Feldgeschrei und Getümmel
Rings entbrannt um die Feste! Du selbst wohl zanktest mit jenem,
Welchen du etwa säumig fändest zum furchtbaren Kampfe.
Auf denn, ehe die Stadt vom lodernden Feuer verzehrt wird!
Ihm erwiderte drauf der göttliche Held Alexandros:
Hektor, dieweil du gebührend, nicht ungebührend mich tadelst,
Darum sag' ich dir an, doch du vernimm es und höre:
Keineswegs auf die Troer so aufgebracht und erbittert,
Saß ich hier im Gemache; zum Grame nur wollt' ich mich wenden.
Jetzt aber hat mich die Gattin mit freundlichen Worten beredet
Und zum Kampfe gespornt; auch dünkt es also mir selber
Künftig besser zu sein; denn wechselnd siegen die Männer.
Harre nur jetzt, ich will in die Waffenrüstung mich werfen,
Oder geh, so folg' ich und hoffe dich bald zu erreichen.
Nichts erwiderte drauf der helmumflatterte Hektor,
Aber Helena sprach ihm zu mit schmeichelnden Worten:
O du Schwager des hündischen, unheilstiftenden Weibes!
Hätte doch jenes Tags, sobald mich die Mutter geboren,
Ungestüm ein Orkan mich entführt auf ein ödes Gebirge

Oder hinab in die Wogen des stürmisch brandenden Meeres,
Wo mich die Woge verschlang, noch ehe solches geschehen!
Aber nachdem dies Übel im Rate der Götter bestimmt ward,
Wäre ich wenigstens doch des besseren Mannes Gemahlin,
Welcher empfände die Schmach und die kränkenden Reden der Menschen!
Dieser indes ist zaghaft jetzt und wird es in Zukunft
Immer sein; doch wird er dafür die Früchte noch ernten!
Aber so komm doch herein und setze dich hier auf den Sessel,
Schwager, dieweil dein Herz am meisten von Sorge bedrängt wird
Über mich hündisches Weib und die Freveltat Alexanders:
Welchen Zeus ein trauriges Los bestimmte, damit wir
Künftig im Liede noch leben der kommenden Menschengeschlechter!
Ihr entgegnete drauf der helmumflatterte Hektor:
Heiße mich, Helena, nicht so freundlich sitzen; ich darf nicht.
Denn es treibt mich der stürmische Mut, den Troern zu helfen,
Welche so sehnsuchtsvoll nach mir, dem Entfernten, verlangen.
Du aber sporne mir diesen nur an, auch eil' er sich selber,
Daß er mich noch erreiche, solang ich im Innern der Stadt bin.
Denn auch ich will heimwärts gehen, auf daß ich begrüße
Mein Gesinde, den zarten Sohn und die teure Gemahlin.
Denn wer weiß, ob ich wieder zurück zu den Meinigen kehre,
Oder ob gleich durch der Danaer Hand mich die Götter bezwingen.
Als er dieses gesagt, enteilte der mächtige Hektor
Und war bald an die Pforte des wohnlichen Hauses gekommen.
Aber er fand die holde Andromache nicht im Gemache,
Sondern mitsamt dem Kind und der wohlgeschmückten Gefährtin
Stand sie hoch auf dem Turme und jammerte, seufzend und weinend.
Als nun Hektor die herrliche Gattin daheim nicht gefunden,
Schritt er zur Schwelle hinan und rief den Mägden des Hauses:
Auf, ihr Mägde, verkündet mir gleich die lautere Wahrheit.
Wohin ging die holde Andromache aus dem Gemache?
Ist sie zu Schwestern des Manns, zu den stattlichen Frauen der Schwäger,

Oder zum Tempel Athenes geeilt, wo grade die andern
Lockigen Troerinnen die schreckliche Göttin versöhnen?
Ihm erwiderte drauf die emsige Schaffnerin also:
Hektor, da du so sehr uns drängst, die Wahrheit zu künden,
Nicht zu den Schwestern des Manns noch den stattlichen Frauen der Schwäger,
Oder zum Tempel Athenes enteilte sie, wo auch die andern
Lockigen Troerinnen die schreckliche Göttin versöhnen,
Sondern sie stieg zum Turme von Ilios, weil sie vernommen,
Daß die Achaier mit Übermacht die Troer bedrängten.
Eben ist sie zur Mauer mit eilenden Schritten gegangen,
Einer Rasenden gleich, und die Wärterin trägt ihr das Kind nach.
Also sprach sie; doch Hektor enteilte stürmisch dem Hause,
Wieder zurück des nämlichen Wegs durch die prangenden Gassen.
Als er das skaiische Tor im Lauf durch die mächtige Feste
Jetzt erreicht', um dort hinaus ins Feld zu gelangen,
Kam die begüterte Gattin Andromache eilenden Schrittes
Gegen ihn her, des hochgemuten Eëtion Tochter:
Dieser, Eëtion, wohnte am waldigen Hange des Plakos,
Unter dem Plakos in Thebe, Kilikiens Männer beherrschend;
Dessen Tochter besaß der eherne Hektor zum Weibe.
Diese begegnet' ihm jetzt. Und die Dienerin, welche ihr folgte,
Trug an der Brust das muntre, noch unbehilfliche Knäblein,
Hektors einzigen Liebling, dem schimmernden Sterne vergleichbar.
Hektor nannte den Sohn Skamandrios, aber die andern
Nannten Astyanax ihn, weil Hektor Ilion schirmte.
Siehe, mit Lächeln blickte der Vater still auf das Knäblein;
Aber neben ihn trat Andromache, Tränen vergießend,
Nahm ihn gleich bei der Hand und redete, also beginnend:
Unglücksel'ger, dich tötet dein Mut noch, und du erbarmst dich
Nicht des stammelnden Kindes noch meiner, des elenden Weibes,
Bald nun Witwe von dir, denn dich morden gar bald die Achaier,
Gegen dich alle vereint! Für mich wohl wäre das beste,
Deiner beraubt, in die Erde zu sinken; bleibt mir doch sonst kein
Anderer Trost, wenn du selbst dein trauriges Schicksal vollendest,
Sondern Weh! Und ich habe nicht Vater noch sorgende Mutter!
Meinen Vater erschlug ja der göttliche Streiter Achilleus

Und zerstörte die wohlbevölkerte Stadt der Kiliker,
Thebe mit ragendem Tor; den Eëtion selber erschlug er,
Ohne die Waffen zu rauben, denn solches scheut' er im Herzen;
Nein, er verbrannte den Helden mitsamt der künstlichen Rüstung,
Häufte darüber ein Mal, und rings umpflanzten mit Ulmen
Bergbewohnende Nymphen, Kronions Töchter, die Stätte.
Sieben Brüder besaß ich daheim in unserm Palaste,
Welche des nämlichen Tages ins Reich des Hades entwichen;
Denn sie tötete alle der herrliche schnelle Achilleus
Unter schleppenden Rindern und Schafen in schimmernder Wolle.
Meine Mutter, die Fürstin am waldigen Hange des Plakos,
Führte er zwar hierher mit anderer Beute des Krieges,
Doch befreit' er sie wieder und nahm unendliche Buße.
Aber sie starb durch Artemis' Pfeil im Palaste des Vaters.
Hektor, siehe, du bist mir Vater und waltende Mutter
Und auch Bruder zugleich, du bist mein blühender Gatte!
Ach, erbarme dich doch und bleib jetzt hier auf dem Turme!
Mache nicht zur Waise das Kind und zur Witwe die Gattin!
Stelle das Heer zum Feigenbaume, denn dort ist die Feste
Leichter als sonst zu ersteigen, und frei die Mauer dem Angriff.
Dreimal haben ja dort es versucht die tapfersten Krieger,
Welche den beiden Ajas, dem hehren Idomeneus folgten,
Atreus' Söhnen sowie dem streitbaren Sohne des Tydeus;
Ob nun diesen vielleicht ein kundiger Seher es anriet,
Oder auch selbst ihr Herz aus eigener Regung sie spornte.

Ihr erwiderte drauf der helmumflatterte Hektor:
Mich auch kümmert das alles, mein Weib, allein ich verginge
Wohl in Scham vor den Troern und Frauen in Schleppengewändern,
Wenn ich hier wie ein Feiger entfernt vom Kampfe mich hielte.
Das verbietet mein Herz, denn ich lernte, tapferen Mutes
Immer zu sein und unter den ersten der Troer zu kämpfen,
Schirmend zugleich des Vaters erhabenen Ruhm und den meinen!
Das zwar weiß ich gewiß in meinem Geist und Gemüte:
Einst wird kommen der Tag, da die heilige Ilios hinsinkt,
Priamos selbst und das Volk des lanzenkundigen Königs.
Doch nicht kümmert mich so der Troer künftiges Elend,
Weder des Priamos Leid, noch das der Hekabe selber

Und der leiblichen Brüder, die dann, so tapfer
Niedersinken im Staub, von feindlichen Händen getötet,
Als wie deins, wann einer der erzumschirmten Achaier
Dir den Tag der Freiheit raubt und die Weinende wegführt;
Wann du in Argos webst für die fremde Gebieterin oder
Wasser trägst aus dem Quell Hypereia oder Messeïs,
Unwillig zwar, doch hart vom lastenden Zwange genötigt!
Jemand sagte dann wohl, die Tränenvergießende schauend:
Hektors Weib war diese, des tapfersten Helden im Kampfe
Unter den reisigen Troern, die dort um Ilion kämpften!
Also spricht man dereinst, und neu erwacht dir der Sehnsucht
Schmerz nach dem einzigen Mann, daß er wehre dem Tage der Knechtschaft!
Aber es decke mich Toten der aufgeworfene Hügel,
Eh' ich gehört von deinem Geschrei und deiner Entführung!
Also sprach der glänzende Held und griff nach dem Kinde;
Aber zurück an den Busen der schöngegürteten Amme
Schmiegte sich schreiend das Kind, erschreckt vom Anblick des Vaters,
Scheu vor des Erzes Glanz und der flatternden Mähne des Busches,
Welchen es furchtbar winken sah von der Spitze des Helmes.
Herzlich lachte der Vater darob und die zärtliche Mutter.
Eilend nahm vom Haupte den Helm der strahlende Hektor,
Setzte den schimmernden hin auf den Boden sogleich, und er selber
Küßte sein liebes Kind und wiegte es sanft in den Armen;
Flehend sprach er darauf zu Zeus und den anderen Göttern:
Zeus und ihr anderen Götter, o laßt doch dieses mein Knäblein
Einst mir gleichen an strahlendem Ruhm im Volke der Troer,
Auch an herrlicher Kraft, und Ilion mächtig beherrschen!
Und man sage: Ja, dieser ist trefflicher noch als der Vater!
Kehrt er vom Kampfe zurück mit der blutigen Beute beladen
Seines erschlagenen Feinds! Dann freue sich herzlich die Mutter!
Also sprach er und legt' in die Arme der liebenden Gattin
Seinen Sohn, und sie drückt' ihn an ihren duftenden Busen,
Unter Tränen noch lächelnd; ihr Gatte, von Mitleid ergriffen,
Streichelte sie mit der Hand und redete, also beginnend:
Armes Weib, nicht mußt du zu sehr mir im Herzen dich grämen!

Gegen das Schicksal wird keiner hinab zum Hades mich senden.
Doch dem Verhängnis entrann wohl nie der Sterblichen einer,
Edel oder gering, nachdem er einmal gezeugt ward.
Aber nun geh' ins Haus, besorge du deine Geschäfte,
Spindel und Webestuhl, und mahne die dienenden Mägde,
Fleißig am Werke zu sein. Der Krieg sei Sorge der Männer
Aller, und meine zuerst, die hier aus Ilios stammen.
  Also der glänzende Held, und hob den buschigen Helm auf;
Schon aber war sie nach Hause geeilt, die liebende Gattin,
Häufig zurück sich wendend und quellende Tränen vergießend.
Bald erreichte sie nun die schöne, prangende Wohnung
Hektors, des Männermörders, und traf die Mägde versammelt
Dort im Gemach, und allen erweckte sie Jammer und Klage.
Lebend noch ward Hektor beweint in seinem Palaste,
Denn sie glaubten, er würde schon nimmer zurück aus dem Kampfe
Kehren und nimmer den Händen der starken Achaier entrinnen.
  Paris auch zauderte nicht im hochgebauten Palaste,
Sondern, sobald er in Waffen von schimmerndem Erz sich gerüstet,
Eilt' er dahin durch die Stadt, den hurtigen Füßen vertrauend.
Wie wenn im Stall ein Roß, vom reichlichen Futter gesättigt,
Mutig die Halfter zerreißt und stampfend über das Feld eilt,
Hin zum gewohnten Bade im lieblich strömenden Flusse,
Strotzend von Kraft, mit erhobenem Haupt, es flattert die Mähne
Um die Schultern, und stolz im feurigen Glanze der Jugend
Tragen die Schenkel es leicht zum vertrauten Gefilde der Weide:
Also eilte des Priamos Sohn von Pergamos nieder,
Paris, leuchtend im Schmucke der Waffen, der Sonne vergleichbar,
Freudigen Muts, es flogen die Schenkel ihm; eilend erreicht' er
Hektor nun, den erhabenen Bruder, welcher sich eben
Wandte vom Ort, wo er traulich mit seinem Weibe geredet.
Und als erster begann der göttliche Held Alexandros:
Lieber, zu lang schon hemmt' ich den stürmenden Eifer dir wahrlich
Durch mein Säumen und kam nicht zur Stunde, wie du gebotest.
Ihm entgegnete drauf der helmumflatterte Hektor:
Tor, es darf dir schwerlich ein Mann, der Billigkeit achtet,
Tadeln die Werke der Schlacht, dieweil du ein tapferer Held bist.

Oft nur säumest du gern und willst nicht; es kränkt mich im Herzen
Bitterlich, über dich dann die schmählichen Reden zu hören
Unter dem troischen Volk, das um dich so manches erduldet.
Komm! Dies machen wir gut, wenn Zeus uns künftig noch einmal
Gönnen sollte, des Himmels unendlich waltenden Göttern
Hinzustellen im Hause den Krug zum Dank für die Rettung,
Weil wir die hellumschienten Achaier verjagten aus Troja.

SIEBENTER GESANG

Der Zweikampf zwischen Hektor und Ajas
Die Bestattung der Toten

Also sprach er und stürmte durchs Tor, der strahlende Hektor;
Mit ihm lief Alexandros, der Bruder; drängte doch beide
Heftig wieder der Mut zur Schlacht und zum Kampfesgetümmel.
Wie wenn ein Gott den Schiffern nach sehnlichem Harren den Fahrwind
Sendet, nachdem sie sich abgemüht, mit geglätteten Rudern
Eifrig das Meer zu bewegen, bis müde erschlafften die Glieder:
Also erschienen die beiden den sehnlich harrenden Troern.
  Jeder tötete: Paris erschlug den Menesthios, König
Areïthoos' Sohn, des Keulenschwingers, aus Arne,
Welchen dieser gezeugt mit der herrlichen Phylomedusa.
Aber Hektor traf den Eïoneus unter des Helmes
Ehernem Rand mit dem Speer in den Hals, ihm erschlafften die Glieder.
Glaukos, Hippolochos' Sohn, der Führer der lykischen Männer,
Traf den Iphinoos jetzt im Sturme der Schlacht mit der Lanze,
Dexios' Sohn, als er eben den Wagen bestieg, in die Schulter;
Dieser stürzte vom Wagen herab, ihm erschlafften die Glieder.
  Als die strahlende Göttin Athene die beiden erblickte,
Wie sie das Volk der Argeier zermürbten im Toben der Feldschlacht,
Schwang sie sich stürmenden Flugs von den Felsenhöhn des Olympos
Nieder zur heiligen Troja; es eilt' ihr entgegen Apollon,
Welcher von Pergamos her den Sieg für die Troer begehrte.
Jetzt begegneten sich die Unsterblichen dort an der Eiche,
Und zur Athene begann der herrschende Sohn des Kroniden:
  Warum stiegst du nun wieder, o Tochter des großen Kronion,
Also voller Begier vom Olympos? was treibt dich der Eifer?

Daß du vielleicht den Achaiern der Schlacht entscheidenden Sieg nun
Gebest? dieweil du dich gar nicht erbarmst der sterbenden Troer!
Aber gehorchtest du mir, was viel ersprießlicher wäre,
Ließen wir jetzt den Kampf und die Feindschaft ruhen für heute;
Später dann mögen sie wiederum kämpfen, bis sie das Schicksal
Ilions schließlich erfüllt, dieweil es euch Göttinnen eben
Also beliebt im Herzen, die Feste zugrunde zu richten.
  Ihm erwiderte drauf die strahlende Göttin Athene:
Also sei's, du treffender Gott; mit solchen Gedanken
Kam auch ich vom Olympos zu Troern herab und Achaiern.
Aber wohlan, wie gedenkst du den Kampf der Männer zu hemmen?
  Ihr entgegnete drauf der herrschende Sohn der Kroniden:
Laß uns spornen den Mut des rossebezähmenden Hektor,
Ob er einen allein von den Danaern fordert zum Kampfe,
Gegen ihn anzudringen in schreckenvoller Entscheidung:
Aber in Unmut mögen die erzumschienten Achaier
Einen allein zum Kampf mit dem göttlichen Hektor bestimmen.
  Also sprach er, und gern gehorchte die Göttin Athene.
Helenos aber, des Priamos Sohn, vernahm im Gemüte
Jenen Beschluß, der eben dem Sinne der Götter gefallen;
Eilend trat er zu Hektor und sprach ihn an mit den Worten:
Hektor, Priamos' Sohn, an Einsicht gleich dem Kronion,
Möchtest du jetzt mir gehorchen? Dein leiblicher Bruder ja bin ich.
Heiß' nun ruhen die anderen Troer und alle Achaier,
Selbst dann rufe hervor den tapfersten unter den Feinden,
Gegen dich anzukämpfen in schreckenvoller Entscheidung.
Noch ist dir ja der Tod nicht bestimmt und des Schicksals Erfüllung:
Denn so vernahm ich die Stimme der ewigwaltenden Götter.
  Also sprach er, und Hektor freute sich herzlich des Wortes,
Trat in die Mitte und drängte zurück die Scharen der Troer,
Hielt in der Mitte den Speer, und ruhig setzten sich alle.
Niederzusitzen gebot Agamemnon den Kriegern Achaias.
Auch Apoll mit dem silbernen Bogen und Pallas Athene
Setzten sich, gleich an Gestalt zween mächtigen Geiervögeln,
Hoch auf die ragende Eiche des wetterleuchtenden Vaters,

Froh der Männer umher; die saßen gedrängt aneinander,
Dicht in Reihen, umstarrt von Schilden und Helmen und Lanzen.
Gleichwie unter dem West ein Schauern über das Meer streicht,
Wann er sich eben erhob, daß dunkel die Fluten sich färben:
Also saßen die Reihen der Troer und Danaerkrieger
Dort im Gefilde, und Hektor begann in der Mitte der Völker:
  Hört mein Wort, ihr Troer und hellumschienten Achaier,
Daß ich rede, wie mir das Herz im Busen gebietet:
Nicht gewährte der thronende Zeus des Eides Erfüllung,
Sondern bösen Entschluß bestimmt er beiderlei Völkern,
Bis entweder ihr dort die ragende Troja bezwungen,
Oder selbst uns erliegt bei den meerdurchsegelnden Schiffen.
Sind doch in euren Reihen die edelsten aller Achaier.
Wem von diesen das Herz mit mir zu kämpfen gebietet,
Hierher tret' er zum Einzelkampf mit dem göttlichen Hektor!
Also beding' ich das Wort und rufe zum Zeugen Kronion:
Wenn mich jener erlegt mit der ragenden Spitze des Erzes,
Trag' er die Beute der Waffen hinab zu den räumigen Schiffen,
Aber den Leichnam geb' er zurück, auf daß in der Heimat
Trojas Männer und Frauen mich Toten mit Ehre verbrennen.
Wenn aber ich ihn töte, und mir Apollon den Sieg schenkt,
Trag' ich die Beute der Waffen zu Ilios' heiliger Feste,
Daß ich sie häng' an den Tempel des treffenden Schützen Apollon;
Doch den Erschlagenen geb' ich zum wohlgebordeten Schiffe,
Daß ihn mit Ehren bestatten die hauptumlockten Achaier
Und ihm ein Mal errichten am breiten Hellespontos.
Künftig sage dann einer der nachgeborenen Menschen,
Auf dem dunkelen Meere vorüberrudernd im Schiffe:
Seht das ragende Mal des längst gestorbenen Mannes,
Welcher im tapferen Kampf vom göttlichen Hektor gefällt ward!
Dies spricht mancher dereinst, und mein ist ewiger Nachruhm.
  Also sprach er; und alle umher verstummten und schwiegen,
Scheuten, es abzuschlagen, und fürchteten doch die Bejahung.
Endlich erhob sich der Held Menelaos und redete also,
Schmähend mit herbem Verweis, und seufzte tief aus dem Herzen:
  Weh mir, törichte Prahler, ihr Weiber, nicht Männer, Achaias!
Schmach doch ist es, fürwahr, und unauslöschliche Schande,

Wenn kein Danaer nun dem Hektor wagt zu begegnen!
Wohl, so mögt ihr euch alle in Wasser und Erde verwandeln,
Wie ihr dasitzt, jeder so feig im Herzen und ruhmlos!
Selber denn will ich mich rüsten zum Kampfe mit jenem! Da droben
Werden die Seile des Siegs von unsterblichen Göttern gehalten!
Also rief er und hüllte sich rasch in die prächtige Rüstung.
Jetzt, Menelaos, hättest du wohl dein Ende gefunden
Unter Hektors Hand; denn er war dir an Kraft überlegen,
Hätten dich nicht aufspringend gehalten die Herrscher Achaias.
Selbst des Atreus Sohn, der Völkerfürst Agamemnon,
Faßte dich gleich bei der Rechten und redete, also beginnend:
Bist du von Sinnen, du göttlicher Held Menelaos! Du darfst nicht
Unbesonnen mir sein; drum faß dich, wie sehr du auch zürnest;
Such' aus Eifer doch nicht, den stärkeren Mann zu bekämpfen,
Hektor, Priamos' Sohn, vor dem auch andre verzagen!
Selbst Achilleus schrak in der männerehrenden Feldschlacht
Scheu vor diesem zurück, wiewohl er dir weit überlegen.
Geh' und setze dich nun inmitten deiner Gefährten;
Diesem stellen die Danaer schon einen andern entgegen.
Mag er auch furchtlos sein und unersättlich im Kampfe,
Dennoch wird er froh die ermüdeten Kniee wohl beugen,
Wenn er der blutigen Schlacht entrinnt und dem grimmigen Streite!
Also sprechend, bekehrte der Held den Willen des Bruders,
Da er Gebührendes riet; er gehorchte ihm gern; die Genossen
Zogen ihm freudig darauf den Waffenschmuck von den Schultern.
Nestor aber erhub sich und sprach zu den Männern von Argos:
Wehe, gewaltiges Leid bedroht das Land der Achaier!
Jammern würde darob der alte reisige Peleus,
Er, der treffliche Redner und Myrmidonenberater,
Der so gerne mich einst in seinem Palaste befragte,
Forschend nach Stamm und Geschlecht und Nachwuchs aller Argeier,
Hörte er nun, wie sie alle sich feig verbergen vor Hektor;
Flehend würd' er die Hände empor zu den Himmlischen heben,
Daß aus den Gliedern sein Geist hinab zum Aïdes führe!
Wenn ich doch, Vater Zeus, Apollon und Pallas Athene,

Jung noch wäre wie einst, da an Keladons reißendem Strome
Kämpfte der Pylier Heer mit Arkadiens lanzengeübten
Männern an Pheias Mauern, wo schnell der Iardanos hinströmt!
Diesen kämpfte voran Ereuthalion, ähnlich den Göttern,
Dem Areïthoos' Rüstung, des Herrn, die Schultern umhüllte,
Jenes erhabenen Helden; der Keulenschwinger mit Namen
Ward er von Männern genannt und schöngegürteten Weibern;
Niemals trug er den Bogen und ragenden Speer in der Feldschlacht,
Sondern zerbrach mit dem Schwunge der eisernen Keule die Reihen.
Diesen erschlug Lykurgos durch List, mitnichten durch Stärke,
Lauernd im engen Weg, wo nichts ihm die eiserne Keule
Frommte gegen den Tod; Lykurgos, welcher zuvorkam,
Rannt' ihm den Speer in den Leib, daß er rücklings fiel auf den Boden,
Und entriß ihm die Rüstung, die Gabe des ehernen Ares.
Diese trug er selber hinfort im Getümmel des Ares.
Aber nachdem Lykurgos daheim im Palaste gealtert,
Übergab er die Wehr Ereuthalion, seinem Genossen,
Welcher, in ihrem Besitz, die Tapfersten alle hervorrief.
Doch sie erbebten in Furcht, und keiner vermaß sich zu kämpfen.
Mich nur entflammte das Herz, voll kühnen Vertrauens zu fechten,
Unverzagt, doch war an Geburt ich der jüngste von allen.
Und ich kämpfte mit ihm, und Ruhm verlieh mir Athene.
Ihn, den allergrößten und kräftigsten Recken, erschlug ich,
Daß er weit auf dem Boden sich dehnte hierhin und dorthin.
Wär' ich jung doch wie einst, von unerschütterter Stärke!
Bald wohl fänd' er den Kampf, der helmumflatterte Hektor!
Aber von euch, den tapfersten Männern aller Achaier,
Will sich keiner getrauen, dem Hektor entgegenzutreten!
Also schalt sie der Greis; da erhoben sich neun von den Helden:
Gleich als erster von allen der Herrscher des Volks Agamemnon,
Drauf des Tydeus Sohn, der gewaltige Held Diomedes,
Ferner die Ajas beide, voll stürmisch drängenden Mutes,
Dann Idomeneus auch und Idomeneus' Waffengefährte,
Held Meriones, gleich dem männermordenden Ares,
Auch Eurypylos dann, der glänzende Sohn des Euaimon,

Thoas auch, Andraimons Sohn, und der edle Odysseus:
Alle waren gewillt, mit dem göttlichen Hektor zu kämpfen.
Wiederum sprach zu ihnen der greise gerenische Nestor:
Jetzt entscheidet durchs Los miteinander, welcher bestimmt sei.
Hoch erfreuen wird dieser die hellumschienten Achaier,
Aber er wird auch selbst im eigenen Herzen sich freuen,
Wenn er der blutigen Schlacht entrinnt und dem grimmigen Kampfe.
Also sprach er, und alle bezeichneten selbst sich die Lose,
Warfen sie dann in den Helm des Atreussohns Agamemnon.
Aber das Volk hob flehend empor zu den Göttern die Hände;
Also betete mancher, den Blick gen Himmel gewendet:
Zeus, gewähre das Los dem Tydiden oder dem Ajas,
Oder dem Könige selbst der golderfüllten Mykene.
Also die Männer; es schüttelte nun der reisige Nestor.
Drauf entsprang dem Helme das Los, das sie eben begehrten,
Ajas' Los, und ein Herold trug es durch die Versammlung
Rechtsherum, allen es zeigend, den edelsten Helden Achaias.
Doch sie erkannten es nicht und wiesen es von sich, ein jeder.
Aber als er nun jenen im Gang durch die Menge getroffen,
Der das bezeichnete warf in den Helm, den strahlenden Ajas,
Öffnete dieser die Hand, und hinein dann warf es der Herold.
Gleich erkannt' er das Zeichen des Loses und freute sich herzlich,
Warf's vor die eigenen Füße zu Boden und redete also:
Wahrlich, mein ist, Freunde, das Los, und ich freue mich selber
Herzlich, weil ich den göttlichen Hektor zu treffen gedenke.
Aber wohlan, indes ich zum Kampf mit den Waffen mich gürte,
Fleht ihr andern zu Zeus, dem waltenden Sohne des Kronos,
Für euch selbst in der Stille, auf daß es die Troer nicht hören,
Oder mit lautem Gebet, denn niemand fürchten wir wahrlich!
Niemand soll durch Gewalt mich wider mein Wollen vertreiben,
Noch durch Gewandtheit; hoff' ich doch selber, in Salamis' Fluren
Nicht so blöde zum Kampf geboren zu sein und erzogen!
Sprach's und die anderen flehten zu Zeus Kronion, dem Herrscher;
Also betete mancher, den Blick gen Himmel gewendet:
Vater Zeus, erhaben und hehr, du Herrscher vom Ida,

Gib, daß Ajas den Sieg und glänzenden Ruhm sich gewinne!
Aber ist auch Hektor dir wert, und waltest du seiner,
So verherrliche beide mit Kraft und Ehre des Sieges!
Also das Volk, und Ajas warf sich in funkelnde Waffen.
Aber sobald er den Leib mit dem ehernen Panzer umschlossen,
Stürmt' er zum Kampfe sofort, wie Ares, der mächtige, schreitet,
Der in die Schlacht eilt unter die Kämpfenden, welche Kronion
Gegeneinandergetrieben in herzverzehrender Streitlust.
Also erhob sich der mächtige Ajas, der Hort der Achaier,
Lächelnd mit furchtbar drohendem Antlitz, und schritt mit den Füßen
Kräftig aus und schwang die schattenwerfende Lanze.
Ihn erblickten mit Freude denn auch die Männer von Argos,
Aber den Troern durchfuhr ein lähmendes Grauen die Glieder.
Selbst dem Hektor begann sein Herz im Busen zu pochen,
Doch mitnichten konnt' er zurückfliehn oder sich bergen
Unter die Haufen des Volks, da er selbst ihn zum Kampfe gefordert.
Ajas nahte und trug den Schild einem Turme vergleichbar,
Ehern und siebenhäutig, den Tychios künstlich gefertigt,
Hochberühmt in des Leders Bereitung, aus Hyle gebürtig;
Dieser schuf ihm den schillernden Schild aus den Häuten von sieben
Feisten Stieren und schmiedete drüber die achte von Erze.
Damit schirmte die Brust der Telamonier Ajas,
Stellte sich nahe zu Hektor und rief die drohenden Worte:
Hektor, deutlich sollst du's im Einzelkampf nun erkennen,
Wie sich im Danaervolk auch andere Helden erheben
Nach Achilleus noch, dem zermalmenden, löwenbeherzten!
Der zwar liegt bei den schnellen gebogenen Schiffen des Meeres,
Immer noch heftig erzürnt auf den Hirten des Volks Agamemnon;
Aber auch wir sind Männer, dir freudig entgegenzutreten,
Viele sogar! Wohlan, beginne den Kampf und die Fehde!
Ihm entgegnete drauf der helmumflatterte Hektor:
Ajas, göttlicher Sohn des Telamon, Völkergebieter,
Denke mich nicht wie ein schwächliches Kind auf die Probe zu stellen

Oder ein Weib, das nichts versteht von den Werken des Krieges!
Wohl bin ich mit den Kämpfen vertraut und den mordenden Schlachten!
Weiß den rindernen Schild zur Rechten und Linken zu schwingen,
Daß ich standhaft harre des Kampfs, mit dem Schilde gewappnet;
Weiß auch kühn ins Getümmel der hurtigen Rosse zu stürmen,
Weiß im Nahkampf auch den verderblichen Ares zu ehren!
Nicht aber bin ich gewillt, auf dich, du tapferer Krieger,
Heimlich lauernd zu zielen, nein offen, ob ich dich treffe!
Sprach's und im Schwung' entsandt' er die schattenwerfende Lanze,
Und sie traf den gewaltigen, siebenhäutigen Stierschild
Gegen die oberste Schicht von Erz, die als achte darauflag;
Sechs der Schichten durchdrang des Erzes schneidende Schärfe,
Doch in der siebenten Haut ermattet' es. Aber als zweiter
Sandte der göttliche Ajas die schattenwerfende Lanze,
Und sie traf des Priamos Sohn am gerundeten Schilde.
Siehe, den strahlenden Schild durchschmetterte mächtig die Lanze,
Auch in das Kunstgeschmeide des Harnischs war sie gedrungen;
Grad' hindurch an der Weiche des Bauchs durchschnitt sie den Leibrock;
Er jedoch bog sich zurück und entging dem schwarzen Verhängnis.
Beide dann zogen die ragenden Lanzen heraus, und zugleich nun
Stürzten sie gegeneinander, wie fleischverschlingende Löwen
Oder wie mächtige Eber von unbezwinglicher Stärke.
Priamos' Sohn jetzt stieß den Speer in die Mitte des Schildes,
Aber das Erz widerstand, und rückwärts bog sich die Spitze.
Ajas stach nun im Sprung nach dem Schilde des Gegners; hindurch fuhr
Gleich der eherne Speer und erschütterte Hektor im Angriff;
Schneidend streift' er den Nacken, daß dunkel das Blut ihm entspritzte.
Trotzdem ließ er vom Kampfe nicht ab, der strahlende Hektor,
Sondern wich und hob mit der nervigen Hand einen Stein auf,
Welcher im Feld lag, schwarz und gezackt, von gewaltiger Größe;
Damit traf er dem Ajas den siebenhäutigen Stierschild

Grad in die Mitte des Buckels, daß ringsum dröhnend das Erz scholl.
Ajas wiederum hob einen noch viel größeren Block auf,
Schwang ihn im Wirbel und warf mit unermeßlicher Stärke.
Einwärts brach er den Schild mit dem mühlsteinähnlichen Blocke,
Machte ihm wanken die Knie', und rücklings stürzte der Gegner,
Hart vom Schilde gedrängt; doch gleich erhob ihn Apollon.
Jetzt wohl hätten sie auch mit den Schwertern einander verwundet,
Wären zwei Herolde nicht, die Boten des Zeus und der Männer,
Eilend genaht von den Troern und erzumschirmten Achaiern,
Dort Idaios und hier Talthybios, beide verständig.
Zwischen die Kämpfenden streckten sie jeder den Stab, und Idaios
Nahm das Wort, der kluge, des Rates kundige Herold:
Nicht mehr länger, ihr teuren Söhne, gekämpft und gefochten!
Beide ja seid ihr geliebt von Zeus, dem Wolkenversammler,
Beide ja tapfere Streiter; das wissen wir freilich nun alle.
Aber es nahte die Nacht, und gut ist's, ihr zu gehorchen.
Ihm entgegnete drauf der Telamonier Ajas:
Erst, Idaios, ermahnet den Hektor, solches zu künden,
Weil er selbst zum Kampfe die Tapfersten alle hervorrief.
Dieser beginne; und gerne gehorch' ich dir, wenn er zuerst will.
Ihm entgegnete wieder der helmumflatterte Hektor:
Ajas, weil dir ein Gott die Kraft und Größe verliehen,
Auch den Verstand und die Macht des Speers vor allen Achaiern,
Laß uns ausruhen jetzt vom feindlichen Kampf und der Zwietracht,
Heute; doch später dann kämpfen wir weiter, bis daß uns ein Dämon
Trennen mag, um einem der Völker den Sieg zu gewähren.
Denn es nahte die Nacht, und gut ist's, ihr zu gehorchen.
Daß du dort bei den Schiffen das Volk der Achaier erfreuest,
Doch vor allem die Freunde und deine Stammesgenossen;
Ich aber will in der Feste des Königs Priamos droben
Trojas Männer erfreun und Weiber in Schleppengewändern,
Welche mit Bitten für mich an heiliger Stätte sich sammeln.
Laßt uns aber einander mit herrlichen Gaben beschenken,
Daß man also rede bei Troern und Danaerkriegern:
Seht, zwar kämpften die beiden aus herzverzehrendem Hader,

Dann aber schieden sie, wieder vereint in Frieden und Freundschaft.
Also sprach er und gab ihm das silberbeschlagene Schlachtschwert
Samt der Scheide sowie dem schöngeschnittenen Riemen.
Ajas schenkt' ihm dagegen den Leibgurt, schimmernd von Purpur.
Also schieden sie: dieser zurück zum Volk der Achaier,
Jener ging ins Gewühl der Troer, welche sich freuten,
Als sie sahn, daß er lebend mit heilen Gliedern sich nahte,
Ajas' Kraft und unberührbaren Händen entronnen.
Und sie führten ihn heim; noch glaubten sie kaum an die Rettung.
Auch den Ajas führten die hellumschienten Achaier
Wieder zum edlen Atriden; der freute sich herzlich des Sieges.
Als sie sich nun im Zelte des Atreussohnes versammelt,
Schlachtete ihnen ein Rind der Völkerfürst Agamemnon,
Einen fünfjährigen Stier, dem starken Kronion zu Ehren.
Den enthäuteten sie und zerlegten alles geschäftig,
Schnitten behend' in Stücke das Fleisch und steckten's an Spieße,
Brieten es dann mit Umsicht und zogen alles herunter.
Aber nachdem sie das Werk vollbracht und das Mahl sich bereitet,
Schmausten sie; nicht entbehrten sie dort des gebührenden Mahles.
Und mit dem breitesten Stücke des Rückens ehrte den Ajas
Atreus' Heldensohn, der mächtige Fürst Agamemnon.
Aber sobald das Verlangen nach Trank und Speise gestillt war,
Da begann als erster der Greis einen Plan zu enthüllen,
Nestor, der schon früher am besten immer geraten;
Dieser begann mit weisem Bedacht und sprach zur Versammlung:
Atreus' Sohn und ihr andern erhabenen Fürsten Achaias,
Viele ja sind von den hauptumlockten Achaiern gefallen,
Deren schwärzliches Blut um den herrlichen Strom des Skamandros
Ares, der wilde, vergoß, daß die Seelen entwichen zum Hades.
Drum, wenn der Morgen erscheint, laß ruhen den Krieg der Achaier,
Daß wir versammelt die Leichen auf Wagen holen, von Rindern
Und von Mäulern geführt; alsdann verbrennen wir alle,

Wenig entfernt von den Schiffen, damit ein jeder den Kindern
Bringe den Staub, wenn wir heimziehn sollten zum Lande der Väter.
Einen Hügel dann schütten wir auf um die Stätte des Brandes,
Einen gemeinsamen aus dem Gefild', und errichten in Eile
Ragende Mauern davor, uns selbst und den Schiffen zum Schutze.
Drinnen bauen wir Tore mit festanfugenden Flügeln,
Daß durch diese die Straße ziehe für Wagen und Rosse.
Außen umgeben wir dann mit tiefem Graben die Mauer
Rings im Kreise, den stürmenden Rossen und Kriegern zu wehren,
Daß der mutigen Troer Macht uns nicht übermanne.
  Also sprach er, und alle die Könige riefen ihm Beifall.
Auch die Troer kamen auf Ilios' Burg zur Versammlung,
Wild, in drängendem Ungestüm, vor Priamos' Pforten.
Unter ihnen begann der kluge Antenor zu reden:
Höret mein Wort, ihr Troer und Dardaner, Bundesgenossen,
Daß ich rede, wie mir das Herz im Busen gebietet!
Auf, die Argeierin Helena nun, und die Schätze mit dieser,
Geben wir Atreus' Söhnen zurück; wir kämpfen ja treulos,
Denn wir zerbrachen den heiligen Bund; nichts Besseres wahrlich
Hoff' ich für uns zu gewinnen, bevor wir nicht also gehandelt.
  Also sprach er beredt und setzte sich; doch nun erhob sich
Alexandros, der lockigen Helena herrlicher Gatte;
Dieser erwiderte drauf und rief die geflügelten Worte:
Nicht mehr will mir gefallen, Antenor, was du geredet!
Weißt du doch sonst auch besseren Rat zu ersinnen als diesen!
Aber wofern du wirklich in völligem Ernste geredet,
Ja, dann raubten dir wohl die Unsterblichen selbst die Besinnung!
Jetzt verkünde nun *ich* den rossebezähmenden Troern.
Grade heraus bekenn' ich: Das Weib, nie geb' ich es wieder;
Aber die Schätze, so viel' ich aus Argos brachte nach Hause,
Will ich zurückerstatten und noch des meinen hinzutun.
  Also sprach er beredt und setzte sich; doch nun erhob sich
Priamos, Dardanos' Enkel, an Weisheit ähnlich den Göttern;
Dieser begann mit weisem Bedacht und sprach zur Versammlung:
Höret mein Wort, ihr Troer und Dardaner, Bundesgenossen,
Daß ich rede, wie mir das Herz im Busen gebietet.

Jetzt genießet das Mahl in der Stadt hier, so wie gewöhnlich,
Auch gedenkt der nächtlichen Hut, und jeder sei wachsam.
Morgens aber dann eile Idaios hinab zu den Schiffen,
Daß er den Fürsten des Volks Agamemnon und Menelaos
Melde die Rede des Paris, um welchen der Streit sich erhoben,
Und ein heilsames Wort verkündige, ob sie geneigt sind,
Abzulassen vom schrecklichen Kampfe, bis wir die Toten
Erst verbrannt; und später dann kämpfen wir, bis uns ein Dämon
Trennen mag, um einem der Völker den Sieg zu gewähren.
Also der Greis; da hörten sie aufmerksam und gehorchten,
Nahmen darauf das Mahl im Lager, Haufen bei Haufen.
Morgens ging Idaios hinab zu den räumigen Schiffen,
Fand die Achaier versammelt im Rat, die Genossen des Ares,
Neben dem Heck des Schiffs Agamemnons; mitten darunter
Stellte sich gleich der tönende Rufer und redete also:
Ihr Atriden und anderen mächtigen Fürsten Achaias,
Priamos sandte mich her und die andern erhabenen Troer,
Daß ich, wär' es vielleicht euch angenehm und gefällig,
Sagte die Rede des Paris, um welchen der Streit sich erhoben.
Alles Gut, so viel Alexandros in räumigen Schiffen
Her gen Troja geführt – o wär' er zuvor doch gestorben! –,
Will er zurückerstatten und noch des seinen hinzutun.
Aber die Ehegemahlin des hochgemuten Atriden
Gibt er nie, wie er sagt, obzwar es die Troer verlangen.
Dieses Wort auch sollt' ich verkündigen, ob ihr geneigt seid,
Abzulassen vom schrecklichen Kampfe, bis wir die Toten
Erst verbrannt; und später dann kämpfen wir, bis uns ein Dämon
Trennen mag, um einem der Völker den Sieg zu gewähren.
Also sprach er, und alle umher verstummten und schwiegen.
Endlich begann vor ihnen der Rufer im Streit Diomedes:
Keiner wage mir jetzt, von Paris die Schätze zu nehmen,
Noch auch Helena! Kann doch selbst ein Tor nun erkennen,
Daß den Troern bereits das Netz des Verderbens gespannt ist!
Also sprach er; da jauchzten ihm zu die Söhne Achaias,
Voller Bewundrung über die Rede des reisigen Helden.
Dann aber sprach zu Idaios der mächtige Fürst Agamemnon:
Selber vernimmst du jetzt, Idaios, das Wort der Achaier,

Welchen Bescheid sie geben; auch mir will's also gefallen.
Doch die Verbrennung der Toten sei euch mitnichten verweigert.
Niemals dürfte man säumen, die abgeschiedenen Toten,
Rasch, sobald sie gestorben, durch flammende Glut zu versöhnen.
Zeus vernehme den Schwur, der donnernde Gatte der Here!
Also sprach er und hob das Zepter empor zu den Göttern.
Aber Idaios kehrte zur heiligen Ilios wieder.
Dort noch saßen im Rate die Troer und Dardaner alle,
Dicht zusammengedrängt, und warteten, wann er wohl käme.
Alsbald kam Idaios daher und sagte die Botschaft,
Mitten unter sie tretend. Da rüsteten diese sich eilig,
Beides zu tun, die Leichen zu holen und Holz aus den Wäldern.
Auch die Argeier indes von den schöngebordeten Schiffen
Eilten, die Leichen zu holen, und andere, Holz aus den Wäldern.
Aber die Sonne erhellte mit jungem Strahl die Gefilde;
Aus dem ruhig flutenden tiefen Okeanos stieg sie
Jetzt am Himmel empor; da trafen die Völker einander.
Schwer nun war's, im Tode noch jeglichen Mann zu erkennen.
Doch sie wuschen mit Wasser den blutigen Schmutz von den Leichen,
Heiße Tränen vergießend, und hoben sie dann auf die Wagen.
Priamos aber verbot das Jammern; es schichteten jene
Stumm auf die Scheiterhaufen die Toten, im Herzen bekümmert,
Zündeten an das Feuer und kehrten zur heiligen Troja.
Drüben auch schichteten jetzt die hellumschienten Achaier
Hoch auf die Scheiterhaufen die Toten, im Herzen bekümmert,
Zündeten an das Feuer und kehrten zurück zu den Schiffen.
Noch war nicht der Morgen erschienen, nur dämmerndes Zwielicht,
Als um den Brand sich erhob die erlesene Schar der Achaier.
Einen Hügel führten sie auf um die Stätte des Brandes,
Einen gemeinsamen aus dem Gefilde, und bauten der Mauer
Ragende Türme davor, sich selbst und den Schiffen zum Schutze.
Drinnen bauten sie Tore mit festanfugenden Flügeln,
Daß durch diese die Straße ziehe für Wagen und Rosse.
Außen zogen sie dann um die Mauer den mächtigen Graben,
Tief und breit, und rammten hinein die spitzigen Pfähle.

Also mühten sich dort die hauptumlockten Achaier,
Aber die Götter, um Zeus, den blitzesgewaltigen, sitzend,
Sahen staunend das Werk der erzumschirmten Achaier.
Unter ihnen begann der Erderschütterer Poseidon:
Vater Zeus, wo lebt auf der weiten Erde noch einer,
Der den Unsterblichen hier sein Planen und Wünschen vertraute?
Siehest du nicht, wie eben die hauptumlockten Achaier
Eine Mauer den Schiffen errichteten, rings auch den Graben
Leiteten, ohne zuvor uns Festhekatomben zu opfern?
Deren Ruhm wird reichen, soweit der Tag sich verbreitet;
Doch vergessen wird jene, die ich und Phoibos Apollon
Einst um Laomedons Stadt erbauten in ringender Mühsal!
Unmutsvoll entgegnete ihm der Wolkenversammler:
Wehe, gewaltiger Erderschüttrer, was hast du gesprochen!
Ja, wenn ein anderer Gott vor solchem Beginnen erbebte,
Der viel schwächer denn du an Armesstärke und Kraft ist!
Dir aber dauert der Ruhm, soweit der Tag sich verbreitet.
Auf denn, sobald nun wieder die hauptumlockten Achaier
Samt den Schiffen zurück zum Lande der Väter gezogen,
Reiße die Mauer doch ein und stürze sie ganz in die Fluten,
Und bedecke dann wieder mit Sand das weite Gestade,
Daß auch die Spur verschwinde vom großen Bau der Achaier.
Also sprachen die Götter im Wechselgespräch miteinander.
Nieder tauchte der Tag, und der Danaer Werk war vollendet.
Und sie schlachteten Rinder im Zelt und genossen des Mahles.
Schiffe waren aus Lemnos, mit Wein beladen, gelandet,
Reich an Zahl, es sandte sie Euneos, Sohn des Iason,
Welchen Hypsipyle einst geboren hatte dem Iason.
Atreus' Söhnen allein, Agamemnon und Menelaos
Sandte er tausend Maße des edelsten Weins zum Geschenke.
Da nun tauschten sich Wein die hauptumlockten Achaier,
Hier die einen um Erz, die andern um blinkendes Eisen,
Häute brachten die einen, die andern lebende Rinder,
Andere Sklaven, und richteten dann die üppige Mahlzeit.
Also schmausten die Nacht hindurch die lockigen Helden,
Auch die Troer in Ilios dort und die Bundesgenossen.
Aber die ganze Nacht sann Zeus, der waltende, Unheil,

Drohend mit Donnergetön; da faßte sie bleiches Entsetzen.
Wein aus den Bechern gossen sie nieder, und keiner vermaß sich,
Eher zu trinken, als bis er dem starken Kroniden gespendet.
Alle ruhten sie dann und empfingen die Gabe des Schlafes.

ACHTER GESANG

Die abgebrochene Schlacht

Eos im Safrangewand erleuchtete rundum die Erde,
Als der Donnerer Zeus die Unsterblichen rief zur Versammlung
Auf den obersten Gipfel des vielgezackten Olympos.
Selber begann er zu reden; da horchten die Himmlischen alle:
Höret mich, all' ihr Götter und auch ihr Göttinnen alle,
Daß ich rede, wie mir das Herz im Busen gebietet.
Keine der Göttinnen hier und keiner der männlichen Götter
Trachte, mein Wort zu vereiteln, vielmehr ihr alle zusammen
Stimmt ihm bei, daß ich eilend Vollendung schaffe dem Werke!
Wen ich aber getrennt von den andern Göttern erblicke,
Willens, den Troern oder Achaiern zu Hilfe zu eilen,
Der soll schmählich geschlagen zurück zum Olympos kehren!
Oder ich fasse und schwing' ihn hinab in des Tartaros Dunkel,
Ferne, wo tief sich öffnet der Abgrund unter der Erde,
Wo die Pforten von Eisen erglänzen, vom Erze die Schwelle,
So weit unter dem Hades, wie über der Erde der Himmel!
Dann erkennt er, wie weit ich der mächtigste bin von den Göttern!
Auf, ihr Götter, versucht es, damit ihr es alle nun wisset:
Eine goldene Kette befestigt ihr oben am Himmel,
Hängt euch alle daran, ihr Götter und Göttinnen alle;
Dennoch zöget ihr nie vom Himmel herab auf den Boden
Zeus, den Ordner der Welt, wie sehr ihr strebtet und ränget!
Aber sobald auch mir im Ernst es gefiele zu ziehen,
Selbst mit der Erd' euch zög' ich empor und selbst mit dem Meere,
Und die Kette darauf um das Felsenhaupt des Olympos
Bände ich fest, daß schwebend das Weltall hing' in der Höhe!
So hoch stehe ich über den Göttern und über den Menschen!
Also sprach der Kronide, und alle verstummten und schwiegen,
Ob des Wortes bestürzt, denn kraftvoll hatt' er geredet.
Endlich erwiderte ihm die strahlende Göttin Athene:

Unser Vater Kronion, du höchster von allen Gebietern,
Wohl erkennen auch wir dein unbezwingliches Walten.
Dennoch beklagen wir sehr die mutigen Danaerkrieger,
Welche nun sterben sollen, ihr trauriges Schicksal erfüllend.
Freilich enthalten wir uns des Kampfs, wenn du es gebietest.
Raten wollen wir nur den Danaern, ihnen zum Nutzen,
Daß sie nicht alle verderben vor deinem gewaltigen Zorne.
Lächelnd erwiderte drauf der Wolkenversammler Kronion:
Fasse dich, Tritogeneia, mein Töchterchen! Sprach ich das Wort ja
Nicht in ernstlichem Zorn; ich will dir freundlich gesinnt sein!
Sprach's und schirrte ins Joch zwei Rosse mit ehernen Hufen,
Stürmende Renner, die Schultern umwallt von goldener Mähne,
Hüllte sich selbst in Gold und faßte die schimmernde Geißel,
Herrlich geflochten aus Gold, und trat in den Sessel des Wagens.
Treibend schwang er die Geißel, und willig flogen die Rosse
Zwischen der Erde dahin und dem sternbesäeten Himmel.
Bald erreicht' er die Quellen des Tiere hegenden Ida,
Gargaron, wo ein Hain und Brandaltar ihm geweiht sind.
Dort nun hemmte der Vater der Menschen und Götter die Rosse,
Schirrte sie ab vom Wagen und breitete Nebel darüber.
Selber setzt' er sich dann auf den Gipfel in freudigem Stolze,
Wo er hinab auf Ilion sah und die Schiffe Achaias.
Eben hielten die hauptumlockten Achaier die Mahlzeit
Rasch in den Zelten und hüllten sich drauf in die eherne Rüstung.
Auch die Troer in Ilios drüben ergriffen die Waffen;
Weniger zwar an Zahl, begehrten sie dennoch zu kämpfen,
Unter dem Zwange der Not; denn es galt für Weiber und Kinder.
Alle Tore wurden geöffnet, es stürzte das Kriegsvolk,
Streiter zu Fuß und zu Wagen, hinaus mit lautem Getöse.
Als die Nahenden nun auf einem Raum sich begegnet,
Stießen zusammen die Häute von Stieren, die Lanzen und Kräfte
Rüstiger Männer in Erz, und die starken, gebuckelten Schilde
Drängten einander im Kampf, es dröhnte das wilde Getöse.
Wehegestöhn erscholl und Siegesgeschrei miteinander.
Würgender dort und Erwürgter, und Blut beströmte die Erde.
Während es Frührot war und der heilige Tag noch emporstieg,
Trafen die Todesgeschosse von beiden Seiten die Völker.

Aber sobald die Sonne zur Mitte des Himmels gelangt war,
Richtete Vater Zeus nun aus die goldene Waage,
Warf zwei Lose hinein des trauerbringenden Todes,
Das der Troer und das der erzumschirmten Achaier,
Faßte die Mitte und wog: da lastete schwer der Achaier
Schicksalstag, daß die Schale zur nahrungspendenden Erde
Sank und das Los der Troer zum weiten Himmel emporstieg.
Mächtig donnerte Zeus vom Ida nieder und sandte
Unter das Volk der Achaier den feurigen Blitz; sie erschraken,
Seiner gewahrend, und alle durchschauerte bleiches Entsetzen.
Weder Idomeneus hielt nun stand, noch auch Agamemnon,
Noch die Ajas beide, die kühnen Genossen des Ares.
Nestor verweilte allein, der gerenische Hort der Achaier,
Unfreiwillig; sein Roß war verletzt; das traf mit dem Pfeile
Alexandros, der lockigen Helena herrlicher Gatte,
Oben am Scheitel, allwo die äußersten Haare der Rosse
Vorn entwachsen dem Haupt, und am tödlichsten ist die Verwundung.
Scheuend bäumt es vor Schmerz, weil tief im Gehirne der Pfeil stak,
Wälzte sich um das Geschoß und verwirrte die anderen Rosse.
Während Nestor sich eilte, dem Nebenrosse die Stränge
Abzuhaun mit dem Schwert, kam Hektors flinkes Gespann schon
Durch das Gedränge daher mit dem unerschrockenen Lenker
Hektor. Jetzt wohl wäre der Greis des Todes gestorben,
Hätte nicht scharf ihn bemerkt der Rufer im Streit Diomedes.
Furchtbar schreiend, rief er zum Kampfe den edlen Odysseus:
Göttlicher Sohn des Laërtes, erfindungsreicher Odysseus:
Wohin fliehst du, den Rücken gewandt, wie ein Feiger im Schwarme?
Daß nur keiner dir jetzt im Fliehen den Rücken durchbohre!
Steh' doch, damit wir den schrecklichen Mann vom Greise verscheuchen!
Nicht auf den Rufenden hörte der vielgeprüfte Odysseus,
Sondern er stürmte vorbei zu den räumigen Schiffen Achaias.
Aber allein auch, drang Diomedes ins Vordergetümmel,
Stellte sich dicht vor die Rosse des altersgrauen Neliden,
Redet' ihn also an und sprach die geflügelten Worte:

Wahrlich, Greis, gar heftig bedrängt dich die kämpfende Jugend!
Deine Kraft ist gelöst, und das mühsame Alter beschwert dich;
Schwach ist auch dein Wagenlenker und müde die Rosse.
Auf denn, schwing' dich in meinen Wagen, damit du erkennest,
Wie doch die Rosse des Tros gewandt sind, durch die Gefilde
Stürmisch hier und dort zu verfolgen oder zu fliehen,
Die ich jüngst vom Fluchterreger Aineias gewonnen.
Deine laß den Gefährten zur Obhut; wir mit den meinen
Wollen den reisigen Troern entgegensprengen, daß Hektor
Selber gewahre, ob mir in den Händen die Lanze noch wüte!
Sprach's und ihm folgte gern der gerenische reisige Nestor.
Nestors Rosse wurden sogleich von den mutigen Knappen
Sthenelos und dem tapfren Eurymedon sorglich geleitet.
Jene beiden bestiegen indes das Gefährt Diomedes'.
Nestor nahm in die Hände die purpurschimmernden Zügel,
Trieb die Rosse zum Lauf, und bald erreichten sie Hektor.
Grade stürmt' er heran, da warf Diomedes die Lanze;
Zwar verfehlt' er ihn, aber er traf den lenkenden Knappen,
Welcher Eniopeus hieß, den Sohn des kühnen Thebaios,
Als er die Rosse zügelte, tief in die Brust an der Warze,
Daß er dem Wagen entsank, und es scheuten die hurtigen Renner
Jäh zurück, ihn selber verließen Odem und Stärke.
Hektors Seele durchdrang nun bitterer Schmerz um den Lenker;
Dennoch ließ er ihn dort, wie sehr ihn der Tod auch betrübte,
Liegen und spähte, ob irgend ein mutiger Lenker sich zeigte.
Gar nicht lang entbehrten die Rosse des Führers; er fand gleich
Iphitos' mutigen Sohn Archeptólemos: diesem gebot er
Rasch in den eilenden Wagen zu steigen, und gab ihm die Zügel.
Jetzt nun wären sie wohl in unheilvoller Bedrängnis,
So wie Lämmer, zusammengepfercht in Ilios worden,
Hätte nicht scharf es bemerkt der Vater der Menschen und Götter.
Furchtbar donnerte Zeus und sandte den blendenden Blitzstrahl
Dicht vor den Rossen des Tydeussohns hinab in die Erde.
Gleich erhob sich die schreckliche Lohe des brennenden Schwefels,
Und es bebten in Angst die Rosse zurück vor dem Wagen.
Nestors Händen entsanken die purpurschimmernden Zügel,
Und er erschrak im Herzen und sprach zum Sohne des Tydeus:

Auf, Diomedes, wende zur Flucht die stampfenden Rosse!
Siehest du nicht, daß Zeus dir keine Hilfe mehr bietet?
Jetzt für heute ja schenkt Kronion jenem das Kriegsglück,
Morgen wieder gewährt er es uns auch, wenn's ihm genehm ist!
Keiner dürfte jedoch den Willen des Gottes verhindern,
Auch der gewaltigste nicht, denn Zeus ist mächtig vor allen!
Ihm erwiderte drauf der Rufer im Streit Diomedes:
Wahrlich, Alter, du hast geziemende Worte gesprochen,
Aber grausam dringt mir das Weh ins Herz und die Seele!
Hektor sagt ja dereinst in des troischen Volkes Versammlung:
Tydeus' Sohn ist bange vor mir zu den Schiffen geflohen!
Also wird er sich brüsten; dann mag mich die Erde verschlingen!
Ihm erwiderte drauf der gerenische reisige Nestor:
Weh mir, des feurigen Tydeus Sohn, was hast du geredet!
Sollte Hektor hinfort auch feig dich nennen und kraftlos,
Niemals werden ihm doch die Troer und Dardaner glauben,
Noch die Frauen der mutigen schildgewappneten Troer,
Deren blühende Gatten du alle zu Boden gestreckt hast.
Also sprach er und lenkte zur Flucht die stampfenden Renner
Durch das Getümmel zurück; da sandten die Troer und Hektor
Unter tosendem Lärm den Hagel der herben Geschosse.
Laut rief Hektor ihm zu, der helmumflatterte Recke:
Tydeus' Sohn, dich ehrten die reisigen Danaerhelden
Durch besonderen Sitz und Fleisch und gefüllte Gefäße.
Künftig aber verachten sie dich, denn du wurdest zum Weibe!
Fort, du zagende Dirne, dir weiche ich nimmer im Treffen,
Unsere Mauern erklimmst du nie, noch führst du die Weiber
Weg in den Schiffen; zuvor vollend' ich dein finsteres Schicksal!
Also sprach er, und wankenden Sinnes erwog Diomedes,
Ob er die Rosse nun wenden sollte zum Kampfe mit jenem.
Dreimal erwog er schwankend den Plan im Geist und Gemüte,
Dreimal donnerte Zeus, der waltende, nieder vom Ida,
Trojas Volke zum Zeichen des schlachtentscheidenden Sieges.
Hektor aber gebot mit hallendem Rufe den Troern:
Troer und Lykier ihr, und Dardaner, Kämpfer der Nähe,
Seid nun Männer, o Freunde, gedenkt des stürmenden Mutes!
Denn ich erkenne, wie mir mit gnädigem Nicken Kronion

Sieg und erhabenen Ruhm verkündet, doch Schmach den Achaiern.
Ach die Toren, die nun zum Schutz die Mauer sich bauten,
Schwach und verachtungswert, die nichts vor unsrer Gewalt ist!
Denn mir springen die Rosse mit Leichtigkeit über den Graben!
Aber bin ich einmal gelangt zu den räumigen Schiffen,
Dann gedenke man wohl für loderndes Feuer zu sorgen,
Daß ich die Schiffe verbrenne mit Glut und die Danaer selber
Dort bei den Schiffen, betäubt vom Rauche der Brandes, erschlage!
Also sprach er und mahnte die Rosse mit lockendem Zuruf:
Xanthos und du, Podargos, und mutiger Lampos und Aithon,
Jetzt vergeltet die reichliche Pflege mir, welche mit Sorgfalt
Euch Andromache gab, des hohen Eëtion Tochter,
Da sie zuerst euch immer den lieblichen Weizen gestreut hat,
Auch des Weines gemischt, nach Herzenswunsche zu trinken,
Eher denn mir, der doch sich rühmt, ihr Gatte zu heißen!
Nun so folget denn nach und tummelt euch, daß wir erobern
Nestors strahlenden Schild, deß Ruhm zum Himmel hinandringt,
Weil er aus lauterem Golde besteht, er selbst und die Griffe,
Dann von den Schultern herab Diomedes, dem Rossebezähmer,
Auch den Harnisch reißen, das künstliche Werk des Hephaistos!
Würden wir beides erbeuten, so hoffte ich wohl, die Achaier
Noch die heutige Nacht auf die schnellen Schiffe zu treiben!
Also prahlte der Held; da zürnte die Herrscherin Here,
Fuhr auf dem Throne zurück, daß der weite Olympos erbebte,
Und begann zum mächtigen Gotte Poseidon zu reden:
Weh mir, gewaltiger Erderschütterer, wenden dir nimmer
Argos' sinkende Scharen das Herz im Busen zu Mitleid?
Bringen sie doch gen Aigai und Helike dir der Geschenke
Viel' und erlesene stets! Verhilf doch ihnen zum Siege!
Wollten wir Götter nur alle, wir Helfer des Danaerstammes,
Trojas Volk vertreiben und Zeus, dem Donnerer, wehren,
Bald wohl säß' er allein auf dem Ida droben, sich härmend!
Zürnend erwiderte ihr der Erderschütterer Poseidon:
Welch ein Wort, vermessene Here, hast du gesprochen!
Niemals wünscht' ich, daß wir dem Kroniden im Kampfe begegnen,
Ich und die anderen Götter, denn er ist mächtig vor allen!

Also redeten beide im Wechselgespräch miteinander.
So viel Raum der Graben umschloß von den Schiffen zum Walle,
Voll war alles von Rossen und schildgewappneten Männern,
Welche sich drängten; es drängte, dem stürmenden Ares vergleichbar,
Hektor, Priamos' Sohn, da Zeus ihm Ehre verliehen.
Jetzt nun hätt' er die Schiffe verbrannt in lodernder Flamme,
Hätte nicht Here sogleich das Herz Agamemnons bewogen,
Der schon selbst sich beeilte, die Danaer schnell zu ermuntern.
Schleunig macht' er sich auf zu den Zelten und Schiffen Achaias,
Hielt in der nervigen Hand den großen purpurnen Mantel
Und betrat das dunkle gebauchte Schiff des Odysseus.
Dieses lag in der Mitte, damit sie zu beiden Seiten
Hörten den Ruf: bei Ajas' Zelten, des Telamoniden,
Und bei Achilleus' Zelten; die hatten die Schiffe zu äußerst
Aufgestellt, dem Mut und der Stärke der Arme vertrauend.
Weithin drang sein schallender Ruf durchs Heer der Achaier:
Schämt euch, Männer von Argos, ihr schöngestalteten Memmen!
Wohin kamen die Reden, die uns als Tapferste priesen,
Damals, als ihr in Lemnos euch rühmtet mit eitelen Worten,
Reichlich schmausend vom Fleische der hochgehörneten Rinder
Und die Krüge leerend, die überflossen vom Weine?
Gegen hundert Troer, ja selbst zweihundert, vermaß sich
Jeder im Kampfe zu stehn! Jetzt sind wir nicht einem gewachsen,
Hektor, der gleich die Schiffe verbrennt in loderndem Feuer!
Hast du, mein Vater Zeus, schon einen gewaltigen König
So mit Verblendung gestraft und den großen Ruhm ihm entrissen?
Niemals fuhr ich ja doch an deinem prangenden Altar
Im vielrudrigen Schiffe vorbei, hierher mich verirrend,
Sondern auf jedem verbrannte ich Fett und Schenkel von Stieren,
Trachtend, vom Boden zu tilgen die festummauerte Troja.
Vater Zeus, gewähre mir doch nur dieses Verlangen:
Laß uns wenigstens selber dem Tod' entfliehn und entrinnen
Und nicht also erliegen vor Trojas Macht uns Achaier.
Solches rief er; da jammert' es Zeus des weinenden Königs,
Und er verhieß ihm, das Volk zu retten und nicht zu verderben.
Schnell entsandt' er den Adler, den Vogel der höchsten Verheißung;

Dieser hielt in den Fängen ein Kalb der flüchtigen Hindin,
Und auf Zeus' Altar, den prangenden, warf er das Hirschkalb,
Wo dem enthüllenden Zeus die Danaer pflegten zu opfern.
Als nun diese den gottgesandten Vogel gewahrten,
Drangen sie heftiger ein auf die Troer, des Mutes gedenkend.
Keiner der Danaer jetzt vermochte, so viele sie waren,
Tydeus' Sohne voran die hurtigen Rosse zu lenken,
Noch vor ihm aus dem Graben zu sprengen zum tapferen Angriff,
Sondern zuerst von allen erschlug er einen der Troer,
Phradmons Sohn Agelaos: der wandte die Rosse zum Fliehen.
Doch dem Flüchtenden stieß Diomedes den Speer in den Rücken
Zwischen den Schultern hinein, daß er vorn aus der Brust ihm hervordrang;
Dieser stürzte vom Wagen, und um ihn klirrten die Waffen.
Nach ihm kamen sogleich Agamemnon und Menelaos,
Ferner die Ajas beide, mit stürmischem Mute gerüstet,
Dann Idomeneus auch und Idomeneus' Waffengefährte,
Held Meriones, gleich dem männermordenden Ares,
Auch Eurypylos dann, der glänzende Sohn des Euaimon.
Teukros kam als neunter und spannte den schnellenden Bogen;
Hinter den Schild des Ajas trat er, des Telamoniden.
Ajas hob nun den Schild ein wenig, indessen der Held dort
Zielte; sobald sein Pfeil dann einen im Haufen getroffen,
Taumelte dieser und stürzte zu Boden, sein Leben verhauchend.
Drauf sprang jener zurück, und wie ein Kind an die Mutter,
Schmiegt' er sich Ajas an, der ihn gleich mit dem Schilde bedeckte.
Wen erschlug von den Troern zuerst der untadlige Teukros?
Erst den Orsilochos traf er, und Ormenos, dann Ophelestes,
Daitor und Chromios, ferner den göttlichen Held Lykophontes
Und Polyaimons Sohn Amopaon, auch Melanippos.
Einen über den andern, so streckt' er sie nieder zur Erde.
Freudigen Herzens gewahrte der Völkerfürst Agamemnon,
Wie er mit mächtigem Bogen die Scharen der Troer zermürbte.
Nahe trat er hinan und sprach zu Teukros die Worte:
Teukros, teuerstes Haupt, Telamonier, Völkergebieter,
Triff so fort, auf daß du ein Licht für die Danaer werdest,
Auch für Telamon, welcher dich aufzog, da du ein Kind warst,

Und den Bastard väterlich hielt im eigenen Hause;
Ob er auch fern ist, bring' ihn gleich zu herrlichen Ehren!
Denn ich verkündige dir, und das wird wahrlich vollendet:
Sollte mir Zeus, der donnernde Gott, und Athene gewähren,
Ilion auszutilgen, die Stadt voll prangender Häuser,
Will ich zuerst nach mir die Ehrengabe dir spenden,
Ob es ein Dreifuß sei, ob ein Rossegespann mit dem Wagen,
Oder ein blühendes Weib, das dir dein Lager besteige.
Ihm erwiderte Teukros drauf, der untadlige Schütze:
Atreus' erhabener Sohn, was mahnst du mich, da ich von selbst schon
Eile? Denn wahrlich, soweit mir die Kraft reicht, mag ich nicht ruhen;
Nein, seitdem wir die Männer dort gen Ilion drängen,
Seitdem steh' ich im Kampf mit dem Bogen und töte die Feinde.
Acht schon hab' ich versandt der Pfeile mit blinkenden Spitzen,
Und sie hafteten alle im Leibe von streitbaren Helden.
Aber jenen, den wütenden Hund da, kann ich nicht treffen!
Sprach's und schnellte ein andres Geschoß von der Sehne des Bogens
Grad' auf Hektor dahin, mit wilder Begierde zu treffen!
Und er verfehlte ihn zwar; doch den edlen Gorgythion traf er,
Priamos' tapferen Sohn, die Brust mit dem Pfeile durchbohrend,
Welchen die aus Aisyme gefreite Mutter geboren,
Kastianeira, von herrlichem Wuchs, den Göttinnen ähnlich.
So wie die Staude des Mohns im Garten zur Seite das Haupt neigt
Unter den lastenden Körnern und Regenschauern des Frühlings:
Also neigt' er zur Seite das Haupt, vom Helme belastet.
Teukros schnellte ein andres Geschoß von der Sehne des Bogens
Grad' auf Hektor dahin, mit wilder Begierde zu treffen.
Aber auch diesmal fehlt' er; Apollon trieb es zur Seite.
Archeptolemos nur, dem verwegenen Lenker des Hektor,
Welcher zum Kampfe sprengte, durchschoß er die Brust an der Warze,
Daß er dem Wagen entsank, und es scheuten die hurtigen Renner
Jäh zurück, ihn selber verließen Odem und Stärke.
Hektors Seele durchdrang nun bitterer Schmerz um den Lenker;

Dennoch ließ er ihn dort, wie sehr ihn der Tod auch betrübte,
Und befahl dem Bruder Kebriones, der ihm genaht war,
Rasch die Zügel zu fassen, und willig folgte der Bruder.
Selber sprang er zu Boden herab vom glänzenden Wagen,
Furchtbar schreiend, und hob mit der Hand einen mächtigen Stein auf,
Drang dann grad' auf Teukros, in heißer Begier, ihn zu treffen.
Eben hatte sich dieser den Pfeil aus dem Köcher genommen
Und auf die Sehne gelegt, da traf ihn der mächtige Hektor,
Wie er die Sehne zog, am Schlüsselbein gegen die Achsel,
Zwischen Hals und Brust, wo am tödlichsten ist die Verwundung;
Hier nun traf er den zielenden Mann mit dem zackigen Steine
Und zerriß ihm die Sehne; die Hand an der Wurzel erlahmte,
Nieder sank er ins Knie, und es glitt aus der Hand ihm der Bogen.
Nicht vergaß jetzt Ajas des hingesunkenen Bruders,
Sondern er schützte ihn eilend und barg ihn unter dem Schilde.
Nach ihm bückten sich dann die beiden treuen Genossen,
Echios' Sohn Mekisteus, der Held, und der edle Alastor,
Die zu den räumigen Schiffen den Heftigstöhnenden trugen.
Wieder belebte die Troer mit Mut der olympische Herrscher,
Und sie warfen die Danaer gleich zurück an den Graben.
Hektor drang mit den ersten voran, voll mutigen Trotzes.
Gleichwie ein Hund den grimmigen Keiler oder den Löwen
Hurtigen Laufes verfolgt und wütend packt an den Schenkeln
Oder den Hüften von hinten, und stets der Wendungen achtet:
Also verfolgte der Held die hauptumlockten Achaier,
Immer den letzten erschlagend; es flohen die Danaer alle.
Aber nachdem sie den Graben durcheilt und die spitzigen Pfähle,
Flüchtend, und mancher gefallen war von den Händen der Troer,
Da nun machten sie endlich halt, bei den Schiffen verweilend,
Und ermahnten einander, und laut mit erhobenen Händen
Betete jeder empor zu allen unsterblichen Göttern.
Hektor tummelte ringsumher die mähnigen Rosse,
Die wie Gorgo so wild, so wild wie der mordende Ares.
Here, die glänzende Göttin, gewahrte sie nun mit Erbarmen,
Wandte sich rasch zu Athene und sprach die geflügelten Worte:
Weh mir, Tochter des Aigiserschütterers, wollen wir nicht mehr

Uns der sinkenden Danaerhelden erbarmen, zuletzt noch?
Welche nun sterben sollen, ihr trauriges Schicksal erfüllend,
Unter des einen Gewalt! Da wütet er ganz unerträglich,
Hektor, Priamos' Sohn; genug schon hat er gefrevelt!
Ihr entgegnete gleich die strahlende Göttin Athene:
Bald schon hätte mir dieser den Mut und das Leben verloren,
Hingerafft von der Hand der Argeier im heimischen Lande;
Aber es tobt mein Vater mit übelwollendem Herzen,
Grausam, ränkevoll stets, und jeden Entschluß mir vereitelnd.
Nicht mehr denkt er daran, wie oft ich früher den Sohn ihm
Rettete, wann er, bedrängt von Eurystheus' Kämpfen, sich quälte.
Auf zum Himmel klagte der Duldende; aber da sandte
Zeus mich eilend vom Himmel herab dem Helden zu Hilfe.
Hätt' ich doch dieses gewußt im vorwärtsdringenden Geiste
Damals, als er ihn sandte zum finsteren Wächter der Tore,
Daß er dem Totenreiche den Hund des Hades entführte,
Niemals wär' er entronnen dem stygischen Strom des Entsetzens!
Jetzt bin *ich* ihm verhaßt; er vollbrachte die Pläne der Thetis,
Welche die Knie' ihm geküßt und das Kinn mit der Hand ihm berührt hat
Flehend, dem Städtebezwinger Achilleus Ruhm zu gewähren.
Einmal nennt er gewiß hellblickende Tochter mich wieder!
Auf, und schirre zur Fahrt uns beiden die stampfenden Rosse,
Während ich selbst ins Haus des wetterleuchtenden Vaters
Eile, mich gleich zum Kampfe zu rüsten, damit ich erkenne,
Ob uns Priamos' Sohn, der helmumflatterte Hektor,
Freudig begrüßt, wenn wir dort an den Pfaden des Treffens erscheinen.
Manch ein Troer fürwahr soll Vögel und Hunde dann laben
Durch sein schwellendes Fleisch, bei den Schiffen der Danaer liegend!
Sprach's, und gerne gehorcht' ihr die lilienarmige Here,
Machte sich auf und schirrte die goldreiftragenden Rosse,
Here, die heilige Göttin, die Tochter des mächtigen Kronos.
Aber Pallas Athene, des Aigiserschütterers Tochter,
Ließ das weiche bunte Gewand auf die Schwelle des Vaters
Sinken, welches sie selber mit emsigen Händen gefertigt,

Hüllte sich drauf in den Panzer des Wolkenversammlers Kronion,
Rüstete sich mit den Waffen zur tränenbringenden Feldschlacht,
Stieg in den Sessel des flammenden Wagens und faßte die Lanze,
Schwer und groß und gediegen, womit sie die Scharen der Helden
Bändigt, welchen sie zürnt, die Tochter des mächtigen Vaters.
Here beflügelte jetzt mit geschwungener Geißel die Rosse;
Dröhnend erschloß sich von selbst des Himmels Tor, das die Horen
Hüteten, welchen der Himmel vertraut ward und der Olympos,
Bald die hüllende Wolke zu öffnen, bald zu verschließen.
Dort nun lenkten sie durch die leichtgestachelten Rosse.

Heftig ergrimmte Zeus, vom Ida herab sie gewahrend,
Und entsandte die goldgeflügelte Iris als Botin:
Eile mir, hurtige Iris, und bring sie zurück, daß sie ja nicht
Mir im Kampfe begegnen, denn unsanft möcht' ich sie treffen!
Denn ich verkündige dir, und das wird wahrlich vollendet:
Lähmen will ich ihnen am Wagen die hurtigen Rosse,
Stürze sie selbst vom Sessel herab und zerschmettre den Wagen!
Nicht einmal im Laufe von zehn umkreisenden Jahren
Würden die Wunden geheilt, womit mein Strahl sie gezeichnet.
Dann wird Athene verstehn, was es heißt, mit dem Vater zu kämpfen!
Weniger freilich vermag mich Here zum Zorne zu reizen;
Immer pflegt sie mir doch zu vereiteln, was ich beschlossen!

Also sprach er, und Iris, die Botin, schnell wie der Sturmwind,
Eilte vom Idagebirge hinüber zum hohen Olympos,
Traf sie am äußersten Tore des schluchtenreichen Olympos,
Hielt sie zurück und meldete ihnen die Worte Kronions:
Sagt mir, wohin so eifrig? was wütet das Herz euch im Busen?
Nicht verstattet euch Zeus, dem Danaervolk zu helfen.
Also hat Kronion gedroht und wird es vollenden:
Lähmen werd' er euch beiden am Wagen die hurtigen Rosse,
Aber euch selbst vom Sessel stürzen, den Wagen zerschmetternd.
Nicht einmal im Laufe von zehn umkreisenden Jahren
Würden die Wunden geheilt, womit sein Strahl euch gezeichnet,
Daß du, Athene, verstehst, was es heißt, mit dem Vater zu kämpfen.
Weniger freilich vermag ihn Here zum Zorne zu reizen;
Ist sie doch immer bestrebt zu vereiteln, was er beschlossen.

Aber Entsetzliche, schamlose Hündin, wenn du in Wahrheit
Wagst, zum Kampfe mit Zeus den gewaltigen Speer zu erheben!
Also sprach sie und eilte von dannen, die schwebende Iris;
Aber Here begann und sprach zu Pallas Athene:
Wehe mir, Tochter des Aigiserschütterers! Länger fürwahr nicht
Laß ich geschehn, daß wir Zeus um Sterblicher willen bekämpfen!
Deren sinke der eine dahin, der andere lebe,
Welchen es trifft! Und jener, nach eigenem Sinne beschließend,
Richte den Streit der Troer und Danaer, wie es ihm ansteht!
Also sprach sie und lenkte zurück die stampfenden Rosse.
Ihnen entschirrten die Horen die Rosse mit prangender Mähne,
Führten die Renner und banden sie fest an ambrosische Krippen,
Aber den Wagen lehnten sie gegen die schimmernden Wände.
Jene selber dann setzten auf goldene Sessel sich nieder
Unter die anderen Götter, das Herz voll großer Betrübnis.
Zeus nun trieb im schöngeräderten Wagen vom Ida
Her zum Olympos die Rosse und kam zu der Götter Versammlung.
Ihm entschirrte die Rosse der Erderschüttrer Poseidon,
Hob zum Gestelle den Wagen und breitete drüber die Leinwand.
Auf den goldenen Thron dann setzte der Herrscher des Donners
Selber sich hin, und unter ihm wankten die Höhn des Olympos.
Aber die beiden saßen allein, Athene und Here,
Ohne Zeus zu begrüßen, noch anzureden mit Fragen.
Dieser bemerkte es wohl im Herzen und redete also:
Sprecht, was seid ihr denn so betrübt, Athene und Here?
Schwerlich habt ihr euch doch geplagt, im Getümmel der Männer
Trojas Volk zu verderben, das heftigen Groll euch erregt hat!
Nie – so rag' ich hervor an Kraft und unnahbaren Händen –
Dürften, soviel ihrer sind, die Olympischen wohl mich bezwingen!
Euch aber bebten bereits vor Angst die strahlenden Glieder,
Eh' ihr den Krieg noch geschaut und die schrecklichen Taten des Krieges.
Denn ich verkündige nun, und also wär' es geschehen:
Nimmer wärt ihr in eurem Geschirr, vom Strahle getroffen,
Heim zum Olympos gekehrt, dem Sitz der unsterblichen Götter!
Also Zeus; da murrten geheim Athene und Here,

Saßen zusammen und schmiedeten finstere Pläne den Troern.
Freilich, Athene schwieg nun still und redete gar nichts,
Denn sie zürnte dem Vater, im tiefsten Herzen erbittert.
Here nur konnte den Groll nicht bändigen, sondern versetzte:
Welch ein Wort, Kronion, du Schrecklicher, hast du gesprochen?
Wohl erkennen auch wir dein unbezwingliches Walten.
Dennoch jammern uns sehr die mutigen Danaerkrieger,
Welche nun sterben sollen, ihr trauriges Schicksal erfüllend.
Freilich enthalten wir uns des Kampfs, wenn *du* es gebietest.
Raten wollen wir nur den Danaern, ihnen zum Nutzen,
Daß sie nicht alle verderben vor deinem gewaltigen Zorne.
Ihr entgegnete drauf der Wolkenversammler Kronion:
Morgen sollst du gewiß, o farrenäugige Here,
Besser noch sehn, so du willst, wie der überstarke Kronide
Niederstreckt das mächtige Heer der Danaerkrieger.
Eher soll ja vom Kampfe nicht ruhn der gewaltige Hektor,
Als bis dort beim Schiff sich erhebt der schnelle Pelide,
An dem Tage, da jene dereinst beim Spiegel der Schiffe
Um den gefallenen Patroklos kämpfen in schrecklichster Enge.
Also will's das Geschick! Dein Grollen indessen veracht' ich,
Möchtest du auch entfliehen zum äußersten Ende der Erde
Oder des Meers, in die Tiefe, wo Iapetos drunten und Kronos
Sitzen, weder vom Strahle des Sonnengotts Hyperion,
Noch von Winden erfreut, gefangen in Tartaros' Schlunde.
Nein, und verirrtest du dich auch dorthin, nimmer vermag mich
Selbst dein Zorn zu bewegen, denn *du* bist hündisch wie niemand!
Nichts erwiderte ihm die lilienarmige Here.
In den Okeanos tauchte des Helios leuchtende Fackel,
Über die sprießende Flur den Schatten der Nacht verbreitend.
Ungern sahen die Troer das sinkende Licht, die Achaier
Aber begrüßten die finstere Nacht, die sehnlich erflehte.
Wieder versammelte nun der strahlende Hektor die Troer,
Fort von den Schiffen sie führend zum Ufer des wirbelnden Flusses,
Wo noch zwischen den Leichen der freie Boden hervorschien.
Alle sprangen vom Wagen herab und lauschten der Rede,
Die nun Hektor begann, der göttliche; fest in der Rechten
Hielt er den Speer, elf Ellen an Länge, und vorn an dem Schafte

Blinkte die eherne Spitze, umlegt mit goldenem Ringe.
Hierauf stützte sich Hektor und sprach zu den Troern die Worte:
Hört mein Wort, ihr Troer und Dardaner, Bundesgenossen!
Jetzo wollt' ich die Schiffe vernichten und alle Achaier,
Und alsdann erst wieder zur luftigen Ilios kehren.
Doch uns ereilt die Nacht: sie gewährte dem Volk der Argeier
Rettung jetzt und den Schiffen am Wogenschwalle des Meeres.
Aber wohlan, laßt also der finsteren Nacht uns gehorchen
Und das Mahl uns bereiten. Die Rosse mit prangender Mähne
Löst aus dem Joche der Wagen und schüttet ihnen das Futter.
Doch aus der Stadt führt Rinder zum Schmaus und gemästete Schafe
Eilend herbei; auch Wein, den herzerfreuenden, bringt uns,
Ferner Brot aus den Häusern, und Holz auch leset in Menge,
Daß wir die ganze Nacht bis zum dämmernden Schimmer der Frühe
Feuer brennen durchs Heer, und der Glanz den Himmel erreiche,
Daß nicht gar im Finstern die hauptumlockten Achaier
Über den weiten Rücken des Meers zu entfliehen versuchen.
Wahrlich, kampflos dürfen sie nicht die Schiffe besteigen;
Mancher von ihnen möge daheim an der Wunde noch siechen,
Welche der Pfeil ihm oder die Schärfe der Lanze getroffen,
Als er sein Schiff erklomm, damit auch andere schaudern,
Gegen die reisigen Troer den Jammer des Krieges zu tragen.
Laßt in der Stadt die Freunde des Zeus, die Herolde, künden,
Daß die blühenden Knaben und silberhaarigen Greise
Rings um die Stadt auf den gottgebauten Türmen sich lagern.
Aber die zarten Frauen in ihren Wohnungen alle
Brennen ein mächtiges Feuer, und wachsame Hut sei beständig,
Daß kein Hinterhalt drohe der Stadt, wo die Krieger entfernt sind.
Also sei's, wie ich rede, ihr mutigen Helden von Troja,
Und gesagt ist das Wort, das ich jetzt für heilsam erachte,
Morgen werd' ich den reisigen Troern das andre verkünden.
Flehend bet' ich zu Zeus und den anderen Göttern und hoffe,
Endlich hinwegzujagen die Hunde, geleitet vom Schicksal,
Welche das Schicksal hergeführt auf dunkelen Schiffen.
Auf, und laßt uns während der Nacht uns selber bewachen.

Früh am dämmernden Tag dann rüsten wir uns mit den Waffen
Und erwecken die Kampfeswut bei den räumigen Schiffen.
Dann will ich sehn, ob Tydeus' gewaltiger Sohn Diomedes
Mich von den Schiffen zur Mauer hinwegdrängt, oder ich selbst ihn
Töte mit meinem Erz und blutige Waffen erbeute.
Morgen zeig' uns der Held die Tapferkeit, ob er vor meiner
Nahenden Lanze besteht. Doch unter den Vordersten, mein' ich,
Sinkt er dem Lanzenstoß' und um ihn viele Genossen,
Wann die Sonne sich morgen emporhebt. Ach, so gewiß doch
Möcht' ich unsterblich sein und ewig blühender Jugend,
Reich mit Ehren geschmückt, wie Apollon und Pallas Athene,
Als der kommende Tag das Unheil bringt den Argeiern!
  Also redete Hektor, und Beifall riefen die Troer.
Und sie lösten die unter dem Joche schäumenden Rosse,
Banden sie fest mit Riemen, am eigenen Wagen ein jeder.
Rinder brachten sie dann aus der Stadt und gemästete Schafe
Eilend herbei und herzerfreuenden Weines die Fülle;
Ferner Brot aus den Häusern, und Holz auch lasen sie reichlich.
Und sie weihten den Göttern erlesene Festhekatomben.
Siehe, die Winde trugen den Dampf des Opfers zum Himmel;
Duftend stieg er empor, allein die seligen Götter
Wollten ihn nicht empfangen; verhaßt war Ilios ihnen,
Priamos selbst und das Volk des lanzenkundigen Königs.
Jene saßen indes die Nacht hindurch an der Walstatt,
Stolzen Mutes, und ringsum brannten die Feuer in Menge.
Wie die Sterne den leuchtenden Mond umkränzen am Himmel,
Strahlend im herrlichen Glanz, wann windstill ruhet der Äther;
Hell sind rings die Warten und ragenden Gipfel der Berge,
Auch die Schluchten, es öffnete sich der unendliche Äther;
Aller Gestirne wird man gewahr, und es freut sich der Hirte:
Also loderten zwischen den Schiffen und Fluten des Xanthos,
Weit erglänzend vor Ilios' Feste, die Feuer der Troer.
Tausend Feuer im Feld' entflammten sie, aber an jedem
Saßen fünfzig Männer im Scheine des lodernden Feuers.
Und die Rosse rupften Spelt und glänzende Gerste,
Jedes an seinem Geschirr, und harrten der goldenen Frühe.

NEUNTER GESANG

Die Gesandtschaft an Achilleus und ihre Bitten

Also wachten die Troer vor Ilios. Doch die Achaier
Lähmte die schmähliche Flucht, des grausamen Schreckens Genossin;
Unerträglicher Schmerz durchdrang die Tapfersten alle.
Wie die Winde die fischdurchwimmelten Fluten erregen,
Nord und West, wann beide herüber vom thrakischen Lande
Jählings nahn mit Gewalt, und gleich die dunkele Woge
Hoch sich türmt, ans Gestade spülend Haufen von Seegras:
Also ward im Busen das Herz der Achaier zerrissen.
Atreus' Sohn, das Gemüt von heftigem Grame verwundet,
Schritt umher und befahl den Boten von tönender Stimme,
Jeglichen Mann mit Namen zur Ratsversammlung zu rufen,
Ohne Geschrei; er selbst war unter den ersten geschäftig.
Da sie voller Betrübnis versammelt saßen, erhob sich
Tränen vergießend der Held Agamemnon, dem dunklen Quell gleich,
Der sein trübes Gewässer vom steilen Felsen herabgießt.
Also seufzte er tief und sprach zu den Männern von Argos:
Freunde, des Volkes von Argos erhabene Fürsten und Pfleger,
Zeus, der Kronide, verstrickte mich doch in schwere Verblendung!
Ach der Grausame, welcher mir einst versprach und gelobte,
Erst nach Hause zu kehren, wenn Ilios' Feste gesunken.
Jetzt aber sann er verderblichen Trug und heißet mich ruhmlos
Wieder gen Argos ziehen, nachdem viel Volks mir verloren.
Also gefällt's nun wohl dem hocherhabnen Kronion,
Der schon vielen Städten das Haupt zu Boden gebeugt hat
Und auch beugen noch wird, denn er ist mächtig vor allen.
Aber wohlan, wie ich rede, so wollen wir alle gehorchen:
Laßt uns fliehn in den Schiffen zum teuren Lande der Väter;
Nie erobern wir doch die weitdurchwanderte Troja!

Also sprach Agamemnon, und alle verstummten und schwiegen.
Lange verharrten so die Achaier voll tiefer Betrübnis.
Endlich begann vor ihnen der Rufer im Streit Diomedes:
Gleich, Agamemnon, muß ich dein törichtes Wort doch bekämpfen,
Wie es gebührt, o König, im Rat; drum zürne mir ja nicht.
Zwar mir schmähtest du jüngst die Tapferkeit vor den Achaiern,
Kraftlos sei ich und feig, so sagtest du, aber das alles
Wissen Achaias Söhne, die Jungen sowohl wie die Greise.
Dir gab eins nur von beiden der Sohn des verschlagenen Kronos;
Nur durch die Macht des Zepters geehrt zu werden vor allen,
Aber Standkraft gab er dir nicht, die edelste Stärke.
O du Verblendeter, glaubst du denn wirklich, die Männer Achaias
Wären alle so feig und kraftlos, wie du gesagt hast?
Doch wenn dir selber das Herz so eifrig drängt nach der Heimkehr,
Wandere! frei ist der Weg, und die Schiffe sind nahe beim Meere
Aufgestellt, die in Menge dir hergefolgt von Mykene.
Aber die andern bleiben, die hauptumlockten Achaier,
Bis wir Priamos' Feste zerstört! Und wollen auch diese, –
Wohl, so mögen sie fliehn in den Schiffen zum Lande der Väter!
Ich und Sthenelos aber, wir kämpfen, bis wir das Schicksal
Ilios' endlich gefunden; uns hat ein Gott ja geleitet!
Also sprach er, da jauchzten ihm zu die Männer Achaias,
Voller Bewunderung über die Rede des reisigen Helden.
Unter ihnen erhob sich und sprach der reisige Nestor:
Tydeus' Sohn, wohl bist du der tapferste Krieger im Schlachtfeld,
Auch im Rate der beste von deinen Altersgenossen.
Keiner mag dein Wort mißachten von allen Achaiern,
Noch dawider dir sprechen; nur kamst du nicht völlig zum Ende.
Zwar noch bist du ein Jüngling und könntest selber mein jüngster
Sohn auch sein an Geburt, allein du sprichst mit Verstande
Unter den Fürsten des Heers, dieweil du gebührend geredet.
Aber wohlan, ich selber, der höherer Jahre sich rühmet,
Will nun reden und alles durchforschen; schwerlich auch wird mir
Einer die Rede verschmähn, auch nicht Agamemnon, der Herrscher.
Ohne Geschlecht und Gesetz und ohne Heimat ist jeder,

Welcher Gefallen findet am grausamen Bürgerkriege!
Auf, und laßt jetzt alle der finsteren Nacht uns gehorchen
Und das Mahl uns bereiten. Allein die Wächter des Heeres
Mögen, ein jeder, sich lagern am Graben außer der Mauer.
Solches trag' ich den Jünglingen auf. Doch du, Agamemnon,
Schreit' uns allen voran; denn du bist oberster Herrscher.
Gib uns Alten ein Mahl, ein gebührendes, wie es dir ansteht.
Deine Zelte sind voll des Weins, den der Danaer Schiffe
Täglich über das weite Meer aus Thrakien bringen;
Alle vermagst du reich zu bewirten, du Herrscher der Völker.
Sind aber viele versammelt, so folge dem, welcher den besten
Rat zu raten vermag; denn alle Achaier bedürfen
Guten, verständigen Rats, weil nahe den Schiffen die Feinde
Reichliche Feuer brennen; und wer mag dessen sich freuen?
Diese Nacht wird das Heer vernichten oder bewahren!
Also der Greis; da hörten sie aufmerksam und gehorchten.
Schnell enteilten die Wächter, in Waffen gerüstet, dem Lager:
Ihnen voran des Nestor Sohn Thrasymedes, der Herrscher,
Ferner Askalaphos samt Ialmenos, Söhne des Ares,
Dann Meriones, auch Deïpyros, ferner Aphareus,
Endlich Kreions erhabener Sohn, der Held Lykomedes.
Sieben führten die Wächter an, und jeglichem folgten
Hundert Jünglinge nach, in den Händen die ragenden Speere.
Mitten zwischen Graben und Mauer saßen sie nieder;
Dort entflammten sie Feuer und rüsteten jeder das Nachtmahl.
Atreus' Sohn aber führte die würdigsten Männer Achaias
Alle zusammen ins Zelt und bewirtete reichlich die Gäste,
Und sie erhoben die Hände zum zubereiteten Mahle.
Aber nachdem die Begierde nach Trank und Speise gestillt war,
Da begann als erster der Greis einen Plan zu enthüllen,
Nestor, der schon früher am besten immer geraten;
Dieser begann mit Bedacht und redete vor der Versammlung:
Atreus' mächtigster Sohn, du Völkerfürst Agamemnon,
Schließen will ich bei dir und beginnen, weil du so vielen
Völkern gebietest als Herr, und Zeus dir selber des Zepters
Macht und Gerechtsame gab, auf daß du alle beratest.
Drum ziemt dir's vor allen zu reden ein Wort und zu hören,

Auch zu erfüllen, wem sonst von den andern das Herz es gebietet,
Ernst zum Guten zu reden, denn dir gehört die Entscheidung.
So will *ich* denn sagen, wie mir's am besten zu sein dünkt.
Denn kein anderer mag wohl besseren Rat noch ersinnen,
Als mein Herz ihn bewegt, schon vormals, aber noch heute,
Seit dem Tag, da du, Liebling des Zeus, die schöne Briseïs
Aus dem Zelte dem zürnenden Peleussohne geraubt hast,
Nicht nach unserem Sinne fürwahr, denn ich habe mit großem
Ernste dir abgeraten. Doch übermütigen Geistes,
Hast du den tapfersten Mann, den selbst die Unsterblichen ehrten,
Schmählich entehrt, denn du nahmst sein Geschenk ihm. Aber auch jetzt noch
Sinnt umher, wie wir etwa sein Herz zur Versöhnung bewegen
Durch gefällige Gaben und sanft beruhigende Worte.
Ihm entgegnete drauf der Herrscher des Volks Agamemnon:
Greis, nicht unwahr hast du mir meine Verblendung geschildert.
Ja, ich fehlte und leugn' es auch nicht! Wohl viele der Völker
Wiegt ein einzelner auf, den Zeus im Herzen erwählt hat:
Wie er diesen jetzt ehrt und schlug das Volk der Achaier.
Aber nachdem ich in leidigem Eigensinn mich vergangen,
Will ich ihn wieder versöhnen und biete unendliche Buße.
Vor euch allen will ich die herrlichen Gaben benennen:
Zehn Talente von Gold und sieben dreifüßige Kessel,
Ungeschwärzt von Feuer, und zwanzig schimmernde Becken,
Zwölf der kräftigsten Rosse, gekrönt mit Preisen des Wettlaufs.
Nicht besitzlos wäre der Mann noch dürftig an Schätzen
Hochgepriesenen Goldes, dem so viel würde zu eigen,
Als mir Siegespreise gewannen die stampfenden Rosse.
Sieben Weiber auch geb' ich, erfahren in zierlicher Arbeit,
Lesbische Fraun; als er selber die prangende Lesbos erobert,
Wählt' ich sie, welche die sterblichen Weiber an Reizen besiegten.
Diese will ich ihm geben; auch sei die Geraubte darunter,
Briseus' blühende Tochter; mit heiligem Eide beschwör' ich,
Daß ich nie ihr Lager geteilt, noch je ihr genaht bin,
Wie im Geschlechte der Menschen die Männer den Weibern sich nahen.
Alles empfang' er sogleich. Doch sollten die Götter gewähren,

Daß wir die mächtige Feste des Priamos endlich erobern,
Reichlich mag er sein Schiff mit Gold und Erz dann belasten,
Mag auch, wann wir Achaier die Siegesbeute verteilen,
Nahen und unter den troischen Frauen sich zwanzig erwählen,
Die nach Helena selbst die allerschönsten erscheinen.
Sind wir zurück im achaiischen Argos, dem strotzenden Lande,
Soll er mein Eidam sein, und ich ehr' ihn gleich dem Orestes,
Der, mein einziger Sohn, erblüht in freudiger Fülle.
Drei der Töchter besitz' ich im festgebauten Palaste:
Deren wähl' er sich eine, Chrysothemis, Iphianassa,
Oder Laodike auch, und führe umsonst die Erkorne
Heim in des Peleus Haus; dazu noch geb' ich den reichen
Brautschatz, mehr als je ein Mann der Tochter gegeben.
Sieben reichbevölkerte Städte will ich ihm schenken:
Enope, Kardamyle sodann, und die grünende Hire,
Pherai, die heilige Burg, und die Wiesengründe Antheias,
Auch die schöne Aipeia und Pedasos' Rebenhügel.
Alle sind nah' am Meere, begrenzt von der sandigen Pylos,
Und es bewohnen sie Männer, begütert an Schafen und Rindern,
Welche ihn wohl mit Geschenken, wie einen Unsterblichen, ehrten
Und, vom Zepter beherrscht, ihm steuerten reichliche Schatzung.
Alles bring' ich ihm dar, sobald er den Zorn überwunden.
Mög' er sich zähmen! – Hades allein ist hart und unbeugsam,
Aber den Sterblichen auch der verhaßteste unter den Göttern.
Beugen sollt' er sich nur, soweit ich höher an Macht bin,
Und soweit ich älter zu sein an Jahren mich rühme.

Ihm entgegnete drauf der gerenische reisige Nestor:
Atreus' mächtiger Sohn Agamemnon, Gebieter der Männer,
Nicht verächtliche Gaben gewährst du dem Herrscher Achilleus.
Auf denn, laßt uns erlesene Boten entsenden, die eilend
Hingehn mögen zum Zelte des Peleussohnes Achilleus.
Oder wohlan, ich wähle sie aus, dann mögen sie folgen.
Phoinix geh' als Führer voran, der Liebling Kronions,
Drauf der mächtige Ajas zugleich mit dem edlen Odysseus.
Odios und Eurybates mögen als Herolde mitgehn.
Sprengt nun die Hände mit Wasser und mahnt zur Stille der Andacht,

Daß wir flehen zu Zeus, dem Kroniden, ob er sich erbarme.
Also sprach er, und allen gefiel die Rede des Greises.
Eilend gossen die Herolde Wasser über die Hände,
Jünglinge füllten die Mischgefäße mit Wein bis zum Rande,
Spendeten erst und verteilten darauf an alle die Becher,
Aber nachdem sie gesprengt und nach Herzenswunsche getrunken,
Eilten sie fort aus dem Zelte des Atreussohns Agamemnon.
Viel ermahnte sie noch der greise gerenische Nestor,
Jedem einzelnen winkend, besonders aber Odysseus,
Daß sie mit Eifer versuchten, den Peleussohn zu gewinnen.
Beide gingen am Ufer entlang des brausenden Meeres,
Beteten laut und flehten zum Erdumgürter Poseidon,
Daß sie leicht nun gewännen den hohen Sinn des Achilleus.
Als sie die Zelte und Schiffe der Myrmidonen erreichten,
Fanden sie ihn, wie er grade sein Herz an der künstlichen, schönen,
Klingenden Leier vergnügte, geschmückt mit silbernem Stege,
Die er gewonnen, nachdem er Eëtions Feste vernichtet.
Damit erfreut' er sein Herz und besang die Taten der Männer.
Patroklos saß ihm allein gegenüber in Schweigen und harrte,
Bis des Aiakos Enkel sein Lied zu Ende gesungen.
Beide nahten sie nun, voran der edle Odysseus;
Vor ihm blieben sie stehn, und staunend erhob sich Achilleus
Samt der Leier zugleich vom Sitz, auf dem er gesessen.
Patroklos auch erhob sich, sobald er die Männer gewahrte.
Also begrüßte die beiden und sprach der schnelle Achilleus:
Freude mit euch! Willkommen, ihr Teuersten! Sicherlich drängt euch
Not; doch seid ihr die liebsten Achaier mir, ob ich auch zürne.
Also sprach der edle Achilleus und führte sie vorwärts,
Setzte sie dann auf Sessel und Teppiche, schimmernd von Purpur.
Eilend sprach er darauf zu Patroklos, der ihm zur Seite:
Sohn des Menoitios, stell' vor uns einen größeren Kessel,
Misch' uns stärkeren Wein, und jeglichem fülle den Becher;
Denn die wertesten Männer sind unter mein Dach nun gekommen.
Also sprach er, und Patroklos folgte dem lieben Gefährten.
Selbst nun stellt' er die Fleischbank nieder im Scheine des Feuers,
Legte darauf den Rücken der feisten Zieg' und des Schafes,

Legt' auch des Mastschweins Schulter darauf, voll blühenden Fettes.
Während Automedon hielt, zerschnitt es der edle Achilleus;
Wohl zerstückt' er das Fleisch und steckt' es alles an Spieße.
Mächtige Glut entfachte Menoitios' göttlicher Sprosse.
Als nun die Lohe verlöscht und des Feuers Blume verwelkt war,
Ordnete dieser die Kohlen und richtete drüber die Spieße,
Hob sie auf stützende Gabeln und streute vom heiligen Salze.
Als er nun alles gebraten und ausgebreitet auf Borden,
Nahm Patroklos das Brot und verteilt' es in zierlichen Körben
Über den Tisch, doch die Stücke des Fleisches verteilte Achilleus.
Dieser setzte sich gegenüber dem hehren Odysseus
Hin an die andere Wand und gebot dem Gefährten Patroklos,
Erst den Göttern zu opfern; der warf die Spenden ins Feuer.
Und sie erhoben die Hände zum zubereiteten Mahle.
Aber nachdem das Verlangen nach Trank und Speise gestillt war,
Winkte Ajas dem Phoinix. Das merkte der edle Odysseus,
Füllte den Becher mit Wein und hob ihn Achilleus entgegen:
  Heil dir, Achilleus! Es mangelt uns nicht am gebührenden Mahle,
Weder dort im Zelte des Atreussohns Agamemnon,
Noch auch jetzt bei *dir*, denn reichlich stehen die Speisen
Hier zum Schmause; doch lockt uns nicht die liebliche Mahlzeit,
Sondern die bittere Not, du Göttlicher, läßt uns verzagen;
Zweifeln wir doch, ob den wohlgebordeten Schiffen die Rettung
Oder Verderben winkt, wo du nicht mit Stärke dich gürtest!
Nahe den Schiffen bereits und der Mauer drohn sie gelagert,
Trojas mutige Krieger und weitberühmte Genossen;
Rings entflammten sie Feuer durchs Heer, und keine Gewalt wohl
Hemmt sie ferner, sich über die dunklen Schiffe zu stürzen.
Zeus Kronion erfreut sie durch glückverheißende Zeichen
Seines Strahls, und Hektor tobt, voll wütenden Trotzes
Schrecklich daher, im Vertrauen auf Zeus; sonst achtet er gar nichts,
Weder Menschen noch Götter; so rast er im Taumel des Kampfes.
Sehnlich wünscht er, daß bald der heilige Morgen erscheine;
Denn er verheißt von den Schiffen die krönenden Schnäbel zu schlagen,
Selbst sie mit flammender Glut zu verbrennen, und alle Achaier

Niederzuhaun bei den Schiffen, betäubt vom Rauche des Brandes.
Darum fürcht' ich in Herzensangst, es möchten die Götter
Ihm die Drohung erfüllen, doch *uns* bestimmte das Schicksal,
Hinzusterben vor Troja, entfernt von der fruchtbaren Argos.
Aber wohlauf, sofern du gedenkst, die Männer Achaias
Jetzt, wie spät es auch sei, zu befrein aus der Troer Getümmel.
Sonst gereut es dich selbst hernach, und vergeblich ist alle
Mühe, geschehenem Übel zu steuern; besinne dich lieber
Vorher, wie du dem Unglückstag der Achaier begegnest.
Ach, mein Freund, wie sehr ermahnte dich Peleus, der Vater,
Damals, als er aus Phthia dich sandte zum Sohne des Atreus:
Lieber Sohn, dir werden den Sieg Athene und Here
Schenken, wenn's ihnen gefällt; nur bändige du dein erhabnes
Stolzes Herz in der Brust, denn freundlicher Sinn ist besser.
Meide den unheilstiftenden Zank, auf daß dich noch höher
Ehre das Volk der Argeier, die Jungen sowohl wie die Alten.
Also mahnte der Greis; du vergaßest es. Aber auch jetzt noch
Ruh' und entsage dem kränkenden Zorne! Sieh, Agamemnon
Beut dir würdige Gaben, sobald du den Zorn überwunden.
Willst du, so höre mich an und laß mich alles erzählen,
Was dir dort im Zelte zur Gabe verhieß Agamemnon:
Zehn Talente von Gold und sieben dreifüßige Kessel,
Ungeschwärzt vom Feuer, und zwanzig schimmernde Becken,
Zwölf der kräftigsten Rosse, gekrönt mit Preisen des Wettlaufs.
Nicht besitzlos wäre der Mann, noch dürftig an Schätzen
Hochgepriesenen Goldes, dem soviel würde zu eigen,
Als Agamemnons Renner an Siegespreisen gewannen.
Sieben Weiber auch gibt er, erfahren in zierlicher Arbeit,
Lesbische Fraun, als du selber die prangende Lesbos erobert,
Wählt' er sie, welche die sterblichen Weiber an Reizen besiegten.
Diese will er dir geben; auch wird die Geraubte dabei sein,
Briseus' blühende Tochter; mit heiligem Eide beschwört er,
Daß er nie ihr Lager geteilt, noch je ihr genaht sei,
Wie bei den Menschen, Herr, die Männer den Weibern sich nahen.
Alles empfängst du sogleich. Doch sollten die Götter gewähren,
Daß wir die mächtige Feste des Priamos endlich erobern,
Reichlich sollst du dein Schiff mit Gold und Erz dann belasten,

Sollst auch, wann wir Achaier die Siegesbeute verteilen,
Nahen und unter den troischen Frauen dir zwanzig erwählen,
Welche nach Helena selbst die allerschönsten erscheinen.
Sind wir zurück im achaiischen Argos, dem strotzenden Lande,
Sollst du sein Eidam sein, und er ehrt dich gleich dem Orestes,
Der, sein einziger Sohn, erblüht in freudiger Fülle.
Drei der Töchter besitzt er im festgebauten Palaste:
Deren wähle dir eine, Chrysothemis, Iphianassa,
Oder Laodike auch, und führ' umsonst die Erkorne
Heim in des Peleus Haus; dazu noch gibt er den reichen
Brautschatz, mehr als je ein Mann der Tochter gegeben.
Sieben reichbevölkerte Städte will er dir schenken:
Enope, Kardamyle sodann, und die grünende Hire,
Pherai, die heilige Burg, und die Wiesengründe Antheias,
Auch die schöne Aipeia und Pedasos' Rebenhügel.
Alle sind nah' am Meere, begrenzt von der sandigen Pylos,
Und es bewohnen sie Männer, begütert an Schafen und Rindern,
Welche dich wohl mit Geschenken wie einen Unsterblichen ehrten
Und, vom Zepter beherrscht, dir steuerten reichliche Schatzung.
Alles brächt' er dir dar, sobald du den Zorn überwunden.
Aber wenn Atreus' Sohn zu sehr dir im Herzen verhaßt ist,
Er und die Gaben, erbarme dich wenigstens doch der bedrängten
Andern Achaier im Heer, die dich künftig wie einen der Götter
Ehrten; du würdest vor ihnen gewaltigen Ruhm dir gewinnen.
Hektor fälltest du jetzt, dieweil er zu nahe dir käme,
Grimmig in Kampfeswut, da er wähnt, nicht einer von allen
Danaern wäre ihm gleich, die hierher trugen die Schiffe.
Ihm entgegnete drauf und sprach der schnelle Achilleus:
Göttlicher Sohn des Laërtes, erfindungsreicher Odysseus,
Sieh, ich muß dir offen und frei die Meinung bekennen,
Just wie ich's denke im Herzen, und wie's unfehlbar geschehn wird,
Daß ihr mich nicht mit Gewinsel von allen Seiten bedränget.
Denn ich hasse den Mann so sehr wie die Pforten des Hades,
Der ein andres im Herzen verbirgt und ein anderes ausspricht.
Aber ich selbst will sagen, wie mir's am besten zu sein dünkt.
Weder des Atreus Sohn Agamemnon soll mich bereden,
Noch die anderen Danaer; Undank ward mir zuteil nur,

Wenn ich unermüdlich die feindlichen Männer bekämpfte!
Gleiches Los wird dem säumigen Mann und dem eifrigen Krieger,
Gleicher Ehre genießt der Feigling wie der Beherzte,
Auch der Müßige stirbt gleich dem, der vieles gewirkt hat.
Gar nichts fruchten mir nun die Leiden, die ich erduldet,
Da ich stets im Kampf zum Preise setzte mein Leben.
So wie die Vogelmutter den nackenden Jungen die Atzung
Herbringt, welche sie fand, nicht achtend des eigenen Hungers:
Also hab' auch ich viel Nächte, ohne zu schlafen,
Schon durchwacht und blutige Tage durchrungen im Kriege,
Männer bekämpfend, allein um ihrer Gemahlinnen willen.
Zwölf schon hab' ich zu Schiff bevölkerte Städte verwüstet,
Ferner elf noch zu Fuß im troischen Schollengefilde;
Und aus allen erkor ich genug des edelsten Kleinods
Mir zur Beute; das brachte ich alles dem Herrn Agamemnon;
Atreus' Sohn blieb hinten indes bei den hurtigen Schiffen,
Nahm es an und verteilte ein weniges, vieles behielt er.
Dennoch gab er den Helden und Königen Ehrengeschenke,
Die noch jeder verwahrt; nur mir von allen Achaiern
Raubt' er das reizende Weib und behielt es; mag er in Wollust
Ihrer sich freun! Was trieb zum Krieg nur gegen die Troer
Argos' Volk? Was führt' er hieher die versammelten Streiter,
Atreus' Sohn? War's nicht der lockigen Helena wegen?
Lieben vielleicht sie allein von den sterblichen Menschen die Weiber,
Atreus' Söhne? Ein jeglicher Mann, der edel und klug ist,
Liebt sein eigenes Weib und pflegt es: also auch liebt' ich
Jene von ganzem Herzen, obwohl mein Speer sie erbeutet.
Nun er das Ehrengeschenk aus den Händen mit List mir entwunden,
Mag er mich nimmer versuchen; ich kenn' ihn und glaube kein Wort mehr!
Doch, Odysseus, mit dir und den anderen Königen allen
Mag er trachten, die lodernde Glut von den Schiffen zu wehren.
Wahrlich, vieles bereits vollendet' er ohne mein Zutun:
Schon die Mauer hat er gebaut und den mächtigen breiten
Graben gezogen und eingerammt die spitzigen Pfähle.

Gleichwohl kann er die Kraft des mordenden Hektor nicht brechen!
Aber solang ich selbst in den Reihen der Danaer kämpfte,
Stellte sich Hektor nie zur Schlacht, entfernt von der Mauer;
Höchstens kam er zum skaiischen Tor heran und der Eiche;
Dort nur stand er mir einst, und kaum entging er dem Angriff.
Nun es mir nimmer gefällt, mit dem göttlichen Hektor zu kämpfen,
Bring' ich morgen ein Opfer für Zeus und die anderen Götter,
Und sobald ich die Schiffe voll Fracht in die Fluten gezogen,
Alsdann siehst du, sofern du willst und solches dich kümmert;
Über den fischdurchwimmelten Hellespontos die Schiffe
Gleiten im Morgenrot mit emsig rudernden Männern.
Gibt mir der mächtige Erderschütterer glücklichen Fahrwind,
Möcht' ich am dritten Tag zur scholligen Phthïa gelangen.
Vieles ließ ich daheim, bevor ich hierher gezogen;
Auch von hier noch will ich an Gold und rötlichem Erze,
Schöngegürteten Weibern und weißgrau schimmerndem Eisen,
Nehmen, soviel ich erlost; das Geschenk nur, das er mir gegeben,
Raubt' er mir wieder im Übermut, Agamemnon, der König,
Atreus' Sohn! Das alles verkünd' ihm, was ich dir sage,
Offen, damit auch die andern im Volk der Achaier ergrimmen,
Wenn er vielleicht noch einen der Danaer hofft zu betrügen,
Jener von Unverschämtheit Besessene! Schwerlich hinfort wohl
Wagt er, so hündisch er ist, mir wieder zu schauen ins Antlitz!
Niemals mehr vereinen wir uns zum Rat noch zum Werke!
Einmal täuscht' er mich nun und frevelte; nimmer betrügt mich
Wieder sein tückisches Wort; es genüg' ihm! Eil' er getrost nur
Hin ins Verderben; ihm raubte der waltende Zeus die Besinnung.
Seine Gaben sind mir verhaßt, und ich acht' ihn wie gar nichts.
Nein, und böt' er mir zehnmal, zwanzigmal größere Güter,
Als er selber besitzt, und würde mir andres zuteil noch,
Böt' er sogar, was Orchomenos einbringt, oder was Thebe
Hegt, Aigyptos' Stadt, wo die Häuser mit Schätzen gefüllt sind;
Hundert Tore besitzt sie; durch jedes einzelne ziehen
Zweimalhundert Männer mitsamt den Rossen und Wagen;
Böt' er mir auch soviel, wie des Sandes Körner und Staubes,
Dennoch könnt' Agamemnon mein Herz nicht eher bewegen,

Als bis er abgebüßt die seelenkränkende Schmähung!
Keine Tochter begehr' ich von Atreus' Sohn Agamemnon,
Möchte sie auch sich messen an Reiz mit der goldenen Kypris
Oder an Werken der Hand mit der strahlenden Göttin Athene;
Dennoch begehr' ich sie nicht! Er wähle sich sonst von den Männern
Einen, der ihm gemäß, und der von höherem Range.
Denn erhalten die Götter mich nur, und gelang' ich zur Heimat,
Dann wird Peleus selbst gewiß die Gattin mir freien.
Viel' achaiische Frauen bewohnen ja Hellas und Phthia,
Töchter der edelsten Fürsten, die blühende Städte beherrschen;
Deren wähle ich, die mir gefällt, zur trauten Gemahlin.
Oftmals trachtete dort mein mutiges Herz und verlangte,
Einer Ehegenossin vermählt, der gebührenden Gattin,
Mich der Güter zu freun, die Peleus, der greise, gesammelt.
Nichts vergleich' ich an Wert dem Leben: weder die Schätze,
Welche die reich bevölkerte Ilios barg, wie sie sagen,
Einst im Frieden, bevor die Macht der Achaier sich nahte,
Noch was die steinerne Schwelle des Bogenschützen beherbergt,
Phoibos Apollons Schatz, in der Felsenstätte von Pytho.
Wohl erbeutet man Rinder und fettgemästete Schafe,
Dreifüße mag man gewinnen und Rosse mit gelblicher Mähne,
Aber des Menschen Geist kehrt niemals wieder, sobald er
Über die Lippen geflohn, nie wird er gefaßt noch erbeutet.
Meine göttliche Mutter, die silberfüßige Thetis,
Sagt, mich führe zum Tod ein zwiefach strebendes Schicksal:
Wenn ich hier noch bliebe und weiterkämpfte um Troja,
Hin sei die Heimkehr dann, doch blühe mir ewiger Nachruhm.
Aber kehr' ich zurück zum teuren Lande der Väter,
Dann verwelke mein herrlicher Ruhm, doch lang sei des Lebens
Dauer, und nicht so bald ereile das Los mich des Todes.
Auch euch andere möchte ich nun beraten und mahnen,
Heimzusegeln im Schiff; ihr findet ja nimmer der steilen
Ilios Untergang, denn Zeus, der waltende Herrscher,
Deckt sie mit schirmender Hand, und unverzagt sind die Völker.
Ihr nun macht euch auf, den edlen Fürsten Achaias
Botschaft anzusagen – die Würde der würdigsten Männer –:

Daß sie anderen, besseren Rat im Herzen ersinnen,
Welcher die Schiffe zugleich und das Volk der Danaer schütze
Bei den geräumigen Schiffen; denn ungedeihlich ist jener,
Welchen sie ausgesonnen, da *ich* im Zorne beharre.
Phoinix indes mag hier bei uns zur Ruhe sich legen,
Daß er im Schiffe mir folge zum teuren Lande der Väter
Morgen, wenn's ihm gefällt; doch nicht aus Zwang soll er ziehen.

Also sprach der Pelide, und alle verstummten und schwiegen,
Ob der Worte betroffen, denn kraftvoll hatt' er geredet.
Endlich begann vor ihnen der graue reisige Phoinix,
Tränen vergießend; er fürchtete sehr für die Schiffe Achaias:

Wenn du wirklich auf Heimkehr sinnst, gewalt'ger Achilleus,
Und so gänzlich verschmähst, den verzehrenden Brand von den Seglern
Abzuwehren, dieweil sich der Zorn ins Herz dir gesenkt hat,
Ach mein Kind, wie könnt' ich von dir verlassen, allein hier
Bleiben? Mich sandte mit dir ja der graue reisige Peleus
Damals als er aus Phthia zum stolzen Atriden dich sandte,
Jung wie du warst, noch unerprobt im verheerenden Kriege,
Auch in des Rates Verhandlung, darin sich Männer hervortun.
Darum sandt' er mich fort, um dich das alles zu lehren,
Wohlberedt in Worten zu sein und rüstig in Taten.
Also könnt' ich von dir, mein teures Kind, mich unmöglich
Trennen, und gäbe mir auch ein ewiger Gott die Verheißung,
Mich, des Alters entkleidend, zum Jüngling wieder zu wandeln,
So wie ich Hellas verließ, das Land der rosigen Jungfraun,
Wegen des Zwists mit dem Vater, dem Ormeniden Amyntor,
Der um die schöngelockte Lagergenossin mir zürnte;
Diese liebt' er allein, die eigene Gattin entehrend,
Meine Mutter; sie flehte mich oft, die Knie' mir umschlingend,
Doch das Weib zu beschlafen, damit es den Alten verachte.
Ihr gehorcht' ich und tat's; doch gleich bemerkt' es der Vater,
Fluchte mir heftig und rief die Erinyen an, die verhaßten:
Niemals möchte auf seinen Knieen sitzen ein Söhnlein,
Welches von mir gezeugt; und den Fluch erfüllten die Götter,
Zeus in der Unterwelt und die schreckliche Persephoneia.
Erst gedacht' ich den Vater mit scharfem Erze zu töten,

Doch der Unsterblichen einer bezähmte mich, welcher den argen
Ruf mir vorhielt unter dem Volk und die schimpflichen Reden,
Daß die Achaier nicht künftig den Vatermörder mich nennten.
Jetzt ertrug es mein Herz durchaus nicht länger, im Hause
Dort vor dem Angesichte des zürnenden Vaters zu weilen.
Zwar beschworen mich Vettern und Freunde, die mich umgaben,
Heftig mit Bitten und suchten zurück mich im Hause zu halten.
Viele gemästete Schafe und schleppend wandelnde Rinder
Schlachteten sie, und manches vom Fette strotzende Mastschwein
Spannten sie aus und sengten es über der Glut des Hephaistos;
Reichlich ward auch der Wein gezecht aus den Krügen des Greises.
Also ruhten sie dort bei mir neun Nächte und hielten
Wechselweise die Wacht, und nie erloschen die Feuer:
Eins am Tor in der Halle des festummauerten Hofes,
Und auf der Hausflur eins, vor den Türen des Ruhegemaches.
Als nun aber die zehnte der finsteren Nächte gekommen,
Da zerbrach ich die festverschlossene Pforte der Kammer,
Eilte hinaus und schwang mich über die Mauer des Hofes,
Unbemerkt von den wachenden Männern und dienenden Weibern,
Flüchtete dann in die Ferne durch Hellas' räumige Fluren,
Bis ich zur scholligen Phthia, der Mutter der Lämmer, gelangt war,
Dort, wo Peleus herrschte, der voller Güte mich aufnahm
Und mich liebte, wie sonst ein Vater den einzigen teuren
Spätgeborenen liebt im wohlbestellten Besitztum.
Dieser machte mich reich und gab mir ein Volk zu beherrschen;
Fern an der Grenze von Phthia gebot ich im Doloperlande.
Dich auch macht' ich zum Manne, du göttergleicher Achilleus,
Da ich von Herzen dich liebte; du wolltest ja nie mit den andern
Weder zum Gastmahl gehn, noch essen daheim in der Halle,
Eh' ich selber dich nicht auf meine Kniee genommen,
Und die zerschnittene Speise dir bot und den Becher dir vorhielt.
Oftmals hast du das Kleid an der Brust mit Wein mir begossen,
Welchen du ausgesprudelt in unbehilflicher Kindheit.
Also hab' ich mich abgemüht und manches erduldet
Deinethalb; ich bedachte, wie eigene Kinder die Götter
Mir versagten, und wählte, du göttergleicher Achilleus,
Dich zum Sohne, damit du mich einst beschützest vor Unheil.

Zähme dein stolzes Herz! Dir ziemt es mitnichten, Achilleus,
Unerbittlich zu sein; oft fügen sich selber die Götter,
Die vollkommener doch und stärker und höher geehrt sind.
Diese vermag durch Räucherwerk und fromme Gelübde,
Opferduft und Spenden der Sterbliche umzustimmen,
Unter Bitten, wenn einer gesündigt oder gefehlt hat.
Denn die reuigen Bitten sind Töchter des großen Kronion;
Hinkenden Fußes, runzlig, mit seitwärts schielenden Augen,
Schreiten sie hinter der Schuld einher und suchen zu folgen.
Aber die Schuld ist frisch und rüstig zu Fuße, denn allen
Läuft sie voraus und bringt auf der ganzen Erde Verwirrung
Unter die Menschen zuerst, und jene folgen mit Sühne.
Wer den nahenden Töchtern des Zeus mit Ehrfurcht begegnet,
Diesem helfen sie wohl und hören auf seine Gebete.
Doch wenn einer sie von sich stößt und trotzig sich weigert,
Alsdann kommen sie gleich zu Zeus Kronion und bitten,
Daß ihm folge die Schuld, damit er büße durch Schaden.
Drum, Achilleus, biet' auch du den Töchtern Kronions
Ehre, wie sie den Sinn auch andrer Helden verwandelt.
Denn wofern er nicht Gaben dir böte und künftig verhieße,
Atreus' Sohn, vielmehr in hitzigem Grolle beharrte,
Nie wohl hieß' ich vom Zorne dich lassen, um den Argeiern
Schutz in der Not zu gewähren, wie sehr sie deiner bedürften.
Jetzt aber gibt er dir vieles gleich, und andres verheißt er,
Sandte dir auch, dich anzuflehen, die edelsten Männer,
Die er in Argos' Volk erwählte, weil sie die liebsten
Aller Achaier dir sind. Vereitle du ihnen den Gang nicht,
Noch die Rede. Gewiß, dein Zorn war nicht zu verargen.
Also hörten wir auch von den früheren Helden erzählen,
Wann sich einer vielleicht ereifert hatte zum Zorne;
Doch sie ließen durch Gaben und Worte sich wieder versöhnen.
Einer Tat gedenk' ich, vor alten Zeiten geschehen,
Nicht von gestern; ich will sie vor euch, ihr Lieben, berichten:
Mit den Kureten stritten die kühnen Aitolerhelden
Einst um Kalydons Stadt, und sie raubten einander das Leben;
Denn die Aitoler kämpften für Kalydons liebliche Feste,
Weil das Volk der Kureten sie auszurotten verlangte.

Jenen sandte die goldenthronende Artemis Unheil,
Zürnend, daß Oineus ihr kein Ernteopfer im Saatland
Hatte gebracht; es genossen die Himmlischen sonst Hekatomben,
Ihr nur opfert' er nicht, der Tochter des großen Kronion,
Achtlos oder vergeßlich, doch groß war seine Verschuldung.
Heftig erzürnt nun sandte die göttliche Schützin des Bogens
Einen grimmigen Eber daher mit weißlichen Hauern,
Der gar übel hauste im Saatengefilde des Oineus:
Viele ragende Bäume entwurzelte dieser und warf sie
Samt den Wurzeln zu Boden und samt den Blüten der Früchte.
Endlich erschlug ihn Oineus' Sohn, der Held Meleagros,
Der aus vielen Städten die Jäger und Hunde herbeirief;
Niemals hätt' er es doch mit weniger Männern bezwungen,
Jenes Untier, das gar manchem zur Flamme verholfen.
Aber die Göttin erhob viel Kampfeslärm und Getümmel
Über des Ebers Haupt und die Beute des borstigen Felles
Zwischen den wilden Kureten und hochgemuten Aitolern.
Zwar, solange der streitbare Held Meleagros noch kämpfte,
Traf die Kureten Unheil stets, und sie konnten sich nicht mehr
Außer der Mauer halten im Kampfe, so viele sie waren.
Aber sobald Meleagros der Zorn ergriff, der auch andern
Schwellen läßt im Busen das Herz, den Verständigsten selber,
Siehe, da blieb er, im Groll auf die leibliche Mutter Althaia,
Liegen zur Seite Kleopatras, der schönen Gemahlin,
Einer Tochter Marpessas, der zierlichen Euenostochter,
Und des gewaltigen Ides, des tapfersten Erdebewohners
Jener Zeit; denn selbst auf den mächtigen Phoibos Apollon
Hatt' er den Bogen gespannt um die zierlich wandelnde Jungfrau.
Jene wurde darauf im Hause von Vater und Mutter
Immer mit Namen genannt Alkyone, weil ihre Mutter
Einst das Jammergeschick des Alkyonvogels erduldend,
Klagte, da sie vom treffenden Phoibos Apollon geraubt ward.
Neben ihr lagerte jener, das Herz voll nagenden Zornes,
Heftig ergrimmt ob der Flüche der Mutter, welche die Götter
Anrief unter Gestöhn um ihren gemordeten Bruder
Und die nahrungspendende Erde zerschlug mit den Fäusten;
Hades flehte sie an und die schreckliche Persephoneia,

Hingesunken ins Knie, den Busen mit Tränen benetzend,
Gleich zu töten den Sohn; und die grausam gesinnte Erinys
Hörte ihr Flehen vom Erebos her, die Göttin des Dunkels.
Jetzt erscholl um die Tore der feindliche Sturm, und die Türme
Hallten getroffen vom Wurf. Da kamen Aitoliens Greise
Flehend zu ihm, und sie sandten die heiligsten Priester der Götter,
Daß er zu Hilfe doch käm', und verhießen ihm große Geschenke.
Wo die üppigste Flur der lieblichen Kalydon prangte,
Dort geboten sie ihm, ein stattliches Gut sich zu wählen,
Fünfzig Hufen im Kreise, die Hälfte Nebengefilde
Und die Hälfte unbeschattetes Land zum Bepflügen.
Voller Inbrunst bat ihn der alte reisige Oineus,
Der auf der Schwelle des hochgewölbten Gemachs an den festen
Bohlen der Pforte rüttelnd, den Sohn mit Bitten bedrängte.
Auch die Schwestern flehten ihn an und die würdige Mutter;
Umsomehr nur trotzt' er; es baten ihn innig die Freunde,
Welche die wertesten ihm und liebsten waren von allen.
Dennoch konnten sie nicht sein Herz im Busen bewegen,
Bis der Schwarm der Geschosse die Kammer traf, die Kureten
Schon bestiegen den Wall und die Feste mit Feuer verheerten.
Jetzt beschwor die schöngegürtete Gattin den Helden
Unter Klagen, und nannte ihm all' das Leiden und Elend,
Das die duldenden Menschen trifft in eroberter Feste:
Wie man die Männer erschlägt und die Stadt in Asche verwandelt,
Aber die Kinder entführt und die tiefgegürteten Weiber.
Als er so Schlimmes vernahm, ward endlich das Herz ihm erschüttert;
Eilend ging er und hüllte den Leib in die strahlende Rüstung.
Also wehrt' er dem Unglückstag des Aitolervolkes,
Angetrieben vom eigenen Mut; nicht brauchten sie viele
Köstliche Gaben zu zollen, umsonst schon wehrt' er dem Unheil.
Du aber sei mir nicht also gesinnt, noch laß dich vom Dämon
Dazu treiben, mein Freund; es wäre beschwerlicher, glaub' ich,
Wenn du die brennenden Schiffe verteidigtest! Nein, für Geschenke
Komm; dann ehren dich auch wie einen Gott die Achaier.
Wenn du ohne Gaben jedoch in die mordende Schlacht gingst,
Würden dir nimmer die gleichen Ehren, ob du auch siegtest.

Ihm entgegnete drauf und sprach der schnelle Achilleus:
Phoinix, göttlicher Greis, mein Vater, gar nicht bedarf ich
Dieser Ehren; ich meine, mich ehrt die Bestimmung Kronions,
Welche mich halten soll bei den Schiffen, solange der Atem
Meine Brust noch schwellt und Kraft sich regt in den Knieen.
Eines verkünd' ich dir noch, und du bewahr' es im Herzen:
Störe mir nicht das Gemüt mit jammernden Bitten und Klagen;
Nur den Atriden begünstigend. Nein, du solltest ihn gar nicht
Lieben, damit du mir nicht in Haß die Liebe verwandelst.
Besser, daß du mit mir den kränkst, der mich selber gekränkt hat!
Teile mit mir die Gewalt und empfange die Hilfe der Ehre;
Diese verkünden es schon; du bleib' indessen und leg' dich
Nieder auf sanftem Lager. Sobald der Morgen sich rötet,
Halten wir Rat, ob wir heimwärts kehren oder noch bleiben.
Sprach's und gebot dem Patroklos schweigend mit deutenden Brauen,
Phoinix ein wärmendes Lager zu richten, daß sie der Heimkehr
Bald aus dem Zelte gedächten. Doch unter den Helden erhob sich
Ajas, der göttliche Telamonide, und redete also:
Göttlicher Sohn des Laërtes, erfindungsreicher Odysseus,
Laß uns gehn; auf diesem Wege versäumen wir doch nur
Unser Ziel, wie mir scheint. Es gebührt uns aber, die Rede
Rasch den Achaiern zu melden, so unerfreulich sie lautet;
Denn sie sitzen gewiß und erwarten uns. Aber Achilleus
Hat sein stolzes Herz in der Brust verhärtet, und grausam
Läßt er sich nicht von der Freundschaft der eignen Genossen bewegen;
Stets doch ehrten wir ihn bei den Schiffen vor allen besonders!
Unbarmherziger Mann! Sogar von dem Mörder des Bruders
Oder des eigenen Sohnes empfing schon mancher die Sühnung;
Jener bezahlt die reichliche Buße und bleibt in der Heimat,
Während dieser den Zorn des trotzigen Herzens besänftigt,
Wann er die Sühnung empfing. Doch unversöhnlich und böse
Machten die Götter dein Herz in der Brust nur wegen des einen
Mägdleins! Jetzt aber bieten wir sieben erlesene Jungfraun,
Und noch vieles dazu! So laß dich endlich erweichen;
Ehre den heiligen Herd! Wir sind ja zu Gaste gekommen

Aus dem Danaervolk und achten es groß, vor den andern
Dir die nächsten zu sein und die liebsten von allen Achaiern.
Ihm erwiderte drauf und sprach der schnelle Achilleus:
Ajas, göttlicher Sohn des Telamon, Völkergebieter,
Alles hast du beinahe mir selbst aus der Seele geredet,
Aber es schwillt das Herz von Galle mir, wenn ich des Mannes
Denke, der mir so schnöde vor Argos' Volke begegnet,
Atreus' Sohn, als wär' ich ein ungeachteter Fremdling.
Aber geht nur hin, ihm anzusagen die Botschaft.
Denn ich werde mich erst des blutigen Kampfes erinnern,
Wenn des waltenden Priamos Sohn, der göttliche Hektor,
Schon die Zelte und Schiffe der Myrmidonen erreicht hat,
Argos' Männer erwürgt und niederbrennet die Schiffe.
Aber bei meinem Zelt und dunklen Schiffe wird Hektor,
Glaub' ich, so eifrig er ist, sich wohl enthalten des Kampfes.
Als er gesprochen, erhoben sie alle die doppelten Becher,
Sprengten und gingen zurück zu den Schiffen, als erster Odysseus.
Patroklos aber befahl den Gefährten und dienenden Mägden,
Unverzüglich für Phoinix ein wärmendes Lager zu richten.
Gleich gehorchten die Mägde und richteten emsig das Lager,
Wollige Vließe und Polster und zarte Gewebe von Linnen.
Hier nun ruhte der Greis und harrte der heiligen Frühe.
Aber Achilleus schlief im innern Gemache des Zeltes;
Neben ihm lag ein blühendes Weib, Diomede, die Jungfrau,
Die er aus Lesbos entführte, die rosige Tochter des Phorbas.
Patroklos legte sich gegenüber, und neben ihm ruhte
Iphis, die reizende, welche der edle Achilleus ihm schenkte,
Als er Skyros bezwungen, die ragende Burg des Enyeus.
Da nun jene zum Zelte des Atreussohnes gelangten,
Grüßte die Schar der Achaier sie gleich mit goldenen Bechern,
Alle standen sie auf, umringten die Helden und fragten.
Aber als erster fragte der Völkerfürst Agamemnon:
Sprich, gepriesener Held Odysseus, Ruhm der Achaier,
Ist er bereit, die feindliche Glut von den Schiffen zu wehren.
Oder schlug er's ab und trotzt im erhabenen Herzen?
Ihm entgegnete drauf der herrliche Dulder Odysseus:
Atreus' mächtiger Sohn, du Völkerfürst Agamemnon,

Noch will jener den Groll nicht bändigen, sondern nur höher
Schwillt ihm der Mut; dein achtet er nicht, noch deiner Geschenke.
Selber heißt er dich jetzt im Kreis der Argeier erwägen,
Wie du die Schiffe zu retten vermagst und das Volk der Achaier.
Er aber drohte, die wohlgedeckten, doppeltgeschweiften
Schiffe zu ziehen ins Meer, sobald der Morgen sich rötet.
Auch euch andere möchte er nun beraten und mahnen,
Heimzusegeln im Schiff; ihr findet ja nimmer der steilen
Ilios' Untergang, denn Zeus, der waltende Herrscher,
Deckt sie mit schirmender Hand, und unverzagt sind die Völker.
Also sprach er; auch diese bezeugen es, welche mir folgten,
Ajas hier und die wohlerfahrenen Herolde beide.
Phoinix, der Greis, blieb dort und legte sich; also gebot er,
Daß er im Schiff ihm folge zum teuren Lande der Väter
Morgen, wenn's ihm gefällt; doch nicht aus Zwang soll er ziehen.
Also sprach Odysseus, und alle verstummten und schwiegen,
Ob des Wortes betroffen, denn kraftvoll hatt' er geredet.
Lange schwiegen die tiefbekümmerten Söhne Achaias.
Endlich begann vor ihnen der Rufer im Streit Diomedes:
Atreus' mächtiger Sohn, du Völkerfürst Agamemnon,
Hättest du niemals doch den hehren Peliden gebeten,
Reiche Gaben ihm bietend! Denn stolz ist jener ja so schon,
Und nun hast du noch mehr im stolzen Sinn ihn bekräftigt.
Doch fürwahr, ich denke, wir lassen ihn, ob er hinwegzieht
Oder bleibt. Er wird schon kämpfen wieder, sobald ihn
Erst im Busen das Herz bewegt und ein Gott ihn ermuntert.
Aber wohlan, wie ich rede, so laßt uns alle gehorchen.
Geht jetzt ruhen und labet mit Wein und Nahrung zuvor noch
Eure Herzen, denn das gibt Kraft und rüstige Stärke.
Doch wenn Eos, die holde mit Rosenfingern, heraufkommt,
Ordne du gleich vor den Schiffen die Streiter zu Fuß und zu Wagen,
Muntre sie auf und kämpfe du selbst im vordersten Treffen.
Also sprach Diomedes, und Beifall riefen die Fürsten,
Voller Bewundrung über die Sprache des reisigen Helden.
Hierauf sprengten sie Wein und kehrten zurück in die Zelte,
Legten sich dort und empfingen die Gabe des Schlafes, ein jeder.

ZEHNTER GESANG

Die Kundschaft des Dolon

Alle sonst bei den Schiffen, die edlen Helden Achaias,
Schliefen die ganze Nacht, von sanftem Schlummer gefesselt;
Nur Agamemnon, dem Hirten der Völker, wollte der süße
Schlaf nicht nahen, weil sein Herz von Sorgen bedrängt war.
Wie der hohe Gemahl der lockigen Here den Blitz wirft,
Wann er unendlichen Regen sendet oder den Hagel
Oder ein Schneegestöber, daß weiß von Schnee die Gefilde,
Oder auch den Rachen des Kriegs, des verderblichen, öffnet:
Also seufzte nun oft in beklommener Brust Agamemnon
Tief aus dem Herzen empor, und Angst erfüllt' ihm die Seele.
Siehe, sooft er hin zum Felde von Ilios blickte,
Staunte er über die Feuer, die zahlreich brannten vor Troja,
Über der Flöten und Pfeifen Getön und der Menschen Getümmel.
Aber sobald er zum Danaervolk und den Schiffen hinabsah,
Rauft' er sich viele Haare mitsamt den Wurzeln vom Haupte,
Flehte zu Zeus empor und stöhnte im edlen Gemüte.
Dieser Entschluß erschien dem Zweifelnden endlich der beste:
Erst vor allen zu Nestor zu gehn, dem Sohne des Neleus,
Ob er mit ihm vielleicht die rettenden Pläne ersänne,
Welche die Danaer alle bewahren möchte vor Unheil.
Gleich erhob er sich nun, umhüllte die Brust mit dem Leibrock,
Band sich unter die glänzenden Füße die schönen Sandalen,
Warf um die Schulter das blutige Fell des gewaltigen falben
Löwen, welches zum Knöchel ihm reichte, und faßte die Lanze.
　Auch Menalaos bebte vor Angst, – auch ihm war der Schlaf nicht
Über die Lider gesunken – es möchten die Danaer Schlimmes
Dulden, welche doch seinetwegen allein durch die Fluten
Her gen Troja gezogen, den wilden Krieg zu beginnen.
Erst nun zog er das Fell des buntgesprenkelten Panthers
Über den kräftigen Rücken, ergriff den ehernen Helm dann,

Schmückte das Haupt und faßte den Speer in der nervigen Rechten.
Eilend ging er darauf, den Bruder zu wecken, der mächtig
Allen Achaiern gebot, wie ein Gott im Volke gefürchtet.
Diesen fand er beim Heck des Schiffs, wie er grade die Rüstung
Über die Schulter sich legte; mit Freude begrüßt' er den Bruder,
Und als erster begann der Rufer im Streit Menelaos:
Warum wappnest du dich, mein Freund? Soll gegen die Troer
Dir auf Kundschaft gehen ein Mann? Allein ich befürchte
Sehr, es möchte zu solchem Werke sich niemand erbieten,
Einsam durch die ambrosische Nacht zu schleichen, die Feinde
Auszuspähen; der wäre fürwahr entschlossenen Mutes!
Ihm erwiderte gleich der Herrscher des Volks Agamemnon:
Beide bedürfen wir jetzt, o Götterfreund Menelaos,
Klugersonnenen Rates, der Argos' Volk und die Schiffe
Sichern und retten möchte, da Zeus den Willen gewandelt.
Siehe, Hektors Opfer begünstigt er eben im Herzen!
Niemals hab' ich doch angesehn, noch hört' ich berichten,
Daß ein Mann des Grausen so viel am Tage vollbracht hat
Als nun Hektor, der Liebling des Zeus, am Volk der Achaier,
Ganz allein, obwohl er nicht stammt von göttlichen Eltern:
Taten, deren die Danaer wohl sich lange hinfort noch
Schmerzlich erinnern; so Böses beging er am Volk der Achaier!
Auf nun, eile hinab zu den Schiffen und rufe mir Ajas
Samt Idomeneus her; ich selber werde zu Nestor
Gehen, den göttlichen Greis zu ermuntern, ob er gewillt sei,
Selbst zur heiligen Schar der Wächter zu gehn und zu ordnen.
Dem gehorchen sie doch am besten, denn es gebietet
Über die Wächter sein Sohn und Idomeneus' Waffengefährte
Dort, Meriones, die wir am liebsten damit ja betrauten.
Ihm erwiderte drauf der Rufer im Streit Menelaos:
Wie denn soll ich den Auftrag deuten oder befolgen?
Bleibe ich dort mit jenen und warte, bis daß du herankommst?
Oder lauf' ich dir nach, sobald ich's ihnen verkündigt?
Ihm entgegnete wieder der Herrscher des Volks Agamemnon:
Bleib' nur dort; sonst könnten wir leicht einander verfehlen
Unterwegs, denn viele Pfade durchkreuzen das Lager.
Rufe laut, wohin du auch kommst, und heiße sie wach sein,

Jeglichen Mann nach Vatergeschlecht mit Namen benennend,
Jeglichem Ehren erweisend, und überhebe dich ja nicht.
Vielmehr wollen wir selbst uns mühen! Hat ja Kronion
Schon bei unsrer Geburt uns lastendes Leiden beschieden!
Solches trug er dem Bruder auf, entließ ihn und eilte
Selber zu Nestor jetzt, dem würdigen Hirten der Völker.
Diesen fand er beim Zelt und schwärzlichen Schiff, auf das weiche
Lager gebettet, und neben ihm lag die Zierde der Waffen,
Schild und strahlender Helm und zwei gewaltige Lanzen,
Neben ihm auch der schillernde Gurt, womit sich der Alte
Gürtete, wenn er gewappnet zur männermordenden Feldschlacht
Führte das Volk, denn er achtete nie des traurigen Alters.
Jetzt erhob er das Haupt, auf den Ellenbogen sich stützend,
Sprach zum Atriden und forschte ihn aus mit fragenden Worten:
Sag', wer bist du, der einsam das Lager der Schiffe durchwandelt
Jetzt in finsterer Nacht, da andere Sterbliche schlafen?
Kommst du, einen der Freunde zu suchen oder ein Maultier?
Sprich und nahe mir nicht so lautlos! Wessen bedarfst du?
Ihm entgegnete drauf der Herrscher des Volks Agamemnon:
Nestor, Neleus' Sohn, du großer Ruhm der Achaier,
Kenne doch Atreus' Sohn Agamemnon, welchem vor allem
Zeus nur Elend immer bereitet, solange der Atem
Meine Brust noch schwellt und Kraft sich regt in den Knieen.
So nun schweif' ich, dieweil kein ruhiger Schlaf mir die Augen
Zuschließt, sondern der Krieg und die Not der Achaier mich kümmert.
Denn ich bebe vor Angst um die Danaer; fort ist der feste
Mut und alle Besinnung dahin; es will aus der Brust mir
Springen das Herz, und es zittern darunter die glänzenden Glieder.
Doch so du handeln willst, auch dich hat der Schlaf ja gemieden,
Komm und laß uns hinab zu den Wächtern gehen, damit wir
Sehn, ob diese nicht gar, von Schlaf und Ermattung bewältigt,
Niedersanken und ganz die Pflichten der Wache vergessen.
Denn die Feinde sind nahe bei uns gelagert, und niemand
Weiß, ob sie nicht in der Nacht uns anzugreifen beschließen.
Ihm erwiderte drauf der gerenische reisige Nestor:
Atreus' mächtiger Sohn, du Völkerfürst Agamemnon,

Sicherlich wird der waltende Zeus dem Hektor nicht jeden
Wunsch, den er jetzt sich erträumt, erfüllen, sondern ich hoffe,
Daß ihn mehr noch die Sorgen bedrängen hinfort, wenn Achilleus
Endlich im Herzen sich abgekehrt vom widrigen Zorne.
Gern begleit' ich dich nun, doch laß uns auch andere wecken:
Tydeus' Sohn, den Schwinger des Speers, und den weisen Odysseus,
Auch den hurtigen Ajas und Phyleus' tapferen Sprossen.
Wenn auch einer sofort enteilte, jene zu rufen,
Ajas, den göttlichen Mann, und Idomeneus, Kretas Beherrscher;
Deren Schiffe liegen am fernsten ja, nicht in der Nähe.
Doch Menelaos, den teuren, wiewohl ich ihn herzlich verehre,
Schelt' ich fürwahr, und zürnst du mir auch, ich kann's nicht verbergen,
Daß er schläft und dir allein die Mühe gelassen.
Hätt' er nunmehr doch selbst sich mühen müssen, mit Bitten
Allen Fürsten zu nahn, denn die Not ist nimmer zu tragen.
Ihm entgegnete wieder der Herrscher des Volks Agamemnon:
Greis, zu anderer Zeit gebiet' ich dir selbst, ihn zu tadeln,
Oft ja säumt mein Bruder und ist nicht willig zur Arbeit,
Weder aus Trägheit zwar, noch unverständlichem Geiste,
Sondern weil er mich ehrt und mein Beginnen erwartet.
Jetzt aber ist er zuerst erwacht und zu mir gekommen,
Und ich sandt' ihn, die Männer zu rufen, nach welchen du forschest.
Gehen wir denn! wir finden sie sicherlich dort bei den Wächtern,
Außer dem Tor, wo ich ihnen bedeutete, sich zu versammeln.
Ihm erwiderte drauf der gerenische reisige Nestor:
So wird kein Achaier ihm zürnen oder sich weigern,
Ihm zu folgen, sobald er zum Werk ihn drängt und ermuntert.
Als er dieses gesagt, umhüllt' er die Brust mit dem Leibrock,
Band sich unter die glänzenden Füße die schönen Sandalen
Und befestigte über den Schultern den doppelten weiten
Purpurfarbenen Mantel aus dichtgekräuselter Wolle,
Nahm die mächtige Lanze, geschärft mit eherner Spitze,
Machte sich auf und ging zu den Schiffen des Danaerheeres.
Und als ersten erweckte der greise gerenische Nestor

Jetzt Odysseus, der dem Kroniden vergleichbar an Einsicht,
Lauten Rufes, und rasch zu Herzen drang ihm die Stimme,
Aus dem Zelte trat er hervor und sprach zu den Männern:
Was durchirrt ihr das Lager der Schiffe und wandelt so einsam
Durch die ambrosische Nacht? Welch bittere Sorge bedrückt euch?
Ihm erwiderte drauf der gerenische reisige Nestor:
Göttlicher Sohn des Laërtes, erfindungsreicher Odysseus,
Zürn' uns nicht; denn große Bekümmernis drängt die Achaier.
Hilf uns lieber noch andere wecken, welchen es ziemet,
Rat zu halten, ob wir noch kämpfen oder entfliehen.
Also sprach er; ins Zelt ging nun der kluge Odysseus,
Warf den bunten Schild um die Schulter und folgte den Männern.
Diese eilten zu Tydeus' Sohn Diomedes und fanden
Draußen am Zelt mit den Waffen ihn ruhen, und seine Genossen
Schliefen im Kreise, das Haupt auf den Schilden; es ragten die Lanzen,
Aufrecht über dem Boden im Speerschuh steckend, und fernhin
Strahlte das Erz wie der Blitz des Vaters Kronion; er selber
Schlummerte, hingestreckt auf die Haut des weidenden Stieres;
Auch war unter dem Kopf ein schimmernder Teppich gebreitet.
Diesem nahte sich jetzt der gerenische reisige Nestor,
Weckte ihn auf, mit dem Fuß ihn berührend, und schalt ihm ins Antlitz:
Tydeus' Sohn, wach auf! Was schlummerst du ruhig die Nacht durch?
Hörtest du nicht, wie die Troer sich dort auf dem Hügel des Feldes
Lagerten, nahe den Schiffen, und kaum von uns noch getrennt sind?
Also der Greis; aus dem Schlaf empor fuhr jäh Diomedes,
Redete Nestor an und sprach die geflügelten Worte:
Eigensinniger Greis, du ruhst auch nie von der Arbeit!
Gibt's nicht andere noch und jüngere Männer Achaias,
Die umhergehn könnten, um allenthalben die Fürsten
Aufzuwecken? Doch du bist unermüdlich, du Alter!
Ihm erwiderte drauf der gerenische reisige Nestor:
Wahrlich, alles, was du da sagst, mein Freund, ist verständig.
Wohl besitze ich treffliche Söhne, hab' auch der Völker
Sonst genug, daß einer umhergehn könnte zu rufen.

Aber viel zu große Bekümmernis drängt die Achaier!
Denn jetzt steht es fürwahr auf der Schärfe des Messers, ob alle
Danaer schmählich verderben sollen oder noch leben.
Geh' nun, wecke des Phyleus' Sohn und den hurtigen Ajas,
Bist du der jüngere doch – wofern mein Alter dich dauert.
Sprach's, und rasch warf jener das Fell des mächtigen falben
Löwen sich um, das den Fuß erreicht, und faßte die Lanze,
Eilte von dannen, weckte sie auf und holte die beiden.
Als sie nun zur Schar der versammelten Wächter gelangten,
Fanden sie nicht einmal die Führer der Wächter im Schlummer,
Sondern alle saßen sie wach, ein jeder gerüstet.
Wie die Hunde im Hofe die Schafe bewachen mit Unrast,
Wann sie ein reißendes Tier in der Waldung über's Gebirge
Nahen hören, und wildes Getümmel von Menschen und Hunden
Über das Tier sich erhebt; entflohn ist ihnen der Schlummer:
Also war auch jenen der Schlaf von den Lidern geflohen,
Weil sie die schreckliche Nacht durchwachten, immer dem Felde
Zugewandt, ob sie bald die nahenden Troer vernähmen.
Ob des Anblicks freute der Alte sich, mahnte die Männer,
Mut zu fassen, und redete gleich die geflügelten Worte:
Recht so, seid nur wachsam, ihr lieben Kinder, daß keinen
Nun der Schlummer besiege, den feindlichen Männern zum Hohne!
Also sprach er und eilte voran durch den Graben; es folgten
Argos' Fürsten zugleich, soviele zum Rate versammelt.
Auch Meriones ging mit ihnen und Nestors erlauchter
Sohn, denn sie waren von jenen gerufen mitzuberaten.
Als sie über den Graben hinaus zum Platze gelangten,
Wo noch zwischen den Leichen der freie Boden hervorschien,
Dort, wo der stürmende Hektor zurück sich gewendet, nachdem er
Unter den Feinden gewütet, als schon die Nacht ihn umhüllte,
Dort nun setzten sich alle und redeten untereinander,
Und vor ihnen begann der gerenische reisige Nestor:
Freunde, möchte denn jetzt kein Mann dem eigenen kühnen
Mute vertraun und selbst zu den mutigen Troern sich wagen?
Ob er einen Versprengten vielleicht von den Feinden ergriffe,
Oder vielleicht ein Gespräch der troischen Männer behorchte,

Was sie untereinander beraten: ob sie gedenken,
Hier bei den Schiffen zu bleiben, entfernt von Ilios, oder
Heimzukehren zur Stadt, nachdem sie uns niedergerungen.
Dieses erforschte er alles vielleicht und käme zurück dann
Unverletzt; es wüchse sein Ruhm wohl unter dem Himmel
Rings in der Menschen Geschlecht, auch würden ihm köstliche Gaben.
Denn soviel der fürstlichen Helden auf Schiffen gebieten,
Jeder einzelne würde ein schwarzes Schaf ihm verehren
Samt dem saugenden Lamm; kein Schatz wär' diesem vergleichbar;
Auch zu jeglichem Fest und Gastmahl würd' er geladen.
  Also sprach er, und alle die Männer verstummten und schwiegen.
Endlich begann vor ihnen der Rufer im Streit Diomedes:
Nestor, mich treibt mein Mut und das Herz voll männlicher Kühnheit,
Einzudringen ins Lager der nahen Feinde, der Troer.
Doch wenn ein anderer Mann mir folgen wollte, so wäre
Größer die Zuversicht und unerschrockner der Mut noch.
Wo zwei Männer zusammen gehen, bemerkt ja der eine
Vor dem andern, was dienlich; der einzelne, ob er auch wachsam.
Niemals blickt er so scharf, auch ist er schwächer an Einsicht.
  Also sprach Diomedes, und viele wollten ihm folgen.
Willig waren die Ajas beide, des Ares Genossen,
Willig Meriones auch, gar willig der Sprosse des Nestor,
Willig des Atreus Sohn Menelaos, der lanzenberühmte,
Willig der kühne Odysseus auch, ins Lager der Troer
Einzudringen, denn immer verwegen war er im Herzen.
Also begann vor ihnen der Herrscher des Volks Agamemnon:
  Tydeus' Sohn Diomedes, du meines Herzens Geliebter,
Den erwähle dir nun zum Genossen, welchen du wünschest,
Unter den Helden den besten, dieweil so viele bereit sind.
Ja nicht möge dich Ehrfurcht leiten, daß du den bessern
Übergehst und den schlechtern aus blinder Scheu dir gesellest,
Nur die Abkunft prüfend, und sei er von fürstlichem Range.
  Also sprach er, besorgt um den Bruder, den blonden Atriden.
Doch von neuem begann der Rufer im Streit Diomedes:
Wenn ihr nun den Genossen mir selber zu wählen gebietet,

Wie vergäße ich dann des göttergleichen Odysseus,
Der entschlossenen Mutes, das Herz voll freudiger Kühnheit,
Steht in jeder Gefahr, denn es liebt ihn Pallas Athene.
Folgte mir dieser, so kehrten wir selbst aus flammendem Feuer
Beide zurück, denn er ist findig im Geiste wie niemand.
Ihm entgegnete drauf der herrliche Dulder Odysseus:
Lobe mich nicht so sehr, Diomedes, noch wolle mich tadeln,
Denn vor kundigen Männern von Argos redest du solches,
Gehen wir! eilt ja zum Ende die Nacht, und nah ist der Morgen.
Auch die Sterne sind vorgerückt; zwei Teile der Nacht schon
Schwanden dahin, ein Drittel nur noch ist übriggeblieben.
Als sie gesprochen, hüllten sich beide in schreckliche Waffen.
Thrasymedes, der streitbare, gab sein doppeltgeschärftes
Schwert dem Tydiden; das eigene war beim Schiffe geblieben;
Auch den Schild, und bedeckt' ihm den Kopf mit dem ledernen Helme
Ohne Bügel und Busch, der auch Sturmhaube genannt wird;
Gegen Verwundung beschirmt er die Scheitel von rüstigen Kämpfern.
Aber Meriones gab dem Odysseus Bogen und Köcher
Samt dem Schwert und bedeckte des Königs Haupt mit dem Helme,
Der aus Leder geformt und innen von Riemengeflechte
Fest bespannt war; außen umsäumten ihn glänzende Zähne
Eines Ebers mit weißlichen Hauern, nach jeglicher Seite,
Schön und künstlich gereiht, und ein Filz war drinnen befestigt.
Einst aus Eleon hatte Autolykos diesen erbeutet,
Als er die Feste des Ormeniden Amyntor erbrochen;
Und er gab dem Kytherer Amphidamas ihn gen Skandeia,
Aber Amphidamas gab zum Gastgeschenk ihn dem Molos;
Dieser gab ihn dem Sohne Meriones wieder zu tragen;
Jetzt nun barg er Odysseus' Haupt als feste Bedeckung.
Als sich beide nunmehr mit den schrecklichen Waffen gerüstet,
Eilten sie fort und ließen zurück die Edelsten alle.
Ihnen zur Rechten flog, von Pallas Athene gesendet,
Nahe des Wegs ein Reiher; den sahen sie nicht mit den Augen
Durch die finstere Nacht, nur hörten sie rauschen den Vogel.

Freudig vernahm Odysseus den Flug und rief zu Athene:
Höre mich, Tochter des Aigiserschütterers, die du mich immer
Schirmst in jeder Gefahr und, wo ich gehe, Athene!
Sei mir jetzt vor allem gewogen wieder, Athene!
Laß uns mit Ehren bedeckt zurück zu den Schiffen gelangen
Nach gewaltiger Tat, den Troern zum schlimmen Gedächtnis!
Nun als zweiter flehte der Rufer im Kampf Diomedes:
Höre du jetzt auch mich, Zeus' unbezwingliche Tochter!
Folge mir, wie du dem Vater, dem göttlichen Tydeus gefolgt bist,
Als er gen Thebe zog, vorausgesandt den Achaiern.
Beim Asopos verließ er die erzumschirmten Achaier,
Brachte den Kadmeionen darauf gar freundliche Botschaft
Dorthin; doch, als er ging, verübte er schreckliche Taten,
Heilige Göttin, mit dir, da du willfährig ihm halfest.
So nun wolltest du mir auch huldvoll helfen und beistehn!
Dir gelob' ich ein jähriges Rind mit kräftiger Stirne,
Ungezähmt, das nie ein Mann ins Joch hat gezwungen;
Dieses weih' ich zum Opfer mit goldumzogenen Hörnern.
Also flehten die beiden; es hörte sie Pallas Athene.
Aber nachdem sie zur Tochter des großen Kroniden gebetet,
Eilten sie, gleich zween Löwen, durch's nächtliche Dunkel von dannen
Über Leichen und Mord, durch Blut und Waffengeräte.
Aber auch Hektor ließ die trotzigen Troer mitnichten
Ruhen, sondern versammelte jetzt die Edelsten alle,
Welche das troische Volk beherrschten und weise berieten.
Vor den versammelten Männern entwarf er den Plan von Bedeutung:
Wer von euch erböte sich mir zu folgendem Werke,
Gegen ein großes Geschenk? Der Lohn genügt ihm gewißlich:
Einen Wagen versprech' ich und zwei starknackige Rosse,
Welche die edelsten sind bei den schnellen Schiffen Achaias,
Ihm, der es wagen wollte und selber den Ruhm sich gewänne,
Nah' den rüstigen Schiffen zu schleichen, um wohl zu erforschen,
Ob sie stets noch die schnellen Schiffe bewachen wie vormals,
Oder ob sie bereits, von unsern Händen bezwungen,
Nun die Flucht miteinander planen und nimmer gewillt sind,

Nächtliche Wachen zu halten, erschlafft von schrecklicher Mühsal.
Also sprach er, doch alle die Fürsten verstummten und schwiegen.
Unter dem troischen Volke war Dolon, der Sohn des Eumedes,
Eines göttlichen Herolds, an Gold und Erzen begütert,
Freilich wohl ein häßlicher Mann, doch ein hurtiger Läufer,
Und von Schwestern, fünf an Zahl, der einzige Bruder.
Dieser sprach zu den Troern und Hektor und redete also:
Hektor, mich treibt mein Mut und das Herz voll männlicher Kühnheit,
Nah' zu den rüstigen Schiffen zu schleichen, um Kunde zu bringen.
Aber wohlan, erhebe das Zepter und schwöre mir heilig,
Daß du das Rossegespann und den erzumschimmerten Wagen
Mir zum Geschenke verleihst, das ihn trägt, den stolzen Peliden.
Nicht umsonst auch will ich dir spähn, noch gegen Erwarten;
Denn ich dringe so weit ins Lager, bis ich zum Schiffe
Fürst Agamemnons komme, wo eben vielleicht sich die Edlen
Sammeln zum Rat, ob sie kämpfen sollen oder entfliehen.
Also sprach er, und Hektor ergriff das Zepter und schwur ihm:
Möge mich Zeus jetzt hören, der donnernde Gatte der Here!
Nie wird jenes Gespann ein anderer unter den Troern
Lenken, sondern du sollst allein drin prunken in Zukunft!
Also schwur er nichtigen Eid und reizte den Dolon.
Dieser hängte den krummen Bogen rasch um die Schulter,
Hüllte sich dann in das Fell eines grauen Wolfes als Mantel,
Setzte den Otterhelm aufs Haupt und faßte den Wurfspieß.
Eilend verließ er das Lager und ging zu den Schiffen; doch niemals
Sollt' er zurück zu Hektor kehren, ihm Kunde zu bringen.
Als er dem Wagen- und Männergewühl den Rücken gewendet,
Ging er eifrig des Weges. Allein der hehre Odysseus
Hörte des Nahenden Schritt und sprach zum Sohne des Tydeus:
Sieh, Diomedes, da kommt ein Mann aus dem Lager geschritten!
Will er unsere Schiffe vielleicht erkunden und spähen,
Oder einen der Toten berauben, die heute gefallen?
Doch wir wollen ihn erst vorüberlassen im Felde,
Nur ein wenig, dann stürmen wir nach und möchten ihn eilends
Fangen. Allein entkommt er zunächst mit hurtigen Füßen,

Immer dann gegen die Schiffe vom Lager hinweg ihn getrieben
Und mit dem Speere gestürmt, auf daß er nicht flüchte nach Troja!
  Also sprachen die beiden und bargen sich neben dem Wege
Unter den Toten, doch Dolon eilte vorüber bedachtlos.
Als er so weit sich entfernt, wie pflügende Mäuler die Strecke
Furchen im Joch – denn diese sind besser geeignet als Rinder,
Durch die schollige Brache den festen Pflug zu bewegen –,
Sprangen sie vor; er hörte den Lärm und hemmte die Schritte,
Denn er hoffte im Geist, es kämen troische Freunde,
Wieder zurück ihn zu rufen, da Hektor seiner begehrte.
Als sie nun aber so weit, wie ein Speer trägt, oder noch näher,
Kannt' er die Männer als Feinde und regte die hurtigen Kniee
Gleich zur Flucht, indessen die beiden ihn heftig verfolgten.
Wie zwei Hunde mit scharfem Zahn, erprobt in der Wildjagd,
Unablässig den Hirsch bedrängen oder den Hasen
Über den waldigen Grund, und dieser klagend vorausläuft:
Also trieben des Tydeus Sohn und der Städtebezwinger
Unablässig den Mann und schnitten ihn ab von den Seinen.
Aber als er, hinab zu den Schiffen fliehend, die Wächter
Fast schon traf, da goß Athene dem Sohne des Tydeus
Zorn ins Herz, daß keiner der erzumschirmten Achaier
Früheren Wurfes sich rühmte, und *er* als zweiter nur käme.
Rasch mit dem Speer anstürmte und rief der Held Diomedes:
Steh' nun, oder ich treffe dich gleich mit dem Speere! Du wirst wohl
Kaum noch lange dem Tode von meinen Händen entrinnen!
  Also rief er, entsandte den Speer und fehlte mit Vorsatz;
Über die rechte Schulter des Mannes hinein in den Boden
Fuhr die Spitze des Schaftes: der stand nun, starr vor Schrecken,
Bebenden Kinnes, es klapperten ihm die Zähne im Munde,
Bleich vor Angst. Jetzt nahten die beiden sich keuchend und faßten
Dolon fest an den Händen; er jammerte weinend und flehte:
  Laßt mich leben! ich kaufe mich frei; daheim in der Kammer
Liegt ja Gold und Erz und festgeschmiedetes Eisen.
Hiervon reicht mein Vater euch gern unendliche Buße,
Hört er, daß ich am Leben noch bin bei den Schiffen Achaias.
  Ihm erwiderte drauf der erfindungsreiche Odysseus:
Sei getrost, kein Todesgedanke beschwere das Herz dir!

Aber sage mir jetzt und rede die lautere Wahrheit:
Warum kommst du allein vom Lager hinab zu den Schiffen,
Jetzt in finsterer Nacht, wo andere Sterbliche schlafen?
Willst du einen der heute gefallenen Toten berauben?
Hat dich Hektor entsandt zu den räumigen Schiffen, um alles
Auszuspähen, oder bewog dich der eigene Wille?
Ihm erwiderte Dolon sogleich mit bebenden Knieen:
Hektor hat mein Herz mit betörenden Worten verleitet,
Welcher die stampfenden Rosse des herrlichen Peleussohnes
Mir zum Geschenke verhieß und den erzumschimmerten Wagen;
Dieser gebot mir, im Dunkel der eilenden Nacht zu versuchen,
Nah zu den feindlichen Männern zu schleichen und wohl zu erforschen,
Ob sie stets noch die hurtigen Schiffe bewachen wie vormals,
Oder ob sie bereits, von unseren Händen bezwungen,
Nun die Flucht miteinander beraten und nimmer gewillt sind,
Nächtliche Wachen zu halten, erschlafft von schrecklicher Mühsal.
Lächelnd erwiderte drauf der erfindungsreiche Odysseus:
Siehe, dir trachtet freilich das Herz nach großen Geschenken,
Nach den Rossen des feurigen Aiakosenkels! Die sind wohl
Schwer zu bändigen oder zu zügeln für sterbliche Männer,
Nur für Achilleus nicht; ihn gebar die unsterbliche Mutter.
Aber sage mir jetzt und rede die lautere Wahrheit:
Wo verließest du Hektor, den Hirten des Volks, da du fortgingst?
Wo bewahrt er die Rüstung des Kriegs, wo stehn ihm die Rosse?
Wie die Lagerstätten und Wachen der übrigen Troer?
Sag' auch, was sie zusammen berieten: ob sie gedenken
Hier bei den Schiffen zu bleiben, entfernt von Ilios, oder
Heimzukehren zur Stadt, nachdem sie uns niedergerungen?
Ihm entgegnete Dolon drauf, der Sohn des Eumedes:
Also will ich dir dies nach lauterer Wahrheit berichten.
Hektor hat jetzt alle des Heers beratende Fürsten
Dort beim Hügel des göttlichen Ilos zum Rate versammelt,
Fern von jedem Geräusch, du Held, und fragst du nach Wachen:
Keine gesonderte schirmt das Lager oder bewacht es.
Soviel Feuerstätten es gibt im Lager der Troer,
Dort nur wachen sie notgedrungen und mahnen einander,

Wach zu bleiben. Allein die berufenen Bundesgenossen
Ruhen im Schlaf und überlassen den Troern die Wache;
Denn sie haben ja weder Kinder im Lager, noch Weiber.
Ihm erwiderte drauf der listenreiche Odysseus:
Wie denn? Schlafen sie also vermischt mit den reisigen Troern
Oder allein? Dies melde mir nun, damit ich es wisse.
Ihm entgegnete Dolon gleich, der Sohn des Eumedes:
Also will ich auch dieses getreulich dir noch berichten.
Meerwärts liegen paionische Spanner des Bogens und Karer,
Leleger auch, Kaukonen zunächst und edle Pelasger;
Doch gen Thymbra lagern die Lykier, trotzige Myser,
Phrygiens reisige Schar und maionische Kämpfer zu Wagen.
Doch was forschet ihr mich so aus nach allem und jedem?
Denn wofern ihr begehrt, ins troische Lager zu dringen,
Dort am äußersten Ende sind neugekommene Thraker,
Unter ihnen Eïoneus' Sohn, er Rhesos, der Herrscher:
Dessen Rosse sind wohl die allerschönsten und größten,
Die ich gesehn, noch weißer denn Schnee und schnell wie die Winde.
Auch sein Wagen ist reich aus Gold und Silber gefertigt.
Ungeheure goldene Waffen, ein Wunder zu schauen,
Bringt er daher, wie solche zu tragen, den sterblichen Männern
Niemals gebührt, vielmehr allein den unsterblichen Göttern.
Jetzt aber führt mich hinab zu den hurtig segelnden Schiffen,
Oder lasset mich hier, mit grausamer Fessel gebunden,
Während ihr selber geht, mein Wort auf die Probe zu stellen,
Ob ich die Wahrheit vor euch geredet, oder nicht also.
Finsteren Blickes entgegnete ihm der Held Diomedes:
Daß du mir nur nicht Flucht im Herzen planest, o Dolon,
Gabst du auch guten Bescheid, nachdem du in unseren Händen!
Denn sofern wir dich jetzt befreien wollten und lösen,
Später kämst du ja doch zurück zu den Schiffen Achaias,
Sei es, auszuspähn, sei's offen im Kampf uns zu treffen.
Aber verlörest du hier von meinen Händen das Leben,
Niemals brächtest du Schaden mehr den Männern von Argos.
Sprachs, und schon war jener bereit, mit der nervigen Hand ihm
Flehend das Kinn zu berühren, da traf ihn tief in den Nacken

Wuchtig das Schwert und zertrennte die beiden Sehnen; es rollte,
Während sein Ruf noch klang, am Boden im Staube der Kopf schon.
Hierauf nahmen ihm jene die Otterhaube vom Scheitel,
Auch den schnellenden Bogen, den mächtigen Speer und das Wolfsfell.
Alles hob zu Athene, der beutespendenden Göttin,
Hoch der edle Odysseus und rief die flehenden Worte:
Freu dich dessen, Athene; wir wollen ja dich von den Göttern
Allen im hohen Olympos zuerst beschenken! So führ' uns
Jetzt auch weiter zur Lagerstatt und den Rossen der Thraker!
Also rief er und hob die Waffen und legte sie von sich
Auf einen blühenden Strauch Tamarisken; zum deutlichen Merkmal
Legt' er gesammeltes Rohr und üppige Zweige dazu noch,
Daß sie des Weges zurück nicht fehlten im nächtlichen Dunkel.
Vorwärts eilten sie dann durch Blut und Waffengeräte.
Bald gelangten sie nun zur Schar der thrakischen Männer.
Diese schliefen ermattet, daneben lagen die schönen
Waffen am Boden, dreifach gereiht, in gebührender Ordnung;
Jedem einzelnen standen geschirrt zwei Rosse zur Seite.
Rhesos schlief in der Mitte, und neben ihm waren die Renner
Festgebunden mit Riemen am äußersten Rande des Wagens.
Diesen gewahrte zuerst Odysseus und zeigt' ihn dem Freunde:
Das ist sicher der Mann, Diomedes, und dieses die Rosse,
Die uns Dolon eben bezeichnete, den wir getötet.
Auf, nun zeige dein Ungestüm, denn es ziemt dir mitnichten,
Hier mit den Waffen vergeblich zu stehn! Entschirre die Rosse,
Oder töte die Männer, und ich besorge die Rosse.
Sprach's, und jenen erfüllte mit Zorn die Göttin Athene;
Um sich hieb er und mordete; gräßliches Röcheln erhob sich
Unter dem würgenden Schwert, es färbte von Blut sich der Boden.
Gleichwie der Leu in unbehütete Herden eindringt
Und auf Ziegen und Schafe sich wirft in grimmigem Drange:
Also stürzte sich Tydeus' Sohn auf die thrakischen Männer,
Bis er zwölfe gemordet. Indessen der kluge Odysseus:
Jeden einzelnen, den Diomedes traf mit dem Schwerte,

Faßte darauf Odysseus und zog ihn am Fuße zur Seite;
Denn er dachte daran, daß die Rosse mit prangender Mähne
Leicht hindurch nun schritten und nicht erzitternd sich bangten,
Auf die Toten zu treten, denn fremd war ihnen der Anblick.
Da nun aber des Tydeus Sohn den König erreichte,
Welcher der dreizehnte, nahm er auch diesem das blühende Leben,
Während er stöhnte, denn ihm zu Häupten stand ja der schlimme
Traum die Nacht, durch Athenes Rat, der Enkel des Oineus.
Schnell entschirrte Odysseus indessen die stampfenden Rosse,
Band sie mit Riemen zusammen und trieb sie fort aus dem Haufen;
Schlug auf sie ein mit dem Bogen, dieweil er die schimmernde Geißel
Dort aus dem prächtigen Wagen vergessen hatte zu nehmen.
Pfeifend gab er darauf Diomedes, dem Helden, ein Zeichen.
Dieser blieb noch und sann, was wohl am verwegensten wäre:
Ob er den Wagen mitsamt den glänzenden Waffen am Zugholz
Fortziehn sollte oder empor ihn heben und tragen,
Oder ob er noch anderen Thrakern das Leben entrisse.
Während er dieses im Herzen bedachte, da nahte Athene,
Stellte sich dicht vor den Helden und sprach ihn an mit den Worten:
Denke der Heimkehr jetzt, du Sohn des erhabenen Tydeus,
Fort zu den räumigen Schiffen, auf daß du nicht gingest als Flüchtling,
Wenn vielleicht ein anderer Gott die Troer noch weckte!
Also sprach sie, und wohl vernahm er die Stimme der Göttin.
Eilend bestieg er die Renner, Odysseus schlug mit dem Bogen,
Und sie flogen dahin zu den schnellen Schiffen Achaias.
Nicht umsonst aber wachte der Gott des silbernen Bogens,
Als er sah, daß Athene zu Tydeus' Sohn sich gesellte;
Zornig begab er sich gleich zur Schar des troischen Heeres,
Weckte daselbst Hippokoon auf, den Fürsten der Thraker,
Rhesos' wackeren Vetter; der fuhr empor aus dem Schlummer.
Als er nun leer gewahrte den Platz, wo die Renner gestanden,
Und die Männer noch zucken im Krampfe des grausamen Todes,
Brach er in Klagen aus und rief den teuren Gefährten.
Aber die Troer stürmten in Lärm und arger Verwirrung

Alle zusammen und schauten erstarrt die gräßlichen Taten,
Welche die Männer verübt, die nun zu den Schiffen entwichen.
Als sie zur Stätte gelangt, wo sie Hektors Späher getötet,
Hemmte der Götterliebling Odysseus die Renner im Laufe,
Tydeus' Sohn sprang ab und reichte die blutige Rüstung
Seinem Genossen Odysseus und stieg dann wieder zu Pferde.
Jener peitschte die Renner, und willig flogen sie vorwärts
Fort zu den räumigen Schiffen, dahin sein Eifer begehrte.
Nestor vernahm als erster das Rossegetrappel und sagte:
Freunde, des Volkes von Argos erhabene Fürsten und Pfleger,
Irr' ich, oder ist wahr mein Wort? Doch treibt mich das Herze.
Hurtig laufender Pferde Getrappel dringt mir zu Ohren.
O, daß Odysseus doch und *er*, der Held Diomedes,
Gleich von den Troern zurück jetzt sprengten mit stampfenden Rossen!
Aber ich bebe vor Angst, die tapfersten Helden von Argos
Könnten Schlimmes erleiden im wilden Getümmel der Troer!
Noch war unvollendet die Rede, da kamen sie selber,
Sprangen zur Erde hinab, und alle begrüßten sie fröhlich,
Reichten die Hände zum Gruß und redeten freundliche Worte.
Doch vor allen begann der gerenische Nestor zu fragen:
Sprich, gepriesener Held Odysseus, Ruhm der Achaier,
Wie denn habt ihr die Rosse gewonnen? Drangt ihr ins Lager,
Oder schenkte vielleicht sie ein Gott, der euch traf auf dem Wege?
Wundersam gleicht ihr Schimmer den leuchtenden Strahlen der Sonne!
Immer zwar treff' ich die Troer im Kampf und bleibe doch niemals,
Wenn ich ein alter Krieger auch bin, zurück bei den Schiffen;
Aber noch nie bemerkte und sah ich Rosse wie diese!
Sicherlich hat sie ein Gott euch gegeben, der euch getroffen,
Denn es liebt euch beide ja Zeus, der Wolkenversammler,
Und die strahlende Tochter des Aigiserschüttrers, Athene.
Ihm erwiderte drauf der listenreiche Odysseus:
Nestor, Neleus' Sohn, du großer Ruhm der Achaier,
Leicht kann wahrlich ein Gott noch bessere Rosse denn diese
Schenken, wenn's ihm gefällt; denn weit gewaltiger sind sie!
Diese, Greis, nach welchen du fragst, sind thrakische Rosse,

Eben gekommen, deren Gebieter der Held Diomedes
Tötete nebst zwölf andern der edelsten Waffengefährten.
Aber als dreizehnten schlugen wir noch in der Nähe der Schiffe
Einen Späher, der unserem Lager sich nahte, zur Kundschaft
Ausgesendet von Hektor und anderen Fürsten der Troer.
Sprach's und lenkte den Graben hindurch die stampfenden Rosse,
Jauchzend, und freudig begleiteten ihn die andern Achaier.
Als sie zum stattlichen Zelte des Tydeussohnes gelangten,
Banden sie gleich die Rosse mit wohlgeschnittenen Riemen
Fest an die Krippe, wo schon die anderen Rosse des Helden
Standen, die flinken Renner, und süßen Weizen verzehrten.
Aber Odysseus legte die blutige Beute des Dolon
Hinten im Schiff zum Dankesopfer bereit für Athene.
Beide stiegen sie drauf ins Meer und wuschen den vielen
Schweiß von den Waden sich ab, vom Nacken und auch von den Schenkeln.
Aber nachdem der viele Schweiß durch die Woge des Meeres
Ihnen vom Körper gespült, und erfrischt ihr mutiges Herz war,
Stiegen sie ein zum Bad in schöngeglättete Wannen.
Beide, vom Bade gewärmt und gesalbt mit glänzendem Öle,
Saßen beim Frühmahl jetzt und schöpften aus vollem Gefäße
Süßen Wein; den gossen sie aus vor Pallas Athene.

ELFTER GESANG

Die Heldentaten Agamemnons

Eos hob sich vom Lager zu seiten des hehren Tithonos,
Göttern und sterblichen Menschen die Leuchte des Tages zu bringen.
Zeus aber sandte hinab zu den schnellen Schiffen Achaias
Eris, die schreckliche Göttin, das Zeichen des Kampfes in Händen.
Jetzt betrat sie das dunkle, gebauchte Schiff des Odysseus,
Das in der Mitte gelegen, damit sie zu beiden Seiten
Hörten den Ruf: bei Ajas' Zelten, des Telamoniden,
Und bei Achilleus' Zelten; die hatten die Schiffe zu äußerst
Aufgestellt, der Kraft und Stärke der Arme vertrauend.
Hier nun stand die Göttin und schrie mit entsetzlicher Stimme
Schrill ins Heer der Achaier und rüstete jeglichen Mannes
Brust mit Kraft, unermüdlich im Streite zu stehn und zu kämpfen.
Allen sofort schien süßer der Kampf, als wiederzukehren
In den gebuchteten Schiffen zum teuren Lande der Väter.
    Atreus' Sohn gebot mit lautem Ruf den Argeiern,
Schnell sich zu gürten, und hüllte sich selbst in die funkelnde Rüstung.
Eilend legt' er zuerst um die Beine sich bergende, blanke
Schienen, zusammengefügt mit Knöchelspangen von Silber;
Zweitens dann bedeckt' er die Brust mit dem ehernen Harnisch,
Welchen Kinyres einst als Gastgeschenk ihm gegeben.
Denn bis Kypros war ja die große Kunde gedrungen,
Daß die Achaier gen Troja hinaufzusegeln beschlossen;
Darum hatt' er dem Herrscher gefällig den Panzer gegeben.
Diesen schmückten fürwahr zehn Streifen aus bläulichem Smalte,
Zwölf aus lauterem Gold und zwanzig von glänzendem Zinne;
Bläulicher Drachen drei erhoben sich gegen den Hals zu
Beiderseits, wie Regenbogen, die Zeus in den Wolken
Hoch errichtet, dem sterblichen Menschengeschlechte zum Zeichen.

Über die Schultern warf er das Schwert, an welchem die Nägel
Golden erglänzten; in silberner Scheide steckte die Klinge,
Festgehalten am Wehrgehenk von goldenen Bändern.
Drauf ergriff er den mannbedeckenden, herrlich gezierten,
Wuchtigen Schild, um welchen herum zehn eherne Reifen
Liefen; und ferner bedeckten ihn zwanzig zinnerne, helle
Buckel, der mittelste war aus dunkelglänzendem Smalte.
Auch die Schreckengestalt der Gorgo blickte vom Schilde
Drohend herab, umringt von Dämonen der Furcht und des Grauens.
Silbern war des Schildes Gehenk, darauf sich ein Drache
Wand aus bläulichem Schmelz: drei Häupter entwuchsen dem einen
Halse des Wurms und reckten sich ringelnd aus nach den Seiten.
Drauf bedeckt' er das Haupt mit des Helms vierknaufiger Kuppel,
Roßhaarumwallt, und fürchterlich winkte hernieder der Helmbusch.
Endlich faßte der Held zwei erzbeschlagene, spitze
Mächtige Lanzen, von denen das Erz bis ferne zum Himmel
Glänzte; dazu noch donnerten dumpf Athene und Here,
Ruhm zu spenden dem Herrscher der golderfüllten Mykene.
Jetzt gebot ein jeder dem eigenen Wagenlenker,
Dort am Graben die Rosse zurückzuhalten in Ordnung.
Selber dann stürmten sie vor zu Fuße, mit ehernen Waffen
Angetan, und endlos drang in die Frühe der Schlachtruf.
Vor den Reisigen standen sie schon am Graben geordnet,
Bald aber folgten die Reisigen auch; ein wildes Getöse
Dröhnte durchs Heer, vom Kroniden geweckt, der hoch aus dem Äther
Blutigen Tau herniederschüttete, denn er gedachte,
Viele tapfere Häupter hinabzusenden zum Hades.
Jenseits hielten die Troer geschart auf der Höhe des Feldes
Um den gewaltigen Hektor, den edlen Polydamas ferner,
Um Aineias, geehrt wie ein Gott im Volke der Troer,
Auch um Polybos nebst Agenor und Akamas' Jugend,
Welcher Unsterblichen gleich, drei tapfere Sprossen Antenors.
Hektor unter den Vordersten trug den gerundeten Schild vor.

Wie aus den Wolken der Hundsstern tritt, mit verderblichem Glanze
Hell erstrahlend, und wieder sich birgt in schattenden Wolken:
Also zeigte sich Hektor, bald unter den vordersten Kämpfern,
Bald auch unter den letzten Befehle erteilend, und glänzte,
Ganz in Erz, wie der Strahl des wetterleuchtenden Vaters.
Siehe, wie Schnitter, einander entgegenstrebend, die Schwaden
Niedermähn auf den Fluren des reichbegüterten Mannes,
Weizen oder auch Gerste, und sinkend sich häufen die Garben:
Also stürmten Achaier und Troer gegeneinander
Mordend, und keiner von ihnen gedachte schmählich zu fliehen.
Haupt an Haupt, so tobten sie nun in der Schlacht wie die Wölfe.
Eris aber, die seufzerstiftende, sah es mit Freude,
Denn sie war bei den Kämpfern als einzige noch von den Göttern;
Keiner der anderen Götter gesellte sich ihnen, sie saßen
Ruhig in ihren Gemächern, wo jedem das eigene schöne
Haus erbaut war, dort in den Schluchten des hohen Olympos.
Alle tadelten sie den schwarzumwölkten Kronion,
Weil er eben den Troern den Sieg zu verleihen gewillt war.
Aber nicht achtete ihrer der Vater; getrennt von den andern
Setzt' er sich weit entfernt, und sah voll freudigen Stolzes
Nieder zur Feste der Troer, den schnellen Schiffen Achaias,
Sah das Funkeln des Erzes und Würgende rings und Erwürgte.
Während es Morgen war und der heilige Tag noch emporstieg,
Trafen die Todesgeschosse von beiden Seiten die Völker.
Doch zur Stunde, da sich das Mahl Holzfäller bereiten
Tief im Tal des Gebirges, nachdem die Arme beim Fällen
Mächtiger Bäume sich müde geschafft; sie wurden des Werkes
Überdrüssig und sehnen sich jetzt nach erquickender Speise:
Da durchbrachen die Danaer kühn die feindlichen Reihen,
Spornten einander von Schar zu Schar. Als erster von allen
Stürmt' Agamemnon und traf den Hirten der Völker Biënor
Selbst, alsdann den Genossen, den Wagenlenker Oïleus.
Dieser schwang sich vom Wagen herab und lief ihm entgegen:
Doch in die Stirn des Vorwärtsdringenden stieß er den scharfen
Speer; nicht hemmte den Lanzenstoß der eherne Helmrand,
Sondern er drang durch Erz und Schädel, es färbte sich blutig

Innen das ganze Gehirn: so fällte der Fürst ihn im Ansturm.
Dort nun ließ Agamemnon, der Männergebieter, die Leichen
Liegen, mit schimmernder Brust und ihres Panzers entkleidet,
Er aber machte sich auf, des Priamos Söhne zu töten,
Isos und Antiphos, Bastard und Sohn, die beide zusammen
Standen auf einem Geschirr. Der Bastard lenkte die Zügel;
Antiphos kämpfte daneben, der herrliche; sie, die Achilleus
Einst in den Wäldern des Ida mit biegsamen Gerten gefesselt,
Als er beim Hüten der Schafe sie griff und um Lösung befreite.
Jetzt nun sandte des Atreus Sohn Agamemnon, der Herrscher,
Jenem den Speer in die Brust und traf ihn über der Warze;
Antiphos hieb er ans Ohr mit dem Schwert und warf ihn vom Wagen.
Hastig zog er den beiden die glänzende Rüstung vom Körper.
Wohl erkannt' er sie, weil er sie früher gesehn bei den Schiffen,
Als der schnelle Pelide vom Idagebirge sie brachte.
Gleichwie der Leu die zarten Jungen der flüchtigen Hindin
Leicht nacheinander faßt und zermalmt mit kräftigen Zähnen,
Wann er ins Lager gedrungen, und ihnen das blühende Leben
Raubt; nicht kann ja die Mutter sie retten, ob sie auch nahe:
Denn ihr selbst erbeben in Todesängsten die Glieder;
Eilenden Laufs entflieht sie durch Wald und dichtes Gehölze,
Rastlos, triefend von Schweiß, vor der Wut des mächtigen Raubtiers:
Also konnte kein einziger Troer die beiden vom Tode
Jetzt erretten; sie flüchteten selbst vor den Männern von Argos.
Aber den mutigen Helden Hippolochos neben Peisandros,
Söhne des klugen Antimachos sie, der vom Golde des Paris,
Glänzenden Gaben, bestochen, vor allen andern sich wehrte,
Helena wiederzugeben dem Atreussohn Menelaos:
Dessen Söhne nun traf der Völkerfürst Agamemnon,
Beide auf einem Geschirr; sie hielten zusammen die Renner,
Denn es waren den Händen die schimmernden Zügel entglitten,
Und es scheuten die Rosse. Da stürmt' er an wie ein Löwe,
Atreus' Sohn; sie sanken ins Knie und flehten vom Wagen:
Laß uns leben, Atride, und nimm dir würdige Buße;
Viel Kleinodien liegen verwahrt in Antimachos' Hause,

Erz und glänzendes Gold und festgeschmiedetes Eisen.
Hiervon bietet der Vater dir gern unermeßliche Buße,
Hört er, daß wir am Leben noch sind bei den Schiffen Achaias.
Also baten die beiden mit herzlichen Worten den König
Weinend, und hörten darauf die unbarmherzige Stimme:
Seid ihr also die Söhne des klugen Antimachos, welcher
Vormals riet im troischen Rat, Menelaos, den Bruder,
Als er auf Botschaft kam zugleich mit dem hehren Odysseus,
Stracks zu töten und nimmer zurück zu den Freunden zu lassen:
Wohl, so büßet mir nun den schändlichen Frevel des Vaters.
Also rief er und stieß Peisandros hinunter vom Wagen;
Rücklings fiel er, vom Speer in die Brust getroffen, zu Boden.
Aber Hippolochos schwang sich vom Sitz; ihn tötet' er unten,
Hieb mit dem Schwerte die Hände vom Leib und schlug ihm das Haupt ab:
Gleich einer Walze getrieben, entrollte der Rumpf durchs Getümmel.
Jene verließ er, und dort, wo die Scharen am dichtesten drängten,
Stürzt' er hinein, begleitet von hellumschienten Achaiern.
Fußvolk tötete Fußvolk nun, das gezwungen zurückfloh,
Reisige töteten Reisige – unter den Kämpfern erhob sich
Staub aus dem Feld', emporgewühlt von donnernden Hufen –,
Trafen einander mit Erz, indessen der Fürst Agamemnon
Immer mordend verfolgte und Argos' Männer zum Kampf rief.
Wie verzehrendes Feuer in dichtbestandenes Holz fällt;
Wirbelnd verbreitet es gleich der Wind; es werden die Büsche
Gänzlich entwurzelt und niedergerissen vom tobenden Brande:
Also sanken vor Atreus' Sohn Agamemnon die Häupter
Flüchtender Troer, und viele Rosse mit kräftigem Nacken
Rasselten, leer die Geschirre, dahin durch die Pfade des Treffens,
Ihrer untadligen Lenker beraubt; die lagen im Felde,
Gierigen Geiern zur Freude, den Gattinnen aber zum Kummer.
Hektor wurde von Zeus nun entrückt den Geschossen und weg aus dem Staube,
Weg aus der mordenden Schlacht, hinweg aus Blut und Getümmel.
Eifrig folgte des Atreus Sohn und rief die Achaier.
Jene stürmten am Hügel vorbei des dardanischen Ilos,

Mitten durch das Gefilde, am Feigenbaume vorüber,
Nur zu erreichen die Stadt; und immer jagte sie tobend
Atreus' Sohn und bespritzte mit Blut die unnahbaren Hände.
Aber sobald sie zum skaiischen Tor und zur Eiche gelangten,
Standen sie endlich still und erwarteten einer den andern.
Mitten durch das Gefilde noch flüchteten manche, wie Rinder,
Welchen der Leu im Dunkel der Nacht sich nahte; da scheucht er
Alle hinweg, doch eines ereilt nun jähes Verderben;
Dieses erfaßt er mit mächtigen Zähnen und bricht ihm den Nacken
Erst, alsdann verschlingt er das Blut und alles Geweide:
Also verfolgte sie Atreus' gewaltiger Sohn Agamemnon,
Immer den letzten erschlagend, und vor ihm flüchteten alle.
Vorwärts taumelten viele und rückwärts mancher vom Wagen,
Unter der Hand des Atriden, so tobt' er voran mit dem Speere.
Als er nun dicht an die Stadt und die ragende Mauer gelangt war,
Siehe, da setzte sich eben der Vater der Menschen und Götter
Hoch auf den ragenden Gipfel des quellengesegneten Ida,
Welcher vom Himmel herabgestiegen, den Blitz in den Händen.
Schnell entsandt' er als Botin die goldgeflügelte Iris:
Eile mir, hurtige Iris, dem Hektor das Wort zu verkünden,
Daß er, solang' er noch sieht, wie der Völkerhirt Agamemnon
Tobt im vordersten Treffen und Scharen von Männern vernichtet,
Selber zurück sich halte, doch soll er dem Volke gebieten,
Gegen die Feinde zu kämpfen im Ungestüme der Feldschlacht.
Aber wenn jener, vom Speere verwundet oder vom Pfeile,
Endlich den Wagen besteigt, dann will ich mit Kräften ihn rüsten,
Tötend hinan zu den wohlgebordeten Schiffen zu dringen,
Bis die Sonne sich senkt und heiliges Dunkel heraufzieht.
Also sprach er; da folgte die windschnell eilende Iris,
Schwebte von Idas Höhn zur heiligen Ilios nieder,
Fand des waltenden Priamos Sohn, den göttlichen Hektor,
Stehend auf seinem Gespann und dem festverbundenen Wagen,
Nahte sich ihm und sprach, die leichtgeflügelte Iris:
Hektor, Priamos' Sohn, dem Zeus vergleichbar an Einsicht,
Zeus, der Vater, sandte mich her, *dir* dieses zu künden:
Daß du, solang du noch siehst, wie der Völkerhirt Agamemnon
Tobt im vordersten Treffen und Scharen von Männern vernichtet,

Selber zurück dich haltest; indessen gebiete den andern,
Gegen die Feinde zu kämpfen im Ungestüme der Feldschlacht.
Aber wenn jener, vom Speere verwundet oder vom Pfeile,
Endlich den Wagen besteigt, dann wird er mit Stärke dich rüsten,
Tötend hinan zu den wohlgebordeten Schiffen zu dringen,
Bis die Sonne sich senkt und heiliges Dunkel heraufzieht.
Also sprach die hurtige Iris und eilte von dannen.
Hektor sprang vom Wagen herab mit den Waffen zu Boden
Und durcheilte das ganze Heer mit geschwungenen Lanzen;
Überall trieb er zum Kampf und erweckte das Toben der Feldschlacht.
Diese nun wandten sich rasch und begegneten kühn den Achaiern,
Doch auch drüben die Männer von Argos verstärkten die Scharen.
Neu begann das Gefecht, sie standen einander entgegen,
Allen voraus Agamemnon; er wollte der erste im Kampf sein.
Kündet, ihr Musen, mir nun, die ihr wohnt auf dem hohen Olympos:
Wer begegnete wohl zuerst Agamemnon, dem Herrscher,
Wer von den Troern oder den rühmlichen Bundesgenossen?
Erst Antenors Sohn Iphidamas, edel und mächtig,
Aufgewachsen in Thrake, der scholligen Mutter der Lämmer.
Kisses hatt' ihn erzogen als Kind im eigenen Hause,
Er sein Ahn, der Theano gezeugt, die rosige Mutter.
Aber nachdem er zum blühenden Jünglingsalter gereift war,
Hielt ihn der Ahn zurück und gab ihm die Tochter zum Weibe.
Aus dem Ehegemach dann folgt' er dem Ruhm der Achaier;
Zwölf geschnäbelte Schiffe geleiteten ihn durch die Fluten.
Doch in Perkote ließ er sie liegen, die schwebenden Schiffe;
Selber zog er darauf zu Fuß vor Ilios' Mauern.
Dieser begegnete jetzt Agamemnon, dem Sohne des Atreus.
Als die Gegeneinandereilenden nun sich genähert,
Fehlte des Atreus Sohn, und seitwärts irrte die Lanze.
Aber Iphidamas stieß ihn gegen den Gürtel am Harnisch
Unten und stemmte sich nach, der wuchtigen Rechten vertrauend.
Doch er durchbrach ihm nicht den schimmernden Gürtel; zuvor schon
Bog sich, vom Silber gehemmt, wie Blei die Spitze der Lanze.

Gleich mit der Hand ergriff sie der mächtige Fürst Agamemnon,
Zog sie an sich, wild wie ein Leu, entriß ihm die Waffe,
Hieb sein Schwert in des Feindes Genick und löst' ihm die Glieder.
Also sank er daselbst und schlief den ehernen Schlummer,
Mitleidswert, von der Gattin getrennt, für die Seinigen kämpfend,
Ehe die Jugendgemahlin die reichen Gaben ihm dankte:
Hundert Rinder gab er zuerst und gelobte, noch tausend
Ziegen und Schafe von seinen unzähligen Herden zu schenken.
Jetzt entriß ihm des Atreus Sohn Agamemnon die schöne
Rüstung und trug sie davon durchs dichte Gewühl der Achaier.
  Als ihn Koon erblickte, der älteste Sohn des Antenor,
Ausgezeichnet im Kampf, da wurden die Augen des Helden
Tief beschattet vom Leid um seinen gefallenen Bruder.
Seitwärts genaht mit dem Speer und unbemerkt vom Atriden,
Stach er ihn jetzt in die Mitte des Arms, dicht unter der Beugung;
Grad' hindurch fuhr gleich die Spitze des schimmerndes Speeres.
Plötzlich erschauerte nun der Herrscher des Volks Agamemnon;
Dennoch ließ er nicht ab vom Kampf und Schlachtengetümmel,
Sondern auf Koon stürzt' er mit sturmgekräftigter Lanze.
Der zog eben den Bruder Iphidamas eifrig am Fuße
Durch das Getümmel hinweg und rief die Tapfersten alle.
Während er zog, da traf ihn unter dem nabligen Schilde
Schon Agamemnons eherner Schaft und löst' ihm die Glieder,
Über Iphidamas' Leiche dann schlug ihm der Herrscher den Kopf ab.
So vollendeten jetzt Antenors Söhne das Schicksal
Unter der Hand des Atriden und stiegen zum Hades hinunter.
  Er indes durcheilte die Reihen der anderen Männer,
Mordend mit Lanze, mit Schwert und gewaltigen Steinen des Feldes,
Während sein Blut noch warm aus offener Wunde hervorquoll.
Aber nachdem das Blut versiegt und die Wunde getrocknet,
Da durchdrang ein stechender Schmerz die Kraft des Atriden.
Wie der stechende Pfeil der Geburt ein kreißendes Weib quält,
Welchen die qualenbringenden Eileithyien senden,
Heres waltende Töchter, die Göttinnen schneidender Wehen:
So durchdrang der stechende Schmerz die Kraft des Atriden.

Schnell bestieg er den Sitz und befahl dem Lenker, die Rosse
Gegen die Schiffe zu halten, denn Kummer bedrückte das Herz ihm.
Weithin drang sein schallender Ruf durchs Heer der Achaier:
Freunde, des Volkes von Argos erhabene Fürsten und Pfleger,
Ihr nun haltet entfernt von den meerdurchsegelnden Schiffen
Diesen entsetzlichen Streit, denn mir hat Zeus, der Berater,
Nicht gewährt, den ganzen Tag mit den Troern zu kämpfen.
Also sprach er; da peitschte der Lenker die herrlichen Rosse
Hin zu den räumigen Schiffen, und willig flogen sie vorwärts.
Beide mit schäumender Brust, von unten bestaubt an den Gliedern,
Trugen sie fort aus dem Treffen den schmerzgepeinigten König.
Als nun Hektor gewahrte, daß Atreus' Sohn sich entfernte,
Spornt' er die Troer und Lykier an mit mächtigem Zuruf:
Troer und Lykier ihr und Dardaner, Kämpfer der Nähe,
Seid nun Männer, o Freunde, gedenkt des stürmenden Mutes!
Fort ist der tapferste Mann, und mir gibt Zeus, der Kronide,
Herrlichen Ruhm! So lenkt jetzt gegen die Danaerhelden
Eure Gespanne, damit ihr noch höheren Ruhm euch gewinnet!
Also sprach er und spornte den Mut und die Kräfte der Männer.
Wie ein Jäger vielleicht die Hunde mit weißem Gebisse
Gegen ein schweifendes Wildschwein hetzt und gegen den Löwen:
Also hetzte die mutigen Troer auf die Achaier
Hektor, Priamos' Sohn, und glich dem verderblichen Ares.
Unter den vordersten kam er voll hohen Mutes geschritten
Und fiel ein in die Schlacht wie der niederbrausende Sturmwind,
Der im Sturze die veilchenfarbenen Wogen emporwühlt.
Wen wohl streckte zuerst und wen zuletzt in den Staub nun
Hektor, Priamos' Sohn, da Zeus den Ruhm ihm gewährte?
Erst erschlug er Asaios, Autonoos dann und Opites,
Dolops, Klytios' Sohn, und Opheltios nebst Agelaos,
Oros, Aisymnos sodann, und Hipponoos, tapfer im Streite.
Soviel Danaerfürsten erschlug er und wütete weiter
Unter dem Volk: wie der West das Gewölk des klärenden Südwinds
Jäh auseinanderjagt und peitscht mit wühlendem Wirbel;
Anrollt hochaufbrandend die Woge, wirbelnd empor sprüht

Gischtschaum unter dem Toben des heftig drängenden Sturmes:
Also stürzten dort, Haupt an Haupt, vor Hektor die Scharen.
Jetzt wohl wären verderbliche Taten geschehen und Unheil,
Und die Danaer wären bald in die Schiffe geflüchtet,
Hätte Odysseus nicht Diomedes zum Kampfe getrieben:
Tydeus' Sohn, wie konnten wir doch des Mutes vergessen?
Auf, mein Freund, und stelle dich mir zur Seite; denn schimpflich
Wär's, wenn der helmumflatterte Hektor die Schiffe gewänne!
Ihm erwiderte drauf der starke Held Diomedes:
Wohl, ich bleibe und harre noch aus, wenn unsere Freude
Auch nicht lange mehr währt, da Zeus, der Wolkenversammler,
Eher den Troern als uns den Sieg zu schenken geneigt ist!
Sprach's und warf Thymbraios vom Wagen herab auf die Erde,
Links an der Brust mit dem Speer ihn treffend; aber Odysseus
Traf den Molion darauf, den Wagengenossen des Fürsten.
Die nun ließen sie liegen, nachdem sie des Kampfes enthoben,
Drangen hinein ins Getümmel und wüteten, so wie die Eber
Unter die jagenden Hunde sich werfen voll zornigen Mutes:
Also kehrten sie um und mordeten. Doch die Achaier
Freuten sich aufzuatmen und Hektors Arm zu entrinnen.
Zwei der tapfersten Männer des Volks auf einem Gespanne
Griffen sie nun, des Perkosiers Merops Söhne; der wußte
Wohl am besten das Schicksal zu deuten, und hatte die Söhne
Immer gewarnt, in den mordenden Krieg zu ziehn, doch sie hörten
Nicht sein Gebot, von den Keren des finsteren Todes getrieben.
Beiden raubte der lanzenberühmte Held Diomedes
Leben und Kraft und riß von den Gliedern die prächtige Rüstung.
Doch den Hippodamos nebst Hypeirochos tötet' Odysseus.
Nun ließ schweben die Schlacht im Gleichgewichte Kronion,
Niederblickend vom Ida: sie warfen einander zu Boden.
Da traf Tydeus' Sohn den Agastrophos jetzt mit dem Speere,
Paions tapferen Sohn, ins Hüftbein; doch das Gespann war
Nicht in der Nähe zur Flucht; so groß war seine Verblendung.
Abseits hielt es der Diener, indessen er selber zu Fuße
Unter den Vordersten stürmte, bis nun sein Leben dahinsank.
Hektor bemerkte sie scharf durch die Reihen; mit hallendem Kriegsruf

Griff er sie an, und es folgten zugleich die Haufen der Troer.
Seiner gewahrend, erbebte der Rufer im Streit Diomedes,
Eilend rief er Odysseus zu, der neben ihm kämpfte:
Schau, da wälzt das Verderben sich her, der gewaltige Hektor!
Aber wohlan, hier halten wir stand und wollen uns wehren!
Sprach's, und im Schwung entsandt' er die schattenwerfende Lanze;
Nicht verfehlt' er sein Ziel, das Haupt, und traf an der Kuppel
Oben den feindlichen Helm, doch prallte vom Erze das Erz ab,
Eh' es die blühende Haut noch geritzt, denn es hielt der gehörnte,
Dreifach gepanzerte Helm, das Geschenk Apollons, dem Stoße.
Hektor flog unermeßlich zurück und versank in der Menge;
Aufrecht fiel er ins Knie und stemmte die nervige Rechte
Gegen den Boden, und finstere Nacht umfing ihm die Augen.
Während nun Diomedes den Schwung der Lanze verfolgte,
Fern durchs Vordergewühl, wo sie tief in den Boden hineinfuhr,
Atmete Hektor auf und sprang zurück in den Wagen,
Jagte davon in die Massen, und mied das schwarze Verhängnis.
Doch, mit dem Speere stürmend, erhob Diomedes die Stimme:
Wieder entrannst du dem Tode, du Hund! Sehr nahe führwahr schon
Kam er dir, aber dich rettete wieder Phoibos Apollon,
Welchen du anflehn magst, in den Sturm der Geschosse dich wagend!
Sicherlich töt' ich dich noch, sobald ich dir künftig begegne,
Wollte vielleicht auch mir ein Gott zu Hilfe dann eilen!
Jetzt aber greif' ich die anderen an, wen immer ich treffe!
Sprach's und raubte die Waffen dem tapferen Sohne des Paion.
Aber der Held Alexandros, der lockigen Helena Gatte,
Spannte den Bogen auf Tydeus' Sohn, den Hirten der Völker,
Gegen die Säule gelehnt, auf dem künstlich errichteten Hügel
Ilos', des Dardaniden, des vormals herrschenden Greises.
Jener entriß dem starken Agastrophos eben den Panzer,
Raffte die schimmernde Wehr von der Brust und den Schild von den Schultern,
Auch den wuchtigen Helm, da zog er den Bügel des Bogens,

Schnellte und traf – nicht flog ihm umsonst der Pfeil aus den Händen –
Unten den rechten Fuß, und der Pfeil, die Sohle durchdringend,
Fuhr in den Boden hinein. Jetzt lachte Paris von Herzen,
Sprang aus dem Hinterhalt und rief die prahlenden Worte:
Ja, das traf! nicht sandt ich umsonst den Pfeil! O wie gerne
Hätt' ich die Weiche des Bauchs dir durchbohrt und das Leben entrissen!
Dann vermöchten die Troer doch aufzuatmen im Unglück,
Welche dich zagend fliehen, wie meckernde Geißen den Löwen.
Unerschrocken entgegnete ihm der Held Diomedes:
Pfeilheld, Frechling mit prangendem Horn, du Mädchenbegaffer!
Wenn du mir einmal nur zum Kampf mit den Waffen dich stelltest,
Nichts wohl frommte der Bogen dir dann und die hagelnden Pfeile.
Jetzt, wo du nur die Sohle mir streiftest, prahlst du vergebens.
Nichts gilt mir's, als träfe ein Weib mich oder ein Knabe!
Stumpf und kraftlos ist ja der Pfeil des nichtigen Schwächlings!
Anders der meine fürwahr; auch wenn es den Gegner berührt nur,
Trifft mein scharfes Geschoß und gesellt ihn gleich zu den Toten!
Aber sein Weib daheim zerfleischt sich im Grame die Wangen,
Waisen sind nun die Kinder, mit Blut befleckt er die Erde;
Modernd liegt er, und Vögel umdrängen ihn dichter als Weiber!
Also rief er, da trat der lanzenberühmte Odysseus
Dicht vor ihn; jetzt saß er gedeckt und zog sich den schnellen
Pfeil aus dem Fuß, und quälend bohrte der Schmerz in den Gliedern.
Schnell bestieg er den Wagen und hieß den Lenker, die Rosse
Gegen die Schiffe hin treiben, denn Kummer bedrückte das Herz ihm.
Einsam blieb nun der lanzenberühmte Odysseus, und niemand
Harrte mit ihm von den Freunden; die Angst verscheuchte sie alle.
Schwer bekümmert sprach er zu sich im stolzen Gemüte:
Wehe, was wird mir geschehen! O Schande doch, wollt' ich entfliehen,
Nur durch die Menge geschreckt! Und ärger noch, wenn sie mich fingen,
Mich allein; denn die anderen Danaer scheuchte Kronion!

Aber warum erwog mein Herz denn solche Gedanken?
Weiß ich doch, daß Feiglinge nur entweichen dem Kampfe!
Doch wer tapfer sich zeigt in der Schlacht, dem ziemt es vor allem,
Standzuhalten, er treffe nun selbst oder werde getroffen!
Während er solches erwog in seinem Sinn und Gemüte,
Zogen bereits in Scharen heran die geschildeten Troer
Und umstellten ihn gleich, ihr Unheil selber umzingelnd.
Wie den Keiler im Kessel die Hunde und rüstigen Jäger
Treiben, er tritt aus dem Holze des dichtverwachsenen Lagers,
Wetzt den blinkenden Zahn im gebogenen Rüssel, und jene
Stürzen sich auf ihn; plötzlich ertönt das Knirschen der Hauer
Unter der Schar, doch halten sie stand, wie schrecklich er wütet:
Also stürmten sie nun auf den Götterliebling Odysseus,
All' die Troer, doch gleich als erstem stieß er im Ansprung
Deïopites, dem Helden, von oben den Speer in die Schulter.
Drauf entriß er dem Thoon und Ennomos, beiden das Leben.
Und Chersidamas drauf, der eben vom Wagen herabsprang,
Stach er unter dem nabligen Schild mit dem Speer in die Weiche;
Dieser fiel in den Staub und krampfte die Hand in den Boden.
Jene verließ er und traf des Hippasos Sohn mit dem Speere,
Charops, den leiblichen Bruder des edelgeborenen Sokos.
Schnell kam Sokos, dem Bruder zu helfen, der göttliche Recke,
Stellte sich ganz in die Nähe und sprach ihn an mit den Worten:
Vielgepriesner Odysseus, in Listen und Mühn unersättlich,
Heute noch wirst du dich rühmen, des Hippasos tapfere Söhne
Beide getötet zu haben und ihre Waffen erbeutet,
Oder von meiner Lanze durchbohrt, verlierst du das Leben!
Also sprach er und stieß auf des Schildes gerundete Wölbung.
Siehe, den strahlenden Schild durchfuhr die wuchtige Lanze,
Auch durch den künstlich gefertigten Harnisch war sie gedrungen,
Schälte die ganze Haut von den Rippen, doch Pallas Athene
Wehrte dem Erz, ins Eingeweide des Helden zu tauchen.
Als er sah, daß er keineswegs zu Tode getroffen,
Wich Odysseus zurück und sprach zu Sokos die Worte:
Unglückseliger, ja! dich greift nun jähes Verderben!
Mich zwar hast du gehemmt im Kampfe gegen die Troer,
Dich aber soll noch heute der Tod und das schwarze Verhängnis

Hier bezwingen, so sag' ich; von meiner Lanze geworfen,
Gibst du mir Ruhm und die Seele dem rossegewaltigen Hades.
Sprach's, und schon war jener zur Flucht gewendet und eilte;
Doch dem Flüchtenden stieß Odysseus den Speer in den Rücken
Zwischen die Schultern hinein, daß er vorn aus der Brust ihm hervordrang.
Dumpf erdröhnte sein Fall. Da jauchzte der edle Odysseus:
Sokos, Hippasos' Sohn, des feurigen Rossebezähmers,
Sieh, dich erhaschte des Todes Geschick, nicht bist du entronnen!
Wehe dir, nicht dein Vater noch deine liebende Mutter
Drücken die Augen im Tode dir zu, nein, gierige Vögel
Zerren dich hin und her, umkreisend mit flatternden Schwingen!
Mich aber sollen die edlen Achaier in Ehren bestatten!
Also sprach er und zog die mächtige Lanze des Helden
Sokos hervor aus dem buckelgeschmückten Schild und dem Leibe.
Blut schoß gleich aus der Wunde und ließ ihn zagen im Herzen.
Doch wie die mutigen Troer des Blut des Odysseus erblickten,
Trieben sie einer den andern, und gegen ihn eilten sie alle.
Aber Odysseus wich dem Gedräng' und rief die Gefährten.
Dreimal schrie er gewaltig aus allen Kräften der Kehle,
Dreimal vernahm das Geschrei der streitbare Held Menelaos.
Hastig sprach er zu Ajas nun, der dicht in der Nähe:
Ajas, göttlicher Sohn des Telamon, Völkergebieter,
Zu mir drang das Geschrei des unverzagten Odysseus,
So, als hätten die Troer den einsam Kämpfenden eben
Abgeschnitten und drängten ihn hart in tobender Feldschlacht.
Eilen wir hin durchs Gewühl, denn ihm zu helfen geziemt es.
Angst erfaßt mich um ihn, der unter den Troern verlassen,
Wenn er auch stark ist; schmerzlich vermißten ihn wohl die Achaier!
Sprach's und eilte voran; ihm folgte der göttliche Streiter.
Und sie fanden den Götterliebling Odysseus: die Troer
Drängten sich um ihn, so wie die rötlichen Schakale manchmal
Um den gehörnten Hirsch, den ein Mann mit dem Pfeil von der Sehne
Eben getroffen; zwar kann er dem Jäger entrinnen mit schnellen
Füßen, solange noch warm das Blut und die Kniee sich regen;

Aber nachdem der geflügelte Pfeil ihn endlich bezwungen,
Fressen voll Blutgier ihn die Schakale dort im Gebirge,
Tief im Hain. Da führt ein Gott einen reißenden Löwen
Plötzlich herbei; die Schakale fliehen, und jener verschlingt nun:
Also drängten sich jetzt die tapferen Troer in Scharen
Um den mutigen, listenreichen Odysseus, doch dieser
Schwang die Lanze, der Held, und wehrte dem Tage des Unheils.
Ajas eilte heran und trug den Schild wie ein Bollwerk,
Trat vor ihn, und jäh auseinander stoben die Troer.
Gleich aus der Menge führte der streitbare Held Menelaos
Ihn an der Hand, bis der Diener die Rosse nahe getrieben.
Ajas stürzte sich unter die Troer und traf den Doryklos,
Priamos' Bastardsohn, dann schlug er Pandokos nieder,
Schlug Lysandros zu Boden und Pyrasos, ferner Pylartes.
Wie mit den Fluten des Winters ein Strom ins Tal sich hinabgießt
Hoch von den Bergen, geschwollen vom strömenden Regen Kronions;
Viel verdorrtes Eichengehölz und Föhren in Menge
Reißt er hinein und wälzt auch reichlichen Schlamm in die Meerflut:
So durchwütete jetzt das Feld der strahlende Ajas,
Männer und Wagen zerschmetternd; noch hatte der mächtige Hektor
Nicht ihn bemerkt, denn er kämpfte am linken Flügel des Treffens,
Längs dem Gestade des Stromes Skamandros, dort, wo die meisten
Häupter fielen von Männern, und unaufhörlich der Schlachtruf
Um den gewaltigen Nestor und kühnen Idomeneus dröhnte.
Hektor schaltete dort im Gewühl, und schreckliche Taten
Übt' er mit Speer und Gespann, der Jünglinge Reihen zerrüttend.
Aber noch wären ihm nicht die edlen Achaier gewichen,
Hätte der Held Alexandros, der lockigen Helena Gatte,
Nicht im Kampfe gelähmt den Völkerhirten Machaon,
Rechts an der Schulter mit dreigezacktem Pfeil ihn verwundend.
Angst erfaßte darob die mutbeseelten Achaier,
Daß nicht gar, wenn die Schlacht sich gewandt, ihn erschlügen die Feinde.
Eilend sprach Idomeneus jetzt zum göttlichen Nestor:

Nestor, Neleus' Sohn, du großer Ruhm der Achaier,
Schnell! besteige dein Wagengefährt, auch trete Machaon
Neben dich; lenke sofort zu den Schiffen die stampfenden Rosse.
Denn ein Arzt ist höher denn viele andre zu achten,
Pfeile herauszuschneiden und lindernde Kräuter zu streuen.
Sprach's, und es folgte ihm gern der gerenische reisige Nestor;
Schnell bestieg er sein Wagengefährt, daneben Machaon,
Er, Asklepios' Sohn, des unvergleichbaren Arztes.
Treibend schwang er die Geißel, und willig flogen die Renner
Fort zu den räumigen Schiffen, wohin ihr Eifer begehrte.
Aber Kebriones sah die Troer in schwerer Bedrängnis,
Hektors Wagengenoß, und sprach ihn an mit den Worten:
Hektor, *wir* stehn hier im Kampfe mit Danaerscharen,
Fern am Flügel der schrecklichen Schlacht, indessen die andern
Troer verwirrt sich drängen, die Rosse sowohl wie sie selber.
Ajas treibt sie, des Telamon Sohn; wohl kannt' ich ihn wieder,
Weil er den wuchtigen Schild um die Schultern trägt. Laß denn auch uns nun
Dorthin lenken das Rossegespann, wo grade die meisten
Kämpfer zu Fuß und zu Wagen im wildentfesselten Kampfe
Einer den anderen töten und endlos hallet der Schlachtruf!
Also sprach er und trieb die mähnenumflatterten Rosse
Scharf mit schwirrendem Schlag; sie spürten die Geißel und trugen
Stürmenden Laufes das flinke Gefährt durch Achaier und Troer,
Stampften auf Leichen und Schilde, daß Blut die Achse von unten
Über und über bespritzte, und rings um den Wagen die Ränder,
Bald von den Hufen mit Tropfen besprüht und bald von den Rädern,
Rot sich färbten. So strebte der Held ins Männergetümmel,
Stürmend die Scharen zu sprengen, und stiftete arge Verwirrung
Unter dem Danaervolk; nur wenig ruhte die Lanze.
Dann durcheilte der Held die Reihen der anderen Männer
Wütend mit Lanze, mit Schwert und gewaltigen Steinen des Feldes;
Ajas nur vermied er im Kampf, den Telamoniden,
Weil ihm Zeus es verargte, den stärkeren Mann zu bekämpfen.
Zeus in der Höhe, der Vater, erfüllte den Ajas mit Schrecken:
Angstvoll stand er und warf den lastenden Schild auf den Rücken,

Um sich blickend, wich er dem Heer zu, gleich einem Raubtier,
Wandte sich oft und schritt mit langsam wechselnden Knieen.
So wie den feurigen Löwen hinweg vom Rindergehege
Hunde zu scheuchen pflegen und rüstige Landbewohner,
Welche ihm nicht gestatten, die üppigen Rinder zu rauben,
Wachsam die Nacht hindurch, und er, in hungriger Fleischgier,
Dringt jetzt an, doch ganz umsonst; ein Hagel von Speeren
Fliegt ihm plötzlich entgegen, von mutigen Händen geschleudert,
Brennende Bündel dazu, daß er weicht, wie sehr es ihn lüstet;
Früh des Morgens macht er sich fort, verdrossenen Mutes:
Also wich nun Ajas verdrossen zurück vor den Troern,
Ungern, weil er sich sehr um die Schiffe der Danaer sorgte.
Wie wenn ein störrischer Esel zum Felde sich drängt und den Knaben
Trotzt; schon sind an den Gliedern ihm Stecken in Menge zersprungen;
Weidend dringt er hinein in die wogende Saat, und die Knaben
Hauen mit Stecken auf ihn, doch schwach nur ist ihre Stärke,
Und sie vertreiben ihn kaum, nachdem er vom Futter gesättigt:
Also folgten dem mächtigen Ajas, Telamons Sohne,
Jetzt die mutigen Troer und Haufen der Bundesgenossen,
Trafen die Mitte des Schildes und blieben ihm dicht an der Ferse.
Wohl gedachte der Held bisweilen der kräftigen Abwehr,
Wandte sich wieder zurück und hemmte die reisigen Scharen
Drängender Troer, doch kehrt' er alsbald von neuem zur Flucht um.
Allen indes versperrt' er den Weg zu den eilenden Schiffen,
Weil er selbst, in der Mitte der Troer und Danaer stehend,
Wütete; aber die Lanzen, von mutigen Händen geschleudert,
Flogen voran und hafteten teils im wuchtigen Schilde –
Viele fuhren jedoch auf halbem Weg in die Erde,
Eh' sie die schimmernde Haut geritzt, nach welcher sie lechzten.
Als Eurypylos nun, der glänzende Sohn des Euaimon,
Ajas also bedrängt erblickte vom Sturm der Geschosse,
Trat er ihm rasch an die Seite und schwang den blinkenden Wurfspieß.
Unter dem Zwerchfell traf er den Hirten des Volks Apisaon,

Phausios' Sohn, in die Leber und löste sogleich ihm die Kniee.
Schnell dann sprang er hinzu und riß von den Schultern die Rüstung.
Aber sobald der göttliche Held Alexandros bemerkte,
Wie er dem Toten die Waffen entriß, da spannt' er den Bogen
Gegen Eurypylos gleich und schnellte den Pfeil in den rechten
Schenkel hinein; das Rohr brach ab und lähmte den Schenkel.
Doch er entwich zur Schar der Gefährten und mied das Verhängnis.
Weithin drang sein schallender Ruf durchs Heer der Achaier:
Freunde, des Volkes von Argos erhabene Fürsten und Pfleger,
Steht, die Stirne gewandt, und schirmt vor drohendem Unheil
Ajas, der von Geschossen bedrängt wird! Nimmer, so fürcht' ich,
Wird er dem schrecklichen Kampf entrinnen! Auf denn, und stellt euch
Gegen den Feind um Ajas, den mächtigen Telamoniden!
So der verwundete Held Eurypylos; neben ihn traten
Gleich die Genossen und standen, die Schilde gelehnt an die Schultern,
Drohend mit ragenden Speeren. Es kam nun Ajas geschritten,
Kehrte sich um und stand, sobald er die Seinen getroffen.
Also kämpften sie dort wie lodernde Flammen des Feuers.
Nestor aber entführten der Schlacht die neleïschen Stuten,
Schäumend von Schweiß, auch trugen sie fort den Fürsten Machaon.
Als er ihn sah, erkannt' ihn der herrliche schnelle Achilleus,
Denn er stand auf dem Hinterdeck des gewaltigen Schiffes,
Blickte hinaus auf die Not und das jammervolle Getümmel.
Eilend erhob er die Stimme und rief den Genossen Patroklos
Laut vom Schiffe herab; der hört' ihn und kam aus dem Zelte,
Gleich dem Ares – also begann des Helden Verderben.
Und als erster fragte Menoitios' tapferer Sprosse:
Warum rufest du mir, Achilleus? Wessen bedarfst du?
Ihm erwiderte drauf und sprach der schnelle Achilleus:
Edler Menoitiossohn, du meines Herzens Geliebter,
Bald wohl werden Achaias Männer die Knie' mir umschlingen,
Flehentlich, denn ihre Not, fürwahr, ist nimmer zu tragen!
Mache dich, Patroklos, auf, du Götterliebling, und frage

Nestor, wen er verwundet dort aus dem Treffen geleitet,
Zwar von hinten glich er Asklepios' Sohn Machaon
Ganz und gar, allein nicht sah ich dem Helden ins Antlitz,
Denn mir stürmten die Rosse vorbei in beflügeltem Laufe.
Also sprach er, und Patroklos folgte dem lieben Gefährten,
Machte sich auf und lief zu den Zelten und Schiffen Achaias.
Als nun jene das Zelt des Neleussohnes erreichten,
Stiegen sie selbst hernieder zur nahrungspendenden Erde,
Aber des Greises Diener Eurymedon löste die Rosse
Aus dem Geschirr, und beide, den Schweiß vom Gewande zu trocknen,
Stellten sich gegen den Wind ans luftige Meeresgestade,
Gingen darauf ins Zelt und setzten auf Sessel sich nieder.
Weinmus mengte für sie die lockige Maid Hekamede,
Welche der Greis gewann, als Achilleus Tenedos stürzte,
Tochter des hochgemuten Arsinoos, ihm von den Freunden
Auserkoren, dieweil er im Rate der erste von allen.
Diese rückte zuerst den wohlgeglätteten, schönen,
Dunkelfüßigen Tisch vor die beiden, setzte die Schüssel
Drauf aus Erz, mit Zwiebeln gefüllt, dem Tranke zur Würze,
Gelblichen Honig dabei, und Mehl von heiliger Gerste,
Auch den stattlichen Kelch, den der Alte gebracht aus der Heimat
Reich mit goldenen Buckeln geschmückt; es waren der Henkel
Vier am Becher, ein Paar von goldenen pickenden Tauben
Rings um jeden und zwei der tragenden Stützen darunter.
Mühsam hob ein andrer den schweren Kelch von der Tafel,
War er gefüllt, doch Nestor, der Greis, erhob ihn im Spiele.
Hierin mengte das Weib, von Ansehn gleich einer Göttin,
Pramnischen Wein für die Männer und rieb mit eherner Raspel
Ziegenkäse darauf, mit weißem Mehl ihn bestreuend,
Nötigte dann zum Trank des zubereiteten Muses.
Beide, nachdem sie den brennenden Durst gelöscht mit dem Trunke,
Freuten sich nun des Gesprächs und redeten untereinander,
Patroklos aber trat in die Tür, der göttliche Recke.
Als der Greis ihn erblickte, da sprang er vom schimmernden Sessel,
Führt' ihn herein an der Hand und nötigte freundlich zum Sitzen,

Patroklos wiederum schlug es ihm ab und redete also:
Nicht zum Sitzen ist Zeit, du göttlicher Alter; ich darf nicht.
Ehrfurcht fordert und Scheu der Held, der mich sandte zu fragen,
Wen du verwundet dorten geleitest. Allein ich erkenne
Selber ihn schon, denn ich sehe den Völkerhirten Machaon.
Eilend kehr' ich zurück, Achilleus Botschaft zu bringen;
Kennst du ja selbst, mein göttlicher Greis, aufs beste des Mannes
Heftigen Sinn, denn leicht beschuldigt er einen, der schuldlos.
Ihm erwiderte drauf der gerenische reisige Nestor:
Was bejammert Achilleus also die Söhne Achaias,
Welche bereits den Geschossen erlagen? Weiß er doch gar nicht,
Welch ein Weh im Heer sich erhub! Die Tapfersten alle
Liegen wund bei den Schiffen, von Pfeil und Lanze getroffen,
Wund vom Pfeile des Tydeus Sohn, der Held Diomedes,
Wund der lanzenberühmte Odysseus, wund Agamemnon;
Siech Eurypylos auch, vom Pfeil in den Schenkel getroffen.
Diesen anderen hier entführt' ich eben dem Kampfe,
Da ihn der Pfeil von der Sehne verwundet. Aber Achilleus
Sorgt und kümmert sich nicht um die Danaer, ob er auch tapfer!
Harrt er vielleicht, bis endlich die schnellen Schiffe am Strande
Trotz der Achaiermacht in feindlicher Flamme verlodern,
Und wir selber der Reihe nach sinken? Ach, ich entbehre
Heute die Kraft, die früher mir schwoll in gelenkigen Gliedern!
Wär' ich ein Jüngling doch, von unerschütterter Stärke,
Wie zu den Zeiten, als wir die Fehde mit Elis erhoben
Wegen des Rinderraubes – Itymoneus fällte ich damals,
Ihn, des Hypeirochos wackeren Sohn, der Elis bewohnte;
Beute trieb ich mir ein, und er, die Rinder beschirmend,
Ward im Vordergewühl von meinem Spieße getroffen;
Nieder fiel er, und bang zerstoben die Bauern im Kreise.
Reichliche Beute trieben wir dort aus dem Felde zusammen,
Fünfzig Herden von Rindern und ebenso viele von Schafen,
Schweinehaufen so viel und schweifende Herden von Ziegen;
Auch an bräunlichen Rossen gewannen wir hundertundfünfzig,
Stuten alle, darunter viele mit Fohlen am Euter.
Alle trieben wir jetzt hinein zur neleïschen Pylos,
Nachts an die Feste gelangend, und herzlich freute sich Neleus,

Daß mir Neuling im Krieg so reichliche Beute beschieden.
Herolde riefen mit klingendem Ruf beim Grauen des Morgens
Jeden herbei, wem Schuld in der heiligen Elis gebührte.
Aber sobald sich die Fürsten der Pylier alle versammelt,
Teilten sie aus, denn es schuldete vielen das Volk der Epeier,
Da wir wenigen hart bedrängt in Pylos gewesen.
War doch Herakles' Kraft in früheren Jahren mit Härte
Über uns kommen; die Edelsten alle wurden getötet.
Denn von zwölf lebendigen Söhnen des trefflichen Neleus
Blieb allein ich zurück, die anderen wurden erschlagen,
Drum verspotteten uns die erzumschirmten Epeier,
Übermütigen Sinns, und übten schändliche Frevel.
Jetzt erwählte der Alte sich eine Herde von Rindern,
Dreihundert Stück vom Haufen der Schafe, dazu noch die Hirten,
Weil auch ihm viel Schuld in der heiligen Elis gebührte:
Vier mit Siegespreisen gekrönte Rosse nebst Wagen
Hatt' er zum Rennen gesandt; sie sollten im Kampf um den Dreifuß
Laufen, allein es behielt sie der Männergebieter Augeias,
Nur der Lenker durfte nach Haus, voll Gram um die Rosse.
So zum Zorne gereizt durch Wort und Taten, erwählte
Reichliche Beute der Greis; das übrige gab er dem Volke,
Alles zu teilen, daß keiner verlöre, was ihm gebührte.
So vollbrachten wir alles und weihten rings um die Feste
Opfer den Göttern. Am dritten Tage zogen die Feinde
Plötzlich heran, in Scharen sie selbst und die stampfenden Rosse,
Voller Gewalt, darunter Moliones Söhne, gerüstet,
Beide noch Kinder und wenig geübt im stürmenden Kampfe.
Fern am Alpheios ist eine Stadt, Thryoëssa mit Namen,
Steil gelegen, am äußersten Ende des sandigen Pylos.
Diese bestürmten sie, trachtend, vom Boden die Feste zu tilgen.
Doch, wie sie rings durch die Ebene schwärmten, kam uns Athene
Schnell vom Olympos herab mit der Botschaft, uns zu bewaffnen,
Nachts; nicht ungern folgten die Männer von Pylos dem Rufe,
Sondern in stürmischer Kampfesbegierde. Doch es verwehrte
Neleus jetzt mir die Rüstung, und auch die Rosse verbarg er,
Denn ich ahnte, so meint' er, noch nichts von den Werken des Krieges.

Trotzdem tat ich es kühn zuvor den Reisigen allen,
Ohne Gespann, denn also lenkte das Treffen Athene.
Nah' bei Arene wälzt ein Fluß, Minyeïos heißt er,
Wasser ins Meer: dort warteten wir der heiligen Frühe,
Pylos' Reisige, während zusammenströmte das Fußvolk.
Drauf mit gesammelter Macht, in voller Rüstung der Waffen,
Kamen wir mittags hin zum heiligen Strome Alpheios.
Allda brachten wir Zeus, dem Allmächtigen, prangende Opfer,
Einen Stier dem Alpheios, und einen Stier dem Poseidon,
Dann ein Rind von der Weide der strahlenden Göttin Athene,
Aßen darauf zu Abend im Heere, Haufen bei Haufen,
Legten uns nieder zu ruhen, in seinen Waffen ein jeder,
Längs dem Ufer des Stroms. Indessen die kühnen Epeier
Standen bereits um die Stadt und strebten, vom Grund sie zu tilgen.
Aber sie fanden zuvor des Ares mächtige Arbeit;
Denn als über der Erde die Sonne leuchtend emporstieg.
Stießen zur Schlacht wir zusammen und flehten zu Zeus und Athene.
Während der Kampf nun zwischen Epeiern und Pyliern tobte,
Fällt' ich zuerst einen Feind und nahm die stampfenden Rosse:
Mulios hieß er, des Herrschers Augeias tapferer Eidam,
Dessen ältester Tochter vermählt, Agamede, der blonden,
Welche die heilenden Kräuter kannte, die wuchsen auf Erden.
Ihn, wie er gegen mich kam, durchbohrt' ich mit eherner Lanze,
Und er sank in den Staub; doch ich, in den Wagen mich werfend,
Stand nun im Vordergewühl, indessen die kühnen Epeier
Jäh auseinander stoben, sobald sie fallen ihn sahen,
Denn er führte die Reisigen an, der Tapfersten einer.
Ich nun stürmte voran, dem dunklen Orkane vergleichbar;
Fünfzig Wagen gewann ich, und zwei der Männer um jeden
Bissen hinein in den Staub, von meiner Lanze bezwungen.
Aktors Söhne auch hätt' ich erschlagen, die zwei Molionen,
Hätte sie nicht ihr Vater, der Erderschüttrer Poseidon,
Schnell im Gefecht' entrückt, in dichte Nebel sie hüllend.
Jetzt verherrlichte Zeus mit Kraft der Pylier Scharen,
Denn wir folgten den Feinden durch weitgedehntes Gefilde,
Immer die Männer tötend und prangende Waffen erbeutend,

Bis wir zum Weizengefilde Buprasion lenkten die Rosse
Und zum olenischen Fels und Aleisions Hügel, denn also
Heißet der Ort, wo Pallas Athene die Scharen zurücktrieb.
Hier erschlug ich den letzten und ließ ihn; doch die Achaier
Lenkten ihr flinkes Gespann von Buprasion wieder gen Pylos;
Alle rühmten sie Zeus von den Göttern und Nestor von Menschen.
So war *ich* unter Männern, ich *war* es! Aber Achilleus
Will sein tapferes Herz allein genießen! Doch später
Mag er es bitter beklagen, wenn untergegangen das Volk ist.
Freund, erinnre dich nur, was *dir* Menoitios auftrug.
Damals, als er aus Phthia dich sandte zum Sohne des Atreus.
Beide hörten wir dort, ich selbst und der edle Odysseus,
Alles im Hause drinnen genau, wie jener dich mahnte,
Siehe, wir waren zu Peleus' wohnlichen Häusern gekommen,
Während wir Völker uns warben im fruchtbaren Land von Achaia.
Allda fanden wir jetzt den Helden Menoitios drinnen,
Dich, und Achilleus auch; der alte reisige Peleus
Opferte Zeus, dem donnernden Gott, im Gehege des Hofes
Üppige Keulen vom Rind und hielt den goldenen Becher;
Funkelnden Weines goß er daraus in die heilige Flamme.
Ihr bereitetet beide das Fleisch, als *wir* in des Hofes
Pforte nun traten, und staunend erhob sich der schnelle Achilleus,
Führt' an der Hand uns hinein und nötigte freundlich zum Sitzen,
Bot uns ein gastliches Mahl nach heiliger Sitte des Gastrechts.
Aber nachdem wir genug von Trank und Speise genossen,
Nahm ich als erster das Wort und bat euch, mit uns zu gehen;
Beide wolltet ihr gern, und mahnend sprachen die Väter.
Peleus, der Greis, ermahnte den Sohn und riet dem Achilleus,
Immer der erste zu sein und sich auszuzeichnen vor allen.
Dich ermahnte des Aktor Sohn Menoitios also:
Siehe, mein Sohn, der Edlere zwar von Geburt ist Achilleus,
Älter dafür bist du, doch er der Stärkere wieder.
Du nun hilf ihm treulich mit Rat und verständigem Zuspruch,
Lenke den Freund, und er wird zum Guten dir immer gehorchen.
Also mahnte der Greis; du vergaßest es. Aber auch jetzt noch
Sage ich dies dem kühnen Achilleus, ob er gehorche.
Denn, wer weiß, vielleicht vermagst du mit göttlicher Hilfe

Ihn zu bereden! Gut ist ja immer des Freundes Ermahnung.
Sucht er im Herzen indes den Wink der Götter zu meiden,
Oder brachte von Zeus ein Wort die göttliche Mutter,
So entsend' er wenigstens *dich* und lasse die andern
Myrmidonen dir folgen, ob *du* die Danaer rettest.
Auch die prangenden Waffen zum Kampfe soll er dir geben,
Ob die Troer vielleicht für ihn dich haltend, vom Kampfe
Lassen, und Atem schöpfen die tapferen Söhne Achaias,
Wär' auch kurz nur die Atemrast in ihrer Bedrängnis.
Unermüdet könntet ihr leicht die ermüdeten Kämpfer
Rückwärts drängen zur Stadt, hinweg von den Schiffen und Zelten.
  Also sprach er, und jenen bewegten im Herzen die Worte;
Schnell durchlief er das Lager zu Aiakos' Enkel Achilleus.
Aber als Patroklos nun zu den Schiffen des hehren Odysseus
Eilend gelangt, wo die Stätte des Rats und der Platz des Gerichtes
Lag, und auch die von ihnen den Göttern gebauten Altäre,
Kam Eurypylos dort, der göttliche Sohn des Euaimon,
Ihm entgegen, vom Pfeil im Schenkel verwundet; er hinkte
Grade zurück aus der Schlacht; von Haupt und Schultern hernieder
Rann ihm quellender Schweiß, und hervor aus der schmerzenden Wunde
Rieselte schwarz das Blut, doch blieb er klar bei Bewußtsein.
Herzlich erbarmte Menoitios' tapferen Sprossen der Anblick;
Jammernd rief er ihn an und sprach die geflügelten Worte:
  Unglückselige ihr, der Danaer Fürsten und Pfleger!
Solltet ihr so, den Freunden entfernt und dem Vätergefilde,
Nähren mit glänzendem Fett in Troja hurtige Hunde?
Sage mir dies doch an, Eurypylos, göttlicher Krieger:
Werden die Danaer wohl dem gewaltigen Hektor noch trotzen,
Oder sinken sie schon, von seiner Lanze bezwungen?
  Doch der verwundete Held Eurypylos sagte dagegen:
Nichts mehr, göttlicher Patroklos, kann den Achaiern die Rettung
Bringen; sie müssen sich bald in den schwarzen Schiffen verbergen!
Denn sie alle bereits, die sonst am tapfersten waren,
Liegen wund bei den Schiffen, von Pfeil und Lanze der Troer
Niedergesteckt, und immer noch wächst die feindliche Stärke.

Aber nun schütz' mich, indem du zum schwarzen Schiff mich geleitest;
Schneide den Pfeil aus dem Schenkel und spüle davon mit erwärmtem
Wasser das schwärzliche Blut, und streue mir heilende milde
Kräuter darauf, wie dich's Achilleus, heißt es, gelehrt hat,
Der es von Cheiron gelernt, dem rechtlichsten aller Kentauren.
Denn Podaleirios oder Machaon, unsere Ärzte –
Dieser liegt, wie mir deucht, in den Zelten, siech von der Wunde,
Selber zur Zeit bedürftig des wohlerfahrenen Arztes;
Jener wartet im Felde des grimmigen Kampfs mit den Troern.
Ihm erwiderte drauf Menoitios' tapferer Sprosse:
Wie kann solches geschehen? was tun, Eurypylos, rate?
Eilen muß ich, dem kühnen Achilleus Kunde zu bringen,
Was mir Nestor befahl, der gerenische Hort der Achaier.
Dennoch werd' ich dich nimmer verlassen in deiner Bedrängnis.
Sprach's, und unter der Brust ihn stützend, führt' er den Fürsten
Sorglich ins Zelt; ein Diener gewahrt' es und breitete Felle.
Hierauf bettet' er ihn und schnitt mit dem Messer den scharfen
Stechenden Pfeil aus dem Schenkel und spülte davon mit erwärmtem
Wasser das schwärzliche Blut, zerrieb die bittere Wurzel,
Legte sie auf, die schmerzenstillende, welche die Schmerzen
Alle bezwang; da versiegte das Blut und vernarbte die Wunde.

ZWÖLFTER GESANG

Der Kampf um die Mauer

Also heilte Menoitios' mutiger Sohn in dem Zelte
Jetzt den verwundeten Helden Eurypylos. Aber es kämpften
Argos' Krieger und Troer in Scharen. Siehe, nicht länger
Sollte der Graben die Danaer schirmen und drüber die Mauer,
Welche sie breit um die Schiffe gebaut, darum sie den Graben
Hatten gezogen – ohne die Götter mit Opfern zu ehren –,
Daß die schnellen Schiffe sowie die reichliche Beute
Drinnen schützte das Werk; allein den unsterblichen Göttern
Ward es zum Trotze gebaut, drum konnt' es nicht lange bestehen.
Während Hektor am Leben noch war und zornig Achilleus,
Und noch unzertrümmert des Herrschers Priamos Feste,
Ebensolang auch blieb der Danaer mächtige Mauer.
Aber nachdem von den Troern die Besten alle gefallen,
Mancher Danaer auch getötet, mancher noch übrig,
Priamos' Stadt zerschmettert war im zehnten der Jahre,
Und die Argeier im Schiff zur teuren Heimat gezogen,
Jetzt beschlossen die Götter Poseidon und Phoibos Apollon,
Niederzureißen den Bau, und lenkten der Ströme Gewalten
Aller dahin, die vom Idagebirg' ins Meer sich ergießen:
Rhesos, Karesos, der Rhodiosfluß, des Heptaporos Fluten,
Auch Granikos, Aisepos, der göttliche Strom des Skamandros
Und Simoeis, wo lederne Schilde zu Haufen und Helme
Sanken hinab in den Staub und das Göttergeschlecht der Heroen.
Allen zusammen wandte die Mündungen Phoibos Apollon
Gegen den Bau, neun Tage beströmt' er ihn; ununterbrochen
Regnete Zeus, um schneller ins Meer die Mauer zu schwemmen.
Aber der Erderschütterer selbst, in den Händen den Dreizack,
Schritt voran und trieb in die Wogen empor aus dem Grunde
Alles Holz und Gestein, das mühsam gefügt die Achaier,
Machte den Boden glatt am reißenden Hellespontos

Und bedeckte wieder mit Sand das weite Gestade,
Als er die Mauer zerstört; zurück alsdann in das Flutbett
Lenkt' er die Ströme, wo sonst ihr glänzendes Wasser geflossen.
Also sollten dereinst Poseidon und Phoibos Apollon
Schalten. Doch jetzt war Schlachtenlärm entbrannt und Getümmel
Rings um den sicheren Bau; es krachten die Balken der Türme
Unter dem Wurf. Die Argeier, von Zeus mit der Geißel gebändigt,
Zauderten, schwer bedrängt beim Schutz der gebogenen Schiffe,
Bange vor Hektors Wut, des gewaltigen Schreckenerregers.
Dieser, wie schon zuvor, stritt fort, dem Sturme vergleichbar.
Wie wenn, umstellt von Hunden und jagenden Männern, ein Eber
Oder ein Löwe im Kreise sich dreht in trotziger Stärke;
Jene, zusammengedrängt in festgeschlossenen Scharen,
Stehn ihm entgegen gewandt, und ihren Händen entfliegen
Hagelnde Spieße; doch niemals füllt die mutige Brust ihm
Schrecken und Furcht – die eigene Tapferkeit tötet ihn schließlich –;
Häufig dreht er sich um, die Reihen der Männer versuchend;
Wo er anstürmt, weichen zurück die Reihen der Männer:
Also wandte sich Hektor umher im Gewühl und ermahnte
Über den Graben zu setzen die Seinigen. Aber die flinken
Rosse wagten es nicht; sie blieben am äußersten Rande
Stehen und wieherten laut; es schreckte sie nämlich des Grabens
Breite, der weder zum Sprunge geeignet, noch zu durchqueren
Leicht, denn überhangende Ränder umsäumten ihn gänzlich
Jeglicherseits, und oben war er mit spitzigen großen
Dichtgereiheten Pfählen bepflanzt, die die Söhne Achaias
Aufgerichtet, zur Schutzwehr gegen die feindlichen Männer.
Schwerlich hätte hinein ein Roß mit dem rollenden Wagen
Dort sich getraut; selbst Männer zu Fuß bedachten sich reiflich.
Endlich nahte Polydamas Hektor, dem Kühnen, und sagte:
Hektor, und sonst ihr Führer der Troer und Bundesgenossen,
Torheit ist's, durch den Graben die hurtigen Rosse zu treiben.
Gar zu schwer ist der Weg hindurch, denn spitzige Pfähle
Stehen daran, und ihnen zunächst der Wall der Achaier.
Dort lenkt keiner hinab von den Reisigen oder bestünde
Unten den Kampf; in der Enge, mein' ich, erlägen sie alle.
Freilich, will er im Zorn die Feinde gänzlich vernichten,

Zeus mit donnernder Macht, und den Troern Hilfe gewähren,
Ja, dann wünscht' ich, im Augenblick wär' solches vollendet,
Daß hier namenlos stürben von Argos fern die Achaier.
Wenn sie jedoch sich kehrten, und Rückverfolgung begönne
Her von den Schiffen, und wir in des Grabens Tiefe gerieten,
Nimmer käme, so fürcht' ich, auch nicht ein Bote von dannen,
Wieder zur Feste zurück vor den umgewandten Achaiern.
Auf denn! so, wie ich rede, so laßt uns alle gehorchen.
Wagenlenker halten die Rosse zurück an dem Graben,
Doch wir Streiter zu Fuß, mit ehernen Waffen gerüstet,
Drängen uns alle um Hektor und folgen ihm, daß die Achaier
Stand nicht halten, wenn ihnen das Ziel des Verderbens bestimmt ist.

Also Polydamas' Wort. Gut schien dem Hektor die Rede,
Eilend sprang er vom Wagen herab mit den Waffen zu Boden.
Auch die anderen harrten nicht länger in ihren Geschirren,
Sondern sie stürmten herab, wie sie Hektor, den göttlichen, sahen.
Jeder gebot alsdann dem eigenen Lenker des Wagens,
Wohlgeordnet am Graben hier die Rosse zu halten.
Selber darauf geteilt, zu fünf Geschwadern geordnet,
Folgten sie alle den Führern in gutgeschlossenen Reihen.
Hektor selbst und der edle Polydamas führten die Ordnung.
Welche die meisten enthielt und tapfersten, alle begierig,
Einzustoßen den Wall und nah um die Schiffe zu kämpfen.
Und als dritter folgte Kebriones, aber beim Wagen
Ließ an Kebriones' Statt einen andren, geringeren Hektor.
Paris gebot mit Alkathoos nebst Agenor der zweiten,
Helenos dann und der Held Deïphobos führten die dritte,
Beide des Priamos' Söhne, und Asios führte mit ihnen,
Asios, Hyrtakos' Sohn, den feurige mächtige Rosse
Her von Arisbe gebracht, vom Ufer des Stromes Selleeis.
Aber der vierten gebot der wackere Sohn des Anchises:
Mit Aineias zugleich die beiden Söhne Antenors,
Akamas und Archelochos, kundig in jeglichem Kampfe,
Endlich gebot Sarpedon den rühmlichen Bundesgenossen,
Der sich den Glaukos gesellt und den mutigen Asteropaios:
Denn es dünkten ihm diese gewiß die Besten der andern

Gleich nach ihm, er selbst jedoch überstrahlte sie alle.
Als sie sich nun mit den ledernen Schilden zusammengeschlossen,
Eilten sie kühn auf die Danaer zu, voll Hoffnung, daß diese
Länger nicht stünden, vielmehr, daß sie bald auf die Schiffe sich stürzten.
Also folgten die Troer und weitberühmten Genossen
Jetzt Polydamas' Rate, des hochgeachteten Helden;
Asios, Hyrtakos' Sohn, allein, der Männergebieter,
Wollte die Rosse sowie den Wagenlenker nicht lassen,
Sondern er nahte mit ihnen zugleich den rüstigen Schiffen.
Ach der Tor! nicht sollt' er, den schrecklichen Keren entronnen,
Samt dem Rossegespann in stolzem Triumph von den Schiffen
Wieder zurück zu den Höhen der luftigen Ilios kehren.
Denn ihn umhüllte zuvor das unheilvolle Verhängnis
Durch Idomeneus' Speer, des herrlichen Deukalionen.
Denn er eilte nach links zu den Schiffen, wo sonst die Achaier
Fort aus dem Felde sich zogen mitsamt den Rossen und Wagen.
Ebenda lenkt' er hindurch das Gefährt' und die Renner; doch fand er
Unverschlossen die Bohlen des Tors und den mächtigen Riegel,
Sondern die Männer hielten es offen, ob einer der Freunde,
Welcher dem Kampf entfloh, sich rettete hin zu den Schiffen.
Ebenda strebt' er voran und trieb die Rosse; die andern
Folgten mit hellem Geschreit; sie hofften, nicht länger mehr würden
Stehn die Achaier, vielmehr, daß sie bald auf die Schiffe sich stürzten.
Ach die Toren! sie fanden zwei tapfere Männer am Eingang.
Übermütige Söhne der speergewohnten Lapithen:
Einer, Peirithoos' Sohn, der starke Held Polypoites,
Dann, dem menschenverderbenden Ares ähnlich, Leonteus.
Beide standen sie dort am Eingang des ragenden Tores,
Gleich den Eichen der Berge mit hochgewachsenen Wipfeln,
Welche dem Wind und Wetter trotzen an jeglichem Tage,
Festgehalten von großen ud weithinlangenden Wurzeln:
Also harrten die beiden, der Kraft und den Armen vertrauend,
Ohne zu fliehen, des mächtigen Asios, welcher sich nahte.

Jene stürmten der festgefügten Mauer entgegen,
Hocherhoben die trockenen Schilde, mit hallendem Feldruf,
Alle die Asios folgten, Iamenos und dem Orestes,
Adamas, Asios' Sprossen, Oinomaos ferner und Thoon,
Während diese die wohlgeschienten Achaier im Lager
Drinnen zum Widerstand spornten und rüstigen Kampf um die Schiffe.
Aber sobald sie bemerkten, daß gegen die Mauer die Troer
Stürmten, und unter den Danaern Jammer entstand und Getümmel,
Brachen die beiden hervor und kämpften draußen am Eingang,
Gleich zwei wilden Ebern des Waldes tief im Gebirge,
Welche die nahende Hatz von Männern und Hunden erwarten;
Seitwärts brechen sie aus und knicken im Kreise die Büsche,
Fegen sie los von der Wurzel, und unten wütet der Zähne
Krachen, bis endlich ein Speer sie trifft und ihr Leben vollendet:
Also krachte das schimmernde Erz der beiden, getroffen
Vorn an der Brust vom Wurf, denn sie kämpften mit mächtiger Stärke,
Oben dem Volk auf dem Wall und den eigenen Kräften vertrauend.
Aber die andern schleuderten Steine dazu von den festen
Türmen herab, den eigenen Leib und die Zelte zu schützen
Samt den Seglern, den schnellen. Wie Schnee zum Boden herabfällt,
Welchen ein heftiger Wind, die schattenden Wolken vertreibend,
Niederschüttet in Massen zur nahrungspendenden Erde:
So entflogen die Speere den Händen sowohl der Achaier
Als der Troer, und dumpf erdröhnten im Kreise die Helme
Unter der Steine Wucht, sowie die gebuckelten Schilde.
Wehegeschrei erhob darum und schlug sich die Schenkel
Asios, Hyrtakos' Sohn, und grollend rief er die Worte:
Vater Zeus, wahrhaftig, jetzt wurdest auch du dem Betruge
Freund! Ich hätte doch nie geglaubt, die Helden Achaias
Würden bestehn vor unserer Macht und unnahbaren Händen!
Aber sie, wie die Wespen mit regsamem Leib und die Bienen,
Die am zerklüfteten Weg ihr häusliches Nest sich bereiten,
Nie die Höhlung des Baues verlassen, sondern den Angriff
Raubender Jäger bestehn und mutig die Jungen beschützen:
Also wollen auch sie, obwohl nur zwei, von dem Tore

Eher nicht weichen, als bis sie töten oder verderben.
Also sprach er, doch Zeus blieb unbeweglichen Sinnes,
Denn er beschloß im Geiste, dem Hektor Sieg zu gewähren.
Andere kämpften den Kampf um andere Tore des Lagers.
Aber es wird mir schwer, wie ein Gott das alles zu künden.
Rings um den steinernen Wall erhob sich mächtig die Flamme,
Doch die Argeier verteidigten zornigen Sinnes die Schiffe
Unter dem Zwange der Not; es trauerten herzlich die Götter
Alle, die Beistand boten im Kampf dem Volk der Achaier.
Kriegsgetümmel und Schlacht erregten die beiden Lapithen.
Siehe, Peirithoos' Sohn, der starke Held Polypoites
Traf des Damasos Stirn mit dem Speer durch die Wangen des Helmes,
Aber nicht hemmte das Erz den Stoß; die eherne Spitze
Bohrte sich durch und durchstieß das Gebein, es färbte sich blutig
Innen das ganze Gehirn: so tötet' er diesen im Angriff.
Dann entriß er Pylon und Ormenos, beiden die Rüstung.
Doch des Antimachos Sohn, Hippomachos, fällte Leonteus,
Ares' Sproß, mit dem Speer, ihn unten am Gürtel durchbohrend.
Hierauf riß er das scharfe Schwert hervor aus der Scheide,
Stürmte zuerst auf Antiphates zu durchs dichte Getümmel,
Schlug aus der Nähe, und rücklings fiel der Gegner zu Boden.
Weiter darauf den Menon, Iamenos dann und Orestes,
Einen über den andern, so streckt' er sie nieder zur Erde.
Während sie diesen hier die schimmernden Waffen entrissen,
Folgten dem Hektor dort und Polydamas rüstige Männer,
Welche die meisten an Zahl und tapfersten, alle begierig,
Einzustoßen den Wall und Brand an die Schiffe zu legen.
Diese bedachten sich noch und blieben stehn an dem Graben.
Denn ein Vogel erschien, als grad' hinüber sie wollten,
Hoch in den Lüften, ein Aar, und ließ zur Linken die Troer,
Trug in den Fängen ein Untier gepackt, eine rötliche Schlange,
Welche sich lebend noch wand und unermüdlich sich wehrte.
Denn sie biß den Aar, der sie hielt, in die Brust an dem Halse,
Rückwärts gekrümmt, daß dieser, von heftigen Schmerzen gepeinigt,
Nieder zu Boden sie warf, und sie fiel in die Mitte der Menge;

Doch er selber entflog mit Kreischen im Hauche des Windes.
Schaudernd sahen die Troer den schillernden Wurm in der Mitte
Liegen, das Wunderzeichen des wetterleuchtenden Gottes.
Aber Polydamas nahte dem kühnen Hektor und sagte:
Hektor, stets zwar fährst du mich an, auch wenn ich im Rate
Heilsam rede, denn freilich es ziemt sich dem Manne des Volkes
Niemals, anderer Meinung zu sein in des Rates Versammlung,
Noch im Kampfe, vielmehr dein Ansehn stets zu erhöhen;
Dennoch sag' ich dir jetzt, was ich als Bestes erachte:
Laßt nicht weiter uns gehn, um der Danaer Schiffe zu kämpfen;
Also wird es erfüllt, so glaub' ich, wenn uns in Wahrheit
Hier der Vogel erschien, als wir hinüber begehrten,
Hoch in den Lüften, ein Aar; der hielt zur Linken die Troer,
Trug in den Fängen ein Untier gepackt, eine rötliche Schlange,
Lebend, doch eh' er das Nest noch erreichte, ließ er sie fallen,
Ohne sie vollends als Beute heim den Jungen zu bringen.
Also werden auch wir, wofern wir das Tor und die Mauer
Brechen mit großer Gewalt, und vor uns fliehn die Achaier,
Nicht in Ordnung zurück des Wegs von den Schiffen uns ziehen,
Sondern viele der Troer, vom Speer der Achaier getötet,
Blieben uns dort am Platz im harten Kampf um die Schiffe.
Also möcht' es ein Seher verkündigen, welcher im Geiste
Zeichen zu deuten versteht und dem die Völker vertrauen.
Finster blickend entgegnete ihm der gewaltige Hektor.
Nimmer will mir gefallen, Polydamas, was du geredet!
Weißt du doch sonst auch besseren Rat zu ersinnen als diesen!
Aber wofern du wirklich in völligem Ernste geredet,
Ja, dann raubten dir wohl die Unsterblichen selbst die Besinnung,
Der du den Rat des donnergewaltigen Zeus zu vergessen
Mahnst, den er selbst mir verhieß und mit winkenden Brauen gewährt hat,
Du hingegen berätst mich, den breitgeflügelten Vögeln
Mehr zu vertraun; ich achte sie nicht, noch kümmert mich solches,
Ob sie zur Rechten fliegen, zum Tagesglanz und zur Sonne,
Oder zur Linken gewandt, ins neblige Dunkel des Abends.
Wir vertrauen jedoch dem Rate des großen Kroniden,
Welcher die Sterblichen alle beherrscht und die ewigen Götter.

Nur ein einziges Zeichen gilt: das Vaterland schützen!
Doch was zitterst denn du vor Kampf und Waffengetümmel?
Sänken wir anderen auch um die Schiffe der Männer von Argos
Alle dahin, so drohte doch dir kein Todesverderben;
Denn du hast kein mutiges Herz, dem Feinde zu stehen!
Willst du dich aber der Schlacht entziehen und einen der andern
Listig mit Worten verleiten, sich abzuwenden vom Kampfe,
Schnell von meiner Lanze durchbohrt, verlierst du das Leben!
Also sprach er und ging voran; ihm folgten die andern
Unter gewaltigem Lärm, doch Zeus, der Herrscher des Blitzes,
Sandte brausenden Wind herab vom Idagebirge,
Welcher den Staub zu den Schiffen trieb; die Männer Achaias
Wurden verwirrt, die Troer und Hektor hingegen verherrlicht.
Jetzt dem Winke des Gottes und eigener Stärke vertrauend,
Strebten sie zu durchbrechen den großen Wall der Achaier.
Rissen die Zinnen der Türme herab und stürzten die Brustwehr,
Wühlten hervor aus dem Grunde die ragenden Pfeiler des Baues,
Die man zuerst in die Erde gesenkt, zur Stütze der Türme.
Diese rissen sie aus und hofften den Wall der Achaier
Einzustoßen, doch wichen die Danaer nicht von der Stelle,
Sondern den Mauerkranz mit rindernen Schilden verzäunend,
Warfen sie Steine herab auf die unten anstürmenden Feinde.
Aber die Ajas schritten ermahnend umher auf den Türmen,
Überall beide, und spornten zum Kampfe den Mut der Achaier,
Den mit freundlichen Worten und den mit harter Bedrohung
Scheltend, welchen sie säumig fanden und faul im Gefechte:
Freunde, wer unter dem Volk sich hervortut oder nur mitgeht,
Oder wer hinten bleibt; denn gar nicht ähneln einander
Alle Männer im Kampf: doch hier ist Arbeit für alle! –
Auch ihr selbst erkennt es vielleicht! – So wende sich niemand
Gegen die Schiffe zurück, dem Ohrenbläser gehorchend,
Sondern strebet voran und spornt euch untereinander:
Ob uns der blitzesgewaltige Zeus im Olympos vergönne,
Abzuwehren den Streit und die Feinde zur Stadt zu verfolgen!
Also schrien die zwei und entfachten den Kampf der Achaier.
Gleichwie Schnee in dichtem Gestöber am Tage des Winters
Niederfällt, wann Zeus, der Berater, zu schneien sich aufmacht,

Seine blinkenden Pfeile den sterblichen Menschen zu weisen;
Ruhen heißt er den Wind und schüttet, bis endlich die Höhen
Ragender Berge verhüllt und die Vorgebirge beschneit sind,
Auch die Felder voll Klee und die üppigen Fluren der Menschen,
Selber die Buchten des schimmernden Meeres und seine Gestade –
Nur die brandende Flut erwehrt sich –, aber das andre
Alles von oben bedeckt das stürzende Wetter Kronions:
Also flogen von Heer zu Heer in Haufen die Steine,
Welche die Troer hier und die Danaer dort auf die Troer
Schleuderten; über die Mauer hinweg erscholl das Getöse.
Aber es hätten auch jetzt noch nicht die Troer und Hektor
Durchgebrochen das Tor und den mächtigen Riegel der Mauer,
Hätte der waltende Zeus nicht seinen Sohn, den Sarpedon,
Gegen die Männer von Argos gejagt, wie den Löwen auf Rinder.
Vor sich hielt er sofort den gleichgerundeten, schönen,
Erzgetriebenen Schild; ein Rüstschmied hatte die Waffe
Künstlich gefertigt und innen die Häute von mehreren Stieren
Rings mit goldenen, ganz durchlaufenden Drähten verbunden.
Diesen hielt er sich vor, und, beide Lanzen geschwungen,
Eilt' er voran, wie der wilde Gebirgsleu, welcher des Fleisches
Lang schon entbehrt und nun, dem kühnen Herzen gehorchend,
Schafe zu rauben versucht aus festverschlossenem Stalle.
Findet er zwar auch dort bei ihnen die Hirten versammelt,
Welche mit Hunden und Spießen die Schafe drinnen bewachen,
Läßt er doch ohne Versuch sich nicht aus dem Stalle vertreiben,
Sondern er raubt entweder im Springen, oder er selber
Fällt sogleich, von rüstiger Hand mit dem Spieße getroffen.
So entflammte der Mut den göttergleichen Sarpedon,
Gegen die Mauer zu stürmen und durchzustoßen die Brustwehr.
Schnell begann er, zu Glaukos gewandt, Hippolochos' Sohne:
Glaukos, warum doch ehrte man uns besonders vor andern
Immer durch Sitz und Fleisch und vollgegossene Becher
Unter dem Lykiervolk, auf uns wie Himmlische blickend?
Auch bebauen wir weites Land am Ufer des Xanthos,
Reich mit Bäumen bestellt und weizentragenden Äckern.
Drum geziemt es uns jetzt, in der Lykier vorderstem Treffen
Tapfer zu stehn und der brennenden Schlacht entgegenzustürzen,

Daß man solches im Volk der gewappneten Lykier spräche:
Wahrlich, ruhmlos herrschen sie nicht im Lykierlande,
Unsere Könige hier, mit gemästeten Schafen sich nährend
Und mit süßem erlesenen Wein; es ist ihre Stärke
Herrlich dazu, denn sie kämpfen als erste des Lykierheeres!
Liebster, wär' es uns hier dem Kampf zu entrinnen beschieden,
Daß wir ohne zu altern und unvergänglich in Zukunft
Lebten, so stünd' ich weder selbst im vordersten Treffen,
Noch ermahnte ich dich zur männerehrenden Feldschlacht.
Jetzt indessen, da tausendfach uns Keren des Todes
Drohend umringen – es gäbe nicht Flucht für einen der Menschen –,
Eilen wir, selbst uns Ruhm zu erwerben oder dem Feinde!
  Also sprach er, und Glaukos sträubte sich nicht und gehorchte.
Vorwärts drangen sie beide, das Volk der Lykier führend.
Diese gewahrend, erbebte der Sohn Peteos', Menestheus,
Dessen Turme sie grade, Verderben bringend, sich nahten,
Und er spähte den Wall entlang nach einem der Führer,
Der ihm erschiene, gegen die Not die Freunde zu schützen.
Beide Ajas jetzt, die unersättlichen Krieger,
Sah er stehen und Teukros, der eben vom Zelte zurückkam,
Nahe dabei; doch war es unmöglich hinüberzurufen;
Also tobte der Lärm – der Schlachtruf dröhnte zum Himmel –
Hallender Schilde, getroffener buschumflatterter Helme
Und der Tore, die festverschlossen; doch standen die Feinde
Draußen und strebten mit Macht sich durchzubrechen den Eingang.
Gleich entsandt' er zu Ajas hin Thootes, den Herold:
  Tummle dich, edler Thootes, mir schnell den Ajas zu rufen;
Lieber noch beide zugleich – das wäre bei weitem das Beste,
Denn es drohet uns hier, das jähe Verderben zu fassen;
Hart bedrängen der Lykier Fürsten uns, welche gewohnt sind,
Ungestüm zu beweisen in wilden, gewaltigen Schlachten –
Aber entbrannte für sie auch dort die Hitze des Kampfes,
Wenigstens komme doch Ajas allein, des Telamon Sprosse,
Er, und Teukros mit ihm, der bogenkundige Schütze.
  Also sprach er, und gern gehorchte dem Worte der Herold,

Lief die Mauer entlang der erzbewehrten Achaier,
Nahte den Ajas beiden und redete hastig zu diesen:
Ajas, Fürsten der erzgepanzerten Männer von Argos,
Euch ermahnt der Sohn Peteos', des göttlichen Helden,
Dort mit ihm ein weniges nur die Mühe zu teilen;
Lieber folget zu zweit – es wäre das Beste von allem;
Denn es drohet uns dort ein jähes Verderben zu fassen.
Hart bedrängen der Lykier Fürsten uns, welche gewohnt sind,
Ungestüm zu beweisen in wilden, gewaltigen Schlachten. –
Aber entbrannte bei euch auch hier die Hitze des Kampfes,
Wenigstens komme doch Ajas allein, des Telamon Sprosse,
Er, und Teukros mit ihm, der bogenkundige Schütze.
Willig folgte der Telamonide, der mächtige Ajas;
Eilend sprach er die fliegenden Worte zum Sohn des Oïleus:
Ajas, bleibt ihr beide, du selbst und der Held Lykomedes,
Stehen am Platz und spornt die Danaer, tapfer zu streiten,
Während ich dorthin gehe, die Mühe des Kampfes zu teilen.
Schnell dann eil' ich zurück, sobald ich jenen geholfen.
Als er dieses gerufen, enteilte der mächtige Ajas,
Er, und Teukros mit ihm, der Bruder des nämlichen Vaters;
Beiden gesellt, mit dem krummen Bogen des Teukros, Pandion.
Wie sie dem Turme sich nahten des hochgemuten Menestheus,
Innen die Mauer entlang – sie kamen zu heftig Bedrängten –,
Stiegen gerade, dem finsteren Wirbelsturme vergleichbar,
Lykiens tapfere Fürsten und Pfleger empor zu der Brustwehr.
Gegeneinander stürzten sie kämpfend; es hallte der Schlachtruf.
Ajas, Telamons Sohn, als erster warf einen Krieger,
Welcher Sarpedons Freund, den hochgemuten Epikles.
Diesen traf er mit zackigem Stein, der neben der Brüstung
Oben im Innern der Mauer lag; es hätte nicht leicht ihn
Selbst ein blühender Mann mit beiden Händen gehalten
Unter den Sterblichen heute, doch er schwang hoch ihn im Bogen;
Krachend brachen die Bügel des Helms, die Knochen des Schädels
Schlug er ihm alle zusammen, und jener, schnell wie ein Taucher,
Stürzte vom ragenden Turm; sein Geist entwich den Gebeinen.
Teukros traf mit dem Pfeil Hippolochos' tapferen Sprossen
Glaukos, welcher dem hohen Wall im Sturme sich nahte,

Wo er die Blöße des Armes erblickt, und lähmte den Mut ihm.
Heimlich sprang er die Mauer hinab, daß ja kein Achaier
Wund zu Gesicht ihn bekäm' und höhnte mit prahlenden Worten.
Aber Sarpedon grämte sich sehr, als Glaukos enteilte,
Gleich nachdem er's bemerkt, doch nicht vergaß er des Mutes,
Sondern er traf mit der Lanze den Thestoriden Alkmaon,
Stieß und riß den Speer schon heraus, daß jener kopfüber
Folgte dem Schaft, und um ihn klirrten die blinkenden Waffen.
Dann erfaßte Sarpedon mit kräftigen Armen die Brüstung,
Zog, und der Länge nach stürzte sie ein, daß oben die Mauer
Gänzlich entblößt, dem Haufen den Weg ins Innere bahnte.
Ihm begegneten Ajas und Teukros zusammen: der eine
Traf mit dem Pfeil an der Brust des mannbedeckenden Schildes
Glänzendes Riemengehenk, doch wurde der Sohn vom Kroniden
Gegen die Keren geschirmt, daß er nicht bei den Schiffen verblute.
Ajas sprang nun heran und stach nach dem Schilde; die Spitze
Bohrte sich nicht hindurch, doch erschüttert' sie jenen im Angriff.
Nur ein weniges fuhr er zurück von der Brüstung, nicht gänzlich
Wich er, dieweil sein Herz noch hoffte, Ruhm zu gewinnen.
Rückwärts blickend berief er die göttlichen Lykierscharen:
Lykier, was ermattet ihr so beim stürmenden Kampfe?
Schwierig ist's mir allein, und wär' ich der tapferste Streiter,
Einzustoßen den Wall und den Weg zu den Schiffen zu bahnen.
Auf, und folget mir nach! denn mehreren glückte die Arbeit!
Also sprach er, und sie, geschreckt von dem Rufe des Herrschers,
Rannten noch kräftiger an, geschart um den waltenden Herren.
Aber auch drüben die Männer von Argos verstärkten die Reihen
Drinnen im Banne der Mauer; sie fanden gewaltige Arbeit.
Weder die Lykier konnten mit aller Kraft der Achaier
Mauer zerbrechen und hin zu den Schiffen den Weg sich bereiten,
Noch vermochten die tapferen Danaer Lykiens Krieger
Fort von der Mauer zu drängen, nachdem sie sich einmal genähert.
Wie zwei Männer vielmehr, die über die Grenze sich zanken;
Jeder das Maß in der Hand, auf gemeinsamer Scheide des Feldes,
Wenig getrennt voneinander nur streiten sie wegen der Gleichung:
Also schied auch jene die Brüstung allein; sie zerschlugen
Drüber hinweg an der Brust einander die ledernen Häute

Wohlgerundeter Schilde und leichtgeschwungener Tartschen.
Viele wurden am Leib vom grausamen Erze verwundet,
Mancher, welcher sich umgekehrt und den Rücken entblößte
Unter den Kämpfern, und vielen selbst durchdrang es die Schilde.
Überall wurden die Zinnen und Türme vom Blute der Männer
Rot bespritzt, von Achaiern und Troern auf jeglicher Seite.
Dennoch konnten sie nicht zur Flucht die Achaier bewegen,
Sondern sie standen, der Waage der ehrlichen Spinnerin gleichend,
Welche Gewicht und Wolle zu ausgeglichener Schwebung
Höher hält, für die Kinder den ärmlichen Lohn zu gewinnen:
Also schwebte die Schlacht auch hier in gleichem Gewichte,
Bis der Kronide den höheren Ruhm dem Hektor gewährte,
Priamos' Sohn, der zuerst in den Wall der Achaier hineinsprang.
Laut erdröhnte sein Ruf und scholl durch die Reihen der Troer:
Vorwärts, reisige Troer, zerbrecht den Wall der Argeier,
Werft in die Schiffe hinein gewaltig lodernde Flammen!
  Also trieb sie der Held, und allen drang es zu Ohren.
Dicht in Haufen, so rückten sie gegen den Wall und erstiegen
Jetzt die Gesimse, die scharfgespitzten Lanzen in Händen.
Hektor ergriff einen Stein und trug ihn, welcher am Tore
Vorne gestanden, massig von unten, doch oben erschien er
Zackig; es hätten auch zwei der stärksten Mannen im Volke
Kaum auf den Wagen hinauf den Block vom Boden gehoben
Unter den Sterblichen heut'; er schwang ihn allein und behende.
Denn es machte ihn leicht der Sohn des verschlagenen Kronos.
Wie ein Schäfer behende die Wolle des Widders davonträgt,
Nur mit der Hand; so wenig drückt ihn die Ladung:
Also trug nun Hektor den Block den Bohlen entgegen,
Welche das festgefügte Tor mit dem doppelten Flügel
Sicherten; innen verschlossen es zwei sich begegnende Riegel,
Und ein einziger Schlüsselbolzen hielt sie zusammen.
Ganz in die Nähe trat er und warf in die Mitte, nachdem er
Fest sich gestellt, daß nicht zu schwach der Wurf ihm geriete.
Beide Angeln barsten entzwei, mit wuchtigem Sturze
Fiel ins Innre der Block, es knarrte das Tor, und die Riegel
Hielten nicht mehr, die Bohlen zersplitterten hierhin und dorthin
Unter des Blockes Gewalt. Nun sprang der strahlende Hektor

Finsteren Blickes hinein, wie die schwebende Nacht, in des Erzes
Schrecklichen Glanz den Körper gehüllt, und hielt in den Händen
Beide Lanzen; kein einziger hätte zurück ihn gehalten,
Höchstens ein Gott, als er flammenden Auges zum Tore hineinsprang.
Rückwärts blickend schrie er den Troern zu im Getümmel,
Über die Mauer zu steigen, und alle folgten dem Rufe.
Stürmend drangen sie über die Mauer, und andere wieder
Strömten zum festen Tore hinein. Die Danaer flohen
Fort zu den räumigen Schiffen; unendliches Lärmen erbrauste.

DREIZEHNTER GESANG

Der Kampf um die Schiffe

Als nun Zeus die Troer und Hektor gebracht an die Schiffe,
Ließ er sie dort bei diesen den Kampf erdulden und Elend
Ruhelos; *er* aber wandte zurück die strahlenden Augen
Fern hinab zu den Landen der rossezüchtenden Thraker,
Nahekämpfender Myser und trefflicher Hippemolgen,
Die sich nähren von Milch, und der Abier, rechtlichsten Volkes.
Doch gen Troja wandte er nicht mehr die strahlenden Augen,
Denn er erwartete nicht im Geiste, daß einer der Götter
Käme den Troern zu Hilfe noch auch dem Danaervolke.
Nicht umsonst aber wachte der erderschütternde Herrscher,
Denn er saß, voll Staunen die Schlacht und Kämpfe gewahrend,
Hoch auf dem obersten Gipfel der waldigen thrakischen Insel
Samos; dort erschien mit allen Höhen der Ida,
Auch erschienen des Priamos Stadt und die Schiffe Achaias.
Dorthin war er den Fluten entstiegen und sah mit Erbarmen,
Wie die Achaier den Troern erlagen, ergrimmt auf Kronion.
Plötzlich stieg er herab vom zerklüfteten Gipfel des Berges,
Reißenden Schrittes voran, da erbebten die Höhen und Wälder
Unter den unvergänglichen Füßen des Gottes Poseidon.
Dreimal schritt er nur aus und das viertemal stand er am Ziele:
Aigai, wo ein berühmter Palast in den Tiefen des Sundes,
Funkelnd von Gold, errichtet ihm war, zu ewiger Dauer.
Angelangt, schirrt' er ins Joch zwei Rosse mit ehernen Hufen,
Stürmende Renner, die Schultern umwallt von goldenen Mähnen,
Hüllte sich selbst in Gold und faßte die schimmernde Geißel,
Schön geflochten aus Gold, und trat in den Sessel des Wagens,
Lenkte dann über die Fluten, und als er sich nahte, da sprangen
Überall her aus den Klüften die Tiere, den Herrscher erkennend;
Freudig trat auseinander das Meer, und die fliegenden Rosse
Trugen ihn, ohne daß unten die eherne Achse genetzt ward,

Rasch zu den Schiffen der Danaer fort mit sicheren Sprüngen.
Ist in den Tiefen der Bucht eine räumige Grotte gelegen,
Halbwegs zwischen Tenedos' Strand und den Klippen von Imbros.
Ebenda brachte die Rosse zum Stehn der Herrscher Poseidon,
Schirrte vom Wagen sie ab und streute ambrosisches Futter
Ihnen zur Kost, umschlang ihre Füße mit goldenen Fesseln,
Unzerbrechlich, unlösbar, damit sie fest an der Stelle
Harrten des Herrn, und machte sich auf zum Heer der Achaier.
Trojas Krieger folgten, der Flamme gleich oder dem Sturme,
Hektor, dem Priamossohne, zu Haufen in lechzendem Eifer,
Tosend, mit wildem Geschrei; sie hofften, die Schiffe Achaias
Gleich zu erobern, um dorten zu töten die Edelsten alle.
Aber der Erderschüttrer, der Landumstürmer Poseidon
Trieb die Argeier, sobald er dem Grunde des Meeres entstiegen,
Gleich dem Kalchas an Wuchs und unermüdlicher Stimme,
Rief er die Ajas zuerst, die selbst von Eifer schon glühten:
Ajas, ihr werdet gewiß das Volk der Achaier erretten,
Wenn ihr der Stärke gedenkt und nicht des lähmenden Grauens.
Anderswo schrecken mich nicht die unnahbaren Hände der Troer,
Die mit gesammelter Macht die mächtige Mauer erstiegen –
Allen begegnen sie schon, die wohlbeschienten Achaier –;
Hier nun bin ich in schrecklicher Angst vor drohendem Unheil,
Hier, wo der Wütende da, dem Feuer ähnlich, gebietet,
Hektor, welcher sich rühmt, dem allmächtigen Zeus zu entstammen.
Möchte euch beide doch also ein Gott im Herzen bestimmen,
Selbst ihm kraftvoll zu stehn und zum Kampfe zu treiben die andern.
Dann geläng' es, wie heftig er stürmt, ihn fort von den schnellen
Schiffen zu drängen, auch wenn der Olympier selbst ihn ermutigt.
Rief's, und es rührte die beiden der erdbewegende Herrscher
An mit dem Stab und erfüllte sie gleich mit Kräften und Kühnheit,
Schuf ihre Glieder behende, die Füße und Arme darüber.
Und er selbst, wie ein Falke die schnellen Schwingen zum Fluge
Breitet auf schroffer Klippe des Felsens in schwindelnder Höhe;
Sausend strebt er zu Tal, einen anderen Vogel verfolgend:
So entwich vor den beiden der Erderschüttrer Poseidon.

Ajas erkannt' ihn zuerst, der schnelle Sohn des Oïleus;
Eilend sprach er zu Ajas sogleich, des Telamon Sohne:
Ajas, weil uns ein Gott von des hohen Olympos Bewohnern
Unter des Sehers Gestalt bei den Schiffen zu kämpfen gebietet –
Denn nicht Kalchas ist es, der Deuter des Vogelfluges.
Ich erkannt' ihn hernach am Gange der Füße und Schenkel
Leicht, als er wandte den Rücken; denn Götter sind wohl zu erkennen.
Und ich fühle, wie schon in der eigenen Brust die Begierde
Heftiger wieder mich treibt, im Kampfe zu stehn und zu fechten;
Unten zucken die Füße bereits und oben die Hände.
Ihm erwiderte drauf der Sohn des Telamon, Ajas:
Ebenso zucken auch mir um den Speer die unnahbaren Fäuste
Voll Verlangen, mein Mut ist erweckt und unten die Füße
Fliegen mir beide von selbst; allein auch möcht' ich bekämpfen
Hektor, Priamos' Sohn, den unersättlichen Streiter.
Also sprachen die Männer dort im Gespräch miteinander,
Ob des Mutes erfreut, mit dem sie der Gott nun erfüllte.
Hinten trieb der Erderschüttrer indes die Achaier,
Die bei den schnellen Seglern vom Kampf die Herzen erfrischten.
Deren Glieder waren erlahmt von ermattender Arbeit,
Und zugleich bedrückte die Angst ihr Gemüt, wie die Troer
Vor ihren Augen den mächtigen Wall in Haufen erstiegen.
Solches mußten sie sehn, und Tränen entquollen den Wimpern;
Glaubten sie doch an Rettung nicht mehr. Indessen Poseidon
Trat heran und belebte leicht die kräftigen Scharen,
Kam zu Teukros zuerst und Leïtos, trieb sie zum Kampfe,
Dann zum Helden Peneleos, Thoas, Deïpyros ferner,
Zu Meriones dann und Antilochos, Herrschern im Felde.
Diese reizte der Gott und sprach die geflügelten Worte:
Schmach, ihr Männer von Argos, so blühend und jung! Wenn ihr kämpfet,
Dann vertrau' ich, daß euere Kraft die Schiffe noch rette,
Aber wenn ihr den Mut verliert zum verderblichen Kampfe,
Dann ist erschienen der Tag, wo uns die Troer bezwingen.
Wehe, welch großes Wunder muß jetzt mein Auge gewahren,
Schrecklich, wie ich es niemals auch nur für möglich gehalten:

Troer an unseren Schiffen so nahe! Die glichen doch früher
Scheuen Hindinnen bloß, den flüchtigen, die in den Wäldern
Pardeln, Schakalen und Wölfen zu Fraß und Beute bestimmt sind,
So in die Irre gescheucht, so kopflos, ohne Vertrauen:
Also wollten die Troer der kräftigen Faust der Achaier
Niemals früher begegnen im Widerstand, auch nur ein wenig.
Jetzt aber kämpfen sie ferne der Stadt bei den räumigen Schiffen
Durch des Gebieters Schuld und die Lässigkeiten der Völker,
Die, auf jenen erzürnt, die schnellen Schiffe nicht länger
Mehr verteidigen wollen; sie lassen sich lieber erschlagen.
Aber wird er nun auch mit vollem Rechte beschuldigt,
Atreus' Sohn, der Held und mächtige Fürst Agamemnon,
Darum, weil er den schnellen Peliden so schmählich gekränkt hat,
Dürfen *wir* doch keineswegs erlahmen im Kampfe.
Auf denn, lasset euch heilen, denn adlige Herzen sind heilbar.
Nicht zur eigenen Ehre vergeßt ihr des stürmenden Mutes;
Seid ihr doch alle die Besten im Heer. Ich würde mich wahrlich
Gegen den Mann nicht wenden, der nur ermattet im Kampfe,
Weil er ein Schwächling ist, doch euch verarg' ichs im Herzen.
Ach ihr Memmen, ihr stiftet schon bald noch ärgeren Schaden,
Schlaff und träg, wie ihr seid! Beherziget also doch jeder
Schimpf und Schande. Schon hat sich ein großes Streiten erhoben.
Hektor kämpft bei den Schiffen bereits, der Rufer im Kampfe,
Voller Kraft, und erbrach das Tor und den mächtigen Riegel.
Also reizte Poseidon und trieb zum Kampf die Achaier.
Um die Ajas beide nun traten die Mannen in Reihen
Voller Kraft, die Ares selbst nicht hätte getadelt,
Noch Athene, die Völkerentflammende, denn die erwählten
Tapfersten harrten der Troer jetzt und des göttlichen Hektor;
Lanz' an Lanze gedrängt und Schild und Schild aufeinander,
Tartsch' an Tartsche und Helm an Helm und Krieger an Krieger.
Und die buschigen Helme mit glänzenden Bügeln berührten,
Wenn sie nickten, einander; so standen sie eng vereinigt.
Und die Speere, von kampferprobten Armen geschüttelt,
Kreuzten sich; vorwärts strebten die Männer, voll Mut zum Gefechte.
Auch die Troer stürmten in Scharen; es führte sie Hektor

Graden Weges voran, wie ein rollender Stein von dem Felsen,
Wann die wintergeschwollene Flut ihn stößt von der Zinne –
Endlose Güsse zermürbten den Grund des tückischen Felsens;
Hüpfend schnellt er empor, und unter ihm kracht das Gehölze;
Unaufhaltsam stürzt er und stürzt, bis daß er den gleichen
Boden erreicht; dann rollt er nicht weiter mehr trotz allem Schwunge:
Also drohte nun Hektor, zunächst bis zum Strande des Meeres
Leicht zu durchbrechen das Lager der feindlichen Zelte und Schiffe,
Tötend. Aber sobald er stieß auf geschlossene Reihen,
Stand er, von ihnen beengt, und die Gegner, die Söhne Achaias,
Holten aus mit den Schwertern, und doppelschneidige Speere
Drängten ihn bald zurück. Er wich und konnte nicht halten,
Und er schrie, es gellte sein Ruf durch die Reihen der Troer:
Troer und Lykier ihr, und Dardaner, Kämpfer der Nähe,
Harret aus! Nicht lange mehr halten mir stand die Achaier,
Mögen sie auch sich fest in Haufen zusammenschließen;
Sondern ich glaube, schon bald zerstreut sie mein Speer, wenn mich wirklich
Spornte der oberste Gott, der donnernde Gatte der Here.
Also sprach er und stärkte das Herz und die Kraft eines jeden.
Priamos' Sohn Deïphobos kam voll Mutes geschritten
Unter den Männern, voran des Schildes ebene Wölbung;
Leichten Schrittes ging er daher, vom Schilde geborgen.
Doch Meriones zielte nach ihm mit der blinkenden Lanze,
Warf, und verfehlte nicht des Schildes ebene Wölbung,
Doch vom Rinde das Leder durchbohrte er nicht; denn zuvor schon
Brach am Ende der mächtige Schaft; Deïphobos aber
Hielt den rindernen Schild vom Leibe sich, weil er im Herzen
Scheute des tapfren Meriones Speer; indessen der Recke
Wich zurück in die Schar der Gefährten, gewaltig erbittert;
Beides wurmt' ihn, der Sieg und die abgebrochene Lanze.
Und er machte sich auf zu den Zelten und Schiffen Achaias,
Schnell zu holen den mächtigen Speer, der im Zelte geblieben.
Aber die anderen kämpften; unendlich dröhnte das Rufen.
Teukros, Telamons Sohn, erschlug zuerst einen Krieger,

Imbrios, welcher ein Sohn des rossebegüterten Mentor,
Einst in Pédaion wohnte, bevor die Achaier gekommen,
Priamos' Nebentochter vermählt, der Medesikaste.
Aber als die geschweiften Schiffe der Danaer nahten,
Kam er gen Ilion wieder und glänzte unter den Troern;
Priamos nahm ihn ins Haus und hielt ihn gleich seinen Kindern.
Ihn traf Telamons Sohn jetzt unter dem Ohr mit dem langen
Speer und riß ihn heraus; und jener sank hin wie die Esche,
Welche hoch auf dem Gipfel des weithin sichtbaren Berges,
Niedersenkt, vom Erze gefällt, die lieblichen Blätter:
Also fiel er, und um ihn klirrte die schillernde Rüstung.
Teukros lief nun heran, voller Gier, ihm die Waffen zu rauben;
Hektor sandte dem Eilenden aber den Speer schon entgegen.
Dieser sah gradaus und entging noch eben der Lanze;
Doch Amphimachos, Kteatos' Sohn, des Aktorionen,
Traf, als er wollte zum Kampf, mit dem Speer er zwischen die Rippen.
Dröhnend kam er zu Fall, und es rasselten um ihn die Waffen.
Hektor lief nun herzu, den Helm, der die Schläfen umhüllte,
Von des tapfren Amphimachos Kopf herunterzureißen;
Aber dem Eilenden streckte Ajas den Speer schon entgegen.
Wohl ward Hektor nirgend verletzt, weil die schreckliche Rüstung
Ganz ihm den Körper umschloß, doch gegen den Buckel des Schildes
Stieß ihn Ajas mit großer Gewalt; er mußte nun weichen
Fort von den beiden Gefallnen; die rissen hinweg die Achaier.
Und den Amphimachos brachten die zwei athenischen Führer,
Stichios und der edle Menestheus, zum Volk der Achaier,
Imbrios aber entführten die Ajas, die stürmenden wilden.
Wie zwei Löwen den Bock den scharfen Zähnen der Hunde
Schnell entreißen; sie schleppen ihn fort durch dichtes Gesträuche,
Über dem Boden hoch und halten ihn fest in den Kiefern:
So nun hielten ihn hoch die zwei gerüsteten Ajas
Und entblößten den Leib. Sein Haupt vom zarten Genicke
Hieb des Oïleus Sohn, der wegen Amphimachos grollte,
Schwang es gleich einem Ball und warf es zurück ins Gedränge,
Dicht vor Hektor fiel's in den Staub und lag ihm zu Füßen.

Da nun erfüllte Zorn das Herz des Gottes Poseidon,
Weil sein Enkel gefallen im wilden Toben des Kampfes.
Und er machte sich auf zu der Danaer Zelten und Schiffen,
Um sie zu spornen, doch über die Troer verhängte er Leiden.
Gleich begegnet' Idomeneus ihm, der lanzenberühmte;
Dieser kam von einem Genossen, der jüngst aus dem Treffen
Kehrte, vom scharfen Erz am Kniegelenke verwundet.
Freunde brachten ihn an, und jener befahl ihn den Ärzten
Und begab sich zum Zelt; denn er wünschte noch ferner am Kampfe
Teilzunehmen. Da rief ihn der erdbewegende Herrscher
Mit verwandelnder Stimme: wie Thoas, der Sohn des Andraimon,
Der im Bereiche von Pleuron und Kalydons steilem Gelände
Über Aitolien herrschte, geehrt wie ein Gott von dem Volke:
Sprich, Idomeneus, Kreterfürst, wie steht's mit der Drohung
Nun, damit ihr die Troer bedrohtet, ihr Söhne Achaias?
Aber der Kreterführer Idomeneus gab ihm die Antwort:
Thoas, kein einziger Mann ist jetzt wohl schuldig, soviel ich
Selbst erkenne; wir wissen doch alle die Waffen zu führen.
Keinen fesselt entseelende Furcht und keiner, aus Trägheit
Schlaff, entzieht sich dem Kampf, dem gefährlichen, sondern es muß wohl
Also angenehm sein dem überstarken Kronion,
Daß hier namenlos sterben von Argos fern die Achaier.
Thoas, wohlan! – Du warst doch sonst auch immer so standhaft,
Spornst auch andre zum Streit, sobald du lässig sie findest! –
Drum entziehe dich nicht und treib auch jetzt einen jeden.
Ihm erwiderte drauf der Erderschüttrer Poseidon:
Nein, Idomeneus, niemals kehre der Mann je wieder
Heim aus Troja, sondern er werde den Hunden ein Spielzeug,
Welcher an diesem Tage die Schlacht freiwillig vermeidet!
Also wohlan zu den Waffen und folge! Wir müssen zusammen
Eilen, ob wir zu zweit auch nur, zu nützen vermögen,
Denn mit vereinigter Kraft sind selbst die Schwächlichen mutig.
Wir aber sind ja geübt, mit tapferen Männern zu kämpfen!
Also der Gott und kehrte zurück zur Mühe der Männer.
Und Idomeneus, als er zum stattlichen Zelte gekommen,

Hüllte den Leib in die schönen Waffen und faßte die Lanzen,
Eilte dann, ähnlich dem Blitze, dem fallenden, welchen Kronion
Faßt in der Hand und schwingt vom glanzerhellten Olympos,
Wann er die Sterblichen mahnt, und blendend hell ist sein
Leuchten:
Also blitzte das Erz um die Brust des laufenden Mannes:
Gleich begegnet Meriones ihm, sein wackrer Geselle,
Noch in der Nähe des Zeltes; die eherne Lanze zu holen,
Kam er; da sprach ihn die Kraft des Idomeneus an mit den Worten:
Rühriger Sohn des Molos, Meriones, liebster der Freunde:
Sprich, warum du den Kampf und das feindliche Treffen verließest.
Bist du verwundet vielleicht und quält dich die bohrende Spitze
Oder kommst du zu mir, um Kunde zu bringen? Ich selber
Bin es müde, zu sitzen im Zelt, und brenne zu kämpfen.
Und der erfahrene Held Meriones sagte dagegen:
Mein Idomeneus, Fürst der erzgepanzerten Kreter,
Sieh, ich komme, wenn etwa ein Speer im Zelt dir geblieben,
Ihn zu holen; denn meiner zerbrach, den ich früher besessen:
Gegen den Schild des übermüt'gen Deïphobos prallend.
Aber der Kreterfürst Idomeneus gab ihm die Antwort:
Suchst du Speere, mein Freund, so findest du einen, ja zwanzig
Dort im Zelte; sie lehnen entlang den schimmernden Wänden;
Troische, die ich den Toten entriß. Ich glaube doch wirklich,
Niemals ferne zu stehen im Kampfe mit feindlichen Männern.
Darum hab ich an Speeren genug und gebuckelten Schilden,
Auch an Helmen, und viele Panzer, die glänzen und funkeln.
Und der erfahrene Held Meriones sagte dagegen:
Auch mir selber fehlt es im Zelt und im schwärzlichen Schiffe
Nicht an troischer Beute, doch ist es zu weit, sie zu holen.
Hab' ich doch niemals, nie, so mein' ich, des Mutes vergessen;
Unter den Vordersten nur im männerehrenden Kampfe
Steh' ich, sobald sich der Streit erhoben hat unter den Kriegern.
Andern mag er entgehn von den erzumschirmten Achaiern,
Wie ich kämpfte, doch du, so glaub' ich, kennst mich am besten!
Und der Führer der Kreter, Idomeneus, gab ihm die Antwort:
Deine Tapferkeit kenn' ich; was brauchst du dies zu beteuern?
Würden zum Hinterhalt jetzt bei den Schiffen wir Tapfersten alle

Ausersehn, wo am ersten sich zeigt die männliche Tugend,
Wo der furchtsame Mann wie der mutige deutlich erkannt wird –
Denn beim Zagenden wandelt die Farbe sich, immer verändert,
Und es läßt ihn sein ängstlicher Sinn nicht ruhen und rasten,
Sondern er hockt umher und wechselt im Sitzen die Füße,
Und es klopft ihm das Herz in der Brust mit heftigen Schlägen,
Weil es ihm graut vor dem Tod, und klappern hört man die Zähne.
Doch beim Tapferen wandelt die Farbe sich nie, noch erschüttert
Angst sein Herz, wann immer er auch im Hinterhalt lieget,
Sondern er wünscht nur schnell in die Hitze des Kampfes zu stürzen –
Keiner dürfte wohl dann das Herz und die Arme dir tadeln!
Würdest du auch von der Lanze verwundet oder vom Schwerte,
Niemals träfe dich doch im Nacken der Wurf noch im Rücken,
Sondern entweder der Brust begegnet' er oder dem Bauche,
Wenn du stürmtest voran ins Gewühl der vordersten Kämpfer.
Aber laß uns nicht länger mehr hier, gleich sorglosen Kindern,
Schwatzend stehn, daß keiner etwa zu sehr sich ereifre,
Sondern du eile zum Zelt und nimm die mächtige Lanze.
Also der Held. Und Meriones, ähnlich dem stürmenden Ares,
Holte sich rasch aus dem Zelte heraus die eherne Lanze,
Folgte Idomeneus dann, erfüllt von Kampfesbegierde.
Gleichwie Ares zieht in die Schlacht, der Männerverderber,
Dem der Schrecken, sein Sohn, der unerschütterte, starke
Folgt; er setzt in Schrecken sogar den standhaften Krieger –
Zu den Ephyrern ziehn sie aus Thrakien beide gewappnet
Oder zum kühnen Volke der Phlegyer; aber sie hören
Nicht auf beider Gebet, sie schenken den Sieg nur den einen –:
Also zogen Meriones jetzt und Idomeneus, beide
Fürsten des Heers, in die Schlacht, mit funkelndem Erze gerüstet.
Und Meriones nahm das Wort als erster und sagte:
Deukalide, wo denkst du zunächst ins Getümmel zu dringen?
Ob an der rechten Seite des ganzen Heers, in der Mitte
Oder zur linken hinein? Denn nirgends, will es mir dünken,
Fehlt es an Kampf und Gefahr den lockigen Männern Achaias.
Aber der Kreterfürst Idomeneus gab ihm die Antwort:
Dort in der Mitte sind andere schon, die Schiffe zu schirmen,

Beide Ajas und Teukros, der trefflichste Schütze des Bogens
Unter den Danaern, aber bewährt auch im stehenden Kampfe.
Diese werden ihn schon vertreiben, so heftig er stürmet,
Hektor, Priamos' Sohn, und ist er auch noch so gewaltig!
Schwierig wird es ihm sein, dem kampfbegierigen Helden,
Ihren Mut und die unberührbaren Fäuste zu zwingen
Und den Brand in die Schiffe zu werfen, wo nicht der Kronide
Selbst die Fackel schleudert hinein in die rüstigen Schiffe.
Keinem Manne wohl wiche der Sohn des Telamon, Ajas,
Der, ein sterblicher Mensch, sich nährt von Demeters Korne
Und vom Erze zerrissen wird oder geschleuderten Steinen.
Selbst vor Achilleus würde er nicht, dem Zerschmetternden, weichen,
Mann gegen Mann; denn im Lauf ist dieser nicht zu besiegen.
Halten wir uns an die Linke des Heeres, dann sehen wir baldigst,
Ob ein anderer uns oder wir zum Sieg ihm verhelfen.
Also sprach er; Meriones, ähnlich dem stürmenden Ares,
Eilte voran, bis sie kamen zum Heere, wie jener befohlen.

Als die Gegner Idomeneus sahen, wie Flammen gewaltig,
Ihn und seinen Genossen im Schmuck der prächtigen Waffen,
Riefen sie, einer den andern, und gingen gegen ihn alle.
Handgemein wurden sie jetzt bei den Hinterdecken der Schiffe.
Wie ein Ungewitter sich naht mit pfeifenden Winden
Grad am Tage, da Haufen von Staub die Wege bedecken,
Und sie ballen den Staub zu dichter Wolke zusammen:
So nun stürmte zusammen die Schlacht, und sie trachteten gierig,
Jeder den andern im Kampfe zu töten mit spitzigem Erze.
Drohend starrte die männermordende Schlacht von den Lanzen,
Welche sie hielten, die leibzerreißenden; blendend den Augen,
Schien der eherne Glanz von sonnespiegelnden Helmen,
Neugeglätteten Panzern und großen funkelnden Schilden,
Als sie zusammenstießen. Der hätte ein Herz wohl von Eisen,
Der mit Freuden erblickte die Not und ohne zu zagen.

Beide verschieden gesinnt, die mächtigen Söhne des Kronos,
Schufen den heldenmütigen Männern verderbliche Leiden.
Zeus ja wünschte den Troern den Sieg und dem tapferen Hektor,
Daß er den schnellen Achilleus verherrlichte – aber nicht gänzlich

Wollt' er das Volk von Achaia zugrunde richten vor Troja,
Sondern er schuf der Thetis Ruhm und dem herrlichen Sohne. –
Doch die Argeier belebte Poseidon, indem er sich nahte.
Heimlich war er den schäumenden Fluten entstiegen, bekümmert,
Daß sie den Troern erlagen, und grollte Zeus in Empörung.
Wohl war beiden gemein das Geschlecht und vom Vater die Herkunft,
Aber der ältere Zeus, erfüllt von tieferem Wissen.
Drum auch scheute der Bruder, in Offenheit ihnen zu helfen;
Heimlich erweckt' er im Heere den Mut, in Gestalt eines Mannes.
Siehe, das Seil des mächtigen Streits und verheerenden Krieges
Spannten sie wechselnd aus um beide kämpfenden Völker,
Unzerreißbar, unlöslich, das viele riß ins Verderben.

Jetzt nun sprang, die Danaer treibend, der halb schon ergraute
Held Idomeneus unter die Troer, daß Schrecken sie lähmte.
Denn den Othryoneus tötete er, der jüngst aus Kabesos
Hergekommen ins Land, dem Rufe des Krieges zu folgen.
Dieser warb um Kassandra, die schönste von Priamos' Töchtern,
Ohne Geschenk, doch verhieß er, ein großes Werk zu vollenden:
Gegen ihr Wollen aus Troja zu treiben die Söhne Achaias.
Priamos aber, der Greis, versprach und gelobte, die Tochter
Ihm zu geben; er kämpfte darum, den Versprechungen trauend.
Doch Idomeneus zielte nach ihm mit der blinkenden Lanze,
Traf den Hochausschreitenden schon, und der eherne Harnisch
Half ihm nichts, den er trug; sie drang in die Mitte des Bauches.
Dröhnend kam er zu Fall; frohlockend rief nun der Sieger:

Mehr als die Sterblichen alle, Othryoneus, seist du gepriesen,
Wenn in der Tat du nun alles vollendetest, was du verheißen
Priamos, Dardanos' Enkel, der dir die Tochter gelobte.
Wir auch würden dir gern das gleiche Versprechen erfüllen
Und die schönste Tochter des Atreussohnes zur Ehe
Dir aus Argos holen und geben, auf daß wir zusammen
Ilios bald zerstören, die reichbevölkerte Feste.
Folge nur, daß wir uns dort bei den Schiffen des Meeres besprechen
Wegen der Ehe; wir kargen ja nicht mit den bräutlichen Gaben.

Also sprach er und zog ihn am Fuße durchs wilde Getümmel,
Held Idomeneus; schon aber nahte sich, jenen zu schützen,

Asios vor seinen Pferden zu Fuß; der Lenker des Wagens
Hielt ihm die Schnaubenden dicht an den Schultern; er strebte von Herzen,
Daß er Idomeneus träfe; doch schnellte ihm dieser den Wurfspieß
Unter dem Kinn in die Gurgel und trieb hindurch ihm die Spitze.
Und er sank, wie der Eichbaum sinkt, wie die silbrige Pappel
Oder die ragende Tanne, die Zimmerer hoch im Gebirge
Fällten mit neugeschliffener Axt zum Balken des Schiffes:
Also lag er dahingestreckt vor Pferden und Wagen,
Heulend, und krampfte die Hand in den blutbesudelten Boden.
Jäh erschrocken, verlor sein Lenker nun alle Besinnung;
Nicht einmal, daß er wagte, dem feindlichen Arm zu entrinnen,
Umzudrehn das Gespann. Doch Antilochos warf, der beherzte,
Daß der Speer ihn mitten durchbohrte; der eherne Harnisch
Half ihm nichts, den er trug; er drang in die Mitte des Bauches.
Röchelnd sank er hinab vom schöngebildeten Korbe.
Aber des mutigen Nestor Sohn, Antilochos, jagte
Fort von den Troern die Rosse sogleich zu den Männern Achaias.
  Aber Deïphobos kam nun dicht in Idomeneus' Nähe,
Trauernd um Asios' Fall, und warf den blinkenden Wurfspieß.
Der zwar sah gradaus und mied die eherne Lanze;
Denn Idomeneus duckte sich unter die Wölbung des Schildes,
Welchen er stets, aus Häuten von Rindern und funkelndem Erze
Künstlich gerundet, trug, mit doppeltem Griffe versehen.
Unter den schmiegt' er sich ganz, daß der Wurfspieß über ihn wegflog.
Dröhnend klang ihm der Schild, gestreift von der sausenden Lanze;
Doch sie war nicht umsonst den wuchtigen Händen entflogen;
Unter dem Zwerchfell traf sie den Hirten der Völker Hypsenor,
Hippasos' Sohn, in die Leber und löste sogleich ihm die Kniee.
Aber Deïphobos jauchzte laut mit erschrecklicher Stimme:
  Ja, nicht ungerächt mehr liegt Asios, sondern ich meine,
Wenn er zu Hades kommt, dem gewaltigen Wächter der Tore,
Wird er sich freuen im Geist, denn ich sorgte für einen Begleiter.
  Also sprach er; sein Jubel erregte den Schmerz der Achaier.
Aber Antilochos traf es am tiefsten im tapfren Gemüte.
Dennoch, von Kummer erfüllt, vergaß er nicht des Gefährten,

Sondern er schützte ihn eilend und barg ihn unter dem Schilde.
Nach ihm bückten sich dann die beiden getreuen Genossen:
Echios' Sohn Mekisteus zugleich mit dem edlen Alastor,
Die zu den räumigen Schiffen den heftig Stöhnenden trugen.
Rastlos drängte der Mut Idomeneus immer von neuem,
Daß er einen der Troer mit nächtlichem Dunkel umhüllte
Oder durch eigenen Sturz vom Verderben errette die Freunde.
Jetzt nun traf er den Helden Alkathoos, welcher vom Herrscher
Aisyetes gezeugt und Eidam war des Anchises,
Dessen ältester Tochter vermählt, der Hippodameia,
Die von Herzen der Vater daheim und die würdige Mutter
Liebten, weil sie voran den Altersgefährtinnen allen
Glänzte an Schönheit und Künsten und Tugenden; darum erkor sie
Auch der edelste Mann im weiten Lande von Troja:
Diesen tötete jetzt durch Idomeneus' Hände Poseidon,
Blendete ihm den Blick und lähmte die stattlichen Glieder;
Denn er vermochte nicht rückwärts zu fliehn noch auch zu entweichen,
Sondern gleich einer Säule, dem hochgewipfelten Baume
Stand er und regte sich nicht; so traf ihm die Brust in der Mitte
Held Idomeneus' Speer und zerschmetterte rings ihm den Panzer,
Dessen Erz ihm den Leib sonst hatte geschützt vor Verderben.
Jetzt nun hallte er dumpf, vom durchbohrenden Speere geborsten.
Dröhnend kam er zu Fall; im Herzen stak ihm die Lanze,
Daß von dem pochenden Pulse zugleich noch das Ende des Schaftes
Zitterte, bis alsbald die Kraft des Ares erlahmte.
Aber Idomeneus jauchzte laut mit erschrecklicher Stimme:
Scheint sie nicht billig zu sein, Deïphobos, unsere Gleichung,
Drei für einen erlegt? Nachdem du also geprahlt hast,
Törichter! Also wohlan, und stelle dich selbst mir entgegen,
Daß du erkennst, welch ein Held, von Zeus' Geschlecht, sich genahet.
Dieser zeugte Minos zuerst, den Hüter von Kreta,
Minos erzeugte darauf als Sohn des Deukalion Stärke,
Aber Deukalion mich, den Gebieter unzähliger Mannen
Weit in Kreta. Nun haben die Schiffe hierher mich getragen,
Dir zum Verderben, dem Vater und all' den anderen Troern!

Also sprach er; Deïphobos aber bedachte erwägend,
Ob er nicht weichend zuerst sich unter den mutigen Troern
Einen gesellte oder allein zum Kampfe sich wagte.
Dieser Gedanke erschien dem Sinnenden endlich der beste,
Hin zu Aineias zu gehen. Er fand ihn hinter dem Heere
Stehend, noch immer empört dem göttlichen Priamos zürnend,
Weil er den Helden in ihm nicht achtete unter den Männern.
Vor ihn stellt' er sich nah und sprach die geflügelten Worte:
Hör', Aineias, Berater der Troer, nun muß es dich treiben,
Deinen Schwager zu rächen, wenn irgend dich Trauer berühret.
Komm denn und räche mit mir den Alkathoos, welcher dich vormals,
Da du ein Kind noch, erzog, der Schwager, im Hause der Eltern.
Ihn hat Idomeneus eben, der speerberühmte, getötet.
Also sprach er und traf in der Tiefe der Brust ihm das Herze;
Gegen Idomeneus schritt er, erfüllt von Kampfesbegierde.
Doch den Idomeneus packte nicht Furcht wie ein schwächliches Knäblein,
Sondern er stand wie ein Eber des Bergs, der Stärke vertrauend,
Welcher den lärmenden Zug der nahenden Männer erwartet,
Fern an verödetem Platz, die Borsten gesträubt auf dem Rücken;
Und es funkeln wie Feuer die Augen; nun wetzt er die Hauer,
Abzuwehren voll Mutes bereit die Männer und Hunde:
So erwartete nun Idomeneus, ohne zu weichen,
Kühn den stürmenden Krieger Aineias; die Freunde gewahrend,
Rief er Askalaphos an, Deïpyros und den Aphareus
Und Meriones nebst Antilochos, streitbare Helden.
Diese trieb er zum Kampf und sprach die geflügelten Worte:
Kommt, ihr Freunde, und helft dem Einsamen; Schrecken ergreift mich:
Seht, wie Aineias, der hurtige, naht und gegen mich anstürmt,
Dessen Gewalt ist groß, im Kampfe die Männer zu töten;
Auch noch blühende Jugend besitzt er, die größte der Kräfte.
Wären wir gleichen Alters, wir beide, bei solcher Gesinnung,
Zeigte sich bald, ob er mich besiegt, ob ich ihn besiegte.
Also sprach er, und alle, vom gleichen Mute besessen,
Stellten sich um ihn her, die Schilde gelehnt an die Schultern.

Auch auf der anderen Seite berief Aineias die Freunde,
Die er gewahrte, Deïphobos, Paris, den edlen Agenor;
Diese waren mit ihm die Führer der Troer; die Mannen
Folgten ihm nach: so folgen dem leitenden Widder die Lämmer
Nach von der Weide zur Tränke; da freut sich im Herzen der Schäfer:
So erfüllte auch Freude das Herz in der Brust des Aineias,
Als er sah, wie die Scharen des Heers ihm selber nun folgten.
Gegeneinander drangen sie jetzt, um Alkathoos kämpfend,
Stürmisch mit ragendem Schaft; das Erz um die Brüste der Krieger
Rasselte schrecklich vom Wurf im Getümmel der zielenden Gegner.
Zwei von den Männern zumal, vor allen anderen tapfer,
Ares ähnlich, dem Gott, Aineias, Idomeneus, beide
Strebten, einander den Leib mit dem grausamen Erz zu zerfleischen.
Gegen Idomeneus warf als erster Aineias den Wurfspeer,
Der aber sah gradaus und mied die eherne Lanze,
Daß in die Erde hinein der geschleuderte Speer des Aineias
Fuhr, nachdem er umsonst aus der nervigen Rechten geflogen.
Aber Idomeneus traf Oinomaos mitten im Bauche
Und zerriß ihm die Wölbung des Panzers, daß tief im Gedärme
Wühlte das Erz; er fiel und krampfte die Hand in den Boden.
Und Idomeneus riß aus dem Toten die schattende Lanze,
Doch vermochte er nicht, die anderen prangenden Waffen
Ihm von den Schultern zu ziehn; denn er wurde bedrängt von Geschossen;
Nicht mehr frisch war der Füße Gelenk dem stürmenden Kämpfer,
Weder dem eigenen Wurfe zu folgen im Sprung noch zu weichen.
Nur im stehenden Kampfe noch wehrt' er sich gegen das Unheil;
Müde waren die Füße zur Flucht, aus dem Kampf ihn zu tragen.
Als er langsam entwich, da schoß mit dem glänzenden Speere
Ihm Deïphobos nach, der immer noch heftig ihm grollte.
Doch er fehlt' ihn auch jetzt, nur Askalaphos traf seine Lanze,
Ares', des wilden, Sohn, und durchbohrte mit Wucht ihm die Schulter;
Dieser sank in den Staub und krampfte die Hand in den Boden.

Aber es hatte noch nicht der brausende Ares vernommen,
Daß sein eigener Sohn gefallen im tobenden Kampfe,
Sondern er saß auf dem hohen Olympos, von goldenen Wolken
Eingeschlossen; so wollte es Zeus, wo die anderen Götter
Waren zugleich, die unsterblichen, auch vom Kampfe geschieden. –
Gegeneinander drangen sie jetzt, um Askalaphos stürmend;
Und Deïphobos riß von Askalphos' Haupte den blanken
Helm herab, doch Meriones rasch wie der göttliche Ares,
Rannt' ihm im Sprunge den Speer in den oberen Arm, und zu Boden
Fiel aus der Hand mit Geklirr der Helm mit dem vierfachen Bügel.
Doch Meriones sprang von neuem heran wie ein Geier,
Riß aus dem oberen Arm ihm heraus die gewichtige Lanze,
Dann aber wich er zurück zum Schwarm der Genossen; Polites
Zog den verwundeten Bruder darauf, ihn mitten umfassend
Fort aus dem grausamen Kampf, bis daß er die hurtigen Rosse
Traf, die hinter dem Felde der Schlacht und dem Kampfesgetümmel
Standen, gehalten vom Lenker am farbenschillernden Wagen.
Diese trugen zur Stadt den heftigstöhnenden Siechen,
Und es entströmte das Blut dem frischverwundeten Arme.
Aber die anderen kämpften; unendlich hallte das Rufen.
Und Aineias sprang auf Aphareus, den Sohn des Kaletor,
Welcher sich gegen ihn wandte, und stieß ihm den Speer in die Gurgel,
Der aber neigte zur Seite das Haupt, und über ihn stürzten
Schild und Helm; der entseelende Tod umfing ihm die Augen.
Als Antilochos jetzt den entweichenden Thoon bemerkte,
Stürmt' er ihm nach und stieß und zerschnitt ihm gänzlich die Ader,
Die den Rücken entlang verläuft bis oben zum Nacken;
Die zerschnitt er ihm ganz, und rücklings nieder zu Boden
Stürzte er, beide Hände den Freunden entgegengebreitet.
Und Antilochos sprang und zog von den Schultern die Rüstung,
Um sich blickend; die Troer, von jeglicher Seite ein andrer,
Stießen den breiten Schild, den schillernden, doch sie vermochten
Nicht ihm zu ritzen den zarten Leib mit dem grausamen Erze,
Nestors Sohn; denn es half der Erderschüttrer Poseidon,
Der den Antilochos selbst vor den vielen Geschossen bewahrte.

Denn es mangelte nicht ihm an Feinden, doch gegen sie alle
Wandt' er sich; niemals ruhte sein Speer; und immer geschwungen,
Bebte dieser; im Herzen erwog er beständig und wählte
Bald dem Wurfe sein Ziel und bald dem stürmenden Sprunge.
Adamas hatte den Zielenden wohl gewahrt im Getümmel,
Asios' Sohn, und traf seinen Schild mit der Schärfe des Erzes,
Ganz aus der Nähe, doch machte der dunkelgelockte Poseidon
Kraftlos die Spitze des Speers, das Leben des Feindes ihm weigernd.
Stecken blieb nun ein Teil, wie ein Pfahl, in der Flamme gehärtet,
Fest in Antilochos' Schild, und der andere lag auf der Erde.
Er aber wich zu den Freunden zurück, das Verhängnis zu meiden.
Doch Meriones folgte. Dem Flüchtigen stieß er die Lanze
Zwischen Scham und Nabel hinein, wo der mordende Ares
Wohl am schmerzlichsten trifft die unglückseligen Menschen.
Dort durchdrang ihn das Erz, daß er niederstürzend am Speere
Zappelte, gleich einem Stier, den die Hirten im Waldgebirge
Fesseln, wie er sich sträubt, mit Stricken und treiben gewaltsam:
Also wand der Getroffene sich, doch kurz nur, nicht lange,
Bis der Held Meriones kam und den Speer aus dem Leibe
Zog, und jenen umfing das Dunkel, sein Auge verhüllend.
Helenos hieb aus der Nähe Deïpyros über die Schläfe,
Schlug mit dem großen thrakischen Schwerte den Helm ihm vom Kopfe,
Daß er heruntergeschlagen, vor einen der Kämpfer Achaias
Fiel und dicht vor den Füßen ihm rollte; der hob ihn vom Boden;
Aber jenem umhüllte das nächtliche Dunkel die Augen.
Schmerz ergriff den Atriden, den Rufer im Streit Menelaos;
Drohend schritt er auf Helenos zu, den fürstlichen Helden,
Schwenkte den ehernen Speer, doch Helenos spannte den Bogen.
Beide zu gleicher Zeit verlangten sie, jener die spitze
Lanze zu schnellen, und dieser den Pfeil von der Sehne des Bogens.
Priamos' Sohn nun traf mit dem Pfeile die Wölbung des Panzers
Über des Gegners Brust, doch flog der Pfeil schon zur Seite.
Wie von der breiten Schaufel, entlang der geräumigen Tenne
Fliegen und hüpfen die dunkelgehäuteten Bohnen und Erbsen
Unter dem pfeifenden Hauche des Winds und dem Schwunge des Worflers:

Also flog von dem Panzer des rühmlichen Herrn Menelaos
Abgetrieben der schneidende Pfeil und fuhr in die Ferne.
Aber des Atreus Sohn, der Rufer im Streit Menelaos,
Traf die Hand, die den Bogen hielt; im geglätteten Bogen
Steckte, nachdem sie die Hand ganz durchfahren, die eherne Lanze.
Helenos aber entwich zu den Freunden, dem Schicksal entrinnend;
Abwärts hing ihm die Hand, und schleppend folgte die Lanze.
Diese zog aus der Hand der hochgesinnte Agenor,
Dann verband er sie selbst mit geflochtener Wolle vom Schafe,
Die, einer Schleuder Schnur, ein Diener dem Fürsten bereit hielt.

Aber Peisandros kam Menelaos, dem rühmlichen Helden,
Grade entgegen; ihn führte zum Tod ein böses Verhängnis:
Fallen sollt' er durch dich, Menelaos, im grausigen Treffen.
Als die Gegeneinandereilenden jetzt sich genähert,
Schoß der Atride fehl; zur Seite irrte die Lanze.
Aber Peisandros traf den Schild Menelaos', des Helden.
Dennoch konnt' er den Speer hindurch nicht stoßen, der breite
Schild verwehrt's, und der Schaft zersplitterte dicht an der Spitze.
Schon aber freute sich jener im Herzen und hoffte zu siegen.
Atreus' Sohn aber zückte sein Schwert mit den Silberbeschlägen
Gegen Peisandros, welcher die eherne, blinkende Streitaxt
Unter dem Schilde ergriff am Stiele vom Holze des Ölbaums,
Wohlgeglättet und lang; so drangen sie gegeneinander.
Dieser schlug auf den Bügel des roßhaarwallenden Helmes
Oben unter dem Busch, doch der auf die Stirne dem Gegner
Über die Nase; da krachten die Knochen, und schon vor die Füße
Fielen die Augen ihm blutend hinab auf den staubigen Boden.
Jener traf auf die Brust dem sich Krümmenden, Niedergestürzten,
Riß ihm die Waffen vom Leib und rief die frohlockenden Worte:

So verlaßt ihr wohl endlich der reisigen Danaer Schiffe,
Übermütige Troer, so unersättlich des Schreckens!
Nie auch habt ihr genug an anderem Hohn und Beschimpfung;
Denn ihr höhntet mich nur, ihr schändlichen Hunde, und scheutet
Nicht den gewaltigen Zorn des donnernden Zeus, der des Gastes
Rechte beschützt; er wird euch die ragende Stadt noch zerstören!
Habt ihr mein ehelich Weib doch geraubt und viele der Güter
Frech von dannen geführt, nachdem sie euch freundlich bewirtet!

Jetzt aber wollt ihr sogar in die meerdurchsegelnden Schiffe
Schleudern verderblichen Brand und töten die Helden Achaias!
Doch ihr lasset wohl bald, wie heftig ihr strebet, vom Ares!
Vater Zeus, man sagt ja, du seiest erhaben an Weisheit
Über Menschen und Götter; doch *du* hast all das gestiftet,
Wie du jetzt auch wieder die frevelnden Männer begünstigst,
Trojas Krieger, die nie die ungebändigten Herzen
Sättigen mögen am Streite des allverderbenden Krieges!
Alles wird man ja satt, des Schlummers selbst und der Liebe,
Auch des süßen Gesangs und des reizenden Reigentanzes,
Welche doch mehr noch die sehnsuchtsvollen Begierden erregen
Als der Krieg; doch die Troer sind unersättlich im Kampfe!
Also rief er und riß ihm vom Leibe die blutige Rüstung,
Gab sie den Freunden darauf, der streitbare Held Menelaos.
Er aber eilte schon wieder zurück in das vorderste Treffen.
Gegen ihn stürmte Harpalion jetzt; der hatte den Vater,
König Pylaimenes, herbegleitet zum Kriege nach Troja,
Doch er kehrte nicht wieder zurück ins Land seiner Väter.
Dieser traf dem Atriden die Mitte des Schilds mit dem Speere
Ganz aus der Nähe, doch konnt' er hindurch nicht stoßen die Spitze;
Eilig wich er zurück zu den Freunden, zu fliehn dem Verhängnis,
Umschau haltend, ob keiner den Leib mit dem Erz ihm berührte.
Aber Meriones schoß den ehernen Pfeil nach dem Flücht'gen,
Der ihn am rechten Gesäße verwundete und seine Blase
Ganz durchbohrend, unter dem Schambein wieder hinausdrang.
Und er saß auf der Stelle, sein Leben im Arm des Gefährten
Schnell veratmend, und gleich einem Wurme, lag er am Boden
Hingestreckt, und sein schwärzliches Blut benetzte die Erde.
Gleich aber nahmen sich seiner an paphlagonische Streiter,
Hoben ihn hoch in den Wagen und fuhren zur heiligen Troja,
Traurigen Herzens; es folgte der Vater mit weinenden Augen.
Aber Sühne war ihm versagt für den Tod seines Sohnes.
Paris ward um den Tod des Gefallenen heftig erbittert,
Welcher sein Gastfreund im Volke der Paphlagonen gewesen;
Und im Zorne um ihn entsandte den ehernen Pfeil er.
War da ein Mann, Euchenor, ein Sohn Polyidos', des Sehers.

Edel und reich an Gut, sein Haus in Korinthos bewohnend;
Wohl erkannt' er sein hartes Geschick, doch stieg er zu Schiffe.
Oftmals hatte ihm solches gesagt der Greis Polyidos,
Sterben würd' er zu Haus im Palast an furchtbarer Krankheit,
Oder fallen von troischer Hand bei den Schiffen Achaias;
Darum mied er sowohl der Danaer schmähliche Strafe
Als der Krankheit Entsetzen, damit er nicht Schmerzen erlitte.
Diesen traf er unter dem Ohr und Backen; und eilend
Schwand ihm das Leben dahin, und grausiges Dunkel umfing ihn.

Also kämpften sie dort wie lodernde Flammen des Feuers.
Noch aber hatte der göttliche Hektor nicht Kunde bekommen,
Daß ihm zur Linken der Schiffe die Seinigen fielen, getötet
Unter der Danaer Hand – bald wäre der Sieg den Achaiern
Zugefallen, denn also trieb der Erdenumstürmer
Argos' Söhne zum Kampf und half mit der eigenen Stärke –
Sondern er weilte noch, wo zuerst er durch Mauern und Tore
Eingedrungen, die Schar der beschildeten Danaer sprengend,
Dort, wo die Schiffe des Ajas und Protesilaos am Strande
Lagen der schäumenden Flut und wo die ragende Mauer
Niedrig errichtet nur war, da tobten zumal im Gefechte
Voller Gewalt die Männer mitsamt ihren Rossegespannen.

Doch die Boioter daselbst und die Ioner in langen Gewändern,
Lokrische Krieger und Phthier und hochgemute Epeier
Schützten die Schiffe mit Not vor dem Stürmenden, doch sie vermochten
Nicht zu wehren dem Drang des feurigen göttlichen Hektor. –
Siehe, da kämpften erlesene Männer Athens; ihr Gebieter
War des Peteos Sohn Menestheus, dicht im Gefolge
Pheidas, Stichios, Bias, der Held; den Epeiern geboten
Meges, des Phyleus Sohn, und Amphion, Drakios ferner,
Aber den Phthiern voran der wilde Podarkes und Medon. –
Dieser war ein Bastard des göttergleichen Oïleus,
Medon, der Bruder des Ajas, doch wohnt' er getrennt von der Heimat,
Fern in Phylake, denn einen Mann von der Stiefmutter Sippe,
Eriopis, hatt' er getötet, dem Weib des Oïleus.
Aber Podarkes war Iphiklos' Sohn und Phylakos' Enkel. –

Diese kämpften gewappnet voran den mutigen Phthiern,
Mit den Boiotern vereint, und schützten die Schiffe vor Hektor.
Ajas wollte sich nimmer, der hurtige Sohn des Oïleus,
Trennen von Ajas, Telamons Sohn, auch nicht für ein Weilchen;
Wie zwei rötliche Stiere den starken Pflug durch die Brache
Ziehen, einmütigen Triebs; der Schweiß in reichlicher Menge
Bricht an den Wurzeln der Hörner hervor und netzt ihre Stirnen.
Nur durch das wohlgeglättete Joch getrennt voneinander,
Streben sie vorwärts, die Furche zur Grenze des Raines zu ziehen:
Also standen die beiden vereint und dicht beieinander.
Aber Telamons Sohn begleiteten mutige Männer
Viel als Gesellen; sie nahmen den Schild ihm ab, wenn Ermattung
Ihn überkam und Schweiß, der oft die Knie ihm beschwerte.
Aber die Lokrer ließen im Stich den Sohn des Oïleus;
Zaghaft wurde das arme Herz im Kampfe der Nähe,
Denn nicht hatten sie Helme von Erz mit wallenden Schweifen,
Hatten gerundete Schilde nicht noch eschene Lanzen,
Sondern allein auf Bogen und Schleudern von Wolle des Schafes
Trauend, zogen sie mit gen Ilion, warfen mit diesen
Viele Geschosse und sprengten die Schlachtgeschwader der Troer.
Also kämpften die einen ganz vorne im Waffengeschmeide
Gegen die Troer und Hektor, den erzgerüsteten Helden.
Aber die anderen schleuderten hinten verborgen; die Troer
Hatten des Mutes vergessen, denn sehr verwirrten die Pfeile.

Kläglich wären wohl jetzt von den Schiffen zurück und den Zelten
Trojas Krieger gewichen zu Ilios' luftiger Feste,
Hätte Polydamas nicht zum kühnen Hektor gesprochen:

Hektor, du bist nicht leicht durch anderer Rat zu bewegen;
Weil dich ein Gott vorzüglich mit Gaben des Kampfes begünstigt,
Darum willst du im Rat auch mehr verstehn als die andern.
Aber du kannst unmöglich doch alles zugleich dir gewinnen:
Einem hat wohl ein Gott die Gaben des Kampfes verliehen,
Jenem des Reigens Kunst, einem andern Gesang und die Harfe.
Einem hat Zeus in die Brust, der weithinblickende, Klugheit
Eingegeben, davon gar viele Menschen gewinnen;
Vielen ward es zum Heil, er selbst erkennt es am besten.

Laß nun mich dir erzählen, wie mir's am besten erscheinet:
Allerseits nämlich umgibt dich der Ring des entfesselten Krieges.
Aber die mutigen Troer, nachdem sie die Mauer erstiegen,
Zogen sich teils vom Gefechte zurück mit den Waffen; die andern
Kämpfen, die wenigen gegen so viele, zerstreut bei den Schiffen.
Auf, und zieh dich zurück und berufe die Edelsten alle,
Daß wir vereint den Plan im ganzen uns reiflich bedenken;
Ob wir alsbald die rudergerüsteten Schiffe bestürmen,
So uns ein Gott zu siegen erlaubt, oder ob wir die Schiffe
Ungeschädigt verlassen dürfen, ich habe die Sorge,
Daß die Achaier zurück von uns fordern die gestrigen Schulden;
Denn bei den Schiffen schon wartet der unersättliche Krieger,
Welcher so bald wohl kaum, so scheint mir, des Kampfes vergäße.
  Also sprach er, und Hektor gefiel die fördernde Rede;
Eilend sprang er vom Wagen herab mit den Waffen zur Erde,
Hob seine Stimme und sagte zu jenem die fliegenden Worte:
  Halte, Polydamas, hier zurück die Edelsten alle,
Während ich eile dorthin, mich entgegenzuwerfen dem Kampfe.
Schnell aber kehre ich wieder, nachdem ich dort alles geordnet.
  Sprach's und stürmte hinweg, einem schneeigen Berge vergleichbar,
Unter Geschrei durch die Troer dahin und Bundesgenossen.
Und zu Polydamas gleich, des Panthoos streitbarem Sohne,
Eilten sie alle, nachdem sie Hektors Stimme vernommen.
Er aber suchte Deïphobos, Helenos' herrliche Stärke,
Adamas, Asios' Sohn, und Asios, Hyrtakos' Sprossen:
Diese suchte er vorn bei den Kämpfenden, ob er sie fände.
Doch er fand sie nicht unversehrt, dem Verderben entronnen;
Einige lagen bereits bei den hinteren Borden der Schiffe,
Ihres Lebens beraubt von den Händen der Männer von Argos,
Andre im Innern der Mauer, von Lanzen gefällt und verwundet.
Ihn aber traf er alsbald zur Linken des leidvollen Kampfes,
Alexandros, den edlen, der lockigen Helena Gatten,
Der die Gefährten mit Mut beseelend, zu kämpfen ermahnte,
Nahte sich diesem und rief ihm zu die beschämenden Worte:
  Unglücksparis, du Held von Gestalt und Mädchenverführer!
Sprich, wo Deïphobos ist und Helenos' herrliche Stärke,

Adamas, Asios' Sohn, und Asios, Hyrtakos' Sprößling,
Auch Othryoneus, wo? Nun sank herab von der Höhe
Ilios' ragende Burg; jetzt naht dein jähes Verderben!
Ihm erwiderte drauf der göttliche Held Alexandros:
Hektor, es treibt dich die Lust, die Schuld zu geben der Unschuld! –
Eher mocht' ich ein andermal wohl mich enthalten des Kampfes.
Nein, auch mich hat die Mutter nicht ganz als Schwächling geboren;
Denn seitdem du den Kampf der Gefährten entfacht bei den Schiffen,
Stehen wir unablässig hier, mit den Danaern fechtend,
Mann an Mann. Die Gefährten, nach denen du fragst, sind gefallen.
Nur Deïphobos noch und Helenos' herrliche Stärke
Sind entkommen, am Arm von den ragenden Lanzen verwundet.
Beide, doch schirmte sie gegen den Tod der Herrscher Kronion.
Jetzt nun führ' uns, wohin das Herz und der Mut dich bestimmen.
Wir aber folgen dir eifrig, und nimmer sollst du gewißlich
Unsres Mutes entbehren, so weit die Kräfte uns reichen;
Über die Kraft kann keiner, und sei's der Tapferste, kämpfen.
Also sprechend bekehrte der Held den Sinn seines Bruders;
Beide eilten sie hin, wo der Kampf am heftigsten tobte
Um Kebriones her und Polydamas' streitbare Stärke,
Phalkes, Orthaios sowie den göttlichen Mann Polyphetes,
Palmys, Askanios auch, und Morys, Hippotions Söhne,
Die aus Askanias fruchtbarer Flur ablösend gekommen
Früh am Tage vorher; nun trieb sie Zeus in die Kämpfe.
Diese rauschten daher wie der Sturm unbändiger Winde,
Die vor dem Donner des Vaters Zeus zur Erde sich stürzen
Und mit gewaltigem Tosen die Flut erregen, daß viele
Brandende Wellen sich bäumen im lauterbrausenden Meere,
Weiß vom Schaume, gewölbt und eine die andre verdrängend:
Also folgten die Troer, die einen die andern drängend,
Dicht gereiht, im Schimmer der ehernen Waffen den Führern,
Hektor allen voran wie der menschenverderbende Ares,
Priamos' Sohn, und vor sich hielt er den deckenden, festen
Schild aus Häuten, und Erz war viel darüber geschmiedet.

Aber die Schläfen umzitterte ihm die Zierde des Helmes.
Vorwärtsschreitend durchforscht' er auf allen Seiten die Scharen,
Ob sie wichen, weil er, vom Schilde geborgen, sich nahte,
Doch er schreckte mitnichten den Mut in der Brust der Achaier.
Ajas rief ihn als erster und kam mit gewaltigen Schritten:
Komm, Unseliger, komm! Warum nur schreckst du vergeblich
Argos' Volk? Wir sind doch wohl erfahren im Kampfe,
Nur die schreckliche Geißel des Zeus bezwang uns Achaier.
Sicherlich hofft dein Herz, du könntest die Schiffe zerstören,
Rasch sind aber auch uns die Hände geschaffen zur Abwehr.
Ja, viel eher vielleicht wird eure bevölkerte Feste
Unter unsern Händen besiegt und zu Boden geschmettert.
Auch dir selber verkünd' ich den nahenden Tag, da du fliehend
Flehentlich rufest zu Zeus und allen unsterblichen Göttern,
Daß dich rascher als Falken die Rosse mit glänzenden Mähnen
Tragen möchten zur Stadt in stäubender Flucht durch die Felder.
Als er solches noch sprach, da kam von der Rechten ein Vogel,
Hohen Fluges, ein Adler. Es jauchzte das Volk der Achaier,
Durch das Zeichen gestärkt. Doch es rief der strahlende Hektor:
Ajas, was schwatzest du da, du irredender Prahler?
Wär' ich doch so gewiß ein Sohn von Zeus, dem Gewitt'rer,
All' meine Tage, und hätte mich Here, die hohe, geboren,
Würde ich also geehrt wie Apollon und Pallas Athene,
Als der heutige Tag ins Unglück bringt die Argeier
Alle, darunter auch dich; du fällst, sobald du es wagest,
Meinem gewaltigen Speere zu stehn; er zerreißt dir den zarten
Leib; dann sättigst du bald die troischen Hunde und Vögel,
Niedergestreckt bei den Schiffen, mit Fett und eigenem Fleische.
Also rief er und eilte voran, und die anderen folgten
Unter gewaltigem Lärm, dahinter jauchzten die Männer.
Drüben auch schrieen die Krieger von Argos; sie hatten des Mutes
Nicht vergessen und harrten der nahenden troischen Helden.
Beider Geschrei erhob sich zum Äther und Glanz des Kroniden.

VIERZEHNTER GESANG

Die Betäubung des Zeus

Nestor, obgleich er trank, vernahm gar wohl das Getöse
Und er sprach zu Asklepios' Sohn die geflügelten Worte:
Denk doch, edler Machaon, wie soll dies alles noch enden?
Lauter schon tönt um die Schiffe der Ruf der blühenden Streiter.
Aber du bleibe nur sitzen und trinke vom funkelnden Weine,
Bis dir ein wärmendes Bad die lockige Maid Hekamede
Wärmt und rein die Glieder dir wäscht vom blutigen Staube.
Ich aber eile die Höhe hinan indessen, zu spähen.
Also sprach er und nahm den gediegenen Schild seines Sohnes,
Der da lag in dem Zelte, des reisigen Sohns Thrasymedes,
Strahlend von Erz – und der Sohn ergriff den Schild seines Vaters –,
Nahm den mächtigen Speer, den geschärften mit eherner Spitze,
Trat aus dem Zelt und erblickte sogleich die Werke des Schreckens:
Diese in wilder Flucht, gejagt von den andern dahinter,
Trojas mutigen Kriegern; gestürzt war der Wall der Achaier.
Wie wenn dunkel das Meer sich erhebt mit stummem Gewoge,
Wann es die luftigen Bahnen der sausenden Winde erwartet,
Noch umsonst; nicht rollen voran und rückwärts die Fluten,
Ehe nicht Zeus den besonderen Wind vom Himmel entsendet:
Also erwog der Greis verstört in der Tiefe des Herzens
Hin und her, ob er gleich zu den reisigen Danaern ginge
Oder zu Atreus' Sohn, dem Hirten des Volks, Agamemnon.
Dieser Gedanke erschien dem Sinnenden endlich der beste,
Erst zum Atriden zu gehn. – Dort tötete einer den andern,
Und es krachte das harte Erz um die Leiber der Kämpfer
Unter dem Stoße der Schwerter und doppelschneidigen Lanzen.
Jetzt begegneten Nestor die zeusgesegneten Fürsten,
Die da kamen zurück von den Schiffen, sie alle verwundet:
Tydeus' Sohn und Odysseus und Atreus' Sohn Agamemnon.
Abseits lagen die Schiffe dort, vom Treffen geschieden,

Fern am Strande des Meers; die vordersten hatten sie vorwärts
Übers Gestade gezogen und hinten die Mauer errichtet.
Keineswegs, so breit er auch war, vermocht' er die Schiffe
Alle zu fassen, der Strand, und drängte zusammen die Völker.
Darum lagen die Schiffe gestaffelt und füllten des Ufers
Weitgelagerte Bucht, die rings von Höhen umkränzt ist.
Also, verlangend die Schlacht zu sehn und das Kampfesgetümmel,
Kamen sie alle, gestützt auf die Lanzen; und Kummer bedrückte
Ihnen das Herz in der Brust; so begegnete ihnen der greise
Nestor, welcher mit Schrecken das Herz der Achaier erfüllte.
Diesen redet' er an und sprach, der Fürst Agamemnon:
Nestor, Neleus' Sohn, du großer Ruhm der Achaier,
Sprich, was kommst du hierher und verließest das mordende Treffen?
Fürchte ich doch, es vollendet sein Wort der gewaltige Hektor,
Wie er es einst gedroht mir hat im Rate der Troer,
Eher würd' er nicht mehr von den Schiffen gen Ilion kehren,
Als bis die Schiffe verbrannt und getötet wären die Männer.
So hat dieser gesprochen, und jetzt vollendet sich alles.
Wehe, sie alle gewiß, die wohlgeschienten Achaier,
Hegen im Herzen mir Groll und hassen mich so wie Achilleus,
Daß sie dem Kampf sich entziehn bei den Hinterdecken der Schiffe.
Ihm erwiderte gleich der gerenische reisige Nestor:
Ja, dies alles ist wirklich geschehen, und nimmer vermöchte
Selbst der donnernde Zeus in der Höh' es umzugestalten!
Denn schon sank die Mauer in Schutt, von welcher wir hofften,
Daß sie unzerstörbar uns selbst und die Schiffe beschützte.
Unaufhörlich kämpfen sie dort um die rüstigen Schiffe,
Ruhelos; nicht erkenntest du mehr, wie sehr du auch spähtest,
Welcherseits die Achaier umhergetrieben sich drängen;
So vermischt ist die Schlacht, und es braust zum Himmel das Rufen,
Aber nun laßt uns erwägen, wie alles dieses noch ende,
Wenn da Verstand noch hilft; doch rat' ich nimmer, ins Treffen
Uns zu stürzen; es taugt der Verwundete nicht zum Gefechte.
Ihm erwiderte drauf der Herrscher des Volks Agamemnon:
Nestor, da sie bereits beim Heck der Schiffe schon kämpfen,
Und die errichtete Mauer so wenig nützt wie der Graben,

Die mit Mühe die Danaer bauten; sie hofften im Herzen,
Daß sie unzerstörbar uns selbst und die Schiffe beschützte,
So gefällt es nun wohl dem herrschenden Zeus über alle,
Daß hier namenlos sterben von Argos fern die Achaier.
Wußt' ich es doch, als er wohlgeneigt die Danaer schirmte,
Und weiß nun, wann er jene zum Ruhm wie die seligen Götter
Ausersieht, doch uns hat er Mut und Hände gefesselt.
Aber wohlan, wie ich rede, so lasset uns alle gehorchen.
Alle die Schiffe, die wir zunächst ans Ufer gezogen,
Ziehen wir wieder hinein in die heiligen salzigen Fluten,
Und auf der Höhe der See verankern wir diese, bis endlich
Naht die stillende Nacht, und wenn vom Kampfe die Troer
Dann auch lassen, so ziehn wir ins Meer die übrigen Schiffe.
Tadel verdient es ja nicht, der Gefahr auch bei Nacht zu entrinnen!
Besser, wer fliehend entkommt der Gefahr, als wen sie ereilet!
Finsteren Blicks entgegnete ihm der kluge Odysseus:
Welch ein Wort, Atride, entfloh dem Zaun deiner Zähne?
Elender! müßtest du doch ein andres geringeres Häuflein
Führen, statt uns zu befehlen, denn uns hat Zeus es beschieden,
Früh von Jugend an bis ins Alter die Mühen des Kampfes
Auszukosten, bis daß der Tod uns, jeden ereilet.
So gedenkst du im Ernst, von der stattlichen Feste der Troer
Fortzufliehen, um die wir genug des Leides erduldet?
Schweig, damit kein andrer im Volke von Argos es höre,
Dieses Wort, das schwerlich ein Mann im Munde wohl führte,
Der es verstünde im Herzen, die passenden Worte zu wählen,
Weil er das Zepter trägt und über so viele der Völker
Herrscht, wie *du*, der Gebieter des mächtigen Volkes von Argos.
Jetzt aber zweifl' ich an deinem Verstand nach solchem Gerede,
Da du befiehlst, man möge nun mitten in Schlacht und Getümmel
Gleich in die Fluten ziehen die Schiffe, damit noch die Troer
Mehr triumphieren, die so schon die Oberhand haben im Kampfe,
Uns aber jähes Verderben ereile; die Männer Achaias
Halten den Krieg nicht auf, selbst wenn wir die Schiffe hinausziehn,
Sondern sie werden verwirrt und vergessen die Lust am Gefechte.
Sehr verderblich wäre dein Plan dann, Völkergebieter!
Ihm erwiderte gleich der Herrscher des Volks Agamemnon:

Tief, Odysseus, hat mich dein grimmiges Wort in der Seele
Jetzt getroffen, doch sag' ich mitnichten den Männern Achaias,
Wider ihr Wollen die prangenden Schiffe zu ziehn in die Fluten.
Käme doch einer, der besseren Rat als diesen uns wüßte,
Jüngling oder auch Greis; er sei mir herzlich willkommen!
Gleich aber sprach vor den Männern der Rufer im Streit Diomedes:
Hier ist der Mann! – was suchen wir länger noch –, wenn ihr ihn hören
Wolltet und nicht im Groll unwillig euch alle verschließen,
Weil ich nun eben der jüngste nur bin an Geburt von euch andern;
Aber ich rühme mich doch eines Vaters von edlem Geschlechte,
Tydeus', welchen in Thebe bedeckt der Hügel des Grabes. –
Portheus hatte der Söhne drei, untadlige Sprossen;
Diese wohnten in Pleuron und Kalydons steilem Gelände:
Agrios, Melas, endlich als dritter der reisige Oineus,
Meines Vaters Vater, bei weitem der beste der Brüder.
Dieser blieb daheim, indessen mein Vater nach Argos
Wanderte, lange verirrt; so wollten es Zeus und die Götter.
Und er nahm sich zum Weib eine Tochter Adrastos' und wohnte
Reich in begütertem Haus, und weizentragende Felder
Hatt' er genug und Gärten ringsum, von Bäumen bewachsen;
Viele Herden besaß er und tat sich hervor mit der Lanze
Unter dem Volke. Das müsset ihr wissen; ich rede die Wahrheit.
Darum dürft ihr mich nicht für feige und schwächlich geboren
Halten, mein Wort mißachtend; ich mein' es gut mit dem Rate.
Kommt, wir gehn in die Schlacht; verwundet auch, sind wir gezwungen.
Dort zwar wollen wir dann uns selbst des Kampfes enthalten,
Fern vom Wurf; sonst könnte noch Wunde zu Wunde sich fügen,
Aber die anderen lasset uns treiben, die sonst ihrem schwachen
Herzen zu willen entfernt sich halten, ohne zu kämpfen.
Also sprach er; sie hörten ihn willig an und gehorchten,
Machten sich auf, und es führte der Herrscher des Volks Agamemnon.
Nicht umsonst aber wachte der Erderschüttrer Poseidon,
Sondern er nahte den Männern, als alternder Krieger gestaltet,

Faßte die rechte Hand des Atreussohns Agamemnon,
Hob die Stimme und sprach zu ihm die geflügelten Worte:
Atreus' Sohn, nun wird sich das grausame Herz des Achilleus
Freuen gewiß in der Brust, den Tod und die Flucht der Achaier
Anzusehn; denn er hat kein Gefühl, auch nicht das geringste.
Soll er zugrunde nur gehen, und mag ein Gott ihn verblenden!
Dir aber grollen nicht gar zu sehr die seligen Götter,
Sondern es werden schon noch die Berater und Fürsten der Troer
Füllen das weite Gefilde mit Staub, und du siehest sie selber
Fliehen zur Stadt von den Schiffen hinweg und dem Lager der Zelte.
Also sprach er und schrie und stürmte davon ins Gefilde.
Laut, als schrieen zugleich neuntausend oder zehntausend
Männer im Kampf, einander begegnend im Toben des Ares:
Also fuhr aus der Brust des Erderschüttrers Poseidon
Laut der Schrei ins Heer der Achaier und gab einem jeden
Große Kraft, unermüdlich im Streite zu stehn und zu kämpfen.
Here, die goldenthronende, stand auf des hohen Olympos
Gipfel und blickte herab, und gleich erkannte sie unten,
Wie er schnaubte durchs Feld im männerehrenden Kampfe,
Ihren leiblichen Bruder und Schwager; das freute sie herzlich.
Zeus aber saß auf der Höhe des quellenrauschenden Ida;
Dort gewahrte sie ihn, und er ward ihr verhaßt in der Seele.
Gleich besann sich die herrschendblickende göttliche Here,
Wie sie den Sinn des Wetterleuchtenden könnte bestricken.
Dieser Entschluß erschien der Sinnenden endlich der beste:
Schnell zum Ida zu gehen, geschmückt mit schönem Geschmeide,
Ob er sich sehnte vielleicht, in liebender Lust zu umarmen
Ihren Leib; dann senkte sie über die Lider des Gatten
Süßen, unschädlichen Schlaf und betäubte die wachsame Stirne.
Und sie ging ins Gemach, das ihr Sohn, der kluge Hephaistos,
Hatte gebaut mit festen, den Pfosten verbundenen Türen
Und verborgenem Schloß; kein Gott vermocht' es zu öffnen.
Dort ging Here hinein und verschloß die glänzenden Flügel,
Wusch mit Ambrosia erst sich rein von aller Befleckung
Ihre reizende Haut und salbte sich dann mit dem starken,
Süßen ambrosischen Öl, dem duftenden, ihr zum Gebrauche;

Wurd' es kaum nur bewegt im ehernen Hause Kronions,
Dann erfüllte sein lieblicher Hauch gleich Himmel und Erde.
Als sie damit den schönen Körper gesalbt und die Haare
Hatte gekämmt, da flocht sie sich glänzende, zierliche Locken,
Die mit ambrosischem Duft vom unsterblichen Scheitel ihr fielen.
Hüllte sich dann in ihr göttliches Kleid; das hatte Athene
Fein und künstlich gewirkt und reichverziert mit Gebilden.
Über der Brust befestigte sie's mit goldenen Spangen,
Gürtete sich mit dem Gürtel, den hundert Quasten umgaben,
Steckte hinein in die wohldurchlöcherten Ohren der Perlen
Dreifachgestirntes Beerengehänge von strahlender Anmut.
Dann umwand sie das Haupt mit dem neugewobenen schönen
Schleier, die herrliche Göttin, der schimmerte weiß wie die Sonne,
Und befestigte unter den Füßen die schönen Sandalen.
Angetan mit sämtlichem Schmuck um die glänzenden Glieder,
Eilte sie fort aus ihrem Gemach und rief Aphrodite,
Sprach dann heimlich zu ihr, getrennt von den anderen Göttern:
   Möchtest du jetzt, geliebtes Kind, meiner Bitte gehorchen
Oder schlägst du sie ab, mir darum zürnend im Herzen,
Weil ich selbst die Achaier und *du* die Troer begünstigst?
   Ihr erwiderte gleich die Tochter des Zeus Aphrodite:
Here, heilige Göttin, du Tochter des mächtigen Kronos,
Rede, was du begehrst; mein Herz gebietet Erfüllung,
Wenn ich's erfüllen dir kann und *du* nur Erfüllbares wünschest.
   Aber mit listigem Sinn entgegnete Here, die hohe:
Gib mir die Kräfte der Sehnsucht und Liebe, mit denen du alle
Zwingst, die unsterblichen Götter sowohl wie die sterblichen Menschen.
Denn ich mache mich auf zu den Grenzen der fruchtbaren Erde.
Will nach Okeanos sehn, dem Ahnen der Götter, und Tethys.
Die mich in ihrem Palast erzogen und hüteten, beide;
Rheia brachte mich ihnen, als Zeus, der waltende, Kronos
Unter die Erde verstieß und die Flut des rastlosen Meeres.
Diese will ich besuchen, die dauernden Händel zu schlichten,
Denn schon lange Zeit vermeiden sie einer des andern
Ehelager und Liebe, getrennt durch bittere Feindschaft.
Könnt' ich ihnen das Herz durch freundliche Worte bewegen,

Wieder zusammen das Bett zu besteigen, in Liebe vereinigt,
Würden sie künftig Freundin mich heißen in liebender Ehrfurcht.
Ihr entgegnete drauf die lieblich lächelnde Kypris:
Niemals könnt' ich noch dürft' ich sogar den Wunsch dir verweigern,
Denn du ruhst in den Armen des Zeus, des herrschenden Gottes!
Sprach's und löste vom Busen den wunderkräftigen Gürtel;
Farbig waren darin die Reize des Zaubers gewoben
Alle: Liebe, Begierde, betörendes Liebesgeflüster,
Schmeichelnde Bitte, die selbst dem Verständigsten raubt die Besinnung.
Diesen reichte sie Heren und sprach sie an mit den Worten:
Da, befestige nur den Zaubergürtel am Busen;
Bunt ist alles hineingewirkt; ich glaube, du kehrest
Nicht erfolglos zurück, was immer du plantest im Herzen!
Also sprach sie; da lächelte sanft die herrschende Here,
Lächelnd barg sie darauf den Gürtel am eigenen Busen.
Jene, die Tochter des Zeus, ging wieder ins Haus, Aphrodite,
Here aber schwang sich herab von dem Horn des Olympos;
Über Pieria fort und Emathias liebliche Landschaft
Stürmte sie, über die schneeigen Berge der reisigen Thraker,
Über die obersten Gipfel, und nie die Erde berührend,
Schwebte sie nieder vom Athos und kam zum wogenden Meere;
Lemnos erreichte sie dann, die Stadt des göttlichen Thoas.
Dort aber fand sie den Schlaf, den leiblichen Bruder des Todes,
Nahm ihn fest bei der Hand und sprach und redete also:
Schlaf, du Herr über alle, die Götter und Menschengeschlechter,
Wie du früher schon hörtest mein Wort, so höre mich wieder
Jetzt, und ich werde dir dankbar sein für ewige Tage.
Schläfre die leuchtenden Augen des Zeus ihm unter den Brauen
Schleunigst ein, sobald ich zur Liebe mich neben ihn lege.
Deiner wartet als Lohn ein prächtiger goldener Sessel,
Unzerstörlich; den soll mein hinkender Sohn Hephaistos
Kunstvoll schaffen, dazu einen Schemel dir unter die Füße,
Daß du beim Schmausen die glänzenden Füße zu stützen vermögest.
Doch der erquickende Schlaf entgegnete also der Göttin:

Here, heilige Göttin, du Tochter des mächtigen Kronos,
Jeden anderen wohl von den ewiglebenden Göttern
Schläferte leicht ich ein, sogar des Okeanos Fluten,
Welcher der Ahn und Schöpfer doch ist von den Lebenden allen.
Zeus allein, dem Kroniden, vermöcht' ich nimmer zu nahen,
Noch in Schlaf ihn zu senken, wo nicht er selbst es gebietet.
Denn schon in anderm Betracht hat dein Gebot mich gewitzigt.
Jenes Tags, da der übermütige Sohn des Kroniden
Fort von Ilios fuhr, die Stadt in Trümmern verlassend.
Ja, da betäubt' ich die Stirn des wetterleuchtenden Gottes,
Fest ihn umfangend, weil *du* nur Schlimmes plantest für jenen;
Über das Meer erregtest du Sturm von wütenden Winden
Und verschlugst ihn darauf nach Kos, dem bevölkerten Eiland,
Weit von den Freunden entfernt. Allein der Erwachende zürnend,
Warf die Götter im Saal herum und suchte vor allen
Mich, und spurlos hätt' er vom Äther ins Meer mich geschleudert,
Aber die gnädige Nacht, die Götter bändigt und Menschen,
Nahm den Fliehenden auf, und Zeus, wie heftig er grollte,
Stillte den Zorn, denn er scheute, die schnelle Nacht zu betrüben.
Jetzt aber treibst du mich wieder, ein sinnlos Werk zu beginnen!
Ihm erwiderte drauf die herrschendblickende Here:
Schlaf, was denkst du wieder daran und sorgst dich im Herzen?
Meinst du vielleicht, der waltende Zeus beschütze die Troer,
Wie er um Herakles willen, des leiblichen Sohnes, erzürnt war?
Komm, und ich werde dir eine der jüngeren Grazien geben,
Daß du mit ihr dich vereinst, und Gattin sollst du sie nennen,
Sie, Pasithea selbst, nach der du immer dich sehntest.
Dieses Wort erfreute den Schlaf, und er gab ihr die Antwort:
Wohl so beschwör' es mir gleich bei der Styx unheimlichen Wassern,
Faß mit der einen Hand die nahrungspendende Erde
Und mit der andern das glitzernde Meer, daß alle die Götter
Zeugen für uns, die um Kronos versammelt sind unter der Erde:
Willst du gewiß mir eine der jüngeren Grazien geben,
Sie, Pasithea selbst, nach der ich immer mich sehne?
Also sprach er, und willig folgte die schimmernde Here,
Schwur nach seinem Begehr und rief mit Namen die Götter

Alle im Tartaros drunten – Titanen sind sie geheißen.
Aber nachdem sie gelobt und vollendet hatte den Eidschwur,
Machten die beiden sich auf und verließen Lemnos und Imbros,
Dicht in Nebel gehüllt, mit schnellbeflügelten Schritten,
Und erreichten die Quellen des Tiere hegenden Ida,
Lekton, wo sie das Meer verließen und über das Festland
Schritten; und unter den Füßen erbebten die Wipfel des Waldes.
Dort verweilte der Schlaf, um den Augen des Zeus zu entgehen,
Und bestieg eine mächtige Tanne; die höchste des Ida
Damals, ragte sie hoch durch den Dunst, den Himmel erreichend;
Oben saß er, versteckt im dichten Tannengezweige,
Gleich dem pfeifenden Vogel der Nacht im Gebirge, von Göttern
Schmiedevogel genannt und Habicht der Nacht von den Menschen.
Here stieg mit reißendem Schritt zur Gargaronspitze,
Idas Gipfel hinan, und Zeus, der Wolkenversammler,
Sah sie; Liebesbrunst umfing seine göttlichen Sinne,
Wie zur Zeit, da das erstemal zur Liebesumarmung
Beide das Lager bestiegen, geheim vor den eigenen Eltern.
Und er trat ihr entgegen und sprach sie an mit den Worten:
Here, was ist dein Begehr, daß du kommst herab vom Olympos?
Und dir fehlen die Rosse, das Wagengefährt zum Besteigen.
Aber mit listigem Sinn versetzte die herrliche Here:
Zeus, ich machte mich auf zu den Grenzen der fruchtbaren Erde,
Will nach Okeanos sehn, dem Ahnen der Götter, und Tethys,
Die mich in ihrem Palast erzogen und hüteten, beide.
Diese will ich besuchen, die dauernden Händel zu schlichten;
Denn schon lange Zeit vermeiden sie einer des andern
Ehelager und Liebe, getrennt durch bittere Feindschaft.
Unten am Fuße des quellenrauschenden Idagebirges
Stehen die Rosse; sie sollen durch Land und Gewässer mich tragen.
Deinethalb nur bin ich hierher vom Olympos gekommen,
Daß du mir später nicht etwa zürnst, wenn ich heimlich entweiche
Nach des Okeanos Burg, des Herren der strömenden Tiefe.
Ihr erwiderte Zeus darauf, der Wolkenversammler:
Here, später hast du noch Zeit genug zu der Reise.
Komm, wir wollen uns wieder vereinen, in Liebe gelagert.
Niemals noch hat weder ein Weib noch der Göttinnen eine

So das Herz in der Brust mir bewegt mit umströmender Liebe,
Weder damals, als ich entbrannt war zur Gattin Ixions,
Die Peirithoos später gebar, den göttlich gescheiten,
Noch da ich Danaë liebte, Akrisios' zierliche Tochter,
Die mir Perseus gebar, den herrlichsten unter den Männern;
Noch des Phoinix Tochter, des weit in der Ferne berühmten,
Die Rhadamanthys gebar, den göttlichen Helden, und Minos,
Noch da ich Semele liebte, noch auch Alkmene in Theben,
Die mir als Sohn den unerschrockenen Herakles brachte;
Semele aber gebar Dionysos, die Wonne der Menschen.
Noch da ich die herrliche flechtengeschmückte Demeter,
Noch die gepriesene Leto liebte, noch endlich dich selber,
Wie ich nun dich begehre, von süßem Verlangen getrieben!
  Aber mit listigem Sinn versetzte die Herrscherin Here:
Welch ein Wort, Kronion, du Schrecklicher, hast du gesprochen?
Wenn das Verlangen dich treibt, uns hier in Liebe zu lagern,
Hoch auf der Spitze des Ida, so frei und überall sichtbar,
Ach, wie wär's, wenn uns einer der ewiglebenden Götter
Beide gewahrte im Schlaf und den Himmlischen allen es eilend
Meldete? Niemals kehrt' ich zurück zu deinem Palaste,
Hätt' ich darin mich erhoben vom Lager, beschämt von der Schande.
Wenn du dennoch es willst und es wäre genehm deinem Herzen,
Sieh, du hast ein Gemach – dein Sohn, der liebe Hephaistos,
Baute es dir mit festen, den Pfosten verbundenen Türen.
Dorthin wollen wir gehn, da du eben das Lager begehrest.
  Ihr entgegnete Zeus darauf, der Wolkenversammler:
Here, fürchte dich nicht, denn weder ein Gott noch die Menschen
Können uns sehn, denn ich werde dich rings mit Wolken umhüllen,
Goldenen; Helios selbst vermöchte sie nicht zu durchdringen,
Er, dessen leuchtender Blick doch am schärfsten ist, alles zu sehen.
  Also sprach der Kronide und schloß in die Arme die Gattin.
Unten erblühte die heilige Erde von spießenden Gräsern,
Tauigem Lotosklee, Hyazinthen und saftigem Krokos,
Dicht und üppig und weich, die über den Boden sie hoben.
Beide lagerten dort und deckten sich zu mit den schönen
Goldenen Wolken; es fielen herab die Tropfen des Taues.

Also schlummerte still auf Gargarons Höhe der Vater,
Ganz von Liebe benommen und Schlaf, in den Armen die Gattin.
Eilend lief der erquickende Schlaf zu den Schiffen Achaias,
Rasch die Kunde zu bringen dem Erderschüttrer Poseidon,
Stellte sich dicht vor diesen und sprach die geflügelten Worte:
Hilf den Danaern jetzt und zeige dich gnädig, Poseidon,
Gib doch ihnen den Sieg für die Weile, die Zeus noch im Schlummer
Ruht, ich habe ihn selber betäubt mit lieblichem Schlafe;
Here hat ihn berückt, zur Liebe sich hinzulagern.
Also sprach er und eilte zu rühmlichen Menschengeschlechtern.
Aber der Gott, noch stärker gereizt, den Achaiern zu helfen,
Sprang nun unter die Vordersten vor und rief sie gewaltig:
Hört, Argeier, so lassen wir wohl den Hektor von neuem
Siegen, des Priamos' Sohn, daß er Schiffe und Ruhm sich gewinne?
Freilich dünkt sich dieser und prahlt, weil eben Achilleus
Bei den gebogenen Schiffen bleibt mit erbittertem Herzen.
Aber wir werden ihn nicht gar sehr entbehren, wenn alle
Wir nur untereinander uns eifrig zu helfen bemühen.
Also wohlan, wie ich rede, so lasset uns alle gehorchen!
Grade die größten Schilde des Heers, die gediegensten alle
Laßt uns ergreifen, die Köpfe mit gleißenden ehernen Helmen
Schützen, und dann, in den Fäusten die wuchtigsten Schäfte der Lanzen,
Eilen wir, ich als Führer voraus; und schwerlich wird Hektor,
Priamos' Sohn, uns dann widerstehen, so mutig er streitet!
Hat ein tapferer Mann einen kleineren Schild an der Schulter,
Mag er dem schwächeren Krieger ihn geben und tausche den großen.
Also sprach er; sie hörten ihn willig an und gehorchten,
Und verwundet auch, ordneten selber die Fürsten die Scharen,
Tydeus' Sohn und Odysseus und Atreus' Sohn Agamemnon,
Traten zu jedem heran und tauschten die Waffen des Krieges;
Starke bekam der Starke, dem Schwächeren gaben sie schwache.
Aber sobald sie die Leiber mit funkelndem Erze gewappnet,
Drangen sie vor, geführt von dem Erdenerschüttrer Poseidon,
Der das gewaltige scharfe Schwert in der nervigen Rechten

Hielt wie den flammenden Blitz; mit ihm den Kampf zu beginnen,
Bringt Verderben; der Schrecken allein schon hindert die Männer.
Aber die Troer ordnete drüben der strahlende Hektor.
Jetzt verschärften sie noch den Streit des entsetzlichen Krieges,
Hektor, der strahlende Held, und der finstergelockte Poseidon,
Dieser dem troischen Volk und der andre den Danaern helfend.
Brandend wogte das Meer nun gegen die Zelte von Argos,
Gegen die Schiffe. Sie stießen mit großem Geschrei aufeinander.
Also donnert weder die Woge des Meers an das Festland,
Aufgewühlt auf See vom widrigen Hauche des Nordwinds,
Noch auch prasseln die Flammen so sehr des lodernden Feuers,
Wann es die Wälder im Brande verzehrt in den Tälern der Berge,
Noch durchbrauset der Wind die hochgewipfelten Eichen
So, mit solcher Gewalt, wenn er heulend am heftigsten wütet,
Wie das laute Geschrei der Troer und Krieger Achaias,
Da sie mit wildem Gebrüll nun gegeneinander sich warfen.
Gegen Ajas zielte zuerst der strahlende Hektor,
Der, ihm zugewendet, sich nahte; wohl traf seine Lanze
Dort, wo über der Brust die laufenden Riemen sich kreuzten,
Der des Schildes und jener des silberbeschlagenen Schwertes.
Diese beschützten den blühenden Leib. Doch Hektor ergrimmte,
Daß sein schnelles Geschoß umsonst aus der Hand ihm geflogen,
Und er wich zu den Freunden zurück, das Verderben zu meiden.
Aber den Weichenden traf der Sohn des Telamon, Ajas,
Jetzt mit einem der Steine, die dort, die Schiffe zu stützen,
Zahlreich rollten zu Füßen der Kämpfenden, schleuderte diesen
Hektor gegen die Brust in die Nähe des Halses am Schildrand,
Daß er umher sich drehte, vom Prall wie ein Kreisel getrieben.
So wie unter dem Strahle des Zeus entwurzelt die Eiche
Niederstürzt, und ein arger Geruch von sengendem Schwefel
Draus entsteigt; und jedem, der es erlebt in der Nähe,
Sinket der Mut vor dem schrecklichen Blitze des großen Kroniden:
Also fiel in den Staub der mutige Hektor zu Boden
Und verlor den Speer aus der Hand, und über ihn stürzten
Schild und Helm, um den Leib aber krachte die schillernde Rüstung.
Jubelnd rannten heran die Achaier; sie hofften den Helden

Fortzuschleifen, und schleuderten gleich einen Hagel von Speeren.
Niemand aber vermochte den Hirten der Völker zu treffen
Noch zu verwunden; schon waren um ihn die Fürsten getreten:
So Aineias, Polydamas auch, und der edle Agenor
Und Sarpedon, der Lykierfürst, und der treffliche Glaukos.
Auch von den andern war jeder bemüht, und sie hielten zur Deckung
Über ihn alle die rundlichen Schilde, bis daß ihn die Freunde
Hoben und fort aus der Not ihn trugen dahin, wo die Renner
Warteten, hinter dem Felde der Schlacht und dem Kampfesgetümmel
Neben dem zügelnden Lenker und farbenschillernden Wagen.
Diese trugen zur Stadt den heftigstöhnenden Helden.
Aber sobald sie die Furt des strömenden Flusses erreichten,
Welchen Zeus, der unsterbliche, schuf, des wirbelnden Xanthos,
Legten sie gleich ihn vom Wagen zu Boden, besprengten mit Wasser
Seine Stirn, und er atmete wieder und blickte gen Himmel,
Setzte sich auf und spie das dunkle Blut auf die Schenkel.
Gleich aber sank er zur Erde zurück; es umhüllte die Augen
Finstere Nacht, denn der Wurf betäubte noch immer sein Leben.

Als die Argeier gewahrten, daß Hektor vom Kampf sich entfernte,
Drangen sie stärker noch gegen die Troer und brannten vor Streitlust.
Ajas traf nun von allen zuerst, der Sohn des Oïleus,
Satnios rasch im Sprung mit der Schärfe der ehernen Lanze,
Enops' Sohn; ihn hatte die liebliche Nymphe der Quelle
Einst dem weidenden Enops geboren am Bach Satnióeis.
Diesen stieß des Oïleus Sohn, der lanzenberühmte,
Gegen die Weichen; er stürzte zu Boden, und um ihn entbrannte
Fuchtbar wütend der Kampf der Troer- und Danaerhelden.
Ihm aber nahte der Lanzenschwinger Polydamas rächend,
Panthoos' Sohn, und traf Prothoënor rechts in die Schulter,
Areïlykos' Sohn, daß der wuchtige Speer in der Schulter
Stak; er sank in den Staub und krampfte die Hand in den Boden.
Aber Polydamas jubelte laut mit entsetzlicher Stimme:

Hört, ich denke, da ist dem mutigen Panthoossohne
Nicht umsonst aus der kräftigen Hand die Lanze geflogen,
Sondern der Leib eines Kriegers von Argos empfing sie; vermutlich
Wird er, gestützt auf den Schaft, in die Wohnung des Hades hinabgehn!

Also sprach er; es kränkte sein Jubel die Männer von Argos.
Aber am tiefsten traf es den tapferen Ajas im Herzen,
Telamons Sohn, denn diesem zunächst war der Krieger gefallen:
Eilend warf er dem Weichenden nach die schimmernde Lanze.
Zwar Polydamas selbst entging dem schwarzen Verhängnis,
Schnell zur Seite gewandt, doch Archelochos, Sohn des Antenor,
Ward erhascht; ihm hatten die Götter Verderben beschlossen.
Diesen traf er, wo Haupt und Nacken zusammen sich fügen,
Gegen den letzten Wirbel, die beiden Sehnen zerschneidend.
Früher fielen zu Boden der Kopf, der Mund und die Nase,
Als die Waden und Knie des Getöteten lagen im Staube.
Ajas schrie dem Polydamas zu, dem trefflichen Krieger:

Nun, Polydamas, mach es dir klar und sage die Wahrheit!
War nicht dieser es wert, Prothoënors wegen zu fallen?
Denn er scheint kein Geringer zu sein noch geringen Geschlechtes,
Sondern ein leiblicher Bruder des Rossebezähmers Antenor
Oder sein Sohn; er muß von Geschlecht ihm nahe verwandt sein.

So erkannt' er ihn gut, und Schmerz erfüllte die Troer.
Akamas traf den Promachos jetzt mit dem Speer, den Boioter,
Denn er stand vor dem Bruder, den dieser zog an den Füßen.
Aber Akamas jubelte laut mit entsetzlicher Stimme:

Helden des Mauls, ihr unersättlichen Schreier von Argos!
Nicht nur uns wird immer nur Not und Ungemach treffen,
Sondern auch ihr sollt einmal wie dieser dem Tode verfallen.
Schaut, wie Promachos euch, von meiner Lanze bezwungen,
Schläft, damit nicht gar zu lang für den Bruder die Buße
Unbeglichen mir sei. So mag wohl mancher noch wünschen,
Einen Verwandten daheim als Wahrer der Rache zu lassen!

Also rief er; es kränkte sein Jubel die Männer von Argos.
Aber am tiefsten traf es des tapfren Peneleos Herze.
Gegen Akamas stürzt' er, doch der entzog sich dem Sturme,
Vor Peneleos weichend; Ilioneus wurde getroffen,

Phorbas' Sohn, des Herdenbegüterten, welchen am meisten
Hermes liebte vom troischen Stamm und mit Schätzen bedachte.
Und Ilioneus war der einzige Sohn seines Weibes.
Unter den Brauen traf er ihn tief in die Höhle des Auges,
Schlug den Apfel heraus, und der Speer, das Auge durchbohrend,
Fuhr durch den Nacken; schon saß er mit ausgebreiteten Armen.
Aber Peneleos zückte das Schwert und schlug mit der Schneide
Mitten hinein in den Hals und schmetterte nieder zur Erde
Samt dem Helme den Kopf; noch stak die gewaltige Lanze
Tief im Auge; nun hob er ihn hoch wie das Haupt eines Mohnes,
Zeigt' ihn den troischen Kriegern und sprach die prahlenden Worte:

Saget, ihr Troer, nun an des erlauchten Ilioneus Eltern,
Vater und Mutter, sie sollen den Sohn beklagen im Hause,
Denn auch des Promachos Weib, des Sohns Alegenors, wird nimmer
Freudig begrüßen den lieben Gemahl, wenn endlich aus Troja
Wir mit den Schiffen kehren zurück, wir Helden Achaias!

Also sprach er, und Schrecken lähmte die Glieder der Männer;
Jeder schaute sich um, zu entrinnen dem jähen Verderben.

Kündet, ihr Musen, mir jetzt, die ihr hauset im hohen Olympos,
Wer von den Kriegern von Argos zuerst die blutige Beute
Raubte, sobald war gewendet die Schlacht von dem Erdenerschüttrer!
Ajas, des Telamon Sohn, jetzt stieß den Hyrtios nieder,
Gyrtios' Sohn, den Führer der kräftigen mysischen Scharen!
Aber Antilochos warf den Phalkes und Mermeros, beide,
Und Meriones schlug Hippotion nieder und Morys,
Teukros tötete Prothoon dann und auch Periphetes;
Atreus' Sohn aber traf den Hirten des Volks Hyperenor
Gegen die Weichen; der eherne Speer zerriß die Gedärme,
Blind zerstörend; die Seele flog aus der offenen Wunde
Eilend heraus, und Dunkel des Todes umfing ihm die Augen.
Aber die meisten erschlug der hurtige Sohn des Oïleus;
Denn kein einziger war so schnell im verfolgenden Laufe
Hinter den flüchtenden Männern, wenn Zeus mit Schrecken sie scheuchte.

FÜNFZEHNTER GESANG

Der Gegenangriff bei den Schiffen

Aber nachdem sie den Graben durcheilt und die spitzigen Pfähle,
Flüchtend, und mancher gefallen schon war von der Danaer Händen,
Da nun machten sie endlich halt, bei den Wagen verweilend,
Blaß vor Angst und erschrocken. Doch Zeus erwachte vom Schlummer
Oben auf Idas Höhen bei der goldenthronenden Here.
Schon aber sprang er empor und sah die Achaier und Troer:
Diese in wilder Flucht, gejagt von den andern dahinter,
Argos' Kriegern, und mitten darin den Herrscher Poseidon.
Hektor sah er liegen im Feld, umringt von Genossen.
Dieser atmete schwer; noch immer nicht ganz bei Bewußtsein,
Spie er Blut, denn es hatte ihn keiner der Schwächsten getroffen.
Mitleid faßte darob den Herrscher der Menschen und Götter;
Drohend, mit finsterem Blick begann er zu Here zu sprechen:
Jetzt hat wirklich dein arger Betrug, nichtsnutzige Here,
Hektor, den Helden im Kampfe gehemmt und die Mannen vertrieben!
Doch wer weiß, ob du nicht von der listig ersonnenen Tücke
Wieder genießest den Lohn, daß ich mit Schlägen dich geißle!
Denkst du nimmer daran, wie du hingest herab von der Höhe,
Beide Füße beschwert mit Gewichten, die Arme mit goldner
Unzerreißbarer Fessel gebunden? In Äther und Wolken
Hingst du; da waren die Götter empört im weiten Olympos.
Keiner konnte jedoch sich nahen, die Fessel zu lösen;
Wen ich packte, den warf ich hinab von der Schwelle; zur Erde
Fiel er ohne Besinnung, und dennoch trieb mich zum Zorne
Unablässig der Schmerz um Herakles' göttliche Stärke,
Den du mit Hilfe des nördlichen Winds durch entfesselte Stürme
Triebst auf das ruhelos wogende Meer in böser Gesinnung,

Endlich aber nach Kos verschlugst, der bevölkerten Insel.
Dort erlöst' ich ihn dann und bracht' ihn wieder nach Argos,
Heim zu den weidenden Rossen, nachdem er so vieles geduldet.
Dessen erinnre dich wohl, auf daß du den Ränken entsagest
Und auch siehest, wozu dir Lager und Liebe wohl nütze,
Da du kamst von den Göttern zu trüglicher Liebesumarmung!
Also sprach er, und Schrecken ergriff die Herrscherin Here,
Und sie redete gleich und sprach die geflügelten Worte:
Wissen soll es die Erde, der wölbende Himmel darüber
Und die stürzenden Wasser der Styx! so schwör' ich den größten
Bindenden Schwur und schrecklichsten Eid für die seligen Götter,
Bei deinem heiligen Haupt und unserem Lager der Ehe –
Niemals wagt' ich dabei mit fälschlichem Eide zu schwören! –:
Nicht nach meinem Geheiß geschieht's, daß der Stürmer Poseidon
Hektor verletzt und die Troer, doch jenen zur Hilfe sich nahte,
Sondern es muß ihn der eigene Trieb wohl drängen und reizen,
Weil er die Not der Achaier sah bei den Schiffen voll Mitleid.
Lieber such' ich nun selbst mit Zuspruch ihn zu bestimmen,
Hinzugehen, wohin du befiehlst du Dunkelumwölkter!
Lächelnd vernahm es der Vater des Menschengeschlechts und der Götter
Und versetzte darauf und sprach die geflügelten Worte:
Wenn du wirklich hinfort, o göttliche Herrscherin Here,
Gleich mir selbst an Gesinnung im Kreis der Unsterblichen säßest,
Würde Poseidon bald, was immer auch andres er planet,
Wandeln den Sinn, wie du und ich im Herzen es wünschen.
Aber hast du nun wahr und ohne Verstellung geredet,
Wohl, so mache dich auf zum Geschlechte der Götter und rufe
Iris eilend hierher und den Schützen des Bogens Apollon:
Jene soll zum Volke der erzumschienten Achaier
Niedersteigen und dort den Herrscher Poseidon bestimmen,
Abzulassen vom Krieg und heim zum Palaste zu kehren.
Aber den Hektor beseele zum Kampfe dann Phoibos Apollon,
Daß er, von frischen Kräften belebt, der Schmerzen vergesse,
Die noch immer sein Herz ermatten, und dann die Achaier
Wieder schlage zurück, daß sie feige zum Fliehen sich wenden,
Aber flüchtend alsbald auf des Peleussohnes Achilleus

Ruderschiffe sich werfen, und dieser wird seinen Gefährten
Patroklos senden; ihn tötet jedoch der strahlende Hektor
Nahe vor Ilios' Feste, nachdem er noch blühende Krieger
Viele geworfen schon hat, darunter auch meinen Sarpedon.
Aber aus Rache dann tötet den Hektor der edle Achilleus.
Unablässig will ich darauf nur Flucht und Verfolgung
Fort von den Schiffen verhängen, bis endlich die Männer Achaias
Ilios' ragende Burg nach dem Rate Athenes erobern.
Eher will ich den Zorn nicht mäßigen noch von den andern
Göttern einem gestatten, den Danaern drunten zu helfen,
Ehe dem Peleussohne der Wunsch in Erfüllung gegangen,
Wie ich zuerst ihn verhieß mit gewährendem Winke des Hauptes,
Jenes Tages, als Thetis die Knie mir flehend umfaßte,
Daß ich doch Ehre gewährte dem Städtezerstörer Achilleus.
Also sprach er, und willig folgte die schimmernde Here,
Eilte vom Idagebirge hinüber zum hohen Olympos.
Wie der Gedanke des Mannes schweift, wenn er schon über weites
Land ist gewandert und nun erwägt im verständigen Herzen:
›Dort- oder dorthin möcht' ich gehen‹ und vieles bedenket:
Also flog sie mit Eifer dahin, die Herrscherin Here,
Kam zum steilen Olympos und fand die unsterblichen Götter
Alle vereint in dem Hause des Zeus. Als diese sie sahen,
Sprangen sie auf von den Sitzen und hoben zum Gruße die Becher.
Aber sie ließ die andern und nahm von der rosigen Themis
Nur den Becher; denn *sie* war zuerst ihr entgegengetreten,
Redete Heren an und sprach die geflügelten Worte:
Here, was bist du gekommen, so ganz verstört und erschrocken?
Sicherlich hat der Kronide, dein eigner Gemahl, dich verschüchtert?
Ihr erwiderte gleich die schimmernde göttliche Here:
Frage mich nicht, o Göttin Themis; du weißt es ja selber,
Wie verhärtet er ist und übermütigen Herzens.
Aber beginn mit den Göttern im Saal die gemeinsame Mahlzeit,
Daß du dieses erfährst mit allen unsterblichen Göttern,
Welche Greuel uns Zeus verkündigt; es wird, so vermut' ich,
Nicht einhellig die Herzen erfreuen sowohl bei den Menschen
Als bei den Göttern, so fröhlich auch mancher zur Stunde noch tafelt.

Also sprach sie und setzte sich hin, die würdige Here.
Und es grollten im Saale die Götter; nun lächelte Here
Wohl mit den Lippen, doch über den dunkelen Brauen die Stirne
Blieb umwölkt, und zürnend begann sie zu allen zu reden:
Toren sind wir, dem Zeus ganz ohne Besinnung zu grollen!
Ja, da trachten wir noch, sein Tun zu vereiteln, ihm nahend,
Sei's mit Worten oder Gewalt; doch *er*, in der Ferne
Sitzend, achtet nicht unser und glaubt, den unsterblichen Göttern
Weit überlegen zu sein, an Macht und Stärke der erste.
Darum duldet nur, was er euch Böses verhängt, einem jeden.
Eben ist schon ein Leid, so fürcht' ich, dem Ares beschieden.
Denn es fiel sein Sohn in der Schlacht, der liebste der Männer,
Er, Askalaphos, dessen sich rühmt der gewaltige Ares.
Also sprach sie; da schlug sich Ares die kräftigen Schenkel
Gleich mit gebreiteten Händen, und jammernd rief er die Worte:
Jetzt verarget mir's nicht, ihr Götter im Haus des Olympos,
Wenn ich den Mord meines Sohnes zu rächen, hinab zu den Schiffen
Eile, und wäre mein Los auch, zerschmettert vom Blitze Kronions,
Dort mit den Toten vereint in Blut und Staube zu liegen!
Also sprach er und hieß die Furcht und den Schrecken, die Rosse,
Schirren ins Joch, und hüllte sich selbst in die strahlende Rüstung.
Jetzt aber wäre noch stärker und schrecklicher über die Götter
Ausgebrochen der Zorn und die Rache von Zeus, dem Kroniden,
Wäre Athene nicht, aus Furcht um alle die Götter
Gleich aus dem Tore gestürzt, den Thron, da sie ruhte, verlassend.
Und sie riß ihm vom Kopfe den Helm und den Schild von den Schultern,
Nahm ihm den Speer aus der wuchtigen Rechten und stellt' ihn zur Seite,
Schalt den stürmenden Ares und fuhr ihn an mit den Worten:
Rasender, Sinnesverwirrter, du rennst ins Verderben! Vergeblich
Hast du wohl Ohren zu hören, es fehlen dir Scham und Besinnung?
Hörtest du nicht, was eben die schimmernde Here gesagt hat,
Die gerade zurück von Zeus, dem Olympier, kehrte?
Oder willst du vielleicht nach vielen erduldeten Qualen
Erst zum Olympos zurück, wie sehr du dich grämest, gezwungen,

Und uns anderen allen noch Jammer die Fülle bereiten?
Zeus wird nämlich sogleich die Achaier und mutigen Troer
Jetzt verlassen und kommt voll Wut auf uns zum Olympos,
Packt dann, gleich, ob er schuld oder nicht, der Reihe nach jeden.
Darum rat' ich dir, wegen des Sohnes nicht länger zu zürnen;
Denn schon mancher, der diesem an Armen und Kraft überlegen,
Ward oder wird hinfort noch getötet; es wäre wohl schwierig,
Aller Menschen Stamm und Geschlecht vom Tode zu retten.
Also sprach sie und zwang zum Sitzen den stürmenden Ares.
Here aber berief den Apollon jetzt aus dem Saale
Und auch Iris, als Botin bestellt bei den himmlischen Göttern,
Hob die Stimme und sprach zu ihnen die fliegenden Worte:
Zeus befiehlt euch beiden aufs schnellste zum Ida zu kommen.
Seid ihr dann aber gekommen und habt ihm ins Auge gesehen,
Müßt ihr alles verrichten, was Zeus verlangt und gebietet.
Als sie gesprochen, ging sie zurück, die herrschende Here,
Setzte sich hin auf den Thron, doch jene stürmten von dannen
Und erreichten die Quellen des Tiere hegenden Ida,
Fanden Zeus, den allwissenden, hoch auf dem Gargarongipfel
Sitzend, und um ihn die Hülle der duftenden Wolke gebreitet.
Beide standen sie nun vor Zeus, dem Wolkenversammler.
Er aber, als er sie sah, war nicht erzürnt mehr im Herzen,
Weil sie so schnell dem Befehle der lieben Gemahlin gehorchten.
Iris sprach er zuerst nun an mit den fliegenden Worten:
Eilende Iris, mache dich auf zum Herrscher Poseidon,
Ihm das alles zu melden, doch ohne Lügen zu künden.
Heiß ihn lassen sogleich vom Krieg und Waffengetümmel
Und zur Schar der Unsterblichen oder ins Meer sich begeben.
Aber wenn er mir nicht gehorcht und trotzig sich weigert,
Wohl, so mach' er sich klar und erwäg' es im Geist und Gemüte,
Daß er, wie mächtig er sei, mich selbst als Gegner wohl schwerlich
Möchte bestehn, denn ich halte mich weit ihm an Kraft überlegen,
Älter auch von Geburt; doch unbekümmerten Herzens,
Dünkt er sich stark gleich mir, vor dem auch andre noch zittern.
Also sprach er; da folgte die windesbeflügelte Iris,
Eilte vom Idagebirge zur heiligen Ilios nieder.
Wie ein Gestöber von Schnee aus den Wolken fliegt und des Hagels

Kalter Schauer, gejagt vom äthergeborenen Nordwind:
Also flog mit Eifer davon die beflügelte Iris,
Trat ihm nahe und sprach zum gewaltigen Erdenerschüttrer:
Botschaft bring' ich dir, dunkelgelockter Erdenumstürmer,
Hergesendet von Zeus, dem wetterleuchtenden Herrscher.
Abstehn sollst du, befiehlt er, vom Krieg und Waffengetümmel
Und zur Schar der Unsterblichen oder ins Meer dich begeben.
Aber wenn du ihm nicht gehorchst und trotzig dich weigerst,
Ja, dann drohte er selber, zum feindlichen Treffen entschlossen,
Wider dich herzukommen, und fordert dich auf, seinen Armen
Auszuweichen; er hält sich weit dir an Kraft überlegen,
Älter auch von Geburt; doch unbekümmerten Herzens,
Dünkst du dich stark wie er, vor dem auch andre noch zittern.
Heftig ergrimmt, versetzte der herrliche Erdenerschüttrer:
Wehe, da hat er bei all seiner Macht gesprochen mit Hochmut,
Mir, der an Würde ihm gleicht, gewaltsam den Willen zu hemmen!
Drei der Brüder doch sind wir, die Kronos erzeugte mit Rheia:
Zeus, ich selbst und der Herrscher der Unterirdischen, Hades.
Dreifach geteilt war alles, und jeder gewann seine Herrschaft:
Ich erlangte, für immer das schäumende Meer zu bewohnen,
Da wir losten, und Hades die düstere Schattenbehausung,
Zeus erhielt den geräumigen Himmel in Äther und Wolken.
Aber die Erde ist allen gemein und der hohe Olympos.
Nimmer werd' ich darum dem Zeus mich fügen; in Ruhe
Bleib' er, wie stark er auch ist, in seinem beschiedenen Drittel.
Doch mit den Armen soll er mich nicht wie den Feigling erschrecken.
Seine eigenen Töchter und Söhne geläng' ihm doch besser,
Anzufahren mit schmählichen Worten, die selbst er gezeugt hat;
Diese werden ihm, wenn er gebietet, aus Zwang schon gehorchen.
Ihm erwiderte gleich die windesbeflügelte Iris:
Soll ich wirklich, du dunkelgelockter Erdenumstürmer,
Dieses harte, gewaltsame Wort dem Zeus überbringen?
Oder lenkst du noch ein? Die Herzen der Edlen sind lenkbar.
Weißt du doch, daß den Älteren stets die Erinyen helfen.
Wieder versetzte darauf der Erderschüttrer Poseidon:
Göttliche Iris, da hast du gewiß verständig geredet!

Trefflich ist es fürwahr, wenn ein Bote das Schickliche achtet.
Dies aber heißt eine Kränkung, die Herz und Gemüt mir verwundet,
Wenn er den gleichbedeutenden Gott an Rang und an Schicksal
Anzufahren beliebt und zu schelten mit zornigen Worten.
Dennoch gebe ich nach, so sehr ich ihm solches verarge,
Aber ich sage dir an und hege die Drohung im Herzen:
Wo er mir selber zum Trotz und der beutegewohnten Athene,
Ohne Wissen der Here, des Hermes, des Herrschers Hephaistos
Ilios' ragende Feste verschont und ihre Zerstörung
Nicht beschließt, noch die Kraft des Sieges verleiht den Argeiern,
Wohl, so wiss' er, daß *uns* unheilbarer Zorn wird erfüllen!
Als er dieses gesprochen, verließ er das Volk der Achaier,
Ging, in die Fluten zu tauchen, und wurde vermißt von den Helden.
Jetzt aber sprach der wolkenversammelnde Zeus zu Apollon:
Eile, geliebter Phoibos, zum erzgerüsteten Hektor;
Denn bereits begibt sich der Erdenerschüttrer Poseidon
Wieder ins heilige Meer zurück, um unserem jähen
Zorn zu entrinnen. Wohl hätten den Kampf auch die andern erfahren,
Selbst die unterirdischen Götter, die Kronos umgeben.
So aber ist es von größerem Nutzen für sich und ihn selber,
Daß er, obwohl es ihn kränkte, zuvor meinen Armen enteilte;
Ohne Schweiß wär' es freilich auch nicht zum Ende gekommen.
Auf, und nimm in die Hände die quastenumbordete Aigis,
Schwing sie mächtig und jag in die Flucht die Helden Achaias.
Du aber, Treffender, kümmre dich selbst um den strahlenden Hektor.
Stärk ihm so lang den gewaltigen Mut, bis daß die Achaier
Fliehn zu den Schiffen zurück und den Hellespontos erreichen.
Dann aber will ich selbst das Wort und Werk überlegen,
Wie von den Mühen des Kampfs die Achaier sich wieder erholen.
Also sprach er, da folgte gehorsam dem Vater Apollon,
Eilte vom Idagebirge und glich einem stürmenden Falken,
Welcher die Tauben würgt, dem geschwindesten unter den Vögeln,
Fand des kundigen Priamos' Sohn, den göttlichen Hektor

Sitzend; er lag nicht mehr, und wieder zum Leben gesammelt,
Kannt' er die Seinigen rings; die Atemnot und der Angstschweiß
Waren gewichen; es hatte ihn Zeus geweckt, der Gewittrer.
Vor ihn tretend, begann der treffende Schütze Apollon:
Hektor, Priamos' Sohn, warum so fern von den andern
Sitzest du kraftlos hier? Hat irgendein Leid dich getroffen?
Ganz entkräftet versetzte der helmumflatterte Hektor:
Wer denn bist du, o Bester der Götter, der offen mich fraget?
Hörtest du nicht, daß dort bei den Steuern der Schiffe Achaias,
Wo ich seine Gefährten erschlug, der streitbare Ajas
Gegen die Brust mit dem Steine mich traf und im Sturme gehemmt hat?
Schon aber hatt' ich geglaubt, die Toten und Hades' Behausung
Heutigen Tags noch zu sehen, indem ich mein Leben verhauchte.
Ihm erwiderte gleich der treffende Herrscher Apollon:
Faß nur Mut, denn es hat einen solchen Beschützer Kronion
Her vom Ida gesandt, dir beizustehn und zu helfen,
Phoibos Apollon, mich mit dem goldenen Schwerte; schon immer
Hab' ich dir Hilfe gebracht, dir selbst und der ragenden Feste.
Also schnell nun, gebiete den Scharen der Reisigen allen,
Auf die gebogenen Schiffe die hurtigen Rosse zu lenken;
Ich aber eil' indessen voraus, die Bahn für die Rosse
Frei zu machen, und wende zur Flucht die Helden Achaias.
Also der Gott und beseelte mit Mut den Hirten der Völker.
Wie wenn im Stall ein Roß, an der Krippe vom Futter gesättigt,
Schnell die Halfter zerreißt und stampfend über die Felder
Eilt zum gewohnten Bad im strömenden Wasser des Flusses,
Strotzend von Kraft, mit erhobenem Haupt, und rings um die Schultern
Flattern die Haare der Mähne; geschmeidig im Glanze der Jugend,
Tragen die Schenkel es leicht zum vertrauten Gefilde der Triften:
So in Eile bewegte nun Hektor die Schenkel und Füße,
Als er die Stimme des Gottes vernahm, und spornte die Kämpfer.
So wie den kräftig gehörnten Hirsch oder Ziegen der Wildnis
Hetzen die jagenden Hunde und landbewohnende Männer;
Jene birgt zwar ein schroffes Geklüft und der Schatten des Haines
Schirmend; noch war den Verfolgern verwehrt, sie bald zu ereilen.

Doch auf ihr lautes Geschrei erscheint nun ein bärtiger Löwe
Drohend am Weg und jäh verscheucht er die Stürmenden alle:
Also verfolgten die Danaer ständig in Haufen so lange,
Stießen mit Schwerten und schwangen die Lanzen mit doppelter Schneide,
Bis sie Hektor erblickten; als dieser den Reihen sich nahte,
Wurden sie starr, und allen sank das Herz vor die Füße.
Thoas aber redete gleich, der Sohn des Andraimon,
Sicher der stärkste Aitoler, ein kundiger Kämpe des Wurfes
Wie im stehenden Kampf; den Redenden aber besiegte
Kaum ein Achaier, sooft mit den Worten die Edlen sich maßen.
Dieser sprach mit Verstand und redete so zu den Männern:
Wehe, welch großes Wunder muß jetzt mein Auge gewahren!
Hektor ist nun wieder zum Leben erstanden, dem Tode
Glücklich entronnen; und eben hatte noch jeder die Hoffnung,
Daß er getötet schon wäre von Ajas, dem Telamoniden.
Sicherlich hat ihn der Himmlischen einer bewahrt und gerettet,
Hektor, der schon so vielen Achaiern die Kniee gelöst hat,
Wie es auch jetzt, so fürcht' ich, geschieht; kaum ohne die Hilfe
Zeus', des Donnerers, ständ' er so mutig im vorderen Treffen!
Aber wohlan, wie ich rede, so lasset uns alle gehorchen!
Erst gebietet dem Volk, zurück zu den Schiffen zu eilen,
Wir aber, die wir uns selbst zu den Tapfersten zählen im Heere,
Halten ihm stand und suchen der ersten Begegnung zu wehren,
Alle die Lanzen im Arm. Dann wird er wohl trotz dem Verlangen
Dennoch fürchten, sich gegen die Danaerscharen zu stürzen.
Also sprach er; da hörten sie willig ihn an und gehorchten.
Alle, die Ajas umringten, Idomeneus, Kretas Beherrscher,
Teukros, Meriones ferner und Meges, des Ares Genosse,
Richteten jetzt die Schlacht, die edelsten Helden berufend,
Gegen die Troer und Hektor, indessen dahinter die Menge
Wieder zurück zu den Schiffen des Volks von Achaia sich wandte.
Auch die Troer kamen in Scharen; es führte sie Hektor,
Mächtigen Schritts, und vor ihm wandelte Phoibos Apollon,
Rings die Schultern von Wolken umhüllt, und hielt die beschwingte,
Grausige Aigis, die zottige, prangende, welche Hephaistos

Hatte geschmiedet als Gabe für Zeus, die Männer zu schrecken.
Diese trug in den Händen der Gott und führte die Völker.
Doch die Argeier hielten sich fest in Haufen; es dröhnte
Laut von beiden Seiten Geschrei; geschnellt von den Sehnen,
Sprangen die Pfeile, und Lanzen von mutigen Händen geschleudert,
Hafteten viel in den blühenden Leibern von mutigen Kämpfern,
Viele fuhren jedoch auf halbem Weg in die Erde,
Eh' sie die schimmernde Haut geritzt, nach welcher sie lechzten.
Jetzt, solange die Aigis noch ruhte im Arm des Apollon,
Trafen von beiden Seiten die Todesgeschosse die Völker;
Aber sobald er ins Antlitz den riesigen Danaern blickend,
Schrie mit gewaltiger Stimme, die Aigis schwingend, berückte
Phoibos ihnen das Herz in der Brust; sie vergaßen des Mutes.
Wie ein Paar von reißenden Tieren die Herde der Rinder
Oder den Haufen der Schafe verwirrt im nächtlichen Dunkel;
Plötzlich brechen sie ein, wenn grade der Hüter entfernt ist:
Also wehrlos flohen die Danaer; Phoibos Apollon
Schreckte sie, weil er die Troer und Hektor zum Ruhme bestimmte.
Einer erschlug nun den andern im aufgelösten Gefechte,
Hektor tötete Stichios gleich und Arkesilaos:
Diesen, den Führer der erzgeschirmten boiotischen Scharen,
Jenen, des hochgesinnten Menestheus treuen Genossen.
Und Aineias raubte des Medon und Iasos Waffen;
Der aber war ein Bastard des göttergleichen Oïleus,
Medon, der Bruder des Ajas, doch wohnt' er getrennt von der Heimat
Fern in Phylake, denn einen Mann von der Stiefmutter Sippe,
Eriopis, hatt' er getötet, dem Weib des Oïleus'.
Iasos aber, zum Führer bestellt den athenischen Männern,
Wurde des Sphelos Sohn genannt und des Bukolos Enkel.
Doch Polydamas schlug den Mekisteus, aber Polytes
Echios vorn im Gefecht, und Klonios fiel durch Agenor.
Paris schoß von hinten Deïochos gegen die Schulter,
Als er floh im vorderen Kampf; ihn durchbohrte die Lanze.
Während sie diese jetzt der Waffen beraubten, da stürzten
Schon zu den Pfählen zurück die Achaier, hinein in den Graben,
Hier- und dorthin versprengt, und bargen sich hinter der Mauer.

Hektor indessen spornte mit schallendem Rufe die Troer:
Stürzet euch über die Schiffe und lasset die blutige Beute!
Wen ich an anderem Ort und fern von den Schiffen erblicke,
Dem bereit' ich den Tod auf der Stelle, und keine Verwandten,
Keine Brüder noch Schwestern geleiten zum Feuer den Toten,
Sondern die Hunde mögen vor unserer Stadt ihn zerfleischen.
Also sprach er und schlug mit der Geißel den Rossen die Schulter,
Scharenweise die Troer berufend, und alle zusammen
Schrien mit ihm und trieben voran die Rosse der Wagen
Unter betäubendem Lärm; voraus aber Phoibos Apollon
Schüttete leicht mit den stampfenden Füßen die Ränder des Grabens
Tief in die Mitte und dämmte ihnen darüber die Brücke,
Ebenso lang und breit, wie der Wurf des geschleuderten Speers
Reicht, wenn ein Mann ihn schnellt, die eigene Kraft zu versuchen.
Dort nun strömten sie vor in geschlossenen Scharen, Apollon
Vorn mit der herrlichen Aigis! er stürzte den Wall der Achaier
Mühelos, so wie ein Knabe den Sand am Gestade des Meeres,
Den er zum Haufen sich türmte zum Spiele in kindlicher Freude,
Spielend wieder zusammenschüttet mit Händen und Füßen:
So, du treffender Phoibos, verschüttetest du der Achaier
Müh- und leidvolles Werk und triebst sie zur Flucht in Verwirrung.
Jetzt aber machten sie endlich halt, bei den Schiffen verweilend,
Und ermahnten einander, und laut mit erhobenen Händen
Betete jeder empor zu allen unsterblichen Göttern.
Nestor aber zumal, der gerenische Hort der Achaier,
Flehte, die Hände zum sternbesäeten Himmel erhebend:
Vater Zeus, wenn dir einer im weizengesegneten Argos
Je von Stier oder Widder die üppigen Keulen verbrannt hat
Und du dem Bittenden selbst die Heimkehr nickend verhießest:
Denk, Olympier, dessen und wehre dem Tag des Verderbens,
Daß nicht also den Troern erliegen die Männer Achaias!
Also betete dieser; da donnerte Zeus, der Berater,
Laut und erhörte die Bitte des Greises aus Neleus' Geschlechte.
Als die Troer den Donner des Wetterleuchtenden hörten,
Drangen sie stärker noch gegen die Danaer, kampfesbegierig.

So wie die mächtige Woge des weitbefahrenen Meeres
Über die Wände des Schiffes hinab sich ergießt, von des Windes
Stärke getrieben; er läßt am höchsten die brandende schwellen:
Also stürmten die Troer mit lautem Geschrei von der Mauer,
Trieben die Rosse hinein und kämpften beim Steuer der Schiffe,
Mann an Mann mit doppelschneidigen Lanzen vom Wagen.
Aber die Gegner, hoch vom Verdeck der dunkelen Schiffe
Kämpften mit ragenden Stangen, die oben, bestimmt für die Seeschlacht
Lagen, von Reifen umkränzt und mit ehernen Spitzen versehen.
Patroklos aber, solang die Achaier und Männer von Troja
Rings um die Mauer kämpften, entfernt von den eilenden Schiffen,
Saß inzwischen noch dort in des edlen Eurypylos Zelte,
Tröstete diesen mit Reden und legte ihm heilende Kräuter
Über die brennende Wunde, die dunklen Schmerzen zu stillen.
Aber sobald er nun sah, wie die Troer die Mauer bestürmten
Und bei den Danaern Angstgeschrei sich erhob und Verwirrung,
Brach er in Klagen aus, und gleich mit gebreiteten Händen
Schlug er sich gegen die Schenkel und rief mit jammernder Stimme:
Mein Eurypylos, länger kann ich, wie sehr du es wünschest,
Hier nicht warten bei dir; schon tobt der Kampf zu gewaltig!
Aber ein Knappe mag dir Gesellschaft leisten; ich selber
Will zu Achilleus eilen, um diesen zum Kampf zu bestimmen.
Denn, wer weiß, vielleicht vermag ich mit göttlicher Hilfe
Ihn zu bereden, und gut ist immer des Freundes Ermahnung!
Und schon trugen hinweg ihn die Füße; jedoch die Achaier
Hielten den stürmenden Troern stand, allein sie vermochten,
Wenn auch stärker an Zahl, sie nicht von den Schiffen zu drängen.
Aber umsonst auch strebten die Troer, die Danaerscharen
Durchzustoßen und mitten in Zelte zu dringen und Schiffe,
Sondern so, wie die richtende Schnur den Balken des Schiffes
Grade mißt in den Händen des Zimmerers, der mit Erfahrung
Alle Griffe der Kunst beherrscht, gelehrt von Athene:
Also stand die Schlacht auch jetzt in schwebendem Maße,
Und sie kämpften bald hier, bald dort den Kampf um die Schiffe;
Hektor eilte voran, dem rühmlichen Ajas entgegen.
Beide mühten sich jetzt um eines der Schiffe, doch konnte

Weder der ihn vertreiben und Feuer entfachen im Schiffe,
Noch schlug dieser den Feind, den ein Gott entgegen ihm sandte.
Ajas traf in die Brust des Klytios Sohn, den Kaletor,
Als er eben den Brand zu dem Schiffe trug, mit der Lanze;
Dumpf erdröhnte sein Fall, und die Fackel entfiel seinen Händen.
Hektor aber, sobald er mit eigenen Augen den Vetter
Liegen sah im Staub vor dem dunkelfarbenen Schiffe,
Rief die Troer und Lykier gleich mit gewaltiger Stimme:
Troer und Lykier ihr und Dardaner, Kämpfer der Nähe!
Lasset mir ja nicht ab vom Kampf in diesem Gedränge,
Sondern berget des Klytios Sohn, damit die Achaier
Nicht die Waffen ihm rauben, der eben da fiel bei den Schiffen.
Also sprach er und schoß auf Ajas die blinkende Lanze;
Den verfehlt' er, doch traf er den Sohn des Mastor, Lykophron,
Ajas' Genossen: der war aus Kythera, doch wohnt' er bei jenem.
Seit er erschlug einen Mann auf der heiligen Insel Kythera.
Diesen traf er über dem Ohr am Kopf mit der Spitze,
Als er bei Ajas stand, und rücklings nieder zu Boden
Fiel er vom Hinterverdeck in den Staub; ihm erschlafften die Glieder.
Ajas packte der Schreck, und er rief, zum Bruder gewendet:
Teukros, du Lieber, da ward uns ein treuer Gefährte getötet,
Mastors Sohn, den wir, seit er von Kythera gekommen,
Gleich den eigenen Eltern geachtet haben im Hause.
Ihn erschlug der gewaltige Hektor. Wo hast du die schnellen
Tötenden Pfeile, den Bogen, die Gabe des Phoibos Apollon?
Also sprach er: ihn hörte der Bruder und trat ihm zur Seite,
Hielt in der Hand den schnellenden Bogen bereits und den Köcher,
Voller Pfeile, und zielte geschwind auf die nahenden Troer.
Kleitos traf er zuerst, den blühenden Sohn des Peisenor
Und des Polydamas Freund, des gefeierten Panthoossohnes,
Welcher die Zügel hielt; er war mit den Rossen beschäftigt.
Dorthin trieb er sie, wo sich am dichtesten häuften die Scharen,
Hektor zulieb und den Troern; doch eilend kam nun das Unglück
Über ihn; keiner konnt' ihn bewahren, wie sehr es ihn drängte.
Denn von hinten fuhr ihm der quälende Pfeil in den Nacken.
Und er stürzte vom Wagen; da scheuten die Renner und fuhren

Rasselnd den leeren Wagen davon, Polydamas aber
Sah es gleich und warf sich zuerst den Rossen entgegen,
Brachte sie dann zu Astynoos hin, dem Sohn Protiaons,
Den er dringend ermahnte, mit wachsamen Augen die Rosse
Nah' ihm zu halten, und eilte zurück ins vorderste Treffen.
Teukros ergriff einen anderen Pfeil für den ehernen Hektor,
Und er hätte beendet den Kampf bei den Schiffen Achaias,
Hätt' er dem Tapfersten jetzt mit dem Pfeile das Leben entrissen.
Wohl aber hatt' es der wissende Zeus gemerkt; er beschirmte
Hektor und raubte dem Teukros den Ruhm, des Telamon Sohne.
Denn er zerriß die geflochtene Sehne des kräftigen Bogens
Diesem, als er sie spannte; der Pfeil, vom Erze gewichtig,
Irrte zur anderen Seite, der Bogen entfiel seinen Händen.
Teukros packte der Schreck, und er sprach zum Bruder die Worte:
Wehe! Da muß doch gewiß ein Gott uns die Pläne des Kampfes
Alle vereiteln; er hat aus der Hand mir den Bogen geschlagen
Und mir die neugeflochtene Sehne zersprengt; in der Frühe
Band ich sie an, damit sie dem Absprung hielte der Pfeile.
Ihm erwiderte gleich der Sohn des Telamon, Ajas:
Liebster, so laß doch liegen den Bogen und alle die Pfeile,
Weil ein Gott sie verwarf, der den Danaern übel gesinnt ist.
Doch ergreife den ragenden Speer und, den Schild auf der Schulter,
Kämpfe nur gegen die Troer und sporne die anderen Krieger.
Nein, so mühelos dürfen sie nicht, und sollten sie siegen,
Unsere Schiffe gewinnen; laß nur des Kampfs uns gedenken!
Also sprach er, und Teukros verwahrte den Bogen im Zelte,
Warf alsdann den vierfach geschichteten Schild um die Schulter
Und bedeckte das mächtige Haupt mit dem roßhaarumwallten
Kunstvollen Helm, und dräuend hernieder winkte der Helmbusch.
Endlich ergriff er den wuchtigen Speer mit der ehernen Spitze,
Lief dann zurück und stellte sich rasch an die Seite des Ajas.
Aber als Hektor sah, daß die Pfeile des Teukros versagten,
Rief er den Troern und Lykiern zu mit gewaltiger Stimme:
Troer und Lykier ihr, und Dardaner, Kämpfer der Nähe!
Seid nun Männer, ihr Freunde, gedenket des stürmenden Mutes
Jetzt bei den räumigen Schiffen, denn eben mit eigenen Augen

Sah ich, wie Zeus die Geschosse des tapfersten Mannes geschwächt hat.
Leicht offenbart sich die Stärke des Zeus ja den sterblichen Menschen,
Jenen sowohl, die er auserwählt zu besonderem Ruhme,
Als, die er schwächt und denen er nicht zu helfen gewillt ist,
Wie er jetzt die Argeier schwächt und uns nun behütet.
Auf, zum Kampf mit gesammelter Kraft um die Schiffe; doch welchen
Unter euch Tod und Schicksal erreicht von Schwert oder Lanze,
Dieser sterbe; nicht ruhmlos ist's, für das Vaterland kämpfend,
Unterzugehn; denn es bleiben gerettet ihm Gattin und Kinder,
Unversehrt auch Erbe und Haus, wenn dann die Achaier
Heimwärts ziehn mit den Schiffen zum lieben Lande der Väter.

Also sprach er und spornte den Mut und die Kraft eines: jeden.
Aber drüben auch Ajas ermunterte seine Genossen:

Schmach, ihr Männer von Argos! Nun gibt es nur eines: zu sterben
Oder gerettet zu werden und unsere Schiffe zu schützen!
Oder hofft ihr, daß jeder, wenn erst der gewaltige Hektor
Unsere Schiffe gewinnt, zu Fuß in die Heimat gelange?
Höret ihr nicht, wie er all' seine Völker zu kämpfen ermutigt,
Hektor, weil er begehrt, in Brand die Schiffe zu stecken?
Nicht zum Tanze fürwahr beruft er sie, sondern zum Kampfe.
Uns aber zeigt sich kein besserer Plan und keine Gewißheit
Als ins Getümmel hinein mit kräftigen Fäusten zu dringen.
Besser, mit einmal gleich zu sterben oder zu leben,
Als so lange sich abzuquälen im Grauen des Kampfes
Und umsonst bei den Schiffen von schwächeren Händen zu fallen!

Also sprach er und spornte den Mut und die Kraft eines jeden.
Hektor tötete Schedios nun, den Sohn Perimedes',
Der den Phokern gebot; Laodamas, Führer des Fußvolks,
Fiel von des Ajas Hand, der glänzende Sohn des Antenor.
Und Polydamas nahm dem Kyllenier Otos die Rüstung,
Welcher die stolzen Epeier führte, dem Freunde des Meges.
Gegen ihn stürzte sich Meges; Polydamas aber, zur Seite
Weichend, entging dem Stoß. Denn jenem verwehrte Apollon,

Ihn, des Panthoos Sohn, im vorderen Kampf zu bezwingen –,
Aber dem Kroismos traf der Speer die Brust in der Mitte.
Dumpf erdröhnte sein Fall, und Meges raubte die Rüstung.
Schon aber stürzte sich Dolops auf ihn, der Kämpfer der Lanze,
Lampos' Sohn, den Lampos gezeugt als Besten der Söhne,
Er, Laomedons Sohn, den kundigen Streiter im Sturme.
Dieser stieß nach dem Schilde des Phyleussohns mit dem Speere,
Ganz aus der Nähe, allein den schützte der schließende Panzer,
Welchen er trug, aus Platten gefügt – ihn hatte noch Phyleus
Einst aus Ephyre mitgebracht, vom Flusse Selleeis,
Als Geschenk seines gastlichen Freundes, des Herren Euphetes,
Daß er ihn trüge zum Kampf, sich gegen die Feinde zu wehren –
Dieser schützte auch jetzt den Leib seines Sohns vor Verderben.
Meges traf ihn jedoch am ehernen buschigen Helme
Gegen den obersten Bügel und stieß mit der Schärfe des Speeres,
Riß ihm den Roßhaarbusch vom Kopf, daß der ganze zu Boden
Niederfiel in den Staub, von frischem Purpur noch glänzend.
Während er jenem im Kampfe noch stand und den Sieg schon erhoffte,
Siehe, da kam ihm der streitbare Held Menelaos als Helfer,
Trat ihm heimlich zur Seite und traf den Gegner von hinten
Gegen die Schulter; es fuhr durch die Brust die gierige Lanze,
Vorwärts dringend, er stürzte sogleich kopfüber zu Boden.
Beide nun sprangen hinzu, von den Schultern die eherne Rüstung
Abzureißen. Doch Hektor gebot den Brüdern und Vettern
Allen mit Ernst und schalt zuerst den Sohn Hiketaons,
Ihn, Melanippos, den starken; der hatte die schleppenden Rinder
Einst in Perkote geweidet, als fern die Feinde noch waren.
Aber sobald die geschweiften Schiffe der Danaer kamen,
Kehrt' er gen Ilios wieder und tat sich hervor bei den Troern:
Priamos nahm ihn ins Haus und hielt ihn gleich seinen Kindern.
Diesen tadelte Hektor und sprach ihn an mit den Worten:
Also werden wir matt, Melanippos? Und wenig, so scheint es,
Kehrt sich dein eigenes Herz an den Tod des gefallenen Vetters?
Siehst du nicht, wie sehr sie um Dolops' Rüstung sich drängen?
Folge mir doch! Denn es gilt jetzt, nicht aus der Ferne die Feinde
Nur zu bekämpfen, bis daß wir sie töten oder sie selber

Ilios' ragende Burg zertrümmern und morden die Bürger!
Also sprach er und führte von dannen den göttlichen Helden.
Doch die Argeier spornte der Sohn des Telamon, Ajas:
Seid nun Männer, ihr Freunde, und Scham erfüll' euch die Herzen!
Achtet einander sogar im Ungestüme des Kampfes.
Denn wo die Männer sich achten, entgehen auch mehr noch dem Tode.
Aber den Fliehenden wird kein Ruhm zuteil noch Errettung.
Also sprach er, und alle, schon selber gewillt, sich zu wehren,
Nahmen zu Herzen das Wort und legten von Erz ein Gehege
Rings um die Schiffe, indessen Zeus die Troer entflammte.
Doch den Antilochos spornte der Rufer im Streit Menelaos:
Keiner ist jünger als du, Antilochos, von den Achaiern,
Weder geschwinder im Lauf noch tapfer wie du zum Gefechte.
Ob du hinaus wohl sprängest, um einen der Troer zu töten!
Also sprach er und stürmte zurück, und jener, voll Mutes,
Sprang aus den vordersten Reihen und warf die blinkende Lanze,
Um sich blickend, und rückwärts wichen in Eile die Troer
Schon vor dem zielenden Manne; doch warf er den Speer nicht vergebens,
Sondern er traf Melanippos, den mutigen Sohn Hiketaons,
Welcher eben sich nahte zum Kampf, in die Brust an der Warze;
Dumpf erdröhnte sein Fall, und Nacht umfing seine Augen.
Aber Antilochos sprang auf ihn los, wie der Hund auf das tote
Kalb der Hindin sich wirft, das, eben vom Lager getrieben,
Schnell mit tödlichem Wurf der Jäger des Lebens beraubte:
Also sprang, Melanippos, auf dich, um die Rüstung zu greifen,
Jetzt der streitbare Held Antilochos, aber von Hektor
Ward er bemerkt, der entgegen ihm lief im Kampfesgetümmel.
Doch, so rüstig er war, Antilochos wollte nicht stehen,
Sondern flüchtete, gleich dem Tiere, das Böses verübte;
Weil es den Hund oder gar den Hirten zerriß bei den Rindern,
Flüchtet es rasch, noch ehe die Schar der Männer sich sammelt:
Also flüchtete Nestors Sohn, und die Troer und Hektor
Sandten ihm nach mit Getöse die bitteren Todesgeschosse.
Jetzt aber stand er und wandte sich um, bei den Seinigen wieder.

Aber die Troer stürzten wie fleischverschlingende Löwen
Über die Schiffe sogleich, die Gebote des Zeus zu vollenden,
Der sie stetig erfüllte mit Mut, den Argeiern dagegen
Lähmt' er die Herzen und nahm er den Ruhm, nur jene bestärkend.
Denn dem Hektor war er gewillt, den Ruhm zu gewähren,
Priamos' Sohne, damit er das rastlose wütende Feuer
Schleuderte über die Schiffe und ganz erfüllte der Thetis
Unbarmherzigen Wunsch; es wartete Zeus, der Berater,
Eines brennenden Schiffes Glanz mit Augen zu schauen.
Doch alsdann gedacht' er die Troer zurück von den Schiffen
Flüchten zu lassen, den Danaern aber den Sieg zu gewähren.
Solches planend, erregt' er zum Sturm auf die räumigen Schiffe
Hektor, Priamos' Sohn, der selber den Kampf schon ersehnte.
Dieser wütete wild wie der lanzengewaltige Ares
Oder wie Feuer, das über den Bergen im waldigen Dickicht
Grausam wütet. Es trat ihm Schaum um die Lippen, die Augen
Funkelten unter den düsteren Brauen, und fürchterlich wankte,
Immer geschüttelt, der Helm um die Schläfen des kämpfenden Hektor.
War ihm selber doch jetzt vom Äther herab ein Beschirmer
Zeus, der dem Hektor allein inmitten der Scharen von Männern
Ruhm und Ehre verlieh; denn kurz nur sollte sein Leben
Währen; ihm hatte bereits den Tag des Verderbens beschlossen
Pallas Athene, den Tod vom gewaltigen Arm des Peliden.
Hektor wollte die Reihen der Männer durchbrechen, erprobend,
Wo er das stärkste Gewühl und die trefflichsten Waffen gewahrte.
Doch versucht' er es ganz umsonst, wie heftig er strebte,
Denn sie hielten sich fest aneinandergefügt wie der Felsen,
Himmelragend und groß, an des bläulichen Meeres Gestade,
Der da Widerstand bietet den Bahnen der sausenden Winde
Und dem Schwalle der Wogen, die brandend gegen ihn stürzen:
So widerstanden den Troern die Danaer, ohne zu fliehen.
Er aber sprang, von Feuer umstrahlt, ins dichte Getümmel
Und fiel ein, wie die reißende Woge, vom Winde geschwollen,
Unter Gewölk sich wirft auf das eilende Schiff, daß es gänzlich
Unter dem Schaume verschwindet; die wütenden Stöße des Sturmes
Brausen im Segel, da zittert das Herz den geängsteten Schiffern,

Weil sie mit knapper Not noch eben entkommen dem Tode:
So zerriß nun die Angst das Herz in der Brust den Achaiern.
Er aber, wie sich ein Leu voll Blutgier stürzt auf die Rinder,
Die da weiden in sumpfiger Au des Wiesengeländes,
Tausende, unter ihnen ein Hirt, noch wenig erfahren,
Wegen des krummgehörneten Rinds mit dem Tiere zu kämpfen;
Während er bald bei den vordersten, bald bei den hintersten Rindern
Immer umher bloß irrt, da wirft sich der Leu in die Mitte
Und erwürgt einen Stier; die anderen fliehen erschrocken:
So voller Schrecken flohn die Achaier vor Zeus und vor Hektor,
Alle; als einziger fiel der mykenische Held Periphetes,
Kopreus' geliebter Sohn, der pflegte vom Herren Eurystheus
Botschaft immer zu bringen an Herakles' göttliche Stärke,
Er, der edlere Sohn des viel geringeren Vaters;
Trefflich in jeglicher Kunst, sowohl im Lauf als im Kampfe,
Zählt' er auch an Verstand zu den ersten der Männer Mykenes.
Dieser also verlieh dem Hektor noch höhere Ehre.
Als er sich wendete, stieß er sich unten am Reifen des Schildes,
Welchen er trug bis hinab zu den Füßen, dem Wurfe zu wehren.
Strauchelnd verfing er sich dort und fiel auf den Rücken; da klirrte
Furchterregend der Helm um die Schläfen des fallenden Mannes,
Hektor bemerkt' es mit sicherem Blick und, neben ihn tretend,
Stieß er den Speer in die Brust; so dicht bei den lieben Genossen
Tötet' er ihn; die suchten umsonst, wie sehr sie sich grämten,
Hilfe zu bringen, sie selber in Angst vor dem göttlichen Hektor.
Jetzt, zu den Schiffen gewandt, umringten sie vorn schon die Schiffe,
Die man als erste geborgen; heran aber strömten die Troer.
Und die Argeier wichen zurück von den vordersten Schiffen,
Notgedrungen, doch hielten sie stand am Platz bei den Zelten,
Dichtgeschart, und zerstreuten sich nicht im Lager; es hielt sie
Scham und Furcht; sie riefen sich unablässig einander.
Nestor aber zumal, der Gerenische, Hort der Achaier,
Bat und beschwur einen jeden Mann bei den eigenen Eltern:
Seid nun Männer, ihr Freunde, und Scham erfüll' euch die Herzen,

Scham vor den anderen Menschen! Dazu gedenket, ein jeder,
Eurer Kinder und Weiber, der Habe, der eigenen Eltern,
Dem sie noch leben sowohl, als dem sie gestorben sind, alle.
Ihretwegen beschwör' ich euch hier, die fern von uns weilen,
Tapfer dem Feinde zu stehn und nicht zur Flucht euch zu wenden.
Also sprach er und spornte den Mut und die Kraft eines jeden,
Ihnen riß von den Augen die schreckliche Wolke des Dunkels,
Pallas Athene, und hell erstrahlte ein Glanz nach den Seiten
Beiden, den Schiffen sowohl als hinüber zum grausamen Kampfe.
Hektor gewahrten sie jetzt, den Rufer im Streit, und die Freunde,
Jene, die hinten standen, entfernt und ohne zu kämpfen,
Und bei den schnellen Schiffen die andern, die kämpfenden Krieger.
Aber dem Ajas gefiel es nicht länger im stolzen Gemüte,
Abseits weiter zu stehn, wo die andern Achaier noch standen,
Sondern, mit mächtigem Schritt die Verdecke der Schiffe betretend,
Schwang er den riesigen Speer des Schiffskampfs hoch in den Fäusten,
Zweiundzwanzig Ellen gemessen, mit Bändern beschlagen.
Gleich einem Manne, der gut in den Künsten des Reitens bewandert,
Schnell mit vier gekoppelten Rossen, den besten der Herde,
Sprengt, aus dem Felde zur großen Stadt die Laufenden treibend,
Über die Heeresstraße; die Menge gewahrt es mit Staunen,
Männer und Frauen; er schwingt sich gewandt und immer unfehlbar
Wechselnd von einem aufs andere Pferd, indessen sie rennen:
So nun eilte dahin über viele Verdecke der Schiffe
Ajas, mächtigen Schritts, und es scholl sein Ruf bis zum Äther.
Immer trieb er die Danaer an mit furchtbarer Stimme,
Daß sie die Schiffe und Zelte verteidigten. Aber auch Hektor
Weilte nicht länger beim Haufen der dichtgepanzerten Troer;
Nein, wie ein glänzender Aar auf ein Volk von geflügelten Vögeln
Niederstößt, die am Ufer des Flusses das Futter sich suchen,
Gänse, Kraniche oder mit hohen Hälsen die Schwäne:
Also drang nun Hektor voran und warf sich im Sturme
Gegen ein schwarzgeschnäbeltes Schiff; es stieß ihn von hinten

Zeus mit gewaltiger Hand und trieb zugleich auch die Troer.
Wiederum aber erhob sich ein bitterer Streit um die Schiffe.
Unermüdlich und unbezwinglich, so konnte man meinen,
Standen sie gegeneinander im Kampf und fochten voll Eifers.
Diesen Gedanken nur hatten die Kämpfenden: sie, die Achaier,
Glaubten zugrunde zu gehen und nicht zu entrinnen dem Unheil;
Aber die Troer hofften im Herzen, ein jeder, die Schiffe
Anzuzünden und alle zu töten, die Helden Achaias.
Solche Gedanken erwägend, nun kämpften sie gegeneinander.
Hektor packte beim Steuer ein meerdurchsegelndes, schnelles,
Stattliches Schiff; das hatte den Protesilaos nach Troja
Hergetragen, doch bracht' es ihn nimmer zurück in die Heimat.
Dessen Schiff nun umkämpften die Troer und Männer Achaias,
Gegeneinander wütend im Handgemenge; sie harrten
Nicht in der Ferne des Wurfes von Pfeilen des Bogens und Speeren,
Sondern ganz aus der Nähe, von einem Verlangen getrieben,
Kämpften sie widereinander mit scharfen Beilen und Äxten
Und gewaltigen Schwertern und Lanzen mit doppelter Schneide.
Viele Schwerter, die Griffe mit schwärzlichen Reifen umwunden,
Stürzten hier aus der Hand in den Staub und dort von den Schultern
Kämpfender Männer! da schwärzte vom strömenden Blut sich die Erde.
Hektor ließ den ergriffenen Bord nicht los, mit den Händen
Fest umspannend den Knauf, und rief zu den Troern hinüber:
Feuer her! und erhebet nun alle zusammen den Schlachtruf.
Jetzt gewährt uns Zeus einen Tag, der alle vergütet,
Daß wir die Schiffe gewinnen, die gegen den Willen der Götter
Kamen und Leiden uns brachten so viel durch die Zagheit der Greise,
Die mich, sooft ich zu kämpfen begehrte beim Steuer der Schiffe,
Immer nur hielten zurück, mich selbst, und die Mannen mir hemmten.
Aber hat uns auch damals der waltende Zeus die Besinnung
Ganz betört, so treibt er uns jetzt und mahnt uns zum Kampfe.
Also sprach er; da stürmten sie stärker noch auf die Argeier.
Ajas konnte nicht länger mehr stehen, bedrängt von Geschossen,
Sondern er wich ein wenig zurück; schon meinend, er stürbe,

Trat er vom Deck auf die Bank, die sieben Fuß war gemessen.
Dort nun stand er und spähte und trieb mit der Lanze die Troer
Immer fort von den Schiffen, wer loderndes Feuer herantrug.
Immer schrie er den Danaern zu mit furchtbarer Stimme:
Freunde, ihr Helden des Danaervolks, Genossen des Ares,
Seid nun Männer, ihr Freunde, gedenket des stürmenden Mutes!
Glauben wir denn, uns stünden noch Bundesgenossen im Rücken
Oder ein stärkerer Wall, vor Verderben die Männer zu wahren?
Keine Stadt ist nahe von hier, mit Türmen befestigt,
Wo wir Verteidigung fänden durch frische Kräfte des Heeres,
Sondern hier im Gefilde der festgepanzerten Troer
Liegen wir hart an der See, so weit vom Lande der Väter!
Nur in den Armen ist Heil und nicht in der Lauheit des Kampfes!
Rief's und wütete weiter voll Gier mit der Schärfe des Speeres.
Wer von den Troern jetzt den gebuchteten Schiffen sich nahte,
Flammendes Feuer in Händen, des Hektor Befehlen gehorsam –,
Ajas stieß ihn zu Boden, mit ragendem Speer ihn erwartend.
Vorn bei den Schiffen erschlug er zwölf im Gemenge des Kampfes.

SECHZEHNTER GESANG

Der Tod des Patroklos

Also kämpften sie jetzt beim stattlichen Borde des Schiffes.
Aber Patroklos trat zum Hirten der Völker Achilleus,
Heiße Tränen vergießend, und glich der finsteren Quelle,
Die von steilem Geklipp ergießt ihr dunkles Gewässer.
Mitleid faßte darob den göttlichen schnellen Achilleus,
Und er hob seine Stimme und sprach die geflügelten Worte:
Sprich, was meinst du, mein Patroklos? gleich einem kindischen Mägdlein,
Das da neben der Mutter läuft und: Nimm mich! sie bittet,
Fest an ihr Kleid sich klammernd, den Gang der Eilenden hemmend:
Weinend blickt es hinauf, bis die Mutter es nimmt in die Arme.
So vergießest auch du, Patroklos, die perlende Träne.
Nahst du den Myrmidonen als Bote nun oder mir selber?
Oder hast du allein eine Kunde vernommen aus Phthia?
Lebt doch Aktors Sohn Menoitios noch, wie sie sagen,
Peleus lebt, des Aiakos Sohn, bei den Myrmidonen,
Welche beide, wären sie tot, wir von Herzen beklagten.
Oder jammerst du gar, daß die Männer von Argos verderben
Dort bei den räumigen Schiffen zum Lohn für den eigenen Frevel?
Sprich, verhehle mir nichts, damit wir's beide nun wissen.
Seufzend, aus tiefer Brust, o Patroklos, gabst du die Antwort:
O Achilleus, Pelide, du mächtigster Held von Achaia,
Zürne mir nicht; zu große Bekümmernis drückt die Achaier!
Denn sie alle bereits, die immer die Tapfersten waren,
Liegen wund bei den Schiffen, von Pfeil und Lanze getroffen.
Wund vom Pfeile des Tydeus Sohn, der Held Diomedes,
Wund der lanzenberühmte Odysseus, wund Agamemnon,
Siech Eurypylos auch, vom Pfeil in den Schenkel getroffen.
Diese pflegen besorgt die kräuterkundigen Ärzte,

Wunden heilend. Doch du bist ganz unbeugsam, Achilleus.
Nie ergreife mich doch ein Grimm, wie du ihn bewahrest,
Unglücksheld! Wie soll sich deiner ein Nachkomme freuen,
Wenn du nicht die Argeier vom schmählichen Jammer errettest?
Grausamer du, dein Vater war nicht der reisige Peleus,
Thetis nicht deine Mutter; dich schufen die finsteren Fluten
Und die ragenden Felsen; denn starr ist dein Sinn und gefühllos!
Suchst du im Herzen indes ein Göttergebot zu vermeiden
Oder brachte von Zeus dir ein Wort die göttliche Mutter,
Sende wenigstens mich, und die Scharen der Myrmidonen
Laß mir folgen, ob ich wohl ein Licht den Danaern bringe.
Gib mir auch um die Schultern die eigene Rüstung zu tragen,
Ob die Troer vielleicht, für *dich* mich haltend, vom Kampfe
Lassen und Atem schöpfen die tapferen Söhne Achaias,
Wäre die Rast zu atmen auch kurz nur in ihrer Bedrängnis.
Unermüdet könnten wir leicht die ermüdeten Krieger
Rückwärts drängen zur Stadt, hinweg von den Schiffen und Zelten.
Also sprach er flehend, der arg Betörte, doch sollt' er
Nur sich selber den Tod und den Schrecken des Schicksals erflehen!
Zornerfüllt erwiderte ihm der schnelle Achilleus:
Wehe, was sprachest du, zeusentstammender Patroklos, eben!
Weder bekümmert ein Spruch der Götter mich, welchen ich wüßte,
Noch überbrachte ein Wort von Zeus mir die göttliche Mutter.
Das aber heißt eine Kränkung, die Herz und Gemüt mir verwundet,
Wenn ein Mann seinesgleichen, nur weil er an Macht überlegen,
Schädigen will und sein Ehrengeschenk zu entreißen ihm trachtet.
Bitter kränkte mich das; denn ich litt genug schon des Kummers.
Jenes Mädchen, das mir die Achaier zur Beute bestimmten,
Das mein Speer mir gewann, indem ich die Feste zerstörte,
Die entriß meiner Hand der gebietende Fürst Agamemnon,
Atreus' Sohn, als wär' ich ein ungeachteter Fremdling.
Doch was geschah, sei eben geschehen! Es lag mir doch ferne,
Unablässig zu zürnen im Herzen – nur hatt' ich beschlossen,
Eher nicht den Grimm zu bezähmen, als bis meine Schiffe
Endlich das Toben des Kampfes erreicht und das Schlachtengetümmel.

Du nun wirf um die Schultern dir meine gepriesene Rüstung
Und geleite die streitbaren Myrmidonen zum Kampfe,
Da die dunkelnde Wolke der Troer bereits nun gewaltsam
Unsere Schiffe umgibt, doch *sie* an die Brandung des Meeres
Hart gedrängt, nur wenig des schmalen Raums noch behaupten,
Argos' Krieger! die ganze Stadt der Troer indessen
Zieht voll Mutes heran, da sie nicht die Stirn meines Helmes
Nahe leuchten mehr sehn. Bald hätten sie fliehend die Gräben
Sonst mit Toten gefüllt, wenn *mir* Agamemnon, der Herrscher,
Freundlich sich zeigte! Doch jetzt umzingeln sie kämpfend das Lager,
Denn der Speer in den Händen des Tydeussohns Diomedes
Wütet nicht mehr, um die Danaer noch vom Verderben zu retten,
Nirgend vernehm' ich den tötenden Ruf aus dem bitter gehaßten
Mund des Atriden; allein die Stimme des mordenden Hektor
Hallt rundum, den Troern befehlend, und diese behaupten
Unter Gebrüll das Feld und besiegen im Kampf die Achaier.
Dennoch, Patroklos, rette du nun vom Verderben die Schiffe,
Stürze mit Macht auf den Feind, daß er nicht mit flammendem Feuer
Unsre Schiffe verbrennt und verwehre die fröhliche Heimkehr.
Aber nimm dir zu Herzen, was ich zu erfüllen dich mahne,
Daß du mir große Ehre und Ruhm vor den Danaern allen
Wieder bereitest, damit sie mir dann die reizende Jungfrau
Senden zurück und dazu noch glänzende Gaben mir schenken.
Treib aus den Schiffen sie fort und kehre zurück; aber sollte
Ruhm dir werden zuteil vom donnernden Gatten der Here,
Laß dich ja nicht gelüsten, dann ohne mich weiter zu kämpfen
Gegen die streitbaren Troer – du würdest die Ehre mir nehmen! –
Hüte dich auch, in freudigem Stolz auf Kampf und Getümmel,
Troer mordend, auf Ilion zu die Männer zu führen,
Daß vom Olympos nicht einer der ewigen Götter dazwischen
Trete; denn sehr begünstigt die Troer der treffende Phoibos.
Sondern wende dich wieder, sobald du den Schiffen Befreiung
Brachtest, und laß die andern im Felde sich weiter nur schlagen.
Wenn doch, o Vater Zeus, Apollon und Pallas Athene,
Keiner der Troer, so viel ihrer sind, dem Verderben entrönne,

Keiner der Männer von Argos, und *wir* dem Tod nur entkämen.
Daß wir allein die heiligen Zinnen von Ilios stürzten!
Während sie also sprachen und redeten untereinander,
Konnte Ajas länger nicht stehen, bedrängt von Geschossen.
Denn ihn bezwangen der Wille des Zeus und die adligen Troer,
Die nach ihm warfen, daß schrecklich der funkelnde Helm um die Schläfen
Hallte, getroffen von Würfen; die wohlgeschmiedeten Buckel
Wurden immer beschüttet, und müde ward ihm die linke
Schulter, stets vom beweglichen Schilde belastet; und dennoch
Bracht' ihn keiner zum Wanken, den rings von Geschossen Bedrängten.
Immer schwerer ging ihm der Atem; herab von den Gliedern
Allen troff ihm reichlich der Schweiß, und Atem zu schöpfen
Ward ihm verwehrt; so drängte sich überall Schrecken zu Schrecken.
Kündet, ihr Musen, mir jetzt, die ihr hauset im hohen Olympos,
Wie zuerst das Feuer nun fiel in die Schiffe Achaias.
Hektor traf aus der Nähe die eschene Lanze des Ajas,
Hob das gewaltige Schwert, und dicht an dem Ende des Schaftes
Schlug er gerade ihn durch, daß der Sohn des Telamon, Ajas,
Nur den verstümmelten Schaft in den Händen noch schwang; in der Ferne
Weit von ihm fiel in den Staub die Spitze von Erz mit Getöse.
Ajas erkannte nunmehr im untadligen Herzen mit Schaudern,
Daß die Götter am Werk und die Pläne des Kampfes ihm gänzlich
Zeus in der Höhe zernichte, den Sieg für die Troer begehrend.
Jetzt entwich er dem Treffen; da warfen sie loderndes Feuer
Über das Schiff, und gleich ergriff es die rastlose Flamme.
So erfaßte der Brand das Hinterdeck. Aber Achilleus
Schlug sich die Schenkel und sprach dem Patroklos zu mit den Worten:
Auf, erhebe dich, göttlicher Patroklos, reisiger Kämpe!
Sehe ich doch um die Schiffe bereits die sprühenden Flammen.
Daß sie die Schiffe nicht nehmen und kein Entrinnen sich biete!
Hülle dich rasch in die Waffen, und *ich* versammle die Völker.
Also sprach er, und Patroklos griff zu dem funkelnden Erze.

Eilend legt' er zuerst um die Beine sich bergende blanke
Schienen, zusammengefügt mit Knöchelspangen von Silber,
Zweitens dann bedeckt' er die Brust mit dem strahlenden bunten
Panzer des fußbeschwingten Peliden, des Aiakosenkels.
Über die Schultern warf er darauf das silberverzierte
Eherne Schwert und weiter die Last des mächtigen Schildes
Und bedeckte das ragende Haupt mit dem stattlich geformten
Buschigen Helm; und drohend nickte der Busch von der Höhe.
Endlich ergriff er zwei mächtige Speere, die handlich ihm paßten.
Nicht aber nahm er die Lanze des adligen Aiakosenkels,
Groß und wuchtig und fest; sie konnte kein andrer Achaier
Schwingen; denn er allein verstand sie zu schleudern, Achillus:
Sie, die Pelische Esche, die Cheiron schlug für den Vater
Einst auf Pelions Gipfel, um Tod zu bereiten den Helden.
Doch den Automedon trieb er in Eile, die Rosse zu schirren.
Diesen schätzte er nächst dem Zermalmer Achilleus am höchsten;
Treu wie keiner, so harrte er stets im Kampfe des Zurufs.
So auch führte Automedon jetzt ins Joch ihm die Renner,
Beide, den Falben und Schecken; die flogen dahin mit den Winden.
Diese gebar dem Westwind einst die Harpyie Podarge,
Weidend auf grünender Au an Okeanos' strömenden Wassern.
Aber als Beipferd ließ er den trefflichen Pedasos gehen,
Den aus Eëtions Burg erbeutet sich hatte Achilleus;
Sterblich geboren, hielt er doch Schritt mit unsterblichen Rossen.
Aber Achilleus ging, die Myrmidonen zu rüsten,
Überall hin in die Zelte mit Waffen. Und so wie die Wölfe,
Gierig nach Fleisch und erfüllt von unverwüstlichen Kräften,
Die einen Hirsch mit starkem Geweih in den Bergen zerreißen
Und verschlingen, daß allen vom Blute sich röten die Kiefern;
Dann im Rudel zur dunkelfließenden Quelle getrieben,
Schlecken mit dünnen Zungen sie dort von des schwarzen Gewässers
Oberem Rand und speien das Blut des Mordes; und furchtlos
Bleibt ihr Herz in der Brust; geschwollen sind allen die Bäuche:
Also eilten der Myrmidonen Fürsten und Räte
Jetzt um den tapfren Genossen des stürmenden Aiakosenkels.
Mitten unter der Schar, dem Ares ähnlich, Achilleus,

Trieb die Rosse zum Kampf und die schildgewappneten Männer.
Fünfzig eilende Schiffe da zählte man, welche Achilleus
Hatte nach Troja geführt, der göttliche; aber in jedem
Waren fünfzig Mann auf den Ruderbänken geschäftig.
Fünf aber hatt' er zu Führern bestellt, auf deren Gebote
Trauend, er selbst aber herrschte mit großer Gewalt über alle.
Einem Geschwader gebot Menesthios, blinkend im Panzer,
Der ein Sohn des Spercheios, des zeusentschwollenen Stromes.
Ihn gebar Polydore, die liebliche Tochter des Peleus,
Sie, die Frau einem Gott, dem ruhelosen Spercheios;
Boros aber galt als sein Vater, der Sohn Perieres',
Der sie öffentlich freite mit zahllos bräutlichen Gaben.
Aber dem zweiten Geschwader gebot Eudoros, der kühne,
Sohn einer Jungfrau, den Polymele, die schönste des Reigens,
Phylas' Tochter, gebar; – der mächtige Argostöter
Liebte sie, als er beim Tanzen sie unter den Mädchen gewahrte,
Artemis ehrend, die rauschende Göttin der goldenen Pfeile;
Eilend stieg er zum Söller empor und liebte sie heimlich,
Hermes, der heilende Gott; sie gebar als Sohn ihm Eudoros,
Überaus schnell war dieser im Lauf und ein herrlicher Kämpfer.
Aber sobald ihn die wehenbringende Eileithyia
Hatte zum Lichte herausgebracht und den Strahlen der Sonne,
Führte die Macht des Aktorsohns Echekles die Mutter
Heim in sein Haus, nachdem er unzählige Gaben geboten.
Phylas aber, der Greis, erzog und pflegte den Knaben
Treu, mit sorgender Liebe, als wär's sein eigenes Söhnlein.
Aber dem dritten Geschwader gebot der kühne Peisandros,
Maimalos' Sohn, der erste der myrmidonischen Krieger
Nächst dem Genossen des Peleussohns im Kampf mit der Lanze.
Dann dem vierten gebot der graue, reisige Phoinix,
Und der Sohn des Laërkes Alkimedon führte das fünfte.
Aber nachdem sie nun alle mitsamt ihren Führern Achilleus
Hatte geordnet im Stand, gebot er mit machtvoller Rede:
Myrmidonen, daß keiner die drohenden Worte vergesse,
Die bei den schnellen Schiffen ihr richtetet gegen die Troer,
Immer, während ich grollte, und *mich* beschuldigte jeder:
Schrecklicher Peleussohn, dich nährte mit Galle die Mutter!

Grausamer, daß du die Freunde zwingst bei den Schiffen zu bleiben!
Laßt uns lieber nach Haus in den meerdurchsegelnden Schiffen
Kehren, weil gar so wütender Zorn das Herz dir verbittert.
Solches schwatztet ihr oft zusammen. Doch jetzt ist das große
Werk der Schlacht ja bereit, nach dem ihr immer euch sehntet!
Nun, wer ein mutiges Herz noch besitzt, der bekämpfe die Troer!
Also sprach er und spornte die Kraft und den Mut eines jeden;
Enger schlossen die Reihen sich jetzt nach des Herrschers Gebote.
So wie mit dichten Steinen ein Mann die Mauer des Hauses
Hoch errichtet und fest, den Gewalten der Winde zu trotzen:
Also fügten sie fest die gebuckelten Schilde und Helme,
Schild an Schild, und Helm an Helm, und Krieger an Krieger,
Und die buschigen Helme mit glänzenden Bügeln berührten,
Wenn sie nickten, einander: so standen sie eng vereinigt.
Allen aber voraus die zwei gewappneten Männer,
Patroklos neben Automedon, beide nur eines verlangend,
Vorn an der Spitze der Myrmidonen zu fechten. – Achilleus
Ging indessen ins Zelt und hob den Deckel der schönen
Zierlichen Truhe; die hatte die silberfüßige Thetis
Mit ins Schiff ihm gegeben und reichlich gefüllt mit Gewändern,
Mänteln zum Schutze gegen den Wind und wolligen Decken.
Dort aber lag ihm verwahrt ein getriebener Becher; es hatte
Niemand sonst den funkelnden Wein draus weder getrunken,
Noch er selbst einem andern als Zeus von den Göttern gespendet.
Diesen zog er hervor aus der Truhe und putzte mit Schwefel
Rein ihn zuerst und wusch ihn alsdann mit lauterem Wasser,
Wusch sich selber die Hände und schöpfte vom funkelnden Weine,
Trat in die Mitte des Hofs und vergoß den Wein; im Gebete
Sah er zum Himmel empor – und es hörte ihn Zeus, der Gewittrer –:
Zeus von Dodona, Pelasgischer Herr, der du wohnst in der Ferne,
Wo du das winterlich rauhe Dodona regierst, von den Sellern,
Deinen Priestern, umlagert mit ungewaschenen Füßen!
So wie du früher bereits das Wort meines Flehens erhörtest,
Wie du Ehre mir gabst und schlugst das Volks der Achaier,
Also gewähre mir wiederum jetzt auch dieses Verlangen!

Ich zwar habe noch vor, im Bereiche der Schiffe zu bleiben,
Doch entsend' ich den Freund mit den Scharen der Myrmidonen
Gleich in den Kampf. Weitblickender Zeus, o laß ihn doch siegen!
Stärke mit Mut sein Herz in der Brust, damit nun auch Hektor
Wisse, ob er allein wohl auch zu kämpfen verstehe,
Unser Genoß, oder ob nur dann die unnahbaren Hände
Wüten, wenn *ich* ihn begleite ins tobende Treffen des Ares.
Aber sobald er Getümmel und Schlacht von den Schiffen gescheucht hat,
Möge er heil zu den schnellen Schiffen zurück mir gelangen
Samt den Waffen und allen Gefährten des Kampfes der Nähe!
  Also sprach er und flehte; da hörte ihn Zeus, der Gebieter.
Eines nur gewährt' ihm der Vater, das andre versagend:
Wohl erlaubt' er den Kampf und die Schlacht von den Schiffen zu drängen,
Doch den Wunsch, daß er heil aus dem Kampfe sich rette, versagt' er.
  Jetzt, nachdem er gesprengt und gebetet hatte zum Vater,
Ging er wieder ins Zelt und barg in der Truhe den Becher.
Gleich aber trat er zum Zelte hinaus, ihn trieb das Verlangen,
Zuzuschauen der blutigen Schlacht der Achaier und Troer.
Jene zogen gewappnet mit Patroklos hin, dem erlauchten,
Bis sie voll hohen Muts in die Reihen der Troer sich warfen.
Schnell nun schwärmten sie aus wie die nistenden Wespen am Wege,
Wenn in übermütiger Art die Knaben sie reizen,
Immer sie neckend, die hart am Weg ihre Nester bewohnen,
Törichte Kinder; gemeinsamen Schaden bereiten sie vielen.
Wenn ein Mann im Vorüberwandern sie gegen sein Wollen
Eben erregt, so fliegen sie plötzlich mit mutigen Sinnen
Alle vorwärts im Schwarm und wollen die Jungen beschützen:
Ebenso kühn und beherzt nun schwärmten die Myrmidonen
Jetzt aus den Schiffen hervor, und unendliches Rufen ertönte.
Patroklos aber gebot den Gefährten mit hallender Stimme:
  Myrmidonen, Erwählte des Peleussohnes Achilleus,
Seid nun Männer, ihr Freunde, gedenket des stürmenden Mutes,
Daß ihr Achilleus Ehre bereitet, dem tapfersten Helden

Unter den Männern von Argos mitsamt seinen Kampfesgefährten,
Und der Atride, der mächtige Fürst Agamemnon bereue,
Daß er dem Herrlichsten aller Achaier die Ehre versagte!
Also sprach er und spornte den Mut und die Kraft eines jeden.
Unter die Troer stürzte die ganze Schar, und die Schiffe
Hallten fürchterlich wider vom Kampfesgebrüll der Achaier.
Als nun die Troer den tapferen Sohn des Menoitios sahen,
Ihn und seinen Genossen, gerüstet in schimmernden Waffen,
Regte sich allen das Herz, und die Reihen begannen zu schwanken;
Glaubten sie doch, es hätte beim Schiff der schnelle Pelide
Abgeschüttelt den Zorn und wieder zum Freund sich gewandelt.
Jeder schaute sich um, dem jähen Tod zu entrinnen.
Patroklos aber entsandte zuerst die blinkende Lanze.
Grad' in die Mitte hinein, wo eben die meisten sich drängten,
Hinten am Schiffe des hochgemuten Protesilaos,
Und er traf den Pyraichmes; das reisige Volk der Paionen
Führt' er aus Amydon her von des Axios weitem Gewässer.
Rücklings fiel er, rechts in die Schulter getroffen, zu Boden,
Stöhnend; es flüchteten rings um ihn die paionischen Freunde,
Patroklos hatte sie alle in Schrecken gejagt mit dem Tode
Ihres Führers, der stets der erste gewesen im Streite.
Fort aus den Schiffen trieb er sie jetzt und löschte die Flammen.
Halbverbrannt aber blieb das Schiff nun liegen; die Troer
Flohen mit schrecklichem Lärm, und durch die gebuchteten Schiffe
Strömten die Danaer nach; unendliches Lärmen erbrauste.
Wie von dem hohen Gipfel des großen Felsengebirges
Zeus die dichte Wolke verjagt, der Schwinger des Blitzes;
Gleich erhellen sich Warten und vorgelagerte Zinnen
Alle, die Schluchten; den Himmel durchbricht der unendliche Äther:
So nun schöpften die Danaer Atem, sobald sie die Schiffe
Hatten vom Brande befreit; der Krieg aber sollte nicht ruhen.
Keineswegs noch wichen die Troer den tapfern Achaiern,
Hals über Kopf in die Flucht gescheucht, von den dunkelen Schiffen.
Sondern sie hielten noch stand und ließen aus Not nur die Schiffe.

Ein Mann erschlug nun den andern im aufgelösten Gefechte
Jedes der Führer: Menoitios' kraftvoller Sohn an der Spitze
Traf Areïlykos rasch mit dem Speer, als er eben sich wandte,
Gegen den Schenkel und trieb hindurch die eherne Spitze,
Daß der Knochen zerbarst und er selbst kopfüber zur Erde
Stürzte. Jedoch Menelaos, der kühne, durchbohrte dem Thosas
Neben dem Schild die entblößte Brust und löst' ihm die Glieder.
Phyleus' Sohn erspähte den Amphiklos gegen ihn stürmend,
Holte schon aus und traf am oberen Schenkel die Stelle,
Wo die Muskeln des Menschen am dichtesten liegen; die Sehnen
Wurden vom Speere zerschlitzt, und Schatten umfing seine Augen.
Einer der Nestorsöhne, Antilochos, traf mit der Lanze
Jetzt Atymnios, welchem das Erz die Weiche durchbohrte.
Und er stürzte vornüber. Doch Maris drang aus der Nähe
Gegen Antilochos vor mit dem Speer; voll Zorn um den Bruder,
Trat er dicht vor den Toten; der göttliche Held Thrasymedes
Schnellte jedoch, bevor er noch schlug, ihm, ohne zu fehlen,
Gleich in die Schulter den Speer, und den oberen Arm von den Muskeln
Riß die eherne Spitze, den Knochen ihm völlig zerschmetternd.
Dumpf erdröhnte sein Fall, und Schatten umfing seine Augen.
Also stiegen die zwei, vom Paare der Brüder bewältigt,
Nieder ins Schattenbereich, Sarpedons wackre Genossen,
Streitbare Söhne des Herrn Amisodaros, der die Chimaira
Hatte gezüchtet, das Ungeheuer, ein Übel für viele.
Ajas, Oïleus' Sohn, aber fing Kleobulos im Ansprung
Lebend – er strauchelte grad' im Gewühl –, allein auf der Stelle
Nahm er sein Leben, das feste Schwert in den Nacken ihm schlagend.
Warm aber wurde vom Blute das Schwert; des Gefallenen Augen
Übermannte der purpurne Tod und das mächtige Schicksal.
Beide, Lykon zugleich und Peneleos rannten zusammen,
Denn sie hatten vergeblich den Speer aufeinander geschleudert.
Jetzt aber rannten sie an mit erhobenen Schwertern, und Lykon
Hieb auf den Bügel des buschigen Helms, doch am Hefte die Klinge
Barst entzwei; doch unter dem Ohr in den Nacken des Gegners
Traf des Peneleos Schwert und drang in die Tiefe; die Haut nur

Hielt, und seitwärts hing ihm der Kopf; ihm erschlafften die Glieder.
Aber Meriones haschte den Akamas eilenden Fußes,
Als er den Wagen bestieg, und stach ihn rechts in die Schulter,
Und er stürzte hinab; die Finsternis deckte sein Auge.
Aber Idomeneus Erymas traf am Mund mit dem harten
Erz, und es bohrte sich durch und fuhr die eherne Lanze
Unter dem Hirne hervor; den weißlichen Schädel zerspaltend,
Schlug sie die Zähne heraus, und beide Augen erfüllte
Strömendes Blut; er spie aus offenem Mund und den Nüstern
Röchelnd hervor, dann umfing ihn die düstere Wolke des Todes.
Also schlugen die Fürsten der Danaer jeder den seinen.
So wie reißende Wölfe sich über die Lämmer und Ziegen
Stürzen, sie weg aus den Herden zu rauben, die fern im Gebirge
Weiden, zerstreut durch die Torheit des Hirten; die spähenden Wölfe
Gleich zerfleischen sie dann, die wehrlos im Herzen Verzagten:
Also stürzten die Danaer über die Troer; die dachten
Nur an tosende Flucht und vergaßen des stürmenden Mutes.
Ajas, der große, verlangte den erzgerüsteten Hektor
Stets mit dem Speere zu treffen, doch der, voll Kampfeserfahrung,
Dicht mit dem rindernen Schilde die breiten Schultern bedeckend,
Gab schon acht auf der Pfeile Geschwirr und das Sausen der Lanzen.
Freilich erkannte er wohl den wechselnden Sieg im Gefechte;
Trotzdem hielt er noch aus und schützte die lieben Genossen.
Wie vom Olympos herab ein Gewölk aus dem leuchtenden Äther
Über den Himmel sich breitet, wenn Zeus den Wirbel entfesselt:
So erhob aus den Schiffen sich Angstgeschrei und Verfolgung;
Nicht in gebührender Ordnung entwichen sie wieder. Den Hektor
Trugen die Renner hinweg mit den Waffen, doch ließ er die Mannen
Trojas zurück, denn sie wurden gehemmt von der Höhlung des Grabens.
Viele der wagenziehenden Renner zerbrachen im Graben
Vorn die Deichseln und ließen den Herren zurück die Gefährte.
Patroklos aber folgte voll Eifers, die Danaer drängend,

Unheildrohend den Troern. Mit Wehegeschrei und Getümmel
Füllten sie jeden Weg, die Zerstreuten, und unter den Wolken
Wirbelte Staub in die Höh'; es sprengten die stampfenden Rosse
Langgestreckt nach der Stadt zurück von den Schiffen und Zelten.
Patroklos strebte dahin, wo die Menge am dichtesten wogte,
Stets mit tönendem Ruf, und vorwärts unter die Räder
Stürzten die Männer vom Wagen, es krachten im Fallen die Körbe.
Über den Graben hinweg nun setzten die eilenden Renner,
Die als unsterbliche Gabe die Götter dem Peleus verliehen;
Vorwärts immer; es spornte der Mut ihn Hektor entgegen,
Den er zu treffen verlangte, doch diesen entführten die Rosse.
Wie der wirbelnde Sturm die weite dunkelnde Erde
Hart am herbstlichen Tage bedrängt, wenn ein reißendes Wasser
Zeus ergießt, im Zorne die frevelnden Männer zu strafen,
Welche gewaltsam richtend im Rat die Gesetze verdrehen
Und vertreiben das Recht, das Auge der Götter mißachtend,
Deren Flüsse füllen sich alle mit strömenden Fluten;
Viele Hänge werden verschwemmt von den stürzenden Bächen;
Jählings hinab ins purpurne Meer mit lautem Erbrausen
Strömen sie hoch von den Bergen; da schwinden die Werke der Menschen:
Also stürmten die troischen Rosse in brausendem Laufe.
   Patroklos aber, sobald er die ersten Reihen gelichtet,
Trieb sie zurück zu den Schiffen und ließ die Strebenden nimmer
Heimwärts wieder zur Feste gelangen, sondern im Sturme
Mitten zwischen den Schiffen, dem Fluß und der ragenden Mauer
Schlug er sie tot und schaffte sich Rache für viele der Freunde.
Pronoos traf er als ersten jetzt mit der blinkenden Lanze
Neben dem Schild in die offene Brust, die Glieder ihm lösend.
Dumpf erdröhnte sein Fall. Zum zweiten sprang er dem Thestor,
Enops' Sohn, entgegen, – der saß im geglätteten Wagen
Niedergeduckt, denn die Angst betäubte sein Herz; aus den Händen
Waren die Zügel geglitten, und jener stieß aus der Nähe
Rechts in die Backe den Speer ihm hinein und durchbohrte die Zähne;
Zog ihn über den Rand am Schafte sodann, wie ein Fischer,

Der den beweglichen Fisch von der vorgelagerten Klippe
Aufwärts zieht aus dem Meer mit der Schnur und der ehernen Angel:
So nun zog er den Schnappenden jetzt am Speer aus dem Wagen,
Stieß ihn zu Boden; er fiel aufs Gesicht, und das Leben verließ ihn.
Dann aber traf er Erylaos gleich, der gegen ihn stürmte,
Mitten am Kopf mit dem Stein; er barst auseinander in Stücke
Unter dem wuchtigen Helm, und vorwärts nieder zu Boden
Sank der Mann; der entseelende Tod umfing ihm die Glieder.
Weiter den Erymas jetzt und Amphoteros, ferner Epaltes
Und den Sohn des Damastor, Tlepolemos, Echios, Pyris,
Ipheus neben Euippos und Argeas' Sohn Polymelos,
Alle warf er mitsammen zur früchtegesegneten Erde.
Aber sobald Sarpedon die ungegürteten Freunde
Sinken sah von Patroklos' Hand, des Menoitiossohnes,
Trieb er die göttlichen Lykier gleich mit den scheltenden Worten:
Schmach! Wo fliehet ihr, Lykier, hin? Jetzt müßt ihr euch tummeln!
Denn ich will dem Manne begegnen, damit ich erkenne,
Wer er ist, der da schaltet und schon viel Böses den Troern
Antat, weil er so vielen Helden die Kniee gelöst hat!
Also sprach er und sprang mit den Waffen herunter vom Wagen.
Drüben auch Patroklos schwang sich, sobald er ihn sah, aus dem Korbe.
Beide, wie krummgeschnäbelte Geier mit krallenden Fängen
Hoch auf dem Felsen mit lautem Gekreisch im Kampf sich begegnen:
Also kreischend stürmten die Männer nun gegeneinander.
Voll Erbarmen gewahrt' es der Sohn des verborgenen Kronos,
Und er sprach, zu Here gewandt, der Schwester und Gattin:
Wehe mir, wenn das Geschick mir den liebsten der Männer, Sarpedon,
Unter Patroklos Händen bezwingt, des Menoitiossohnes!
Zweifel erfüllt mir das Herz und ich muß im Geiste bedenken,
Ob ich ihn lebend entrücke dem tränenbringenden Kampfe
Und ihn wieder versetze nach Lykiens blühenden Fluren
Oder bereits durch den Arm des Menoitiossohnes bezwinge.

Ihm erwiderte gleich die herrschendblickende Here:
Welch ein Wort, o Kronide, du Schrecklichster, hast du gesprochen?
Einen sterblichen Mann, schon längst dem Schicksal verfallen,
Willst du wieder dem Garn des grausamen Todes entwinden?
Tu's! doch niemals werden die anderen Götter es loben.
Eines verkünd' ich dir noch, und du bewahr' es im Herzen:
Wenn du Sarpedon lebend zurück in die Heimat entführest,
Dann bedenke, ob nicht ein anderer Gott noch begehret,
Auch den eigenen Sohn der schrecklichen Schlacht zu entreißen!
Kämpfen doch hier um des Priamos große Feste noch viele
Söhne unsterblicher Götter; die möchtest du heftig erbittern.
Liebst du ihn aber so sehr und muß dein Herz ihn beklagen,
Wohl, so laß ihn zwar im gewaltigen Treffen erliegen,
Von des Patroklos Händen besiegt, des Menoitiossohnes;
Aber sobald ihn die Seele verläßt und der Odem des Lebens,
Dann übergib ihn dem Tod zum Geleit und dem stillenden Schlafe,
Wieder zurück ihn zu bringen zum weiten Lykierlande;
Dort aber werden ihm dann das Grab mit Hügel und Säule
Brüder und Vettern bereiten; denn das ist die Ehre der Toten!
Willig folgte den Worten der Vater der Menschen und Götter.
Blutige Tropfen schüttete Zeus hinab auf die Erde,
Seinen geliebten Sohn zu ehren, der ferne der Heimat
Fallen sollte von Patroklos' Hand in der scholligen Troja.
Als die Gegeneinandereilenden jetzt sich erreichten,
Wurde der rühmliche Held Thrasymelos, Sarpedons, des Herren,
Edler Waffengefährte, von Patroklos' Lanze getroffen,
Unten hinein in die Weiche des Bauchs; ihm erschlafften die Glieder.
Zwar verfehlte Sarpedon den Feind im erwidernden Wurfe,
Aber Pedasos traf er, den Hengst, mit der blinkenden Lanze
Rechts in die Schulter; der wieherte auf, sein Leben veratmend,
Fiel mit Stöhnen hinab in den Staub, und das Leben entflog ihm.
Seitwärts sprangen die Pferde, da knackte das Joch und die Zügel
Wirrten sich, als nun das Nebenroß im Staube sich wälzte.
Schon aber brachte der lanzenberühmte Automedon Hilfe;

Schnell das geschliffene Schwert von der kräftigen Hüfte sich reißend,
Hieb er im Sprunge das Beipferd ab, nicht schlug er vergebens;
Beide liefen gerichtet gleich, gestreckt in den Zügeln.
Wieder trafen sich jene in herzverzehrendem Streite.
Aber Sarpedon fehlte auch jetzt mit der blinkenden Lanze;
Über die linke Schulter des Patroklos sauste die Spitze,
Ohne zu treffen. Es holte nun aus zum erwidernden Wurfe
Patroklos; nicht umsonst entflog der Speer seinen Händen;
Sondern er traf am pochenden Herzen das hüllende Zwerchfell.
Und er sank, wie der Eichbaum sinkt, wie die silbrige Pappel,
Oder die ragende Tanne, die Zimmerer hoch im Gebirge
Fällten mit neugeschliffener Axt zum Balken des Schiffes:
Also lag er dahingestreckt vor Pferden und Wagen,
Heulend, und krampfte die Hand in den blutbesudelten Boden.
So wie der Löwe tötet den Stier, in die Herde sich werfend,
Daß der feurige, stolze, inmitten der schleppenden Rinder
Stöhnend erleidet den Tod, gepackt von den Kiefern des Löwen:
Also schnaubte der Fürst der gewappneten Lykier, sterbend
Unter Patroklos' Speer, und rief den teuren Genossen:
Glaukos, mein Freund, Erprobter im Kampfe, nun heißt es beweisen,
Daß du den Speer zu schwingen verstehst und mutig zu kämpfen!
Jetzt begehre dein Herz allein die Schrecken des Krieges!
Erst ermutige nun der Lykier führende Männer,
Um Sarpedon zu kämpfen, indem du allen dich nahest.
Dann aber streite du selbst um mich mit dem ehernen Speere.
Denn ich würde dich später an Schimpf und dauernde Schande
Mahnen für alle künftigen Tage, wenn hier die Achaier
Mir, sobald ich gesunken im Kampfe, die Waffen entrissen.
Auf denn, halte dich tapfer, ermutige sämtliche Mannen!
Also sprach er, und schon umfing ihm des Todes Verhängnis
Augen und Nase. Doch jener trat auf die Brust mit der Ferse,
Zog ihm den Speer aus dem Leib, und es folgte dem Zuge das Zwerchfell.
So entriß er sein Leben zugleich mit der Spitze der Lanze.
Aber es hielten die Myrmidonen die schnaubenden Rosse,

Welche zu fliehen verlangten, getrennt von den Wagen der Herren.
Glaukos fühlte den bittersten Gram, die Stimme vernehmend,
Und ihm wogte das Herz, weil er nicht ihm zu helfen vermochte.
Fest aber drückt' er den Arm mit der Hand, denn ihn quälte die Wunde,
Welche des Teukros Pfeil dem Stürmenden hatte geschlagen,
Als er die Mauer beschützte, die Not von den Freunden zu wehren.
Flehend rief er empor zum treffenden Phoibos Apollon:
Höre mich, Herr, ob du nun in Lykiens blühendem Lande
Oder in Troja weilst; denn allenthalben vernimmst du
Gleich den geschlagenen Mann, wie ich geschlagen mich fühle.
Sieh meine schreckliche Wunde doch an; von stechenden Schmerzen
Wird mir die Rechte zerquält, auch will die Quelle des Blutes
Nicht versiegen, und lahm bereits wird die Schulter darunter,
Und ich kann die Lanze nicht fest mehr halten im Kampfe
Gegen die Feinde. Schon fiel der tapferste Kämpe, Sarpedon,
Er, der Sohn des Zeus, der des eigenen Kindes nicht achtet.
Hilf doch du mir, o Herr, und heile die schreckliche Wunde,
Schläfre die Schmerzen doch ein und stärke mich, daß ich die Männer
Lykiens anzufeuern vermag und zum Kampfe zu rufen.
Und auch selbst um die Leiche des Abgeschiedenen kämpfe!
Also sprach er flehend; es hörte ihn Phoibos Apollon,
Stillte plötzlich die Schmerzen und ließ an der furchtbaren Wunde
Gleich gerinnen das Blut und füllte mit Mut ihm die Seele.
Glaukos aber erkannt' es im Geist und freute sich herzlich,
Daß der mächtige Gott so schnell sein Flehen erhörte.
Erst nun trieb er und spornte der Lykier führende Männer,
Um Sarpedon zu kämpfen, indem er allen sich nahte,
Dann aber schritt er gewaltig aus und kam zu den Troern,
Erst zu Polydamas, Panthos' Sohn, und dem edlen Agenor,
Trat zu Aineias dann und dem erzgerüsteten Hektor,
Stellte sich dicht vor ihn hin und sprach die geflügelten Worte:
Hektor, ganz hast du der Bundesgenossen vergessen,
Die nur um deinetwillen, entfernt von Freunden und Heimat
Hier das Leben verhauchen. Du aber verweigerst die Hilfe.

Liegt Sarpedon doch tot, der Gebieter der lykischen Scharen,
Der das lykische Volk gerecht und kraftvoll beschirmte;
Hier durch Patroklos' Speer bezwang ihn der eherne Ares.
Freunde, stehet mir bei und nehmet zu Herzen die Schande,
Daß die Myrmidonen ihm nicht die Waffen entreißen
Und die Leiche beschimpfen, den Tod der Danaer rächend,
Deren wir fällten so viel bei den Schiffen mit unseren Lanzen!
Also sprach er, und Kummer bedrückte die Häupter der Troer
Unwiderstehlich, unleidlich; denn immer ein Schutz für die Feste
War er gewesen, obwohl er von Fremden stammte; doch viele
Mannen kamen mit ihm, dem Tapfersten stets im Gefechte.
Vorwärts stießen sie wild auf die Danaer, vorn an der Spitze
Hektor, glühend vor Zorn um Sarpedon. Doch die Achaier
Spornte des Patroklos männliche Brust, des Menoitiossohnes,
Beide Ajas zuerst, die selber des Kampfes begehrten:
Ajas ihr, nun möget ihr trachten, euch tapfer zu wehren,
Tapferer noch, als sonst ihr unter den Männern euch zeigtet!
Liegt doch erschlagen der Mann, der zuerst den Wall der Achaier
Stürmte, Sarpedon, tot! Ach, könnten wir schänden den Leichnam,
Ab von den Schultern die Waffen ihm reißen und manchen Genossen,
Wann er zu helfen ihm naht, bezwingen mit tödlichem Erze!
Also sprach er, doch jene verlangten schon selbst, sich zu wehren.
Als sie beiderseits jetzt verdichtet hatten die Reihen,
Troer und Lykier, Myrmidonen und Krieger Achaias,
Stießen sie schon zum Kampf um die Leiche des Toten zusammen,
Furchtbar schreiend, und laut erkrachten die Waffen der Männer.
Zeus aber breitete über die Schlacht verderbliches Dunkel,
Daß um den lieben Sohn verderblich die Not sich erhöbe.
Erst nun drängten die Troer der Danaer glänzende Häupter;
Denn es fiel von den Myrmidonen nicht eben der Feigste,
Er, des kühnen Agaklees Sohn, der edle Epeigeus;
Dieser hatte die wohlbevölkerte Feste Budeion
Früher beherrscht, doch dann einen wackeren Vetter getötet
Und bei Peleus Hilfe gesucht und der schimmernden Thetis.
Die aber sandten ihn fort mit dem Männerzermalmer Achilleus,

Gegen die Troer zu kämpfen in Ilios' Fohlengefilde.
Eben packt' er den Toten, da warf ihm der strahlende Hektor
Gegen den Kopf einen Stein; er barst auseinander in Stücke
Unter dem wuchtigen Helm, und vorwärts hin auf die Leiche
Stürzte der Mann; der entseelende Tod umfing ihm die Glieder.
Doch den Patroklos faßte der Schmerz um den Fall des Gefährten;
Vorwärts drang er durch Vordergewühl mit der Schnelle des Falken,
Wann er den flüchtenden Schwarm verfolgt von Dohlen und Staren:
Also stießest du, reisiger Patroklos, gegen die Troer
Und die Lykier vor, voll Zorns um den Tod des Genossen.
Und er traf Sthenelaos, Ithaimenes' Sohn, mit dem Blocke
Gegen den Nacken und riß ihm entzwei die Bänder der Muskeln.
Rückwärts wichen die ersten im Kampf und der strahlende Hektor.
Weit, wie ein ragender Jagdspeer fliegt, im Schwunge geschleudert,
Wann ihn ein Mann entsendet, die Kraft erprobend im Wettkampf
Oder im Kampfe der Schlacht mit mordbegierigen Feinden:
Ebensoweit nun wichen die Troer dem Stoß der Achaier.
Glaukos aber zuerst, der Führer der lykischen Scharen,
Wandte sich um und erschlug den hochgemuten Bathykles,
Chalkons geliebten Sohn, der in Hellas hauste, besonders
Reich an Gütern und Glück im Volke der Myrmidonen.
Diesen traf in die Mitte der Brust die Lanze des Glaukos;
Plötzlich dreht' er sich um, schon eingeholt vom Verfolger.
Dumpf erdröhnte sein Fall, und Weh ergriff die Achaier,
Als der Tapfere fiel; doch die Troer freuten sich herzlich,
Alle standen sie jetzt um den Toten; indes die Achaier
Trugen den ungebrochenen Mut schon gegen sie wieder.
Da nun fällte Meriones gleich einen troischen Kämpen,
Der Laogonos hieß, ein tapferer Sohn des Onetor,
Priester des Zeus Idaios, im Volk verehrt wie die Götter.
Diesen traf er unter dem Ohr und Backen, und eilend
Flog ihm das Leben davon; das furchtbare Dunkel umfing ihn.
Gegen Meriones schwang Aineias die eherne Lanze.
Denn er hofft' ihn zu treffen, als unter dem Schild er sich nahte.
Der aber blickte voran und mied die eherne Lanze,

Vorwärts niedergebückt, und hinter ihm tief in den Boden
Fuhr der mächtige Speer; das Ende des Schaftes erbebte,
Bis alsbald die gewaltige Kraft des Ares erlahmte.
Und der geschleuderte Speer des Aineias stak in der Erde,
Gleich nachdem er umsonst aus der wuchtigen Rechten geflogen.
Aber Aineias ergrimmte im Herzen und hob die Stimme:
Bald, Meriones, hätte dich leichtgeschwungenen Tänzer
Jetzt getroffen mein Speer und zur ewigen Ruhe gebettet!
Aber der lanzenberühmte Meriones gab ihm die Antwort:
Schwer wohl möcht' es dir fallen, so mächtig du scheinest, Aineias,
Aller Menschen Gewalt zu bändigen, wer dir entgegen
Treten wollte zum Kampf; auch du bist sterblich geboren!
Aber wenn *ich* mit der Schärfe des Speers in die Mitte dich träfe,
Gäbest du bald, wie tapfer du bist und den Armen vertrauend,
Ehre mir selbst und das Leben dem rossegewaltigen Hades!
Gleich aber fuhr ihn der streitbare Patroklos an mit den Worten:
Was, Meriones, redest du da, du Kampfeserprobter?
Nie, mein Lieber, werden die Troer vor schmähenden Worten
Weichen vom Toten; zuvor empfängt noch manchen die Erde.
Nur die Arme gelten im Kampf, die Reden im Rate.
Drum, nicht länger mehr Worte gemacht; nun gilt es zu kämpfen!
Sprach's und eilte voran; ihm folgte der göttliche Streiter.
So, wie laut ein Krachen ertönt vom Fällen der Bäume
Tief im Tal des Gebirges; von ferne schon hört man es schallen:
So erhob sich ein Lärm von den weiten Straßen der Erde;
Erz und Leder und feste Häute von Stieren erkrachten
Unter dem Stoße der Schwerter und doppelgeschliffenen Lanzen.
Jetzt aber hätt' auch ein achtsamer Mann den edlen Sarpedon
Nimmer gekannt; so ganz mit Blut und Staub und Geschossen
War er vom Kopfe bedeckt bis hinab zu den Spitzen der Zehen.
Immer umschwärmten sie noch den Toten und glichen den Fliegen,
Die da summen im Stall um die milchgefüllten Gefäße,
Wann die Milch in die Butten quillt zu Zeiten des Lenzes:
So umschwärmten sie dort den Toten. Doch Zeus in der Höhe
Wandte nie von der tobenden Schlacht die strahlenden Augen;
Immer sah er hinab auf die Männer und sann im Gemüte
Über den Tod des Patroklos nach, erfüllt von Zweifel,

Ob ihn jetzt bereits im Toben der Schlacht auf der Stelle
Über dem göttergleichen Sarpedon der strahlende Hektor
Töten sollte und gleich von den Schultern die Waffen ihm reißen,
Oder ob er die Not noch wachsen ließe für viele.
Dieser Gedanke erschien dem Sinnenden endlich der beste:
Daß der edle Genoß des Peleussohnes Achilleus
Weiter die Troer zuerst und den erzgerüsteten Hektor
Gegen die Stadt noch triebe und viele des Lebens beraubte.
Hektor aber ließ er zunächst verzagen im Herzen.
Dieser sprang in den Korb zur Flucht und mahnte die andern
Troer zu fliehn; denn er kannte die heilige Waage Kronions.
Auch die tapferen Lykier standen nicht länger, sie flohen
Alle, sobald sie den Fürsten zu Tode getroffen, gewahrten
Unter dem Haufen der Leichen; denn über ihm waren noch viele
Andre gesunken im furchtbaren Kampf, den Kronion verhängte.
Jene zogen alsbald von den Schultern Sarpedons die Rüstung,
Schimmernd von Erz, und der streitbare Sohn des Menoitios gab sie
Seinen Gefährten hinab zu den räumigen Schiffen zu tragen.
Zeus aber sprach zu Apollon jetzt, der Wolkenversammler:
Eile, mein Phoibos, vom dunklen Blut Sarpedon zu säubern,
Bring ihn abseits weit aus der Pfeile Bereich in die Ferne,
Wasch' ihm die Glieder im strömenden Fluß; mit ambrosischem Öle
Salb' ihn darauf, umhülle den Leib mit unsterblichen Kleidern
Und vertrau' ihn zur Führung an den stürmenden Boten
Schlaf und Tod, den Zwillingsbrüdern; sie sollen ihn eilends
Niedersetzen im blühenden Reiche des Lykiervolkes.
Dort aber werden ihm das Grab mit Hügel und Säule
Brüder und Vettern bereiten; denn das ist die Ehre der Toten.
Also sprach er, und gern gehorchte dem Vater Apollon,
Eilte vom Idagebirge hinab zum grausamen Kampfe.
Gleich enthob er den edlen Sarpedon dem Bann der Geschosse,
Wusch ihn abseits weit im Strom; mit ambrosischem Öle
Salbt' er ihn dann, umhüllte den Leib mit unsterblichen Kleidern
Und vertraut' ihn zur Führung den beiden stürmenden Boten
Schlaf und Tod, den Zwillingsbrüdern; die setzten im Fluge
Nieder ihn bald im blühenden Reiche des Lykiervolkes.

Patroklos trieb indessen Automedon an mit den Rossen,
Setzte den Troern und Lykiern nach und lief ins Verderben,
Ach, der Tor! Denn hätt' er das Wort des Peliden beherzigt,
Wär' er gewiß dem Verhängnis entronnen des finsteren Todes.
Denn der Wille des Zeus ist mächtiger stets als die Menschen,
Der in die Flucht auch den Tapferen treibt und den Sieg ihm entwendet,
Leicht, und ein andermal wieder ihn selbst ermuntert zum Kampfe:
Also spornte er jenen auch jetzt in der Tiefe des Herzens.
Wen erschlugst du als ersten und wen als letzten der Feinde,
Patroklos, als die Götter dich nun zum Tode beriefen?
Erst den Adrastos, Autonoos dann und Echeklos ferner,
Perimos, Megas' Sohn, und Epistor, darauf Melanippos,
Weiter den Elasos dann und Mulios, endlich Pylartes;
Diese warf er; die anderen trachteten alle zu fliehen.
Jetzt aber hätten die Danaer wohl die Türme von Troja
Eingenommen durch Patroklos' Speer – so trieb es ihn vorwärts –,
Wenn nicht Phoibos Apollon auf festgegründetem Turme
Oben stand, zu verderben ihn selbst und die Troer zu schützen.
Dreimal trat er empor auf den Winkel der strebenden Mauer,
Patroklos, dreimal trieb ihn zurück der Herrscher Apollon,
Gegen den glänzenden Schild mit den göttlichen Händen ihn stoßend.
Als er nun aber das viertemal stürmte, so stark wie ein Dämon,
Drohte mit schrecklichem Ruf der treffende Phoibos Apollon:
Herrlicher Patroklos, weiche zurück! Nicht will es das Schicksal,
Daß dein Speer die Feste der mutigen Troer bezwinge;
Selbst dem Achilleus bleibt es verwehrt, dem größten der Helden.
Also sprach er, und Patroklos wich zurück um ein weites,
Weil er scheute den Zorn des treffenden Phoibos Apollon.
Hektor hielt am skaiischen Tore die stampfenden Rosse,
Zweifelnd, ob er sie wieder zurück ins Getümmel zum Kampfe
Treiben sollte oder das Volk auf die Mauer berufen.
Während er solches erwog, da nahte sich Phoibos Apollon,
Gleich an Gestalt einem jugendlich rüstigen, kraftvollen Manne,
Asios, welcher ein Ohm des rossetummelnden Hektor
War, des Dymas Sohn und der Hekabe leiblicher Bruder,

Und in Phrygien wohnte zu Haus am Sangariosstrome;
Diesem glich er und sprach, der Sohn des Kroniden, Apollon:
Hektor, sprich, was entweichst du dem Kampf? Das darfst du nicht wagen!
Wär' ich doch stärker soviel als jetzt dir an Kraft unterlegen,
Bald dann wärst du zum eigenen Leid aus dem Felde getrieben.
Aber wohlan, auf Patroklos lenke die kräftigen Rosse,
Ob du vielleicht ihn erlegst, und Ruhm dir gewähret Apollon.
Also sprach er und eilte zurück zu den Nöten der Männer.
Aber den tapfren Kebriones hieß der strahlende Hektor
Gleich die Rosse geißeln zum Kampf. Indessen Apollon
Tauchte hinein ins Gewühl und brachte die Männer von Argos
Schwer in Verwirrung, doch Glück verlieh er den Troern und Hektor.
Hektor ließ nun die andern Achaier und tötete keinen;
Nur auf Paktroklos trieb er die kräftig stampfenden Rosse.
Patroklos drüben auch sprang vom Wagen hernieder zu Boden,
Hielt in der Linken den Speer und ergriff einen Block mit der Rechten,
Schimmerndweiß und gezackt, den eben die Faust noch umspannte,
Stemmte sich fest und warf – nicht warten ließ er den Gegner –
Nicht vergeblich den Block; den Wagenlenker des Hektor
Traf er, Kebriones, gleich, des rühmlichen Priamos Bastard,
Welcher die Rosse hielt, in die Stirn mit dem spitzigen Steine.
Beide Brauen zerriß ihm der Block und den Knochen des Schädels
Unwiderstehlich; es fielen hinab in den Staub ihm die Augen
Dicht vor die Füße; Kebriones aber, so schnell wie ein Taucher,
Stürzte vom stattlichen Korb, und das Leben entwich seinen Gliedern.
Höhnend riefst du ihm nach, o Patroklos, reisiger Kämpe:
Seht, wie behende der Mann, wie leicht er taucht in die Tiefe!
Zeigte er nur im fischbelebten Meer seine Künste,
Viele würden gespeist von dem Mann, wenn er hoch von dem Borde
Spränge nach Austern, und stürmte das Meer auch noch so gewaltig,
Leicht, wie jetzt er im Felde vom Wagen sich wirft in die Tiefe.

Wohl, auch im troischen Volke noch scheint es Taucher zu geben!
Also sprach er und kam zu des Helden Kebriones Leiche.
Gleich einem feurigen Löwen, der, Hirtengehöfte verwüstend,
Gegen die Brust getroffen, verdirbt durch eigene Kühnheit;
So auf Kebriones sprangest du, Patroklos, voller Begierde.
Hektor drüben auch sprang vom Wagen herunter zu Boden.
Beide stritten sie jetzt um Kebriones, so wie Löwen,
Die auf bergiger Höh' um den Leib des getöteten Hirsches
Beide voll wilden Muts, vom Hunger gequält, sich bekämpfen:
So um Kebriones strebten die beiden Gebieter im Kampfe,
Patroklos, jetzt, des Menoitios Sohn, und der strahlende Hektor,
Einer dem andern den Leib zu zerfleischen mit tödlichem Erze.
Hektor hatte den Kopf gepackt und wollt' ihn nicht lassen,
Patroklos drüben hielt ihn am Fuß, indessen die andern
Troer und Danaer auch im gewaltigen Treffen sich maßen,
So wie die Winde, der Ost und Süd, um die Wette zusammen
Streiten, im waldigen Tal den dichten Forst zu erschüttern,
Buchen und Eschen, die wilde Kornelle mit länglicher Rinde,
Daß sie gegeneinander die spitzigen Äste zerschlagen
Krachend, und mächtig erschallt der Lärm der brechenden Stämme:
Also stürzten die Troer und Danaer gegeneinander
Wütend, und keiner gedachte der schmählichen Flucht von den Männern.
Dicht um den toten Kebriones staken die spitzigen Speere,
Dicht die gefiederten Pfeile, geschnellt von den Sehnen der Bogen,
Viele gewaltige Schleudersteine stießen die Schilde
Kämpfender dort um ihn; doch er lag im wirbelnden Staube
Groß und gestreckt und wußte nichts mehr von reisigen Kämpfen.
Bis die Sonne die Mitte des Himmels umwandelnd erreichte,
Trafen die Todesgeschosse auf beiden Seiten die Völker;
Aber sobald die Sonne sich neigte zum Stiereentspannen,
Da erstarkten die Danaer endlich gegen das Schicksal,
Rissen den Helden Kebriones weg aus dem Bann der Geschosse,
Fort aus dem Troergetümmel und zogen die Wehr von den Schultern.
Patroklos drang voll feindlicher Wut in die Reihen der Troer.
Dreimal drang er hinein, und glich dem stürmenden Ares,

Fürchterlich brüllend, und tötete dreimal neun von den Männern.
Als er nun aber das viertemal stürmte, gleich wie ein Dämon,
Da war, Patroklos, dir genaht das Ende des Lebens;
Denn dir begegnete Phoibos jetzt im gewaltigen Treffen,
Furchtbar; *er* aber sah den Nahenden nicht im Gedränge,
Weil er entgegen ihm kam, in dichtem Nebel verborgen.
Hinter ihn trat er und schlug auf den Rücken ihm zwischen die breiten
Schultern von oben die Hand; da schwindelt' es ihm vor den Augen.
Da nun warf den Helm vom Kopf ihm herunter Apollon,
Daß er mit Augenlöchern und Bügeln zu Füßen der Pferde
Unter Gerassel entrollte; vom Blut und Staube besudelt
Wurden die Haare des Schweifs; nicht eher erlaubte das Schicksal,
Daß der buschige Helm besudelt würde im Staube,
Sondern den Kopf und die blendende Stirn des göttlichen Mannes
Hatt' er geschützt, des Achill; und Zeus nun gab ihn dem Hektor
Jetzt auf dem Haupte zu tragen; doch nahe schon war sein Verderben.
Ganz in den Händen zerbrach ihm die schattenwerfende Lanze,
Groß und wuchtig und fest, die eherne; nieder zu Boden
Fiel der Schild mit dem Riemengehenk, der breit ihn bedeckte.
Dann aber löste den Panzer der Sohn des Zeus ihm, Apollon,
Schrecken betäubte sein Herz und lähmte die glänzenden Glieder,
Also stand er verwirrt, und von hinten hinein in den Rücken
Zwischen die Schultern bohrte den Speer ihm ein Dardanerkrieger,
Panthoos' Sohn, Euphorbos, der all' seine Altersgenossen
Weit übertraf mit dem Speer, im reisigen Kampf und im Wettlauf –
Damals hatt' er schon zwanzig Männer vom Wagen geworfen,
Als er das erstemal fuhr in den Kampf, ein Lehrling des Krieges –
Dieser traf dich zuerst, o Patroklos, reisiger Kämpfer,
Doch bezwang er dich nicht; er eilte zurück in die Menge,
Hatte den eschenen Speer aus dem Leibe gerissen und scheute,
Selbst dem entblößten Patroklos noch als Gegner zu stehen.
Patroklos aber, vom Schlage des Gotts und dem Speere bezwungen,
Wich zur Schar der Gefährten zurück, das Verhängnis zu meiden.
Hektor aber, sobald er den mutigen Patroklos wieder

Rückwärts weichend erblickte, vom spitzigen Erze verwundet,
Lief ihm nach durch die Reihen und stieß aus der Nähe die Lanze
Unten hinein in die Hüfte und trieb hindurch ihm die Spitze.
Dumpf erdröhnte sein Fall, der betrübte das Volk der Achaier.
So wie der Löwe den unermüdlichen Eber bewältigt,
Wenn im hohen Gebirge die zwei um die kärgliche Quelle
Mutig einander bekämpfen, weil beide zu trinken gelüstet,
Aber das keuchende Schwein bezwingen die Kräfte des Löwen:
So entriß dem Menoitiossohne, der viele getötet,
Hektor, Priamos' Sohn, mit dem Speer aus der Nähe das Leben,
Und frohlockend rief er ihm zu die geflügelten Worte:
Patroklos, hast du so bald schon gehofft, unsre Stadt zu verwüsten
Und die troischen Weiber, beraubt der glücklichen Freiheit,
Fort in den Schiffen zu führen zum lieben Lande der Väter?
Narr, du! Ihnen sprengen zum Schutz die Renner des Hektor
Fliegenden Fußes zum Kampfe voran, und *ich* mit der Lanze
Tu' es den mutigen Troern zuvor, den Tag der Bezwingung
Abzuwehren. Da liegst du jetzt den Geiern zum Fraße.
Armer Mann, so wenig hilft dir die Kraft des Achilleus,
Der dich allein wohl ziehen ließ mit ermahnenden Reden:
Kehre mir ja nicht früher zurück zu den räumigen Schiffen,
Reisiger Patroklos, ehe du nicht dem mordenden Hektor
Über der Brust den blutgeröteten Panzer zerfetzt hast!
Solches hat er vielleicht gesagt und dich Toren beredet.
Ganz entkräftet, reisiger Patroklos, gabst du die Antwort:
Hektor, prahle du nur; denn *dir* gewährten die Götter,
Zeus, der Kronide, den Sieg und Apollon, die mich bezwangen,
Leicht, denn sie haben mir selbst von den Schultern die Waffen gezogen.
Wären mir solche Feinde wie du, auch zwanzig begegnet,
Alle hätte sie hier mein Speer gefällt und vernichtet.
Mich aber tötete Letos Sohn und das grausame Schicksal,
Und von den Menschen Euphorbos, doch du besiegst mich als dritter.
Eines verkünd' ich dir noch, und du bewahr' es im Herzen:
Selber lebst du gewiß nicht lange mehr, sondern es wartet

Deiner bereits in der Nähe der Tod und das mächtige Schicksal,
Daß Achilleus dich wirft, der göttliche Aiakosenkel.
Also sprach er, und gleich umfing ihn des Todes Verhängnis.
Rasch entflog die Seele den Gliedern, hinunter zum Hades,
Klagend über ihr Los, von Kraft und Jugend geschieden.
Selbst dem Toten erwiderte noch der glänzende Hektor:
Patroklos, was verkündest du mir ein jähes Verderben?
Denn wer weiß, ob Achilleus, der Sohn der lockigen Thetis,
Eher nicht fällt, von meiner Lanze zu Tode getroffen?
Also rief er und riß den ehernen Speer aus der Wunde,
Gegen ihn tretend, und stieß ihn rücklings ab von der Lanze.
Dann aber schritt er sogleich auf Automedon zu mit dem Speere,
Gegen den edlen Genossen des raschen Aiakosenkels,
Gierig, den Helden zu treffen; doch den entführten die Renner,
Die als unsterbliche Gabe die Götter dem Peleus verliehen.

SIEBZEHNTER GESANG

Der Heldenkampf des Menelaos

Nicht entging dem tapferen Atreussohn Menelaos
Patroklos' Fall, der den Troern erlag im feindlichen Treffen.
Und er ging durch die vordere Schlacht im funkelnden Erze,
Ging um den Toten herum wie die blökende Mutter ums Kälblein,
Die ihr erstes gebar, noch unerfahren der Wehen:
So um Patroklos ging der blonde Held Menelaos.
Vor ihn hielt er den gleichgerundeten Schild und die Lanze,
Jeden zu töten bereit, der nur zu nahen sich wagte.
Auch der lanzenkundige Sohn des Panthoos hatte
Acht auf des herrlichen Patroklos Fall; er stellte sich nahe,
Sprach Menelaos an, den aresgeliebten, und sagte:
  Atreus' Sohn, Menelaos, du Göttlicher, Völkergebieter,
Weiche vom Toten zurück und laß die blutige Rüstung,
Denn es hat von den Troern und rühmlichen Bundesgenossen
Keiner den Patroklos eher getroffen im tobenden Kampfe.
Laß mich darum den herrlichen Ruhm bei den Troern erlangen,
Eh' ich dich treffe und gleich dein süßes Leben dir nehme.
  Unmutsvoll versetzte der blonde Held Menelaos:
Vater Zeus, wie häßlich, so übermütig zu prahlen!
Weder Panther noch Löwe sind so voll wütenden Mutes,
Noch der tückische Eber, der doch am stolzesten immer
Trotzt auf die unverwüstliche Kraft in der Tiefe des Herzens,
Wie des Panthoos lanzenkundige Söhne voll Hochmuts!
Selbst die Kraft Hyperenors, des Rossebändigers, hatte
Nimmer der Jugend Genuß, als er schmähend mir wagte zu trotzen
Und den verworfensten Kämpfer des Danaervolkes mich nannte.
Nein, es trugen ihn, glaub' ich, nicht die eigenen Füße
Heim, der liebenden Frau und den würdigen Eltern zur Freude.
Also lös' ich gewiß auch *dir* die Kraft, wo du nahe
Gegen mich kommst. Doch rat' ich dir, weiche nur lieber

Unter die Menge zurück und scheue dich, mir zu begegnen,
Eh' dich ein Unglück ereilt! Zu spät verstehen die Narren!
Also sprach er; doch unbewegt erwiderte jener:
Büßen sollst du mir jetzt, Menelaos, Göttergeliebter,
Daß du den Bruder mir schlugst, und prahlend dessen dich rühmest,
Weil du zur Witwe machtest sein Weib in der bräutlichen Kammer
Und unsagbaren Kummer und Gram den Eltern bereitest.
Ja, ich würde gewiß den Gram der Trauernden stillen,
Wenn ich selbst deinen Kopf und die Waffen entführte und brächte
Hin in die Hände des Panthoos gleich und der göttlichen Phrontis.
Aber nicht länger mehr ohne Versuch sei die Mühe des Kampfes,
Nimmer unentschieden, und sei's zur Flucht oder Abwehr!
Also sprach er und stieß auf des Schildes gerundete Wölbung;
Der aber trotzte dem Stoße des Erzes; am kräftigen Leder
Bog sich die Spitze zurück. Nun hob als zweiter die Lanze
Atreus' Sohn Menelaos und flehte zu Zeus, dem Erzeuger,
Stieß den Rückwärtsweichenden dann in die Tiefe des Schlundes,
Stieß und stemmte sich nach, der wuchtigen Rechten vertrauend.
Gradeswegs durch den weichen Nacken fuhr ihm die Spitze.
Dumpf erdröhnte sein Fall, und es rasselten um ihn die Waffen.
Blutig wurden die Locken, die, gleich dem Haar der Chariten,
Schöngewellt, von Gold und Silber durchflochten ihm waren.
Wie ein Mann den schwellenden Sprößling vom Stamm der Olive
Hegt am einsamen Ort, dem Wasser genügend entsprudelt;
Stattlich wächst er empor, und sanft bewegt ihn die Kühlung
Aller Winde, die wehn, und schimmernd prangt er von Blüten.
Aber ein jählings nahender Sturm mit gewaltigem Wirbel
Reißt aus der Grube den Stamm und streckt ihn lang auf die Erde.
So erschlug den streitbaren Panthoossohn Euphorbos
Atreus' Sohn Menelaos und riß vom Leib ihm die Rüstung.
So wie ein Leu, im Gebirge genährt, seiner Stärke vertrauend,
Raubt aus der weidenden Herde die Kuh, die schönste von allen;
Diese packt er mit mächtigen Zähnen und bricht ihr den Nacken
Erst, dann schlingt er das Blut und die Eingeweide hinunter,
Mordend, und rings um ihn die Hunde und Hirtengesellen
Scheuchen ihn bloß aus der Ferne mit großem Getöse, doch keiner

Wagt ihm entgegenzutreten; es faßte sie bleiches Entsetzen:
Also traute sich keinem das Herz in der Brust von den Troern,
Jetzt entgegenzutreten dem rühmlichen Herrn Menelaos.
Leicht aber hätte wohl jetzt die Waffen des Panthoossohnes
Atreus' Sohn sich erbeutet, doch neidete dies ihm Apollon;
Hektor trieb er auf ihn, dem stürmenden Ares vergleichbar,
Selber in Mannesgestalt, wie Mentes, Fürst der Kikonen,
Und er sprach ihn an und rief die geflügelten Worte:
Hektor, du läufst und jagst nach unerreichbarem Ziele,
Nach den Rossen des feurigen Aiakosenkels; es möchte
Schwer sie zügeln und lenken wohl einer der sterblichen Menschen,
Außer Achilleus selbst; ihn gebar die unsterbliche Mutter.
Aber indes hat Atreus' gewaltiger Sohn Menelaos,
Während er Patroklos deckte, den Besten der Troer getötet,
Panthoos' Sohn Euphorbos, der stürmenden Kraft ihn beraubend.
Also der Gott und eilte zurück zu den Nöten der Männer.
Aber dem Hektor wurde das Herz umdüstert vom Grame;
Spähend blickt er sich um durch die Reihen und sahe mit einmal
Ihn, der die herrlichen Waffen sich raubte, und jenen zur Erde
Niedergestreckt; es rann ihm das Blut aus der offenen Wunde.
Hektor ging durch die vordere Schlacht im funkelnden Erze
Unter lautem Gebrüll, wie die lodernde Glut des Hephaistos
Unauslöschlich. Wohl hörte den schmetternden Ruf der Atride;
Schwer bekümmert sprach er zu sich im stolzen Gemüte:
Wehe mir, wenn ich im Stich nun ließe die herrlichen Waffen
Und den Patroklos, welcher doch mir zur Ehre gefallen!
Zürnen möchte mir jeder der Danaer, der es gewahrte.
Kämpf' ich aber allein mit Hektor jetzt und den Troern,
Nur aus Scheu vor der Schmach, so umzingeln mich einzelnen viele.
Denn es naht mit sämtlichen Troern der strahlende Hektor.
Aber warum bewegen mein Herz nur solche Gedanken?
Wagt es ein Mann, zum Trotz einem Gott, mit dem Helden zu kämpfen,
Den ein Himmlischer ehrt, schon wälzt sich gegen ihn Unheil.
Also wird mir gewiß kein Danaer zürnen, sobald er
Weichen vor Hektor mich sieht; denn er kämpft mit göttlicher Hilfe.

Könnt' ich vielleicht aber Ajas, den Rufer im Streite, vernehmen,
Beide dann kehrten wir um, in frischer Kampfesbegierde,
Selbst dem Gotte zum Trotz, und versuchten, den Toten zu retten
Für den Peliden Achilleus; das wäre das Beste vom Unglück!

Während er dieses alles erwog im Geist und Gemüte,
Nahten die Troer bereits in Scharen, geleitet von Hektor.
Und Menelaos strebte zurück, den Toten verlassend.
Immer wieder wandt' er sich um, wie ein bärtiger Löwe,
Welchen die Männer und Hunde mit Lärm und Spießen vom Hofe
Scheuchen; da fährt ihm der Schreck in die Tiefe des tapferen Herzens,
Widerwillig nur weicht er zurück von den Ständen des Viehes:
Also wich von Patroklos jetzt Menelaos, der blonde,
Drehte sich aber, sobald er zur Schar der Gefährten gekommen,
Um nach Ajas zu spähen, dem großen Telamonsohne.
Diesen sah er sogleich zur Linken des Schlachtengefildes,
Wo er die Freunde belebte mit Mut und spornte zum Kampfe;
Furchtbar hatte der Schreck sie gelähmt des Phoibos Apollon.
Stracks aber lief er und nahte sich ihm und sagte die Worte:

Ajas, Freund, nun heran! wir müssen um Patroklos' Leiche
Eilen, damit wir sie wenigstens nackt noch fort zu Achilleus
Bringen; die Waffen besitzt ja bereits der geschmeidige Hektor.

Also sprach er und spornte den Mut des feurigen Ajas;
Schnell durchlief er die Schlacht, mit ihm Menelaos, der blonde.
Hektor, nachdem er des Patroklos herrliche Waffen erbeutet,
Zog ihn, das Haupt von den Schultern zu hau'n mit der Schneide des Erzes
Und den Toten geschleift vor die troischen Hunde zu werfen.
Ajas kam aber nahe und trug den Schild wie ein Bollwerk.
Hektor wandte sich gleich und wich in die Schar der Genossen.
Sprang auf den Wagen hinauf und gab den Troern die schönen
Waffen, zur Stadt sie zu tragen, ihm selber zu bleibendem Ruhme.
Ajas, mit breitem Schilde den Sohn des Menoitios deckend,
Stand vor ihm, wie ein Löwe steht vor den eigenen Jungen;
Eben führt er die Kleinen voran, da begegnen ihm plötzlich
Jagende Männer im Forst, und *er* in trotzender Stärke
Zieht die Stirnhaut ganz herab, seine Augen verdeckend:

Also stand nun Ajas, den Patroklos schirmend, den Helden.
Atreus' Sohn aber hielt, der streitbare Held Menelaos,
Drüben und nährte gewaltiges Leid in der Tiefe des Herzens.
Glaukos, Hippolochos' Sohn, der Führer der lykischen Mannen,
Schaute finster auf Hektor und schalt' ihn mit heftiger Rede:
Hektor, so schön wie du bist, so läßt du es fehlen im Kampfe!
Nur vergänglicher Ruhm erhöht dich zagenden Flüchtling!
Sieh nur zu, wie du jetzt die Stadt und Feste verteidigst,
Du allein mit den Männern, die hier aus Ilios stammen!
Keiner der Lykier wird, um eure Stadt zu beschirmen,
Gegen die Danaer ziehen, weil niemals Dank wir erfuhren,
Wenn wir auch unaufhörlich die feindlichen Männer bekämpften.
Wie beschützest du wohl den geringeren Mann im Getümmel,
Schrecklicher du, wo du selbst Sarpedon, den Freund und Gefährten,
Ließest im Stich, den Kriegern von Argos zum Raub und zur Beute,
Der so oft dir Nutzen gebracht, der Stadt und dir selber,
Als er lebte? Nun zagtest du, selbst ihn vor Hunden zu schützen.
Drum, wenn mir einer gehorchte noch jetzt von den lykischen Mannen,
Kehren wir heim, doch Troja ereilt das jähe Verderben!
Denn wenn jetzt die Troer entschlossene Kühnheit beseelte,
Unverzagt, wie sie Männer bewegt, die gern für die Heimat
Gegen feindliche Männer die Mühe des Streites erdulden,
Würden wir Patroklos bald hinein nach Ilios ziehen.
Und wenn dieser nur erst zu des herrschenden Priamos großer
Feste käme, der Tote, und wir dem Gefecht ihn entrissen,
Würden alsbald die Argeier Sarpedons prangende Rüstung
Frei uns geben, auf daß wir ihn selbst nach Ilios brächten.
Denn der fiel, war Gefährte des allergewaltigsten Mannes
Dort bei den Schiffen in Argos' Volk mit den Streitesgenossen.
Du aber hast nicht einmal gewagt, dem mutigen Ajas
Fest mit offenem Blicke zu stehn im Getümmel der Feinde,
Noch ihm grad' zu begegnen, da tapfrer er ist als du selber!
Finster blickend entgegnete ihm der schimmernde Hektor:
Glaukos, was ficht dich Verständigen an, überheblich zu reden?
Ach, ich hatte geglaubt, an Geist erreichte dich keiner

Unter den andern, die wohnen auf Lykiens üppiger Scholle!
Jetzt aber zweifl' ich an deinem Verstand nach solchem Gerede,
Weil du da sagst, ich wollte dem riesigen Ajas nicht stehen.
Niemals hat die Schlacht mich geschreckt noch das Stampfen der Rosse.
Aber der Wille des donnernden Zeus ist mächtiger immer,
Der in die Flucht auch den Tapferen treibt und den Sieg ihm entwendet,
Leicht, und ein andermal wieder ihn selbst ermuntert zum Kampfe.
Komm heran doch, mein Freund, zu mir und sieh meine Taten,
Ob ich so feig dir erscheine den ganzen Tag, wie du redest,
Oder manchen der Danaer noch, so mutig er nahe,
Hemmen werde, den Kampf um Patroklos' Leib zu bestehen.
Also sprach er und spornte die Troer mit hallendem Rufe:
Troer und Lykier ihr und Dardaner, Kämpfer der Nähe,
Seid nun Männer, ihr Freunde, gedenket des stürmenden Mutes,
Bis ich selber die stattlichen Waffen des hehren Achilleus
Trage, die ich der Kraft des getöteten Patroklos raubte.
Also rief er und eilte von dannen, der schimmernde Hektor,
Fort aus der hitzigen Schlacht, und erreichte im Lauf die Genossen
Bald, nicht ferne davon, sie mit hurtigen Füßen verfolgend,
Die des Peliden gepriesene Waffen entführten zur Feste.
Weit von der traurigen Schlacht nun stand er und tauschte die Rüstung,
Aber die eigene ließ er zur heiligen Ilios bringen
Gleich von troischen Kriegern und zog des Peliden Achilleus
Göttliche Waffen sich an, die einstens die himmlischen Götter
Hatten dem Vater geschenkt; der gab sie im Alter dem Sohne,
Doch es wurde der Sohn nicht alt in den Waffen des Vaters.
Da nun Zeus, der Wolkenversammler, von fern ihn erblickte,
Wie er sich rüstete dort mit den Waffen des hehren Peliden,
Neigte Kronion das Haupt und sprach in der Tiefe des Herzens:
Armer, so gar nichts ahnest du noch vom Tod im Gemüte,
Und schon kommt er dir nah! Da legst du des herrlichsten Mannes
Göttliche Waffen dir an, vor dem auch andere zittern.
Ihm erschlugst du eben den Freund, den tapferen, milden,

Zogest die Waffen auch wider Gebühr von Haupt ihm und Schultern.
Dennoch will ich dir jetzt noch gewaltige Kraft zum Entgelte
Leihen dafür, daß du nicht zu Andromache mehr aus dem Kampfe
Kehrest, noch diese dir löst die gepriesene Wehr des Achilleus.
Also sprach er und winkte mit finsteren Brauen, Kronion,
Ließ dem Hektor am Leibe die Rüstung passen, und Ares'
Wilder und furchtbarer Geist durchdrang ihn; es füllte die Glieder
Innerlich Kraft ihm und Mut. Zu den rühmlichen Bundesgenossen
Ging er mit lautem Gejauchz, und allen den Männern erschien er
Strahlend im Waffengewand des hochgemuten Peliden.
Jeden einzelnen trieb er mit dringlichen Worten, ihm nahend,
Kam zu Mesthles und Glaukos und Medon, Thersilochos ferner,
Ging zu Hippothoos auch, Deisenor und Asteropaios,
Chromios, Phorkys und Ennomos dann, dem Deuter des Fluges.
Alle trieb er zum Kampf und sprach die geflügelten Worte:
Hört, unzählbare Völker benachbarter Bundesgenossen!
Nicht weil ich der Menge des Volks bedarf und entbehre,
Hab' ich jeden von euch hierher aus den Städten beschieden,
Sondern damit ihr die Weiber und hilflosen Kinder der Troer
Willigen Herzens beschirmt vor den mutigen Kriegern von Argos.
Dies erwägend, bedrück' ich mit Speisesteuern und Lasten
Unser Volk, um jedem von euch den Mut zu erhöhen.
Drum dem Feind entgegengewandt! Nun heißet es fallen
Oder das Leben erkämpfen, so ist es gebräuchlich im Kriege.
Wer aber Patroklos, ob auch nur den getöteten, dennoch
Jetzt zu den reisigen Troern mir bringt, daß Ajas ihm weichet,
Dem gewähr' ich die Hälfte der Beute, die Hälfte behalt' ich
Selbst, und er teilt sich mit mir zu gleichem Recht in die Ehre.
Also sprach er, da stürmten sie gegen die Danaer vorwärts,
Hochgeschwungen den Speer, und herzlich hofften sie alle,
Daß sie dem Ajas, des Telamon Sohne, den Toten entrissen.
Ach, die Toren! Denn über ihm nahm er das Leben gar vielen.
Jetzt aber redete Ajas zum Rufer im Streit Menelaos:
O mein Freund, Menelaos, du Hehrer, mir schwindet die Hoffnung,
Daß wir beiden wieder zurück aus dem Kampfe noch kehren.

Nicht so sehr bekümmert mich jetzt des Patroklos Leiche,
Die bald sättigen muß die troischen Hunde und Vögel,
Als die Sorge ums eigene Haupt, daß es Schaden erleide,
Und um deins, da die Wolke des Kriegs schon alles umdunkelt,
Hektor, und uns nun wieder bedroht das jähe Verderben.
Auf denn, rufe die Besten der Danaer, ob einer höre!
Also sprach er, da folgte der Rufer im Streit Menelaos,
Und durchdringend gellte sein Schrei durch die Danaerscharen:
O ihr Freunde, Berater und Fürsten im Volk der Argeier,
Die den Atriden gesellt, Agamemnon und Menelaos,
Trinken vom Weine des Volks und den Mannen gebieten, ein jeder,
Aber von Zeus wird Fülle der Macht verliehen und Ehre.
Doch unmöglich wär' es mir jetzt, die einzelnen Führer
Auszuspähen; zu heftig entbrannt ist der Kampf und die Fehde.
Komme denn jeder von selbst und nehme die Schande zu Herzen,
Daß da Patroklos werde zum Spiele den troischen Hunden.
Scharfen Ohres vernahm es der schnelle Sohn des Oïleus,
Und als erster lief er voran in das Kampfesgetümmel;
Ihm Idomeneus nach und Idomeneus' Waffengefährte,
Der, Meriones, glich dem männermordenden Ares.
Doch der anderen Namen, wer könnte sie nennen im Geiste,
Alle, die folgten und jetzt die Schlacht der Achaier erweckten?
Auch die Troer stürmten in Scharen; es führte sie Hektor.
Wie wenn dicht an der Mündung des zeusentschwollenen Flusses
Gegen die Strömung braust die gewaltige Flut und im Kreise
Widerhallen die Felsengestade im spritzenden Schaume:
So das Geschrei der nahenden Troer, indes die Achaier
Standen fest um Menoitios' Sohn, einmütigen Sinnes,
Dicht umzäunt von den ehernen Schilden, und ihnen zum Schutze
Deckte Kronion die funkelnden Helme mit Nebelgewölke;
Niemals war des Menoitios Sohn verhaßt ihm gewesen,
Früher, solang er noch lebte, der Freund des Aiakosenkels.
Jetzt aber war's ihm ein Greuel, daß dieser den troischen Hunden
Läge zum Fang; drum trieb er die Freunde, die Leiche zu bergen.
Erst nun warfen die Troer die glänzenden Häupter Achaias.
Diese ließen den Toten im Stich und flohen, doch keinen
Traf ein Speer von den mutigen Troern, so eifrig sie strebten;

Nur den Leichnam rissen sie fort. Allein die Achaier
Sollten kurz nur getrennt von ihm sein, denn es hatte sie Ajas
Bald zum Wenden gebracht, an Wuchs und Taten der erste
Unter dem Danaervolk nach dem hochgemuten Peliden.
Vorwärts drang er durchs Vordergefecht, einem Eber an Stärke
Ähnlich, der im Gebirge die Hunde und rüstigen Jäger
Leicht zerstreut und umher sich treibt in den waldigen Schluchten:
So des herrlichen Telamon Sohn, der strahlende Ajas
Fuhr hinein und zerstreuete leicht die Reihen der Troer,
Die um Patroklos standen und trachteten alle voll Eifers,
Diesen zur eigenen Feste zu ziehen und Ruhm zu gewinnen.
Siehe, Hippothoos nun, der Sohn des pelasgischen Lethos,
Zog am Fuß ihn hinweg durchs tobende Schlachtengetümmel;
Denn er hatte die Sehnen am Knöchel mit Riemen umwunden,
Hektor gefällig zu sein und den Troern, doch bald schon ereilte
Diesen der Tod, dem ihn keiner entriß, wie gern er es wollte.
Gegen ihn sprang durchs Gewühl der Sohn des Telamon, Ajas,
Trieb aus der Nähe den Speer durch die ehernen Wangen des Helmes,
Und es zerbarst der buschige Helm um die Spitze der Lanze,
Durchgeschlagen vom wuchtigen Speer und der kräftigen Rechten.
Gleich aber quoll das Gehirn an der Röhre des Schafts aus der Wunde
Blutend hervor; ihm entwich auf der Stelle die Kraft, aus den Händen
Ließ er den Fuß des adligen Patroklos nieder zur Erde
Gleiten und stürzte daneben vornüber hinab auf den Toten,
Weit entfernt von den fruchtbaren Fluren Larisas; den Eltern
Lohnte er nimmer die Pflege, denn kurz nur währte sein Leben,
Gar zu bald von der Lanze des mutigen Ajas bezwungen.
Hektor zielte nach Ajas und schnellte die blinkende Lanze.
Dieser sah gradaus und wich noch eben dem Speere,
Doch den Schedios traf er, des mutigen Iphitos Sprossen,
Wohl den Besten im Phokervolk; im berühmten Panopeus
War er zu Haus, gar vielen Männern als Herrscher gebietend.
Mitten am Schlüsselbein traf er ihn so, daß die Spitze des Erzes
Ganz die Schulter durchfuhr und jenseits oben hervordrang.

Dumpf erdröhnte sein Fall, und es rasselten um ihn die Waffen.
Ajas schlug nun Phorkys, des Phainops tapferen Sprossen,
Mitten gegen den Bauch, als er eben Hippothoos deckte,
Und zerriß ihm die Wölbung des Panzers, daß tief im Gedärme
Wühlte das Erz; er fiel und krampfte die Hand in den Boden.
Rückwärts wichen die ersten im Kampf und der strahlende Hektor,
Doch die Argeier jubelten auf und entrissen die Toten
Beide, Hippothoos, Phorkys, und lösten die Waffen vom Körper.
Jetzt nun wären die Troer vor Argos' tapferen Kriegern
Ilios zugeflohen, gepackt von feiger Verzweiflung,
Und es hätten auch gegen den Spruch des Zeus die Argeier
Bald gesiegt durch die eigene Kraft; doch selber Apollon
Trieb Aineias zum Kampf, an Gestalt dem Periphas ähnlich.
Epytos' Sohne, dem Herold, der ihm bei dem Vater, dem greisen,
War in Heroldsdiensten ergraut mit redlichem Herzen;
Diesem glich er und sprach, der Sohn des Kroniden, Apollon:
Mein Aineias, wie rettet ihr wohl einem Gotte zum Trotze
Ilions ragende Burg? Kannt' ich doch andere Männer,
Welche der eigenen Stärke und Kraft vertrauten und Mannheit,
Und der Menge des Heers und mutigen Völkern geboten.
Uns aber gönnt ja Zeus viel mehr als den Danaerkriegern
Jetzt den Sieg, doch bebt ihr unendlich und zaudert zu kämpfen!
Also sprach er; Aineias erkannte den Schützen Apollon,
Als er ins Antlitz ihm sah, und rief mit schallender Stimme:
Hektor, und ihr, Gebieter der Troer und Bundesgenossen,
Schimpflich wär' es doch jetzt, vor den aresgeliebten Achaiern
Ilios zuzufliehen, gepackt von feiger Verzweiflung.
Sagt mir doch einer der Götter sogar, der eben mir nahte,
Zeus, der Herrscher der Welt, erschien', im Kampf uns zu helfen.
Vorwärts drum, auf die Danaer los, auf daß wir sie hindern,
Ruhig fort zu den Schiffen des Patroklos Leiche zu tragen.
Sprach's und sprang um ein weites hinaus vor die vordersten Kämpfer.
Jene nun wandten sich wieder entgegen den Männern Achaias.
Aber Aineias traf den Leiokritos jetzt mit dem Speere
Dort, des Arisbas Sohn, Lykomedes' edlen Genossen.
Sehr erbarmte sein Fall den streitbaren Herrn Lykomedes,

Und er trat ihm zur Seite und schoß die blinkende Lanze;
Unter dem Zwerchfell traf er den Hirten des Volks Apisaon,
Hippasos' Sohn, in die Leber und löste sogleich ihm die Knie;
Dieser war aus Paionias blühenden Fluren gekommen,
Und nächst Asteropaios der Tapferste stets im Gefechte.
Sehr erbarmte sein Fall den streitbaren Asteropaios,
Gegen die Danaer drang nun auch *er,* voll Eifers zum Kampfe,
Aber umsonst; denn sie waren umhegt von deckenden Schilden,
Rings um Patroklos stehend, und hielten gestreckt ihre Lanzen.
Ajas eilte zu allen, geschäftig und immer sie spornend;
Weder gestattet' er einem, zurück von dem Toten zu weichen,
Noch vorauszueilen zum Kampf vor den andern Achaiern,
Sondern beim Toten zu stehen und ganz in der Nähe zu kämpfen.
So befahl der gewaltige Ajas. Von purpurnem Blute
Floß der Boden umher; da stürzten sie dicht aufeinander,
Alle die Toten der Troer und mutigen Bundesgenossen
Und die Achaier; sie mußten ihr Blut doch lassen im Kampfe,
Fielen sie auch in geringerer Zahl, denn immer gedachte
Einer des andern, vor jähem Tod im Gewühl ihn zu schützen.
Also tobten sie gleich dem Feuer; es hätte wohl niemand
Jetzt gewußt, ob Sonne und Mond noch stünden am Himmel.
Denn es waren vom Nebel umhüllt die Tapfersten alle,
Die den erschlagenen Sohn des Menoitios kämpfend umgaben.
Doch die übrigen Troer und erzgeschienten Achaier
Kämpften frei in der Helle des Tags, denn die glühende Sonne
Glänzte strahlend herab, und nirgends stand eine Wolke
Über dem Feld und den Bergen; sie rasteten öfters im Kampfe,
Gegenseitig vermeidend die bitteren Todesgeschosse.
Weit voneinander getrennt. Doch litten *die* in der Mitte
Unter dem Nebel und Kampf, und gerade die Tapfersten alle
Sanken vom grausamen Erz. Nur zwei allein von den Männern,
Beide rühmliche Helden, Antilochos und Thrasymedes,
Ahnten nichts noch von Patroklos' Fall, des edlen, und meinten,
Daß er noch lebend im Vordergewühl die Troer bekämpfte.
Beide bedacht zu verhüten den Tod und die Flucht der Gefährten,
Stritten sie ferne noch fort, wie Nestor es ihnen geboten,
Als er zum Kampfe sie mahnend entließ von den dunkelen Schiffen.

Also tobte den ganzen Tag um die Männer des Kampfes
Hitziger Streit, und es troffen vom Schweiß des ermüdenden Kampfes
Ständig jedem die Knie, die Schenkel und Füße darunter.
Hände und Augen wurden den Kämpfenden allen besudelt
Dort um den tapfern Genossen des hurtigen Aiaskosenkels.
Wie wenn ein Mann seinen Leuten die Haut eines mächtigen Stieres
Gibt, sie auszudehnen, die reichlich vom Fette getränkte;
Die aber nehmen die Haut und treten zum Kreis auseinander,
Dehnen sie aus, daß sie trocknet alsbald und sich füllt mit dem Fette
Bei so vieler Gezerr, und sie breitet sich ganz auseinander:
Also zerrten sie beiderseits dort auf der Stelle den Toten
Hin und her; im Herzen hofften die Männer von Troja,
Heim nach Ilios diesen zu ziehen, indes die Achaier,
Fort zu den räumigen Schiffen; und über ihm tobte des Kampfes
Wut. Den hätten selbst Ares, der Volkserreger, und Pallas
Jetzt mit Freude gesehen, und wären sie noch so erbittert.
Solches Unsal verhängte nun über die Männer und Rosse
Zeus um Patroklos' willen an jenem Tage. Doch gar nichts
Wußte von Patroklos' Tode bis jetzt der edle Achilleus.
Denn sehr weit von den schnellen Schiffen kämpften die Heere
Unter der Mauer der Stadt; das hatte er niemals erwartet,
Tot ihn zu sehen; er hoffte, sobald er zum Tore gedrungen,
Kehrte der Freund ihm lebend zurück, obwohl er doch niemals
Ohne noch auch mit ihm sich erhoffte, die Stadt zu zerstören.
Oftmals hatte er dieses geheim von der Mutter vernommen,
Wann sie vom Plane des mächtigen Zeus ihm sprach und erzählte.
Doch auch dann verschwieg ihm die Mutter das drohende Unglück,
Daß er den Tod erleben müßte des liebsten der Freunde.
Immer noch schwangen sie dort um den Toten die spitzigen Lanzen,
Hart zusammengedrängt, und töteten einer den andern.
Also redete mancher der erzgeschirmten Achaier:
Freunde, das wäre doch schimpflich fürwahr, wenn wir jetzt zu den Schiffen
Wiederkehrten. Da soll uns lieber die finstere Erde
Alle verschlingen; so wär' es viel besser für uns auf der Stelle,

Als den Toten dahier den reisigen Troern zu lassen,
Daß sie zur eigenen Stadt ihn ziehen und Ruhm sich gewinnen.
Auch bei den übermütigen Troern redete mancher:
Freunde, und selbst wenn das Schicksal bei diesem Mann uns zu sterben
Allen zusammen bestimmte, so weiche doch keiner vom Kampfe!
So wohl redete mancher und spornte den Mut der Genossen.
Also kämpften sie dort, und eisernes dumpfes Getöse
Drang zum ehernen Himmel hinauf durch den wogenden Äther.
Doch des Achilleus Rosse, die abseits standen vom Kampfe,
Weinten, seitdem sie die Kunde gehört, daß ihr zügelnder Lenker
Liege im Staube, gefällt von der Hand des mordenden Hektor,
Ob Automedon auch, der wehrbare Sohn des Diores,
Immer wieder sie traf mit dem Schlage der schwirrenden Geißel,
Oft mit schmeichelnden Worten sie trieb und mit drohenden wieder.
Weder zurück zu den Schiffen zum weiten Hellespontos
Wollten sie beide, noch auch in die Schlacht zu den Danaern gehen.
Sondern so wie die Säule, die sicher und fest auf dem Hügel
Steht als Mal eines Toten, des Mannes oder auch Weibes,
Standen sie, ohne zu wanken, und hielten den prächtigen Wagen,
Nieder zu Boden die Köpfe gesenkt, und Tränen der Trauer
Rannen heiß aus den Lidern herab; so schmerzlich vermißten
Diese den Lenker; die üppigen Mähnen entquollen dem Ringe
Beiderseits neben dem Joch und wurden vom Staube besudelt.
Voll Erbarmen gewahrte die Weinenden eben Kronion,
Schüttelte trauernd sein Haupt und sprach zum eigenen Herzen:
Ärmste, warum nur schenkten wir euch dem Könige Peleus,
Euch, die unsterblichen, alterslosen, dem sterblichen Manne?
Wohl die Leiden zu teilen mit unglückseligen Menschen?
Denn kein anderes Wesen wirklich ist mehr zu bejammern
Als der Mensch von allem, was atmet und kriecht auf der Erde.
Aber es hofft umsonst, mit euch und dem prunkenden Wagen
Hektor, Priamos' Sohn, zu fahren; das dulde ich niemals.
Ist's nicht genug, daß bereits er die Waffen besitzt und sich brüstet?
Euch aber will ich mit Kraft die Kniee noch rüsten und Herzen,
Daß ihr Automedon auch errettet und heil aus dem Kampfe

Bringt zu den räumigen Schiffen. Den Ruhm noch schenk' ich den Troern,
Tötend hinan zu den schöngebordeten Schiffen zu dringen,
Bis die Sonne sich senkt und weicht dem heiligen Dunkel.
Also sprach er und hauchte den Rossen Mut in die Seele.
Beide schüttelten gleich zur Erde den Staub aus den Mähnen
Und entführten im Flug zu Achaiern und Troern den Wagen.
Und so tief er litt um den Freund, Automedon stürmte
Gegen den Feind mit den Rossen, hinein wie der Geier in Gänse.
Leicht aber wich er immer zurück vor den Scharen der Troer,
Leicht wieder stieß er hinein in den dichtesten Haufen zum Angriff.
Doch er tötete nicht, so schnell er auch schien im Verfolgen;
Ganz unmöglich war's, allein in dem heiligen Wagen
Anzugreifen zugleich mit dem Speer und die Renner zu lenken.
Endlich bekam ein befreundeter Mann ihn doch zu Gesichte:
Der, Alkimedon, Sohn des Laërkes vom Stamme des Haimon,
Stellte sich hinter den Wagen und sprach ihn an mit den Worten:
Wer von den Göttern, Automedon, hat solch nichtigen Vorschlag
Dir in die Seele gelegt und die gute Besinnung genommen?
Daß du gegen die Troer kämpfst im vordersten Treffen
Ganz allein? Und bereits ist der Freund dir getötet, und Hektor
Trägt um die eigenen Schultern mit Stolz die Wehr des Achilleus.
Und der Sohn des Diores, Automedon, sagte dagegen:
Wer, mein Alkimedon, könnte wohl hier von allen Achaiern
Besser als du den Mut der unsterblichen Rosse bezähmen,
Außer Patroklos selbst, der Göttern gleich war im Rate,
Als er noch lebte? Doch jetzt ergriff ihn der Tod und das Schicksal.
Auf, erfasse nun du die Geißel, die schimmernden Zügel,
Ich aber steige vom Wagen herab, um selber zu kämpfen.
Also rief er, Alkimedon sprang auf den rollenden Wagen,
Faßte die Geißel geschwind und nahm in die Hände die Zügel.
Aber Automedon schwang sich herab. Doch der strahlende Hektor
Sah ihn und redete gleich zu Aineias, der neben ihm kämpfte:
Mein Aineias, Berater der erzgepanzerten Troer,
Schau', dort seh' ich die Rosse des schnellen Aiakosenkels
Eben erscheinen zum Kampf, von schwächlichen Lenkern geleitet.

Darum hoff' ich, wir fangen sie rasch, wenn *du* nur im Herzen
Selber es willst, denn kaum, sobald wir zwei sie bestürmten,
Wagten sie, uns entgegenzutreten zum Kampfe des Ares.
　Also sprach er, da folgte der tapfere Sohn des Anchises.
Beide eilten voran, die Schultern bedeckt von des Erzes
Festen, trocknen, mit vielem Erze beschmiedeten Häuten.
Chromios aber sogleich und Aretos, göttlich von Ansehn,
Folgten ihnen, die beiden; sie hofften im Herzen, die Männer
Selber zu töten, doch fortzutreiben die kräftigen Rosse.
Ach, die Toren! sie sollten Automedon nimmer verlassen,
Ohne ihr Blut zu verlieren. Denn Zeus erhörte sein Bitten
Und erfüllte mit Stärke und Kraft die verdüsterte Seele.
Gleich aber sprach er Alkimedon an, den treuen Gefährten:
　Mein Alkimedon, halt mir ja nicht ferne die Rosse,
Sondern so, daß dicht sie am Rücken mir schnauben. Ich fürchte,
Hektor, Priamos' Sohn, wird weiter wüten, so lange,
Bis er die glänzendbehaarten Rosse besteigt des Achilleus
Über unseren Leichen und scharenweis die Achaier
Fliehen, oder bis daß er fällt im vordersten Kampfe.
　Also sprach er und rief Menelaos und Ajas, die beiden:
Ajas, Führer der Männer von Argos, und du, Menelaos,
Seht, überlasset den Toten doch jetzt den tapfersten Männern,
Daß sie um diesen geschart, vor den Reihen der Feinde ihn schützen,
Uns, die Lebenden aber beschützt vor dem Tage des Jammers.
Drängten hier doch heran zum tränenbringenden Kampfe
Sie, die Tapfersten unter den Troern, Aineias und Hektor.
Freilich, dieses ruht noch im Schoße der ewigen Götter.
Ich auch schleudre den Speer, und Zeus besorge das andre!
　Sprach's und holte schon aus und schwang die schattende Lanze,
Und den Aretos traf er am gleichgerundeten Schilde;
Der aber hielt dem Erze nicht stand; es stürmte die Lanze
Durch, hinein in die Weiche des Bauches, den Gürtel durchbohrend.
So, wie ein jugendlich rüstiger Mann mit der Schärfe des Beiles
Hinter die Hörner schlägt den weidenden Stier und die Sehne
Ganz durchhaut; der springt noch voran, da stürzt er zu Boden:

Also fiel er schon rücklings im Sprunge noch, weil im Gedärme
Wühlte der scharfe geschwungene Speer und die Glieder ihm löste.
Hektor schoß auf Automedon jetzt die blinkende Lanze;
Der aber blickte voraus und mied den ehernen Wurfspeer,
Vorwärts niedergebückt, und hinter ihm tief in den Boden
Fuhr der mächtige Speer, das Ende des Schaftes erbebte,
Bis alsbald die gewaltige Kraft des Ares erlahmte.
Jetzt aber wären sie gleich mit den Schwertern einander begegnet,
Hätten die Ajas nicht getrennt die wütenden Männer,
Die im Getümmel erschienen, dem Rufe des Freundes zu folgen.
Jäh von diesen geschreckt, nun wieder zurück aus dem Kampfe
Wichen Aineias und Hektor und Chromios, göttlich von Ansehn.
Aber den Aretos ließen sie dort mit zerrissenem Herzen
Liegen. Automedon jetzt, dem stürmenden Ares vergleichbar,
Riß ihm die Waffen vom Leib, und prahlend rief er die Worte:
Hab' ich ein wenig doch jetzt den Kummer des Herzens erleichtert
Über des Patroklos Tod, wenn ich auch einen Schlechteren fällte.
Also sprach er und warf in den Wagen die blutige Rüstung,
Trat dann selber hinein, die Füße und Hände darüber
Blutig, und glich einem Löwen, der kommt vom Fraße des Stieres.
Wieder entbrannte die mächtige Schlacht um Patroklos' Leiche,
Furchtbar und sehr zu beweinen; es weckte sie Pallas Athene,
Welche der waltende Zeus, damit sie die Danaer triebe,
Sandte vom Himmel herab, denn es hatte sein Sinn sich gewandelt.
Wie wenn Zeus den purpurnen Regenbogen am Himmel
Ausspannt, daß er den Menschen als Zeichen des Krieges erscheine
Oder des winterlich eisigen Sturms, der die Werke der Männer
Rasch beendet im Feld und schreckt die Tiere der Herde:
Also trat, in ein Purpurgewölk sich hüllend, Athene
Unter das Volk der Achaier und spornte zum Kampf einen jeden.
Und als ersten ermahnte sie gleich Menelaos, den starken
Sohn des Atreus und sprach – denn dieser stand ihr am nächsten –,
Ganz dem Phoinix ähnlich an Wuchs und gewaltiger Stimme:
Dir, Menelaos, wird es gewiß nur Schimpf und Beschämung
Bringen, wenn um den treuen Gefährten des edlen Achilleus
Unter der troischen Mauer die schnellen Hunde sich reißen.

Auf denn, halte dich tapfer und treibe die sämtlichen Mannen.
Ihm erwiderte gleich der Rufer im Streit Menelaos:
Phoinix, du hochbetagter, mein Väterchen, wenn doch Athene
Kraft mir wollte verleihen und wehren dem Sturm der Geschosse!
Gern dann wär' ich bereit, ihm beizustehn und zu helfen,
Meinem Patroklos; hat ja sein Tod mir die Seele verwundet.
Aber Hektor tobt wie das Feuer so grausam, und niemals
Rastet sein tötendes Erz, weil Zeus mit Ruhm ihn verherrlicht.
Also sprach er zur Freude der strahlenden Göttin Athene,
Weil er am ersten zu ihr vor den Himmlischen allen gebetet.
Und sie stärkte mit Kraft sogleich ihm die Schultern und Knie
Und erfüllte sein Herz mit dem Wagemute der Fliege,
Welche, wie oft man sie auch von dem menschlichen Leibe verscheuche,
Immer zu stechen sich müht; so lockt sie das Blut des Menschen:
So mit Mut erfüllte sie jetzt die umdüsterte Seele.
Schnell zu Patroklos ging er und schwang die blinkende Lanze.
War da unter den Troern ein Sohn des Eëtion, Podes,
Reich begütert und edel, von Hektor am höchsten geachtet
Unter dem Volk, denn er war ihm ein lieber Tafelgefährte.
Diesen traf er am Gürtel sogleich, Menelaos, der blonde,
Als er sich wandte zur Flucht, daß ganz das Erz ihn durchbohrte.
Dumpf erdröhnte sein Fall, und Atreus' Sohn Menelaos
Zog den Toten hinweg von den Troern zur Schar der Gefährten.
Aber den Hektor spornte, ihm nahe tretend, Apollon,
Phainops ähnlich, dem Sohne des Asios, welcher von allen
Gastlichen Freunden am liebsten ihm war, zu Haus in Abydos.
Diesem glich er und sprach, der treffende Schütze Apollon:
Hektor, wer von den Danaern könnte vor dir noch erzittern?
Scheuchte dich doch Menelaos zurück, der immer als weicher
Kämpfer nur galt; doch jetzt entriß er alleine den Troern
Unseren Toten und tötete *dir* den treuen Gefährten,
Der so tapfer im Kampf, den Sohn des Eëtion, Podes.
Sprach's, und jener, umhüllt von der düsteren Wolke der Trauer,
Ging durch die vordersten Kämpfer, mit funkelndem Erze gerüstet.
Jetzt aber nahm der Kronide die schimmernde quastengeschmückte
Aigis, und über den Ida hin lagert er hüllende Wolken,

Blitzte und donnerte mächtig und laut mit geschwungener Aigis.
Sieg aber gab er den Troern und schlug in die Flucht die Achaier.
Erst begann mit der Flucht Peneleos, Fürst der Boioter,
Denn ihn traf an der Schulter, so lang er vorwärts gerichtet,
Oben ein streifender Speer; und ganz hinein in den Knochen
Schnitt des Polydamas Erz, denn er warf ihn dicht aus der Nähe.
Leïtos aber, den Sohn des kühnen Alektryon, lähmte
Hektor im Kampf, indem er am Knöchel die Hand ihm durchbohrte.
Um sich blickend entfloh er bang, denn er hoffte im Geiste
Nimmer, den Speer in der Faust noch gegen die Troer zu kämpfen.
Hektor stürmte dem Leïtos nach, Idomeneus aber
Traf ihn am Panzer gegen die Brust, dicht neben der Warze.
Doch am Ende zerbrach der Schaft; da schrieen die Troer.
Hektor schoß nach Idomeneus gleich, dem Deukalionen,
Oben im Wagen; zwar traf er vorbei, so wenig auch fehlte,
Doch des Meriones Waffengenossen und zügelnden Lenker,
Koiranos, der aus der wohlgebauten Lyktos ihm folgte, –
Anfangs war er nämlich zu Fuß von den doppelgeschweiften
Schiffen gekommen und hätte den Troern den Sieg wohl verliehen,
Hätte nicht Koiranos schnell ihm gebracht die eilenden Rosse;
Ihm erschien er zum Heil und wehrte dem Tag des Verderbens,
Selbst aber büßt' er sein Leben ein durch den mordenden Hektor. –
Diesen traf er unter dem Kinn und dem Ohre; die Zähne
Schlug der Speer ihm heraus und zerschnitt in der Mitte die Zunge.
Und er stürzte vom Wagen, ihm glitten die Zügel zur Erde.
Diese nahm Meriones schnell mit den eigenen Händen,
Nieder sich bückend, und sprach den Idomeneus an mit den Worten:
Geißele nun, auf daß du die Schiffe, die schnellen, erreichest,
Denn du erkennst es ja selbst: die Macht entging den Achaiern.
Sprach's, und Idomeneus trieb die Rosse mit glänzenden Mähnen
Fort zu den räumigen Schiffen; es hatte die Angst ihn befallen.
Nicht verborgen blieb Menelaos und Ajas, dem kühnen,
Daß nun Zeus den entscheidenden Sieg den Troern gewährte.
Und es begann mit der Rede der Sohn des Telamon Ajas:
Wehe, da könnte sogar ein Mann von beschränktestem Geiste

Sehen, daß Vater Zeus zu Hilfe nahte den Troern.
Trifft von ihnen doch jedes Geschoß, ob immer ein Feigling
Oder ein Tapferer zielt, denn Zeus gibt jedem die Richtung.
Uns dagegen fallen sie alle vergeblich zur Erde.
Auf denn, lasset nun selbst den besten Rat uns ersinnen,
Wie wir den Toten bergen zugleich und selber zur Freude
Unserer lieben Genossen zur Heimkehr wieder gelangen,
Die voll Angst wohl blicken hierher und alle verzagten,
Daß wir des mordenden Hektor Gewalt und unnahbare Hände
Ferner bestehn, und den Tod bei den dunklen Schiffen erwarten.
Wäre doch irgendein Freund, der gleich dem Peliden die Botschaft
Kündete, weil er, so glaub' ich, noch nichts von der traurigen Kunde
Hörte, daß ihm der geliebte Freund ums Leben gekommen.
Aber nirgends erscheint vor den Augen mir solch ein Achaier.
Nebel bedeckt sie alle zugleich, die Männer und Rosse,
Vater Zeus, befreie vom Nebel du doch die Achaier.
Gib uns die Helle des Tags und laß mit den Augen uns sehen;
Töte uns, weil es dir also beliebt, im Scheine der Sonne!
Also sprach er, und Zeus, den Vater, rührten die Tränen.
Gleich zerstreut' er den finsteren Dunst und verdrängte den Nebel;
Leuchtend erstrahlte die Sonne, hell lag da das ganze Gefilde.
Da nun redete Ajas zum Rufer im Streit Menelaos:
Schau' dich um, Menelaos, du göttlicher, ob du noch lebend
Wohl Antilochos siehst, den Sohn des erhabenen Nestor.
Heiß ihn schnell zum tapfren Achilleus gehen und melden,
Daß ihm der allerteuerste Freund ums Leben gekommen.
Also sprach er, und gern gehorchte der Held Menelaos;
Eilend lief er davon wie ein Löwe vom Rindergehege,
Wann er es müde geworden, die Männer und Hunde zu reizen,
Die ihm die fetten Rinder hinwegzuschleppen verwehren,
Wachsam die ganze Nacht; und er, nach dem Fleische begierig,
Dringt heran, doch ganz umsonst; ein Hagel von Spießen
Schwirrt ihm plötzlich entgegen, von mutigen Händen geschleudert,
Brennende Bündel dazu, daß er weicht, wie sehr es ihn lüstet;
Früh des Morgens macht er sich fort verdrossenen Mutes:

So von Patroklos wich der Rufer im Streit Menelaos
Höchst verdrossen zurück, denn er fürchtete sehr, die Achaier
Könnten, verzweifelt vor Angst, zur Beute den Feinden ihn lassen.
Viel noch trug er Meriones auf und dem Paare der Ajas:
Ajas, ihr Fürsten der Männer von Argos, Meriones, höret,
Jetzt gedenke ein jeder von euch der Milde des armen
Patroklos, der es verstand, sich allen freundlich zu zeigen,
Während er lebte; doch jetzt ergriff ihn der Tod und das Schicksal!
Dieses rief er und eilte davon, Menelaos, der blonde,
Rundum blickend; so glich er dem Adler, von welchem sie sagen,
Daß er am schärfsten erspäht von allem Gevögel des Himmels;
Selbst aus der Höhe herab entdeckt er den flüchtigen Hasen,
Unter belaubtem Gebüsch, den geduckten, und schwingt sich im Stoße
Nieder auf ihn, erhascht ihn geschwind und raubt ihm das Leben:
Also schweiften auch dir, Menelaos, du Liebling der Götter,
Rund umher durch die Schar der Gefährten die glänzenden Augen,
Ob du Nestors Sohn noch lebend irgend erblicktest.
Den aber sah er sogleich zur Linken des Schlachtengemenges,
Wie er die Freunde belebte mit Mut und spornte zum Kampfe.
Nahe trat er zu ihm und sprach, Menelaos, der blonde:
Komm, Antilochos, Göttlicher, her, auf daß du die trübe
Trauerkunde vernimmst; o wär' es nie doch geschehen!
Selber wirst du, so denk' ich, bereits mit eigenen Augen
Sehen, wie jetzt ein Gott den Danaern Schweres heranwälzt;
Siegen dürfen die Troer; tot liegt der beste Achaier,
Patroklos; schmerzliche Sehnsucht erfüllt die Danaer alle.
Eile nun schnell zu Achilleus, hinab zu den Schiffen Achaias,
Sag ihm, ob er nicht gleich den Leichnam rette zum Schiffe,
Nackt, wie er ist, denn die Waffen besitzt der geschmeidige Hektor.
Sprach's, und ein Schauer durchfuhr den Antilochos, als er es hörte;
Lange blieb er sprachlos, verstummt, indessen die Augen
Wurden von Tränen erfüllt, und ihm stockte die schwellende Stimme.
Dennoch säumte er nicht, Menelaos' Gebot zu befolgen,
Machte sich auf, seine Waffen dem edlen Laodokos gebend,

Der, sein Genoß, in der Nähe, die stampfenden Renner ihm lenkte.
Ihn, den Weinenden, trugen die Füße hinweg aus dem Kampfe,
Peleus' Sohn', dem Achilleus, das schreckliche Wort zu verkünden.
Nicht aber warst du im Herzen gewillt, Menelaos, Gebieter,
Jetzt den ermatteten Freunden zu helfen, die jener verlassen;
Schwer vermißten Antilochos gleich die Männer von Pylos;
Der aber trieb für *sie* Thrasymedes, den edlen, zum Kampfe,
Selbst dann ging er zurück zu Patroklos wieder, dem Helden,
Trat zu den Ajas rasch und eilend sprach er die Worte:
Jenen habe ich eben hinab zu den Schiffen entboten,
Daß er zum schnellen Achilleus gehe, doch dieser wird schwerlich
Jetzt erscheinen, wie sehr er auch zürne dem göttlichen Hektor.
Denn wie sollte er waffenentblößt die Troer bekämpfen?
Wir aber wollen uns selbst den besten Plan überlegen,
Wie wir den Toten bergen und selber zugleich dem Getöse
Kämpfender Troer entgehen, den Tod und das Schicksal zu meiden.
Gleich versetzte des Telanon Sohn, der mächtige Ajas:
Wahrer hast du geredet, du rühmlicher Held Menelaos,
Bücket euch rasch, du selbst und Meriones, hebet den Toten
Auf und traget ihn fort aus dem Kampfe, indessen wir beide
Kämpfen hinter euch dann mit den Troern und Hektor, dem edlen,
Wir, die Namensgleichen, vom gleichen Mute Beseelten;
Immer zusammen halten wir stand dem wütenden Ares.
Also sprach er, da hoben sie schnell von der Erde den Leichnam
Hoch mit kräftigem Arm, und es schrien die troischen Völker
Hinten, sobald sie den Toten gewahrten im Arm der Achaier.
Vorwärts drangen sie gleich, wie die Hunde sich gegen den Eber
Stürzen, der blutet vom Speer, voran vor den rüstigen Jägern;
Anfangs laufen sie nach und lechzen, ihn schnell zu zerreißen,
Aber sobald er sich gegen sie kehrt, der Stärke vertrauend,
Weichen sie alle zurück und flüchten sich hierhin und dorthin:
Also folgten die Troer zuerst in Haufen und immer
Stießen sie zu mit dem Schwert und den doppeltgeschliffenen Lanzen.
Aber sobald die Ajas beide, sich gegen sie wendend,
Standen, da wechselten gleich sie die Farbe der Haut, und es wagte
Keiner, im Sturme voraus um die Leiche noch weiter zu streiten.

Also trugen sie eifrig den Toten hinweg aus dem Kampfe,
Hin zu den räumigen Schiffen, und um die beiden entfesselt,
Tobte die Schlacht, wie stürmendes Feuer die Stätte der Menschen,
Plötzlich entbrannt, in Flammen verzehrt, daß die Häuser versinken
Unter der Glut, und es braust noch des Windes Gewalt in die Lohe:
So erscholl von den Rossen und speergerüsteten Männern
Unaufhörlicher Lärm und verfolgte die schreitenden Krieger.
Die nun so, wie die Maultiere stark mit beharrlichen Kräften,
Hoch von den Bergen herab auf steinigem Pfade den Balken
Schleppen oder den großen Stamm für das Schiff, doch im Herzen
Werden die hart sich Mühenden matt von der Last und dem Schweiße:
Also trugen sie eifrig den Toten, und hinten indessen
Wehrten die Ajas ab, wie ein Vorgebirge den Wassern
Wehrt, das, bewaldet und weit hinab in die Ebene stoßend,
Selbst dem furchtbar reißenden Strome der mächtigen Flüsse
Halt gebietet und allen sogleich den Lauf ins Gefilde
Lenkt; doch nimmer zerbricht ihn die Kraft der strömenden Wasser.
Also drängten beständig die Ajas die stürmenden Troer
Hinten zurück, die dicht sie verfolgten, voraus vor den andern
Zwei: Aineias, Anchises' Sohn, und der strahlende Hektor.
So aber wie ein Gewölk von Staren entflattert und Dohlen,
Fürchterlich kreischend, sobald sie von ferne den nahenden Habicht
Sahen, der Mord und Verderben bringt dem kleinen Gevögel:
So zerstob vor Aineias und Hektor das Volk der Achaier,
Fürchterlich kreischend, und hatte den Mut vergessen zum Kampfe.
Viele schöne Waffen verloren die Danaer flüchtend
Rings um den Graben herum, und ruhelos währte das Kämpfen.

ACHTZEHNTER GESANG

Die Waffenschmiedung

Also kämpften sie dort und glichen dem lodernden Feuer.
Aber Antilochos kam zu Achill als eilender Bote.
Diesen fand er noch vorn vor den hochgeschnäbelten Schiffen,
Das überdenkend im Geist, was schon zur Erfüllung gediehen.
Schwer bekümmert sprach er zu sich im erhabenen Herzen:
Wehe mir doch! was drängen sich nur die gelockten Achaier
Wieder, zur Flucht gescheucht, durch die Ebene hin zu den Schiffen?
Daß nur die Götter nicht das schreckliche Leid mir erfüllen,
Wie es die Mutter einst verkündete, welche mir sagte,
Daß der Beste der Myrmidonen, noch während ich lebte,
Scheiden müßte vom Sonnenlicht durch die Hände der Troer!
Sicherlich ist des Menoitios tapferer Sohn schon gefallen,
Sinnlos! gebot ich ihm doch, sobald er die Flammen vertrieben,
Wiederzukehren zum Schiff und nicht mit Hektor zu kämpfen.
Während er dieses alles erwog im Geist und Gemüte,
Trat ihm nahe bereits der Sohn des würdigen Nestor,
Heiße Tränen vergießend, und sagte die leidvolle Botschaft:
Sohn des feurigen Peleus, ach, nun mußt du die schwerste
Traurige Botschaft erfahren – o wär' es nie doch geschehen! –
Patroklos liegt nun tot, und sie kämpfen bereits um den Leichnam,
Nackt wie er ist, denn die Waffen besitzt der geschmeidige Hektor.
Sprach's, und jenen umfing die finstere Wolke der Trauer.
Gleich mit den beiden Händen den Staub, den geschwärzten, ergreifend,
Überstreut' er den Kopf und entstellte sein liebliches Antlitz,
Asche haftete rings am nektarduftenden Kleide.
Selbst aber lag er groß, lang niedergestreckt in dem Staube,
Raufte sein Haar und beschmutzt' es zugleich mit den eigenen Händen.

Sklavinnen aber, erbeutet von Patroklos einst und Achilleus,
Jammerten laut vor Kummer des Herzens; hervor aus der Türe
Liefen sie her, den tapfren Achilleus umringend, und alle
Schlugen die Brust mit den Händen, und jeglicher wankten die Kniee.
Drüben jammerte auch Antilochos; Tränen vergießend,
Hielt er Achilleus' Hände – der stöhnte im adligen Herzen –,
Fürchtend, es könnte sich dieser den Hals mit dem Eisen durchschneiden.
Schrecklich klagt' er sein Leid; es hörte die herrliche Mutter,
Die bei dem greisen Vater saß in der Tiefe des Meeres.
Gleich aber schluchzte sie auf, und die Göttinnen scharten sich um sie,
Alle, soviel Nereïden da waren im Grunde des Meeres.
Dort war Glauke, Thaleia, Kymodoke ferner, die Schwestern,
Speio, Nesaie und Thoe, Halie mit ruhendem Blicke,
Und Kymothoe neben Aktaie und Limnoreia
Und Melíte, Iaira, Amphithoe auch und Agaue,
Doto und Proto, dazu Pherusa, Dynamene ferner,
Dann Dexamene, weiter Amphinome, Kallianeira,
Doris neben Panope und, hochberühmt, Galateia,
Auch Nemertes neben Apseudes und Kallianassa;
Dort war Klymene auch, Ianeira, dazu Ianassa,
Maira und Oreithyia, und schöngelockt, Amatheia,
Andere Töchter des Nereus noch im Grunde des Meeres,
Diese füllten die silbrige Grotte; sie alle zusammen
Schlugen sich gegen die Brust, und Thetis begann mit der Klage.
Hört, Nereïden, ihr Schwestern, auf daß ihr es alles vernehmet
Und den Kummer versteht, der so mir die Seele belastet.
Ach, ich Ärmste, ich Unglücksmutter des edelsten Mannes!
Wohl gebar ich den Sohn, den unvergleichlichen starken
Besten der Helden; er schoß empor wie ein Reis in der Blüte,
Und ich zog ihn heran wie die Pflanze im hügligen Garten,
Ließ ihn darauf mit gebogenen Schiffen gen Ilion ziehen,
Gegen die Troer zu kämpfen; doch nie empfang' ich ihn wieder;
Kehrt er doch nimmer zurück zu Peleus' Haus in die Heimat.
Aber solang' er mir lebt und das Licht der Sonne noch schauet,

Muß er leiden, und nie vermag ich ihm nahend zu helfen.
Dennoch geh' ich, mein liebes Kind zu sehn und zu hören,
Welcher Kummer ihn traf, weil er ferne sich hielt von dem Kampfe.
Jetzt, nachdem sie geredet, verließ sie die Grotte, und alle
Gingen weinend mit ihr; da brach sich die Woge des Meeres
Ihnen zur Bahn. Sobald sie zur scholligen Troja gelangten,
Stiegen sie auf zum Gestade der Reihe nach, dort wo die Flotte
Myrmidonischer Schiffe umringte den schnellen Achilleus.
Dicht zu dem bitterlich Stöhnenden trat die göttliche Mutter,
Gellend schluchzte sie auf und faßte den Kopf ihres Sohnes,
Und wehklagend sprach sie zu ihm die geflügelten Worte:
Liebes Kind, was weinst du, und was betrübt dir die Seele?
Sprich, verhehle mir nichts; ging alles doch in Erfüllung
Dir von Zeus, wie du früher gefleht mit erhobenen Händen,
Daß, um die Steuer zusammengedrängt, sich alle Achaier
Sehnen möchten nach dir, die schmählichsten Taten erduldend.
Seufzend aus tiefster Brust, versetzte der schnelle Achilleus:
Ja, meine Mutter, das hat der Olympier alles vollendet;
Aber was nützt mir dies, da jetzt mein geliebter Gefährte
Patroklos fiel, den ich höher geachtet als alle Gefährten,
Ganz wie mein eigenes Haupt; ich hab' ihn verloren, und Hektor,
Der ihn getötet, entriß ihm die riesigen, wunderbar schönen
Waffen; die schenkten die Götter als ehrende Gaben dem Peleus,
Jenes Tags, da sie dich dem sterblichen Manne vermählten.
Könntest du nur noch dort mit unsterblichen Schwestern des Wassers
Wohnen, und hätte sich Peleus ein sterbliches Weib doch genommen!
So aber muß dein Gemüt unendliche Trauer beschweren
Wegen des schwindenden Sohns, denn nie empfängst du ihn wieder,
Niemals kehrt er nach Haus, weil selbst mein Herz mir verbietet,
Lebend unter den Männern zu sein, solange nicht Hektor
Stirbt, daß er endlich durch meinen Speer sein Leben verliere
Und des Patroklos Raub, des Menoitiossohnes, mir büße.
Ihm erwiderte Thetis darauf mit weinendem Auge:
Frühe schon mußt du mir sterben, mein Kind; so redest du selber.

Gleich nach Hektor alsbald ist dir das Ende beschieden.
Voller Zorn versetzte darauf der schnelle Achilleus:
Käme der Tod doch gleich, da ich dem gefallenen Freunde
Nicht zu helfen vermochte, der gar so ferne der Heimat
Sinken mußte und meiner entbehren als Wahrers der Rache.
Jetzt aber kehre ich nimmer zurück zum Lande der Väter;
Weder dem Patroklos bracht' ich das Licht noch den anderen Freunden
Allen, so viele bereits erlagen dem göttlichen Hektor,
Sondern ich sitz' bei den Schiffen, umsonst die Erde belastend,
Ich, ein Mann, wie keiner der erzgeschirmten Achaier
Stark in der Schlacht, im Rate dagegen sind andere besser.
Möchte der Streit nur unter den Göttern und Menschen vergehen
Und der Zorn, der den Weisesten selbst zum Bösen erbittert,
Der, viel süßer als mild heruntergleitender Honig,
Bald in den Herzen der Männer erwächst wie dampfendes Feuer.
So hat mich nun erzürnt der Herrscher des Volks Agamemnon.
Lassen wir aber Geschehenes ruhen, so sehr es uns kränkte,
Zähmen wir nur das Herz in der Brust, dem Zwange gehorsam. –
Jetzt aber eil' ich, den Mörder des liebsten Hauptes zu treffen,
Hektor, und dann empfange ich selber mein Los, wenn es immer
Zeus zu vollenden beschließt und die andern unsterblichen Götter.
Nicht einmal des Herakles Kraft entging dem Verhängnis,
Welcher der Liebling doch war des herrschenden Zeus, des Kroniden,
Sondern ihn zwang das Geschick und der Grimm der schrecklichen Here.
So auch ich: wenn eben ein gleiches Geschick mir beschieden,
Lieg' ich getötet; doch jetzt verlangt es mich, Ruhm zu gewinnen.
Manche der Troer- und tiefgegürteten Dardanerweiber
Soll mir mit beiden Händen alsbald von den blühenden Wangen
Rinnende Tränen trocknen und stöhnend in Jammer vergehen.
Fühlen sie's nur, daß ich lange genug vom Kampfe gerastet!
Halte mich nicht, wie sehr du mich liebst; du beredest mich nimmer!
Ihm erwiderte gleich die silberfüßige Thetis:
Ja, das alles ist wahr, mein Kind, ich will es nicht tadeln,

Wenn du bedrängte Gefährten beschützt vor dem jähen Verderben.
Doch deine stattlichen Waffen sind jetzt in den Händen der Troer,
Und es prunkt in dem ehernen Glanz der geschmeidige Hektor,
Der um die Schultern sie trägt, doch schwerlich wird er noch lange
Ihrer sich brüsten; da schon der nahende Tod ihn erwartet.
Du aber stürze dich ja noch nicht ins Toben des Ares,
Bis du zurück mich kehren siehst mit den eigenen Augen;
Morgen frühe schon komm' ich, zugleich mit der steigenden Sonne,
Stattliche Waffen bring' ich dir mit vom Herrscher Hephaistos.
Also sprach sie und wandte sich fort von dem adligen Sohne,
Kehrte den Schwestern sich zu des Wassers und sagte zu diesen:
Taucht ihr alle hinab in den Schoß des unendlichen Meeres,
Bis ihr den Greis des Wassers gewahrt und die Wohnung des Vaters,
Und verkündet ihm alles; zum kunstberühmten Hephaistos
Geh' ich indes auf den hohen Olympos, ob dieser gewillt ist,
Mir für den Sohn die herrlichen strahlenden Waffen zu geben.
Also sprach sie; da tauchten sie unter die Woge des Meeres.
Sie aber stieg zum Olympos, die silberfüßige Göttin
Thetis, dem lieben Sohn die gepriesenen Waffen zu bringen.
Diese trug nun ihr Fuß zum Olympos, indes die Achaier
Unter entsetzlichem Angstgeschrei vor dem mordenden Hektor
Flohen und bald zu den Schiffen am Hellespontos gelangten.
Aber den Patroklos hätten auch nicht die geschienten Achaier
Jetzt den Geschossen entrissen, den toten Freund des Achilleus –
Wiederum hatte bereits ihn ereilt mit den Mannen und Rossen
Hektor, Priamos' Sohn; der glich dem Sturme des Feuers.
Dreimal faßte von hinten am Fuß ihn der strahlende Hektor,
Trachtend, ihn wegzuschleppen, und schrie zu den Troern gewaltig;
Dreimal stießen die Ajas, von wütenden Kräften besessen,
Hektor fort von dem Toten, doch fest, seiner Stärke vertrauend,
Sprang er einmal voran ins Gewühl, ein andermal wieder
Stand er mit lautem Geschrei, doch rückwärts wandt' er sich niemals.
Wie vom getöteten Tier umsonst den feurigen Löwen
Hirten im Feld zu vertreiben sich mühn, den hungrigen Fresser:

So vermochten auch nicht die beiden gerüsteten Ajas
Hektor, Priamos' Sohn, von dem Toten zurückzuschrecken.
Und er hätt' ihn entrafft und unendlichen Ruhm sich erworben,
Wäre nicht gleich dem Peliden die windesbeflügelte Iris
Eilend als Botin genaht vom Olympos, er solle sich wappnen,
Zeus und den anderen Göttern geheim, entsendet von Here.
Nahe trat sie heran und sprach die geflügelten Worte:
Auf, Pelide, du allerschrecklichster unter den Männern!
Rette den Patroklos jetzt, um welchen ein wildes Gemetzel
Dort vor den Schiffen erstand; sie morden sich untereinander,
Diese, die Leiche zu schützen bemüht, geschart um den Toten;
Jene, die Troer, hinweg sie zu reißen zur windesdurchwehten
Ilios, wüten daher; vor allen der strahlende Hektor
Drängt, ihn zu schleifen; es treibt ihn der Mut, von dem blühenden Nacken
Abzuschlagen sein Haupt und auf spitzige Pfähle zu stecken.
Auf, nicht länger geruht! es fahre ins Herz dir die Schande,
Daß da Patroklos liege zum Spiel für die troischen Hunde.
Schmach über *dich,* wenn irgend geschändet nur würde der Tote!
Ihr erwiderte gleich der fußbeschwingte Achilleus:
Iris, wer hat dich zu mir von den Göttern als Botin gesendet?
Wieder entgegnete ihm die windbeflügelte Iris:
Here hat mich gesandt, des Zeus erhabene Gattin.
Weder Kronion, der thronende, weiß es noch einer der andern
Ewigen Götter, die rings den beschneiten Olympos umwohnen.
Ihr entgegnete drauf der fußbeschwingte Achilleus:
Wie aber geh' ich zur Schlacht? Es haben doch jene die Waffen,
Auch verbot mir die liebende Mutter, mich früher zu rüsten,
Als bis ich wiederkehren sie sähe mit eigenen Augen.
Denn sie verhieß, von Hephaistos mir herrliche Waffen zu bringen.
Keinen anderen weiß ich, des rühmliche Waffen mir paßten,
Außer des Ajas Schild vielleicht, des Telamonsohnes.
Der aber, hoff' ich, ist selbst im vordersten Treffen geschäftig,
Kämpfend mit tödlichem Speer um Patroklos' Leib, des gefällten.
Wieder entgegnete ihm die windbeflügelte Iris:
Ja, das wissen auch wir, daß die herrlichen Waffen geraubt sind;
Aber eile nur so an den Graben und zeig dich den Troern,

Ob nicht diese vielleicht erschrocken vor dir von dem Kampfe
Lassen und Atem schöpfen die tapferen Söhne Achaias,
Wäre die Rast zu atmen auch kurz nur in ihrer Bedrängnis.
    Als sie dieses gesagt, enteilte die hurtige Iris.
Aber Achilleus erhob sich, der Götterliebling; Athene
Warf um die mächtigen Schultern die Aigis, die quastengeschmückte,
Dann umkränzte sein Haupt mit goldener Wolke die hehre
Göttin und ließ ihm ein weit erglänzendes Feuer entsprühen.
So wie ein Rauch von der Stadt sich erhebt und wirbelt zum Äther,
Fern von dem Eiland her, das feindliche Männer umkämpfen,
Während die Städter den ganzen Tag aus der eigenen Feste
Dringen zu furchtbarem Kampf; allein mit der sinkenden Sonne
Flammen unzählige Feuerzeichen empor, und es leuchtet
Hoch der steigende Glanz, zur Sicht den benachbarten Völkern,
Ob sie vielleicht mit den Schiffen sich nahn, dem Verderben zu wehren:
So erhob von Achilleus' Haupt sich ein Leuchten zum Äther.
Nur bis zum Graben trat er heran von der Mauer, doch mied er
Selbst die Achaier, die sorgende Warnung der Mutter beachtend.
Dort nun stand er und schrie, auch weitwärts Pallas Athene
Hob ihre Stimme, da fuhr in die Troer unendlicher Aufruhr.
So, wie gellend erschallt der schmetternde Ruf der Trompete,
Wann mit vernichtender Wut die Feinde die Feste umstürmen:
Also gellend erscholl die Stimme des Aiakosenkels.
Als sie nun hörten den ehernen Ruf des Aiakosenkels,
Regte sich allen das Herz, und die Rosse mit prangenden Mähnen
Wandten die Wagen zurück, denn sie ahnten Leiden im Geiste.
Auch die Lenker erschraken, sobald sie das furchtbare Feuer
Rastlos über dem Kopf des hochgemuten Peliden
Brennen sahen, entflammt von der strahlenden Göttin Athene.
Dreimal schrie vom Graben gewaltig der hehre Achilleus,
Dreimal wurden verwirrt die Troer und Bundesgenossen.
Dort nun fanden den Tod bei den eigenen Wagen und Lanzen
Zwölf der tapfersten Helden, indessen die Krieger Achaias
Freudig den Patroklos rissen hinweg aus der Bahn der Geschosse
Und auf ein Lager ihn legten; da standen im Kreise die Freunde

Klagend, und mit ihnen folgte zugleich der schnelle Achilleus,
Heiße Tränen vergießend, denn dort, auf die Bahre gebettet,
Sah er den treuesten Freund, zerfleischt von der Schärfe des Erzes.
Eben hatte er diesen gesandt mit den Rossen und Wagen
Fort in die Schlacht, doch nimmer begrüßt' er den Heimgekehrten.
Helios, rastlos im Lauf, entsandte die herrschende Here
Gegen den eigenen Willen zurück in Okeanos' Fluten.
Nieder tauchte die Sonne; da ruhten die edlen Achaier
Gleich vom gewaltigen Kampf und schonungslosen Gemetzel.
Drüben kehrten die Troer zugleich vom gewaltigen Treffen
Wieder zurück und schirrten vom Wagen die eilenden Rosse,
Stellten sich dann zur Versammlung, noch eh' sie des Mahles gedachten.
Aufrecht standen die Männer im Rat; kein einziger wagte
Niederzusitzen, es hemmte sie alle die Furcht, weil Achilleus
Wieder erschien, der so lange gerastet vom leidigen Kampfe.
Aber der kluge Polydamas sprach vor den Männern als erster,
Panthoos' Sohn, denn er schaute als einziger vorwärts und rückwärts,
Hektors Freund; sie waren in *einer* Nacht auch geboren,
Dieser durch Reden berühmt wie jener durch Siege der Lanze. –
So begann er mit klugem Verstand vor den Männern zu reden:
Freunde, beherziget alles genau, wie ich es euch rate,
Stadtwärts gehet sogleich und erwartet die heilige Eos
Nicht im Feld bei den Schiffen, zu weit entfernt ist die Mauer.
Ja, solange der Mann Agamemnon, dem herrlichen, zürnte,
Damals waren für uns die Achaier noch leicht zu bekriegen;
Gern auch pflegte ich da bei den schnellen Schiffen der Ruhe,
Voller Hoffnung, alsbald die geschweiften Schiffe zu nehmen.
Jetzt aber leb' ich in gräßlicher Angst vor dem schnellen Peliden.
Kenn' ich doch dessen gewaltsames Herz; nicht wird er noch länger
Bleiben wollen im Feld, wo bisher die Achaier und Troer
Beide mit gleicher Gewalt in die Wut des Ares sich teilen,
Sondern er plant den Kampf um die Stadt und unsere Weiber.
Eilen wir also zur Feste; gehorcht mir, denn so wird es werden:
Jetzt zwar hat die ambrosische Nacht den schnellen Peliden
Abgehalten, doch findet er morgen uns hier noch versammelt,

Wann er sich gegen uns stürzt mit den Waffen, so wird ihn wohl mancher
Kennenlernen; da freut sich gewiß, wer die heilige Troja
Fliehend erreicht, doch werden von Hunden und Geiern gefressen
Viele der Troer. O, bliebe mein Ohr doch verschont von der Kunde!
Folgt ihr jedoch meinen Worten, wenn auch mit bekümmertem Herzen,
Sammeln wir nachts auf dem Markte die Macht, und es werden die Türme
Sicher beschützen die Stadt und die hohen befestigten Tore,
Wohlverwahrt mit breiten und gutgeglätteten Flügeln.
Früh mit dem dämmernden Tag dann rüsten wir uns mit den Waffen,
Stellen uns rings auf die Türme, und weh', wenn er dann von den Schiffen
Nahen wollte, mit uns um die Mauer der Feste zu kämpfen!
Wieder zurück zu den Schiffen entführt er die kräftigen Renner,
Wann er von allerlei Lauf um die Stadt sich müde getummelt.
Einzudringen wird selbst sein Mut ihm nimmer gewähren,
Nie zerstöret er sie; eh' fressen ihn hurtige Hunde.
Finster entgegnete ihm der helmumflatterte Hektor;
Nicht mehr will mir gefallen, Polydamas, was du da redest,
Daß du uns treibst, in der Stadt uns wieder zusammenzudrängen.
Seid ihr's noch immer nicht müde, umhegt zu sein von der Mauer?
Früher war freilich des Priamos Stadt von den redenden Menschen
Allen gepriesen als reich an Gold und begütert an Erzen;
Jetzt aber ist aus den Häusern geschwunden das schöne Geschmeide;
Sind doch nach Phrygien schon und Maioniens lieblicher Gegend
Viele der Schätze verkauft, weil der mächtige Zeus uns ergrimmte.
Jetzt aber, wo mir den Sieg der Sohn des verschlagenen Kronos
Dort bei den Schiffen verlieh und ans Meer die Achaier zu drängen,
Äußre nicht wieder, du Narr, mir solche Gedanken im Volke.
Keiner der Troer gehorcht dir, denn niemals werd' ich es dulden.
Also wohlan, wie ich rede, so lasset uns alle gehorchen.
Jetzt genießet das Mal im Heere, nach Scharen geordnet,

Dann gedenket der Wacht und bleibt auf dem Posten ein jeder.
Wer von den Troern jedoch um die Güter zu sehr sich bekümmert,
Raff' sie zusammen und geb' sie dem Volk zu gemeinsamem Schmause;
Besser, daß einer von ihnen sie kostet als dort die Achaier.
Früh mit dem dämmernden Morgen dann wollen wir waffengerüstet
Wecken des Ares bitteren Kampf bei den räumigen Schiffen.
Wenn in der Tat bei den Schiffen erstand der edle Achilleus,
Wohl, so wird sein Entschluß ihm schlimm bekommen; mitnichten
Flieh' ich vor ihm aus der stürmenden Schlacht, vielmehr ihm entgegen
Tret' ich ihm dann, ob er mich besiegt oder ich ihn besiege.
Gleich ist Ares gesinnt und tötet den Tötenden manchmal.
Also redete Hektor; da riefen die Troer ihm Beifall,
Weil den Betörten die Sinne verblendete Pallas Athene.
Denn dem Hektor stimmten sie zu, der Böses beschlossen,
Doch dem Polydamas keiner, obwohl er so gut sie beraten.
Alle speisten sie dann im Heer, indes die Achaier
Während der ganzen Nacht um Patroklos stöhnten und klagten.
Vor den andern erhob der Pelide die heftige Klage,
Hielt mit den mordgewohnten Händen die Brust des Gefährten,
Unter schwerem Gestöhn, wie ein schönbärtiger Löwe,
Dem da heimlich aus dichtem Gehölz ein Jäger des Hirsches
Raubte die Jungen; es klagt das Tier, das später gekommen,
Streift in den Schluchten umher und sucht nach den Spuren des Mannes,
Ob es ihn irgendwo fände, von grimmigem Zorne besessen:
Also stöhnte er tief und sprach zu den Myrmidonen:
Wehe, welch nichtiges Wort ist jenes Tags mir entfallen,
Als ich Trost im Palaste dem Helden Menoitios zusprach!
Wieder nach Opus versprach ich den Sohn berühmt ihm zu bringen,
Wann er Troja zerstört und sein Teil erlangt von der Beute.
Zeus aber gibt nicht allen Gedanken der Menschen Erfüllung.
Uns ist beiden bestimmt, die gleiche Erde zu röten
Hier im troischen Lande, da auch mich selbst bei der Heimkehr

Nimmer im Saale begrüßt der alte reisige Peleus,
Noch auch Thetis, die Mutter; hier wird die Erde mich decken.
Weil ich nun, Patroklos, später als *du* muß unter die Erde,
Werde ich eher dich nicht bestatten, als bis ich die Waffen
Hektors, des kühnen, hierhergebracht und den Kopf deines Mörders.
Zwölf Gefangene will ich am Scheiterhaufen dir schlachten,
Adlige Söhne der Troer, aus Zorn ob deiner Ermordung.
Aber so lange noch liege du so beim geschnäbelten Schiffe,
Während die Troer- und tiefgeschürzten Dardanerweiber
Dich umjammern bei Tag und bei Nacht und Tränen vergießen,
Die wir mit eigener Kraft und mächtigem Speer uns errangen,
Als wir blühende Städte zerstörten von sterblichen Menschen.
Also sprach der edle Achilleus und hieß die Gefährten
Rasch einen mächtigen Dreifuß ans Feuer stellen, damit sie
Reinigten gleich des Patroklos Leib vom blutigen Staube.
Die aber stellten das Badegefäß auf das lodernde Feuer,
Gossen das Wasser hinein und schichteten Scheite darunter,
Feuer umfing den Bauch des Geschirrs, und es kochte das Wasser.
Aber sobald nun wallte das Wasser im funkelnden Erze,
Wuschen sie gleich und salbten den Toten mit glänzendem Öle,
Füllten die Wunden mit Balsam – der hatte neun Jahre gelagert –,
Legten ihn dann auf ein Bett und deckten ein schmiegsames Leinen
Bis zu den Füßen vom Kopf und ein leuchtendes Tuch noch darüber.
Aber die Myrmidonen darauf um den schnellen Achilleus
Stöhnten während der ganzen Nacht um Patroklos klagend.
Zeus aber sprach zu Here gewandt, der Schwester und Gattin:
Endlich gelang es dir doch, o Here mit herrschendem Blicke,
Aufzubringen den schnellen Achill. So sind wohl aus deinem
Eigenen Schoße geboren die langgelockten Achaier?
Ihm erwiderte gleich die herrschendblickende Here:
Welch ein Wort, o Kronide, du Schrecklicher, hast du gesprochen?
Kann doch ein Irdischer selbst einem anderen Mann es vollenden,
Der nur ein Sterblicher ist und nicht so gewitzigt im Planen.
Wie drum sollte nun *ich*, mit Fug der Göttinnen erste,
Einmal durch meine Geburt und dann, weil ich deine Gemahlin

Werde genannt, der du allen Unsterblichen herrschend gebietest,
Nicht aus Rache nur Böses den troischen Männern ertrachten?
Während sie also sprachen, die zwei, im Gespräch miteinander,
Kam zu Hephaistos' Hause die silberfüßige Thetis;
Unzerstörlich und hell wie ein Stern, berühmt vor den Göttern,
Stand es, aus Erz von ihm selber gebaut, dem göttlichen Hinkfuß.
Schwitzend fand sie ihn dort um die Blasebälge beschäftigt,
Eifrig am Werk; Dreifüße verfertigt' er zwanzig in allem,
Rings um die Wand sie zu stellen des festgebauten Gemaches.
Goldene Räder befestigte jedem er unten am Boden.
Daß sie von selbst sich bewegten hinein in der Götter Versammlung,
Dann aber wieder zum Hause zurück, ein Wunder dem Auge.
Diese waren fertig soweit, und nur noch der Henkel
Zierat fehlte; die macht' er zurecht und hämmerte Bänder.
Während er also sich mühte, geschickt mit erfahrenem Geiste,
Trat unterdessen heran die silberfüßige Thetis.
Eben erblickte sie Charis im schimmernden Schleier, die holde
Gattin des starkarmigen Schmieds, entgegen ihr kommend,
Drückte fest ihr die Hand und sprach zu Thetis die Worte:
Thetis im schleppenden Kleid, wie kommst du zu unserem Hause,
Würdige, Liebste? Du pflegst mich sonst doch nicht zu besuchen.
Aber tritt nur herein, damit ich dich gastlich bewirte.
Also sprach und ging ihr voran die liebliche Göttin,
Hieß sie sitzen sogleich auf silberbeschlagenem Sessel,
Kunstvoll und schön, und es stützte ein Schemel darunter die Füße.
Und sie rief den kunstberühmten Hephaistos und sagte:
Komm heraus doch, Hephaistos; denn Thetis verlangt dich zu sehen.
Ihr erwiderte gleich der armeskräftige Meister:
Siehe, da treff' ich die machtvolle würdige Göttin im Hause,
Welche mich rettete, als ich den Sturz erlitt in die Tiefe,
Weil meine Mutter, die Hündin, mich Lahmgeborenen heimlich
Wollte verstecken. Da mußte mein Mut wohl Qualen erdulden.
Hätten Eurynome nicht und Thetis im Schoß mich geborgen,
Jene, Okeanos' Tochter, des erdumkreisenden Stromes.

Neun Jahr' blieb ich bei ihnen und schmiedete vielerlei Zierat,
Schnallen, gewundene Spangen und Ketten und Ohrengehänge
Dort im Grottengewölb, und rings des Okeanos' Strömung
Schäumte mit brausendem Hall unendlich; kein anderer, niemand
Wußte darum von den Göttern noch unter den sterblichen Menschen;
Thetis allein und Eurynome wußten es, die mich errettet.
Jetzt aber kommt sie zu mir ins Haus; da muß ich vor allem
Thetis, der schöngelockten, den Lohn für die Rettung entrichten.
Du aber setz' ihr das Beste nun vor von gastlichen Gaben,
Bis ich die Bälge beiseite geschafft und alle Geräte.
Sprach's und erhob sich vom Amboß, das schnaubende Ungetüme,
Lahmend, und unter ihm regten sich rasch die schwächlichen Beine.
Erst entfernt' er die Bälge vom Feuer, verschloß die Geräte
Alle, mit welchen er schaffte, zusammen in silbernem Kasten,
Nahm einen Schwamm und wusch sich das ganze Gesicht und die Hände,
Auch den gedrungenen Hals und die Brust, von Haaren bewachsen,
Fuhr in den Rock, ergriff einen kräftigen Stab, und zur Türe
Hinkte der Herrscher hinaus, gestützt von dienenden Mädchen;
Diese waren aus Gold, doch glichen sie lebenden Jungfraun;
Denn sie besitzen im Herzen Vernunft und haben die Sprache,
Haben auch Kraft und lernten von ewigen Göttern die Werke.
Eifrig schnauften sie neben dem Herrn; der hinkte indessen
Nahe zu Thetis und setzte sich nieder auf schimmerndem Stuhle,
Drückte fest ihr die Hand und sprach ihr zu mit den Worten:
Thetis im schleppenden Kleid, wie kommst du zu unserem Hause,
Würdige, Liebste? Du pflegst mich sonst doch nicht zu besuchen.
Rede nur, was du begehrst; mein Herz gebietet Erfüllung,
Wenn ich's erfüllen dir kann und wenn du Erfüllbares forderst.
Ihm entgegnete Thetis darauf mit weinendem Auge:
Ach, Hephaistos, hat eine der Göttinnen nur im Olympos
Je im Herzen so viel unselige Qualen erduldet,

Wie sie mir der Kronide Zeus zu leiden gegeben?
Mich von den Wasserschwestern allein zu dem Sterblichen zwingend,
Peleus, Aiakos' Sohn; ich ertrug das Lager des Mannes,
Ob ich auch sehr widerstrebte. Vom traurigen Alter bezwungen,
Liegt er nun schon in der Halle, doch jetzt bekümmert mich andres.
Hab' ich von ihm einen Sohn doch geboren und großgezogen;
Herrlich vor allen, so schoß er empor wie ein Reis in der Blüte,
Und ich zog ihn heran wie die Pflanze im hügligen Garten,
Ließ ihn darauf mit gebogenen Schiffen gen Ilion ziehen,
Gegen die Troer zu kämpfen, doch nie empfang' ich ihn wieder;
Kehrt er doch nimmer zurück zu Peleus' Haus in die Heimat.
Denn solang er mir lebt und das Licht der Sonne noch schauet,
Muß er leiden, und nie vermag ich ihm nahend zu helfen.
Jenes Mädchen, das ihm die Achaier zur Beute bestimmten,
Nahm aus den Händen ihm wieder der mächtige Fürst Agamemnon.
Ihretwegen zerquält er sein Herz, doch die Troer inzwischen
Schlossen die Danaer ein bei den Steuern der Schiffe und ließen
Nicht aus dem Lager sie gehn; die Alten des Volkes von Argos
Flehten ihn an und verhießen ihm viele köstliche Gaben.
Selbst zwar schlug er es ab darauf, dem Verderben zu wehren,
Kleidete aber den Patroklos ein in die eigene Rüstung.
Sandte ihn fort in die Schlacht und ließ viel Mannen ihm folgen.
Und sie kämpften den ganzen Tag an dem skaiischen Tore.
Ja, sie hätten des Tags die Stadt noch zerstört, wenn Apollon
Nicht des Menoitios tapferen Sohn, der Böses gestiftet,
Schlug im vordersten Kampf und dem Hektor Ehre gewährte.
Drum umfaß' ich die Knie dir jetzt, ob du wohl geneigt bist,
Helm und Schild meinem Sohne zu geben, dem todesgeweihten,
Schöne Schienen dazu, am Knöchel mit Spangen geschlossen,
Und einen Panzer; denn, was er besaß, verlor sein Gefährte
Speergefällt; er aber liegt auf der Erde, voll Harms in der Seele.
Ihr erwiderte gleich der armeskräftige Meister:
Sei getrost und laß dies nicht das Herz dir bekümmern.
Könnt' ich ihn doch so gewiß entrücken dem grausamen Tode,
Fern in die Weite, sobald ihm naht das schreckliche Schicksal,

Wie ihm die herrlichen Waffen bereit sein werden, die mancher,
Wer sie gewahrt, bestaunen noch wird von den Völkern der Menschen.
Also sprach er, ließ sie zurück und schritt zu den Bälgen,
Wandte sie gegen das Feuer und hieß am Werke sie schaffen.
Zwanzig Bälge bliesen an Zahl zugleich in die Öfen,
Mannigfach glutentfachenden Hauch dem Innern entstoßend,
Hier dem Emsigwirkenden gleich wie dort ihm zu dienen,
Je nachdem es Hephaistos befahl zur Vollendung des Werkes.
Unzerstörbares Erz und Zinn jetzt warf er ins Feuer,
Gold von köstlichem Wert und Silber, und setzte dann weiter
Fest auf den Block den mächtigen Amboß, ergriff mit der Rechten
Drauf den wuchtigen Hammer und nahm mit der Linken die Zange.
Erst nun formte der Meister den Schild, den großen und starken,
Ganz ihn verzierend, und legte darum einen schimmernden Reifen,
Dreifach und blank, verbunden mit silbernem Tragegehänge.
Schichten zählte man fünf an dem Schild, und oben auf diesem
Schuf er zierliche Bilder viel mit erfindsamem Geiste;
Obenauf formte der Gott die Erde, das Meer und den Himmel,
Ferner den vollen Mond und die unermüdliche Sonne,
Dann auch alle die Sterne dazu, die den Himmel umkränzen,
Oben, das Siebengestirn, die Hyaden, die Kraft des Orion,
Und die Bärin, die auch mit Namen den Wagen sie nennen,
Die auf der Stelle sich dreht und stets den Orion belauert
Und der einzig verwehrt das Bad in Okeanos' Fluten.
Ferner schuf er darauf zwei Städte von sterblichen Menschen,
Schöne; die eine von Hochzeitsfesten erfüllt und Gelagen.
Bräute führten sie fort aus den Kammern beim Scheine von Fackeln,
Rings durch die Stadt; aus vielen Kehlen ertönte das Brautlied.
Jünglinge drehten sich tanzend im Kreise, begleitet vom Schalle
Klingender Flöten und Harfen inmitten von ihnen; die Weiber
Standen alle bewundernd indes vor den Türen der Häuser.
Volk war dicht auf dem Markte geschart; es hatte ein Hader
Dort sich erhoben, zwei Männer lagen im Streit um die Sühnung
Eines getöteten Manns. Es beteuerte dieser dem Volke,

Alles hab' er bezahlt, doch leugnete jener die Zahlung.
Beide heischten, den Streit vor dem kundigen Richter zu enden.
Beiden lärmte die Menge, geteilt sie begünstigend, Beifall.
Herolde hielten indessen das Volk in Ordnung. Die Greise
Saßen umher im heiligen Kreis auf geglätteten Steinen,
Hatten in Händen die Stäbe der luftdurchtönenden Boten,
Sprangen mit ihnen dann auf und redeten wechselnd ihr Urteil.
Zwei Talente von Gold aber lagen inmitten des Kreises,
Dem von den Männern bestimmt, der das Recht am geradesten spräche.

Aber die andere Stadt umringten zwei Heere von Völkern,
Leuchtend in Waffen; doch war ihr Wunsch geteilt im Entschlusse,
Ob sie zerstörten oder in Hälften verteilten die Habe,
Allen Besitz, den die prangende Stadt im Inneren berge.
Die aber schlugen es ab, einen heimlichen Überfall rüstend.
Und die Weiber und schwachen Kinder bewachten die Mauer,
Obenstehend, und Männer dazu, vom Alter belastet.
Während sie eilten. Es führte sie Ares und Pallas Athene;
Beide waren aus Gold und in goldne Gewande gekleidet,
Schön und groß mit den Waffen, wie eben unsterbliche Götter,
Allüberragend; um einiges kleiner waren die Mannen.
Als sie den Platz nun erreicht, der geeignet erschien zum Verstecke,
Nahe dem Fluß, für alles Vieh die Stelle der Tränke,
Ebenda saßen sie nieder, umhüllt von funkelndem Erze.
Abseits aber setzten sich dann zwei Späher des Volkes,
Harrend, wann sie die Schafe gewahrten und Hörner der Rinder.
Bald erschienen die Herden, gefolgt vom Paare der Hirten,
Die, nichts ahnend vom Trug, am Flötenspiele sich freuten.
Jene stürzten hervor, sobald sie die Nahenden sahen.
Schnitten die Rinderherden sich ab und das schöne Getriebe
Silbriger Schafe und töteten gleich die Hirten der Weide.
Wie nun die andern das laute Getös bei den Rindern vernahmen,
Nah der Versammlungsstatt, da sprangen sie schnell auf die Wagen,
Folgten und hatten sie bald schon erreicht mit den fliegenden Rennern,
Stellten sich auf und kämpften den Kampf an dem Ufer des Flusses,
Schleuderten gegeneinander die erzbeschlagenen Lanzen.

Mitten dazwischen die Zwietracht, der Lärm; und die mordende Kere
Faßte den einen noch unversehrt, einen andern verwundet,
Und einen andern schleifte sie tot am Fuß durchs Getümmel;
Und ihr Gewand um die Schultern war rot vom Blute der Männer.
Handgemein wurden sie dort wie lebende Menschen und kämpften
Und entrissen einander die niedergesunkenen Toten.
Weiter schuf er ein lockeres Feld, ein fettes Gelände,
Breit und dreimal gepflügt; und viele ackernde Bauern
Trieben und wendeten hin und her darauf die Gespanne.
Aber sooft sie die Grenzen der Flur bei den Kehren erreichten,
Trat zu jedem ein Mann und gab in die Hand ihm den Becher
Edelsten Weins; dann lenkten sie wieder zurück in die Furchen,
Eifrig trachtend, zur Mark der tiefen Flur zu gelangen.
Dunkel wurde dahinter das Land und glich dem gepflügten
Boden, obgleich aus Gold, ein Wunder von künstlicher Arbeit.
Ferner schuf er darauf ein Königsgeding, wo die Schnitter
Mähten die wogende Saat, in den Händen die schneidenden Sicheln.
Reihenweis fielen, in Schwaden gemäht, die Ähren zu Boden,
Andere banden die Binder zu Bündeln mit strohernen Bändern.
Drei der Binder standen dabei, und hinter den Mähern
Sammelten Knaben die Garben und trugen sie unter den Armen
Rastlos heran, und schweigend stand, den Stab in den Händen,
Mitten dazwischen am Schwade der König mit fröhlichem Herzen.
Abseits unter der Eiche bereiteten Diener die Mahlzeit,
Emsig bemüht um ein großes geschlachtetes Rind, und die Frauen
Kneteten weißliches Gerstenmehl zur Speise den Schnittern.
Ferner dann schuf er ein traubenstrotzendes Rebengelände,
Schöngebildet aus Gold, doch schwärzlich erglänzten die Beeren;
Dichtgereiht aber stand der Wein an silbernen Pfählen.
Rings dann zog er den Graben aus blauem Stahl, die Umzäunung
Weiter aus Zinn; ein einziger Pfad nur führte zum Garten;
Den beschritten die Winzer, sooft sie lasen die Ernte.
Jungfern aber und ledige Burschen mit munterem Sinne
Trugen die süße Frucht gehäuft in geflochtenen Körben;
Mitten darunter ein Knabe, der schlug aus klingender Leier
Liebliche Töne und sang dazu den Reigen des Linos

Zart mit rührender Stimme, die anderen stampften im Takte
Jauchzend den fröhlichen Tanz, mit hüpfenden Füßen ihm folgend.
Rinder machte er dann mit hohem Gehörn, eine Herde.
Einige waren aus Gold und aus Zinn die andern gebildet.
Brüllend stürmten sie eben vom Hof hinab auf die Weide
Längs dem rauschenden Fluß durch Röhricht schwankenden Schilfes.
Goldene Hirten gingen im Schritt mit der Herde der Rinder,
Vier an der Zahl, begleitet von neun schnellfüßigen Hunden.
Furchtbar waren zwei Löwen; die hielten gepackt bei den Rindern
Vorn einen brüllenden Stier, und während er schrie noch und klagte,
Ward er verschleppt, doch hinter ihm liefen die Hunde und Männer.
Aber die beiden zerrissen die Haut des mächtigen Rindes,
Schlürften voll Gier die Gedärme, das Blut; doch die Hirten vergebens
Hetzten die hurtigen Hunde und trieben anfeuernd sie vorwärts;
Denn sie hemmte die Scheu, mit den Zähnen die Löwen zu packen;
Dicht aus der Nähe nur bellten sie an und wichen dem Angriff.
Ferner schuf eine Trift der armeskräftige Künstler,
Tief in lieblichem Tal, belebt von silbrigen Schafen,
Ställe und Hütten mit schirmenden Dächern darin und Gehege.
Ferner schuf er darauf einen Reigen, der rühmliche Künstler,
Jenem ähnlich, den einstens in Knosos, der weiten Feste,
Daidalos hatte gefügt für die lockige Maid Ariadne.
Blühende Jünglinge dort und reichbegüterte Mädchen
Tanzten den Reigen und hielten einander gefaßt bei den Händen.
Duftige Schleier trugen die Mädchen und Hemden die Knaben,
Schöngewebt und sanft erglänzend von schimmerndem Öle.
Zierliche Kränze trugen die einen, den anderen hingen
Goldene Dolche herab an silbernen Riemengehängen.
Kreisend liefen sie bald mit wohlbemessenen Tritten
Leicht umher, so wie wenn ein Töpfer die passende Scheibe
Sitzend mit prüfenden Händen erprobt, wie schnell sie sich drehe;
Bald auch tanzten sie wieder in Reihen einander entgegen.
Dicht aber stand das Volk um den reizenden Reigen versammelt,

Froh sich ergötzend; und unter der Menge ein göttlicher Sänger
Rührte die Saiten und sang, indes zwei springende Gaukler
Räder schlugen, sobald er zu singen begann, in der Mitte.
   Endlich schuf er darauf die Gewalt des Okeanosstromes
Rings um den äußersten Rand des festgebildeten Schildes.
   Aber sobald er den Schild nun vollendet, den großen und starken,
Schmiedete gleich er den Panzer, der heller noch strahlte als Feuer,
Schmiedete auch einen wuchtigen Helm, der die Schläfen ihm deckte,
Kunstvoll und schön, und setzte darauf einen goldenen Haarbusch,
Goß ihm endlich die Schienen dazu aus geschmeidigem Zinne.
   Als er nun alle die Waffen gefertigt, der rühmliche Künstler,
Nimmt er sie auf und legt sie der Mutter Achillens zu Füßen.
Sie aber stieß wie ein Falke vom schneebedeckten Olympos
Nieder, die schimmernden Waffen des Gottes Hephaistos im Arme.

NEUNZEHNTER GESANG

Achilleus entsagt dem Zorne

Eos im Safrangewand stieg auf aus Okeanos' Fluten,
Göttern und sterblichen Menschen die Leuchte des Tages zu bringen.
Thetis kam zu den Schiffen, die Gaben des Gottes im Arme.
Dort aber fand sie den lieben Sohn bei Patroklos liegend,
Bitterlich weinend, und um ihn her die Schar der Genossen
Jammerte. Unter sie trat in den Kreis die herrliche Göttin,
Nahm ihn fest bei der Hand und sprach ihm zu mit den Worten:
Lassen wir diesen doch jetzt, mein Kind, wie sehr es uns schmerzet,
Liegen, dieweil ihn einmal der Wille der Götter bezwungen.
Du aber nimm von Hephaistos hier die prangenden Waffen,
Strahlend schön, wie sie nie noch ein Mann um die Schultern getragen.
Also redete Thetis und legte zu Boden die Waffen
Dicht vor Achill; da erdröhnten die künstlich geschmiedeten alle.
Alle die Myrmidonen erschraken; kein einziger wagte,
Grade sie anzusehen; sie bebten zurück. Doch Achilleus
Faßte, sobald er sie sah, noch stärker der Zorn, und die Augen
Unter den Lidern erstrahlten so schrecklich wie Flammen des Brandes.
Freudig hielt er in Händen die herrlichen Gaben des Gottes.
Aber nachdem er sein Herz ergötzt im Betrachten des Zierats,
Sprach er sogleich, zur Mutter gewandt, die geflügelten Worte:
Mutter, ein Gott hat die Waffen geschickt, wie *so* sie geziemlich
Nur ein Unsterblicher schafft und nie die Hand eines Menschen.
Gleich denn will ich mich rüsten damit; doch schreckt mich die Sorge,
Daß mir indes in die Leiche des tapfren Menoitiossohnes
Fliegen sich setzen und tief in den Wunden, vom Erze geschlagen,

Wimmelnde Maden erzeugend, den Toten besudeln und schänden –
Ach, sein Leben erlosch! – und ganz der Körper verwese.
Ihm erwiderte gleich die silberfüßige Thetis:
Laß, mein Kind, das soll dich nicht im Herzen bekümmern.
Selbst versuch' ich ihm schon die gierigen Schwärme der Fliegen
Fortzuscheuchen, die sonst die gefallenen Männer verzehren.
Auch wenn er läge sogar, bis ganz ein Jahr sich vollendet,
Immer soll fest in ihm bleiben der Leib, ja frischer noch scheinen.
Du aber eile, zum Rate zu rufen die Helden Achaias.
Und entsage dem Zorn auf den Hirten des Volks Agamemnon.
Wappne zum Kampfe dich gleich und laß mit Kraft dich umgürten.
Also rief sie und stärkte den Sohn mit verwegener Kühnheit.
Patroklos goß sie Ambrosiasaft und rötlichen Nektar
Dann in die Nase, daß unverweslich sein Leib sich erhielte.
Er aber schritt am Gestade dahin, der hehre Achilleus,
Schrecklich schrie er und störte sie auf, die Helden Achaias.
Jene sogar, die zurück sonst blieben am Platze der Schiffe,
Steuerleute, die stets die Ruder der Schiffe bedienten,
Und die Schaffner im Lager da waren, Verteiler der Speise,
Die auch eilten sogar zum Rate, weil eben Achilleus
Wieder erschien, der so lange gerastet vom leidigen Kampfe.
Beide kamen sie angehinkt, die Genossen des Ares,
Tydeus' Sohn, der streitbare Held, und der edle Odysseus,
Matt auf die Lanze gestützt, denn sie trugen noch schmerzende Wunden,
Kamen und setzten sich nieder zum Rat in der vordersten Reihe.
Ganz zuletzt aber kam der Herrscher des Volks Agamemnon,
Wund auch *er*, denn es hatte auch ihn in gewaltigem Treffen
Koon, Antenors Sohn, verwundet mit ehernem Speere.
Aber nachdem sie sich alle zusammengeschart, die Achaier,
Gleich erhob sich und sprach zu den Männern der schnelle Achilleus:
Sprich, Atride, wär' es für beide, für dich und mich selber,
So nicht besser gewesen, als wir, in der Seele bekümmert,
Wegen der Maid uns entzweiten in herzverzehrendem Hader?
Hätte sie Artemis doch mit dem Pfeil bei den Schiffen getötet,
Jenes Tags, als ich selber sie raubte, Lyrnessos zerstörend.

Nicht so viele Achaier wohl hätten, vom Feinde bezwungen,
Dann in den Boden gebissen, weil ich im Zorne beharrte.
Hektor genoß den Gewinn mit den Troern; jedoch die Achaier
Werden gewiß noch lang an unseren Streit sich erinnern.
Lassen wir aber Geschehenes ruhen, so sehr es uns kränkte,
Zähmen wir nun das Herz in der Brust, dem Zwange gehorsam.
Also mach' ich ein Ende dem Zorn; es will mir nicht ziemen,
Unablässig weiter zu zürnen. Wohlan denn und eile,
Gleich zum Kampfe zu spornen die lockigen Häupter Achaias,
Daß ich noch einmal, den Troern entgegentretend, versuche,
Ob sie die Rast bei den Schiffen begehren. Gar mancher von ihnen
Möchte von Herzen gern die ermüdeten Kniee wohl beugen,
Wenn er dem blutigen Kampf nur entrinnt und unserer Lanze.
  Also sprach er; es freute die wohlbeschienten Achaier,
Daß er entsagte dem Zorn, der hochgemute Pelide.
Jetzt nun redete auch der Herrscher des Volks Agamemnon,
Doch vom eigenen Sitz und nicht in der Mitte der Männer:
  Tapfere Danaerhelden, ihr Freunde, Genossen des Ares,
Steht ein Redner, so scheint es ihn anzuhören, gebührlich,
Nicht ins Wort ihm zu fallen; das muß den Erfahrensten stören.
Doch bei solchem Gelärme der Männer, wer könnte da sprechen
Oder auch hören? Betäubt wird selbst der tönendste Redner.
Ihm, dem Peliden, tu' ich es kund, und ihr andern Argeier
Gebet indessen acht auf das Wort und beherzigt es alle.
Oftmals haben dasselbe bereits mir gesagt die Achaier
Und mich gescholten darum; doch *ich* bin sicher nicht schuldig,
Sondern das Schicksal und Zeus und Erinys, die wandelt im Dunkel,
Welche das Herz mir im Rat erfüllten mit arger Betörung,
Jenes Tags, als ich selbst dem Achill entwand seine Gabe.
Aber was konnte ich tun? Vollbrachte doch alles die Gottheit,
Zeus' erhabene Tochter Verblendung, die alle zum Unsal
Leitet; sie schwebt mit geschmeidigem Fuß, den Boden der Erde
Nie berührend, doch wandelt sie über den Köpfen der Menschen,
Schadet ihnen und führte schon manch einen Mann in die Irre.
Ließ sich doch einmal sogar auch Zeus verblenden, der erste
Unter den Menschen und Göttern bekanntlich, doch konnte auch diesen

Here, wiewohl nur ein Weib, durch listige Ränke betrügen,
Jenes Tags, als Alkmene des Herakles mächtige Stärke
Sollte gebären im Kranze der festummauerten Thebe.
Sehet, so redete Zeus voll Stolz zu allen den Göttern:
Höret mich, all' ihr Götter und auch ihr Göttinnen alle,
Daß ich sage, was nun das Herz in der Brust mir gebietet.
Heute noch bringt einen Menschen ans Licht die Göttin der Wehen,
Eileithyia; dieser wird alle Umwohner beherrschen,
Selbst vom Geschlechte der Menschen, die *mir* entstammen im Blute.
Tückischen Sinnes erwiderte ihm die Herrscherin Here:
Lügner du, niemals bringst du dein Wort zum Ziel der Vollendung,
Oder schwör's mir, Olympier, gleich mit kräftigem Eide,
Daß derjenige alle Umwohnenden möge beherrschen,
Der am heutigen Tage noch fällt aus dem Schoß eines Weibes
Unter den Menschen, die deinem Geschlecht entstammen im Blute.
Also sprach sie, und Zeus vermutete nichts in der Arglist,
Sondern schwur ihr den Eid und wurde gewaltig betrogen.
Here schwang sich herab und verließ das Horn des Olympos.
Schnell aber kam sie nach Argos im Lande Achaia; sie wußte
Dort des Sthenelos edle Gemahlin, der stammte von Perseus.
Diese trug einen Sohn, doch erst im siebenten Monat.
Unreif zog sie hervor ihn zum Licht; Alkmenen indessen
Hielt sie zurück die Geburt und verscheuchte die Eileithyien.
Selbst aber sprach sie zu Zeus Kronion, ihm dies zu verkünden:
Blitzestrahlender Zeus, ich leg' dir ein Wort in die Seele.
Schon ist geboren der Held und künftige Herrscher von Argos,
Sthenelos' adliger Sohn und Perseus' Enkel, Eurystheus,
Dir verwandt; so ziemt es ihm wohl, in Argos zu herrschen.
Sprach's, da fuhr ihm ein stechendes Leid in die Tiefe des Herzens;
Schnell ergriff er die Göttin der Schuld an den schimmernden Flechten,
Sehr im Herzen ergrimmt und schwur mit mächtigem Eide,
Niemals mehr zum Olympos und sternbesäeten Himmel

Dürfte sie wiederkehren, die Schuld, die alle verblendet.
Also Zeus und warf sie vom sternerleuchteten Himmel
Wirbelnd herab; sie stürzte sogleich auf die Werke der Menschen.
Immer beseufzte fortan sie der Gott, sooft er gewahrte,
Wie unziemlich sein Sohn sich mühte im Dienst des Eurystheus.
Also konnte auch *ich*, so oft der gewaltige Hektor
Wieder die Männer von Argos erschlug bei den Steuern der Schiffe,
Nie vergessen die Schuld, die erst mich hatte verblendet.
Aber nachdem ich gefehlt, des Verstandes beraubt vom Kroniden,
Will ich es wieder vergüten mit unermeßlicher Buße.
Auf denn, stürme zur Schlacht und sporne die anderen Mannen.
All die Geschenke zu reichen, bin gern ich erbötig, die gestern,
Als er im Zelt dich besuchte, versprach der edle Odysseus,
Oder willst du, so warte, wie sehr du dich sehnest nach Ares,
Und dir sollen die Diener aus meinem Schiff die Geschenke
Bringen, damit du siehst, was ich dir zur Befriedigung gebe.
Gleich entgegnete ihm und sagte der schnelle Achilleus:
Mächtigster Atreussohn, Beherrscher des Volks, Agamemnon,
Ob du sie *mir* nach Gebühr überlassen willst, die Geschenke,
Oder behalten, das steht bei *dir;* doch lasset uns eilend
Jetzt des Kampfes gedenken; es ziemt uns nicht, mit Gerede
Hier die Zeit zu verlieren; es wartet noch reichliche Arbeit.
Wie einer wieder Achilleus im vordersten Treffen gewahret,
Wenn er mit ehernem Speer die Reihen der Troer zerrüttet,
So sei jeder von euch bedacht, mit dem Feinde zu kämpfen.
Ihm entgegnete gleich der listenreiche Odysseus:
Dränge doch nicht, wie tapfer du seist, gottgleicher Achilleus,
Also nüchtern auf Ilios zu die Söhne Achaias,
Daß sie die Troer bekämpfen, denn nicht zu kurz wird gewißlich
Dauern die Schlacht, sobald sich einmal die Scharen vermischen,
Und ein Gott sie mit Mut beseelt, die Kämpfenden beide.
Laß vielmehr bei den schnellen Schiffen sich erst die Achaier
Laben mit Speise und Wein; das fördert den Mut und die Stärke.
Könnte doch keiner den ganzen Tag bis zur sinkenden Sonne,
Ungekräftigt von Speisen, den Kampf mit dem Gegner bestehen.
Wenn er sogar voll Eifers im Herzen begehret zu kämpfen,

Dennoch werden allmählich die Glieder ihm schwer, und ihn quälen
Hunger und Durst, und im Gehen versagen den Dienst ihm die Kniee.
Hat sich aber ein Mann mit Wein und Speisen gesättigt,
Dann vermag er den ganzen Tag mit den Feinden zu kämpfen;
Mutig bleibt sein Herz in der Brust und die Glieder ermatten
Früher ihm nicht, als alle vom Kampfe sich wieder erholen.
Wohl, so heiße das Volk auseinandergehn und die Mahlzeit
Rüsten. Es möge die Gaben indes der Fürst Agamemnon
Hier in die Mitte des Rates uns bringen, daß alle Achaier
Gleich mit den Augen sie sehn und du selber von Herzen dich freuest.
Stehend soll er dir schwören den Eid vor den Männern von Argos,
Daß er noch nie mit der Maid auf dem Lager in Liebe sich paarte,
So wie es, Herr, nun einmal der Brauch bei Männern und Frauen.
Laß aber auch dein eigenes Herz nur Milde bestimmen.
Endlich soll er dich dann im Zelte mit üppiger Mahlzeit
Wieder versöhnen, daß nichts von den schuldigen Ehren dir fehle.
Du aber, Atreus' Sohn, wirst künftig auch gegen die andern
Rechtlicher sein; denn es ist auch dem Könige nicht zu verargen,
Wenn er sich wieder versöhnt mit dem Mann, den er früher beleidigt.

Ihm entgegnete wieder der Herrscher des Volks Agamemnon:
Deine Rede vernahm ich mit Freuden, du Sohn des Laërtes;
Hast du so richtig doch alles uns dargestellt und bewiesen.
Schwören will ich den Eid; mein Herz gebeut es ja selber,
Falsch aber schwöre ich nicht bei Gott. Indessen Achilleus
Bleibe solange noch hier, wie sehr ihn verlanget nach Ares.
Bleibet ihr andern auch alle vereint, bis daß die Geschenke
Kommen aus unserem Zelt und das Bündnis der Treue beschworen.
Du aber selbst empfange von mir das Geheiß und den Auftrag:
Wähl dir die edelsten Jünglinge aus vom Stamm der Achaier,
Laß die Geschenke dann holen aus unserem Schiff, die wir gestern
Peleus' Sohne versprachen, und bringe zugleich auch die Weiber.
Aber Talthybios soll einen Eber im Lager Achaias
Schnell mir besorgen, damit wir für Zeus und Helios schlachten.

Gleich entgegnete ihm und sagte der schnelle Achilleus:
Mächtigster Atreussohn, Beherrscher des Volks, Agamemnon,
Solltet ihr besser nicht ein andermal dieses besorgen,
Später, sobald eine Pause der Rast im Kampfe sich bietet
Und mein heftiger Zorn in der Brust sich sänftigt ein wenig?
Jetzt aber liegen zerrissen sie dort, die alle da fällte
Hektor, Priamos' Sohn, weil Zeus den Ruhm ihm gewährte;
Und ihr beiden dränget zum Mahl! Ich selber dagegen
Möchte zuerst sie zum Kampfe bestimmen, die Söhne Achaias,
Nüchtern und ungestärkt, und dann mit der sinkenden Sonne
Rüsten lassen das Mahl, sobald wir die Schande geahndet.
Mir soll wenigstens nichts vorher die Kehle durchgleiten,
Weder Speise noch Trank, denn tot ist mein Freund und Genosse,
Der im Zelte da liegt, zerfleischt von der Schärfe des Erzes,
Gegen die Türe gewandt, umringt von klagenden Freunden.
Nein, es können mein Herz nicht solche Dinge bekümmern,
Sondern Mord nur und Blut und das schreckliche Röcheln der Männer.

Ihm entgegnete gleich der listenreiche Odysseus:
O Achilleus, Pelide, du Stärkster von allen Achaiern,
Mächtiger bist du als ich und weit im Kampf mit der Lanze
Mir überlegen, dafür kann ich *dich* an Geist überragen;
Hab' ich doch länger gelebt und mehr gesehn und erfahren.
Drum bezähme dein Herz zur Geduld und hör meine Rede.
Schnell doch werden die Menschen satt des Schlachtengetümmels,
Wo in Haufen das Erz zu Boden mähet die Halme.
Kurz aber dauert die Mahd, denn bald schon neigte die Waage
Zeus, der über die Menschen regiert als Walter des Kampfes.
Nicht mit Fasten kann der Achaier die Toten betrauern.
Werden doch Tag für Tag nur allzuviele zu Haufen
Niedergestreckt; wer vermöchte da aufzuatmen vom Kummer?
Nein, wir sollen den Toten bestatten, sobald er gestorben,
Fest, mit gelassenem Herzen und einen Tag nur beweinen.
Alle andern jedoch, die der grausame Kampf noch verschonte,
Sollen sich pflegen mit Speise und Trank, auf daß wir die Feinde
Stärker noch können bekämpfen mit unaufhörlichem Mute,
Alle gepanzert in blinkendes Erz. Doch bleibe mir niemand

Unter dem Volke zurück, eines zweiten Befehles gewärtig.
Also heißt der Befehl: Weh dem, der sich feige zurückhält
Nah bei den Schiffen von Argos! – Nein, lasset vereint uns im Sturme
Gegen die reisigen Troer den Grimm des Ares erwecken!
Sprach's und nahm zum Geleit die Söhne des würdigen Nestor,
Meges, Phyleus' Sohn, Meriones ferner und Thoas,
Auch Lykomedes, Kreions Sohn, sowie Melanippos,
Gingen und kamen ins Zelt von Atreus' Sohn Agamemnon.
Schnell dann gesagt wie getan, und gleich war das Werk schon vollendet.
Dreifüße brachten sie sieben hervor aus dem Zelt, wie versprochen,
Zwanzig schimmernde Becken alsdann und ein Dutzend von Rossen
Führten die Weiber heraus, erfahren in zierlicher Arbeit,
Sieben, als achte jedoch des Briseus blühende Tochter.
Zehn Talente von Gold wog ab im ganzen Odysseus,
Ging voran, und andere Jünglinge folgten mit Gaben,
Legten sie gleich in die Mitte des Rats; es stand Agamemnon
Auf; Talthybios dann, einem Gotte vergleichbar an Stimme,
Trat, einen Eber in Händen, zur Seite dem Hirten der Völker.
Atreus' Sohn aber zückte darauf mit den Händen das Messer,
Das an der großen Scheide des Schwerts ihm immer herabhing,
Schnitt als Erstlingsgabe die Haare des Ebers, und hob dann
Flehend die Hände zu Zeus; die Argeier, ein jeder am Platze,
Saßen schweigend indes, nach der Sitte, den Fürsten zu hören.
Flehend sprach er, den Blick zum weiten Himmel gewendet:
Höre zuerst mich, Zeus, du Höchster der Götter und Erster,
Ge und Helios, hört, ihr Erinyen unter der Erde,
Die ihr die Menschen bestraft, die falsche Eide geschworen!
Niemals hab' ich die Hände gelegt an die Tochter des Briseus,
Weder als Vorwand ihr Lager begehrt noch irgendein andres,
Sondern unangetastet verweilte sie stets mir im Zelte.
Schwör' ich hier aber falsch, so mögen die Götter mich maßlos
Strafen, wie immer sie tun, wenn einer gefrevelt mit Meineid.
Sprach's und zerschnitt mit grausamem Erze die Kehle des Ebers,
Den Talthybios gleich in die Tiefe der schäumenden Fluten

Wirbelnd warf, den Fischen zum Fraß, indessen Achilleus
Schnell sich erhob und begann vor den mutigen Kriegern von Argos:
Vater Zeus, wie stürzt du die Menschen doch tief in Verblendung!
Niemals hätte wohl sonst das Herz in der Brust der Atride
Durch und durch mir empört und niemals wider mein Wollen
Mir das Mädchen entführt, unbeugsam, doch hatte wahrscheinlich
Zeus für viele den Tod bestimmt im Volk der Achaier.
Jetzt aber gehet ans Mahl, damit wir uns rüsten für Ares.
Also rief er und löste die raschgetrennte Versammlung.
Alle zerstreuten sich gleich, ein jeder zum eigenen Schiffe.
Doch die Geschenke besorgten die mutigen Myrmidonen,
Kamen und brachten sie dann zum Schiffe des hehren Achilleus,
Legten sie nieder im Zelt und ließen sich setzen die Weiber;
Aber die Rosse trieben zur Herde die trefflichen Diener.
Als Briseïs, so schön wie die goldene Aphrodite,
Patroklos jetzt gewahrte, zerfleischt von der Schärfe des Erzes,
Stürzte sie über ihn, jammerte laut und zerkratzte die Brüste
Sich mit den Händen, den zarten Hals und das blühende Antlitz.
Weinend klagte das Weib, an Wuchs den Göttinnen ähnlich:
Patroklos, Meistgeliebter du meiner traurigen Seele,
Lebend hab' ich beim Gehen dich noch im Zelte verlassen,
Jetzt aber kehr' ich zurück und finde dich, Hort der Achaier,
Tot! So reiht sich für mich doch Unheil immer an Unheil.
Meinen Mann, dem der Vater mich gab und die würdige Mutter,
Sah ich tot vor der Stadt, zerfleischt von der Schärfe des Erzes,
Drei meiner Brüder alsdann, von einer Mutter geboren,
Herzlich geliebt, sie alle erlebten den Tag des Verderbens.
Dennoch ließest du nicht, als der schnelle Achilleus den Mann mir
Tötete und die Feste zerstörte des göttlichen Mynes,
Mich dort weinen, sondern versprachst, mich zur Ehegemahlin
Geben zu wollen dem hehren Achill, nach Phthia zu segeln
Und mir die Hochzeit zu richten im Volke der Myrmidonen.
Immer nur Gütiger, maßlos muß ich dein Ende beweinen!
Also sprach sie weinend, und mit ihr stöhnten die Frauen
Patroklos' wegen zum Schein, ums eigene Leid eine jede.

Und Achilleus umscharten die Ältesten jetzt der Achaier,
Bittend, er möchte nur speisen, doch stöhnend wehrte sich dieser:
Bitte, wenn einer von euch, ihr Lieben, zu Willen mir wäre,
Drängt mich, Freunde, nicht gleich, mit Trank und Speise die Seele
Stärken zu wollen; es lastet auf mir der grausame Kummer.
Bis die Sonne sich senkt, noch wart' ich und will es ertragen.
Also sprach er und gleich entließ er die anderen Fürsten;
Atreus' Söhne nur blieben zurück und der edle Odysseus,
Nestor, Idomeneus auch und der graue reisige Phoinix,
Suchten den Schmerzverstörten zu trösten, doch tröstete diesen
Nichts, als nur in den Schlund der blutigen Schlacht sich zu stürzen.
Tief in Erinnerung, seufzte er auf und erhob die Stimme:
Ach, wie hast du doch sonst, Unseliger, Liebster der Freunde,
Selbst so oft mir im Zelte gebracht die labende Mahlzeit,
Schnell und geschäftig, sobald die Achaier im Eifer sich drängten,
Gegen die reisigen Troer den Jammer des Ares zu tragen!
Jetzt aber liegst du zerrissen vor mir, und es will meine Seele
Nichts genießen von Speisen und Trank, die drinnen als Vorrat,
Schmachtend nach dir! Denn Schlimmeres könnte ich nie wohl erfahren,
Nicht einmal, wenn ich hörte vom Tode des eigenen Vaters –
Dem wohl jetzt in Phthia die zärtlichen Tränen entfließen,
Weil er solch eines Sohnes entbehrt, der weit in der Fremde
Wegen der grausigen Helena kämpft mit den Männern von Troja –
Oder vom Tode des lieben Sohns, der in Skyros heranwächst;
Wenn er wirklich noch lebt, Neoptolemos, göttlich von Ansehn.
Ehemals hegte mein Herz in der Brust doch immer die Hoffnung,
Sterben würd' ich allein, von den Rosseweiden in Argos
Fern, vor Ilios hier, indes du wieder nach Phthia
Kehren würdest, um dann meinen Sohn im schwärzlichen Schiffe
Abzuholen von Skyros und alles dort ihm zu zeigen,
Meinen Besitz, die Diener, die hochgedeckte Behausung.
Denn ich glaube, daß Peleus tot schon liegt in der Erde
Oder vielleicht noch ein Weilchen sein Dasein fristet voll Kummer,
Schwer vom traurigen Alter gebeugt, und der schrecklichen Botschaft
Immer gewärtig, wann meinen Tod er werde erfahren.

Also sprach er weinend, und mit ihm seufzten die Fürsten,
Dessen gedenk, was ein jeder zurück im Palaste gelassen.
Als er die Jammernden sah, erbarmte sich Zeus, der Kronide;
Rasch zu Athene gewandt, begann er mit eilenden Worten:
Hast du denn ganz, mein Kind, den Helden im Stiche gelassen?
Kümmert sich gar nicht mehr dein Herz um den edlen Achilleus?
Siehe, wie dieser nun dort vor den steilgeschnäbelten Schiffen
Sitzt und klagt um den teuren Gefährten. Die anderen alle
Gingen zum Mahle, doch er will nichts genießen und fasten.
Mache dich auf, Ambrosia jetzt und lieblichen Nektar
Sanft in die Brust ihm zu träufeln, auf daß nicht Hunger ihn quäle.
Also trieb er Athene, die selbst von Eifer schon glühte.
Schnell wie ein breitgeflügelter Falke mit kreischendem Rufe,
Stieß sie vom Himmel herab durch den Äther. Indes die Achaier
Rüsteten schnell sich im Lager zur Schlacht, und es flößte die Göttin
Nektar und süße Ambrosia gleich in die Brust dem Achilleus,
Daß nicht unerquicklicher Hunger die Glieder ihm lähmte.
Selber dann ging sie zum festen Palast des gewaltigen Vaters
Wieder zurück; nun strömten die Mannen hervor aus den Schiffen.
So wie die Flocken von Schnee in frostigem dichtem Gestöber
Zeus entfliegen, gejagt vom äthergeborenen Nordwind:
So ergossen sich dicht die hellerglänzenden Helme
Jetzt hervor aus den Schiffen und starke gebuckelte Schilde,
Harnische, kräftig gepanzerte, auch und eschene Lanzen.
Glanz erhellte den Himmel, und rundum lachte die Erde
Unter den Blitzen des Erzes; der Boden vom Schreiten der Männer
Dröhnte; mitten darunter sich wappnend der edle Achilleus,
Dessen Zähnen ein Knirschen entfuhr; wie loderndes Feuer
Brannten die Augen ihm hell; es wühlte tief in der Seele
Unerträglicher Schmerz. So zog er, voll Grimm auf die Troer,
An die Gaben des Gottes, die Hephaistos' Kunst ihm geschmiedet.
Eilend legt' er zuerst um die Beine sich bergende blanke
Schienen, zusammengefügt mit Knöchelspangen von Silber.
Zweitens dann umschloß er die Brust mit dem ehernen Harnisch.
Über die Schultern warf er darauf das silberverzierte
Eherne Schwert und nahm alsdann den wuchtigen großen

Schild; der leuchtete weit hinaus mit dem Glanze des Mondes.
So, wie draußen im Meer der Glanz des brennenden Feuers
Segelnden Schiffern erscheint – hoch auf den Bergen entzündet,
Brennt es im einsamen Hof –, indes mit Gewalt sie die Winde
Fern von den Freunden entführen auf fischdurchwimmeltem Meere:
Also stieg von dem schöngeschmiedeten Schild des Achilleus
Auf zum Äther der Glanz. Nun hob er den Helm in die Höhe,
Stülpte den wuchtigen über den Kopf, und gleich einem Sterne,
Strahlte der buschige Helm, von den goldenen Haaren umflattert,
Welche Hephaistos zur Mähne dicht um den Bügel geordnet.
Jetzt versuchte sich selbst in der Rüstung der edle Achilleus,
Ob sie paßte und leicht sich darin ihm die Glieder bewegten.
Gleich, als hätte sie Flügel, so hob sie den Hirten der Völker.
Dann aber zog er hervor aus der Scheide die Lanze des Vaters,
Groß und wuchtig und fest; sie konnte kein andrer Achaier
Schwingen, bloß *er* allein, Achilleus, verstand sie zu schleudern:
Sie, die Pelische Esche, die Cheiron einst für den Vater
Schlug auf Pelions Gipfel, um Tod zu bringen den Helden.
Aber Automedon jetzt und Alkimos schirrten die Rosse
Schnell mit den prächtigen Riemen ins Joch und legten das Zaumzeug
Beiden ins Maul und faßten die Zügel und zogen sie rückwärts
Gegen den festgezimmerten Sitz. Die glänzende Geißel
Nahm er, die handliche, gleich und sprang hinauf in den Wagen,
Er, Automedon; hinter ihn trat in der Rüstung Achilleus,
Leuchtend in Waffen; so glich er dem strahlenden Gott Hyperion.
Furchtbar schrie er und rief zu den Rossen hinab seines Vaters:
Falbe und Schecke vom weitberühmten Geschlecht der Podarge,
Anders bereitet euch nun, den Lenker zum Danaerheere
Wiederzubringen, sobald wir des Kampfes da müde geworden,
Und verlasset ihn nicht wie Patroklos, der dort gefallen.
Unter dem Joch aber sprach der fußgeschmeidige Falbe
Xanthos und neigte den Kopf sogleich, daß die wallende Mähne
Niederglitt aus dem Ringe beim Joch und den Boden berührte.
Menschliche Stimme gewährte ihm Here, die glänzende Göttin:
Wohl, wir werden dich jetzt noch retten, du starker Achilleus.

Nahe jedoch ist der Tag des Verderbens, doch sind wir nicht selber
Schuldig, sondern der große Gott und das mächtige Schicksal.
Nicht durch unsere Langsamkeit und säumende Trägheit
Konnten die Troer die Rüstung reißen von Patroklos' Schultern,
Sondern der herrlichste Gott, der Sohn der lockigen Leto
Schlug ihn im vordersten Kampf und schenkte dem Hektor die Ehre.
Wir aber laufen sogar mit dem schnaubenden West um die Wette,
Den sie den schnellsten doch nennen. Allein dein eigenes Schicksal
Läßt dich bald einem Gott und Menschen gewaltsam erliegen.
Also sprach er, und schon verschloß den Mund ihm Erinys.
Voller Empörung entgegnete ihm der schnelle Achilleus:
Falbe, was willst du den Tod mir verkünden? Das brauchst du mitnichten.
Selbst schon weiß ich es wohl, mein Los ist, hier zu verderben,
Fern von Vater und Mutter. Und dennoch bin ich entschlossen,
Nicht zu rasten, bevor ich die Troer noch müde gerungen.
Sprach's und lenkte mit Jauchzen voran die stampfenden Rosse.

ZWANZIGSTER GESANG

Die Götterschlacht

Also rüsteten dort die Achaier sich, nahe den Schiffen,
Jetzt, Pelide, um dich, du unersättlicher Krieger.
Jenseits hielten die Troer geschart auf der Höhe des Feldes.
Zeus gebot nun der Themis, die Götter zum Kampfe zu rufen,
Hoch vom Haupte des schluchtenreichen Olympos, und jene
Eilte zu allen und lud sie, zu Zeus' Behausung zu kommen.
Keiner der Ströme hielt sich entfernt, Okeanos einzig,
Keine der Nymphen, so viele da liebliche Haine bewohnen
Oder die Quellen der Ströme und grasbewachsene Auen.
Als sie zum Hause des Zeus nun kamen, des Wolkenversammlers,
Nahmen sie Platz im blanken Gewölbe: das hatte Hephaistos
Zeus, dem Vater, künstlich gebaut mit erfindsamem Geiste.
  Also waren sie drinnen bei Zeus versammelt, und willig
Folgte Poseidon der Göttin und kam aus dem Wasser zu ihnen,
Setzte sich mitten im Kreis und erforschte den Plan des Kroniden:
  Blitzestrahlender, sprich, warum du die Götter versammelst.
Machst du dir Sorgen vielleicht um der Troer und Danaer willen,
Zwischen denen so nahe der Kampf und die Schlacht nun entbrannt ist?
  Ihm entgegnete Zeus und sprach, der Wolkenversammler:
Erderschüttrer, du lasest in meiner Brust die Gedanken,
Derenthalb ich euch rief; mich dauert der Sterbenden Schicksal.
Ich zwar bleibe nun hier auf dem kluftigen Hang des Olympos
Sitzen und will mein Herz am Zusehn laben; ihr andern
Eilet jedoch, zum Kampf der Achaier und Troer zu stoßen,
Beiden Teilen zu helfen, wie jedem der Sinn es gebietet.
Kämpft Achilleus nämlich alleine nun gegen die Troer,
Stehen sie nicht für ein Weilchen sogar dem schnellen Peliden.
Immer schon bebten vor ihm sie zurück, wenn sie seiner gewahrten.
Jetzt aber, wo er so schrecklich zürnt um den Fall des Gefährten,

Fürcht' ich, daß er die Mauer zerstöre zum Trotze dem Schicksal.
Also redete Zeus und erweckte ein endloses Kämpfen.
Schnell nun gingen die Götter zum Kampf in geteilter Gesinnung.
Here kam zum Lager der Schiffe mit Pallas Athene,
Auch Poseidon, der Erdbeweger, und auch der geschwinde
Hermes, der ausgezeichnet erscheint durch Kräfte des Geistes.
Weiter folgte Hephaistos, voll Stolz auf die eigene Stärke,
Lahmend, und unter ihm regten sich rasch die schwächlichen Beine.
Ares kam zu den Troern mit blitzendem Helm, und ihm folgten
Phoibos mit lockigem Haupt und Artemis, Herrin der Pfeile,
Aphrodite, die freundlich lächelnde, Xanthos und Leto.
Während indessen die Götter noch fern von den Sterblichen weilten
Waren voll Übermuts die Achaier, weil eben Achilleus
Wieder erschien, der so lange gerastet vom leidigen Kampfe.
Aber den Troern lähmten die Angst und der Schrecken die Glieder
Jedem, sobald sie den fußgewandten Peliden gewahrten,
Leuchtend in Waffen; so glich er dem menschenverderbenden Ares.
Doch als nun ins Männergewühl die Olympischen kamen,
Gleich erhob sich die völkerentflammende Eris, und rufend
Stand Athene nun bald am Graben und außer der Mauer,
Bald erscholl am hallenden Strand ihre mächtige Stimme.
Ares brüllte von drüben, dem düsteren Sturme vergleichbar,
Der bald mahnte die Troer herab von der Höhe der Feste,
Bald wenn beim schönen Hügel er lief am Flusse Simóeis.
Also brachten die seligen Götter die Völker nun beide
Gegeneinander und schürten in ihnen die brennende Feindschaft.
Furchtbar donnerte Zeus, der Vater der Menschen und Götter,
Aus der Höhe herab; doch erschütterte unten Poseidon
Weit die unendliche Flur und die starrenden Häupter der Berge.
Alle Wurzeln erbebten des quellenrauschenden Ida,
Auch die Gipfel, die troische Stadt und der Danaer Schiffe.
Selbst in der unteren Welt erschrak der Schattenbeherrscher,
Furchtsam sprang er vom Thron und brüllte, damit ihm von oben
Nicht die Erde zerrisse der Bodenerschüttrer Poseidon
Und den Augen von Menschen und Göttern sich öffne die Wohnung,

Gräßlich und moderig dumpf, die selbst die Unsterblichen hassen.
Solch ein Dröhnen erscholl, wie die Götter zum Streit sich erhoben.
Denn da stellte sich eben entgegen dem Herrscher Poseidon
Phoibos Apollon als Feind, in der Hand die gefiederten Pfeile,
Gegen Ares die Göttin mit funkelnden Augen, Athene,
Heren entgegen die rauschende Herrin mit goldenem Köcher,
Artemis, Pfeile versendend, die Schwester des treffenden Schützen;
Leto trat der starke geschmeidige Hermes entgegen
Und dem Hephaistos der mächtige Strom von wirbelnder Tiefe,
Xanthos genannt von den Göttern, von sterblichen Menschen Skamandros.
Also standen die Götter mit Göttern im Kampf. Doch Achilleus
Sehnte vor allem sich nur, im Gewühl auf Hektor zu stoßen,
Priamos' Sohn, mit dessen Blut ihn am meisten verlangte
Ares zu sättigen gleich, den schildgewappneten Krieger.
Doch den Aineias spornte der Volksantreiber Apollon
Gegen des Peleus Sohn, zu edlem Mut ihn erregend.
Ähnlich erschien er an Stimme dem Priamossohne Lykaon.
Diesem glich er und sprach, der Sohn des Kroniden, Apollon:
Sprich, Aineias, Berater, wo sind nun die drohenden Reden,
Wie du den troischen Fürsten beim Weingelage versprachest,
Kämpfend entgegenzutreten dem Peleussohne Achilleus?
Doch Aineias erwiderte gleich und gab ihm die Antwort:
Priamos' Sohn, was treibst du nur so mich wider mein Wollen,
Gegen den übermütigen Sohn des Peleus zu kämpfen?
Denn ich würde ja nicht zum erstenmal dem Achilleus
Jetzt begegnen; er hat mich bereits mit der Lanze schon einmal
Früher vom Ida gescheucht, als er kam, uns die Rinder zu rauben,
Und Lyrnessos zerstörte und Pedasos. Doch mich beschützte
Zeus, der Kraft mir verlieh und rasch enteilende Schenkel.
Fast unterlag ich wohl da den Händen Achills und Athenes,
Denn sie schritt ihm voraus, zum Sieg ihn leitend und mahnend,
Troer und Leleger dort mit der ehernen Lanze zu töten.
Drum vermag unmöglich ein Mensch mit Achilleus zu kämpfen;
Immer ist einer der Götter bei ihm und wehrt dem Verderben.
Sonst auch fliegt ins Ziel sein Geschoß und ohne zu rasten,
Bis es den Leib eines Mannes durchbohrt. Doch ließe das Treffen

Schweben im Gleichen ein Gott, so würde der Sieg ihm gewißlich
Nimmer so leicht, und prahlt er auch, ganz aus Erz zu bestehen.
Ihm aber sagte der Sohn des Zeus, der Herrscher Apollon:
Auf denn, Edler, so fleh nun auch du zu den ewigen Göttern.
Hat ja, so heißt es, auch *dich* die Tochter des Zeus, Aphrodite,
Selber geboren, doch jener entstammt der geringeren Göttin.
Sie eine Tochter von Zeus, die andre vom Greise des Wassers!
Auf, mit dem schneidenden Erz ihm entgegen! Und daß du mir ja nicht
Schrecken dich läßt von erbärmlichen Worten und bloßer Verwünschung!
Also der Gott und beseelte mit Mut den Hirten der Völker,
Dann durchschritt er die vorderste Schlacht in der funkelnden Rüstung.
Wohl bemerkte die schimmernde Here den Sohn des Anchises,
Der dem Peliden entgegenlief durchs Männergetümmel.
Und sie scharte die Götter zusammen und redete also:
Jetzt überleget nur beide, Poseidon und Pallas Athene,
Dieses in eueren Herzen: wie wird hier alles noch werden?
Seht Aineias; er ging, in funkelndem Erze gerüstet,
Gegen des Peleus Sohn, getrieben von Phoibos Apollon.
Auf denn, wir wollen ihn wenigstens gleich zurück von der Stelle
Scheuchen. Es könnte vielleicht auch einer von uns dem Achilleus
Helfend nahn und mit Kraft ihn begaben, auf daß er im Herzen
Nichts entbehre, damit er auch wisse, die besten der Götter
Lieben ihn sehr; die andern dagegen sind windig, die immer
Sonst schon die Troer beschützten im Krieg und in feindlicher Fehde.
Kommen wir alle doch jetzt vom Olympos, um hier an dem Kampfe
Teilzunehmen, auf daß ihm kein Leid bei den Troern geschehe
Heute nur; künftig erleidet er doch, was alles das Schicksal
Zugesponnen ihm hat bei seiner Geburt mit dem Garne,
Hört Achilleus dies aber nicht aus dem Munde der Götter,
Wird er erschrecken, sobald in der Schlacht ein Gott ihm begegnet.
Denn es bringe Gefahr, wenn die Götter leibhaftig erscheinen.
Ihr erwiderte gleich der Erderschüttrer Poseidon:

Here, was mußt du so sinnlos nur dich wieder ereifern?
Mich gelüstet es wirklich nicht, die anderen Götter
Gegeneinander zu hetzen, denn mächtiger sind wir als alle.
Besser, wir gehen sogleich aus dem Weg und setzen uns nieder
Hoch auf die Warte; der Krieg aber möge die Menschen bekümmern.
Wenn aber Ares beginnt mit dem Kampf oder Phoibos Apollon,
Oder sie halten zurück und hindern Achilleus zu kämpfen,
Dann soll unter uns selbst alsbald der Streit und die Fehde
Schnell sich erheben. Getrennt aber kehren sie dann wohl in Eile
Wieder zurück zum Olymp zu der übrigen Götter Gesellschaft,
Unter unseren Händen gewaltsam niedergezwungen.
Also sprach er und ging voran, der Dunkelgelockte,
Bis zu der Höhe von Herakles' aufgeschütteter Mauer,
Die für den göttlichen Mann die Troer und Pallas Athene
Bauten, auf daß er dem Ungeheuer des Meeres entrönne,
Flüchtend, sobald es vom Strand in die Ebene hin ihn verfolgte.
Dorthin setzte sich nun mit den übrigen Göttern Poseidon,
Rings mit undurchdringlichem Nebel die Schultern umhüllend.
Drüben saßen die andern am Hang der Kallikolone,
Um dich, pfeilschießender Phoibos, und Ares, den Städtezerstörer.
Also saßen sie dort auf beiden Seiten und sannen
Pläne; doch mit dem Beginn des schmerzerregenden Kampfes
Zögerten beide, Zeus aber befahl es vom thronenden Sitze.
Jetzt nun füllte sich ganz das Feld und strahlte vom Erze
Drängender Männer und Rosse; da dröhnte der Grund von den Tritten
Aller der stürmenden Haufen. Ein Paar, die besten der Männer,
Lief in die Mitte voran aufeinander in Kampfesbegierde,
Gegen Aineias, den Sohn des Anchises, der edle Achilleus.
Drohend kam Aineias zuerst, mit dem wuchtigen Helme
Nickend, geschritten und deckte zugleich mit dem stürmenden Schilde
Vorne sich über der Brust und schwenkte die eherne Lanze.
Peleus' Sohn aber sprang ihm von drüben entgegen, dem wilden
Löwen ähnlich, wenn eben die Männer zu töten ihn trachten,
Alle, vom ganzen Gau; zuerst voll stolzer Verachtung

Geht er; sobald aber dann ihn einer der rüstigen Jäger
Trifft mit dem Speer, dann duckt er sich nieder mit gähnendem Rachen,
Schaum vor den Zähnen, und stöhnt aus der Tiefe des tapferen Herzens,
Und mit dem Schwanze zu beiden Seiten die Hüften und Flanken
Peitschend, spornt er sich selbst, im Kampfe sich gleich zu versuchen.
Funkelnden Auges springt er voran, voller Wut, ob er einen
Töte der Männer, ob selbst er vorn im Getümmel erliege:
Ebenso drängte der Mut und das mannhafte Herz den Achilleus,
Jetzt entgegenzueilen dem hochgemuten Aineias.
Als die Gegeneinanderstrebenden eben sich nahten,
Rief als erster der göttliche fußbeschwingte Achilleus:
Sprich, Aineias, wie traust du dich hier so weit aus der Menge
Vorzugehen? Gebietet vielleicht dein Herz dir zu kämpfen,
Weil du erhoffst, wie Priamos' Würde die reisigen Troer
Bald zu beherrschen? Doch würdest du auch mir die Waffen entreißen,
Priamos legt deswegen dir nie die Macht in die Hände;
Hat er doch Kinder, ist rüstig noch selbst und wohl bei Verstande.
Oder hoffst du, dir wird ein erlesenes Gut von den Troern,
Reich an blühenden Gärten und Feldern, erteilt zur Bestellung,
Wenn du mich tötest? Das möchtest du wohl nur schwerlich vollbringen.
Einmal, mein' ich, brachte bereits mein Speer dich zum Fliehen.
Weißt du nicht mehr: du warst allein, als ich *dich* von den Rindern
Scheuchte, die Höhen des Ida hinab mit hurtigen Füßen,
Rasenden Laufs? Da wandtest du nicht einmal dich im Fliehen.
Dann entkamst du von dort nach Lyrnessos; ich folgte dir stürmend
Und zerstörte die Stadt mit Vater Zeus und Athene,
Führte die Weiber als Beute, beraubt des Tages der Freiheit,
Mit mir; *dich* aber retteten Zeus und die anderen Götter.
Kaum aber werden sie heute dich retten, wie du's im Gemüte
Hoffst; ich rate dir selber darum, nun weiche mir lieber
Unter die Menge zurück und scheue dich, *mir* zu begegnen.

Eh' dich das Unglück ereilt; ein Tor wird klug durch Erfahrung.
Und Aineias erwiderte gleich die Stimme erhebend:
Hoffe, Pelide, nur nicht, wie ein törichtes Kind mich mit Worten
Schrecken zu können, denn wohl bin ich selber darin schon erfahren,
Kränkende Reden und frevelnde auch im Munde zu führen.
Wissen wir doch des andern Geschlecht und kennen die Eltern,
Sage hörten wir oft, gerühmte von sterblichen Menschen.
Nie aber sahst du die meinen, noch *ich* die deinen mit Augen.
Du, wie sie sagen, entstammst dem unvergleichlichen Peleus
Und der Thetis, der lockigen schaumgeborenen Mutter.
Ich aber nenne mit Stolz den hochgemuten Anchises
Leiblichen Vater und habe zur Mutter sogar Aphrodite.
Eines der Paare soll wenigstens bald den Sohn doch bejammern,
Heute noch, denn ich vermute, nicht *nur* mit kindischen Reden
Scheiden wir so voneinander und kehren zurück vom Gefechte.
Willst du aber auch dies erfahren, auf daß dir die Kunde
Werde von unsrem Geschlecht – wie viele Menschen es kennen –;
Dardanos wurde gezeugt von Zeus, dem Wolkenversammler,
Der Dardania baute, solang die heilige Troja
Noch im Felde nicht stand, die Burg der sterblichen Menschen.
Sondern sie hausten am Fuße des quellenrauschenden Ida.
Dardanos zeugte den Sohn Erichthonios dann, den erlauchten,
Der so reich an Besitz wie keiner der sterblichen Menschen –
Stuten weideten da, dreitausend an Zahl, auf den Triften,
Mütter alle voll Stolz, von fröhlichen Fohlen umsprungen.
Ihrer begehrete Boreas selbst, der weidenden Stuten,
Schwängerte sie, ein Hengst von Gestalt mit schwärzlicher Mähne,
Und befruchtet, gebaren sie ihm ein Dutzend von Fohlen.
Die aber, sprangen sie über die weizentragenden Fluren,
Liefen, ohne die Halme zu brechen, dahin auf den Spitzen,
Weiter – und sprangen sie über des Meeres geräumigen Rücken,
Liefen sie nur auf der obersten Fläche der schäumenden Brandung.
Dann Erichthonios zeugte den Tros zum Herrscher der Troer.
Wieder dem Tros entstammten die drei untadligen Söhne:
Ilos, Assarakos dann und der göttliche Held Ganymedes,
Welcher der allerschönste doch war von den sterblichen Menschen.

Ihn entrafften denn auch um der Schönheit willen die Götter,
Zeus zu bedienen als Schenke des Weins, bei den Himmlischen wohnend.
Ilos hatte den edlen Laomedon wieder zum Sohne,
Und Laomedon zeugte Tithonos und Priamos, ferner
Lampos und Klytios, dann Hiketaon, des Ares Genossen.
Kapys, Assarakos' Sohn, aber zeugte als Sohn den Anchises.
Mich aber zeugte Anchises, und Priamos Hektor, den hehren.
Solchen Blutes und edlen Geschlechts kann ich selber mich rühmen.
Zeus aber mehrt das Gedeihen der Menschen und mindert es wieder.
Wie's ihm eben gefällt; denn er ist der stärkste von allen.
Auf aber, lasset uns länger nicht hier gleich albernen Kindern
Schwatzend stehn in der Mitte des feindlichen Schlachtengetümmels.
Hätten wir leicht füreinander doch viele beschimpfende Worte,
Selbst einem hundertrudrigen Schiff zu schwere Belastung.
Schnell bewegt ist die Zunge der Menschen von allerlei Reden
Und sehr groß der Worte Bereich nach jeglicher Richtung;
Was für ein Wort du mir sagst, du hörst mich ein gleiches erwidern.
Doch was nötigt uns hier, mit feindlichen, kränkenden Worten
Gegeneinander zu streiten im Zank, als wären wir Weiber,
Die, zum Zorne gereizt von herzverzehrender Feindschaft,
Mitten auf offener Straße sich treffen und wütend beschimpfen;
Vieles ist wahr und auch nicht, weil auch dazu die Wut sie verleitet.
Nicht mit Worten bringst du mich ab vom Gelüste des Angriffs,
Ehe dein Speer mir begegnet im Kampf. So laß uns in Eile
Messen einander im Streit mit erzbeschlagenen Lanzen!
Rief's und schwang auf den riesigen Schild die gewaltige Lanze,
Rings erkrachte die furchtbare Wehr von der stoßenden Spitze.
Von sich entfernt aber hielt er den Schild mit kräftigem Arme,
Peleus' Sohn, voller Angst, denn er glaubte, die schattende Lanze
Würde nun leicht ihn durchbohren des hochgemuten Aineias;
Törichter Mann, weil er nicht im Geist und Gemüte bedachte,
Wie's doch so leicht nicht geschieht, daß die rühmlichen Gaben der Götter
Unter den Händen den sterblichen Menschen sich fügen und brechen.

So zerbrach nun den Schild auch nicht des tapfren Aineias
Wuchtiger Speer, denn ihn hemmte das Gold, die Gabe des Gottes.
Zwei von den Schichten durchbohrte er nur, drei andere waren
Übrig; es hatte der Hinkende fünf im ganzen geschmiedet:
Jene beiden aus Erz, aus Zinn die inneren beiden
Und die eine von Gold; hier fing sich die eschene Lanze.
Jetzt aber warf erwidernd Achilleus die schattende Lanze,
Und er traf den Aineias am gleichgerundeten Schilde,
Dicht am äußersten Rand, wo der eherne Reifen am dünnsten,
Auch am dünnsten darüber die Haut des Stieres; da sauste
Durch der Pelische Schaft, und es krachte der Schild von dem Wurfe.
Gleich aber duckte sich nieder Aineias und hielt sich vom Leibe
Ängstlich den Schild, und die Lanze, die über den Rücken ihm sauste,
Stak, in die Erde gebohrt; die Reifen des deckenden Schildes
Hatte sie beide zertrennt. Und *er*, vor der Lanze gerettet,
Stand – die Augen von tausendfachem Entsetzen verdunkelt –
Bebend am Fleck, weil der Speer so nah von ihm stak. Doch Achilleus
Zückte das schneidende Schwert und stürzte heran, voll Begierde,
Schrecklich schreiend. Aineias ergriff einen Stein mit den Händen,
Schwer, ein mächtiges Stück, daß nicht zwei Männer ihn trügen
Unter den Sterblichen heute, doch *er* schwang leicht ihn alleine.
Jetzt aber hätte Aineias den Stürmenden bald an dem Helme
Oder am Schilde getroffen, dem Schutz vor verderblichem Ende,
Ihm aber hätte das Schwert des Peliden das Leben entrissen,
Hätte nicht scharf es bemerkt der Erderschüttrer Poseidon.
Eilend ergriff er das Wort und sprach zu den ewigen Göttern:
Wehe, nun muß ich beklagen den hochgemuten Aineias,
Der so bald, vom Peliden besiegt, zum Hades hinabfährt,
Weil er den Worten vertraut des treffenden Schützen Apollon,
Ohne Verstand, denn er rettet ihn nicht vor dem kläglichen Ende.
Aber weswegen soll dieser nun schuldlos Schmerzen erdulden,
Fremder Bedrängnis wegen, umsonst? Willkommene Gaben
Bringt er den Göttern doch stets, die den räumigen Himmel bewohnen.

Auf, so lasset uns denn der Todesgefahr ihn entrücken;
Daß nicht auch der Kronide in Zorn gerät, wenn Achilleus
Töten möchte den Mann; denn es ist ihm bestimmt, zu entkommen,
Daß des Dardanos Stamm nicht ohne Sprossen und spurlos
Schwinde, den Zeus von all' seinen Kindern am meisten geliebt hat,
Die er selber gezeugt aus dem Schoß von sterblichen Weibern.
Denn bereits ist des Priamos Stamm verhaßt dem Kroniden.
Jetzt aber wird des Aineias Gewalt die Troer beherrschen,
Kinder und Kindeskinder, in ferner Zeit noch geboren!
Ihm erwiderte gleich die herrschendblickende Here:
Erderschüttrer, das mußt du nun selbst im Herzen erwägen,
Ob du retten ihn willst, den Aineias, oder verlassen,
Daß er, wie kühn er sich wehrt, dem Peliden Achilleus erliege.
Freilich haben wir beiden es oft mit Eiden beschworen
Vor den Unsterblichen allen, ich selbst und Pallas Athene,
Nie von den Troern abzuwehren den Tag des Verderbens,
Nicht, wenn Troja sogar in lohendem Feuer verbrennend
Flammt, in Brand gesteckt von den streitbaren Söhnen Achaias.
Als er nun dieses vernommen, der Erderschüttrer Poseidon,
Macht' er sich auf und kam durch die Schlacht und das Lanzengetümmel
Hin, wo Aineias stand, und mit ihm der berühmte Achilleus,
Eilend umwölkte er diesem die Augen mit finsterem Nebel
Gleich, dem Peliden Achill, und die erzbeschlagene Esche
Riß er hervor aus dem Schilde des hochbeherzten Aineias.
Die nun legte der Gott dem Achilleus hin vor die Füße,
Doch den Aineias schwang er vom Boden empor in die Höhe.
Und über viele Reihen von Kriegern und viele von Rossen
Flog Aineias hinweg, von den Händen des Gottes geschleudert,
Bis er kam an die Grenze des wildentfesselten Kampfes,
Wo sich wappnete eben zum Kampf das Volk der Kaukonen.
Dicht aber vor ihn trat Poseidon, der Bodenerschüttrer,
Hob die Stimme und sagte zu ihm die geflügelten Worte:
Wer von den Göttern, Aineias, gebietet dir, voller Verblendung
Gegen den übermütigen Sohn des Peleus zu kämpfen,
Der viel stärker doch ist und mehr geliebt von den Göttern?
Ziehe dich also zurück, sobald du nur diesem begegnest,

Daß du dem Schicksal zum Trotz nicht kommest hinunter zum Hades.
Wird Achilleus jedoch ereilt vom Tod und Verhängnis,
Darfst du weiter getrost in den Reihen der Vordersten fechten,
Denn kein anderer sonst von den Danaern raubt dir die Rüstung.
Sprach's und ließ ihn zurück, nachdem er ihm alles verkündigt,
Und vertrieb von Achilleus' Augen den göttlichen Nebel
Plötzlich; der schaute sich um aus weit geöffneten Augen.
Schwer bekümmert, sprach er zu sich im stolzen Gemüte:
Wehe, welch großes Wunder muß jetzt mein Auge gewahren?
Hier auf dem Boden zwar liegt mein Speer, doch seh' ich den Krieger
Nirgends, auf den ich ihn warf, ihn bloß zu töten verlangend.
Wirklich, es müssen Aineias auch die unsterblichen Götter
Lieben; und meinte ich doch, daß ganz umsonst er sich rühmte.
Mach' er sich fort! es fehlt ihm der Mut, an *mir* sich noch weiter
Jetzt zu versuchen; war selbst er doch froh, dem Tod zu entrinnen.
Wohl, so treib' ich zur Schlacht die mutigen Danaerkrieger,
Und will selbst mit den anderen Troern im Kampfe mich messen.
Riefs und sprang durch die Reihen und trieb die einzelnen Kämpfer:
Bleibt jetzt länger nicht fern von den Troern, ihr stolzen Achaier,
Sondern eilt nun, Mann gegen Mann, voll Eifers, zu kämpfen.
Denn es würde mir schwer, bei all' meinen Kräften, so viele
Männer allein zu verfolgen und gegen sie alle zu kämpfen.
Ares, ein ewiger Gott sogar, und Pallas Athene
Stürzten sich nicht in den Schlund und die Mühsal solchen Gewühles.
Aber soviel ich nun selber vermag mit Fäusten und Füßen
Und mit der Kraft, ich lasse nicht nach, auch nicht im geringsten,
Sondern ich dringe voran durch die Schlacht und glaube, daß keiner
Unter den Troern sich freut, wer nur meiner Lanze begegnet.
Also trieb er sie an, indes der strahlende Hektor
Laut den Troern gebot: er eile nun gegen Achilleus.
Troer, ihr kühnen, erschreckt mir doch nicht vor dem Sohne des Peleus.
Nur mit Worten könnte auch ich die Götter bekämpfen.

Schwieriger wär's mit dem Speer, denn mächtiger sind sie um vieles.
Selbst Achilleus bringt nicht all seine Worte zum Ziele;
Eines vollbringt er, das andre zerstört er in halber Vollendung.
Ihm nun schreit' ich entgegen, und wäre sein Arm wie das Feuer,
Wäre sein Arm wie Feuer, sein Mut wie blinkendes Eisen!
Also trieb er sie an; da schwangen die Troer die Speere
Drohend; es stießen zusammen die Kräfte mit lautem Getöse,
Jetzt aber nahte dem Hektor sich Phoibos Apollon und sagte:
Hektor, kämpfe nur ja nicht im vorderen Kampf mit Achilleus,
Sondern erwart' ihn inmitten der Menge aus brausendem Kampfe,
Daß dich weder sein Wurf noch sein Schwert aus der Nähe verwunde.
Also sprach er, und Hektor tauchte zurück ins Getümmel,
Sehr erschrocken über die tönende Stimme des Gottes.
Unter die Troer nun stürzte voll stürmenden Mutes Achilleus,
Fürchterlich brüllend, und traf den Iphition, Sohn des Otrynteus,
Gleich als ersten, von vielen Mannen den tapferen Führer.
Den eine Nymphe gebar dem Städtezerstörer Otrynteus,
Unten am schneeigen Tmolos, im blühenden Felde von Hyde.
Als er gegen ihn lief, da traf ihn der edle Achilleus
Mitten am Kopf mit dem Speer, der barst auseinander in Stücke.
Dumpf erdröhnte sein Fall; frohlockend rief nun Achilleus:
Liegst du nun, Sohn des Otrynteus, du schrecklichster unter den Männern?
Hier ist also dein Tod, doch fern am See von Gygaie
Bist du geboren, am fischbelebten Gewässer des Hyllos
Ist deiner Väter Besitz und am Ufer des strudelnden Hermos.
So frohlockt' er; doch jenem umschattete Dunkel die Augen,
Und von den rollenden Rädern zermalmt der Achaiergespanne
Lag er vorn im Gewühl. Demoleon aber als nächstem,
Diesem erfahrenen Kämpen der Schlacht, dem Sohn des Antenor,
Stieß der Pelide den Speer durch die Wangen des Helms in die Schläfe.
Nicht aber hemmte der eherne Helm den Stoß, und die Spitze
Stürmte hindurch und zerschlug das Gebein; es färbte sich blutig
Innen das ganze Gehirn; so stieß er ihn nieder im Angriff.
Weiter traf er Hippodamas dann, der, vom Wagen gesprungen,

Vor ihm eilte zur Flucht, und schlug ihm den Speer in den Rücken.
Der aber stöhnte, sein Leben verhauchend, dem stöhnenden Stiere
Gleich, den zum Opfer man schleppt für den helikonischen Herrscher;
Jünglinge schleppen ihn fort zur Freude des Erdenerschüttrers:
So entwich dem stöhnenden Manne die mutige Seele.
Jener nun lief mit dem Speer Polydoros, dem edlen, entgegen,
Priamos' Sohne, dem nie sein Vater zu kämpfen erlaubte,
Weil er als jüngster geboren ihm war von all seinen Söhnen
Und sein Liebling; der schnellste im Lauf, der alle besiegte.
Jetzt nun, in kindischer Lust, die Kraft seiner Füße zu zeigen,
Stürmte er vorn durch die Schlacht und verlor sein blühendes Leben.
Mitten im Rücken traf ihn der Speer des schnellen Achilleus.
Als er vorbei an ihm stürzte, am Punkt, wo die goldenen Spangen
Dicht sich verbanden am Gurt und der doppelte Panzer sich anschloß.
Vorn aber bohrte sich durch bis zum Nabel die Spitze des Speeres.
Heulend sank er ins Knie, eine finstere Wolke umfing ihn.
An sich zog der Gefallene noch das Gedärm mit den Händen.
  Als nun Hektor den Bruder dort, Polydoros, gewahrte,
Der das Gedärm in den Händen hielt und am Boden sich wälzte,
Senkte sich Dunkel ihm über die Augen; es ward ihm unmöglich,
Länger beiseite zu stehn, und er lief dem Achilleus entgegen,
Schwenkte den blinkenden Speer, wie der lohende Brand, und Achilleus
Sprang, sowie er ihn sah, in die Höh' und sagte frohlockend:
  Nah ist der Mann, der am tiefsten verwundet mich hat in der Seele,
Der mir den wertesten Freund erschlug. Nicht länger mehr, wahrlich,
Wollen wir scheu voreinander fliehn durch die Pfade des Treffens!
  Rief's und sprach mit finsterem Blick zum göttlichen Hektor:
Komm nur heran, daß du rascher dann vom Verderben umstrickt wirst.
Unerschrocken entgegnete ihm der geschmeidige Hektor:
  Hoffe, Pelide, nur nicht, wie ein törichtes Kind mich mit Worten

Schrecken zu können, denn wohl bin ich selber darin schon erfahren,
Kränkende Reden und frevelnde auch im Munde zu führen.
Weiß ich doch selbst, wie tapfer du bist und mir überlegen.
Dennoch ruht es allein im Schoße der ewigen Götter,
Ob ich, wiewohl von geringerer Kraft, mit der Lanze dein Leben
Raube, denn auch mein eigener Speer ist vorne geschliffen.
Also rief er und schnellte die Lanze voran. Doch Athene
Trieb sie mit ihrem Atem zurück von dem edlen Achilleus,
Ganz gelinde nur blasend; und wieder zum göttlichen Hektor
Kam sie geflogen und fiel vor die Füße ihm hin. Doch Achilleus
Stürzte begierig heran, allein ihn zu töten verlangend,
Schrecklich brüllend, doch schnell entrückte den Gegner Apollon
Mühelos, weil er ein Gott, und barg ihn in dichtem Gewölke.
Dreimal stürmte mit ehernem Speer der schnelle Achilleus
Gegen ihn an, und dreimal stieß er ins tiefe Gewölke.
Als er nun aber das viertemal stürmte, so stark wie ein Dämon,
Schrie er furchtbar ihm zu und rief die geflügelten Worte:
Wieder entrannst du dem Tode, du Hund, und wirklich, sehr nahe
Kam er dir schon, doch wieder bewahrte dich Phoibos Apollon,
Den du wohl bittest, sooft du dich wagst in den Sturm der Geschosse.
Sicherlich töt' ich dich noch, auch wenn ich dir später begegne,
Wollte vielleicht auch mir ein Gott zu Hilfe dann eilen.
Jetzt aber greif' ich die anderen an und seh', wen ich treffe.
Sprach's und schlug dem Dryops den Speer in die Mitte des Nackens,
Daß er hin vor die Füße ihm stürzte; so ließ er ihn liegen,
Traf den Sohn des Philetor, Demuchos, den tapferen, großen,
Dann mit dem Speer in das Knie und hielt ihn zurück, doch in Eile
Hieb er ihn gleich mit dem mächtigen Schwert und nahm ihm das Leben.
Gegen Laogonos drauf und Dardanos, Söhne des Bias,
Sprang er und stürzte die beiden vom Wagen herab auf die Erde;
Einen fällte sein Speer, den andern sein Schwert aus der Nähe.
Tros dann, Alastors Sohn – der kam ihm entgegen und faßte

Flehend sein Knie, ob er schonen ihn wollte und lebend entlassen,
Nicht aber töten, aus Mitleid vielleicht mit dem Altersgenossen.
Ach, der Tor! denn er ahnte ja nicht, wie vergeblich er flehte!
Nicht von sanftem Gemüt war jener und freundlich im Herzen,
Sondern ein wütender Mann. Als Tros ihm die Knie nun umfaßte,
Um ihn zu bitten, da stieß er ihm schon das Schwert in die Leber.
Gleich aber glitt seine Leber heraus, und ihr Blut überströmte
Dunkel vorn ihm die Brust, und Finsternis deckte sein Auge;
Leblos lag er. Dem Mulios stieß indes der Pelide,
Neben ihn tretend, ins Ohr, und gleich aus dem anderen Ohre
Fuhr die Spitze von Erz. Dem Echeklos, Sohn des Agenor,
Trieb er das Schwert mit dem Griffe hinein in die Mitte des Schädels.
Warm aber wurde das ganze Schwert vom Blut; seine Augen
Übermannte der purpurne Tod und das mächtige Schicksal.
Weiter traf er Deukalion dort, wo die Sehnen des Armes
Biegung verbinden, und stach durch die Hand ihm die eherne Spitze.
Der aber blieb, am Arme gelähmt, ihn erwartend, am Flecke,
Vor sich den sicheren Tod, und er stieß ihm das Schwert in den Nacken,
Schleuderte weit den Kopf mitsamt dem Helm; aus den Wirbeln
Spritzte das Mark hervor; so lag er, gestreckt auf der Erde.
Weiter lief er entgegen des Peiroos tapferem Sohne
Rhigmos, der aus der scholligen Flur von Thrake gekommen,
Traf ihn mitten im Leib; schon stak das Erz ihm im Bauche,
Und er stürzte vom Korb. Areïthoos aber, sein Lenker,
Wandte die Rosse zurück, da traf ihn im Rücken der scharfe
Speer und warf ihn vom Wagen herab; es scheuten die Rosse.

So wie die tiefen Schluchten des ausgedörrten Gebirges
Heftiges Feuer durchbraust, und es brennt im dichten Gehölze;
Rings aber wirbelt der tobende Sturm im Kreise die Flammen:
Also wütete rings mit dem Speer Achill wie ein Dämon,
Jagend und tötend; es strömte vom Blute die dunkle Erde.

So wie die breitgestirnten Rinder zusammen man koppelt,
Schimmernde Gerste zu dreschen auf wohlgeebneter Tenne;
Rasch enthülst wird das Korn von den Tritten der brüllenden Rinder:
So zerstampften die Rosse, gelenkt vom kühnen Achilleus,
Leichen und Schilde zugleich, daß Blut die Achse von unten
Über und über bespritzte und rings um den Wagen die Ränder,
Bald von den Hufen mit Tropfen besprüht und bald von den Rädern,
Rot sich färbten; so strebt' er voran, sich Ruhm zu gewinnen,
Peleus' Sohn, und befleckte mit Blut die unnahbaren Hände.

EINUNDZWANZIGSTER GESANG

Die Schlacht am Flusse

Aber sobald sie zur Furt des schönhinfließenden Xanthos
Kamen, des wirbelnden Stroms, den Zeus, der unsterbliche, zeugte,
Trennte sie gleich der Pelide, die einen zum Felde verfolgend,
Stadtwärts, dort wo geschreckt die Achaier geflüchtet sich hatten
Erst am vorigen Tag vor der Wut des strahlenden Hektor.
Dorthin ergossen sich nun die Gescheuchten; da breitete Here
Vor sie ein tiefes Gewölk, sie zu hindern; – die andere Hälfte
Wurde zum Flusse gedrängt, in die Tiefen der silbrigen Wirbel
Stürzten sie tosend hinab, und es rauschten die reißenden Fluten.
Laut aber hallten die Ufer rundum; mit klagenden Schreien
Schwammen sie hin und her, vom Wirbel im Kreise getrieben.
Wie vor des Feuers Gewalt sich Heuschrecken schwirrend erheben,
Hin zum Flusse zu fliehn, denn es brennt sie das rastlose Feuer,
Jählings entflammt, und sie lassen sich nieder zum fließenden Wasser:
Also ward vor Achilleus des tiefen strudelnden Xanthos
Brausender Strom erfüllt vom Gemisch der Männer und Rosse.
Aber der Göttliche lehnte sogleich seine Lanze ans Ufer
Gegen ein Tamariskengesträuch und sprang wie ein Dämon
Nur mit dem Schwerte hinein, Verderbliches planend im Herzen.
Um sich hieb er im Kreis; da erhob sich ein gräßliches Röcheln
Unter dem würgenden Schwert, und es färbte vom Blut sich das Wasser,
Wie vor dem großen Schlund des Delphins die anderen Fische
Fliehend die Buchten erfüllen des wohlgesicherten Hafens,
Furchtsam; denn jeden verschlingt er voll Gier, den er eben erhaschte:
So versteckten die Troer sich jetzt in der mächtigen Strömung
Unter den Hängen des Ufers. Als müde sein Arm von dem Töten,
Wählte er lebende Jünglinge zwölf sich aus in dem Strome,

Patroklos' Fall zu sühnen, des toten Menoitiossohnes.
Diese zog er ans Ufer, betäubt wie die Kälber der Hindin,
Band am Rücken die Hände mit gutgeschnittenen Riemen,
Welche sie selber zu tragen pflegten am Panzergeflechte,
Gab sie den Freunden und ließ hinab zu den Schiffen sie führen.
Er aber stürzte dann wieder zurück in Vernichtungsbegierde
Und begegnete gleich des Dardaners Priamos Sohne,
Der aus dem Flusse floh, Lykaon. Er hatte ihn selber
Einst ergriffen und fortgeführt mit Gewalt aus des Vaters
Garten beim nächtlichen Zug; der schnitt mit der Schneide des Messers
Junge Äste der Feige, die Ränder des Wagens zu bilden.
Ungeahnt aber nahte zum Mißgeschick ihm Achilleus,
Brachte zu Schiff ihn fort in die reichbevölkerte Lemnos,
Bot ihn zum Kauf, und den Preis bezahlt' ihm der Sohn des Iason.
Dort aber löste Eëtion diesen, ein imbrischer Gastfreund,
Viel bezahlend, und sandte ihn fort nach der stolzen Arisbe.
Heimlich wich er von dannen und kam zum Palaste des Vaters,
Blieb elf Tage daselbst und erfreute sein Herz bei den Seinen,
Wieder aus Lemnos zurück; ein Gott aber gab ihn am zwölften
Abermals hin in die Hand des Peliden; der sollte zum Hades
Senden hinunter den Mann, so sehr er zu folgen sich wehrte.
Kaum erblickte ihn jetzt der göttliche schnelle Achilleus
Ohne den Helm und den Schild, entblößt, und ohne die Lanze, –
Alles hatte er von sich geworfen, vom Schweiße gepeinigt,
Während der Flucht aus dem Strom, und entkräftet erlahmten die Kniee –,
Sprach er so zu sich selbst, empört, im stolzen Gemüte:
Ach, ein gewaltiges Wunder erblicke ich dort mit den Augen.
Wirklich, da scheinen die stolzen Troer, soviel ich erschlagen,
Aufzuerstehn und wiederzukehren aus nebligem Dunkel,
So wie dieser da naht und entging dem grausamen Tage,
Der nach der heiligen Lemnos Verkaufte, sowenig des Meeres
Salzige Flut ihn behielt, die viele bezwungen zurückhält.
Wohl, so soll er nun auch die Spitze von unserer Lanze
Kosten, damit ich im Geist zu erkennen vermag und erforschen,
Ob er so gut auch von hier sich retten kann, oder ihn endlich

Hält die ernährende Erde, die selbst den Stärksten zurückhält.
Also stand er und sann: voll Angst aber nahte sich jener,
Flehend sein Knie zu berühren gewillt, denn er wünschte von Herzen,
Noch zu entrinnen dem bitteren Tod und dem schwarzen Verhängnis.
Schon aber hob den mächtigen Speer der edle Achilleus,
Ihn zu durchbohren, doch jener, im Laufe darunter sich bückend,
Faßte die Knie, und die Lanze, die über den Rücken hin sauste,
Stak in der Erde, voll Gier, sich am Fleische des Mannes zu laben.
Der aber flehte, mit einer Hand seine Kniee berührend,
Hielt mit der anderen fest gepackt die spitzige Lanze,
Hob die Stimme und rief ihn an mit den fliegenden Worten:
Flehend umfass' ich dein Knie, Achilleus, erbarme dich meiner,
Göttlicher, achte mein Recht, weil deinem Schutz ich vertraue;
Denn bei dir genoß ich zuerst die Frucht der Demeter
Damals, als du mich fingst im wohlbestandenen Haine
Und in die Fremde verkauftest, getrennt von Vater und Freunden,
Weit nach der heiligen Lemnos, und hundert Stiere gewannest.
Dreimal so hoch war der Preis für meine Befreiung; der zwölfte
Morgen ist dies für mich erst, seitdem ich nach vielen Qualen
Kam nach Troja, und wieder nun bringt mich das tückische Schicksal
Dir in die Hand. Es muß wohl Zeus, der Vater, mich hassen,
Daß er mich wieder dir gab. Zu kurzer Dauer gebar mich
Wirklich die Mutter Laothoë nur, die Tochter des Greises
Altes, welcher dem streitbaren Lelegervolke gebietet,
Hoch auf Pedasos' ragender Burg am Strom Satnióeis.
Dessen Tochter ward Priamos' Weib nebst anderen vielen;
Ihr entstammen wir zwei, und beide wirst du nun köpfen.
Einen bezwangst du bereits, Polydoros, den göttlichen Streiter
Vorn, im Gefechte zu Fuß, mit der Schärfe des Speeres ihn treffend.
Jetzt aber naht nun auch *mir* das Verderben; ich kann ja nicht hoffen,
Deiner Hand zu entfliehn, weil ein Gott mich so nahe dir brachte.
Eines verkünd' ich dir noch, und du bewahr es im Herzen:
Töte mich nicht, denn ich bin kein leiblicher Bruder des Hektor,

Der dir den starken Gefährten erschlug, den freundlichgesinnten.
Also sprach des Priamos herrlicher Sohn zum Peliden,
Flehend mit Bitten, und hörte die unbarmherzige Stimme:
Schweig, du Narr, und rede nicht weiter vom Preise der Lösung.
Ehe den Patroklos nämlich der Tag des Geschickes erreichte,
War ich wohl noch im Herzen geneigt, der Troer zu schonen;
Viele auch hab' ich gefangen verkauft und am Leben gelassen.
Jetzt aber möge kein einziger mehr entkommen dem Tode,
Den ein Gott vor Ilios hier in die Hand mir getrieben,
Unter den Troern, am wenigsten aber des Priamos Söhne.
Also stirb nun auch du! Warum so klagen, mein Lieber?
Starb doch Patroklos auch, und er war dir doch weit überlegen.
Siehest du nicht mich selbst, wie schön ich bin und gewaltig,
Sohn des edelsten Vaters, mich hat eine Göttin geboren.
Aber auch mir ist der Tod nicht weit und das mächtige Schicksal.
Bald erscheint mir der Morgen, der Abend oder der Mittag.
Wo dann einer auch mir in der Schlacht das Leben wird nehmen,
Ob er mich trifft mit dem Speer oder auch mit dem Pfeil von der Sehne.
Also sprach er, und jenem erschlafften das Herz und die Kniee.
Fahren ließ er den Speer und setzte sich nieder, die Arme
Öffnend; es zog nun sein doppeltgeschliffenes Schwert der Pelide,
Hieb ihn am Nacken ins Schlüsselbein, und ganz in die Tiefe
Fuhr ihm das schneidende Schwert; vornüber fiel er zu Boden
Niedergestreckt, und sein schwärzliches Blut benetzte die Erde.
Gleich ergriff ihn Achilleus am Fuß, in den Strom ihn zu schleudern,
Und frohlockend rief er ihm nach die geflügelten Worte:
Liege nur unten jetzt bei den Fischen; sie werden gefühllos
Ab von der Wunde lecken dein Blut, und es legt dich die Mutter
Nimmer mit Klagen aufs Totenbett; der Strom des Skamandros
Führt dich strudelnd hinab zum räumigen Grunde des Meeres.
Bald wird unter der Flut empor zum dunklen Gewoge
Schießen ein Fisch, um zu fressen vom schimmernden Fett des Lykaon.
Sterbet nur fort, bis daß wir zur heiligen Ilios kommen,
Fliehend ihr, und hinter euch *ich* mit Mord und Vernichtung.

Nicht einmal die silbrigen Wirbel des herrlichen Stromes
Schützen euch, dem ihr so oft schon viele Stiere geopfert
Und die stampfenden Rosse noch lebend versenkt in die Fluten.
Trotzdem soll das Verderben euch treffen, bis endlich ihr alle
Patroklos' Mord gesühnet mir habt und die Not der Achaier,
Die bei den schnellen Schiffen ihr tötetet, während ich fern war.
Also sprach er, und mehr noch erzürnte der Strom sich im Herzen
Und erwog im Gemüt, wie er endlich den edlen Achilleus
Hindern könnte am Werk, abwehren die Not von den Troern.
Peleus' Sohn aber sprang indes mit der schattenden Lanze
Gegen Asteropaios los, ihn zu töten verlangend,
Pelegon war sein Vater, den einstmals dem Axiosstrome
Periboia gebar, Akessámenos' älteste Tochter,
Der sich in Liebe geeint der Gott des wirbelnden Flusses.
Auf ihn stürzte Achilleus; er trat aus dem Fluß ihm entgegen,
Hielt ein Lanzenpaar, mit Mut beseelt von dem Strome
Xanthos, weil dieser mit Grimm die gemordeten Kämpfer gewahrte,
Die Achilleus im Fluß ermordete ohne Erbarmen.
Als die Gegeneinandereilenden nahe nun waren,
Sprach als erster der göttliche fußgewandte Achilleus:
Wer und von wannen bist du, daß du wagst, mir entgegenzutreten?
Unglückseliger Eltern Söhne begegnen mir immer.
Pelegons edler Sohn aber sprach, sofort ihm erwidernd:
Peleus' mutiger Sohn, was fragst du nach meinem Geschlechte?
Weit aus der scholligen Flur Paionia komm' ich und führe
Männer mit ragenden Speeren, Paionen, doch bin ich den elften
Morgen erst hier, seitdem ich in Ilios angekommen.
Nun, ich bin vom Geschlechte des breiten Axiosstromes,
Axios, der mit dem schönsten Gewässer die Erde berieselt.
Der war Pelegons Vater, des lanzenberühmten, und dieser
Zeugte mich selbst. Nun wollen wir kämpfen, du stolzer Achilleus!
So erklang sein drohender Ruf, und der edle Achilleus
Hob den Pelischen Schaft; zwei Lanzen zugleich aber schnellte
Asteropaios, der Held, geschickt wie rechts mit der Linken.

Und mit der einen traf er den Schild, jedoch sie durchbohrte
Nicht ihm den Schild, vom Golde gehemmt, der Gabe des Gottes.
Doch mit der anderen traf er, am Ellenbogen ihn streifend,
Rechts, und es strömte sein dunkeles Blut, und über ihm selber
Stak in der Erde der Speer, voll Gier, sich am Fleische zu laben.
Jetzt aber schwang der Pelide die vorwärtsfliegende Esche
Gegen Asteropaios, ihn gleich zu töten verlangend.
Doch ihn verfehlte sein Wurf, und er traf nur das ragende Ufer,
Daß bis zur Hälfte der eschene Speer ins Ufer sich wühlte.
Doch der Pelide, das scharfe Schwert von der Hüfte sich reißend,
Sprang ihm entgegen voll Wut; der konnte den Speer des Achilleus
Nicht hervor aus dem Hange ziehn mit der kräftigen Rechten.
Dreimal ihn schüttelnd, war er bemüht, heraus ihn zu reißen,
Dreimal verließ ihn die Kraft; das viertemal wollte er schließlich
Knicken und brechen den eschenen Speer des Aiakosenkels.
Schon aber kam ihm Achilleus zuvor und raubte sein Leben.
Denn er hieb ihn am Bauch in den Nabel, und alle Gedärme
Stürzten heraus auf die Erde, und Nacht umfing seine Augen,
Während er röchelte; gleich aber sprang auf die Brust ihm Achilleus,
Riß ihm die Waffen vom Leib und rief frohlockend die Worte:
Liege nur so! zu schwer war es wohl, mit den Söhnen des starken
Zeus, des Kroniden, zu streiten, obgleich du doch stammst von dem Strome.
Sagtest du doch, du wärst vom Geschlechte des mächtigen Flusses.
Ich aber rühme mich selbst, dem gewaltigen Zeus zu entstammen.
Denn mich zeugte der Herrscher der myrmidonischen Völker,
Peleus, Aiakos' Sohn, und den Aiakos eben Kronion.
Mächtiger doch ist Zeus als die meerwärts rauschenden Ströme,
Mächtiger also des Zeus Geschlecht als das eines Stromes.
Neben dir selbst ist ein großer Fluß; doch kann er dir wirklich
Helfen? Unmöglich ist's, mit Zeus Kronion zu kämpfen.
Weder der mächtige Gott Achelóios kann ihn erreichen,
Noch die gewaltige Kraft des tiefen Okeanosstromes,
Welchem doch alle Ströme, die sämtlichen Fluten des Meeres,
Alle Quellen und all die tiefen Brunnen entfließen.
Dennoch fürchtet auch dieser den Strahl des großen Kronion

Und den furchtbaren Donner, wenn hoch vom Himmel er wettert.
Also sprach er und riß den ehernen Speer aus dem Hange,
Ihn aber ließ er dort liegen, nachdem er sein Leben genommen,
Liegen im Sand, und dunkles Wasser bespülte die Leiche.
Aale machten sich gleich daran und andere Fische,
Schnappten und nagten gefräßig am nierenumhüllenden Fette.
Selber dann setzte er nach dem reisigen Volk der Paionen,
Welche zur Flucht noch strebten am Ufer des wirbelnden Flusses,
Als sie gesehn, wie der tapferste Mann im gewaltigen Treffen
Fiel, von dem Arm und Schwert des Peliden gewaltsam bezwungen.
Jetzt erschlug er Thersilochos gleich, Astypylos, Mydon,
Mnesos und Thrasios, weiter den Ainios und Ophelestes.
Und wohl hätte noch mehr Paionen getötet Achilleus,
Hätte der tiefe reißende Fluß nicht im Zorne geredet
Und in Menschengestalt aus der wirbelnden Tiefe gerufen:
O Achilleus, wie wütest du schrecklich und stärker als alle
Menschen; die Götter selbst begleiten und schützen dich immer.
Wenn dir Kronion die Troer auch gab, daß du alle verderbest,
Treib sie heraus doch aus mir und vollbringe den Frevel im Felde.
Voll von Toten sind nun bereits meine herrlichen Wasser,
Nicht mehr kann ich die Flut ergießen ins heilige Salzmeer,
Eingeengt von den Leichen; so tötest du wild und entsetzlich.
Laß es doch endlich; denn Schrecken erfaßt mich, du Völkergebieter.
Ihm erwiderte gleich und sprach der schnelle Achilleus:
Mag es denn sein, Skamandros, du göttlicher, wie du gebietest.
Doch ich höre nicht auf, die schändlichen Troer zu morden,
Bis ich zur Stadt sie gejagt und mit Hektor im Kampf mich gemessen,
Ob wohl *er* mich besiegt oder ob ich selbst ihn erlege.
Also rief er und sprang auf die Troer, stark wie ein Dämon.
Und zu Apollon sagte der Fluß, der wirbelnde tiefe:
Weh, wie mißachtest du, Sohn des Zeus, mit dem silbernen Bogen,
Was Kronion beschloß, der dir so streng doch geboten,
Helfend immer den Troern zur Seite zu stehn, bis der späte
Abend dämmernd sich senkt und die scholligen Fluren beschattet!

Rief's, und der speerberühmte Achilleus sprang in die Mitte
Hoch vom Ufer hinein, der Fluß aber brandete wütend.
Alle Fluten trieb er empört und wälzte die Toten,
Welche zu Haufen ihn füllten, die alle getötet Achilleus.
Diese warf er ans Land und brüllte, gleich einem Stiere.
Aber die Lebenden schützte der Gott in den reißenden schönen
Wellen und hielt sie versteckt in tiefen gewaltigen Strudeln.
Drohend stieg um Achilleus jetzt eine schwellende Woge,
Prallte gegen den Schild im Fall, daß er nicht auf den Füßen
Fest mehr stand. Eine große und schön gewachsene Ulme
Packte er gleich mit den Händen; der Baum, entwurzelt im Sturze,
Riß den Hang auseinander und, dichtbelaubt, mit den Ästen
Hielt er die Fluten zurück und lag, den Strom überdämmend,
Ganz darin. Der Pelide nun schwang sich empor aus dem Wirbel,
Lief und strebte, mit fliegenden Füßen das Feld zu gewinnen,
Furchtsam; der mächtige Gott aber stürzte sich, ohne zu rasten,
Dunkelwogend ihm nach, auf daß er den edlen Achilleus
Hinderte endlich am Werk und wehrte die Not von den Troern.
Peleus' Sohn aber sprang davon, so weit wie die Lanze
Fliegt, mit dem Stoße des Adlers, des schwarzgeflügelten Jägers,
Wohl des stärksten zugleich und geschwindesten unter den Vögeln.
Diesem glich er im Schwung. Es klirrte die eherne Rüstung
Furchtbar über der Brust, und, seitwärts jenem entweichend,
Floh er, verfolgt von dem rauschenden Fluß mit großem Getöse.
So wie ein grabenziehender Mann aus der dunkelen Quelle
Über Saaten und Gärten den Weg bereitet dem Wasser
Und den Schutt mit der Schaufel beiseite wirft aus dem Graben;
Und von dem vorwärtsflutenden werden die sämtlichen Kiesel
Fortgerissen; so kommt es gestürzt mit rauschenden Wellen
Jähe über den Hang und schnell überholt es den Leiter:
So erreichte der Strom in flutendem Lauf den Achilleus
Stets, wie behend er auch war; denn Götter sind stärker als Menschen.
Und so oft sich bemühte der herrliche schnelle Achilleus,
Fest ihm entgegenzustehn und wohl zu gewahren, ob alle
Götter ihn schreckten zur Flucht, die den räumigen Himmel bewohnen,

Spülte die mächtige Flut des zeusentschwollenen Stromes
Hoch ihm über die Schultern; doch sprang er empor mit den Füßen,
Angst im Herzen, denn unten der Fluß bezwang ihm die Kniee,
Schoß von der Seite heran und entriß den Sand seinen Füßen.
Jammernd rief der Pelide, den Blick zum Himmel erhebend:
Vater Zeus, so will sich denn keiner der Götter erbarmen,
Mich aus dem Strome zu retten! Dann wollt' ich auch alles erdulden!
So aber hat von den Himmlischen keiner an mir sich vergangen
Wie meine eigene Mutter, die mich mit Lügen berückte;
Denn sie versprach, vor der Mauer der erzgepanzerten Troer
Sei mir zu sterben bestimmt durch Apollons reißende Pfeile.
Hätte mich Hektor, der Tapferste hier, doch selber getötet;
So hätt' ein Starker den Starken gefällt und die Wehr ihm entrissen!
Jetzt aber ward mir bestimmt, des schmählichsten Todes zu sterben,
Eingeengt in den Strom, wie ein schweinetreibender Knabe,
Fortgerissen vom Bach, den er sucht zu durchqueren im Winter.
Also sprach er; da traten Poseidon schnell und Athene
Dicht vor ihn hin, an Gestalt wie sterbliche Männer gebildet,
Faßten die Hand mit der Hand und redeten tröstende Worte,
Unter ihnen zuerst Poseidon, der Erdenerschüttrer:
Peleus' Sohn, verzage doch nicht und fürchte dich nimmer;
Siehe, wir zwei von den Göttern sind hier, um dich zu beschützen.
Ich und Pallas Athene, mit Zeus', des Vaters, Erlaubnis.
So ist's nicht dir beschieden, vom Strome bewältigt zu werden,
Nein, er beruhigt sich bald, du selber noch wirst es erfahren.
Das aber legen wir dir ans Herz, wenn *du* nur gehorchest:
Laß nicht eher die Hände ruhn vom verderblichen Kampfe,
Bis du die Scharen der Troer in Ilios' prangende Mauern
Alle gedrängt, wer entkam, und erst, wenn du Hektor getötet,
Kehr zu den Schiffen zurück; wir geben dir Ruhm zu gewinnen.
Also sprachen die beiden und gingen hinweg zu den Göttern.
Er aber schritt, vom Gebot der Unsterblichen mächtig ermuntert,
Eilend ins Feld, das völlig gefüllt von ergossenen Wassern;
Viele glänzende Waffen erschlagener Krieger und Tote

Trieben darin. Er sprang in die Höhe mit hüpfenden Knien,
Stürmend gegen die Flut gradan; nicht hielt ihn der breite
Strömende Fluß mehr fest; so füllte mit Kraft ihn Athene.
Ungestillt aber blieb der Zorn des Skamandros; er tobte
Stärker noch gegen des Peleus Sohn; mit geschwollenen Fluten
Stieg er empor und rief den Simóeis mit schallender Stimme:
  Lieber Bruder, nun müssen wir beide die Stärke des Mannes
Hemmen, denn gleich wird er schon des herrschenden Priamos große
Feste zerstören; es halten die Troer nicht stand im Getümmel.
Bring doch Hilfe sogleich und fülle mit Wasser die Fluten
Voll aus den Quellen und treibe die Bäche, die gießenden alle;
Türme gewaltige Wogen und laß erdröhnen und krachen
Klötze und Steine, damit wir den wütenden Mann da bezähmen,
Der, als Siegender jetzt, sich dünkt den Göttern zu gleichen.
Weder die Kraft noch die schöne Gestalt wird, glaub' ich, ihm nützen,
Noch die glänzenden Waffen, die bald in der Tiefe des Sundes
Liegen werden, vom Schlamme verhüllt. Dann will ich ihn selber
Ganz bedecken mit Sand, den Schwall des Kieselgerölles
Über ihn schüttend. Und kein Achaier vermag seine Knochen
Wieder zu sammeln; so will ich mit Schutt ihn hoch überhäufen.
Dort auch sei das Mal ihm errichtet; es brauchen ihm nimmer
Aufzuwerfen das Grab die Achaier zu seiner Bestattung.
  Rief's und hob sich empört und brandete gegen Achilleus,
Brausend von wirbelndem Schaum und Blut und getriebenen Leichen.
Purpurn wallte die Woge des zeusentschwollenen Flusses
Jetzt in die Höh' und riß den Sohn des Peleus zu Boden.
Here schrie aber laut, in heftiger Angst um Achilleus,
Fürchtend, es könnte der mächtige, wirbelnde Strom ihn entreißen.
Eilend sprach sie, zum lieben Sohn Hephaistos gewendet:
  Auf, du hinkender Fuß, mein Kind; dir haben wir immer
Gleichgeachtet im Kampf als Gegner den strudelnden Xanthos.
Hilf doch schleunigst und laß die Lohe gewaltig entbrennen.
Ich aber will mich beeilen, den West und den klärenden Südwind
Aufzupeitschen vom Meere her zu gefährlichem Sturme,

Welcher, die schreckliche Flamme verbreitend, die Häupter der Troer
Samt den Waffen verbrenne; am Ufer des Xanthos indessen
Setze die Bäume in Brand und auch ihn selber; doch dürfen
Ja nicht freundliche Worte noch drohende dann dich verscheuchen.
Eher höre nicht auf zu wüten, als bis ich dir selber
Schallenden Rufs es gebiete; dann lösche die rastlose Flamme.
Also sprach sie; da schürte Hephaistos ein loderndes Feuer.
Erst entbrannte das Feuer im Feld und verzehrte die Leichen,
Welche zu Haufen es füllten, die alle getötet Achilleus.
Trocken wurde das Feld und gehemmt das blinkende Wasser.
Wie wenn im Herbste der Nord die frischbewässerten Saaten
Plötzlich trocknet, zur Freude des Manns, der sie eben bestellte:
Also wurde nun trocken das ganze Feld; er verbrannte
Rings die Toten, dann trieb er zum Flusse die leuchtende Flamme.
Brennend standen zugleich Tamarisken und Ulmen und Weiden.
Brennend Lotos und Schilf; die Binsen und zyprischen Gräser,
Welche die schönen Gewässer des Stroms umwucherten alle.
Aale wurden gequält in den Wirbeln und andere Fische,
Schnellten durchs glänzende Wasser, sich hin und her überschlagend,
Matt von sengendem Hauche des listenreichen Hephaistos.
Endlich brannte der mächtige Strom und erhob seine Stimme:
Keiner der Götter vermag sich mit dir zu vergleichen, Hephaistos,
Auch nicht *ich* verlange den Kampf, du Feuerumsprühter.
Laß doch den Streit! So möge die Troer der edle Achilleus
Gleich aus der Feste vertreiben. Was acht' ich des Streits und der Hilfe?
Sprach's in der brennenden Glut, und es wallte sein schönes Gewässer.
So wie ein Kessel im Inneren kocht auf reichlichem Feuer,
Schwitzend vom schmelzenden Fett des zartgemästeten Schweines;
Überall brodelt es auf von den trockenen Scheitern darunter:
Also brannte vom Feuer der Strom und es kochte sein Wasser.
Stockend stand er und wollte nicht fließen; der glutende Atem
Quälte des mächtig schlauen Hephaistos; da rief er zu Here,

Flehentlich bittend, und sprach zu ihr die geflügelten Worte:
Here, was trieb deinen Sohn, vor den andern gerade mein Wasser
So zu quälen? Denn weniger hab' ich an dir mich vergangen,
Als die anderen alle, so viele den Troern da helfen.
Gut, ich will mich beruhigen gleich, wenn du es gebietest;
Nur beruhige dieser sich auch, und ich werde noch schwören,
Nie von den Troern abzuwehren den Tag des Verderbens,
Nicht, wenn Troja sogar, im lohenden Feuer verbrennend,
Flammt, in Brand gesteckt von den streitbaren Söhnen Achaias.
Als die Göttin dieses gehört, die leuchtende Here,
Sprach sie rasch, zum lieben Sohne Hephaistos gewendet:
Halt, mein gepriesener Sohn Hephaistos! Unziemlich erscheint es,
So den unsterblichen Gott der Sterblichen wegen zu martern.
Also sprach sie; da löschte der Gott sein verheerendes Feuer;
Wieder zurück in ihr Bett aber wogten die glänzenden Fluten.
Als nun des Xanthos' Zorn gebändigt, erholten sich beide;
Denn es hielt sie Here zurück, wie heftig sie grollte.
Doch in die anderen Götter nun fuhr der bedrückende arge
Streit, und es strebte ihr Herz in der Brust nach zweierlei Seiten.
Gegeneinander tobten sie wild, rings krachte die Erde.
Schmetternd tönte der mächtige Himmel, und sitzend vernahm es
Zeus auf dem hohen Olympos; es lachte das Herz ihm vor Freude,
Weil er sah, wie die Götter zusammentrafen im Streite.
Jetzt verweilten sie länger nicht fern voneinander; es führte
Ares, der Schilddurchbohrer, und warf sich zuerst auf Athene,
Schwang den ehernen Speer und rief die schmähenden Worte:
Sprich, was treibst du die Götter zum Kampf, du Fliege des Hundes,
Unersättlich freche, so ungebändigt im Zorne?
Weißt du nicht mehr, wie du Tydeus' Sohn Diomedes zum Stoße
Reiztest und selber, den allsichtbaren Speer in den Händen,
Gegen mich stießest und gleich den blühenden Leib mir zerrissest?
Büßen sollst du mir jetzt darum für das, was du tatest.
Also sprach er und traf die schreckliche quastenverzierte
Aigis, die selbst der Blitz des Zeus nicht könnte zerstören.
Danach stieß mit dem ragenden Speer der blutige Ares.

Sie aber wich und ergriff einen Stein mit der kräftigen Rechten,
Der im Felde da lag, einen schwarzen, gezackten und großen,
Welchen frühere Menschen als Mark für die Fluren errichtet,
Traf den wütenden Ares am Hals und lähmt' ihm die Glieder.
Sieben Hufen bedeckt er im Fall und bestaubte die Haare,
Und ihn umklirrten die Waffen. Da lächelte Pallas Athene
Und frohlockend rief sie zu ihm die geflügelten Worte:
Narr, du hast noch nie denn bedacht, wie sehr ich an Stärke
Dir überlegen mich rühme, daß *du* dich an Kraft mir vergleichest.
Also magst du nun ganz mir büßen die Flüche der Mutter,
Die dir grollend nur Böses ersinnt, weil du so die Achaier
Ließest im Stich und die übermütigen Troer begünstigst.
Also sprach sie und wandte hinweg die strahlenden Augen.
Ihn aber nahm bei der Hand die Tochter des Zeus, Aphrodite,
Führte den heftig Stöhnenden fort, der kaum sich erholte.
Als nun Here sie sah, die Göttin mit glänzenden Armen,
Sprach sie gleich, zu Athene gewandt, die geflügelten Worte:
Wehe mir, Tochter des wetternden Zeus, du niemals besiegte;
Sieh, wie die hündische Fliege da wieder den mordenden Ares
Führt aus dem tobenden Kampf durchs Gewühl. Drum auf zur Verfolgung.
Also sprach sie; da stürmte Athene mit freudigem Herzen
Nach und fuhr auf sie los und schlug sie mit kräftigem Arme
Gegen die Brust, daß gleich die Knie und das Herz ihr erschlafften.
Beide nun lagen sie dort auf der fruchtgesegneten Erde,
Und Athene frohlockte und sprach die geflügelten Worte:
Aber soll es doch alle die Bundesgenossen der Troer
Treffen, sobald sie begegnen den panzerbewehrten Argeiern,
Ebenso trotzig und kühn, wie hier Aphrodite dem Ares
Wagte zu Hilfe zu eilen und meiner Kraft zu begegnen.
Ja, dann hätten wir sicherlich längst den Krieg schon beendet
Und die wohlbefestigte Burg von Troja zerschmettert.
Also rief sie; da lächelte Here, die glänzende Göttin.
Doch zu Apollon sprach der mächtige Erdenerschüttrer:
Phoibos, was blieben wir beide noch fern? unziemlich erscheint es;

Wo schon die andern begannen! O Schande doch, wollten wir kampflos
Wiederkehren zum ehernen Hause des Zeus und Olympos!
Fange doch an; du bist ja der jüngere, denn für mich selber
Will es nicht passen, weil älter ich bin und reicher an Wissen.
Narr, wie vergeßlichen Herzens du bist, daß du nicht an die Leiden
Alle mehr denkst, die wir dort so reichlich um Ilios litten,
Wir von den Göttern allein, als, von Zeus gesendet, wir kamen
Und ein ganzes Jahr dem stolzen Laomedon dienten
Um bedungenen Lohn und *er* befahl als Gebieter.
Ja, da errichtete *ich* um die Stadt eine Mauer den Troern,
Breit und herrlich, als unzerbrechliche Wehr für die Feste.
Du aber triebst die gehörnten, fußschleppenden Rinder zur Weide,
Phoibos, durch Täler und Schluchten des waldigen Idagebirges.
Aber sobald uns des Lohnes Ziel die beglückenden Horen
Endlich gebracht, da entzog mit Gewalt Laomedon grausam
Ganz und gar uns den Lohn und entließ uns mit drohenden Reden;
Drohte, die Füße und oben die Hände zusammenzubinden
Und dich so zu verkaufen nach fernegelegenen Inseln.
Ja, er vermaß sich, uns beiden die Ohren vom Kopfe zu schlagen.
Also zogen wir wieder zurück mit erbittertem Herzen,
Wegen des Lohns, den er selber versprach und nicht uns bezahlte.
Dessen Völker begünstigst du jetzt und willst mit uns andern
Nicht versuchen, die übermütigen Troer ins Elend
Niederzustürzen mitsamt ihren Kindern und ehrbaren Weibern?
Ihm erwiderte gleich der treffende Herrscher Apollon:
Erderschüttrer, du möchtest mich nicht vernünftig mehr nennen,
Wollt' ich mit dir um der Sterblichen willen im Kampfe mich messen,
Die so jämmerlich nur, dem Laub der Bäume vergleichbar,
Bald in blühender Kraft die Früchte der Erde genießen,
Bald aber wieder entseelt verschwinden. So laß uns in Eile
Lieber beenden den Kampf; sie sollen ihn selbst nur entscheiden.
Also redete Phoibos und wandte sich um, denn er scheute,
Gegen des Vaters Bruder die Hand im Kampf zu erheben.
Doch ihn tadelte sehr die Schwester, die Herrin der Tiere,
Artemis, sie, die jagende, wilde, mit höhnenden Worten:

Fliehest du, Treffender, schon, und hast den Sieg dem Poseidon
Ganz überlassen und unverdienten Ruhm ihm gegeben?
Tor, was trägst du den Bogen als nichtigen Tand so vergebens?
Daß ich nimmer hinfort im Palaste des Vaters dich prahlen
Höre, wie immer bisher im Kreis der unsterblichen Götter,
Daß du begehrst, dem Poseidon im Kampf entgegenzutreten.
Nichts erwiderte ihr der treffende Phoibos Apollon.
Aber die würdige Gattin des Zeus ergrimmte gewaltig
Gegen die Schützin des Pfeils und zürnte mit drohenden Worten:
Schamlose Hündin, wie wagst du es jetzt noch, gegen mich selber
Aufzustehen; es wäre gefährlich, mit *mir* sich zu messen,
Wenn du den Bogen auch führst, weil *dich* für die Weiber zur Löwin
Zeus gemacht und erlaubt, daß du tötetest, welche du wolltest.
Besser ist es gewiß, in den Bergen das Wild zu erlegen
Und die flüchtigen Hirsche, als Stärkere kühn zu bekämpfen.
Willst du jedoch im Kampf dich versuchen – nun gut, so erkenne
Wieviel stärker ich bin, weil du mir an Kraft dich vergleichest.
Rief's und ergriff mit der Linken ihr beide Hände am Knöchel,
Riß mit der Rechten zugleich von der Schulter ihr Bogen und Pfeile,
Schlug sie, als sie zurück sich wandte, damit um die Ohren
Lachend, da fielen die schnellen Pfeile herab aus dem Köcher.
Weinend floh die Göttin beiseite, der Taube vergleichbar,
Die, vom Habicht verfolgt, entfliegt in die felsige Höhle
Tief, denn es ward ihr noch nicht bestimmt, gefangen zu werden:
Also floh sie weinend und ließ an der Stelle den Bogen.
Aber zu Leto sprach der Geleiter, der Argostöter:
Leto, ich meide den Kampf mit dir, denn es wäre gefährlich,
Wenn ich mit Zeus', des Wolkenversammelnden, Weibern mich schlüge.
Mögest du immer getrost dich im Kreis der unsterblichen Götter
Rühmen, du habest mich selber besiegt mit gewaltigen Kräften.
Also sprach er, und Leto sammelte Bogen und Pfeile
Auf, die allüberall verstreuten im wirbelnden Staube,
Hielt in den Händen den Bogen und kehrte zurück zu der Tochter.
Diese kam zum Olympos, zum ehernen Haus des Kroniden.
Weinend setzte sich dort auf die Kniee des Vaters die Tochter.

Um sie wogte das göttliche Kleid, und ihr Vater Kronion
Zog sie nahe zu sich und fragte mit freundlichem Lächeln:
Wer mißhandelte so dich, mein Töchterchen, unter den Göttern
Sinnlos frevelnd, als hättest du öffentlich Böses begangen?
Gleich versetzte die Kranzgeschmückte, die rauschende Göttin:
Vater, es schlug mich dein eigenes Weib, die glänzende Here.
Stets entfacht sie doch Hader und Streit bei den ewigen Göttern.
Also sprachen die beiden und redeten untereinander,
Während Phoibos Apollon zur heiligen Ilios strebte,
Schwer besorgt um die Mauer der wohlgegründeten Feste,
Daß sie die Danaer heute noch gegen das Schicksal zerstörten.
Doch zum Olympos gingen die anderen ewigen Götter,
Diese voll Zorn und jene voll stolzer Siegesgewißheit,
Setzten sich dann zum Vater, dem schwarzumwölkten. – Achilleus
Schlug indessen zugleich die Troer und stampfenden Rosse.
Wie wenn wallend ein Rauch sich erhebt zum räumigen Himmel
Hoch aus der brennenden Stadt, vom Zorne der Götter getrieben;
Allen bereit' er Not und Leid und Jammer so vielen:
Also brachte den Troern Achilleus Leiden und Jammer.
Aber der greise Priamos stand auf dem heiligen Turme
Und gewahrte den ungeheuren Achilleus; die Troer
Drängten sich flüchtend eben vor ihm, und keinerlei Hilfe
Zeigte sich; klagend stieg er vom Turme hernieder zur Erde,
Trieb an der Mauer die rühmlichen Wächter des Tores und mahnte:
Öffnet die Flügel des Tors und haltet sie fest, bis die Völker
Flüchtend alle gelangen zur Stadt; denn wirklich Achilleus
Naht, sie verfolgend; ich fürchte, nun werden wir Schlimmes erleben.
Atmen sie aber dann auf, in Sicherheit hinter der Mauer,
Dann verschließet nur wieder die festgefügeten Bohlen,
Denn ich fürchte, uns springt der entsetzliche Mann in die Mauer.
Sprach's, und sie öffneten gleich das Tor und lösten die Riegel,
Und die geöffneten brachten das Heil. Da stürzte Apollon
Gegen den Feind schon hinaus, um die Not von den Troern zu wehren.
Die aber strebten der Stadt und hohen Mauer entgegen,

Trocken von Durst und verstaubt, so flohen sie her aus dem Felde.
Und der Pelide verfolgte sie rasch mit der Lanze; gewaltig
Tobte noch immer sein Herz und eiferte, Ruhm zu gewinnen.
Jetzt aber hätten die Feinde die ragende Troja genommen,
Hätte Apollon Phoibos nicht den Helden Agenor
Angetrieben, Antenors Sohn, den wackeren, starken,
Und das Herz mit Mut ihm erfüllt; er stellte sich selber
Neben ihn gleich zum Schutz, vor den schrecklichen Keren des Todes
Gegen die Eiche gelehnt, in dichtem Nebel verborgen,
Kaum, daß dieser Achilleus gewahrte, den Städtezerstörer,
Stand er, und heftig wogte das Herz dem wartenden Manne.
Schwer bekümmert, sprach er zu sich im stolzen Gemüte:
Wehe mir nun! wenn ich auch vor der Kraft des starken Achilleus
Fliehe des Wegs, wo die andern in scheuem Getümmel sich flüchten,
Greifen wird er mich sicherlich doch und den Wehrlosen köpfen.
Laß' ich diese dagegen in drängender Flucht vor Achilleus
Fliehn, dem Peliden, und flüchtete selbst nach der anderen Seite
Gegen das ilische Feld vor der Mauer zum Idagebirge,
Bis ich die Schluchten erreicht und dort im Gebüsch mich verberge, –
Abends könnt' ich alsdann, nachdem ich im Strome gebadet,
Abgekühlt von dem Schweiß, zurück nach Ilios kehren.
Aber warum bewegen mein Herz nur solche Gedanken?
Wenn er mich nur nicht bemerkt auf der Flucht ins Feld von der Feste
Und, im Laufe mir nach, mich erreicht mit hurtigen Füßen.
Ganz unmöglich dann wär's, zu entrinnen dem Todesverhängnis.
Allzustark ist er doch vor allen anderen Menschen.
Würde ich *vor* der Stadt jedoch entgegen ihm treten,
Wohl ist sicherlich auch sein Leib durch die Spitze verwundbar
Und ein einziges Leben in ihm; es nennen die Menschen
Sterblich ihn auch, mit Glück aber segnet ihn Zeus, der Kronide.
Also sprach er und harrte gefaßt des Peliden; im Innern
Drängte sein tapferes Herz, dem Feind im Kampf zu begegnen.

So wie ein Pardel hervor aus dem tiefen Gestrüpp des Gehölzes
Gegen den Jäger sich wirft mit unerschrockenem Herzen,
Kühn und ohne zu fliehn, sobald er die Meute vernommen;
Hat ihn auch jener bereits mit dem Wurf oder Stoße verwundet
Dennoch, selbst von der Lanze durchbohrt, noch wehrt er sich tapfer
Unentwegt, bis im Kampf er ihn faßt oder fällt von dem Jäger:
So des erlauchten Antenor Sohn, der edle Agenor,
Denn er wollte nicht fliehn, bevor er versucht den Achilleus,
Sondern vor sich hielt er den Schild, den runden, gewölbten,
Zielte nach ihm mit dem Speer und schrie mit gewaltiger Stimme:
Sicherlich hast du gar sehr schon gehofft, du stolzer Achilleus,
Heute wohl noch zu zerstören die Stadt der mutigen Troer.
Narr, wir sollen der Leiden genug um sie noch bestehen.
Unserer sind noch viele darin und streitbare Männer,
Die zum Schutze der lieben Eltern und Weiber und Söhne
Ilios schirmen, du selber wirst hier dein Schicksal erfüllen,
So entsetzlich du bist und unerschrocken im Kampfe.
Sprach's und entsandte den schneidenden Speer mit der kräftigen Rechten,
Traf ihm unter dem Knie das Schienbein, ohne zu fehlen,
Daß die Schiene darum aus frischgegossenem Zinne
Fürchterlich klirrte, doch prallte das Erz vom Getroffenen wieder
Ab und durchbohrte ihn nicht, gehemmt von der Gabe des Gottes.
Peleus' Sohn aber stürmt dem göttergleichen Agenor
Jetzt entgegen, doch hindert sogleich ihn Apollon am Siege,
Raffte den andern hinweg, und, dicht im Nebel ihn bergend,
Ließ er ihn ruhig alsbald zurück aus dem Kampfe sich ziehen.
Doch den Peliden entfernte der Gott mit List von dem Heere;
Denn der Waltende trat als Ebenbild des Agenor
Ihm vor die Füße; da sprang er schon los, ihn schnell zu verfolgen.
Während er diesen verfolgte durch weizentragende Felder,
Lenkend gegen die wirbelnde Tiefe des Stromes Skamandros,
Wenig der Gott nur voraus – so blendete schlau ihn Apollon,
Daß er immer nur hoffte, ihn bald im Lauf zu erjagen –,
Kamen die anderen Troer indes in flüchtenden Scharen

Herzlich froh zu der Stadt, und die Burg ward voll von Gedrängten.
Nimmer wagten sie außerhalb der Burg und der Mauer
Noch aufeinander zu warten und eben zu sehn, wer entflohen
Und wer gefallen im Kampf; sie strömten hinein in die Feste,
Jeder zufrieden, wen eben die Schenkel und Kniee gerettet.

ZWEIUNDZWANZIGSTER GESANG

Hektors Tod

Also jetzt in der Stadt, verscheucht wie die Jungen der Hindin,
Trockneten diese den Schweiß und tranken, den Durst sich zu löschen,
Gegen die schönen Gesimse gelehnt. Indes die Achaier
Näherten schon sich der Mauer, die Schilde gelehnt an die Schultern.
Aber den Hektor bestimmte sein böses Verhängnis, zu warten
Draußen am Platz vor der ilischen Burg und dem skaiischen Tore.
Jetzt begann zum Peliden und redete Phoibos Apollon:
Sprich, was verfolgest du mich, Pelide, mit eilenden Füßen,
Du ein Sterblicher nur, den Unsterblichen? Hast du noch immer
Nicht erkannt, daß ein Gott ich bin? So wütest du rastlos.
Gar nicht kümmert dich wohl der Kampf mit den Troern? Sie drängten,
Flüchtend vor *dir*, in die Stadt, doch du verirrtest dich hierher.
Nie doch tötest du *mich*, denn ich habe kein menschliches Schicksal.
Ihm entgegnete sehr empört der schnelle Achilleus:
Täuschtest du, Treffender mich, du grausamster unter den Göttern,
Daß du hierher von der Mauer mich triebst? Noch hätten gar viele
Sonst in die Erde gebissen, bevor sie nach Ilios kamen.
Jetzt beraubtest du mich des Ruhms und rettetest jene
Leicht, denn du hattest ja nicht die künftige Rache zu fürchten.
Ja, ich rächte mich gern, wenn ich die Macht nur besäße.
Also sprach er und kehrte, von Trotz erfüllt, schon zur Feste,
Stürmend, gleich einem siegeserfahrenen Roß im Geschirre,
Das da leicht durch die Ebene sprengt, sich streckend im Laufe:
So bewegte Achilleus rasch die Schenkel und Kniee.
Priamos aber, der Greis, ersah ihn zuerst mit den Augen,
Als er, hell wie der Stern, daher durch die Ebene stürmte,

Der in herbstlicher Zeit sich erhebt und in strahlender Klarheit
Jeden Stern überglänzt von den vielen im nächtlichen Dunkel,
Welchen die Menschen Hund des Orion mit Namen benennen.
Hell wie er strahlt, bedeutet er doch ein verderbliches Zeichen,
Denn er bringt viel fiebrige Glut den elenden Menschen:
So erglänzte das Erz und die Brust des laufenden Mannes.
Laut wehklagte der Greis und schlug sich das Haupt mit den Händen,
Richtete hoch sich empor und klagte mit jammernder Stimme,
Flehend zum lieben Sohn, der außen am Platz vor dem Tore
Stand, in unermüdlicher Gier, mit Achilleus zu kämpfen.
Diesen rief erbärmlich der Greis und streckte die Arme:
Hektor, wage mir nicht, mein Sohn, den Mann zu erwarten,
Einsam, von allen getrennt, daß du nicht dein Verderben beschleunigst,
Bald vom Peliden besiegt, denn er ist dir weit überlegen.
Ach, der Schreckliche, wär' er den Göttern doch ebenso teuer
Wie mir selbst! es würden den Liegenden Geier und Hunde
Bald schon fressen, da wiche das gräßliche Leid mir vom Herzen.
Dieser ließ mich so viele, tapfere Söhne verlieren,
Tötete oder verkaufte sie weit nach entlegenen Inseln.
Zwei vermag ich auch jetzt, Lykaon und Polydoros,
Nirgend zu sehn in der Stadt, wo die Troer zusammen sich drängen,
Die mir Laothoë beide gebar, die Fürstin der Frauen.
Sind sie aber am Leben im Heer, so werden wir freilich
Bald mit Erz und Gold sie erlösen; es ist ja im Hause;
Reich bedachte die Tochter der greise gepriesene Altes.
Sind sie jedoch schon tot und unten im Hause des Hades,
Leidet mein eigenes Herz und die Mutter, die *wir* sie erzeugten.
Aber das übrige Volk wird kürzere Zeit sie betrauern,
Wenn nur du selber nicht stirbst, von der Kraft des Achilleus bezwungen.
Komm doch herein in die Mauer, mein Kind, auf daß du die Troer
Samt den troischen Weibern beschirmst und den Ruhm des Peliden
Nicht vermehrst, weil du selber dein teures Leben verlierest.
Dann erbarme dich meiner im Elend, solang' ich noch atme,

Bis mich Unseligen Vater Zeus an der Schwelle des Alters
Grausam zerbricht, zuvor aber muß ich noch Schlimmes erleben,
Muß meine Söhne gemordet sehn und verschleppt meine Töchter,
Ausgeplündert die Kammern der Burg und die hilflosen Kinder
Gegen den Boden geschmettert sehn im wilden Gemetzel,
Auch meine Schwiegertöchter verschleppt von den grausamen Händen.
Mich aber werden gefräßige Hunde zuletzt an der Türe
Vorn zerreißen, wenn einer mich dann mit der Schärfe des Erzes
Traf im Hieb oder Wurf und das Leben mir schlug aus den Gliedern.
Die ich im Hause genährt am Tische zu Wächtern des Tores,
Sie dann trinken mein Blut und liegen, von Tollheit besessen,
Vorn im Hofe. Dem Jüngling gereicht noch alles zur Zierde,
Selbst wenn er liegt, im Kampfe gefällt, und vom Erze zerrissen,
Alles ist schön an dem Toten sogar, soviel man gewahret.
Wird jedoch das graue Haupt und das Kinn, das ergraute,
Und die Scham dem getöteten Greis von den Hunden geschändet,
Das ist wohl das kläglichste Bild für die elenden Menschen.

Also der Greis, und das graue Haupt mit den Händen zerraufend,
Riß er sich Haare vom Kopf, umsonst aber bat er den Hektor.
Drüben jammerte auch die Mutter mit fließenden Tränen,
Machte den Busen sich bloß und hob die Brust mit der Linken.
Unter Tränen sprach sie zu ihm die geflügelten Worte:

Hektor, scheue, mein Sohn, den Anblick, erbarme dich meiner
Selbst, wenn ich je die schmerzenstillende Brust dir geboten.
Daran denke, mein Kind, und stehe dem feindlichen Manne
Hier im Innern der Mauer, doch nicht als Kämpfer der Nähe.
Ach, der Schreckliche! Tötet er dich, so darf ich doch nimmer
Dich am Lager beweinen, geliebter Sproß meines Schoßes,
Noch die begüterte Gattin, denn weit entfernt von uns beiden
Fressen die schnellen Hunde dich bald bei den Schiffen von Argos.

Also redeten weinend zum lieben Sohne die Eltern,
Flehentlich bittend, doch beugten sie nicht den Willen des Hektor,
Sondern der harrte der nahenden Riesengestalt des Achilleus.
So wie ein Drache des Bergs einen Mann in den Klüften erwartet,

Satt von giftigem Kraut und erfüllt von wütender Bosheit;
Gräßlich blickt er umher und ringelt den Leib um die Höhle:
Also Hektor: unbändig vor Mut und ohne zu weichen,
Stand er und lehnte den glänzenden Schild an die Böschung des Turmes.
Schwer besorgt, nun sprach er zu sich im stolzen Gemüte:
Wehe mir! Wollt' ich zum Tore hinein in die Mauer mich retten,
Würde Polydamas gleich mit kränkendem Hohn mir begegnen,
Der mir gebot, zur Feste zurück die Troer zu führen,
Während der schrecklichen Nacht, als zum Kampf sich erhob der Pelide.
Doch ich gehorchte ihm nicht; es wäre wohl besser gewesen.
Jetzt aber, wo ich das Volk so unbesonnen verderbte,
Scheu' ich die Troer und troischen Frauen in Schleppengewändern,
Daß nicht irgendein andrer, gemeiner als ich, von mir sage:
Hektor verderbte das Volk, der eigenen Stärke vertrauend.
Also werden sie sprechen; für mich aber wär' es dann besser,
Offen im Kampf den Achilleus zu töten und wiederzukehren,
Oder mit Ruhm von ihm selbst vor der Stadt erschlagen zu werden.
Wie aber? Legte ich nieder vielleicht den Schild, den gewölbten,
Samt dem wuchtigen Helm und lehnte den Speer an die Mauer,
Machte mich auf und ginge dem stolzen Achilleus entgegen,
Und verhieß' ihm Helena selbst und die sämtlichen reichen
Schätze mit ihr, soviel Alexandros in räumigen Schiffen
Her gen Troja gebracht – denn so begann ja der Hader –,
Für die Atriden zu geben und anderes noch zu verteilen
Unter dem Volk der Achaier, was hier in der Feste verborgen;
Würd' ich danach von den Troern den Schwur der Ältesten fordern,
Nichts zu verbergen und alles gerecht in Hälften zu teilen,
Alles Gut, das die prangende Stadt im Innern beherbergt.
Aber warum bewegen mein Herz nur solche Gedanken?
Ja nicht will ich ihm nahen; er würde mich ohne Erbarmen,
Ohne Achtung und Scheu ermorden, den Waffenentblößten,
So, als wär' ich ein Weib, nachdem ich der Wehr mich entledigt.
Wirklich, es gilt hier nicht, vom Eichbaum oder vom Felsen
Heimlich zu flüstern mit ihm, wie Jüngling traulich und Jungfrau,
Jüngling traulich und Jungfrau verkehren in leisem Geflüster.

Besser, wir stoßen aufs neue zum Streite zusammen in Eile;
Sehen wir, wem von uns beiden den Sieg der Olympier schenke.
Also sann er und blieb; da nahte bereits ihm Achilleus.
Gleich dem stürmenden Gotte des Kriegs im zitternden Helme,
Schwang er über der rechten Schulter der Pelischen Esche
Furchtbaren Schaft, und das Erz umstrahlte ihn rings mit dem Glanze
Lodernden Feuers oder der hell aufsteigenden Sonne.
Hektor, sobald er ihn sah, erbebte und wagte nicht länger
Auszuhalten; er wandte voll Schreck dem Tore den Rücken.
Hinter ihm flog der Pelide, den reißenden Füßen vertrauend.
So wie der Falke des Bergs, der geschwindeste unter den Vögeln,
Leicht im Schwunge verfolgt die furchtsam fliehende Taube;
Seitwärts weichet sie aus, doch nah mit scharfem Gekreische
Stürmt er hinter ihr stets; es drängt ihn die Gier, sie zu fangen:
Also trieb es auch ihn voran, und es flüchtete Hektor
Unter der troischen Mauer und regte die hurtigen Kniee.
An der Warte vorbei und der windumfächelten Feige
Sausten sie immer seitab von der Mauer dahin auf dem Fahrweg.
Jetzt erreichten sie schon die schönentrieselnden Quellen,
Wo gedoppelt entspringt der wirbelreiche Skamandros.
Eine nämlich entfließt mit warmem Wasser, und wallend
Hebt sich ein Rauch aus ihr gleichwie aus brennendem Feuer.
Aber die andre fließt so kalt wie der Hagel im Sommer
Oder im Winter der Schnee und Eis von gefrorenem Wasser.
Dort sind ganz in der Nähe der Quellen geräumige Becken,
Steingemauerte, schöne, darin sich die schimmernden Kleider
Immer wuschen die Frauen und lieblichen Töchter der Troer,
Einst in friedlicher Zeit, noch eh' die Achaier sich nahten.
Hier nun rannte vorbei der Flüchtende samt dem Verfolger –
Vorn ein Starker entfliehend, ein Stärkerer noch ihn verfolgend –
Stürmenden Laufs, denn nicht um ein Opfertier oder ein Stierfell
Ging es, welche zum Preis man bestimmt wettlaufenden Männern,
Sondern es rannten die zwei um das Leben des reisigen Hektor.
So wie die siegeserfahrenen Rosse mit stampfenden Hufen
Rasch umsprengen das Ziel, denn es winkt ein bedeutender Kampfpreis,

Sei's ein Dreifuß oder ein Weib, einem Toten zu Ehren:
Also kreisten sie dreimal jetzt um Priamos' Feste,
Beide mit fliegendem Fuß. Die Götter gewahrten es alle.
Unter ihnen begann der Vater der Menschen und Götter:
Weh', einen teuren Mann, im Kreise gejagt um die Mauer,
Muß mein Auge da sehen; es jammert mich seiner im Herzen,
Hektors, der mir so oft die Schenkel von Stieren verbrannte
Bald auf des Ida zerklüfteten Höhen, ein andermal wieder
Hoch auf der Burg; und jetzt bedrängt ihn der edle Achilleus,
Rings ihn um Priamos' Stadt mit hurtigen Füßen verfolgend.
Auf denn, erwäget, ihr Götter, darum und wollet beschließen,
Ob vor dem Tode wir jetzt noch retten ihn oder Achilleus,
Peleus' Sohn, ihn fälle bereits, den tapferen Helden.
Ihm erwiderte drauf die funkelnde Göttin Athene:
Blitzestrahlender Vater, umwölkter, was hast du gesprochen?
Einen sterblichen Mann, schon längst dem Geschicke verfallen,
Willst du wieder dem Garne des grausamen Todes entwinden?
Tu's! Doch niemals werden wir anderen Götter es loben.
Gleich erwiderte Zeus und sprach, der Wolkenversammler:
Fasse dich, Tritogeneia, mein Töchterchen; was ich da sagte,
Ward nicht reiflich bedacht; ich will dir ja freundlich begegnen.
Tu, wozu dein Wille dich treibt, und säume nicht länger.
Also trieb er Athene, die längst vom Eifer entflammte.
Stürmenden Schwunges schritt sie herab von den Höh'n des Olympos.
Unablässig verfolgte den Hektor der schnelle Achilleus.
So wie der Hund im Gebirge das Junge des Hirsches vom Lager
Scheucht und immer verfolgt durch felsige Täler und Schluchten –
Findet es auch ein Versteck, sich niederduckend im Dickicht,
Dennoch läuft er und spüret ihm nach, bis er endlich es findet:
So blieb Hektor auch nicht verborgen dem schnellen Peliden.
Denn sooft er auch strebte im Sprung dem dardanischen Tore
Näherzukommen und unter die festgemauerten Türme,
Ob die Gefährten von oben ihn schützten mit ihren Geschossen,
Kam ihm stets der Verfolger zuvor und drängte ihn auswärts
Gegen das Feld; er selbst aber lief an der Seite der Feste.
Wie man im Traume vergeblich den Fliehenden sucht zu verfolgen;

Weder vermag der eine zu fliehn, noch der andre zu folgen:
Suchte dieser umsonst zu fassen wie der zu entschlüpfen.
Wie aber wäre wohl Hektor den Keren des Todes entronnen,
Hätte nicht einmal noch, zum letztenmal sich Apollon
Ihm genaht und den Mut ihm gestärkt und die hurtigen Kniee?
Aber dem Volke bedeutete winkend der edle Achilleus,
Gegen Hektor doch nicht die spitzen Geschosse zu schnellen,
Daß ja keiner ihm raubte den Ruhm, als erster zu treffen.
Als sie nun endlich zum vierten Male die Quellen erreichten,
Richtete Vater Zeus die goldenen Schalen der Waage,
Warf zwei Lose hinein des trauerbringenden Todes,
Das des Achilleus und das des Rossebändigers Hektor,
Faßte die Mitte und wog. Da sank des Hektor Verhängnis
Lastend zum Hades hinab, es verließ ihn Phoibos Apollon.
Doch zu Achilleus kam die funkelnde Göttin Athene,
Stellte sich dicht vor ihn hin und sprach die geflügelten Worte:
  Endlich, so hoffe ich nun, du Liebling der Götter, Achilleus,
Bringen wir großen Ruhm, wir zwei, zu den Schiffen Achaias,
Daß wir den Hektor erschlagen, den unersättlichen Krieger.
Nicht vermag er gewiß uns einmal noch zu entrinnen,
Nicht, wie sehr auch sich härmend der treffende Schütze Apollon
Flehend sich wälzte vor Zeus, dem wetterleuchtenden Vater.
Halte nun an und atme erst auf, indes ich zu jenem
Eile, ihn gleich zu bereden, sich *dir* im Kampfe zu stellen.
  Also sprach Athene; da folgt' er mit freudigem Herzen,
Stand und ruhte, gestützt auf den Schaft mit eherner Spitze.
Sie aber ließ den Peliden und kam zum göttlichen Hektor,
Ganz dem Deïphobos gleich an Wuchs und geschmeidiger Stimme,
Stellte sich dicht vor ihn und sprach die geflügelten Worte:
  Liebster, wie wirst du doch heftig bedrängt von dem schnellen Achilleus,
Der dich mit hurtigen Füßen verfolgt um des Priamos Feste!
Halten wir endlich doch stand und bleiben wir, tapfer uns wehrend!
  Ihr erwiderte gleich der mächtige strahlende Hektor:
Stets, Deïphobos, warst du doch mir von allen der liebste
Unter den Brüdern, die Priamos einst mit Hekabe zeugte.
Jetzt aber denk' ich noch höher sogar dich im Herzen zu ehren,

Weil du dich meinetwegen, sobald du mit Augen mich sahest,
Gleich aus der Mauer gewagt, wo die anderen drinnen geblieben.
 Ihm erwiderte drauf die funkelnde Göttin Athene:
Liebster, mich flehten der Vater soviel und die würdige Mutter,
Nacheinander die Knie mir umfassend, und rings die Gefährten
Baten mich, drinnen zu bleiben; so sehr sind alle voll Schrecken.
Doch im Innern erbebte mein Herz von schmerzlichem Kummer.
Vorwärts jetzt mit Eifer zum Kampf und unsere Lanzen
Nicht geschont, damit wir sehen, ob gar uns Achilleus
Beide töte vielleicht und die Waffen voll Blut zu den Schiffen
Führe, den räumigen, oder ob *du* ihn fällst mit der Lanze!
 Also sprach sie und führte mit List voran ihn, Athene.
Als sie nahe nun waren, die Gegeneinandergewandten,
Nahm als erster das Wort der mächtige strahlende Hektor:
 Länger will ich vor *dir* nicht fliehen, Pelide, wie eben
Dreimal ich lief um die Feste des Priamos, ohne zu wagen,
Standzuhalten dem Sturm. Doch jetzt ergreift mich Verlangen,
Dir entgegenzutreten: ich fälle dich oder ich falle.
Laß die Götter uns rufen dazu – sie werden die besten
Zeugen des Eides ja sein und unseres Bundes Bewahrer –:
Denn nicht werde ich dich mit Schmach mißhandeln, gewährt mir
Zeus zu siegen die Kraft und *dir* das Leben zu rauben,
Sondern sobald ich die rühmliche Wehr dir entrissen, Achilleus,
Geb' ich den Toten zurück den Achaiern. Versprich mir das gleiche.
 Finster blickend entgegnete ihm der schnelle Achilleus:
Hektor, sprich mir doch nicht von Verträgen, du ewig Verhaßter!
So wie Löwen und Menschen kein Schwur der Treue verbündet,
Und wie Lämmer und Wölfe sich nie vertragen in Eintracht,
Sondern ewigen Haß empfinden gegeneinander:
So auch kann es nicht sein, daß *wir* uns lieben; und nimmer
Bindet uns beide der Schwur, bis einer, zu Boden gefallen,
Ares sättigt mit Blut, den schildgewappneten Krieger.
Aller Tapferkeit sei nun gedenk; jetzt hast du es nötig,
Lanzenschwinger zu sein und sehr verwegen im Kampfe.
Kein Entrinnen mehr gibt's; nun will es Pallas Athene,
Daß mein Speer dich bezwingt; und alles büßt du auf einmal,

Meiner Genossen Qual, die du wütend erschlugst mit dem Speere.
Also rief er und warf im Schwung die schattende Lanze.
Vorwärtsblickend vermied sie jedoch der strahlende Hektor,
Duckte sich nieder, und über ihn sauste die eherne Lanze,
Stak schon im Boden; heraus aber zerrte sie Pallas Athene,
Gab sie darauf dem Achilleus zurück, verborgen vor Hektor.
Hektor, der Hirte des Volks aber sprach zum edlen Peliden:
Weit gefehlt! So ließ dich Zeus von meinem Verhängnis
Doch nichts wissen, du Göttergleicher, soviel du geredet.
Sondern du warst nur ein Zungenheld und Worteverdreher,
Daß ich, erzitternd vor dir, des Muts, mich zu wehren vergäße.
Nicht im Fliehen soll mir dein Speer den Rücken durchbohren,
Sondern du magst in die Brust den Vorwärtsdringenden treffen,
Wenn dir ein Gott es gewährt. Doch jetzt verwahr dich vor meinem
Ehernen Speer! O, möchte dein Leib doch ganz ihn empfangen!
Leichter würde doch dann der Krieg für die Männer von Troja,
Wenn du selber nur stürbst, o du, ihr größtes Verderben.
Also rief er und warf im Schwung die schattende Lanze.
Ohne zu fehlen, traf er die Mitte des Schilds des Peliden.
Ab vom Schild aber prallte der Speer; da erzürnte sich Hektor,
Daß sein scharfes Geschoß umsonst aus der Hand ihm geflogen,
Und bestürzt – denn es war kein anderer Speer ihm geblieben –
Stand er und rief nach Deïphobos laut mit dem glänzenden Schilde,
Bat ihn um seinen Speer, doch dieser war nicht in der Nähe.
Hektor begriff es im Herzen sogleich und erhob seine Stimme:
Wehe, nun haben mich wirklich die Götter zum Tode gerufen,
Denn ich glaubte, der Held Deïphobos wollte mir helfen.
Aber er weilt in der Stadt; es täuschte mich Pallas Athene.
Nahe schon ist mir der schreckliche Tod und nicht in der Ferne;
Kein Entrinnen mehr gibt's; so war es lange schon lieber
Zeus und dem treffenden Sohn des Kroniden, die willig mich früher
Immer doch haben geschützt, doch jetzt erreicht mich das Schicksal.
Kampf- und ehrlos will ich jedoch mitnichten vergehen,
Nein, nach gewaltiger Tat, von der noch Künftige wissen.
Also rief er und riß das schneidende Schwert aus der Scheide,
Welches herunter ihm hing an der Hüfte, das wuchtige, große.

Vorwärts schoß er geduckt, wie ein fliegender Aar aus der Höhe
Nieder zur Ebene stößt durch finstere Wolken, ein zartes
Lämmlein oder den feig sich bergenden Hasen zu greifen:
Also schoß nun Hektor heran mit geschwungenem Schwerte.
Gegen ihn stürmte Achilleus, das Herz geschwollen von wilder
Wut und vorne die Brust mit dem stattlichen, künstlich verzierten
Schilde gedeckt; es nickte dazu sein Kopf mit des Helmes
Glänzenden Bügeln, umwallt von buschigen goldenen Haaren,
Welche dicht um den Reif Hephaistos ihm hatte befestigt.
Hell wie der Stern im Dunkel der Nacht vor allen Gestirnen,
Hesperos, wandelt, das schönste Gestirn, das leuchtet am Himmel:
Also strahlte der Glanz vom scharfen Speer, den Achilleus
Schwang in der Rechten, auf Böses bedacht für den göttlichen Hektor,
Spähend, wo der edele Leib am besten zu treffen.
Wohl bedeckte den Körper fast ganz die eherne Rüstung,
Die er der Kraft des getöteten Patroklos hatte entrissen.
Nur wo das Schlüsselbein Hals und Schultern begrenzt, an der Gurgel,
Schien er entblößt, an der allergefährlichsten Stelle des Lebens.
Hier durchbohrte den Stürmenden gleich mit dem Speere Achilleus.
Gradeswegs durchfuhr das Genick die Spitze der Lanze.
Aber nicht gänzlich zerschnitt das wuchtige Erz ihm die Kehle.
Also, daß er noch einmal mit Worten entgegnen ihm konnte.
Doch er sank in den Staub; da frohlockte der edle Achilleus:
Hektor, wohl hast du gehofft, nach Patroklos' Tod und Beraubung
Sicher zu sein, und mich, den Entfernten, zu wenig beachtet.
Tor du! war ich doch selbst als weit überlegener Rächer
Ferne von ihm bei den räumigen Schiffen dahinten geblieben,
Ich, der die Glieder dir löste! Nun sollen dich Vögel und Hunde
Schimpflich zerfleischen, doch *ihn* die Achaier in Ehren bestatten.
Kaum noch atmend entgegnete ihm der strahlende Hektor:
Flehend beschwör' ich beim Leben dich hier, deinen Knieen und Eltern,
Laß die achaiischen Hunde mich nicht bei den Schiffen zerreißen,
Sondern nimm dir Erz und Gold in genügender Menge,

Gaben, welche mein Vater dir gibt und die würdige Mutter.
Meinen Leib aber gib zurück, auf daß in der Heimat
Trojas Männer und Frauen den Toten in Ehren verbrennen.
Finster blickend entgegnete ihm der schnelle Achilleus:
Hund, beschwöre mich nicht bei meinen Knieen und Eltern.
Möchten doch Zorn und Wut mich treiben, in Stücke dich reißend,
Roh dein Fleisch zu verschlingen dafür, daß du Böses mir tatest.
Niemand soll dir von deinem Kopf die Hunde verscheuchen,
Wenn sie auch zehnmal so viel und zwanzigmal Schätze zur Sühnung
Brächten und stellten hierher und anderes noch mir versprächen,
Nicht, wenn dich selber mit Gold auch aufzuwägen geböte
Priamos, Dardanos' Sohn, auch dann soll die würdige Mutter
Nicht auf die Bahre dich betten, den leiblichen Sohn zu beklagen,
Sondern es werden dich ganz die Hunde und Vögel zerreißen.
Schon im Sterben erwiderte ihm der strahlende Hektor:
Ach, ich kenne dich wohl und seh' es deutlich, du warest
Nicht zu erweichen; du trägst ein eisernes Herz doch im Busen.
Siehe nur zu, daß nicht für *mich* die Rache der Götter
Eines Tages dich treffe, wenn Paris und Phoibos Apollon
Dich, wie tapfer du bist, vernichten am skaiischen Tore.
Also sprach er, und gleich umfing ihn des Todes Verhängnis.
Rasch entflog die Seele den Gliedern, hinunter zum Hades,
Klagend über ihr Los, von Kraft und Jugend geschieden.
Selbst dem Toten entgegnete noch der edle Achilleus:
Stirb! mein eigenes Los empfang' ich dann, wenn es einmal
Zeus zu vollenden beschließt und die andern unsterblichen Götter.
Also rief er und riß den ehernen Speer aus der Leiche,
Legte ihn fort und zog von den Schultern die blutüberströmte
Rüstung. Gleich umringten ihn andere Männer Achaias,
Welche den Wuchs und die edle Gestalt des Hektor bestaunten.
Keiner nahte sich, ohne nochmals nach der Leiche zu stoßen.
Also redete mancher jetzt, zum Nachbarn gewendet:
Welch ein Wunder! um wieviel sanfter doch läßt sich berühren
Hektor, als da er die Schiffe verbrannte mit loderndem Feuer!
Also redete mancher und trat heran, ihn zu stoßen.
Aber sobald ihn entwaffnet der fußbeschwingte Achilleus,

Trat er unter das Volk und rief die geflügelten Worte:
O ihr Freunde, Berater und Fürsten des Volkes von Argos,
Jetzt, wo die Götter mich diesen Mann überwältigen ließen,
Der so Böses getan, viel mehr als die anderen alle,
Auf, so lasset uns nun mit den Waffen die Feste versuchen,
Daß wir erforschen vielleicht, wie eben die Troer gesonnen,
Ob sie verlassen die ragende Burg, weil dieser gefallen,
Oder zu bleiben gedenken, auch ohne daß Hektor noch lebet.
Aber warum erfüllen mein Herz nur solche Gedanken?
Liegt bei den Schiffen doch unbeweint und ohne Bestattung
Patroklos; ihn will ich nimmer vergessen, solang ich noch selber
Unter den Lebenden bin und die eigenen Kniee sich regen.
Wenn man auch der Toten vergißt im Reiche des Hades,
Dennoch will ich auch dort des liebsten Gefährten gedenken.
Jetzt aber lasset mit Siegesgesang, ihr Männer Achaias,
Wieder zurück zu den Schiffen uns kehren, den Toten entführend.
Großen Ruhm erwarben wir doch, denn wir töteten Hektor,
Den in der Feste gleich einem Gott die Troer verehrten.
Rief's und bereitete schmähliche Frevel dem göttlichen Hektor,
Denn er durchbohrte an beiden Füßen ihm hinten die Sehnen
Zwischen Knöchel und Ferse, durchzog sie mit rindernen Riemen,
Band am Wagen sie fest, daß der Kopf am Boden ihm schleifte,
Stieg dann selbst auf den Wagen hinauf mit der prächtigen Rüstung,
Trieb mit geschwungener Geißel die Rosse, die willig entflogen.
Wirbelnden Staub umzog den Geschleiften; die bläulichen Locken
Lösten sich auf, denn der Kopf, im Leben von strahlender Anmut,
Lag im Staube versunken. So ließ von den feindlichen Männern
Zeus entehren ihn jetzt auf eigener Erde der Väter.
So ward ganz vom Staube bedeckt sein Kopf. Doch die Mutter
Raufte das Haar und schleuderte fort den schimmernden Schleier
Weit und jammerte laut, sobald sie des Sohnes gewahrte.
Kläglich weinte sein eigener Vater, und rings in der Menge
Tönte Klagegeheul und Wehegeschrei durch die Feste.
Ähnlich erschien es eben fürwahr, als ginge die ganze
Thronende Ilios auf in schwelendem Feuer vom Gipfel.
Kaum noch hielten die Mannen den Greis, der in wilder Verzweiflung

Jetzt heraus durchs dardanische Tor zu eilen begehrte.
Alle beschwor er mit Bitten, indes er im Schmutze sich wälzte,
Nannte jeden einzeln beim Namen und sprach zu den Männern:
Faßt euch, Freunde, und laßt mich allein, wie sehr es euch kümmert,
Gehen zur Feste hinaus bis hin zu den Schiffen Achaias.
Bitten will ich den Mann, den übermütigen Frevler,
Ob er sich wohl meines hohen Alters erbarmt und den Greisen
Scheut; ist sein Vater doch auch so alt an Jahren geworden,
Peleus, der ihn gezeugt und erzogen ihn hat zum Verderben
Aller Troer; doch traf er mich selbst am tiefsten von allen.
Söhne hat er so viel mir getötet in blühender Jugend.
Aber sie alle beklage ich nicht, so sehr es mich kümmert,
So wie den einzigen Hektor, um den mich der Schmerz in den Hades
Stößt. O, wär' er doch nur in meinen Armen gestorben!
Beide hätten wir satt uns dann geweint und gejammert,
Ich und die ihn gebar, die unglückselige Mutter!
Also rief er und weinte, und mit ihm seufzten die Bürger.
Hekabe aber erhob vor den Weibern die dringende Klage:
Ach, ich Arme, mein Kind! Wie soll ich noch weiter im Kummer
Leben, wo du mir starbst! Denn immer bei Nacht und bei Tage
Warst du mein Stolz in der Stadt und ein Schutz für alle die andern
Troer und troischen Fraun in der Burg, die dich gleich einem Gotte
Grüßten; so bist du gewiß ihr würdigster Stolz doch gewesen,
Während du lebtest; doch jetzt ereilt dich der Tod und das Schicksal.
Also klagte sie weinend. Noch nichts aber hatte die Gattin
Hektors vernommen; es brachte noch kein verläßlicher Bote
Kunde von ihrem Gemahl, daß er außer den Toren geblieben,
Sondern sie wob im Innern des hohen Palasts ein Gewebe,
Purpurn und doppelt gelegt, mit farbigen Blumen gemustert.
Eben rief sie die flechtengeschmückten Mägde im Hause,
Gleich einen wuchtigen Dreifuß aufs Feuer zu stellen zum warmen
Bade für Hektor, sobald er zurückgekehrt aus dem Kampfe.
Ach die Betörte! Noch wußte sie nicht, daß ihn weit von dem Bade
Pallas, die Funkelnde, hatte besiegt durch die Hand des Achilleus.

Plötzlich vernahm sie Geheul und Wehgeschrei von dem Turme,
Und ihr wankten die Knie, zur Erde fiel ihr die Nadel.
Abermals sprach sie und rief zu den Mägden, den flechtengeschmückten:
Zwei von euch, folgt mir, daß ich sehe, was eben geschehen,
Hört' ich doch die Stimme der würdigen Mutter; mir selber
Springt das Herz in der Brust bis zum Hals, und die Kniee darunter
Scheinen erstarrt. Ach, es naht ein Unglück des Priamos Söhnen!
Bliebe das Wort meinem Ohre doch fern; so bin ich in dumpfer
Angst, es habe den mutigen Hektor der edle Achilleus
Abgeschnitten allein von der Stadt und ins Feld ihn getrieben
Und wohl gar ein Ziel schon gesetzt seiner leidigen Mannheit,
Die ihn belebte. Denn nie versteckt in der Menge der Männer
Lief er allen voraus, sein Mut verzagte vor niemand.
Rief's und stürmte davon, einer Rasenden gleich, durch die Halle,
Klopfenden Herzens; es folgten ihr dicht die begleitenden Mägde.
Aber sobald sie zum Turme gelangt und dem Männergewühle,
Machte sie halt auf der Mauer und blickte sich um und gewahrte
Hektor draußen geschleift vor der Stadt; die jagenden Rosse
Schleiften ihn schonungslos zu den räumigen Schiffen Achaias.
Finstere Nacht umhüllte sie gleich und bedeckte die Augen.
Rücklings stürzte sie hin und verhauchte den Atem in Ohnmacht.
Weit vom Kopfe flogen ihr fort die schimmernden Bänder,
Netz und Reifen des Haars, dazu die geflochtene Binde
Und der Schleier, den einst ihr geschenkt Aphrodite, die goldne,
Jenes Tags, da sie heimgeführt der strahlende Hektor,
Fort aus Eëtions Haus nach unzähligen Bräutigamsgaben.
Schwestern des Gatten umstanden sie dicht und die Frauen der Sippe,
Welche im Arme sie hielten, die fast zum Tode Betäubte.
Als sie nun zu sich kam und im Herzen das Leben erwachte,
Schluchzte sie auf und begann vor den troischen Frauen zu reden:
Hektor, Weh' über mich! so sind wir zu einem Geschicke
Beide geboren, du selbst in Priamos' Hause zu Troja,
Ich dagegen in Thebe, am waldigen Hange des Plakos,
Wo mich daheim in der Jugend Eëtion zog und ernährte;

Unglücksvater und -tochter! O wäre ich nie doch geboren!
Du nun mußt zu des Hades Reich in den Gründen der Erde
Steigen, ich selbst aber bleibe zurück in düsterem Kummer,
Witwe im Haus und allein mit dem ganz unmündigen Sohne,
Den wir Unseligen, du mit mir, erzeugten. O Hektor,
Nimmer wirst du ein Halt für ihn sein noch *er* für den Toten.
Denn überlebt er vielleicht auch den Jammer des Kriegs der Achaier,
Trotzdem werden ihm Not und Sorgen doch immer in Zukunft
Drohen, denn andere schmälern sein Gut und verwüsten die Fluren.
Nimmt der Tag der Verwaisung dem Kinde doch alle Gespielen.
Ganz verstört und gebeugt, mit tränenbefeuchteten Wangen
Zieht es darbend umher, das Kind, bei den Freunden des Vaters,
Zupft den einen am Rock, den andern am Obergewande,
Mancher reicht ihm voll Mitleid vielleicht für ein Weilchen den Becher,
Daß er die Lippen benetzt, doch läßt er ihm trocken die Kehle.
Öfter verstößt es vom Schmaus ein Kind noch lebender Eltern,
Schlägt es mit Fäusten und fährt es an mit kränkenden Worten:
Hebe dich weg! Dein Vater ißt nicht mit *uns* bei der Mahlzeit.
Weinend läuft nun wieder das Kind zur verwitweten Mutter.
Mein Astyanax, der doch sonst auf den Knieen des Vaters
Nur das Mark und üppiges Fleisch von Lämmern verzehrte.
Aber befiel ihn der Schlaf und ward er ermüdet vom Spiele,
Schlief er doch immer im Bett, in den Armen der wartenden Amme
Sanft gelagert, das Herz erfüllt von blühender Freude.
Jetzt aber, weil er den Vater verlor, wird vieles er dulden,
Stadtbeschützer, Astyanax immer genannt von den Troern.
Denn du allein hast ihnen die Tore geschützt und die Mauern.
Jetzt aber fressen dich bald bei den Schiffen und fern von den Eltern
Wimmelnde Würmer, nachdem sich erst noch die Hunde gesättigt,
Ganz entblößt, obwohl im Palaste Gewande doch liegen,
Weich und fein und künstlich gewebt von den Händen der Frauen.

Aber ich werde sie alle verbrennen in loderndem Feuer,
Nicht zum Nutzen für dich, denn du ruhest ja nimmer in ihnen,
Sondern zum Zeichen des Ruhms vor den Troern und troischen Weibern.
Also klagte sie weinend, und mit ihr seufzten die Frauen.

DREIUNDZWANZIGSTER GESANG

Die Wettkämpfe zu Ehren des Patroklos

Also seufzten sie dort in der Stadt. Jedoch die Achaier,
Kaum daß sie wieder zum Hellespont und den Schiffen gekommen,
Gingen sie schon auseinander, ein jeder zum eigenen Schiffe.
Nur den myrmidonischen Männern versagte Achilleus,
Gleich auseinanderzugehen, und sprach zu den mutigen Freunden:
Reisige Myrmidonen, mir sehr vertraute Gefährten,
Laßt noch nicht von den Wagen uns lösen die stampfenden Rosse,
Sondern wir wollen mitsamt den Rossen und Wagen uns nahend,
Patroklos erst noch beweinen; denn das ist die Ehre der Toten.
Aber sobald wir erleichtert das Herz von der traurigen Klage,
Laßt uns abspannen die Rosse; dann speisen wir hier miteinander.
Also sprach er; da klagten sie alle, geführt von Achilleus.
Dreimal lenkten sie rings um den Toten die mähnigen Rosse,
Weinend, und Thetis erregte der Klage Sehnsucht in ihnen.
Naß war von Tränen der Sand und naß die Rüstung der Männer;
Denn sie vermißten so sehr den Flucht- und Schreckenerreger.
Unter ihnen begann der Pelide die stürmische Klage,
Über die Brust des Gefährten die mordenden Hände gebreitet:
Sei mir, Patroklos, auch gegrüßt im Hause des Hades!
Alles erfüll' ich dir wahrlich nun, was ich früher versprochen:
Hektor zu schleifen hierher und als Fraß vor die Hunde zu werfen,
Dann der Jünglinge zwölf dir am Totenfeuer zu schlachten,
Trojas edelstes Blut, aus Zorn ob deiner Ermordung.
Rief's und bereitete schmähliche Frevel dem göttlichen Hektor,
Streckte kopfüber ihn hin am Lager des Menoitiaden
Gleich in den Staub. Nun legten sie ab die ehernen blanken
Waffen, ein jeder, und lösten vom Wagen die schnaubenden Rosse,
Setzten sich dann am Schiff des fußbeschwingten Peliden,
Tausende, weil er mit Speisen sie labte zu Ehren des Toten.
Viele glänzende Stiere verröchelten unter dem Eisen,

Viele Schafe wurden geschlachtet und meckernde Ziegen,
Viele Schweine mit weißem Zahn, die strotzten vom Fette,
Spannten zum Braten sie aus an der flammenden Glut des Hephaistos.
Rings umströmte das Blut, mit Schalen zu schöpfen, den Toten.
Aber den Herrlichen selbst, den fußbeschwingten Peliden,
Führten zum Herrn Agamemnon indes die Fürsten Achaias;
Schwer nur bewogen sie ihn, denn er zürnte noch wegen des Freundes.
Und sobald sie zum Zelt Agamemnons gelangt und gekommen,
Hießen sie Herolde gleich mit hellerklingenden Stimmen
Über die Glut einen Dreifuß zu stellen, damit sie versuchten,
Peleus' Sohn zu bewegen, vom blutigen Staub sie zu säubern.
Er aber weigerte starr sich und schwur dazu mit dem Eide:
Nein, bei Zeus, der der höchste doch ist und der erste der Götter,
Nicht geziemt es mir, früher mein Haupt dem Bade zu nähern,
Als bis ich Patroklos habe verbrannt und geschüttet das Grabmal
Und mir geschoren das Haar, weil nie zum zweitenmal wieder
Solch ein Schmerz mich erfüllt, solang' ich am Leben noch bleibe.
Wohl, so lasset uns jetzt gehorchen dem traurigen Mahle;
Doch mit dem Morgen gebiete, Beherrscher des Heers, Agamemnon,
Holz zu holen und herzuschaffen, was alles ein Toter
Braucht, gebührend damit ins Reich der Schatten zu kehren:
Daß da diesen verzehre das unermüdliche Feuer
Schnell vor den Augen hinweg und die Mannen zum Werke sich wenden.
Also sprach er; da hörten sie willig auf ihn und gehorchten.
Emsig bereiteten alle zum Abend sogleich sie die Mahlzeit,
Speisten, und keinem wurde versagt der gebührende Anteil.
Aber nachdem das Verlangen nach Trank und Speise befriedigt,
Gingen sie auszuruhen, ein jeder zum eigenen Zelte.
Peleus' Sohn aber lag am stürmisch brausenden Meere,
Bitterlich seufzend, umringt von den myrmidonischen Scharen,
Dort, wo frei die plätschernden Wellen das Ufer umspülten.
Als nun der Schlaf ihn gepackt und, des Herzens Beschwernisse lösend,

Tief ihn umfing – denn es waren ermattet die glänzenden Glieder,
Während er Hektor verfolgte vor Ilios' luftiger Feste –,
Siehe, da nahte sich ihm des armen Patroklos Seele,
Ganz in der großen Gestalt und den strahlenden Augen ihm ähnlich,
Auch in der Stimme, den Körper umhüllt von den gleichen Gewändern,
Trat ihm zu Häupten und sprach ihn an und redete also:
Liegst du im Schlaf und hast du so ganz mich vergessen, Achilleus?
Wohl um den Lebenden warst du besorgt, doch nicht um den Toten.
Jetzt begrabe mich gleich, daß ich Hades' Tore durcheile;
Denn es verscheuchen mich weit die Seelen, der Schatten Gebilde,
Und erlauben mir nicht, sie über dem Strome zu treffen,
Sondern unstet irr' ich um Hades' geräumige Tore.
Gib mir drum die Hand; wehklagend sag' ich es; nimmer
Kehr' ich vom Hades zurück, sobald ich dem Brand übergeben.
Nie mehr werden wir lebend, von unseren Freunden gesondert,
Sitzen und Pläne beraten; mich hat das Geschick, das verhaßte,
Eben verschlungen, das schon bei meiner Geburt mir bestimmt war.
Auch dir selbst ist beschieden, du göttergleicher Achilleus,
Unter der Mauer der wohlbegüterten Troer zu sterben.
Eines noch muß ich dir sagen und trag' es dir auf, so du hörest:
Lege doch nicht mein Gebein getrennt von dem deinen, Achilleus,
Sondern vereint, wie mit *dir* ich erwuchs in euerem Hause,
Seit Menoitios mich im kindlichen Alter aus Opus
Hatte zu eurem geführt infolge des schmählichen Mordes,
Damals, als ich den Sohn des Amphidamas hatte getötet,
Unbedacht, gegen mein Wollen, aus Zorn beim Spiele der Knöchel.
Damals empfing mich in seinem Palaste der reisige Peleus;
Sorgsam zog er mich auf und nannte mich deinen Gefährten:
So umschließe nun unser Gebein die nämliche Urne,
Doppelhenklig, aus Gold, die die göttlicher Mutter dir schenkte.
Ihm erwiderte gleich der fußbeschwingte Achilleus:
Sprich, geliebtestes Haupt, warum du hierher gekommen

Und ans Herz das alles mir legst? Ich werde gewißlich
Alles genau dir erfüllen und deinem Gebote gehorchen.
Tritt nur näher, damit wir einander noch einmal umarmen
Und, für ein Weilchen auch nur, uns erleichtern vom traurigen Grame.
Also sprach er und streckte verlangend nach ihm seine Hände,
Aber er haschte umsonst; wie Rauch verschwand in den Boden
Schwirrend die Seele; da sprang bestürzt in die Höh' der Pelide,
Schlug die Hände zusammen und rief mit jammernder Stimme:
Ach, so gibt es fürwahr auch dort im Hause des Hades
Seele und Ebenbild, doch fehlt ihr gänzlich das Leben.
Stand doch während der Nacht des ärmsten Patroklos Seele
Neben mir immer am Lager und jammerte, klagend und weinend,
Trug so manches mir auf und glich zum Erstaunen ihm selber.
Also sprach er und weckte in allen die leidvolle Sehnsucht.
Während sie so den armen Toten beweinten, erhob sich
Eos mit rosigen Fingern. Da trieb der Fürst Agamemnon
Mäuler heraus und die Männer, um Holz ins Lager zu holen,
Überall her aus den Zelten. Meriones führte die Aufsicht,
Er, der Edle, des tapfren Idomeneus Waffengenosse.
Diese wanderten nun, in den Händen die schneidenden Äxte,
Und die geflochtenen Seile, voran vor den Männern die Mäuler,
Weit hinauf und hinab und hinüber, die Kreuz und die Quere.
Als sie die Schluchten erreicht des quellendurchflossenen Ida,
Fällten sie stracks mit langgeschliffenem Erze der Eichen
Hochgewipfelte Stämme; die stürzten mit mächtigem Krachen
Nieder. Das Holz zerspalteten rasch die Männer Achaias,
Banden es fest auf die Mäuler; die trabten mit stampfenden Hufen
Über den Grund durch dichtes Gebüsch, nach der Ebene trachtend.
Alle die Holzfäller schleppten an Klötzen; Meriones hatte
So es geboten, des tapfren Idomeneus Waffengenosse.
Reihweis warfen sie alles dann nieder am Strand, wo Achilleus
Wollte für Patroklos richten und sich das ragende Grabmal.
Als sie herum nun gelegt des Holzes unendlichen Vorrat,
Blieben sie dort und saßen geschart, indessen Achilleus
Gleich den Myrmidonen befahl, den kriegesgewohnten,
Umzugürten das Erz und jedem sein Roß in den Wagen

Einzuspannen; da sprangen sie auf und ergriffen die Waffen,
Stiegen hinauf in die Wagen, die Kämpfenden neben die Lenker.
Vorn die Reisigen, hinten die Wolke der Streiter zu Fuße,
Tausende, Patroklos aber inmitten, von Freunden getragen –
Ganz überhäuft von geschorenem Haar, das sie auf ihn geworfen –,
Aber dahinter hielt ihm das Haupt der edle Achilleus;
Trauernd gab er dem edelsten Freund das Geleite zum Hades.
  Als sie den Ort nun erreicht, den ihnen bedeutet Achilleus,
Setzten sie nieder den Toten und schichteten Holz ihm in Fülle.
Anders besann sich indessen der herrliche schnelle Achilleus;
Abseits trat er und schor sich vom Kopfe die Locken, die blonden,
Die er dem Strome Spercheios gepflegt und wachsen gelassen,
Und voll Unmuts sprach er, gewandt zum dunkelen Meere:
  O Spercheios, umsonst gelobte dir Peleus, mein Vater,
Daß ich, wieder daheim im teuren Lande der Väter,
Scheren dir würde mein Haar und weihen die Festhekatombe;
Fünfzig unverschnittene Widder würd' ich dir opfern
Dort an den Quellen, wo steht dein Altar, umräuchert im Haine.
So gelobte der Greis; du erfülltest ihm nicht seine Bitte.
Jetzt aber, wo ich doch nie mehr kehre ins Land meiner Väter,
Laß mich dem Helden Patroklos geben das Haar, es zu tragen.
  Also sprach er und legte sein Haar dem geliebten Gefährten
Gleich in die Hände und weckte ihn allen die leidvolle Sehnsucht.
Aber den Klagenden wäre wohl bald die Sonne gesunken,
Hätte nicht gleich Achilleus an Atreus' Sohn sich gewendet:
  O Agamemnon – es wird ja am ehsten das Volk der Achaier
Dir gehorchen aufs Wort – so laß es genug sein der Klage.
Heiße sie jetzt sich zerstreun von der Stätte des Brands und die Mahlzeit
Rüsten. Das alles besorgen wir schon, denn wir haben das meiste
Recht auf den Toten; doch sollen mit uns die Führer noch bleiben.
  Kaum, daß dieses vernommen der Herrscher des Heers Agamemnon,
Ließ er sogleich das Volk sich zerstreun zu den schwebenden Schiffen;
Nur die Beteiligten blieben am Ort und häuften die Scheiter,
Bauten das Totengerüst, je hundert Fuß im Gevierte,

Legten die Leiche dann oben darauf, bekümmerten Herzens.
Viele gemästete Schafe und Rinder mit schleppendem Gange
Zogen sie ab und besorgten sie dort an der Stätte; von allen
Nahm er das Fett und bedeckte den Toten vom Kopf zu den Füßen,
Schichtete dann die gehäuteten Leiber, der stolze Achilleus.
Doppelhenklige Krüge, gefüllt mit Honig und Salböl
Lehnte er gegen das Lager, und vier halskräftige Rosse
Warf er stracks auf das Scheitergerüst mit heftigem Stöhnen.
Hunde hatte der Herrscher neun am Tische gefüttert;
Auch von diesen warf er ein Paar auf den Haufen, geschlachtet,
Zwölf der edelsten Söhne dazu von den mutigen Troern,
Die er gewürgt mit dem Erz – so Böses ersann er im Herzen –,
Ließ des Feuers Gewalt, die eiserne, alles verzehren,
Jammerte dann und rief mit Namen den lieben Gefährten:
Sei mir, Patroklos, auch gegrüßt im Hause des Hades!
Alles wird dir nun wahrlich erfüllt, was ich früher versprochen:
Zwölf der edelsten Söhne vom Stamme der mutigen Troer,
Alle verzehrt sie das Feuer mit *dir;* doch geb' ich den Hektor
Nie, des Priamos Sohn, dem Feuer zum Fraß, nur den Hunden!
Also droht' er, doch machten sich nimmer an diesen die Hunde,
Sondern es wehrte sie ab die Tochter des Zeus, Aphrodite,
Tag und Nacht und salbte den Leib mit ambrosischem Balsam,
Duftend nach Rosen, daß nicht der Pelide ihn schleifend zerfetzte.
Über ihn breitete dann eine bläuliche Wolke Apollon
Oben vom Himmel aufs Feld und umhüllte den Raum in der Runde
Ganz, den der Tote bedeckte, so daß die Kraft ihm der Sonne
Trocknete nimmer das Fleisch vorzeitig um Sehnen und Glieder.
Doch es brannte noch nicht des toten Patroklos Feuer.
Anders bedachte sich da der göttliche schnelle Achilleus,
Stellte sich fern vom Gerüst und rief beschwörend die Winde,
Beide, den Nord und den West, und gelobte geziemende Opfer,
Spendete reichlichen Wein aus goldenem Becher und flehte,
Rasch doch zu kommen, daß gleich das Feuer die Toten verbrennte
Und in Flammen entfachte das Holz. Die hurtige Iris
Hatte sein Flehen gehört und kam zu den Winden als Botin.
Diese saßen vereint in des brausenden Westes Behausung,
Speisend bei festlichem Schmaus, und Iris, im Laufe sich nahend,

Trat auf die steinerne Schwelle. Sobald sie mit Augen sie sahen,
Sprangen sie alle vom Sitz und riefen sie zu sich, ein jeder.
Sie aber weigerte sich zu sitzen und sagte die Worte:
Nicht gegessen! Ich gehe zurück zu Okeanos' Fluten,
Hin ins Land der Aithiopen, dort wo sie den Ewigen Opfer
Weihen, damit auch *ich* mitspeise beim heiligen Mahle.
Aber Achilleus verlangt, der Nord und der rauschende Westwind
Möchten doch kommen sogleich, und verspricht gebührende Opfer,
Daß ihr den Haufen der Scheiter entflammt, auf welchem gebettet
Patroklos liegt, den alle bejammern im Volk der Achaier.
Also sprach sie und eilte hinweg; es entstürmten die beiden
Unter wildem Gebraus und jagten vor sich die Wolken.
Gleich erreichten sie schnaubend das Meer; da erhob sich die Brandung
Unter dem pfeifenden Hauch; und sie kamen zur scholligen Troja,
Stürzten sich dort aufs Gerüst, und nun prasselte mächtig das Feuer.
Während der ganzen Nacht durchwühlten vereint sie die Lohe,
Blasend mit pfeifendem Hauch in die Scheiter; der schnelle Achilleus
Schöpfte die ganze Nacht, in der Hand den doppelten Becher,
Wein aus goldenem Krug und feuchtete gießend die Erde,
Immer wieder die Seele des armen Patroklos rufend.
So wie ein Vater wehklagt, die Gebeine des Sohnes verbrennend,
Der als Bräutigam starb zum Schmerze der leidenden Eltern:
So wehklagte Achill, die Gebeine des Freundes verbrennend,
Und umschlich die Stätte des Brands mit unzähligen Seufzern.
Erst wann das Morgengestirn sich erhebt, das Licht zu verkünden,
Eos dann über das Meer im Safrangewande sich breitet,
Da verlosch das Scheitergerüst, und es ruhte die Flamme.
Gleich aber eilten die Winde zurück, nach Hause zu kehren,
Über das thrakische Meer –: es erbrauste in stürmender Brandung.
Und der Pelide wandte sich fort von der Stätte des Feuers,
Neigte sich matt und wurde von süßem Schlaf überwältigt.
Aber die Männer umringten den Sohn des Atreus in Scharen,

Und den Schlummernden weckte der Kommenden Lärm und Getöse.
Aufrecht saß er sogleich und sprach zu ihnen die Worte:
Atreus' Sohn und ihr anderen Edelsten aller Achaier,
Löschet mir erst die Stätte des Brandes mit funkelndem Weine
Überall dort, wo des Feuers Gewalt gewütet, und weiter
Sammeln wir Patroklos' Totengebein, des Menoitiossohnes,
Sorgsam sondernd – es ist gewiß sehr leicht zu erkennen –,
Denn er lag in der Mitte der Glut, und die andern verbrannten
Abseits am Rande, die Männer und Rosse gemischt durcheinander.
Jenes nun laßt uns in goldener Urne und doppelter Fetthaut
Bergen, bis daß ich dann selbst im Reiche des Hades verschwinde.
Aber ich rate, nicht allzuhoch auftürmet den Hügel,
Sondern so nach Gebühr; denn später mögt ihr Achaier
Breit und hoch ihn errichten, soweit ihr, *mich* überlebend,
Hier zurück bei den rudergerüsteten Schiffen geblieben.
Also sprach er; da folgten die Männer dem schnellen Peliden,
Löschten den Scheiterhaufen zuerst mit funkelndem Weine,
Weit wie die Flamme gelangt – da fiel in die Tiefe die Asche –,
Bargen das bleiche Gebein des mildgesinnten Gefährten
Weinend in goldener Urne darauf und doppelter Fetthaut,
Setzten es nieder im Zelt und hüllten's in schmiegsames Leinen,
Maßen die Grenzen des Mals und legten die Steine des Grundes
Rings um den Haufen und schütteten gleich die Erde darüber.
Als sie das Mal nun geschüttet, da kamen sie wieder; Achilleus
Hielt die Mannen zurück und lagerte weit die Versammlung,
Holte die Preise des Kampfs, dreifüßige Kessel und Becken,
Rosse, Mäuler und kräftige Stiere sogleich aus den Schiffen,
Schöngegürtete Weiber und grau erglänzendes Eisen.
Erst bestimmte er prächtige Preise den Lenkern der schnellsten
Wagen: ein Weib zu empfangen, erfahren in zierlicher Arbeit,
Und einen Dreifuß von zweiundzwanzig Maßen mit Henkeln:
Dieses dem ersten. Dem zweiten dagegen als Preis eine Stute,
Sechsjährig, ungezähmt, ein Maultierfohlen im Schoße.
Dann dem dritten ein Becken, das nie gebraucht noch im Feuer
Und vier Maß umfaßte, sehr stattlich und blank noch von Glanze.
Zwei Talente von Gold als Preis verhieß er dem vierten

Und eine neue doppelhenklige Schale dem fünften.
Aufrecht stand er und nahm das Wort vor den Männern von Argos:
  Atreus' Sohn und ihr anderen wohlgeschienten Achaier,
Hier die Preise liegen am Platz bereit für die Lenker.
Wär' es ein andrer nun, dem zu Ehren die Danaer kämpften,
Sicherlich trüge dann *ich* den ersten Preis zu dem Zelte.
Wißt ihr doch selbst, wie unübertrefflich an Kraft meine Rosse;
Denn unsterblich sind sie; Poseidon schenkte sie Peleus,
Meinem Vater, der weiter darauf an *mich* sie vererbte.
Aber nun bleib' ich zurück und mit *mir* die stampfenden Rosse.
Haben sie doch die rühmliche Kraft des Lenkers verloren,
Jenes gütigen, welcher so oft mit geschmeidigem Öle
Ihnen die Mähnen begoß und sie wusch mit lauterem Wasser.
Beide nun stehen sie trauernd um ihn, und nieder zu Boden
Fallen die Mähnen; so stehen sie da, bekümmert im Herzen.
Aber ihr andern stellt euch bereit, wer im Heer der Achaier
Seinen Rossen vertraut und dem festgezimmerten Wagen.
  So der Pelide; da traten zusammen die reisigen Lenker.
Erst vor allen erhob sich Eumelos, der Mannenbeherrscher,
Ausgezeichnet im Wagenkampf, der Sohn des Admetos;
Dann erhob sich der starke Tydide, der Held Diomedes,
Schirrte die Renner des Tros ins Joch, die er jüngst dem Aineias
Hatte geraubt; doch diesen entrückte noch eben Apollon.
Dann erhob sich des Atreus Sohn, Menelaos, der blonde,
Göttlichen Stamms, und führte ins Joch die hurtigen Rosse:
Aithe, das Pferd Agamemnons, und seinen eignen Podargos; –
Jenes gab als Geschenk Echepolos vom Stamm des Anchises,
Um zur windigen Ilios nicht Agamemnon zu folgen;
Sondern dort sich der Ruhe zu freuen; denn mächtigen Reichtum
Gab ihm Zeus, und er wohnte in Sikyons räumiger Weite;
Diese Stute trat nun ins Joch, begierig zu laufen. –
Dann als vierter schirrte Antilochos glänzende Rosse,
Nestors adliger Sohn, des edelmütigen Herrschers,
Neleus' Enkel. Die schnellen in Pylos geborenen Renner
Führten den Wagen. Sein Vater nun redete, neben ihn tretend,
Klug mit besonnenem Rat zu dem selbst schon bedächtigen Sohne:
  Dich, Antilochos, liebten, so jung du noch bist, schon die Götter

Zeus und Poseidon und brachten dir bei die Künste des Wagens
Jeglicher Art; so scheint es nicht nötig, dich noch zu belehren –
Weißt du doch sicher zu wenden ums Ziel –; allein deine Rosse
Sind die trägsten im Lauf; drum fürcht' ich ein klägliches Ende.
Wohl sind rascher die Rosse der Gegner, jedoch sie verstehen
Selbst nicht besseren Rat als *du* für *dich* zu ersinnen.
Also besinne dich wohl, Geliebter, und nimm dir zu Herzen
Allerlei Lehren, daß nicht der Preis des Kampfs dir entschlüpfe.
Kluge Besinnung fördert den Holzfäller mehr als die Stärke,
Nur mit Besinnung vermag im dunkelen Meere der Schiffer
Sicher zu lenken sein schnelles Schiff, das die Winde zerrütteln:
So besiegt mit Besinnung ein Wagenlenker den andern.
Wer allein seinem Wagen und Rossegespanne vertrauend,
Planlos immer ins Weite bald hier-, bald dorthin sich wendet,
Diesem irrt sein Gespann durch die Bahn; er zügelt es nimmer.
Wer aber klug seinen Vorteil wahrt auch mit minderen Rossen,
Schaut beständig aufs Ziel und wendet nah und beachtet
Wohl, wohin er zuerst sie gelenkt mit den rindernen Zügeln,
Hält sie sicher und wacht, daß keiner ihn kann überholen.
Deutlich genug ist das Zeichen des Ziels; du wirst es nicht fehlen:
Ragt von Klafterlänge ein dürrer Pfahl in die Höhe,
Eich- oder Fichtenholz, der nicht vermodert im Regen,
Und zwei weiße Steine sind eingerammt an den Seiten,
Dort an der Wende des Wegs, wo die ebene Bahn sich herumschwingt.
Möglich, daß es als Mal eines jüngst verstorbenen Mannes
Oder als Wendezeichen von früheren Menschen errichtet.
Jetzt bestimmt es als Ziel der göttliche schnelle Achilleus.
Treib dein Rossegespann so nah, daß du eben es streifest,
Selbst aber biege dich über den festgeflochtenen Sessel
Leicht zur Linken hinaus und treibe mit Geißel und Zuruf
Rechts das Pferd und laß mit den Händen die Zügel ihm fahren.
Aber das linke Pferd soll dicht an die Säule sich drängen,
So daß die Nabe des wohlgefertigten Rades die Fläche
Fast schon berührt; doch gegen den Stein vermeide zu prallen,
Daß du die Rosse dir nicht verletzt und den Wagen zerschmetterst;
Wohl zum Triumphe den andern, allein dir selber zum Schimpfe

Wird es geschehn; drum sei besonnen, mein Freund, und behutsam.
Bist du nur erst an der Säule vorübergefahren im Schwunge,
Keiner kann dich alsdann erreichen noch gar überholen,
Triebe er hinter dir her sogar den edlen Arion,
Des Adrestos jagendes Roß von göttlichem Stamme,
Oder Laomedons Pferde, die hier so trefflich erwuchsen.
Also sprach der neleïsche Nestor und setzte am Platze
Wieder sich hin, nachdem er dem Sohne das alles bedeutet.
Weiter als fünfter schirrte Meriones glänzende Rosse.
Alle bestiegen die Wagen und warfen die Lose; Achilleus
Schwenkte sie; gleich entsprang Antilochos' Los als das erste.
Nächst dem Nestoriden gewann der Herrscher Eumelos,
Drittens des Atreus Sohn, Menelaos, der lanzenberühmte.
Weiter bestimmte das Los den Meriones, aber als letzten
Traf's den Tydiden, den besten von allen, die Rosse zu lenken.
Schnurgrad standen sie nun; da wies auf das Zeichen Achilleus
Fern im ebenen Feld und setzte als Wächter daneben
Phoinix, den göttlichen Greis, den Kriegsgefährten des Vaters,
Über dem Rennen zu wachen und Wahrheit nur zu berichten.
Alle schwangen zugleich nun über die Rosse die Geißeln,
Schlugen mit Riemen und trieben sie an mit gellenden Rufen
Stürmisch; da sprengten in Hast die Pferde dahin durchs Gefilde
Schnell von den Schiffen hinweg, und unter den Brüsten erhob sich
Wallender Staub in die Luft wie Gewölk oder Wirbel des Sturmes,
Und es flogen die Mähnen im wehenden Hauche des Windes.
Einmal rollten die Wagen dahin auf der nährenden Erde,
Dann wieder sprangen sie hoch empor, indessen die Lenker
Standen im Korb; es klopfte das Herz in der Brust einem jeden
Siegesbegierig; sie trieben die Rosse mit Rufen, ein jeder,
Und die Gespanne flogen durchs Feld in stäubendem Laufe.
Als nun dem Ende der Bahn die eilenden Rosse sich nahten,
Wieder zum schäumenden Meer, erwies sich die Kraft eines jeden
Deutlich; es flogen gestreckter im Lauf die Renner, und plötzlich
Brach hervor das flinke Gespann des Pheretiaden.
Hinter ihm folgte sogleich mit den Rossen des Tros Diomedes;
Gar nicht weit von den andern entfernt und ganz in der Nähe,

Schienen sie stets auf den vorderen Wagen hinauf schon zu springen,
Daß von dem Hauch des Eumelos Rücken und kräftige Schultern
Glühten; die Köpfe gesenkt auf ihn, so flogen sie vorwärts.
Bald aber hätt' er ihn wohl überholt und den Sieg ihm bestritten,
Hätte nicht Phoibos Apollon gezürnt dem Sohne des Tydeus
Und ihm schnell aus den Händen die glänzende Geißel geschleudert.
Tränen brachen ihm gleich aus den Augen vor Zorn und Empörung,
Weil er sah, wie noch weiter die Stuten des anderen sprangen,
Während die seinen, gehindert im Lauf, den Stachel entbehrten.
Nicht überlistete aber geheim vor Athene Apollon
Tydeus' Sohn; sie stürmte sofort zu dem Völkergebieter,
Gab ihm die Geißel zurück und stärkte mit Mut seine Rosse.
Dann aber eilte sie zürnend nach dem Sohn des Admetos
Und zerbrach ihm am Wagen das Joch; da liefen die Stuten
Rechts und links von dem Weg, und am Boden schleifte die Deichsel.
Selbst aber ward er neben dem Rade vom Wagen geschleudert
Und zerschund sich die Ellenbogen, den Mund und die Nase,
Schlug die Stirn bei den Brauen sich auf, und es füllten mit Tränen
Beide Augen sich gleich; ihm stockte die klingende Stimme.
Tydeus' Sohn aber trieb vorüber die stampfenden Rosse,
Sprengte weit vor den andern voran; denn es hatte Athene
Mut in den Rennern entfacht und krönte ihn selbst mit dem Siege.
Ihm dann folgte zunächst Menelaos, der blonde Atride.
Doch Antilochos spornte mit Rufen die Rosse des Vaters:
Nun voran mit euch beiden und streckt euch möglichst im Laufe!
Nicht verlang' ich gewiß, daß *ihr* mit jenen den Wettstreit
Wagt, mit den Rennern des feurigen Tydeussohnes; Athene
Gab ihnen Schnelligkeit jetzt und krönte ihn selbst mit dem Siege.
Holt aber ein das Gespann des Atriden und bleibet nicht hinten,
Eifrig, daß nicht euch beide mit kränkendem Hohn überschütte
Aithe, die nur eine Stute: Was bleibt ihr zurück, meine Werten?
So verkünd' ich es jetzt, und sicherlich wird es vollendet:

Nicht soll euch Pflege mehr werden bei Nestor, dem Hirten der Völker,
Sondern er wird euch töten sofort mit der Schneide des Erzes,
Wenn wir durch euer Versäumnis den schlechteren Preis nur gewinnen.
Also setzet ihm nach und sputet euch möglichst im Laufe!
Das aber will ich selbst mit Geschick besorgen und achten,
Nicht zu verfehlen die Enge des Wegs und vorüberzuschlüpfen.
Also rief er; die Rosse, geschreckt von dem Rufe des Herren,
Griffen stärker noch aus eine Spanne Zeit, bis auf einmal
Jäh der beherzte Antilochos sah die Enge des Hohlwegs.
Tief gehöhlt war der Grund, wo gesammeltes Wasser des Winters
Fortgerissen den Weg und rings die Stelle zerschrundet.
Hier nun hielt Menelaos, den Gegenprall zu vermeiden.
Doch Antilochos lenkte vorbei die stampfenden Rosse,
Abseits biegend ein wenig vom Weg, und jagte von dannen.
Und Menelaos erschrak und rief zu Antilochos klagend:
Sinnlos lenkst du den Wagen, Antilochos, halte die Rosse,
Eng ist der Weg; du kannst mich auf breiterem bald überholen,
Daß du nicht gegen den Wagen mir stößt und uns beide verletzest!
Rief's, doch Antilochos fuhr nur immer noch schneller, die Rosse
Geißelnd zu fliegendem Lauf, als wäre er taub auf den Ohren.
Weit wie der Wurf eines Diskos reicht, den über die Schultern
Schleudert ein kräftiger Mann, die Stärke der Jugend erprobend:
So weit sprangen sie fort. Die Stuten jedoch des Atriden
Blieben zurück; denn er selbst verzichtete weiterzufahren,
Daß nicht gar im Zusammenstoß auf dem Wege die Rosse
Brächten zu Fall die geflochtenen Wagen, indessen sie selber
Niederstürzten zu Boden in eifrigem Siegesverlangen.
Scheltend sprach, zum Gegner gewandt, Menelaos, der blonde:
Keiner ist schlimmer als du, Antilochos, unter den Menschen.
Pack dich! Wir haben dich nicht mit Recht für besonnen gehalten.
Ohne Schwur aber sollst du nie den Preis dir gewinnen!
Also sprach er und rief und redete so zu den Rossen:
Säumt mir nicht länger und steht nicht hier mit bekümmertem Herzen!
Eher werden die Knie und Füße noch jenen ermatten

Als euch selbst; denn beide schon haben die Jugend verloren.
  Also sprach er; die Rosse, geschreckt von dem Rufe des Herren,
Griffen stärker nun aus und näherten bald sich den andern.
  Doch die Argeier saßen im Ring und gewahrten die Rosse,
Wie sie vorwärts flogen durchs Feld in stäubendem Laufe.
Aber Idomeneus sah sie zuerst, der Führer der Kreter;
Denn er saß, von dem Ringe getrennt, zuhöchst auf der Warte.
Noch aus der Ferne vernahm er bereits des Rufenden Stimme
Und erkannte den ausgezeichneten führenden Renner,
Welcher in allem ein Rotfuchs war, und bloß an der Stirne
Trug er ein weißes Mal, so rund wie die Scheibe des Mondes.
Aufrecht stand er und nahm das Wort vor den Männern von Argos:
  O ihr Freunde, Berater und Fürsten des Volkes von Argos,
Sehet auch ihr oder kennen allein meine Augen die Rosse?
Andere Pferde scheinen mir jetzt die Führung zu haben,
Anders zeigt sich der Lenker. So haben die Stuten wahrscheinlich
Schaden genommen im Feld, die hinauf noch die besseren waren.
Denn ich sah sie wohl als die ersten das Ziel noch umjagen.
Jetzt aber kann ich sie nirgends erblicken, obschon meine Augen
Umschau halten im troischen Feld und alles erspähen.
Oder entglitten dem Lenker die Zügel vielleicht, und er konnte
Schlecht nur wenden ums Ziel und hatte kein Glück bei der Biegung,
Stürzte wohl dort aus dem Korb und zerbrach dabei sich den Wagen,
Und ihm rasten davon die wildgewordenen Stuten?
Doch nun erhebt euch auch ihr und sehet; vermag ich doch selber
Nicht ihn klar zu erkennen, doch scheint es, als wäre der Lenker
Jener Aitoler, der unter dem Volke von Argos gebietet,
Tydeus', des reisigen, Sohn, der gewaltige Herr Diomedes.
  Schmähend herrschte ihn Ajas an, der Sohn des Oïleus:
Dummes Geschwätz vor der Zeit, Idomeneus! Weit in der Ferne
Stürmen mit fliegendem Huf die Rosse durchs weite Gefilde.
Weder bist du gerade der jüngste im Volk der Argaier,
Noch gar spähn deine Augen am schärfsten hervor aus dem Kopfe.
Immer nur schwatzt du daher, und es ziemt dir doch nicht im geringsten,

Solch ein Schwätzer zu sein; denn hier sind bessere Männer.
Dort noch laufen die Stuten und halten die Spitze wie früher,
Und Eumelos leitet sie selbst, in den Händen die Zügel.
 Zornig entgegnete ihm der Fürst der Kreter und sagte:
Ajas, du bösegesinnter, der erste im Zank, doch in allem
Sonst unterlegen beim Volk; dein Herz hat keine Gefühle.
Komm, und wetten wir gleich um den Dreifuß oder ein Becken;
Richter sei für uns beide des Atreus Sohn Agamemnon,
Wessen Rosse die ersten, auf daß du es merkest zum Nachteil.
 Sprach's; da fuhr in die Höhe der schnelle Sohn des Oïleus
Zornig, um gleich noch mehr beschimpfende Worte zu wechseln.
Und es hätten sich stärker wohl noch die beiden ereifert,
Hätte Achilleus sich nicht erhoben und selber gesprochen:
 Hört jetzt auf, miteinander beschimpfende Worte zu wechseln,
Ajas, Idomeneus, seht, es gehört sich nicht im geringsten.
Tadeln würdet ihr selbst einen andern, der solches versuchte.
Setzt euch still wieder hin in den Kreis und schaut nach den Rossen.
Denn sie werden wohl bald in eifrigem Siegesbegehren
Hierher kommen; dann mag ein jeder von euch es erkennen,
Welche argivischen Rosse die zweiten und welche die ersten.
Immer bespritzten Körner und Staub den zügelnden Lenker,
Hoch in die Luft und eilten sich sehr, die Bahn zu vollenden.
 Während er sprach, da stürmte bereits heran Diomedes.
Immer bestrich seine Geißel die Rücken; da stiegen die Rosse,
Und der dicht mit Gold und Zinn überzogene Wagen
Folgte rasselnd den stürmenden Rossen; doch kaum eine Furche
Blieb von den Räderreifen des Wagens im lockeren Sande
Hinten zurück; so flogen die beiden in eifrigem Laufe.
Mitten nun stand er im Ring, und es brach den dampfenden Rossen
Reichlicher Schweiß aus dem Nacken und floß von der Brust auf die Erde.
Selbst aber sprang er zu Boden sofort aus dem funkelnden Korbe,
Lehnte die Geißel ans Joch; der kräftige Sthenelos aber
Zögerte nicht und langte voll Eifer sogleich nach dem Preise,
Gab den mutigen Freunden das Weib, hinweg es zu führen,
Samt dem gehenkelten Kessel und löste vom Joche die Rosse.
 Neleus' Enkel Antilochos folgte zunächst mit den Rossen,

Nicht durch Schnelligkeit, nur durch List Menelaos besiegend.
Dennoch trieb Menelaos schon hinter ihm dicht seine Rosse.
Grade so viel nur entfernt wie vom Rade das Roß, das den Herren
Fort, im Laufe gestreckt, durch die Ebene führ mit den Wagen;
Noch berühren die äußersten Haare des Schweifes den Reifen,
Denn sehr nah von ihm dreht sich das Rad, und nur ein geringer
Raum ist's, welcher sie trennt bei der Fahrt durch das weite Gefilde:
So weit nur von dem edlen Antilochos blieb Menelaos
Eben zurück. Entfernt um den Wurf eines Diskos am Anfang,
Hatte er bald ihn erreicht; so war dem Roß Agamemnons
Stolz gewachsen der Mut, der mähnenprangenden Aithe.
Wäre noch länger die Bahn für die Kämpfenden beide gewesen,
Hätt' er ihn wohl überholt und nicht den Sieg nur bestritten.
Doch Meriones dann, des Idomeneus edler Gefährte,
Blieb um des Speerwurfs Weite getrennt vom berühmten Atriden;
Denn sehr langsam waren im Lauf seine stattlichen Rosse,
Auch er selber zu schwach, im Kampfe den Wagen zu führen.
Aber der Sohn des Admetos erschien als letzter von allen,
Hinten den schleppenden Wagen, voran die getriebenen Rosse.
Sehr erbarmte der Anblick den göttlichen schnellen Achilleus,
Und er trat vor das Volk und sprach die geflügelten Worte:
  Seht, da kommt der beste zuletzt mit den stampfenden Rossen!
Auf! so wollen wir gleich den zweiten Preis ihm erteilen,
Den er verdient; der erste gehört dem Sohne des Tydeus.
  Also sprach der Pelide; da billigten alle den Auftrag.
Und er hätte das Roß ihm geschenkt nach dem Wunsch der Achaier,
Hätte Antilochos nicht, der Sohn des erhabenen Nestor,
Gleich die gebührende Antwort erteilt dem Peliden Achilleus:
  O Achilleus, ich werde dich hassen, sobald du vollendest,
Was du gesagt. So bist du gewillt, mir den Preis zu entwenden,
Darum allein, weil zu Schaden er kam mit Wagen und Rossen,
Er, ein wackerer Mann. Er hätte doch lieber die Götter
Bitten sollen; so wär' er nicht im Laufe der Letzte.
Tut er dir aber so leid und hast du so lieb ihn gewonnen,
Wohl, so gibt es doch Gold genug und Erz in dem Zelte,
Vieh und Mägde gibt es genug und stampfende Rosse.

Nimm doch davon und gib ihm sogar einen höheren Kampfpreis,
Später oder auch gleich, damit die Achaier dich loben.
Nie aber geb' ich die Stute zurück; es kann ja versuchen
Jeder, der sie begehrt, mit *mir* sich im Ringen zu messen.
Lächelnd vernahm seine Worte der göttliche schnelle Achilleus,
Seines Antilochos froh, denn er war ihm ein lieber Gefährte.
Und er erwiderte gleich und sprach die geflügelten Worte:
Rätst du, Antilochos, wirklich mir nun, von daheim einen andern
Preis dem Eumelos zu geben, so will ich auch dieses erfüllen,
Will ihm den ehernen Harnisch, die Beute von Asteropaios,
Geben, welchen ein Guß von hellerglänzendem Zinne
Rings umsäumt; sein Wert wird sicherlich sehr ihn erfreuen.
Sprach's und befahl dem Automedon gleich, dem treuen Gefährten,
Her aus dem Zelt ihn zu bringen; er ging und brachte den Harnisch,
Reichte ihn dann dem Eumelos, und dieser empfing ihn mit Freuden.
Jetzt aber stand Menelaos auf mit erbittertem Herzen,
Gegen Antilochos maßlos empört; es gab ihm ein Herold
Gleich in die Hände das Zepter und hieß die Männer von Argos
Ruhe bewahren; darauf begann der göttliche Recke:
Sag, was hast du getan, Antilochos, sonst so vernünftig?
Meine Würde hast du gekränkt, verwirrt meine Rosse;
Deine drängtest du vor, die so viel schlechter doch waren.
Höret mich an, Berater und Fürsten im Heere von Argos,
Richtet nun zwischen uns beiden genau und keinem zuliebe,
Daß man nicht bei den erzgerüsteten Danaern sage:
Nur durch Betrug bezwang Menelaos Antilochos eben,
Führt ihm die Stute davon, obwohl des anderen Rosse
Schlechter doch waren, er selbst aber stärker durch Kraft und Charakter.
Besser, ich fälle das Urteil selbst, und keiner, so hoff' ich,
Soll mich tadeln im Danaervolk, denn ich fordre Gerechtes.
Komm, Antilochos, Göttlicher, her und folge dem Brauche,
Stelle dich vorn an Wagen und Rosse und nimm in die Hände
Fest die biegsame Geißel, die eben zuvor du geschwungen.
Rühr an die Rosse damit und schwöre beim Erdenerschüttrer,

Daß du absichtlich nicht mit Tücke gehemmt mir den Wagen.
Doch der kluge Antilochos redete gleich, ihm erwidernd:
Fasse dich nur; denn ich bin um viele Jahre doch jünger,
Herr Menelaos, als *du*, und *du* bist älter und klüger,
Weißt, wie oft sich ein junger Mann Übertretungen leistet;
Allzu rasch ist der Sinn, doch nur gering seine Einsicht.
Drum beschwichtige nur dein Herz; ich will dir die Stute
Geben, die ich gewann, und wenn du noch sonst von zu Hause
Größeres forderst, so bin ich bereit, dir alles zu geben,
Lieber, als daß ich für alle Zeit mich, du Göttergeliebter,
Deinem Herzen entfremde und gegen die Götter vergehe.
Also sprach der Sohn des würdigen Nestor und brachte
Gleich zum Atriden das Roß; der nahm's mit den Händen, und Freude
Drang ihm belebend ins Herz wie erfrischender Tau, der die Halme
Sprießender Saaten umfängt, wann starrend stehen die Fluren:
So, Menelaos, wurde dein Herz belebt von der Freude.
Und er sprach, zu jenem gewandt, die geflügelten Worte:
Gern, Antilochos, geb' ich dir nach und will nun auch selber
Lassen vom Zorn; denn ungezügelt, verblendet von Eifer
Warest du nie; es lähmte nur jetzt den Verstand dir die Jugend.
Hüte dich aber hinfort, einen besseren Mann zu betrügen.
Nicht so bald wohl hätte vom Heer mich ein andrer besänftigt.
Du aber hast so viel schon gelitten und vieles erduldet
Meinetwegen, und auch dein gütiger Vater und Bruder.
Drum erfülle ich gern deine Bitten und will dir die Stute
Geben, obwohl sie doch mein, damit man auch hier nun erkenne,
Daß ich gewiß von Gemüt nicht hart und ohne Gefühle.
Sprach's und gab dem Noëmon, Antilochos' Freund, die Stute,
Fort sie zu führen, und nahm sich darauf das glänzende Becken.
Und Meriones trug als vierter, so wie er gefahren,
Beide Talente von Gold; nun blieb zurück noch der fünfte
Preis, die gehenkelte Schale; Achilleus gab sie dem Nestor,
Brachte sie her durch den Kreis der Achaier und sagte die Worte:
Greis, da nimm und bewahre das Kleinod hier zum Gedächtnis
An des Patroklos Leichenbegängnis; du siehest ihn selber
Nimmer im Volke von Argos. Den Preis hier will ich dir schenken

Ohne Kampf; denn schwerlich versuchst du dich noch mit den Fäusten
Oder im Ringen, im Schleudern des Speers, noch willst du im Laufe
Rennen, denn schon bedrückt dich die Last des beugenden Alters.
Sprach's und gab in die Hand ihm die Schale; der nahm sie mit Freude,
Hob die Stimme und sagte zu ihm die geflügelten Worte:
Wirklich, da hast du, mein Kind, gebührend in allem gesprochen!
Nicht mehr fest sind die Glieder, die Füße, mein Freund, und die Arme
Strecken sich nimmer auf beiden Seiten so leicht an den Schultern.
Wär' ich doch jung noch und sicher der Kraft wie zu früheren Zeiten,
Als die Epeier den herrschenden Herrn Amarynkeus begruben,
Dort in Buprasion einst seine Söhne bestimmten die Preise.
Keiner tat es mir damals gleich im Volk der Epeier,
Keiner der Pylier selbst noch auch der stolzen Aitoler.
Denn mit der Faust überwand ich des Enops Sohn Klytomedes
Und im Ringen Ankaios von Pleuron, der gegen mich aufstand.
Iphiklos dann überholt' ich im Lauf, den tüchtigen Renner,
Und übertraf mit dem Speer den Phyleus sowie Polydoros.
Nur mit den Rossen holten mich ein die Söhne des Aktor,
Denn sie trieben zu zweit sie voran, voll Neides zu siegen,
Weil die größten Preise dafür zurück noch geblieben.
Zwillinge waren die zwei; der eine lenkte beständig,
Führte die Zügel beständig, der andere trieb mit der Geißel.
So war ich einst; doch jetzt überlass' ich den jüngeren Männern
Solcherlei Taten und muß dem Zwange des leidigen Alters
Folgen. Wie strahlte ich damals hervor doch unter den Helden!
Geh und fahre nur fort, den Freund mit Kämpfen zu feiern.
Dies Geschenk aber nehme ich gern, und es freut mich im Herzen,
Daß du noch meiner Freundschaft gedenkst und nie mir die Ehre
Weigerst, die zu empfangen mir ziemt im Volk der Achaier.
Mögen die Götter dich segnen dafür mit reichlicher Gnade!
Sprach's; der Pelide eilte davon durchs Gewühl der Achaier,

Gleich nachdem er die lobende Rede des Nestor vernommen,
Setzte die Preise dann aus für den schwierigen Kampf mit den Fäusten,
Brachte ein arbeitskräftiges Maultier und band es am Platze,
Sechsjährig, ungezähmt, eine Stute, nur schwer zu bezähmen,
Setzte dann auch dem Besiegten noch aus einen doppelten Becher.
Aufrecht stand er und nahm das Wort vor den Männern von Argos:
Atreus' Sohn, und ihr anderen festgeschienten Achaier,
Laßt zwei Männer sich hier um die Preise, die tüchtigsten Kämpfer,
Schlagen mit hoch ausholender Faust, und welchem Apollon
Schenkt zum Siege die Kraft vor den Augen von allen Achaiern,
Dieser kehre zurück in sein Zelt mit dem kräftigen Maultier.
Doch der Geschlagene trage davon den gehenkelten Becher.
Also sprach er, und gleich erhob sich der mächtige große
Sohn des Panopeus, Epeios, geübt im Kampfe der Fäuste,
Faßte das kräftige Maultier an und redete also:
Rasch herbei, wer den doppelten Becher begehrt zu gewinnen!
Aber das Maultier entführt mir schwerlich ein andrer Achaier,
Der mit der Faust mich besiegt; ich rühme mich selbst als den ersten.
Ist's nicht genug, daß im Feld ich versage? Gewiß doch unmöglich
Könnte zu allen Werken ein Mann geschickt sich erweisen.
Das aber sag' ich voraus, und sicherlich wird es vollendet:
Gänzlich zerschlag' ich den Feind und hau' ihm die Knochen zusammen!
Mögen die Leichenbesorger versammelt am Platze nur bleiben,
Wegzuschaffen den Mann, sobald meine Faust ihn bezwungen.
Also sprach er, und alle im Kreis verstummten in Schweigen.
Nur Euryalos trat ihm entgegen, der göttliche Recke,
Sohn des Herrschers Mekisteus, der selbst von Talaos stammte.
Vormals kam er nach Theben zu Oidipus' Leichenbegängnis,
Welcher gestürzt, und besiegte daselbst die gesamten Kadmeier. –
Tydeus' speergewaltiger Sohn war um diesen beschäftigt,
Sprach ermunternd ihm zu, von Herzen den Sieg ihm ersehnend,
Tat ihm zuerst einen Schurz um den Leib und reichte ihm weiter
Festgeschnittene Riemen der Haut eines Stiers von der Weide.
Beide traten gegürtet hervor in die Mitte des Platzes.

Gegeneinander holten sie aus mit den kräftigen Armen,
Stießen zusammen; zusammen gerieten die wuchtigen Fäuste.
Schrecklich erklang das Knirschen der Kiefer, herab von den Gliedern
Überall strömte der Schweiß. Nun erhob sich der edle Epeios,
Schlug den Spähenden gegen die Wange, so daß er nicht länger
Stehen konnte und nieder ihm brachen die glänzenden Glieder.
So wie unter dem Schauer des Nords ein Fisch in die Höhe
Schnellt am Strande voll Tang, und wieder verschlingt ihn die Welle:
Also schnellte er hoch von dem Schlag; doch der kühne Epeios
Fing ihn im Arm und hob ihn empor. Die umringenden Freunde
Führten ihn über den Platz; er hinkte mit schleifenden Füßen,
Spie geronnenes Blut, den Kopf gesenkt auf die Seite.
Nieder zwischen sich legten sie dann den gänzlich Betäubten,
Gingen darauf, und brachten den Becher mit doppeltem Henkel.
Doch der Pelide sogleich bestimmte zum drittenmal Preise,
Setzte sie aus vor dem Danaervolk für den schwierigen Ringkampf:
Erstens ein großes Geschirr mit Füßen, aufs Feuer zu stellen,
Bei den Achaiern so hoch wie ein Dutzend Rinder bewertet.
Doch dem Besiegten stellt' er als Lohn ein Weib in die Mitte;
Viel in Künsten geübt, sie galt vier Rinder im Werte.
Aufrecht stand er und nahm das Wort vor den Männern von Argos:
Auf zum Ringen, wer darin auch sich möchte versuchen!
Sprach's, da erhob sich der mächtige Sohn des Telamon, Ajas,
Auch Odysseus erhob sich, der listige Meister in Ränken.
Beide traten gegürtet hervor in die Mitte des Platzes,
Packten einander und hielten sich fest mit den kräftigen Armen,
Wie die begegnenden Sparren, die hoch am Dach eines Hauses
Dicht aneinander der Zimmerer fügt, den Winden zum Trotze.
Beiden knackte der Rücken, vom Druck der verwegenen Arme
Hart gepreßt, und es troff der quellende Schweiß auf den Boden.
Viele Beulen schwollen empor an den Seiten und Schultern,
Rotgedunsen vom Blut; und immer noch rangen die beiden
Siegesbegierig im Kampf um den festgeschmiedeten Dreifuß.
Weder vermochte Odysseus im Fall ihn zu Boden zu bringen
Noch den anderen Ajas, gehemmt von der Kraft des Odysseus.

Als sie schon müde gemacht die wohlgeschienten Achaier,
Redete so zu diesen der Sohn des Telamon, Ajas:
Göttlicher Sohn des Laërtes, erfindungsreicher Odysseus,
Heb mich oder ich *dich*; das andre wird Zeus schon besorgen.
Sprach's und hob ihn empor; Odysseus aber, voll Arglist,
Stieß ihn von hinten ins Kniegelenk und lähmt' ihm die Glieder.
Rücklings fiel er zu Boden, es fiel auf die Brust ihm Odysseus
Nieder im Sturz; verwundert staunten da wieder die Männer.
Nun zum zweitenmal hob ihn der vielerprobte Odysseus,
Doch bewegt' er ihn kaum und brachte ihn nicht in die Höhe,
Krümmte ihm aber das Knie; da stürzten die beiden zu Boden,
Dicht aneinandergepreßt, und wurden vom Staube besudelt.
Und zum drittenmal standen sie schon und hätten gerungen,
Doch Achilleus erhob sich und hielt sie zurück mit den Worten:
Reibt euch länger nicht auf und macht ein Ende dem Drängen.
Beide verdienen den Sieg! Empfangt nun beide die gleichen
Preise und geht, damit auch andre Achaier noch kämpfen.
Also sprach er; sie hörten ihn an und folgten gehorsam,
Wischten den Staub sich ab und hüllten sich gleich in die Kleider.
Weiter bestimmte des Peleus Sohn die Gewinne des Wettlaufs:
Erst einen silbernen Krug, getrieben; er mochte sechs Maße
Fassen; an Pracht übertraf er die anderen sämtlich auf Erden
Weit; denn es hatten ihn kunstgeübte Sidoner gebildet,
Und Phoinikier führten ihn fort über neblichte Meere,
Brachten ans Land ihn im Hafen und schenkten ihn endlich dem Thoas.
Doch für des Priamos Sohn Lykaon gab ihn zum Tausche
Später an Patroklos dann der Sohn des Iason Euneos.
Diesen stiftete jetzt Achilleus, dem Freunde zu Ehren,
Dem als Preis, der als Schnellster im eilenden Lauf sich erwiese,
Und einen großen Stier dem zweiten, der strotzte vom Fette,
Endlich ein halbes Talent von Gold als letzten der Preise.
Aufrecht stand er und nahm das Wort vor den Männern von Argos:
Schnell zum Kampfe, wer hierin auch sich möchte versuchen!
Sprach's, und Ajas erhob sich, der hurtige Sohn des Oïleus,
Auch der einsichtsvolle Odysseus, Antilochos drittens,
Nestors Sohn, der im Laufe die Jünglinge alle besiegte.

Schnurgrad standen sie nun; da wies auf das Zeichen Achilleus
Und sie liefen gestreckt von der Schranke; der Sohn des Oïleus
Stürmte voraus, und hinter ihm folgte der edle Odysseus
Ebenso dicht, wie der Webestab dem gegürteten Weibe
Liegt an der Brust, den sie *an* sich zieht gewandt mit den Händen,
Wenn sie den Einschlag schießt an der Kette vorbei und dem Busen
Nähert den Stab: so nah war Odysseus im Lauf; seine Füße
Trafen von hinten die Spur, noch ehe der Sand sie verschüttet.
Über des Vorderen Kopf ergoß seinen Atem Odysseus,
Immer im sausenden Lauf; da jubelten alle Achaier
Freudig dem Eilenden zu und stärkten sein Siegesverlangen.
Als sie dem Ende der Bahn sich nahten, da flehte Odysseus
Schnell im Herzen zur Göttin mit funkelnden Augen, Athene:
Höre mich, Göttin, und komm in Huld meinen Füßen zu Hilfe!
Also rief er und bat; es erhörte ihn Pallas Athene,
Machte die Glieder ihm leicht, die Füße und Arme darüber.
Als sie nun aber im Sprung den Preis schon wollten ergreifen,
Strauchelte Ajas im Lauf – denn es brachte zu Fall ihn Athene –,
Dort, wo sich häufte der Mist von geschlachteten brüllenden Rindern,
Welche zu Patroklos' Ehren der schnelle Achilleus getötet.
Gleich aber füllte der Rinderkot ihm den Mund und die Nase.
Doch den Kessel ergriff der vielerprobte Odysseus,
Weil er der schnellere war, und den Stier der stattliche Ajas.
Dieser stand, in den Händen das Horn des Stiers von der Weide,
Spie den Mist aus dem Mund und sprach vor den Männern von Argos:
Wehe, da hat mir die Göttin die Füße verwirrt, die von jeher
Mütterlich stets den Odysseus bewacht mit gnädigem Beistand!
Also sprach er; da lachten sie über ihn alle von Herzen.
Aber Antilochos trug nun den letzten der Preise von dannen,
Lächelnd, und nahm das Wort und sprach vor den Männern von Argos:
Freunde, so gut ihr es wißt, ich sag' es euch allen: auch jetzt noch
Zeichnen unsterbliche Götter doch aus die älteren Menschen.
Ajas zwar ist nur um weniges älter als ich bin,
Jener jedoch von älterem Stamm und früheren Menschen.

Gilt er doch allen als rüstiger Greis; unmöglich erscheint es,
Daß im Lauf ihn erreicht ein Danaer außer Achilleus.
Also sprach er und pries den fußgewandten Peliden;
Doch Achilleus entgegnete gleich und gab ihm die Antwort:
Mein Antilochos, nicht umsonst sei dein Lob dir gesprochen;
Komm, ich will dir ein halbes Talent von Gold noch gewähren.
Sprach's und gab es ihm gleich in die Hand; er nahm es mit Freuden.
Dann aber trug der Pelide herbei die schattende Lanze
Samt dem Schild und dem Helm, und legte sie nieder am Platze,
Jene Waffen, die Patroklos jüngst dem Sarpedon entrissen.
Aufrecht stand er und nahm das Wort vor den Männern von Argos:
Laßt zwei Männer sich hier um die Preise, die tüchtigsten Kämpfer,
Wohlgerüstet, das leibzerreißende Erz in den Händen,
Gegeneinander versuchen im Streit vor versammeltem Heere.
Wer dann eher den blühenden Leib des Gegners getroffen,
Bis in die Eingeweide durchs schwärzliche Blut und die Rüstung,
Dem gewähr' ich als Lohn das Schwert voll silberner Buckeln,
Dieses thrakische schöne, die Beute von Asteropaios.
Aber die Rüstung sollen die beiden gemeinsam empfangen.
Beiden richten wir auch ein köstliches Mahl in dem Zelte.
Sprach's; da erhob sich der mächtige Sohn des Telamon, Ajas;
Auch erhob sich des Tydeus gewaltiger Sohn, Diomedes.
Als sie zu beiden Seiten des Heeres gewappnet sich hatten,
Trafen die zwei in der Mitte zusammen, voll Kampfesbegierde,
Drohenden Blicks, und staunend gewahrten es alle Achaier.
Als sie nahe nun waren, die Gegeneinandergewandten,
Rannten sie dreimal vor, und dreimal nahten sie stürmend.
Ajas stach nun gegen den Schild von ebener Wölbung,
Ohne den Leib zu erreichen; es schützte ihn innen der Panzer.
Tydeus' Sohn aber zielte beständig darauf nach dem Nacken
Über den mächtigen Schild mit der blinkenden Spitze des Speeres.
Jetzt nun aber geboten, um Ajas besorgt, die Achaier,
Aufzuhören und gleich in Hälften die Preise zu teilen.
Doch dem Tydiden brachte das wuchtige Schwert der Pelide

Samt der Scheide und samt dem gutgeschnittenen Riemen.
Dann ergriff der Pelide die festgegossene Scheibe;
Früher pflegte die Kraft des Eëtion diese zu schleudern,
Doch ihn tötete freilich der göttliche schnelle Achilleus
Und entführte die Scheibe zu Schiff mit anderen Schätzen.
Aufrecht stand er und nahm das Wort vor den Männern von Argos:
Schnell heran, wer hierin auch sich möchte versuchen!
Selbst, wenn weit in die Ferne die üppigen Äcker ihm reichen,
Hat er daran zum Gebrauch für fünf umkreisende Jahre
Reichlich genug, und es geht ihm gewiß aus Mangel an Eisen
Weder ein Hirt noch ein Pflüger zur Stadt; er wird es ihm geben.
Sprach's; da erhob sich sofort der streitbare Held Polypoites,
Auch die gewaltige Kraft des göttergleichen Leonteus;
Ajas erhob sich, Telamons Sohn, und der edle Epeios.
Alle nun standen gereiht, und Epeios faßte die Scheibe,
Schwang sie wirbelnd und warf; es lachten dazu die Achaier.
Zweitens schleuderte dann der Sproß des Ares, Leonteus;
Drittens warf sie der mächtige Sohn des Telamon, Ajas,
Warf sie mit kräftigem Arm noch über die Marken der andern.
Aber sobald sie ergriff der streitbare Held Polypoites,
Schwang er sie weit wie ein Rinderhirt den gebogenen Stecken,
Der im wirbelnden Flug entfliegt durch die weidenden Rinder,
Weit und über den Platz noch hinaus; da kreischten die Männer.
Auf nun sprangen die Freunde des kräftigen Herrn Polypoites,
Die zu den räumigen Schiffen die Preise des Königs entführten.
Weiter bestimmte der Held für die Schützen von bläulichem Eisen
Je zehn doppelte Beile und einfache, legte sie nieder,
Richtete auf den Mast eines dunkelgeschnäbelten Schiffes
Fern am Ufer und band eine wilde Taube mit zarter
Schnur am Fuß daran fest, und hieß nach dieser die Schützen
Zielen: Wer die wilde Taube da trifft mit dem Pfeile,
Darf die sämtlichen doppelten Äxte nach Hause sich nehmen.
Wer dagegen die Schnur nur trifft, den Vogel verfehlend,
Der, als schwächerer, trage davon die einfachen Beile.

Sprach's; da erhob sich sogleich die Macht des herrlichen Teukros,
Auch Meriones stand, Idomeneus' tapfrer Gefährte.
Beide schwenkten die Lose in erzbeschlagener Haube.
Teukros wurde zuerst durchs Los getroffen; er schnellte
Gleich gewaltsam den Pfeil, doch ohne ein würdiges Opfer
Neugeborener Lämmer dem Herrscher zuvor zu geloben.
Drum verfehlt' er den Vogel, weil dies ihm Apollon verwehrte.
Aber er traf den Faden am Fuß, wo der Vogel gebunden;
Gänzlich zerriß der spitzige Pfeil den fesselnden Faden.
Schon aber schwang sich die Taube zum Himmel; herab auf die Erde
Hing die Schnur; da lärmten und schrien die Männer Achaias.
Stürmisch riß Meriones gleich aus der Hand ihm den Bogen –
Hielt er doch längst einen Pfeil schon bereit, als Teukros noch zielte –
Und gelobte sofort dem Bogenschützen Apollon,
Neugeborene Lämmer als würdiges Opfer zu weihen.
Hoch schon unter den Wolken ersah er die furchtsame Taube,
Dort wo sie kreiste, und traf in der Mitte sie unter dem Flügel.
Ganz durchbohrte sie eben der Pfeil, und wieder im Boden
Stak er, dicht vor Meriones' Füßen; indessen der Vogel
Setzte sich gleich auf den Mast des dunkelgeschnäbelten Schiffes,
Senkte den Hals, und es fiel zusammen sein dichtes Gefieder.
Bald entfloh den Gliedern das Leben, und fern von der Stange
Sank er herab; verwundert staunten da wieder die Mannen.
Aber Meriones nahm die zehn zweischneidigen Äxte,
Teukros trug die einfachen fort zu den räumigen Schiffen.
Hierauf brachte des Peleus Sohn eine ragende Lanze
Und ein frisches, geblümtes Becken, vom Wert eines Rindes,
Her auf den Platz. Es erhoben zum Lanzenwurf sich die Männer:
Erst der Atride, der weit gebietende Herr Agamemnon,
Zweitens Meriones auch, des Idomeneus tapfrer Gefährte.
Diese redete an der göttliche schnelle Achilleus:
Atreus' Sohn, wir wissen, wie hoch du über uns allen,
Auch wie du immer an Kraft und im Wurfe der Lanze der erste.
Darum geh du nur selbst mit diesem Preis zu den Schiffen;
Laß uns aber den Speer dem Helden Meriones reichen,

Wenn du im Herzen es willst; ich wenigstens möcht' es empfehlen.
Sprach's; es willfahrte ihm gern der Herrscher des Volks Agamemnon.
Jener reichte den Speer dem Meriones, aber der König
Gab dem Boten Talthybios selbst den herrlichen Kampfpreis.

VIERUNDZWANZIGSTER GESANG

Die Auslösung des Hektor

Aus war der Kampf; da zerstreuten die Mannen sich wieder, und alle
Gingen zurück zu den Schiffen, voll Freude, des Mahls zu genießen
Und am erquickenden Schlaf sich zu laben. Indessen Achilleus
Weinte, des Freundes gedenk, noch unberührt von des Schlummers
Allbezwingender Macht; er wälzte sich hierhin und dorthin,
Immer sich sehnend nach Patroklos' Kraft und adliger Mannheit,
Und in Gedanken, wieviel sie gemeinsam erlebt und erduldet:
Männerschlachten und kühnes Bezwingen gefährlicher Fluten.
Immer nur dacht' er daran, und reichlicher flossen die Tränen;
Hin und her, auf die Seiten bald und bald auf den Rücken
Warf er sich, bald aufs Gesicht, und manchmal erhob er sich wieder,
Schweifte trauernd umher am Gestade des Meeres; die Frühe
Fand ihn, sobald sie erschien und Küste und Meer überglänzte.
Wenn er die flinken Rosse sodann geschirrt an den Wagen,
Band er den Hektor fest am Sessel hinten zum Schleifen;
Dreimal zog er ihn dann um das Grab des Menoitiossohnes,
Ruhete wieder im Zelt und ließ den anderen liegen,
Draußen im Staube vornübergestreckt. Indessen Apollon
Schützte vor jeder Mißhandlung den Leib, erfüllt von Erbarmen,
Selbst um den Toten besorgt, und bedeckte ihn ganz mit der goldnen
Aigis, auf daß der Pelide ihn nicht beim Schleifen zerfetzte.
So mißhandelte dieser im Zorn den göttlichen Hektor.
Mitleid erfaßte die seligen Götter, sooft sie's gewahrten,
Und sie geboten, die Leiche zu stehlen, dem spähenden Hermes.
Allen andern gefiel der Plan, doch nimmer der Here
Noch dem Poseidon, noch auch des Zeus blauäugiger Tochter,
Sondern sie haßten, wie stets schon zuvor, die heilige Troja,

Priamos auch und sein Volk, nur wegen der Frevel des Paris,
Weil er die Göttinnen kränkte, als diese im Hof ihn besuchten,
Sie aber pries, die zu Willen ihm war in verderblicher Wollust.
Als nun zum zwölften Male seitdem der Morgen sich nahte,
Redete jetzt im Kreis der Unsterblichen Phoibos Apollon:
Schrecklich seid ihr doch, Götter, und grausam! Hat euch denn niemals
Hektor Schenkel verbrannt von erlesenen Rindern und Ziegen?
Jetzt aber traut ihr euch nicht einmal, den Toten zu retten,
Daß seine Gattin ihn wiedersieht und sein Kind und die Mutter,
Vater Priamos auch, und das Volk; denn sie möchten im Feuer
Bald ihn verbrennen und feierlich dann in Ehren bestatten.
Nein, ihr möchtet allein beschützen den argen Achilleus,
Dessen Herz mißachtend nur ist und dessen Gesinnung
Nie sich fügt in der Brust; er denkt wie der Löwe nur Wildes,
Der, gereizt von gewaltiger Kraft und trotziger Kühnheit,
Ein in die Herden der Sterblichen dringt, sich ein Mahl zu erbeuten.
So hat Achill das Erbarmen verloren; es fehlt ihm die Achtung.
Scham, die zum Schaden den Menschen gereicht und wieder zum Nutzen.
Muß auch mancher vielleicht einen Nähergeliebten verlieren,
Sei's der eigene Sohn oder sei es der leibliche Bruder,
Dennoch stillt er die Tränen und läßt das Jammern und Klagen;
Denn ein geduldiges Herz gewährten die Moiren den Menschen.
Jener jedoch hat dem Hektor sein blühendes Leben entrissen,
Band am Wagen ihn fest und schleift' ihn rings um des Freundes
Hügel; das heißt gewiß nicht schön und edel gehandelt!
Daß nur nicht, wie edel er sei, wir Götter ihm zürnen!
Selbst die gefühllose Erde mißhandelt er noch, voll Verblendung.
Ihm erwiderte gleich voll Zorn die schimmernde Here:
Geltung hätte dein Wort, du Gott mit dem silbernen Bogen,
Hieltet der gleichen Ehren ihr wert Achilleus und Hektor.
Sterblich war Hektor jedoch und lag an der Brust eines Weibes,
Während Achilleus der Sohn einer Göttin ist, welche ich selber
Nährte und auferzog; ich gab einem Mann sie zur Gattin,
Peleus, der doch so sehr den Göttern ans Herz ist gewachsen.
Alle nahmt ihr doch teil an der Hochzeit; unter den Göttern

Schmaustest auch *du* mit der Leier, Genosse der Bösen, du Falscher!
Ihr erwiderte Zeus, der Wolkenversammler, und sagte:
Here, ereifre dich nicht zu sehr im Zorn auf die Götter!
Nie wird die gleiche Ehre den beiden zuteil; aber Hektor
War den Göttern der liebste von allen, die Troja bewohnen;
So auch *mir;* nie ließ er es fehlen an freundlichen Gaben,
Nicht entbehrte mir je der Altar des gebührenden Teiles,
Nie des Weins und des Rauchs, die *uns* zur Ehre bestimmt sind.
Besser aber, wir lassen den Raub des mutigen Hektor –
Ganz unmöglich geschieht es geheim vor Achilleus –; denn immer
Steht ihm die Mutter zur Seite, sowohl bei Nacht wie bei Tage.
Doch wenn einer der Götter die Thetis heran zu mir riefe,
Daß ich bedächtig ein Wort mit ihr spräche; vielleicht daß Achilleus
Gaben von Priamos nimmt als Preis für Hektors Befreiung.
Sprach's; da erhob sich die sturmesgeschwinde Iris zur Botschaft.
Zwischen Samos und Imbros, der wildzerklüfteten Insel,
Sprang sie ins finstere Meer, und es brausten die Wasser des Sundes.
Gleich einer bleiernen Kugel, so tauchte sie schnell in die Tiefe,
Die, am Horn eines Rinds von der Weide befestigt, hinunter
Gleitet, um gierigen Fischen den Tod entgegenzubringen.
Tief in räumiger Grotte entdeckte sie Thetis; die andern
Meeresgöttinnen saßen im Kreis, und sie selbst in der Mitte
Weinte über das Los des adligen Sohns; denn er sollte
Bald schon sterben in Trojas Flur, getrennt von der Heimat.
Nah zu der Trauernden trat die hurtige Iris und sagte:
Thetis, es rufet dich Zeus, voll unvergänglicher Pläne.
Ihr erwiderte gleich die silberfüßige Thetis:
Was verlangt nur der mächtige Gott? Ich scheue mich wirklich,
Unter die Götter zu treten in meinem verworrenen Jammer.
Gehen wir denn; vergeblich soll nichts von den Lippen ihm kommen.
Also sprach sie und nahm einen Schleier, die herrliche Göttin,
Dunkelfarbig, so schwarz, wie kein andres Gewand noch gewesen,
Machte sich auf, und Iris, die windesschnelle, geschwinde
Eilte voran; da wichen vor ihnen die Wogen des Meeres.
Und sie erstiegen den Strand und flogen empor zum Himmel,

Fanden den allbeherrschenden Zeus, und die anderen alle
Saßen um ihn, die unvergänglichen seligen Götter.
Und sie setzte sich neben Zeus auf den Platz der Athene.
Here gab in die Hand ihr den goldenen prächtigen Becher,
Redete freundlich ihr zu; sie trank und reichte ihn wieder.
Unter ihnen begann der Vater der Menschen und Götter:
   Thetis, du bist zum Olympos gekommen in deiner Betrübnis.
Unermeßlicher Gram bedrückt dich; wir wissen es selber.
Dennoch sag' ich dir jetzt, weshalb ich hierher dich gerufen:
Schon neun Tage nun dauert der Streit bei den ewigen Göttern
Wegen des Städtezerstörers Achill und der Leiche des Hektor.
Stehlen soll nach ihrem Gebot sie der spähende Hermes.
Ich aber möchte die Ehre hier dem Peliden erteilen,
Achtung und Liebe zu *dir* für künftige Zeit mir bewahrend.
Eile nun rasch in das Lager hinab und melde dem Sohne,
Sag, daß die Götter ihm zürnen, und *ich* von den Ewigen allen
Grollte zumal, weil er, trotzig im Wahn, beim gebogenen Schiffe
Hektor immer zurück noch hält und nicht ihn erlöste.
Ob er vielleicht nun aus Scheu vor *mir* den Hektor erlöset.
Ich aber will zum würdigen Priamos Iris entsenden,
Daß er, den Sohn zu erlösen, hinab zu den Danaerschiffen
Gaben bringe für Peleus' Sohn und das Herz ihm erweiche.
   Sprach's, und es folgte gehorsam die silberfüßige Thetis;
Stürmend fuhr sie hinab von dem Gipfel des hohen Olympos,
Kam zu dem Zelte des Sohns und fand ihn selber darinnen,
Bitterlich seufzend vor Gram, umgeben von treuen Genossen;
Emsig bemühten sich diese und rüsteten eifrig das Frühmahl,
Schlachteten eben im Zelt einen kräftigen wolligen Hammel.
Dicht zu dem Sohne nun setzte die göttliche Mutter sich nieder,
Streichelte sanft ihm die Hand und sprach ihm zu mit den Worten:
   Kind, wie lange wohl möchtest du noch in Kummer und Klagen
Hier verzehren dein Herz und weder an Schlaf noch an Speise
Denken? Es wäre dir gut, im Arm eines Weibes zu liegen.
Nicht mehr lange doch wirst du am Leben mir bleiben; es wartet
Deiner bereits in der Nähe der Tod und das mächtige Schicksal.
Höre mich rasch; ich komme von Zeus zu dir mit der Botschaft:
Zornig wären die Götter, und *er* von den Ewigen allen

Grollte zumal, weil du, trotzig im Wahn, beim gebogenen Schiffe
Hektor immer zurück noch hältst und nicht ihn erlöstest.
Wohl, so gib ihn doch los und nimm den Preis für den Toten.
  Ihr erwiderte gleich der fußbeschwingte Achilleus:
Gut, so sei's! Wer den Preis mir bringt, der empfange den Toten,
Wenn es mit ernstem Beschluß der Olympier selbst mir gebietet.
  Also sprachen im Lager der Schiffe der Sohn und die Mutter
Viele geflügelte Worte in ihrem Gespräch miteinander.
Doch der Kronide entbot zur heiligen Ilios Iris:
  Eile dich, hurtige Iris, verlaß den Sitz des Olympos,
Bring nach Ilios gleich dem würdigen Priamos Botschaft,
Daß er, den Sohn zu erlösen, hinab zu den Danaerschiffen
Gaben bringe für Peleus' Sohn und das Herz ihm erweiche,
Er allein; kein Mann von den Troern soll sonst ihn begleiten;
Folgen darf ihm ein älterer Herold nur, der die Esel
Lenkt und das prächtige Rädergefährt, damit er den Toten
Führe zurück in die Stadt, den der hehre Achilleus getötet.
Weder soll ihn der Tod noch sonst ein Schrecken bekümmern;
Solch einen Führer gesellen wir ihm, den Argosbezwinger,
Der ihn geleite, bis daß er ihn hingebracht zu Achilleus.
Aber sobald er hinein ihn geführt in das Zelt des Peliden,
Wird ihn dieser gewiß nicht morden und allen es wehren;
Ist er doch wohl bei Verstand, nicht kopflos oder ein Frevler,
Sondern er wird den flehenden Mann in Gnaden verschonen.
  Sprach's; da erhob sich die sturmesgeschwinde Iris zur Botschaft,
Kam in Priamos' Burg und fand Geheul dort und Klage.
Rings um den Vater da saßen im Innern des Hofes die Söhne,
Netzten mit Tränen die Kleider; er selbst, der Greis, in der Mitte
Fest in den hüllenden Mantel geschmiegt, und über dem Alten
Lag in Menge der Kot und bedeckte den Kopf und den Nacken,
Den er, am Boden sich wälzend, gehäuft mit den eigenen Händen.
Töchter und Schwiegertöchter erfüllten das Haus mit Gejammer,
All' der Männer gedenk, der tapferen, deren so viele
Unter der mordenden Hand der Argeier das Leben gelassen.
Nahe zu Priamos trat die Botin des Zeus mit der Kunde;
Leise nur sprach sie zu ihm – doch dem Alten erbebten die Glieder –:

Faß dich, Priamos, Dardanos' Sohn, und fürchte dich nimmer;
Denn mein Kommen soll dir gewiß nichts Böses bedeuten,
Sondern ich bin dir geneigt und bringe von Zeus dir die Botschaft,
Der in der Ferne sogar sich kümmert um dich, voll Erbarmen.
Hektor los dir zu kaufen, gebietet dir Zeus vom Olympos,
Gaben zu bringen dem Peleussohn, um sein Herz zu erweichen,
Du allein; kein Mann von den Troern soll sonst dich begleiten;
Folgen darf dir ein älterer Herold nur, der die Esel
Lenkt und das prächtige Rädergefährt, damit er den Toten
Führe zurück in die Stadt, den der hehre Achilleus getötet.
Weder soll dich der Tod noch sonst ein Schrecken bekümmern;
Solch einem Führer vertraut er dich an, dem Argosbesieger,
Der dich geleite, bis daß er dich hingebracht zu Achilleus.
Aber sobald er hinein dich geführt in das Zelt des Peliden,
Wird dich dieser gewiß nicht morden und allen es wehren;
Ist er doch wohl bei Verstand, nicht kopflos oder ein Frevler,
Sondern er wird den flehenden Mann in Gnaden verschonen.
Als sie dieses gesagt, entwich die hurtige Iris.
Priamos hieß nun die Söhne den Wagen mit kräftigen Rädern
Rüsten, ein Maultiergespann, und den Korb darüber ihm binden.
Selbst aber stieg er hinab in den duftenden, hochgewölbten,
Zedergetäfelten Raum, der viele Kleinodien faßte,
Rief auch Hekabe her, sein Weib, und redete also:
Unglücksweib, es kam von Zeus ein olympischer Bote,
Daß ich, den Sohn zu erlösen, hinab zu den Danaerschiffen
Gaben bringe für Peleus' Sohn, um sein Herz zu erweichen.
Doch nun sage mir gleich, was denkst du darüber im Herzen?
Heftig drängt ja mich selber dazu der Wunsch und Gedanke,
Hin zu den Schiffen zu gehn, ins räumige Lager Achaias.
Also sprach er; da schluchzte das Weib und gab ihm die Antwort:
Ach, wohin ist nur dein Verstand, der sonst so berühmte
Unter den fremden Menschen und allen, die selbst du beherrschest?
Wie nur willst du allein zu den Schiffen der Danaer gehen,
Jenem Mann vor die Augen, der dir so wackere viele
Söhne gemordet schon hat? Du hast ein Herz wohl aus Eisen.
Denn sobald er dich einmal ergreift und gewahrt mit den Augen,

Dieser treulose Unmensch – der! –, so kennt er kein Mitleid
Noch die Achtung vor dir. Drum laß uns von fern ihn beweinen
Hier im Palaste, den Sohn; so hat's ihm das mächtige Schicksal
Zugesponnen bereits, als *ich* ihn gebar, mit dem Garne:
Sättigen würde er gierige Hunde, getrennt von den Eltern,
Dort bei dem schrecklichen Mann, dem ich gern in der Mitte die Leber,
Tief mich verbeißend, zerfleischte! So würden gerächt seine Taten
Gegen mein Kind; kein Feigling ward mit *ihm* doch getötet,
Sondern stets für die Troer und tiefgegürteten Weiber
Stand er und dachte sowenig an Furcht wie an feiges Entfliehen.
Ihr erwiderte Priamos gleich, der göttliche, greise:
Halte mich nicht, wenn ich gehen doch will, und werde du selber
Nicht mir zum Unglücksvogel im Hause; du hinderst mich nimmer.
Hätte mir sonst einer dies von den Menschen auf Erden geraten,
Einer der Seher, sei's Opferbeschauer, sei es ein Priester,
Lügner hießen wir den und kehrten ihm besser den Rücken.
Jetzt aber – hört' ich die Göttin doch selbst und sah in ihr Antlitz –
Geh' ich, und nicht umsonst sei das Wort! Und verheißt mir das Schicksal
Baldigen Tod bei den Schiffen der schildbewehrten Achaier,
Bin ich bereit, und es möge sofort mich töten Achilleus,
Halt' ich im Arm nur den Sohn und habe gestillt meinen Jammer.
Sprach's und öffnete schnell die Deckel der prächtigen Truhen,
Nahm ein Dutzend heraus der köstlichsten Feiergewänder,
Je ein Dutzend alsdann von einfachen Mänteln und Decken,
Weiße Hemden soviel, desgleichen auch Untergewande,
Wog das Gold und nahm sich davon zehn ganze Talente,
Nahm vier Becken heraus, zwei funkelnde Kessel mit Füßen,
Endlich den köstlichen Becher, den thrakische Männer ihm schenkten,
Ihm, als Gesandten, beträchtlich von Wert; indessen auch diesen
Sparte sich nicht im Palaste der Greis; denn er wünschte von Herzen,
Loszukaufen den Sohn. Er jagte die sämtlichen Troer
Jetzt aus der Halle und herrschte sie an mit schmählichen Worten:

Fort mit euch feigem Gesindel! ihr Memmen, erlebt ihr nicht selber
Trauer zu Hause genug, daß ihr kommt, mich so zu beschweren?
Achtet ihr's nicht, daß Zeus den Schmerz mir beschied, meinen besten
Sohn zu verlieren? Ihr werdet es bald schon selbst noch erkennen!
Leichter noch werden gewiß in Zukunft *euch* die Achaier
Morden, wo jener sein Leben verlor; ich selbst aber möchte,
Eh' meine Augen die Feste zertrümmert, in wilder Verwüstung
Sehen müssen, hinab ins Haus des Hades entweichen.
Rief's und scheuchte die Männer hinweg mit dem Stab, und sie liefen
Fort vor dem eifernden Greis. Der schrie nun laut nach den Söhnen;
Scheltend rief er den edlen Agathon, Helenos, Paris,
Rief den Antiphonos her, den Pammon, den tapfren Polites,
Rief Deïphobos auch, Hippothoos, Dios, den Fürsten.
Diesen neun gebot der Greis mit scheltendem Zuruf:
Sputet euch, Bengel, ihr weibischen Buben! O, lägt ihr zusammen
Alle doch lieber getötet an Hektors Statt bei den Schiffen!
Weh über mich, den Verfluchten! ich zeugte die edelsten Söhne
Rings in Troja, von denen mir keiner ist übriggeblieben,
Mestor, den göttlichen Helden, Troïlos, den Wagenkämpfer,
Hektor – er war doch ein Gott inmitten der Sterblichen; niemals
Schien er der Sohn eines Menschen zu sein, doch nur eines Gottes!
Diese hat Ares entrafft; die Memmen sind alle geblieben,
Lügner und Tänzer gesamt, im Stampfen des Reigens die ersten,
Diebe von Lämmern und Ziegen im Volk, erbärmliche Räuber.
Wollt ihr nicht endlich bald das Gefährt mir bespannen und alles
Hier auf den Wagen mir laden, auf daß wir die Fahrt unternehmen?
Sprach's, und die Söhne, geschreckt von dem scheltenden Rufe des Vaters,
Zogen heraus das Maultiergefährt mit prächtigen Rädern,
Neugefertigt und schön, und banden den Korb auf den Wagen,
Hoben vom Pflocke herunter das Joch aus Buchs für die Esel,
Oben mit Buckeln gehöht und mit festen Ösen versehen,
Brachten das Jochseil gleich mit dem Joch, neun Ellen gemessen.

Legten dieses geschickt auf die wohlgeglättete Deichsel,
Vorn am Spitzenbeschlag, und warfen den Ring um den Nagel;
Dreimal umschlangen sie beiderseits den Buckel und banden
Fest an der Deichsel das Seil und knüpften die Schlinge darunter,
Holten für Hektors Kopf die unermeßlichen Preise
Her aus dem Raum und beluden damit den geglätteten Wagen,
Schirrten die Esel mit kräftigem Huf, gewohnt des Geschirres,
Die zum Ehrengeschenk die Myser dem Priamos gaben,
Spannten die Rosse dann ein für Priamos, welche der Alte
Selber gepflegt und genährt an wohlgeglätteter Krippe.
Also ließen der Herold und Priamos, beide, die Rosse
Schirren im hohen Palast, mit vielen Gedanken im Herzen.
Hekabe nahte sich nun mit schwer bekümmertem Geiste,
Süßen belebenden Wein mit der Rechten aus goldenem Becher
Ihnen kredenzend, damit sie noch spendeten, ehe sie gingen,
Stand schon vorn bei den Pferden, ergriff das Wort nun und sagte:
Nimm und sprenge dem Vater und flehe zu Zeus, daß du wieder
Kehrest zurück von den feindlichen Männern, wenn eben dein Wille
Doch zu den Schiffen dich treibt, so sehr ich selbst widerstrebe.
Flehe darum nun gleich zum idaiischen finsterumwölkten
Herrscher Kronion, der nieder doch schaut auf Trojas Gelände.
Bitt ihn, den schnellen Vogel als Boten dir fliegen zu lassen,
Ihn, der, gewaltig an Kraft, der liebste ihm ist von den Vögeln,
Rechts, auf daß du ihn selbst mit eigenen Augen erkennest
Und getrost zu den Schiffen der reisigen Danaer gehest.
Weigert sich aber der herrschende Zeus, dir den Boten zu geben,
Nein, dann kann ich dir meinerseits *nicht* empfehlen und raten,
Jetzt zu den Schiffen von Argos zu gehen, wie sehr du es wünschest.
Priamos aber, der göttliche, sprach und gab ihr die Antwort:
O mein Weib, nicht will ich doch deinem Begehr widerstreben;
Gut ist's, Zeus um Erbarmen zu flehn mit erhobenen Händen.
Also der Greis und befahl der geschäftigen Schaffnerin, schleunig
Lauteres Wasser ihm über die Hände zu gießen, und jene
Trat schon heran, in den Händen das Waschgefäß und die Kanne.
Als er gewaschen sich hatte, da nahm er den Kelch von der Gattin,

Trat in die Mitte des Hofs, vergoß den Wein im Gebete,
Sah zum Himmel empor und sprach mit erhobener Stimme:
Vater Zeus, du Herrscher vom Ida, erhabenster, größter!
Laß mich doch bei Achilleus Erbarmen erfahren und Gnade;
Sende den schnellen Vogel als Boten mir nun zum Geleite,
Ihn, der, gewaltig an Kraft, der liebste dir ist von den Vögeln,
Rechts, auf daß ich ihn selbst mit eigenen Augen erkenne
Und getrost zu den Schiffen der reisigen Danaer gehe.
Also flehte der Greis; es erhörte ihn Zeus, der Berater.
Gleich entsandt' er den Aar, den Vogel der höchsten Verheißung,
Jäger des Sumpfs, auch Fleckenadler im Volke geheißen.
Weit, wie die Tür sich öffnet des hochgewölbten Gemaches,
Wohl mit Riegeln versehen, im Haus des begüterten Mannes,
Waren auf beiden Seiten die Schwingen entfaltet; er schwebte
Rechts von ihnen heran durch die Stadt. Mit Freude gewahrten
Gleich ihn die Männer, und allen erheiterte Hoffnung die Herzen.
Hurtig bestieg nun der Greis den wohlgeglätteten Sessel,
Lenkte zum Hofe hinaus und dem hallenden Säulengewölbe.
Vor ihm zogen die Esel den schweren vierrädrigen Wagen,
Die der gewandte Idaios trieb, und ihnen im Rücken
Folgten die Pferde; vom Geißelschlage des Alten beschleunigt,
Jagten sie schnell durch die Stadt. Zugleich aber gaben ihm alle
Freunde mit lautem Geheul das Geleit, als ging' er zum Tode.
Aber sobald sie zur Feste hinaus in die Ebene kamen,
Kehrten die anderen alle zurück nach Ilion wieder,
Kinder und Schwiegerverwandte. – Doch Zeus mit beherrschendem Auge
Sah die beiden erscheinen; gerührt vom Anblick des Alten,
Sprach er gleich, zum geliebten Sohne Hermeias gewendet:
Hermes, stets doch hast du am allerliebsten die Menschen
Freundlich begleitet und jeden erhört nach deinem Gefallen.
Bring' den Priamos rasch zu den räumigen Schiffen Achaias,
Bring ihn so, daß ihn keiner gewahre noch eben erkenne
Unter den Danaern, eh' er hinab zum Peliden gekommen.
Sprach's; da folgte gehorsam der Herold und Argosbesieger,
Band sich unter die Füße sogleich die schönen Sandalen,
Unvergängliche, goldne, die schnell ihn über die Fluten

Und das unendliche Land entführten im Wehen des Windes,
Nahm den Stab, womit er die Augen einschläfert der Menschen,
Die er zu schließen begehrt, und Schlummernde wieder erwecket;
Diesen in Händen, entflog der mächtige Argosbezwinger.
Schnell aber war er zum Hellespont und nach Troja gekommen,
Schritt heran und erschien in Gestalt eines prinzlichen Jünglings,
Mannbar eben mit keimendem Bart, in blühender Jugend.
Als die Männer vorbei nun gelenkt am Hügel des Ilos,
Machten sie halt mit den Eseln und Rossen und ließen sie trinken
Unten am Fluß; schon senkte der Abend sich über die Erde.
Plötzlich entdeckte nun ganz in der Nähe der spähende Herold
Hermes und sprach zu Priamos gleich mit erhobener Stimme:
Vorsicht, Priamos du! mit Vorsicht gilt es zu handeln!
Siehe den Mann! der wird uns gar bald, so fürcht' ich, zerschmettern.
Auf, wir fliehn mit den Rossen! noch besser, wir fassen in Eile
Bittend die Kniee des Mannes, damit er vielleicht sich erbarme.
Sprach's; da wurde dem Greis der Sinn verstört vor Entsetzen;
Hochgerichtet war ihm das Haar an den biegsamen Gliedern.
Starrend stand er; da nahte sich ihm der geschmeidige Hermes,
Faßte den Greis bei der Hand und sprach ihn an mit der Frage:
Vater, wohin wohl treibst du das Rossegespann und die Esel
Hier durch die heilige Nacht, wo andere Sterbliche schlafen?
Scheust du so wenig dich nur vor den wuterfüllten Achaiern,
Die voll Haß und feindlich gesinnt in der Nähe dir lauern?
Sähe dich einer von diesen durchs Dunkel der Nacht, der geschwinden,
Solche Kleinodien führen, wie wäre dir dann wohl zumute?
Selber doch bist du nicht jung genug und ein Greis dein Begleiter,
Abzuwehren den Feind, wenn einer zuerst euch belästigt.
Ich aber will dich gewiß nicht böse behandeln, und jeden
Möcht' ich vertreiben von *dir*; ich ehre dich gleich einem Vater.
Ihm entgegnete Priamos gleich, der göttliche Alte:
Ja, so wird es wohl sein, mein lieber Sohn, wie du sagest.
Also deckt auch *mich* noch ein Gott mit schützenden Händen,
Daß mir solch ein Wanderer hier am Wege begegnet,
Mir zum Heile, wie du, so schön von Gestalt und Erscheinung,

Und so vernünftig; du mußt von glücklichen Eltern doch stammen!
Gleich versetzte der göttliche Herold und Argosbezwinger:
Wirklich, Alter, da hast du gebührend in allem gesprochen.
Sage mir aber noch dies und berichte die lautere Wahrheit,
Ob du zu Fremden vielleicht die vielen und kostbaren Güter
Fortzuschaffen dich mühst, daß dort sie geborgen dir liegen,
Oder ob alle ihr laßt bereits die heilige Troja,
Schreckenerfüllt, weil euch der beste der Helden gefallen,
Er, dein Sohn; nie stand er doch nach im Kampf den Achaiern!
Ihm entgegnete Priamos gleich, der göttliche Alte:
Wer nur bist du, mein Bester, und welchen Eltern entstammst du,
Der du so schön vom traurigen Los des Sohns mir geredet?
Gleich versetzte der göttliche Herold und Argosbezwinger:
Prüfst du mich nur, o Greis, und fragst nach dem göttlichen Hektor?
Ja, ich hab' ihn so oft im männerehrenden Kampfe
Selbst mit Augen geschaut, auch als er hinab zu den Schiffen
Trieb und erschlug die Argeier, mit spitzigem Erz sie zerreißend.
Wir aber standen und staunten ihn an; uns hatte Achilleus
Nicht zu kämpfen erlaubt, denn er zürnte dem Sohne des Atreus.
Dessen Gefährte bin *ich*, im nämlichen Schiffe gekommen,
Myrmidonischen Stamms; mein Vater nennt sich Polyktor.
Sehr begütert ist dieser, doch schon ein Greis wie du selber,
Söhne besitzt er noch sechs, und *ich* bin der siebente Bruder.
Losend mit ihnen, gewann ich das Los, hierher ihm zu folgen.
Jetzt aber komm' ich ins Feld von den Schiffen; denn früh mit dem Morgen
Wollen die kühnen Achaier die Schlacht um die Feste beginnen.
Überdrüssig schon sind sie des Liegens; die Fürsten Achaias
Können kaum noch vom Kampfe zurück die Eifrigen halten.
Ihm entgegnete Priamos gleich, der göttliche, greise:
Bist du wirklich ein Waffengenoss' des Peliden Achilleus,
Wohl, so sage mir nun und berichte mir ganz nach der Wahrheit:
Liegt noch dort bei den Schiffen mein Sohn, oder hat ihn Achilleus
Schon in Stücke zerteilt und zum Fraß vor die Hunde geworfen?
Gleich versetzte der göttliche Herold und Argosbezwinger:
Greis, noch haben ihn nicht die Hunde gefressen und Vögel,

Sondern immer noch liegt dein Sohn beim Schiff des Achilleus
So wie zuvor an dem Zelte; der zwölfte Morgen schon findet
Liegend ihn dort; doch weder verwest sein Leib, noch die Würmer
Fressen ihn, welche doch sonst die Kriegsgefallenen fressen.
Stets zwar schleift er ihn rings um das Grab seines lieben Gefährten
Mitleidslos, sobald sich erhebt die heilige Frühe,
Doch entstellt er ihn nicht; du stauntest wohl selbst, wenn du nahtest:
Taufrisch liegt er, so frisch, und ganz vom Blute gereinigt,
Nirgends besudelt am Leib, und die Wunden sind alle geschlossen,
Die man ihm schlug; denn viele doch trieben ihr Erz in den Toten.
So bemühen sich nun um den Sohn dir die seligen Götter
Selbst, da er tot; sie hatten ihn innig lieb in der Seele.
   Sprach's; da freute der Greis sich und gab ihm dieses zur Antwort:
Wohl ist's gut, o mein Kind, den Göttern geziemliche Gaben
Darzubringen; so hat auch mein Sohn – ach, er war es! – im Hause
Nie vergessen der Götter, die wohnen im hohen Olympos.
Drum gedenken sie seiner auch jetzt, wo der Tod ihn getroffen.
Doch empfange nun hier den schönen Pokal zum Geschenke,
Daß du mich rettest und sicher geleitest mit Hilfe der Götter,
Bis ich endlich zum Zelte des Peleussohnes gelange.
   Gleich versetzte der göttliche Herold und Argosbesieger:
Greis, was versuchst du mich Jüngling? Doch kannst du mich nicht überreden,
Hinter dem Rücken des Peleussohns ein Geschenk zu empfangen.
Denn ich fürchte den Mann und scheue mich tief in der Seele,
Ihn zu bestehlen, damit mir daraus kein Schaden erwachse.
Dich aber möcht' ich sogar nach der herrlichen Argos geleiten,
Achtsam im eilenden Schiffe zur Seite dir oder zu Fuße.
Keiner sollte zum Kampfe dir nahn, den Begleiter mißachtend.
   Sprach's und sprang auf das Rossegespann, der geschmeidige Bote,
Faßte die Geißel geschwind und nahm in die Hände die Zügel,
Hauchte dann eifrigen Mut ins Herz den Rossen und Eseln.
Als sie nun aber zum Wall bei den Schiffen und Graben gekommen,
Waren die Wächter bemüht, das Nachtmahl eben zu rüsten.

Gleich aber schüttete allen der geleitende Argosbesieger
Schlaf in die Augen und öffnete rasch das Tor und die Riegel,
Führte den Priamos ein und die Prachtgeschenke im Wagen.
Da nun gelangten die Männer in Kürze zum Zelt des Peliden.
Dieses hatten die Myrmidonen dem Fürsten gezimmert,
Hoch aus dem Holze der Tannen, und hatten es oben darüber
Dicht gedeckt mit borstigem Rohre, von Wiesen gesammelt.
Rings aber war ein geräumiger Hof dem Herrscher von festen
Pfählen gebaut; ein einziger Pfosten vom Holze der Tanne
Sperrte die Tür; es konnten nur *drei* Achaier ihn schieben;
Drei auch pflegten zu öffnen den mächtigen Riegel des Tores,
Nur Achilleus vermochte allein zurück ihn zu schieben.
Jetzt aber öffnete nun der geschmeidige Hermes dem Alten,
Trug auch die prächtigen Gaben hinein für den schnellen Peliden,
Stieg vom Wagen zum Boden herab und redete also:
Greis, erkenne den ewigen Gott in *mir*, denn ich heiße
Hermes und bin dich zu führen gekommen, vom Vater gesendet.
Gleich aber kehr' ich zurück, denn ich will es vermeiden, Achilleus
Unter die Augen zu treten; es würde die Achtung verletzen,
Wenn ein unsterblicher Gott so offen die Sterblichen ehrte.
Geh nur selber hinein und umfasse die Knie des Peliden,
Flehe bei seinem Vater ihn an und der lockigen Mutter,
Fleh ihn beim eigenen Kinde, damit du das Herz ihm bewegest.
Als er dieses gesagt, enteilte zum hohen Olympos
Hermes wieder, doch Priamos sprang vom Wagen zur Erde,
Ließ den Idaios im Hofe zurück; der zügelte wartend
Rosse und Esel; der Greis aber ging voran zu dem Zelte,
Wo Achilleus verweilte; da fand er den Liebling der Götter
Drinnen, und weit von ihm saßen die Freunde; nur zwei der Gefährten,
Alkimos, Ares' Genoß, und der tapfre Automedon, waren
Eifrig tätig um ihn. Er hatte mit Essen und Trinken
Eben geendet, und vor ihm stand gedeckt noch die Tafel.
Heimlich aber war Priamos eingetreten, und nahe
Kam er, umschlang dem Peliden die Knie und küßte die schlimmen
Mordgefährlichen Hände, die all seine Söhne getötet.
So wie eben ein Mann, der daheim aus arger Verblendung

Einen getötet, in fremdes Gebiet zum begüterten Manne
Kommt und Staunen erregt bei allen, die dort ihn gewahren:
So erstaunte Achill, als er Priamos sah, den erlauchten.
Auch die übrigen staunten und tauschten den Blick miteinander.
Flehend richtete Priamos nun das Wort an Achilleus:
Denk an den eigenen Vater, du göttergleicher Pelide,
Der, gleich *mir*, schon steht an der traurigen Schwelle des Alters.
Und es könnte doch sein, daß auch *ihn* die umringenden Nachbarn
Drängen, doch findet sich keiner, vor Fluch und Leid ihn zu schützen.
Dennoch aber, sobald er nur hört, du seiest am Leben,
Freut er sich innig im Herzen und hofft von Tage zu Tage,
Endlich den teuersten Sohn aus Troja kommen zu sehen.
Mich aber schlug das Geschick; denn ich zeugte die edelsten Söhne
Rings in Troja, und keiner davon ist übriggeblieben.
Fünfzig besaß ich den Tag, da die Söhne der Danaer kamen;
Neunzehn hatte der Schoß von *einer* Mutter geboren,
Doch die anderen zeugt' ich mit Frauen in meinem Palaste.
Vielen davon hat der wütende Ares die Glieder gelockert;
Doch, der mein einziger war, der allein die Stadt mir beschützte,
Diesen erschlugst du mir jüngst, als er kämpfte fürs Land seiner Väter,
Hektor; seinetwegen bin *ich* zu den Schiffen gekommen,
Los ihn zu kaufen von *dir* mit unermeßlichen Gaben.
Scheue dich doch vor den Göttern, Achilleus, erbarme dich meiner,
Immer des Vaters gedenk; doch verdien' ich noch größeres Mitleid;
Denn ich dulde, was nie noch ein Mensch auf Erden erduldet,
Daß ich die Hände des Manns, der die Söhne mir mordete, küßte.
Sprach's und weckte in ihm der Sehnsucht Leid um den Vater.
Sacht ergriff er den Greis bei der Hand und schob ihn beiseite.
Beide voll schwerer Gedanken: um Hektor, den mordenden, weinte
Kläglich der eine, der Greis, vor den Füßen gekrümmt des Achilleus;
Aber Achilleus beweinte den eigenen Vater, beweinte
Patroklos wieder; das Haus erscholl vom Stöhnen der Männer.
Als aber endlich sein Klagen gestillt der edle Achilleus,

Und geschwunden ihm war aus Brust und Gliedern die Sehnsucht,
Sprang er vom Sessel empor und zog den Greis in die Höhe,
Tief sich erbarmend des weißen Haupts und des weißen Kinnes,
Sprach ihn an und redete gleich die geflügelten Worte:
Ärmster, was hast du doch alles erdulden schon müssen im Herzen!
Welch ein Wagnis, allein zu den Danaerschiffen zu gehen,
Hier vor die Augen des Manns, der *dir* so wackere viele
Söhne gemordet schon hat! Dein Herz ist wirklich aus Eisen.
Komm und setze dich her auf den Sessel; wir wollen vor allem
Ruhen lassen, so traurig wir sind, im Herzen die Sorgen.
Gar nichts richten wir aus mit unserem schaurigen Jammer.
So bestimmten die Götter das Los für die kläglichen Menschen,
Immer in Sorgen zu leben; allein sie selber sind sorglos.
Zwei Gefäße sind aufgestellt im Saale Kronions,
Voll mit Gaben: mit bösen das eine, das andre mit guten.
Wem sie zusammengemischt nun Zeus, der blitzende, sendet,
Dem wird einmal das Böse zuteil und ein andermal Gutes.
Wem er aber nur Schlimmes beschert, den stürzt er in Schande,
Und es treibt ihn die bittere Not auf der heiligen Erde
Hin und Her; so irrt er, mißachtet bei Göttern und Menschen.
Also beschenkten die Götter auch Peleus mit glänzenden Gaben,
Seit er geboren; denn reicher als alle Menschen gesegnet
Ward er mit Glück und Besitz, der Myrmidonen Beherrscher.
Ja, dem Sterblichen gaben sie selbst eine Göttin zum Weibe.
Aber auch Böses bescherte dazu ihm der Gott, denn er zeugte
Niemals je im Palast ein Geschlecht von fürstlichen Söhnen,
Nur einen einzigen Sohn, der unreif stirbt und im Alter
Nicht einmal ihn versorgt; so weit vom heimischen Lande
Sitz' ich in Ilios hier, zum Schrecken für dich und die Deinen.
Auch von dir vernahm ich, o Greis, daß du glücklich gewesen;
Weit zu den Grenzen von Lesbos hinauf, der Insel des Makar,
Und über Phrygien hin zum unendlichen Hellespontos
Warst du, Alter, berühmt durch reichen Besitz und die Söhne.
Aber seitdem dies Schwere die ewigen Götter dir sandten,
Toben dir immer nur Kampf und mordende Schlacht um die Feste.
Trag es geduldig und hör doch auf mit dem ewigen Jammer.

Nichts erreichst du mit deiner Betrübnis noch kannst du zum Leben
Wecken den Sohn, und eher noch möchtest du andres erdulden!
Ihm entgegnete Priamos gleich, der göttliche Alte:
Heiß mich, Göttlicher, sitzen doch nicht, solange noch Hektor
Unbeerdigt im Zelte daliegt; ach, gib ihn mir baldigst
Los, auf daß ich mit Augen ihn sehe, und nimm dir die vielen
Preise, die her wir gebracht; du sollst sie genießen und heimwärts
Kehren zum Lande der Väter, nachdem du zuvor mir gestattet,
Weiter zu leben und wieder das Licht der Sonne zu schauen.
Finster blickend entgegnete ihm der schnelle Achilleus:
Reize mich länger nicht mehr, du Alter; gedenk' ich doch selber
Hektor los dir zu geben. Es kam von Zeus mir als Botin
Thetis, die mich gebar, die Tochter des Greises im Wasser.
Auch erkenn' ich gewiß, mein Priamos, ohne zu zweifeln,
Daß dich einer der Götter gebracht zu den Schiffen Achaias.
Denn kein Sterblicher, selbst kein junger, doch würde sich trauen
Her ins Lager zu kommen; ihn müßten die Wächter entdecken;
Auch vermöcht' er nicht leicht den Riegel beiseite zu schieben.
Drum hör auf, noch mehr mein bekümmertes Herz zu erregen;
Denn ich könnte vielleicht auch *dich* nicht schonen im Zelte,
Dich, den Bittenden selbst, und Zeus' Gebote verletzen.
Also rief er; der Greis erschrak und folgte den Worten.
Peleus' Sohn aber sprang wie ein Leu hervor aus dem Zelte,
Nicht allein; ihm folgten zugleich die beiden Gefährten,
Alkimos und der tapfre Automedon, welche Achilleus
Schätzte am höchsten von allen Genossen nach Patroklos' Tode.
Diese schirrten sogleich aus dem Joch die Rosse und Esel,
Führten den kündenden Herold hinein des fürstlichen Greises,
Setzten ihn dann auf den Sessel und nahmen vom festen Gefährte
Alle die Gaben für Hektors Kopf, unendliche Preise.
Nur zwei Tücher ließ man zurück und die Linnenbekleidung.
Um den Toten verhüllt nach Hause geleiten zu lassen.
Mägde rief nun Achill heraus und hieß sie den Toten
Abseits waschen und salben, daß Priamos nicht ihn erblickte
Und verleiten sich ließe zum Zorn im Jammer der Seele,
Hektor gewahrend, und wieder das Herz des Achilleus empörte,

Der ihn tötete dann und Zeus' Gebote verletzte.
Als nun die Mägde den Leib mit dem Öle gesalbt und gewaschen,
Und mit dem schönen Tuch ihn hatten umhüllt und dem Hemde,
Hob Achilleus ihn auf und legte ihn selbst auf das Lager,
Hoben vereint die Genossen ihn dann empor auf den Wagen.
Klagend rief der Pelide darauf den lieben Gefährten:
Patroklos, zürne mir nicht, sobald du vielleicht auch im Hades
Unten vernimmst, daß ich Hektor, den edlen, zurück nun gegeben
Hier seinem Vater; doch kauft' er ihn los mit achtbarem Preise.
Dir auch geb' ich davon einen Teil, soviel dir gebühret.
Rief's und kehrte zurück in sein Zelt, der edle Achilleus,
Setzte sich dann auf den kunstvollen Stuhl, den er eben verlassen,
Gegen die andere Wand, und redete so zu dem Greise:
Freigegeben ist, Priamos, nun dein Sohn, wie du wünschest,
Dort auf das Lager gebettet. Sobald nur der Morgen sich rötet,
Kannst du ihn sehn und entführen. Nun laß uns des Mahles gedenken!
Niobe selbst im lockigen Haar auch gedachte der Speise.
Die zwölf Kinder zugleich doch verlor in ihrem Palaste:
Töchter sechs und Söhne sechs in blühender Jugend.
Diese tötete Phoibos Apollon mit silbernem Bogen,
Zornig auf Niobe, Artemis' Pfeile dagegen die Töchter,
Weil sie vermessen sich gleich geachtet der rosigen Leto:
Zwei nur habe die Göttin, sie selbst aber viele geboren,
Prahlte sie; aber die beiden allein dann töteten alle.
Diese lagen danach neun Tage im Blute, doch niemand
Kam, sie bestatten; in Stein verwandelte Zeus die Genossen.
Endlich am zehnten begruben sie dann die himmlischen Götter.
Statt der vergossenen Tränen gedachte die Mutter der Speise.
Jetzt aber wohl in die Felsen verbannt, im öden Gebirge
Sipylos, wo, wie es heißt, die göttlichen Nymphen gelagert
Ruhen, die rings um den Fluß Acheloïos tanzten den Reigen,
Dort noch fühlt sie, verwandelt in Stein, das Leid von den Göttern.
Also laß nun auch *uns*, du göttlicher Greis, für die Mahlzeit
Sorgen; hernach aber magst du den Sohn dann wieder beweinen,
Wann er in Ilios liegt; du wirst ihn genug noch beklagen.
Rief's und schlachtete ab einen silbrigen Hammel, Achilleus,

Stracks; den häuteten dann und richteten zu die Gefährten,
Schnitten geschickt in Stücke das Fleisch und steckten's an Spieße,
Brieten's mit großer Geduld und zogen es wieder herunter.
Und Automedon reichte das Brot in zierlichen Körben
Über den Tisch, doch die Stücke des Fleisches verteilte Achilleus.
Alle langten sie dann nach dem köstlich bereiteten Mahle.
Aber sobald die Begier nach Trank und Speise befriedigt,
Sah mit Erstaunen der Dardaner Priamos erst, wie Achilleus
Groß und gewaltig doch war und den Himmlischen glich an Erscheinung.
Auch den Dardaner Priamos sah mit Erstaunen Achilleus,
Weil er so gütig sein Antlitz fand und reden ihn hörte.
Als sich nun jeder von Herzen gelabt an des anderen Anblick,
Sprach als erster Priamos nun, der göttliche Alte:
Gib mir bald nur ein Bett, du Zeuserwählter; wir müssen
Endlich am lieblichen Schlaf uns erquicken, zum Ruhen gelagert.
Unter den Wimpern hat sich noch nicht mein Auge geschlossen,
Seit von deinen Händen mein Sohn ums Leben gekommen.
Immer muß ich nur seufzen in unermeßlichem Jammer,
Muß im Gehege des Hofs nur immer im Schmutze mich wälzen.
Endlich hab' ich nun Speise gekostet und hab' in die Kehle
Funkelnden Wein mir geschüttet; ich hatte ja nichts noch genossen.
Also der Greis, und Achilleus befahl den Gefährten und Mägden,
Betten unter die Halle zu stellen, mit purpurnen schönen
Kissen das Lager zu polstern und Decken darüber zu breiten,
Wollene Mäntel schließlich als Hülle darauf noch zu legen.
Schnell verließen die Mägde den Raum mit Fackeln in Händen
Und beeilten sich gleich, zwei Lagerstätten zu richten.
Scherzend sagte darauf der fußgeschwinde Achilleus:
Bette dich draußen, mein Alter; es könnte vielleicht ein Achaier
Hierher kommen, ein Fürst vom Rate; sie pflegen gewöhnlich
Rat zu halten bei *mir* im Zelte; so ist es gebräuchlich.
Sähe dich einer davon im Dunkel der Nacht, der geschwinden,
Sicher verriet' er dich gleich dem Hirten des Volks Agamemnon,
Und verzögert würde dann wohl die Entlassung des Toten.
Sage mir aber noch dies und berichte getreu nach der Wahrheit:
Wieviel Tage gedenkst du den göttlichen Hektor zu ehren,

Daß ich warte so lang und die Mannen zurück mir noch halte?
Ihm entgegnete Priamos gleich, der göttliche, greise:
Willst du mir wirklich die Leichenfeier für Hektor gewähren,
Kannst du durch folgende Tat, Achilleus, zu Dank mich verpflichten:
Wir in der Stadt, wie du weißt, sind eingesperrt; vom Gebirge
Müßten das Holz wir uns holen, doch sehr in Angst sind die Troer.
Laß neun Tage uns doch in meinem Palast ihn beweinen,
Dann am zehnten bestatten und rüsten das Mahl für die Mannen,
Weiter am elften den Hügel des Grabs für den Toten errichten
Und am zwölften, wenn not, den Kampf von neuem beginnen.
Gleich entgegnete wieder der göttliche schnelle Achilleus:
Wohl, auch dieses geschehe, mein Priamos, so wie du forderst.
Ruhen lass' ich den Kampf so lange, wie du es wünschtest.
Also sprach der Pelide und faßte den Greis bei der rechten
Hand am Gelenk, auf daß er die Angst ihm nähme vom Herzen.
Also ruhten sie dort im vorderen Raume des Hauses,
Priamos neben dem Herold, das Herz voll gewichtiger Pläne.
Aber Achilleus schlief im Innern der prächtigen Hütte;
Neben ihm ruhte gebettet Briseïs mit rosigen Wangen.
Alle die anderen Götter und roßgerüsteten Männer
Schliefen die ganze Nacht, von sanftem Schlummer gefesselt.
Nur den geschmeidigen Hermes vermied der bezwingende Schlummer,
Weil er im Herzen erwog, wie er Priamos wieder, den König,
Brächte zurück von den Schiffen, geheim vor den Wächtern der Tore.
Und er trat ihm zu Häupten und sprach ihn an mit den Worten:
Greis, du scheinst nichts Böses zu fürchten; so ruhig im Schlafe
Liegst du inmitten der Feinde, seitdem dich verschont der Pelide.
Freilich hast du den Sohn dir erlöst und vieles gegeben.
Dreimal soviel aber müßten für dich, den lebenden, zahlen
Deine daheim gelassenen Kinder, sobald Agamemnon,
Atreus' Sohn, dich bemerkte und alle die andern Achaier.
Also sprach er; der Greis erschrak und weckte den Herold.
Ihnen spannte nun Hermes ein die Rosse und Esel,
Fuhr sie geschwind durchs Lager, und keiner bemerkte die Männer.

Aber sobald sie zur Furt des wirbelnden herrlichen Stromes
Xanthos waren gekommen, den Zeus, der unsterbliche, zeugte,
Eilte Hermes wieder hinauf zum hohen Olympos.
Eos im Safrangewand erleuchtete rings schon die Erde,
Als die beiden die Rosse zur Stadt mit Jammer und Seufzen
Trieben; es schleppten die Esel den Toten. Doch keiner gewahrte
Früher sie unter den Männern und schöngegürteten Weibern,
Als Kassandra, die schön wie die goldene Aphrodite,
Oben auf Pergamos stand und fern den Vater im Wagen
Stehend neben dem stadtdurchrufenden Herold erblickte.
Auch den Leichnam sah sie, gebettet im Eselgefährte.
Jammernd schluchzte sie auf; ihr Schreien erfüllte die Gassen:
Kommt, ihr Troer und troischen Frauen, und sehet den Hektor,
So ihr je den lebend heim aus dem Kampfe Gekehrten
Freudig begrüßtet; er war ja die Freude der Stadt und des Volkes!
Also rief sie, und niemand blieb zurück in der Feste,
Mann oder Weib; unsägliche Trauer belastete alle.
Dicht beim Tore begegneten schon sie dem Totengeleite.
Allen voran sein liebendes Weib und die würdige Mutter,
Rauften ihr Haar und stürzten sich gleich auf den rollenden Wagen,
Faßten beim Kopf ihn, und weinend stand im Kreise die Menge.
Und den ganzen Tag bis spät zur sinkenden Sonne
Hätten sie Hektor beweint und kläglich bejammert am Tore,
Hätte nicht eben vom Wagen der Greis zum Volke gesprochen:
Weichet den Eseln doch aus und lasset mich durch! Für die Klage
Bleibt euch Zeit noch genug, sobald ich nach Haus ihn geleitet.
Rief's; da wichen sie aus und machten Platz für den Wagen.
Als sie hinein zum Palast ihn gebracht, da legten sie Hektor
Gleich auf ein kunstvolles Bett und stellten zu seiten ihm Sänger,
Trauerlieder zu singen; die stimmten mit jammernden Tönen
Klagegesänge nun an, und es seufzten die Weiber daneben.
Jammernd begann die zarte Andromache jetzt vor der Menge,
Hektors, des männerverderbenden, Kopf mit den Armen umfangend:
Gatte, so jung verlorst du dein Leben und läßt mich als Witwe
Hier im Palaste zurück; so zart und jung ist das Söhnchen,
Das wir Unseligen, ich und du, erzeugten, und schwerlich

Kann es zur Blüte noch reifen; zuvor wird die Stadt hier vom Gipfel
Niedergeschmettert; verlor sie in *dir* doch den Hort, der sie ständig
Schützte, sie selbst und die ehrbaren Frauen und unmündigen Kinder.
Bald wohl werden sie fort nun geschleppt in gebuchteten Schiffen,
Und mit ihnen ich selbst. Auch *du* aber wirst mich begleiten,
Du, mein Kind, um dort im Dienst eines grausamen Herren
Sklavenwerk zu verrichten. Vielleicht aber wirft ein Achaier
Oben vom Turm dich herab am Arm ins finstre Verderben,
Einer, der zürnt, weil Hektor vielleicht ihm den Bruder getötet
Oder den Vater oder den Sohn; gar viele Achaier
Haben durch Hektors Faust in die ewige Erde gebissen.
Nicht versöhnlich pflegte dein Vater zu sein im Gefechte;
Drum bejammern ihn auch in der Stadt so schmerzlich die Völker.
Unaussprechlichen Kummer und Gram erleben die Eltern,
Hektor, *mir* aber bleibt der allerbitterste Jammer.
Sterbend hast du mir nicht die Hände gereicht aus dem Bette,
Hast kein tröstliches Wort mir gesagt, daran ich beständig
Denken könnte bei Tag und bei Nacht mit fließenden Tränen!
Also klagte sie weinend, und mit ihr stöhnten die Weiber.
Jetzt erhob vor dem Volk auch Hekabe jammernd die Stimme:
Hektor, du warst mir im Herzen der liebste von all meinen Söhnen!
Immer, solang du mir lebtest, auch warst du geliebt von den Göttern.
Darum sorgten sie selbst für *dich* beim Todesverhängnis.
All meine anderen Söhne verkaufte der schnelle Achilleus
Über das rastlose Meer, sooft er einen gefangen,
Weit nach Samos, nach Imbros und Lemnos, der dampfenden Insel.
Dich aber, als er das Leben mit ragendem Erz dir entrissen,
Schleifte gar oft der Pelide ums Grab seines lieben Gefährten
Patroklos, den du erschlugst – doch ohne ihn wieder zu wecken –.
Taufrisch liegst du trotzdem, als öffne dein Mund sich zum Sprechen,
Hier im Palast wie ein Mann, den Apollon mit silbernem Bogen
Eben mit seinem gelinden Geschoß ereilt und getötet.
Also klagte sie weinend und weckte unendlichen Jammer.

Endlich erhob vor dem Volk auch Helena klagend die Stimme:
Hektor, du warst mir im Herzen der liebste von all meinen Schwägern.
Wohl ist jetzt mein Gemahl der göttliche Herr Alexandros,
Der mich nach Troja gebracht – o, wär' ich zuvor doch gestorben! –
Schon das zwanzigste Jahr ist jetzt heran mir gekommen,
Seit ich von dort mich entfernte, das Land meiner Väter verlassend;
Nie aber hört' ich von *dir* ein böses Wort noch ein schnödes,
Sondern sooft mich ein andrer im Hause verwies und beschimpfte,
Einer der Schwäger und schöngekleideten Weiber der Brüder,
Oder die Hekabe – Priamos war mir so mild wie ein Vater –,
Hieltest du stets ihn zurück und redetest immer zum Guten,
Freundlich im Herzen gesinnt, so sanft mit freundlichen Worten.
Drum bewein' ich mit *dir* zugleich mein eigenes Unglück,
Denn kein anderer weit und breit im troischen Lande
Will mir noch wohl und ist gut; sie meiden mich alle vor Abscheu.
Also klagte sie weinend; es seufzte der Haufe des Volkes.
Priamos, der Greis, ergriff das Wort vor der Menge:
Troer, bringt nun Holz mir zur Stadt und fürchtet im Herzen
Keinen verborgenen Überfall der Argeier; Achilleus
Gab mir bei meiner Entlassung vom dunklen Schiff das Versprechen,
Nicht uns zu schaden, bevor der zwölfte Morgen gekommen.
Also sprach er; da schirrten die Männer sogleich an die Wagen
Rinder und Esel und sammelten dann sich rasch vor der Feste.
Ganze neun Tage schleppten sie Holz in unendlicher Menge.
Als zum zehnten dann Eos das Licht den Sterblichen brachte,
Trugen sie weinend endlich heraus den mutigen Hektor,
Legten ihn hoch auf die Scheiter und warfen den Brand in den Haufen.
Als nun die Göttin des Morgens erschien mit rosigen Fingern,
Sammelte erst sich das Volk um den Brand des gepriesenen Hektor.
Aber sobald sie sich alle vereint zu dichter Versammlung,
Löschten sie erst den glimmenden Schutt mit funkelndem Weine,
Weit wie des Feuers Gewalt gewütet; darauf aber lasen
Sorglich zusammen das bleiche Gebein die Brüder und Freunde;
Quellend flossen die Tränen der Trauer herab von den Wangen.

Aber die Knochen bargen sie dann in goldener Urne,
Zugedeckt und verhüllt von purpurnen weichen Gewändern,
Senkten rasch sie darauf in die Höhle der Gruft, und darüber
Türmten sie dichtgehäuft gewaltige Blöcke von Steinen,
Warfen den Hügel dann auf, und überall saßen die Späher,
Daß die festgeschienten Achaier sie nicht überraschten.
Als sie den Hügel errichtet und wieder von dannen gegangen,
Hielten sie, festlich versammelt, dem Toten zu Ehren die Mahlzeit
Jetzt in Priamos' Haus, des gottbegnadeten Herrschers.
So begingen sie dort des reisigen Hektor Bestattung.

ANHANG

NAMENREGISTER

Die Stellen werden nur angegeben, wenn ein Name mehrere Personen bezeichnet oder wenn er nur einmal genannt ist. Ein Sternchen hinter der Stellenangabe zeigt an, daß der betreffende Name nur in der ›Ilias‹ vorkommt.

Abanter: Urbevölkerung von Euboia II 536ff.

Abarbarea: Nymphe einer Quelle bei Troja VI 22

Abas: Trojaner V 148

Abier: sagenhaftes Volk im heutigen Südrußland, vielleicht als *a-bioi* (Leute ohne Bogen – *biós* – bzw. ohne Lebensunterhalt – *bíos* –) zu verstehen XIII 6

Ableros: Trojaner VI 32*

Abydos: Stadt an der engsten Stelle des Hellesponts

Achaia: bei Homer die Heimat der Achaier, der griechischen Belagerer Trojas, später der Name von Landschaften auf der Peloponnes und in Thessalien

Achaier, achaiisch: s. Achaia

Acheloios: 1. Der größte Strom Griechenlands zwischen Aitolien und Akarnanien XXI 194 2. Fluß in Phrygien (Kleinasien) XXIV 616

Achill: s. Achilleus

Achilleus: Sohn des Peleus und der Meergöttin Thetis, dem vom Schicksal ein langes Leben in seiner Heimat Phthia oder ein früher Tod nach größten Heldentaten vor Troja bestimmt war. Von Agamemnon gekränkt, blieb er grollend dem Kampf fern und brachte dadurch die Griechen in äußerste Bedrängnis, bis sein Freund Patroklos durch Hektor fiel. Daraufhin söhnte sich Achill mit Agamemnon aus und tötete Hektor im Zweikampf. Daß der Held nur an der Ferse verwundbar gewesen sei, steht nicht in der ›Ilias‹

Adamas: Trojaner

Admetos: König von Pherai in Thessalien, Gatte der Alkestis, die für ihn zu sterben bereit war, aber von Herakles dem Todesgott entrissen wurde

Adrasteia: Stadt im nordwestlichen Kleinasien I 828

Adrastos: 1. König von Argos auf der Peloponnes II 572 u.ö. 2. Führer der trojanischen Verbündeten aus Adrasteia II 830 3. Trojaner, der von Menelaos verschont, aber von Agamemnon erschlagen wurde VI 37ff. 4. Trojaner XVI 694*

Adrestos: s. Adrastos

Agaklees: Myrmidone XVI 571*

Agamede: Tochter des Königs Augeias XI 740

Agamemnon: Sohn des Atreus, König von Mykene und Führer der Griechen vor Troja

Agapenor: König der Arkader II 609

Agasthenes: Sohn des Königs Augeias II 624

Agastrophos: Trojaner

Agathon: Sohn des Priamos und der Hekabe XXIV 249

Agaue: Meernymphe XVIII 42

Agelaos: 1. Trojaner VIII 257* 2. Grieche XI 302*

Agenor: Fürst der Trojaner, Sohn des Antenor

Aglaia: Mutter des Nireus II 672

Agrios: Aitolier XIV 117

Aiakos: Sohn des Zeus und der Aigina,

Hippasos: 1. Trojaner, Vater des Charops und Sokos XI 426, 450 2. Vater des Hypsenor XIII 411* 3. Vater des Apisaon XVII 348*
Hippemolgen: »Pferdemelker«, Nomadenvolk im heutigen Südrußland XIII 5
Hippodamas: Trojaner XX 401*
Hippodameia: 1. Gattin des Peirithoos II 742 2. Schwester des Aineias XIII 429*
Hippodamos: Verbündeter der Trojaner aus Perkote XI 335*
Hippokoon: Thraker X 518*
Hippolochos: 1. Lykierfürst, Vater des Glaukos VI 119 u. ö. 2. Trojaner XI 122, 145*
Hippomachos: Trojaner XII 189*
Hipponoos: Grieche XI 303*
Hippothoos: 1. Führer der Pelasger II 840 u. ö. 2. Sohn des Priamos XXIV 251*
Hippotion: Verbündeter der Trojaner aus Askania
Hire: Stadt in Messenien
Histiaia: Ort auf Euboia II 537
Horen: Göttinnen des Jahreslaufs, hüten die Tore des Olymps, dienen der Here
Hyaden: Sternengruppe im Bild des Stiers, mit deren Aufgang die Regenzeit beginnt XVIII 486
Hyampolis: Stadt in Phokis II 521
Hyde: Ort in Lydien XX 385
Hydra: Wasserschlange; bekannt als von Herakles erlegtes vielköpfiges Ungeheuer, dem für einen abgeschlagenen Kopf zwei neue nachwuchsen
Hyle: Ort in Boiotien
Hyllos: Fluß in Westkleinasien XX 392
Hypeirochos: 1. Vater des Itymoneus aus Elis XI 673* 2. Trojaner XI 335
Hypeiron: Trojaner V 144*
Hypereia: Quelle in Thessalien
Hyperenor: Sohn des trojanischen Priesters Panthos
Hyperesia: Stadt in Achaia II 573
Hyperion: Beiname des Sonnengottes Helios
Hypothebai: Ort in Boiotien, vielleicht Potniai oder das spätere Theben II 505
Hypsenor: 1. Trojaner, Sohn des Dolopion V 76* 2. Sohn des Hippasos XIII 411*
Hypsipyle: Tochter des Königs Thoas von Lemnos, dem sie das Leben rettete, als die Lemnierinnen alle Männer umbrachten; Gattin des Iason VII 469
Hyrie: Ort in Boiotien, unweit von Aulis II 496
Hyrmine: Hafenstadt in Elis II 616
Hyrtakos: Vater des Asios XIII 759 ff.
Hyrtios: Myser XIV 511*

Iaira: Meernymphe XVIII 42*
Ialmenos: Sohn des Ares, Führer der Boioter
Ialysos: Ort auf Rhodos II 656
Iamenos: Trojaner XII 139, 193*
Ianassa: Meernymphe XVIII 47*
Ianeira: Meernymphe XVIII 47*
Iaolkos: Iolkos; Ort an der Küste von Thessalien, von dem aus die Argonauten abgefahren sein sollen II 712
Iapetos: einer der von Zeus in die Unterwelt verbannten Titanen VIII 479
Iardanos: Fluß in Elis VII 135
Iason: Führer der Argonauten, die aus Kolchis am Schwarzen Meer das Goldene Vlies holten
Iasos: Führer der Athener XV 332 ff.*
Ida: Gebirgszug oberhalb von Troja
Idaios: 1. Herold und Wagenlenker des Priamos XXIV 470 u. ö. 2. Trojaner V 11* 3. Beiname des Zeus, der auf dem Ida verehrt wurde XVI 605; XXIV 291
idaiisch: vom Idagebirge stammend
Ides: Messenier IX 558*
Idomeneus: König von Kreta
Ikarisches Meer: Teil der Ägäis vor der Südwestküste Kleinasiens II 145
Ilion: anderer Name für Troja
Ilioneus: Trojaner XIV 489 ff.
Ilios: s. Ilion
ilisch: s. Ilion
Ilos: Sohn des Tros, Gründer von Ilios XX 232; sein Grabmal vor dem

STAMMBÄUME

I. Tantaliden

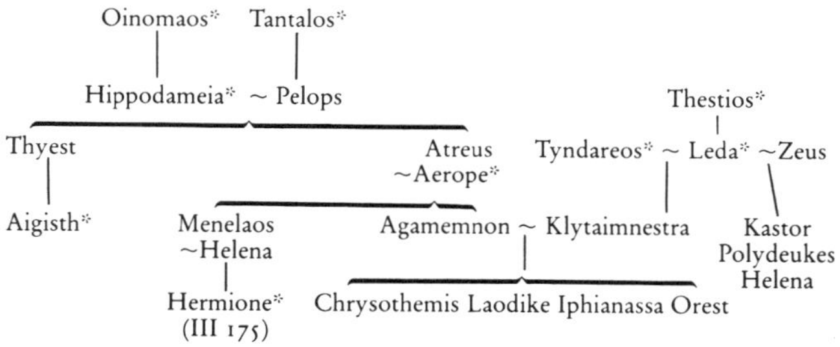

II. Odysseus-Tyndareos

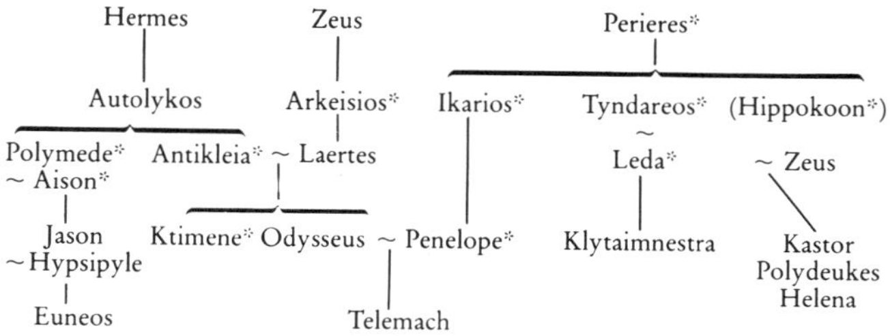

Mit * bezeichnete Namen sind in der Ilias nicht erwähnt

III. Aitoler und Kureten

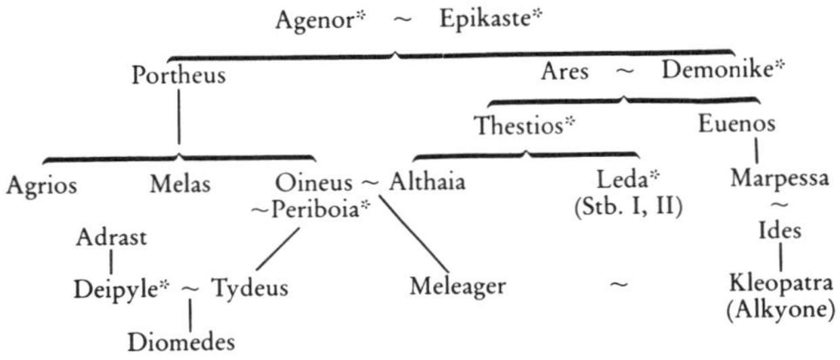

IV. Aiakiden

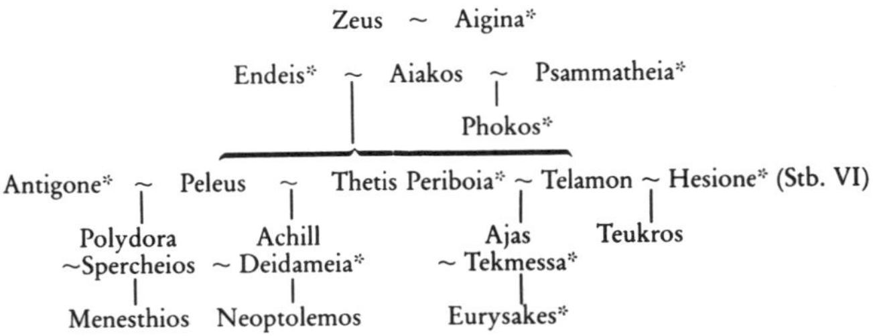

Mit * bezeichnete Namen sind in der Ilias nicht erwähnt

V. Nestor

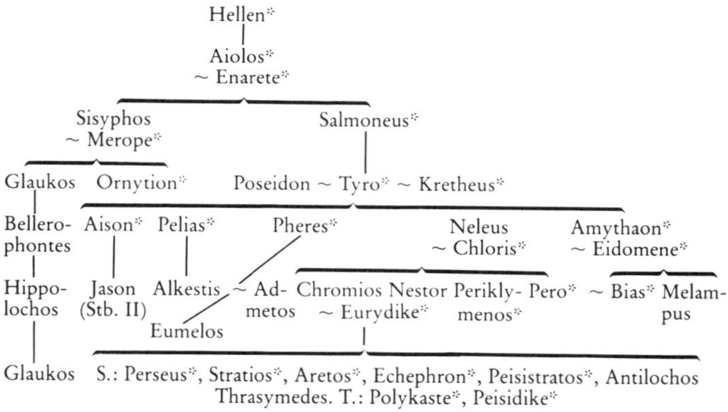

VI. Dardaniden

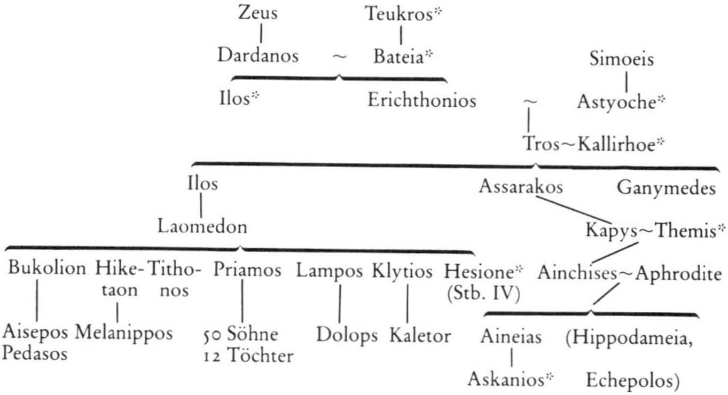

Mit * bezeichnete Namen sind in der Ilias nicht erwähnt

Kinder des Priamos

Priamos ~ Hekabe: (sicher) Hektor, Deiphobos, Polites, Antiphos, Paris, Laodike, (unsicher) Helenos, Kassandra
~ Kastianeira: Gorgythion
~ Laothoe: Lykaon, Polydoros
ungewisser Abkunft: (sicher von Priamos) Echemmon, Chromios, Mestor, Agathon, Pammon, Antiphonos, Hippothoos, Dios, Troilos,
(unsicher) Hypeirochos, Deiopites, Chersidamas, Hippodamas, Dryops, Aretos, Melanippos

unehelich: Demokoon, Doryklos, Isos, Kebriones, Medesikaste

LITERATURHINWEISE

Ausgabe

Homeri Opera, Bd. 1–2, hrsg. von D.B. Monro – Th.W. Allen, Oxford 1920[3].

Kommentierte Ausgaben

Homers Ilias, erklärt von C.F. Ameis – C. Hentze – P. Cauer, 8 Bde., Leipzig-Berlin 1905 ff.[4-8]

The Iliad, m. Komm. von W. Leaf, 2 Bde., London 1900–02.

Übersetzungen

Homer, Ilias – Odyssee, übertragen von J.H. Voss, München 1957.

Homer, Ilias, übertragen von W. Schadewaldt, Frankfurt/M. 1975.

Forschungsbericht

A. Heubeck, Die homerische Frage (Erträge der Forschung 27), Darmstadt 1988[2].

Monographien

1. Der geschichtliche Hintergrund

J. Chadwick, Die mykenische Welt, Stuttgart 1979.

O. Murray, Das frühe Griechenland, München 1982.

T.B.L. Webster, Von Mykene bis Homer – Anfänge griechischer Literatur und Kunst im Lichte von Linear B, München – Wien 1960.

2. Die mündliche Tradition (Oral Poetry)

C.M. Bowra, Heldendichtung – Eine vergleichende Phänomenologie der heroischen Poesie aller Völker und Zeiten, Stuttgart 1964.

G.S. Kirk, Homer and the Oral Tradition, Cambridge 1976.

J. Latacz (Hrsg.), Homer – Tradition und Neuerung (Wege der Forschung 463), Darmstadt 1979.

A.B. Lord, Der Sänger erzählt – Wie ein Epos entsteht, München 1965.

3. Die homerische Epik insgesamt

C.M. Bowra, Homer, New York 1979[2].

H. Fränkel, Dichtung und Philosophie des frühen Griechentums, München 1969[3].

J. Latacz, Homer – Eine Einführung, München – Zürich 1985.

W. Schadewaldt, Von Homers Welt und Werk, Stuttgart 1959[3].

4. Die Ilias

W. Kullmann, Die Quellen der Ilias (Troischer Sagenkreis) (Hermes-Einzelschriften 14), Wiesbaden 1960.

J. Latacz, Kampfparänese, Kampfdarstellung und Kampfwirklichkeit in der Ilias, bei Kallinos und Tyrtaios (Zetemata 66), München 1977.

H. Pestalozzi, Die Achilleis als Quelle der Ilias, Diss. Zürich 1945.

K. Reinhardt, Die Ilias und ihr Dichter, Frankfurt/M. 1961.

W. Schadewaldt, Iliasstudien, Darmstadt 1966[4].

Ders., Der Aufbau der Ilias – Strukturen und Konzeptionen, Frankfurt/M. 1975.

INHALT

Anhang

Friedrich Nietzsche Sämtliche Werke in 15 Dünndruck-Bänden

Erstmals mit dem vollständigen Nachlaß

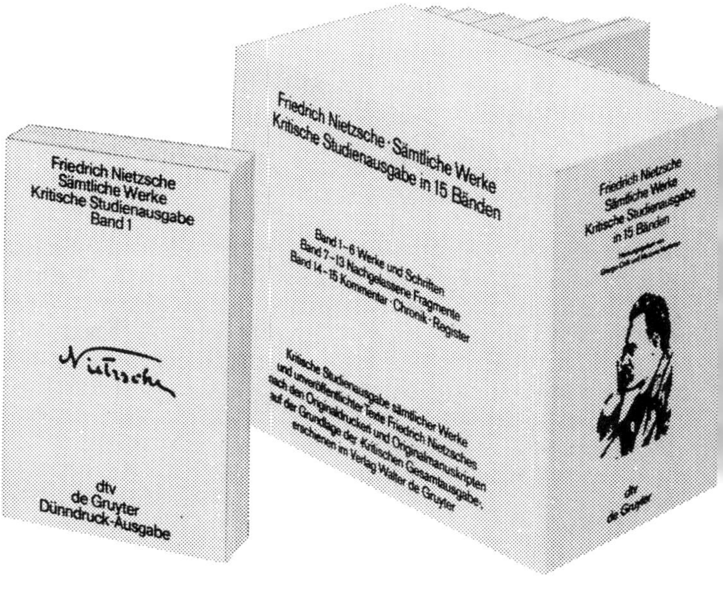

Kritische Studienausgabe sämtlicher Werke und unveröffentlichter Texte Friedrich Nietzsches nach den Originaldrucken und Originalmanuskripten auf der Grundlage der ›Kritischen Gesamtausgabe‹ (KGW), erschienen im Verlag Walter de Gruyter. Herausgegeben von Giorgio Colli (†) und Mazzino Montinari.

15 Bände in Kassette, insgesamt 9592 Seiten, dtv/de Gruyter 5977 / DM 298,–